KYSS by rowohlt POLARIS

FRANZI KOPKA

COSY SECRETS

Der kupferne Schlüssel

Roman

Kyss

Originalausgabe
Veröffentlicht im Rowohlt Taschenbuch Verlag, Hamburg, Juli 2024

Redaktion Nadia Al Kureischi

Covergestaltung ZERO Werbeagentur, München,
Illu Karte: Charly Kopka
Coverabbildung Shutterstock
Satz aus der Karmina
bei hanseatenSatz-bremen, Bremen
Druck und Bindung GGP Media GmbH, Pößneck
ISBN 978-3-499-01490-1

Für meine Tante Anne, die Geschichten zum Leben braucht wie Luft zum Atmen.

PLAYLIST

I'm Gonna Be – The Proclaimers
Time Bomb – Jacklen Ro
Highway to Hell – AC/DC
New Ceremony – Dry the River
This Is Love – The Hunts
Hammer to Fall – Queen
Self Control – Jacklen Ro
House of Glass – Jon Caryl
Lava – Laid Blak
Heavy – Birdtalker
Paint It, Black – The Rolling Stones
Coalition of One – Little Comets
Back to Autumn – Tall Heights
Let It All Go, Man – Rayland Baxter

PROLOG

Das Flüstern der Nacht klang heute anders. Der Wind zerrte mit schiefen Tönen an den Fensterläden, heulte, pfiff, während sich die Dunkelheit auf das Haus senkte. Bald spendete nur noch die kleine Schreibtischlampe Licht. Die alte Frau merkte es kaum. Die Finger fest um den Stift geklammert, starrte sie hinab auf das Papier. Briefe waren nie ihre Stärke gewesen. Wenn es nach ihr ginge, regelte man die Dinge persönlich, aber das hier war etwas anderes. Diese Zeilen *waren* persönlich.

Sie setzte ein weiteres Mal an, entschlossen, es im sechsten Versuch zu schaffen.

Etwas knarzte. Die Frau hob den Kopf und sah Richtung Flur. Obwohl die Dunkelheit alle Konturen verschlang, hatte sie das Gefühl, dass jemand zu ihr herübersah. Jemand, der nicht hier sein sollte. Jemand, der nicht hier sein konnte – und trotzdem stellten sich die Härchen in ihrem Nacken auf.

Mit einem tiefen Atemzug ließ sie den Stift sinken und stand auf. Sie musste nur das Deckenlicht anmachen. Nur die paar Meter bis zum Wandschalter überwinden, und alle Schatten würden sich auflösen. Ein zaghaftes Vortasten, ein Streifen mit den Fingerspitzen entlang der Kante des Schreibtischs, ihre Schritte blieben still, während ihre nackten Füße in dem Teppich versanken. Dann ein Tapsen über den alten Dielenboden. Kaum hatte sie den Flur erreicht, die Hand auf den Rahmen der Tür gelegt, hörte sie ein Klopfen. Ein vertrauter Takt, und sie wusste, dass manche Worte ungeschrieben bleiben würden.

Wenn Sie meine Meinung hören möchten, dann gibt es kein Verbrechen ohne Motiv. Denn nur weil wir ein Motiv nicht verstehen, weil es uns zu klein vorkommt, zu unbedeutend, zu abstrakt, dürfen wir ihm nicht die Existenz absprechen.

Aus *Schwiegermord: Der dritte Fall für Claudine McPhea*
von Rae Pemberlaine

KAPITEL 1

Im Pub ist es voll, laut und stickig. Jede der Sitzecken ist belegt, sowohl die dunkelgrünen Sessel weiter hinten beim Kaminofen als auch die Nischen mit den gepolsterten Holzbänken, von denen ich selbst eine ergattert habe. Aus kleinen Lautsprechern unter der hölzernen Decke schallt Rockmusik, die sich mit den zahlreichen Stimmen zu einem lebendigen Vibrieren vermengt. Genau die richtige Atmosphäre, um diese Szene zu beenden – ohne dabei über meinem Laptop einzuschlafen.

Mir entschlüpft ein Gähnen, während ich auf den Bildschirm starre. Warum sind die ersten Kapitel eigentlich immer so schwer? Seufzend massiere ich mir die Schläfen. Nur noch ein Satz. Eine simple Aneinanderreihung von Wörtern, ein Punkt, und ich kann die Leseprobe endlich rausschicken. Den Laptop zuklappen. Mich hoch in mein Apartment schleppen. Und bis morgen früh durchschlafen. Mindestens.

Mein Blick gleitet zur Uhr am Displayrand. Kurz nach neun. Vielleicht wäre es klüger, aufzugeben und es morgen mit frischer Energie zu versuchen. Andererseits ist es nur noch *ein* verfluchter Satz. Ich weiß, dass er in meinem Kopf ist, dass ich bloß einen kleinen Schubs Motivation brauche, um ihn aus dem müden Nebel herauszukitzeln. Nach mehreren Anläufen habe ich endlich Wörter gefunden, bei denen ich zumindest nicht das Bedürfnis habe, sie umgehend wieder zu löschen. Bevor ich es mir anders überlegen kann, öffne ich eine neue Mail und schicke meiner Agentin Francis die ersten dreißig Seiten. Betreff: *Claudine McPhea ermittelt zum sechsten Mal.* Inhalt der Mail: *Bitte sag einfach, dass sich die Recherchereise nach Berlin gelohnt hat.*

Als die Mail im Gesendet-Ordner auftaucht, klappe ich den Laptop zu und lasse meinen Kopf in den Nacken fallen. *Autsch.* Jeder Muskel meines Körpers ist verspannt. Wird dringend mal wieder Zeit für eine Massage. Oder Yoga. Oder irgendetwas anderes, das nichts mit meinen Krimis zu tun hat.

Ich schaue rüber zur Theke. Dahinter müsste Steve irgendwo stehen, der Besitzer der Bar und gleichzeitig mein bester Freund aka: willkommene Ablenkung. Leider versperrt mir die Menschenmenge die Sicht, nur hier und da kann ich etwas von dem dunklen Thekenholz erahnen, einmal blitzen die kupfernen Zapfhähne auf. Einzig das deckenhohe Regal, das im Hintergrund steht, überragt alles. In dem Moment bricht die Menge auf, und ich erhasche endlich einen Blick auf Steve. Er reckt sich mit hochgekrempelten Ärmeln zu einem der oberen Regalbretter, um eine der Whiskyflaschen herauszuholen, die von kleinen LED-Spots angeleuchtet wird. Als er sich wieder umdreht, macht er den Eindruck, alles im Griff zu haben. Gelassen schenkt er etwas vom Whisky ein, hält Small Talk mit seinen Gästen und gibt seinen Angestellten nebenbei Anweisungen. Eine Geste hier, ein Satz da, auf den Lippen immer das gewinnende Lächeln, das so typisch für ihn ist. Zahnpastaweiß. Ein scharfer Kontrast zu seiner schwarzen Haut und den kurz geschorenen Haaren. Er ist und bleibt einer der attraktivsten Männer hier in Edinburgh, auch wenn er der letzte wäre, mit dem ich etwas anfangen würde. Denn abgesehen davon, dass er sich ohnehin eher in Männer verliebt, kommt er für mich am nächsten an das heran, was ich als Bruder bezeichnen würde. Angesichts unserer Vorgeschichte ist es eigentlich kein Wunder.

Als ich vor zwölf Jahren nach Edinburgh kam, war ich zerbrochen. Eine Ansammlung von Scherben, in denen sich Schuld und Wünsche und Träume gespiegelt haben, nur waren sie binnen eines Abends dermaßen durchgewirbelt worden, dass ich nicht wusste, wie ich sie sortieren sollte. Wie ich sie zusammensetzen und die Lücken mit neuen Zielen füllen, die Schuldgefühle mit Plänen übermalen konnte.

Irgendwie bin ich in die Rose Street gestolpert – und da war Steve. Er hat mit einem Kumpel draußen vorm Pub eine geraucht, und obwohl der Laden offiziell geschlossen hatte, hat er den Scherbenhaufen auf ein Pint mit seinem Freundeskreis eingeladen. Aus einem Pint wurden zwei, dann drei, es folgte eine Runde Kurze, bis irgendwann die Frage aufkam, ob er mir ein Taxi nach Hause bestellen soll. Ab da verliert sich diese Nacht in einem diffusen Nebel aus Tränen, einem geschluchzten – oder vielleicht auch gelallten – «Was ist *zu Hause*?», mitleidigen Blicken und Steves Angebot, vorerst auf seiner Couch unterzukommen. Für eine Nacht, eine Woche, einen Monat – irgendwann hat er sein Arbeitszimmer für mich geräumt. Wir hatten einen Putzplan, sind im Wechsel verreist und haben uns in der Zeit um die Post des jeweils anderen gekümmert, ich habe einen Job in seinem Pub angenommen, mich an der Miete beteiligt, und auf einmal hatten wir einen *Alltag*. Kochen, über Wäscheberge diskutieren, bei Serienabenden lachen, Dates mitbringen – kein Knistern. Ich war ein Scherbenhaufen, und Steve hat mir Raum gegeben, alles neu zusammenzusetzen.

Als Steve meinen Blick bemerkt, hält er inne und nickt mit fragender Miene zu meinem geschlossenen Laptop. Obwohl wir seit meiner Rückkehr aus Berlin nur zwei Sätze wechseln konnten, weiß er, dass ich diese Leseprobe heute unbedingt fertig bekommen wollte.

Ich blinzle die alten Erinnerungen weg und hebe zur Antwort mein Pint. Noch während ich Steve zuproste, schiebt sich eine Gruppe neuer Gäste zwischen uns. Ich zähle acht Frauen, eine von ihnen trägt einen weißen Tüllschleier, die anderen pinke T-Shirts mit der Aufschrift «Team Bride». Nach ihrem Gelächter zu schließen, ist Steves Pub nicht der erste Stopp auf ihrer Tour, und wahrscheinlich wird es auch nicht ihr letzter sein. Unwillkürlich bleibt mein Blick an der Braut hängen, während ich mit den Fingerspitzen Muster in das Kondenswasser am Glas zeichne. Die Frau ist blond, hübsch; sie hat ein Lächeln, mit dem sie bestimmt viele Herzen einfangen könnte. Und trotzdem hat sie sich für ein einziges entschieden, dabei ist sie sicher zehn Jahre jünger als ich, etwa Anfang zwanzig. In meiner Magengegend zieht sich etwas zusammen, ein Hauch von ~~Neid~~ ~~Bereuen~~ *Mitleid* – oder nur ein Zeichen dafür, dass ich mehr hätte essen und weniger trinken sollen.

«Und?» Steve taucht so plötzlich neben mir auf, dass ich zusammenzucke. «Wie schlägt sich Claudine bisher?» Er lässt sich mir gegenüber auf die Bank fallen, in seiner Hand ein Pint karamellbraunes IPA. Randvoll.

«Sie ist grad über die Leiche gestolpert», erwidere ich, während ich mein Glas gegen seins klirren lasse. Genau die Ablenkung, die ich brauche. «Wusstest du übrigens, dass sie das Bier in Berlin immer nur bis hierhin», ich lege die Fingerspitze ein gutes Stück unter den Rand, «füllen und der Rest aus Schaum besteht?» Bei der Erinnerung an den faden Schaumgeschmack verziehe ich den Mund – bevor ich einen Schluck von dem guten Zeug trinke.

Steve lacht auf. «Ich habe dich gewarnt, dass Deutschland ein Kulturschock wird. Hast du dich wenigstens dran gewöhnt, an roten Ampeln stehen zu bleiben?»

«Daran kann man sich gewöhnen?» Zweifelnd runzle ich die Stirn, hinter der leiser Schmerz pocht. Eine Mischung aus Müdigkeit, der lauten Umgebung und zu vielen Gedanken. «Sorry, aber wenn die Straße gottverlassen ist, sehe ich keinen Grund, stoisch auf irgendein rotes Licht zu starren.»

«Und du wunderst dich, warum ich so selten mit dir Auto fahre», feixt er grinsend und lehnt sich zurück. «Vielleicht sollte ich doch den Führerschein machen, einfach nur, um dir zu zeigen, wie man mehr als zehn Meilen am Stück fährt, ohne geblitzt zu werden.»

Mein Fuß rutscht aus und verpasst Steve einen liebevollen Tritt. «Arsch.» In meinen Mundwinkeln zuckt trotzdem ein Lächeln. Ich bin zwar keine schlechte Fahrerin, aber ich kann nicht leugnen, dass ich hin und wieder zu schnell bin – und aus irgendeinem Grund immer genau dann erwischt werde, wenn Steve neben mir sitzt.

«Also wie war's in Berlin?», fragt er. «Hast du die erhoffte Inspiration gefunden?»

«Absolut. Ich meine, ich hab dir doch erzählt, wie ich den sechsten Band anfangen wollte, oder?»

«Klar, und lass mich raten: Du hast mal wieder alles umgeworfen?»

«Mein Opfer hat noch denselben Namen», weiche ich aus, greife zu meiner Ledertasche und ziehe mein iPhone raus. «Nur der Tatort hat sich ganz eventuell geändert. Und die Todesart. Und der Mörder. Und der Grund für Claudines Urlaub in Berlin und ...» Ich unterbreche mich, als ich merke, wie sich Steve das Lachen verkneift. «Sagte ich schon, dass du ein Arsch bist?», knurre ich, während ich mein Smartphone aktiviere. «Mein Opfer wird jedenfalls nicht mehr am Alexanderplatz ermordet, sondern in diesem superexklusiven Club hier.» Ich zeige Steve das Foto auf dem Sperrbildschirm.

Ein Schnappschuss von gestern Abend. Meine Hand an einem Glas Champagner, dahinter goldene und violette Lichter, ein Logo aus Neonbuchstaben. «Name und Lage habe ich natürlich geändert, aber die Stimmung auf dem oberen Floor war der absolute Kracher. Die Musik, die Menschen, die Drinks ... Hab mich direkt danach an meinen Laptop gesetzt und durchgeschrieben, bis ich zum Flughafen musste.»

«Und *das* erklärt, warum ich dachte, du würdest gleich im Sitzen einschlafen», neckt er und schiebt nach: «Also, nimm's mir nicht übel, aber ...»

«... meine Augenringe sind so dunkel, dass ich dem Mädchen aus *The Ring* Konkurrenz machen könnte?» Beim Sprechen bahnt sich das nächste Gähnen an, das ich hinter vorgehaltener Hand zu verstecken versuche.

«Dafür bist du viel zu süß, aber ... Wenn du so weitermachst, muss ich gleich mitgähnen.» Zwinkernd nimmt er mir das Handy ab, um das Foto genauer unter die Lupe zu nehmen.

«Leere Versprechungen», kontere ich. «Du lässt dich nie anstecken.»

Steve zuckt nur mit den Schultern, ohne den Blick vom Display zu lösen. Dann weiten sich seine Augen. «Sehe ich da etwa ein goldenes Bändchen an deinem Handgelenk? Hast du es allen Ernstes in den VIP-Bereich geschafft?!»

«Gib wieder ...»

«Vergiss es.» Er zieht mein iPhone näher zu sich, als ich danach greife. «In solchen Clubs braucht man mindestens einen prominenten Kontakt, um reinzukommen. Also, wie zur Hölle hast du das angestellt? Und wehe, du lässt irgendwelche schmutzigen Details aus.»

«Es gibt keine schmutzigen Details.»

«Ist klar.» Er dreht das Display in meine Richtung, ohne mich aus den Augen zu lassen. «Jetzt sag schon, mit wem hast du angebandelt? Vielleicht einem alternden Rockstar, der in Berlins Kneipen ...»

«Einem alternden Rockstar?» Zweifelnd ziehe ich die Augenbrauen hoch. «Warum kein attraktiver Singer-Songwriter?»

«Weil ich deine Playlists kenne und sie zu neunzig Prozent aus Rockmusik-Klassikern bestehen. 60er, 70er, 80er eben.»

«Ah, wir leiten jetzt also Vorlieben aus unseren Playlists ab?», stichle ich herausfordernd. «Dann erzähl doch mal, wann du zuletzt jemanden aus einem Symphonieorchester aufgerissen ...»

«Okay, kein alternder Rockstar.» Er unterbricht mich mit einem Augenrollen. «Wer war es dann?»

«Wie gesagt: Es gibt keine schmutzigen Details. Nur eine rein *zufällige* Begegnung mit der Besitzerin des Clubs.» Ich lehne mich vor, um das iPhone in Steves Hand mit einem Fingerwisch zu entsperren. Dann öffne ich die Bildergalerie, ein unsortiertes Chaos mit über zehntausend Inhalten. «Wie sich herausgestellt hat, wohnt Belinda nur zwei Straßen von meinem Hotel entfernt und trinkt jeden Tag um Punkt elf Uhr einen großen Latte macchiato im Café gegenüber. In den ersten zwanzig bis dreißig Minuten liest sie die Tageszeitung, danach unterhält sie sich. Mal mit dem Personal, mal mit dem Mann, der samt Hund vorbeiläuft, und mal mit der schottischen Autorin, die am Nachbartisch sitzt und so freundlich rüberlächelt.»

«Wie überaus praktisch, dass sich das einfach so *herausgestellt* hat.» Steve zieht mich mit einem Tonfall auf, den ich zu gut kenne. Ein bisschen amüsiert, ein bisschen tadelnd. «Manche nennen das übrigens auch Stalking.»

«Seltsam, wie du *Recherche* aussprichst.» Ich tippe auf das Foto, ein schnelles Selfie am Frühstückstisch von der Clubbesitzerin und mir. «Belinda hat sich jedenfalls sehr darüber gefreut, mich kennenzulernen, und war äußerst hilfsbereit, was meine weitere Recherche angeht. Eine persönliche Einladung für den Abend, ein goldenes Bändchen und alle Getränke umsonst – im Austausch für das Versprechen, sie in meiner nächsten Danksagung namentlich zu erwähnen und ihr ein Belegexemplar zu schicken.»

«Netter Deal, Miss Pemberlaine.» Steve saugt pfeifend die Luft zwischen den Zähnen ein. «Das dürfte übrigens das erste Foto seit Langem sein, auf dem ich dich ohne roten Lippenstift sehe.»

«Was möglicherweise daran liegen könnte, dass ich meinen Wecker überhört habe und ein bisschen überstürzt loslaufen musste, um Belinda zu erwischen», erwidere ich. Noch ein Gähnen. «Sorry, aber wenn ich nicht gleich ins Bett komme, schlafe ich echt am Tisch ein.» Ich kippe den Rest Bier hinunter, dann starte ich einen neuen Versuch, Steve mein Handy abzunehmen.

«Ich könnte dir einen extrastarken Espresso bringen oder einen Energydrink oder ... na schön.» Seufzend gibt er auf. «Du weißt, dass ich Cliffhanger hasse, oder?»

«Schade, meine Lesenden lieben sie.»

«Touché. Verrate mir wenigstens, ob ich mich auf ein paar pikante Storys freuen darf.»

«Das einzig Pikante war vermutlich die vegane Currywurst in Kreuzberg», necke ich ihn, und leider meine ich es genau so. Irgendwie ist der Funke bei niemandem übergesprungen, dabei hätte ich nichts gegen einen unverbindlichen Flirt gehabt.

Ich schiebe meinen Laptop zurück in die Schultertasche und raffe mich auf.

«Bedauerlich.» Steve steht ebenfalls auf und zieht mich

zum Abschied in seine Arme. «War schön, dich wenigstens ein paar Minuten zu sehen.»

«Morgen bin ich wacher. Versprochen.» Ich schnappe meine Sachen und dränge mich Richtung Bar. «Gute Nacht, Veronica!», rufe ich der Barkeeperin zu, die gerade ein frisches Pint zapft und sich dabei eine der blonden Strähnen aus der schweißnassen Stirn wischt. Oh, wie ich diesen Job nicht vermisse. Ich bin Steve zwar echt dankbar, dass er mich so lange ausgehalten hat, aber meine Welt aus Wörtern und fiktiven Ermittlungen ist mir eindeutig lieber.

Veronica hebt die Hand zum Gruß, ich steuere weiter auf die Tür mit der Aufschrift «Privat» zu. Die Verbindung zwischen Pub und unserem Treppenhaus. Ein Schlüsseldrehen später entschlüpfe ich dem nächtlichen Pulsieren des Pubs. Das Letzte, was ich höre, ist Gelächter, gefolgt von einer Stimme, die grölt: «Auf die Braut!»

Und vielleicht regt sich doch ein kleiner Splitter in meinem Herzen. Den ich wie gewohnt elegant zur Seite schiebe.

KAPITEL 2

Eine Hand auf dem blau lackierten Geländer, schleppe ich mich die Treppe hoch. Als das Zweizimmerapartment unterm Dach damals frei geworden ist, habe ich nicht lange gezögert. Abgesehen davon, dass Steve und ich nach fünf Jahren WG-Leben dringend wieder Privatsphäre brauchten, habe ich mich auf Anhieb in diese Wohnung verliebt. In die Schrägen und die kleinen Gauben, in die knarzenden Holzböden, die Raumaufteilung und natürlich in den verhältnismäßig fairen Mietpreis. Allerdings habe ich damals nicht bedacht, dass ich jedes Mal dreiundvierzig steile Stufen brauche, um meinen neuen Rückzugsort zu erreichen. Oder dass er sich im Sommer in einen kuscheligen Hochofen verwandelt.

Kaum habe ich die Wohnungstür geöffnet, schlägt mir Hitze entgegen. Ich werfe meinen Schlüssel auf das Sideboard und versuche, an der Garderobe einen freien Haken für meine Tasche zu finden. Dabei bleibt mein Blick an dem alten Bierglas auf der Hutablage hängen, versehen mit einem Streifen Kreppband, auf dem in Steves krakeliger Schrift «Wettkasse» steht. Steve und ich machen uns seit Jahren ein Spiel daraus, zu wetten, aus welchem Ort Grandmas nächste Urlaubskarte wohl kommt. Mein aktueller Tipp ist San José, Steve hat auf Oslo gesetzt. Jeden Monat werfen wir ein paar Pfund ins Glas, am Ende gewinnt, wer per Luftlinie gemessen näher dran ist. Apropos ...

Da meine Tasche immer wieder von dem vollen Haken

rutscht, kapituliere ich seufzend, stelle sie aufs Schuhregal und hole einen Fünf-Pfund-Schein aus meinem Portemonnaie. Denn wenn ich mich nicht täusche, steht mein Beitrag für diesen Monat noch aus. *Wow.* Wann haben wir das Glas bitte zum letzten Mal geleert? Ich muss den Schein regelrecht hineinstopfen, und trotzdem schaut er oben ein Stück heraus. Dann kann die nächste Postkarte nicht mehr lange auf sich warten lassen, denn seit Grandpas Tod hält es Grandma selten länger als ein paar Monate am Stück in Edderton aus – meinem Heimatdorf, in dem noch nie viel los war. Die immer gleichen Gesichter und festgefahrenen Meinungen, die Supermärkte, die um spätestens sechs Uhr schließen, die Scheunenfeste bei den Stallones, wöchentliche Bridgerunden, die Gerüchteküche, die ihre Gerichte schneller serviert als der Imbiss nebenan Pommes, und ...

Ein Vibrieren lässt die Erinnerung zerspringen. Schnell krame ich mein Handy aus der Tasche, ein Blick aufs Display, ich muss lächeln. Warum habe ich das geahnt?

«Francis», begrüße ich meine Agentin, während ich die Sneaker von den Füßen streife. «Meintest du nicht letzte Woche, du willst ab jetzt früher Feierabend machen? Um die lauen Sommerabende zu genießen?»

«Ich liege auf dem Balkon, das zweite Glas Bordeaux ist gleich leer, und ich habe gerade eine gewisse Leseprobe beendet», erwidert sie. «Mehr Feierabend geht nicht.»

«Du hast es schon gelesen?!» Überrascht gehe ich ins Schlafzimmer. «Und? Ich weiß, du warst Fan vom ursprünglichen Konzept, aber so hat es einfach besser funktioniert», erkläre ich. «Falls du willst, schicke ich dir nachher ein paar Fotos von dem Club. Absolute Empfehlung, wenn du mal wieder bei deinen Freunden in ...»

«Sekunde, Rae», unterbricht Francis mich. Im Hintergrund

ertönt eine Männerstimme, einen Atemzug später ist es plötzlich still. Anscheinend hat Francis das Mikrofon ausgeschaltet.

Grandioses Timing. Ich klemme das Handy zwischen Ohr und Schulter, während ich meinen Koffer aufs Bett hieve. Heute Nachmittag habe ich ihn nur schnell hier abgestellt und bin mit meinem Laptop runter ins Pub. Um gar nicht erst in Versuchung zu kommen, mich hinzulegen.

Langsam dämmert mir, warum Steve meine Cliffhanger hasst. In meiner Magengegend zwickt Nervosität. Sie ist nur ein schwacher Abklatsch von meiner Aufregung, die ich anfangs als Autorin hatte, und trotzdem kann ich sie nicht ganz wegschieben. Als hätte ein Teil von mir immer noch Angst, das Schreiben plötzlich verlernt zu haben.

Ich nutze die Wartezeit, um auszupacken. Was heißt, dass ich den Großteil meiner Klamotten in die hölzerne Truhe befördere, die am Fußende meines Betts steht und als Wäschekorb dient. Sie gibt beim Öffnen ein knarzendes Quietschen von sich. Das kommt davon, wenn man die meisten Möbel von Flohmärkten, aus Vintageläden oder dem Sperrmüll hat – und zu wenig Zeit, sie ordentlich aufzuarbeiten.

«Rae?» In Francis' Stimme schwingt ein Kichern mit. «Sorry, ich muss es leider kurz machen. Marco hat Dessert mitgebracht.»

Dessert. Klar. Ich verkneife mir einen Kommentar, während ich meinen Kulturbeutel ins Bad bringe. «Brauche ich was zum Mitschreiben?», frage ich stattdessen. Und schon wieder keine Antwort, nur Stille.

Als ich den Beutel auf die Ablage stelle, bleibt mein Blick am Spiegel hängen – oder vielmehr an der Frau, die aussieht, als bräuchte sie mindestens zwei Wochen *echten* Urlaub. Und eine Dusche. Aus meinem hohen Zopf haben sich mehrere dunkelbraune Strähnen gelöst, die an meiner schweißnassen Haut kleben, von meinem Lippenstift sind nur dunkelrote Reste übrig, und die Augenringe? Mein Vergleich mit *The Ring* war ganz passend. Immerhin sind meine Sommersprossen wie jedes Jahr um die Zeit explodiert, sodass ich weniger blass wirke als sonst.

Ich blinzle und reiße mich von dem Anblick los. Im Flur befreie ich meinen Laptop aus der Tasche und bringe ihn ins Schlafzimmer an seinen angestammten Platz. Wobei der kleine Schreibtisch wie immer viel zu vollgestopft ist.

Ob Francis mich vergessen hat? Ich räuspere mich, während ich einen frischen Pyjama aus der Kommode pflücke. Shorts, Top, beides aus grünem Satin, perfekt für den Sommer.

«So, meine Liebe, wo waren wir gerade?», meldet sich Francis endlich zurück. «Ah, richtig, du wolltest wissen, ob du was zum Mitschreiben brauchst. Nur wenn du dir die folgenden Worte an den Kühlschrank heften möchtest: Du hast dich echt selbst übertroffen! Die Figurendynamik, die Stimmung, der Tatort ... Zieht einen direkt in die Story und ist mal was anderes als diese ganzen Lagerhallen und Seitengassen.» Während Francis spricht, bemüht sich Marco im Hintergrund leise, sie zum Auflegen zu bewegen. «Ich schicke dir später nur noch ein paar kleine Anmerkungen rüber. Falls du sie bis spätestens Donnerstag einarbeiten könntest, wäre das super, damit ich Toby den Text noch vor seinem Urlaub weiterleiten kann. Ich bin sicher, er wird ihn lieben!»

Francis kennt meinen Lektor seit einer halben Ewigkeit, und bisher lag sie mit ihrer Einschätzung immer richtig.

Mir rutscht ein Seufzer raus, halb erleichtert, halb von einem Gähnen verzerrt. «Klingt perfekt, danke, Francis. Auch dass du alles so schnell durchgegangen ...»

«Wir quatschen die Tage am besten noch mal in Ruhe, mach's gut, Rae», flötet sie, gefolgt von einem Quieken, das sicher nicht für mich bestimmt ist. Aufgelegt. Dieses *Dessert* ist wohl echt verlockend. Wobei ich mir gerade nicht vorstellen kann, was verlockender wäre, als ganz allein in dieses riesige Bett zu fallen.

Ich werde vom Klingeln an meiner Wohnungstür geweckt. Ächzend drehe ich mich zur Seite und öffne die Augen gerade weit genug, um den Wecker auf dem Nachttisch zu erkennen. Kurz nach zwei. Mittags. Vielleicht sollte ich mich langsam von der Vorstellung verabschieden, je einen richtigen Schlafrhythmus zu etablieren. Am liebsten würde ich mich wieder umdrehen, mich tiefer ins Laken kuscheln und einfach liegen bleiben. Doch abgesehen davon, dass meine Blase drückt, ist aus dem Klingeln ein monotones Schrillen geworden. Eindeutig Steve. Resigniert schlage ich die Decke zurück, kämpfe mich hoch und schlurfe zur Tür.

«Guten Morgen, Sonnenschein.» Steve begrüßt mich mit hochgehaltenem Jutebeutel. Es ist der, den ich ihm Anfang des Jahres zum Dreißigsten geschenkt habe, bedruckt mit einer blauen Telefonzelle und der Frage *«Who?»*. Wir haben die Serie sicher schon ein halbes Dutzend Mal zusammen gesehen.

«Zwei Käsetwister, Rosinenschnecken und genug Baguette für drei volle Mahlzeiten», klärt Steve mich über den Inhalt auf. «Frisch von Sainsbury's.»

Gähnend öffne ich die Tür ganz, um Steve reinzulassen.

«Vielleicht sollte ich noch länger klingeln, bis auch deine Dankbarkeit aus den Laken kriecht.» Steve schiebt sich mit einem Grinsen an mir vorbei, ehe er in Richtung Küche verschwindet.

«Tausend Dank, bester Freund auf Erden», murmle ich und mache einen kurzen Abstecher ins Bad.

Als ich in die Küche komme, hat Steve den Tisch bereits gedeckt und ist gerade dabei, einen Brotkorb aus der alten Anrichte zu holen. Wie ich ihn kenne, ist er bereits seit sechs Uhr wach, war joggen, im Fitnessstudio und hat auch sonst sein Leben komplett im Griff. Während ich nicht mal mehr Kaffee dahabe. Schöne Scheiße. Ich schließe die leere Kaffeedose und öffne dafür den Kühlschrank. Der Inhalt ist überschaubar. Ein paar Gläser Marmelade, angebrochene Soßen, eine Packung Veggiewurst, die man der Optik nach am besten direkt in den Müll befördert, und ganze zwei Getränke.

«Wie's aussieht, kann ich dir leider nur Orangen… Vergiss es», unterbreche ich mich, als ich an dem Saft rieche, der seinen Zenit eindeutig überschritten hat. «Aber die Milch müsste noch gut sein … Oder auch nicht.» Lippenschürzend stelle ich die abgelaufenen Packungen neben die Spüle.

«Wie gut, dass ich dich kenne», sagt Steve und zaubert aus seinem Jutebeutel Hafermilch, Frühstückssaft und Kaffeepads hervor.

Mit einem dankbaren Seufzer schnappe ich mir die Pads und werfe die Kaffeemaschine an. «Was würde ich nur ohne dich machen?»

«Verschlafen, verhungern und verdursten», zählt er schonungslos auf und reicht mir zwei Tassen. «Vielleicht sollte ich über einen zweiten Geschäftszweig nachdenken. Eine Kita direkt über dem Pub.»

«Falls das gerade der miese Versuch war, mich mit einem Kind zu vergleichen, muss ich dich leider enttäuschen.» Ich lehne mich mit verschränkten Armen gegen die Arbeitsplatte, während hinter mir die erste Tasse durchläuft. «Nur die wenigsten Kinder schlafen fünfzehn Stunden durch.»

«Und diese Expertise nimmst du genau woher?»

«Recherche. Du weißt doch, dass Claudine Kinder hat.»

«Ach?» Seine Augenbrauen zucken amüsiert nach oben. «Du meinst die beiden, die so wunderbar pflegeleicht sind, dass ihre Mum selbst im Urlaub irgendwelche großen Fälle lösen kann?»

«Das Zauberwort ist nicht *pflegeleicht*, sondern *Vater*», kontere ich, obwohl Steve nicht ganz unrecht hat. Es war Tobys Idee, Claudine zwei Kleinkinder zu verpassen, um die toughe Ermittlerin *nahbarer* zu machen. Damals hätte ich vermutlich zu allem Ja und Amen gesagt, nur um mein Buch veröffentlicht zu sehen. Jetzt muss ich mich bei jedem neuen Band daran erinnern, dass es ja noch diese beiden Kinder gibt, um die sich Claudine wenigstens hin und wieder kümmern muss. Damit aus Nahbarkeit nicht das Label Rabenmutter wird – selbst wenn ihr Mann die Sache hervorragend im Griff hat. Irgendwie bezweifle ich, dass *Nahbarkeit* ein Problem gewesen wäre, hätte ich anstatt Claudine einen Claude geschrieben.

«Okay, ich schätze, der Punkt geht an dich.» Steve setzt sich auf einen der knarzenden Holzstühle. «Kannst du nicht einfach einen kleinen Zeitsprung einbauen? So ... achtzehn Jahre?»

«Schön wär's.» Ich gebe ihm eine der Tassen und lasse mich auf den Stuhl gegenüber sinken. «In meinem Gelöschte-Szenen-Ordner liegt sogar ein Text, in dem Claudine alles hinschmeißt, nach Lagos fliegt und ihr restliches Leben Sangria schlürfend am Strand verbringt.»

«Lagos und Sangria?» Steve grinst mich über den Tisch hinweg an. «Deine Inspiration dafür kam nicht zufällig von einer gewissen Fenella Pemberlaine?»

«Von wem sonst?», erwidere ich und puste über den heißen Kaffee. «Wobei ich noch einen Polizeieinsatz, ein paar aufgelöste Freundinnen und eine angepisste Enkelin hätte mit einbauen müssen, um wirklich nah an der Realität zu bleiben.»

«Und natürlich die obligatorische Postkarte, um alle zu beruhigen.» Steve nickt Richtung Kühlschrank.

Über die Jahre hinweg haben sich an der Tür so viele Fotos, Magneten und Karten angesammelt, dass von dem roten Lack kaum noch etwas zu sehen ist. Die Hälfte der Karten stammt von Grandma, und meistens hatte ich vorher keinen blassen Schimmer, dass sie überhaupt verreist war.

Ihr erster unangekündigter Urlaub ging nach Lagos – keine zwei Wochen nach Grandpas Beerdigung. Damals hat die Polizei mich über ihr Verschwinden informiert, und natürlich habe ich mich sofort auf den Weg nach Edderton gemacht. Ich war noch nicht mal aus Edinburgh raus, als der Anruf kam, man habe Grandmas Handy orten können und sie säße gerade Sangria schlürfend an einer Hotelbar in Lagos. Drei Tage später kam ihre erste Postkarte – die mit den bunten Häusern und dem Springbrunnen.

Insgesamt haben wir dieses Spiel viermal durchgespielt, bis die Polizei eingesehen hat, dass Grandma eine mündige Erwachsene ist, die verreisen kann, wohin sie will – ohne sich jedes Mal bei ihren überfürsorglichen Freundinnen oder ihrer Enkelin abmelden zu müssen. Meine Versuche, Grandma wenigstens zu einer kurzen SMS zu überreden, sind allesamt gescheitert.

Seitdem gibt es unsere Wettkasse.

«Rae?» Steve stupst mich mit dem Brotkorb an. «Hast du schon Pläne für heute Nachmittag? Und wehe, du sagst arbeiten.» Obwohl da immer noch ein Necken in seinem Mundwinkel steckt, weiß ich, dass er es ernst meint.

«Na ja», ich nehme einen Käsetwister, «Toby ist ab nächster Woche im Urlaub, und wenn ich vermeiden will, dass sich die Sache mit dem Folgevertrag ewig hinzieht, muss das Projekt vorher raus. Was heißt, dass ich noch ein paar kleine Änderungen ...»

«Du musst also arbeiten», fällt Steve mir ins Wort. «Komm schon, bei aller Liebe zum Schreiben, aber wann hast du das letzte Mal eine *richtige* Auszeit gehabt? Dich einfach mal nur um dich selbst gekümmert, ausgespannt – und dabei nicht an Claudine gedacht?»

Ich weiß, dass ich urlaubsreif bin, und dennoch ballt sich Trotz in mir zusammen. «Zählt dein letzter Geburtstag?»

«Du meinst den Abend, an dem du um dreiundzwanzig Uhr beim Shots-Trinken einen solch *grandiosen Einfall* hattest, dass du Hals über Kopf nach oben verschwunden bist?»

«Hey, du vergisst, dass ich danach wiedergekommen bin!»

«Ja, und zwar für geschlagene zehn Minuten. Du hast kurz mit Patrick gequatscht, dann habt ihr wie aus dem Nichts rumgeknutscht und seid zusammen verschwunden.»

«Siehst du.» Mit vielsagender Miene beiße ich ein Stück Käsetwister ab. «*Dabei* habe ich sicher nicht an Claudine gedacht. Und es war sehr entspannend.» War es nicht. Bis gerade hätte ich nicht mal mehr den Namen des Typs gewusst.

«Ach? Und warum hat Patrick dann erzählt, du hättest ihn noch in derselben Nacht rausgeworfen, um zu *arbeiten*?»

«Vielleicht, weil es ihm peinlich war, zuzugeben, dass er schnarcht wie ein ganzes Sägewerk?», erwidere ich und stocke, weil ich etwas höre. «Oh, sei mal kurz still.» Ich hebe den Zeigefinger und lausche. Mein Handy. Wenn das mal kein Zeichen des Schicksals ist. «Sorry, aber da muss ich *leider* drangehen», säusle ich mit geheucheltem Bedauern und springe auf. «Aber vergiss gerne, wo wir stehen geblieben sind.»

KAPITEL 3

Mein iPhone hängt im Schlafzimmer am Ladekabel. Als ich es abziehe, leuchtet nur noch ein verpasster Anruf auf. *Mist.*

«Wie bedauerlich, dass dir die Ausrede abhandengekommen ist», spöttelt Steve, der mir gefolgt ist und jetzt im Türrahmen lehnt. «Worauf ich eigentlich hinauswollte: Ab siebzehn Uhr ist Happy Hour in diesem neuen Spa in Newhaven. Nur für Erwachsene, ein Begrüßungscocktail gratis, die Hot-Stone-Massage zum halben Preis. Eliah und ich wollen hier etwas früher los, was heißt, dass ich dich gegen halb einpacken werde – vorzugsweise ohne dieses trotzige Naserümpfen, auch wenn das ziemlich niedlich aussieht.»

«Weißt du, wer noch niedlich ist?», frage ich, während ich das Handy entsperre. «Bären. Was sie nicht weniger gefährlich macht, wenn man sie reizt.» Ich öffne die Anrufliste – und stocke. Irgendwie hatte ich so fest mit Francis gerechnet, dass ich die Anzeige auf dem Display komplett ignoriert habe. *Mindy Sinclair.*

Der Name ist wie eine kleine Zeitreise, wie das Öffnen eines Fensters in die Vergangenheit, von dem man vergessen hat, dass es überhaupt existiert. Dabei sind Mindy und ich praktisch zusammen aufgewachsen. Derselbe Kindergarten, dieselben Schulen, dieselbe Leidenschaft. Für ein paar Jahre waren wir unzertrennlich, verbunden durch unsere Liebe zu Büchern. Wir haben stundenlang in Lydias Buchhandlung gestöbert, bei Graeme im Café gesessen und über Neuerscheinungen diskutiert, gemeinsame Leseabende veranstaltet ... Es fühlt sich an, als läge ein ganzes Leben zwischen damals und jetzt, was gar nicht mal so falsch ist, wenn ich überlege, wie viel seitdem passiert ist.

«Alles in Ordnung?» Steve stößt sich vom Türrahmen ab. «Warum habe ich das Gefühl, dass du gerade selbst einen Bären gesehen hast?»

Ich blinzle die Erinnerungen weg. «Ach, alles bestens.» Kopfschüttelnd öffne ich den Kontakt, um mir unsere Historie anzusehen. «Sagt dir meine alte Freundin Mindy Sinclair noch was?»

«Ist das nicht die, die gerade aus Newcastle zurück nach Edderton gezogen ist? Um näher bei ihren Eltern zu sein?»

Ich schaue überrascht auf. «Warte, woher ...?!»

«Von deiner Grandma?» Mit zweifelnder Miene kommt Steve zu mir rüber. «Hast du vergessen, dass ich dabei war, als Fenella davon erzählt hat? Letzten Monat? Das erste Juniwochenende? Komm schon, Rae, jetzt guck mich nicht so an. Wir saßen zu dritt unten im Hof, Lichterketten, zwei Flaschen Rotwein, Fenella hat ein paar Anekdoten aus Edderton erzählt ... und du hattest dein Notizbuch dabei.» Ihm entweicht ein Seufzer. «Hast du überhaupt was von dem Gespräch mitbekommen?»

Ertappt schürze ich die Lippen. «Vielleicht die Hälfte?», mutmaße ich. Ich weiß noch, dass ich während Grandmas Besuch einen entscheidenden Knoten im Plot gelöst und noch in der Nacht, in der wir zusammen im Hof saßen, den Trip nach Berlin gebucht habe.

«Ich lasse das jetzt einfach mal so stehen», erwidert Steve, wobei sein Blick mehr sagt als tausend Worte.

«Also schön, ich komme mit in dieses Spa. Vorausgesetzt, ich schaffe es vorher, Francis' Anmerkungen einzuarbeiten», sage ich, ehe ich meine Aufmerksamkeit zurück aufs Display lenke.

Mindy und ich haben ewig nichts voneinander gehört. Unser letzter Kontakt dürfte gute fünf Jahre her sein. Damals haben wir uns in Tain auf Grandpas Beerdigung getroffen, Nummern getauscht und versprochen, uns beieinander zu melden, wenn wir mal in der Nähe der jeweils anderen sind. Ans restliche Gespräch kann ich mich nur noch dunkel erinnern. Weil ich die meiste Zeit damit beschäftigt war, jemand anderem auszuweichen. Dem einen Mann, dessen Namen ich nie vergessen könnte, genauso wenig wie seinen Duft, seine Augen, gewisse Blicke ...

«Weißt du, was Mindy will?», fragt Steve.

Ich schiebe die Gedanken an die Beerdigung beiseite und dränge mich schulterzuckend an ihm vorbei. «Nein, aber ich schätze, das werde ich gleich herausfinden.» Dann tippe ich auf ihre Nummer und gehe Richtung Flur.

«Rae!» Mindy hebt nach nur einem Freizeichen ab. Ihre Stimme klingt genau wie früher, hell, aufgeweckt, sympathisch. «Ich war nicht sicher, ob deine Nummer noch dieselbe ist, aber danke für den schnellen Rückruf. Wie geht's dir?!»

Ich merke, wie sich meine Mundwinkel heben. Es gibt eine kleine Handvoll Menschen, bei denen es nur ein Wort, einen Ton, einen Klang braucht, um die Spuren wieder zum Leuchten zu bringen, die sie einmal in deinem Herzen hinterlassen haben. Mindy gehört eindeutig dazu.

«Hey, wie schön, von dir zu hören», begrüße ich sie. «Ich bin gestern erst von einer Recherchereise zurückgekommen, vorhin hat mein bester Freund Frühstück mitgebracht, und später geht's vielleicht noch ins Spa. Also ich würde sagen, hier ist alles bestens.» Während ich rede, gehe ich wieder in die Küche.

«Jede andere Antwort hätte mich auch gewundert. Ich meine, du warst jetzt mit wie vielen Büchern auf der *Sunday Times*-Liste?!»

«Mit drei», antworte ich. In mir flackert ein bisschen was von dem früheren Stolz auf, den ich viel zu lange nicht mehr gespürt habe. «Der letzte Band hält sich sogar immer noch in den Top Ten.»

«Echt unglaublich, herzlichen Glückwunsch. Ich weiß noch, wie du von dem ersten Vertrag erzählt hast und nicht sicher warst, ob das Buch überhaupt jemand lesen wird.» Mindy klingt, als würde sie grinsen. Unwillkürlich stelle ich mir ihr Gesicht vor, die Stupsnase, die strahlend blauen Augen, die ungeschminkten Lippen. «Und jetzt sieht man deine Bücher praktisch überall. Wusstest du, dass sie sogar bei Lydia im Schaufenster liegen?»

«Lydia verkauft meine Bücher?!», erwidere ich überrascht und mache Platz für Steve, der sich zurück zu seinem Stuhl quetscht. «Was ist aus ihrem Grundsatz ‹Bücher mit Leichen kommen nur über meine Leiche hier rein› geworden?»

«Aufgegangen in den Flammen des Kapitalismus», neckt Mindy. «Zumindest meinte sie letztens, lokale Autorinnen würden sich besser verkaufen als ofenfrische Scones mit Clotted Cream.»

«Ah, natürlich.» Ich nehme meinen Kaffee und lehne mich gegen die Arbeitsplatte. «Lydia hatte schon immer einen ausgeprägten Geschäftssinn.» Weshalb sie neben Büchern noch gefühlt Tausende anderer Artikel verkauft hat, von Postkarten über Backmischungen im Glas bis hin zu Traumfängern und Mobiles aus Muscheln, die überall in dem kleinen Laden von der Decke baumelten. Ob es dort wohl immer noch so aussieht?

«Ich glaube, sie würde sich echt freuen, dich mal wiederzusehen», sagt Mindy. «Und sie wäre definitiv nicht die Einzige.»

«Oh, das bezweifle ich», erwidere ich mit einem hohlen Lachen auf den Lippen, während Nervosität an meiner Magenwand zupft. «Nur weil Lydia meine Bücher verkauft, hat sie diesen klitzekleinen Brandfleck hinter ihrer Theke sicher nicht vergessen. Ich meine, sie hat mir *Hausverbot* erteilt.»

«Ernsthaft, Rae?» Mindys Lachen klingt echter als meins. «Da waren wir wie alt? Du vierzehn, ich zwölf? Ich habe Lydia in letzter Zeit oft genug über dich sprechen hören, und glaub mir: Sie würde sich *wirklich* freuen. Genau wie ein paar andere – mich eingeschlossen.»

«Ist das etwa eine Einladung?»

«Und wenn es so wäre?»

Ich nippe am Kaffee, während sich die Nervosität bis in meine Fingerspitzen stiehlt. Seit meiner Flucht vor zwölf Jahren hat es mich nie zurück an diesen Ort gezogen. Ich war zwar ein paarmal bei meinen Großeltern in Pemberlaine House, aber seit Grandpas Tod habe ich selbst diese Besuche eingestellt. Denn abgesehen davon, dass Grandma sowieso meistens unterwegs ist und lieber zu mir nach Edinburgh kommt – *weil ein Tapetenwechsel der Seele stets guttut* –, hat allein das kurze Wiedersehen auf der Beerdigung Wunden gereizt, an denen ich lieber nicht weiter kratzen möchte.

«Also, falls du Zeit hättest, würde ich mich echt freuen, wenn du herkommst», redet Mindy weiter. «Mal wieder einen Tee bei Graeme trinken, abends am Strand sitzen, Marshmallows rösten, deine Rechercheskills nutzen, um Fenella zu finden ...»

«Was?» Ich verschlucke mich fast am Kaffee. «Grandma ist wieder verschwunden?!» Mein Blick gleitet zu Steve, der gerade von der Rosinenschnecke abgebissen hat und mich jetzt ansieht, in seinen Augen ein Funkeln, das beweist, dass wir dasselbe denken: Nicht mehr lange, und wir wissen, wer unsere Wette dieses Mal gewonnen hat. «Äh, Mindy, kann ich kurz auf Lautsprecher stellen? Damit mein Freund Steve mithören kann?»

«Klar, warum nicht», erwidert Mindy. Ihr nächster Satz schallt bereits laut durch die Küche: «Warte, war Steve nicht der Typ, auf dessen Couch du damals geschlafen hast?»

Steve grinst mich schief an. «Du hast ihr also von mir erzählt?», raunt er mit anzüglichem Unterton.

Ich verdrehe die Augen. «Japp, genau der. Wusste gar nicht mehr, dass wir über ihn gesprochen haben.»

«Dabei warst du doch immer diejenige mit einem Gedächtnis wie ein Computer», sagt Mindy amüsiert. Vermutlich hat sie Steve auch gehört. Der jetzt ein Husten imitiert, in dem komischerweise der Satz «Sie meint wohl Goldfischgedächtnis» mitschwingt.

Ich widerstehe dem Drang, ihm den Spülschwamm an den Kopf zu schmeißen, und wende ihm stattdessen den Rücken zu. «Muss wohl daran liegen, dass man Steve schon mal vergessen kann», erwidere ich und spüre im Nacken seine gespielte Empörung. «Aber noch mal zurück zu Grandma. Sie ist also wieder still und heimlich auf große Tour gegangen?»

«In der Nacht von Donnerstag auf Freitag. Dann nehme ich mal an, du hast auch keine weiteren Infos?»

«Leider nein, wobei mich alles andere auch gewundert hätte. Sie war noch nie der Typ fürs Abmelden.» Ich gehe zum Kühlschrank und pflücke eins der Fotos ab, auf dem Grandma und ich Seite an Seite in die Kamera grinsen. Unsere Haare sind zerzaust von der Fahrt im offenen Sightseeing-Bus, ihr Arm liegt über meiner Schulter, an ihrer Hand das einzige Schmuckstück, das sie nur zum Schlafen ablegt: der klobige Rubinring, den Grandpa ihr damals zur Verlobung geschenkt hat. Um uns herum sitzen ein paar weitere Leute, darunter ein Typ, bei dem ich unwillkürlich das Gesicht verziehe. Nicht dass ich auch nur ein Wort mit ihm gewechselt hätte, aber allein seine flirtenden Blicke waren so unangenehm, dass wir ein paar Stationen später wieder ausgestiegen sind. Direkt am Edinburgh Castle, das sich auf dem Foto im Hintergrund abzeichnet. Die Aufnahme ist letzten Herbst entstanden, und keine fünf Minuten später hatten wir mal wieder einen *kleinen* Disput über den Nutzen eines Smartphones. Das Grandma in ihren Urlauben konsequent ignoriert.

«So was in der Art hat Bobby auch gesagt», holt Mindy mich zurück in die Gegenwart.

«Du hast *Bobby* informiert?!» Bei der Vorstellung zuckt ein Lächeln über meine Lippen. «Sorry, aber jemand hätte dich vorwarnen sollen. Bobby war von Anfang an der einzige Inspector, der meinte, Grandma sei sicher nur verreist. Nach dem ganzen Theater der letzten Jahre kriegt er vermutlich die Krise, wenn er den Namen *Fenella Pemberlaine* nur hört.» *Oder meinen*, füge ich gedanklich hinzu, denn es ist nicht übertrieben, wenn ich sage, dass ich Bobby Foster das Leben als Teenie zur Hölle gemacht habe. Was er mir vermutlich bis heute nachträgt.

«Ich weiß, aber erklär das mal Eleanore», erwidert Mindy. «Wenn sie so weitermacht, raubt sie mir bald den letzten Nerv.»

Beim Klang des Namens zucke ich zusammen. «Eleanore?», wiederhole ich. «Ihr habt Kontakt?»

«Na ja, das bleibt nicht ganz aus, wenn man auf Warwick Manor arbeitet», witzelt Mindy. «Warte, du weißt doch, dass ich wieder in Edderton bin, oder? Deine Grandma hat sicher erzählt, dass ich ...»

«Du arbeitest für Eleanore Warwick?!» Ich schaue zu Steve, der mich genauso entgeistert anstarrt. Dabei kennt er den alten Drachen nicht einmal persönlich, er hat nur Geschichten gehört, über die *ach so gutherzige Granny*, die in Wahrheit alles andere als ein Unschuldsengel ist. Die es immer so gedreht hat, dass *ich* diejenige war, die zu forsch war, zu vorlaut, zu rebellisch. Ein Makel im sonst so perfekten Leben ihres Enkels Archer.

Archer.

Ohne es zu wollen, muss ich wieder an seine Blicke denken, an den Vorwurf in seinen Augen, daran, dass er nur die halbe Wahrheit ... Ich beiße mir auf die Zunge, um die Erinnerung zerplatzen zu lassen. Weil es müßig ist, sich mit Dingen zu befassen, die seit einer halben Ewigkeit durch sind.

«Das heißt dann wohl, du wusstest es nicht», stellt Mindy treffend fest.

«Äh, nein.» Ich versuche, mich zu sammeln. «Versteh mich nicht falsch, aber hast du nicht in Newcastle studiert? Was um alles in der Welt machst du dann bei Eleanore?»

«Ich bin ihre Haushälterin», erwidert Mindy. «Ich weiß, wie das klingt, aber das Jobangebot in Edderton ist nicht gerade riesig. Und ob du es glaubst oder nicht: Die Arbeit hier macht mir echt Spaß.»

«*Spaß?*» Zweifelnd lasse ich mich auf meinen Stuhl fallen. «Hast du nicht eben gesagt, Eleanore würde dir den letzten Nerv rauben?»

«Schön, die Arbeit *hat* Spaß gemacht», berichtigt Mindy resigniert. «Bis eine gewisse Fenella mal wieder ohne ein Wort verschwunden ist. Laut Mum haben sich die Leute in Edderton inzwischen dran gewöhnt, nur Eleanore läuft plötzlich wie ein aufgescheuchtes Huhn durch die Gegend und versucht, alles und jeden in ihre privaten *Ermittlungsarbeiten* einzubeziehen. Ich weiß nicht genau, wie ich das formulieren soll, aber ...» Mindy druckst rum.

«Aber was?»

«Na ja, Eleanore ist der festen Überzeugung, deine Grandma wäre *entführt* worden.»

«Entführt?!», fragen Steve und ich wie aus einem Mund, bevor ich hinzufüge: «Wie kommt sie denn auf die Idee?»

«Keinen blassen Schimmer. Sie nennt es *so ein Gefühl*, allerdings gibt es keinen einzigen Beweis für ihre Theorie. Weder Drohbriefe noch Forderungen, geschweige denn Spuren eines Einbruchs», erzählt Mindy. «Zumindest sieht Pemberlaine House genauso aus wie letzte Woche. Nur dass Fenellas Auto nicht mehr in der Auffahrt steht.»

«Du warst da?»

«Ich habe vor der Arbeit heute Morgen einen kurzen Abstecher gemacht, um zu schauen, ob alles in Ordnung ist.» Da ist ein Unterton in Mindys Stimme, der mir nicht gefällt. «Eleanore und Amara haben gestern eine Art kleine Hausdurchsuchung gemacht, und ich wollte sichergehen, dass sie alles wieder richtig abgeschlossen haben.»

«Die beiden haben *was*?!»

«Also, keine Sorge, sie sind nicht eingebrochen oder so, sie haben ja einen Ersatzschlüssel. Aber mir kommt es auch ein bisschen übertrieben vor, und das war noch nicht alles», erwidert Mindy, gefolgt von einem Seufzer. «Als Amara gestern Abend hier war, haben die beiden im Grünen Salon darüber diskutiert, ob und wie sie mich weiter in ihre Ermittlungen einbinden können. Es klang ganz so, als wollten sie mich *noch mal* auf Bobby ansetzen.» Mindy rutscht ein freudloses Lachen heraus. «Du kennst mich, Rae. Ich versuche immer, mein Bestes zu geben, aber die Vorstellung, wieder bei Bobby anklopfen und ihm weitere Details aus den Rippen leiern zu müssen ...»

«Sie wollen dich in ihre *Ermittlungen* einspannen?! Du verarschst mich doch?!» Ich lege das Handy auf den Tisch, um ein Stück von meinem Käsetwister abzureißen. Eine Spur zu grob. «Warum sollte Amara bei so einem Scheiß mitmachen?»

«Keine Ahnung, aber vielleicht verstehst du jetzt, warum ich hier echt Unterstützung brauchen könnte.»

Ich rümpfe die Nase. Schwer vorstellbar, dass der *Teufel von Edderton* nach Eleanores Pfeife tanzt. Genau deshalb mochte ich Amara immer am liebsten. Weil sie über den Dingen stand, mit einer Zigarre in der Hand, grimmig verzogenem Gesicht und einem verschmitzten Lächeln in den Augen. Was ihr in der Summe wohl besagten Spitznamen eingebracht hat – und meine volle Sympathie. Deshalb war sie auch eine der wenigen, in deren Nähe ich es auf Grandpas Beerdigung länger als fünf Minuten ausgehalten habe.

Steve nickt auffordernd zum Handy. «Willst du nicht irgendwas sagen?», wispert er. «Zum Beispiel, dass du deinen Hintern sofort nach Edderton bewegen wirst, um Mindy zu helfen? Bevor diese alten Schachteln noch übergriffiger werden?»

«Oh, danke, Steve», wirft Mindy ein. Sie hat natürlich alles mitgehört. «Du bist auch jederzeit willkommen.»

«Sehr verlockend, aber leider kann ich das Pub gerade nicht allein lassen. Meine liebe Rae hingegen könnte dringend eine Pause gebrauchen.»

«Wirklich?» In Mindys Stimme schwingt so viel Hoffnung mit, dass ich Steve einen finsteren Blick zuwerfe.

«Verräter», knurre ich, und irgendwo auf meiner Zunge schmecke ich eine Ausrede. Bittersüße Worte von zu viel Arbeit und Deadlines, aber ich kriege keins davon raus. Denn da sind wir wieder, bei diesem elenden Thema Auszeit, und auch wenn es etliche Orte gibt, in denen ich lieber Kurzurlaub machen würde als in Edderton, muss ich zugeben, dass sich jenseits alter Narben noch etwas anderes regt. Das zarte Stechen von *Vermissen*. Ich weiß, dass es vor allem Mindy gilt, aber vielleicht auch ein bisschen Amara. Und Graeme. Und dem Haus, in dem ich aufgewachsen bin. Mit seiner einsamen Lage direkt an der Küste, seinem gepflegten Garten mit der großen Laube und dem Liegestuhl, der dazu einlädt, wirklich auszuspannen. Vorausgesetzt, es sieht nach all der Zeit immer noch so aus ...

Ich lasse jede Ausrede in einem Seufzer platzen. «Also, wie sah die To-do-Liste noch mal aus?», frage ich. «Einen Tee bei Graeme trinken, am Strand sitzen, Marshmallows rösten und dir Eleanore vom Hals halten?»

«O ja, *bitte* lass mich hier nicht alleine!» Mindy klingt, als würden ihr tausend Steine auf einmal vom Herzen fallen. «Ich besorge auch diese extragroßen Marshmallows, die wir als Kinder immer hatten, und falls du nicht allein in Pemberlaine House schlafen möchtest, hätte Eleanore sicher nichts dagegen, wenn ich eins der Gästezimmer für dich ...»

«Jetzt mach nicht wieder alles zunichte», unterbreche ich sie. «Bevor ich auf Warwick Manor schlafe, müssen schon sämtliche Betten der Gegend abgebrannt sein, und selbst dann würde ich den Boden von Pemberlaine House bevorzugen.»

«Okay, kein Gästezimmer. Verstanden.» Mindy nimmt einen hörbar tiefen Atemzug. «Hauptsache, du kommst her. Ich meine, wir wissen beide, dass Fenella im Urlaub ist, aber vielleicht schaltet Eleanore einen Gang zurück, wenn sie das Gefühl hat, dass jemand mit Expertise an ihrem *Fall* dran ist.»

«Expertise?» Mir rutscht ein zweifelndes Lachen raus. «Ich bin immer noch Autorin, keine Ermittlerin.»

«*Krimi*autorin», korrigiert Mindy mit Nachdruck, und über

Steves Gesicht huscht ein unverschämtes Grinsen. «Erstens warst du schon immer gut darin, Rätsel zu lösen, und zweitens habe ich deine Bücher gelesen.»

«Sie hat so was von Expertise», mischt Steve sich ein und kassiert dafür den nächsten vernichtenden Blick. «Für den dritten Teil hat sie sogar ein Praktikum in der Forensik gemacht, und für den vierten ...»

«Durfte sie einen richtigen Detective Chief Inspector zu einem Tatort begleiten, ich weiß. Stand in der Danksagung», beendet Mindy enthusiastisch den Satz.

«DCI Cooper hat mich nur mal über seine Schulter ...» Ich versuche, die Situation richtigzustellen, aber ich komme nicht weit. Steve und Mindy haben sich darauf eingeschossen, all meine Kontakte aufzuzählen, die ich im Laufe der Jahre geknüpft habe. Erst als sie über meinen Besuch am Gericht sprechen, schaffe ich es, wieder einzuhaken.

«LEUTE!», unterbreche ich sie, begleitet von einem Aufstöhnen. «Darf ich euch noch mal kurz daran erinnern, worüber wir hier sprechen? Es gibt keine echten *Ermittlungen*, nur weil Eleanore Warwick das behauptet, also haltet mal die Luft an. Ich werde sicher keinen meiner Kontakte belästigen, weil meine Grandma spontan verreist ist, aber ich werde mein Bestes geben, Eleanore von Mindy abzulenken.»

«Danke, danke, danke!» Mindy schafft es, selbst durchs Handy zu strahlen. «Ich könnte dich echt knutschen!»

«Sieh es als eine Art Wiedergutmachung dafür, dass ich dich bei diesem einen Kinodate versetzt habe.»

«Und ich sage doch, du hast ein Gedächtnis wie ein Computer», neckt sie mich. «Welchen Film wollten wir ...»

«Mindy!» Im Hintergrund ertönt eine vertraute Stimme. «Mindy, Liebes, bist du etwa immer noch hier?»

Eleanores Gesäusel hat sich kaum verändert. Vielleicht ist

es etwas brüchiger geworden, was wohl daran liegen dürfte, dass sie inzwischen auf die achtzig zugehen müsste. Oh, was freue ich mich, sie wiederzusehen – nicht.

«Komme sofort!», ruft Mindy, bevor sie sich wieder an uns wendet. «Tut mir leid, ich habe die Zeit total vergessen. Rae, schreib mir am besten, wann du ankommst, ja? Und Steve, bitte sorg dafür, dass sie nicht doch noch abspringt.»

«Kannst dich auf mich verlassen», erwidert Steve, während ich nur die Augen verdrehe. «Es war mir eine Freude, dich auf diesem Wege kennenzulernen.»

«Geht mir genauso! Macht's gut, ihr beiden.»

«Bis dann», geben wir unisono zurück, wobei Steve deutlich vergnügter klingt.

Kaum haben wir aufgelegt, beugt er sich ein Stück vor, auf seinem Gesicht ein Grinsen, das selten etwas Gutes bedeutet. «War das da im Hintergrund etwa die berühmt-berüchtigte Eleanore Warwick, die meiner geliebte Rae damals das Leben schwer gemacht hat?»

Was für eine harmlose Beschreibung. «Genau die.»

«Na, dann muss ich sagen, ich bin etwas enttäuscht», erwidert Steve. «Ich dachte immer, allein ihre Stimme würde mir die Seele aus dem Körper saugen, aber das klang eher nach einer süßen Omi, die jeden mit frisch gebackenen Keksen empfängt.»

«Wenn die Kekse vergiftet sind, passt der Vergleich sogar», spöttle ich und lehne mich zurück. Das Display des Handys wird dunkel. Nur langsam sickert die Erkenntnis zu mir durch, dass ich gerade zugesagt habe, nach Edderton zu fahren. Mindy zu treffen, mit Graeme zu quatschen, mein altes Zimmer in Pemberlaine House zu beziehen – zum ersten Mal ohne Grandpas Gitarrenspiel. Und wie es aussieht, auch ohne Grandmas Rätselspiele ...

Bei dem Gedanken bildet sich ein Kloß in meinem Hals, den ich mit dem letzten Rest Kaffee herunterspüle.

Ich raffe mich auf. «Na ja. Dann sollte ich wohl mal zusehen, dass ich diese Leseprobe fertig bekomme», sage ich in dem Versuch, die Schatten loszuwerden. «Iss in Ruhe zu Ende und lass einfach alles stehen. Ich räume später auf.»

«Rae?»

Auf der Türschwelle bleibe ich stehen. «Mh?»

«Versprich mir nur eins, ja?» Steves Miene ist ungewöhnlich ernst. «Lass. Claudine. Hier. Du brauchst eine *echte* Pause, und solltest du auf die Idee kommen, in Fällen zu ermitteln, die nichts mit deiner Grandma zu tun haben, werde ich dir mächtig in den Arsch treten.»

«Danke, Steve.» Ich ringe mir ein Lächeln ab. «Ich werde Bescheid geben, sollte ich einen Reminder brauchen.» *Falls ich nicht doch kurz vor Edderton umdrehe.*

KAPITEL 4

Mein Koffer ist deutlich schwerer als für die zwei Wochen Berlin. Vermutlich weil ich keine Ahnung habe, wie lange ich weg sein werde und wahllos Klamotten reingeworfen habe – neben einem ganzen Stapel Bücher. In der naiven Hoffnung, alle lesen zu können, der absurden Sorge, plötzlich ohne Buch dazustehen, und dem resignierten Wissen, dass ich realistisch betrachtet nicht einmal einen Bruchteil davon schaffen werde. Keine Ahnung, wann ich zuletzt auch nur ein ganzes Kapitel am Stück gelesen habe, ohne zu Claudine abzudriften.

Ich ziehe die Wohnungstür hinter mir zu. Beim Klicken des Schlosses zucke ich zusammen, in meinem Magen ein unangenehmes Ziehen. Als hätte ich etwas Wichtiges vergessen, dabei bin ich alles etliche Male durchgegangen. Die Leseprobe liegt bereits seit gestern Abend bei Toby, Francis weiß über meinen Heimatbesuch Bescheid, ich habe meinen Kulturbeutel eingepackt, Ladegerät, Bikini, zu viele Band-T-Shirts. Alles, was fehlt, kann man im Zweifelsfall nachkaufen. Portemonnaie und Proviant sind in der Schultertasche verstaut, die alten Lebensmittel habe ich entsorgt, alle Pflanzen abgestaubt, auf Grandmas Handy angerufen – natürlich ohne Erfolg – und etwa zwei Stunden lang nach meinem Schlüssel für Pemberlaine House gesucht, bis mir eingefallen ist, dass er sowieso nicht mehr passt. Kürzlich gewechseltem Schloss sei Dank. (Hey, wenigstens ein Detail, das ich mir aus Gesprächen mit Grandma gemerkt habe, ohne gedanklich woanders zu sein.)

Für einen Moment bin ich doch versucht, alles wieder auszupacken, meinen Laptop aufzuklappen und die Wartezeit bis zu Grandmas nächster Karte mit ein paar neu geschriebenen Kapiteln zu überbrücken. Wäre da nicht Mindys Nachricht von heute Morgen:

Lagerfeuer kann kommen!
Weiß für dich und rosa für mich.

Darunter das Foto von zwei Marshmallow-Tüten, deren Design sich seit unserer Kindheit kaum verändert hat. Nur das Logo ist etwas moderner, die Schriftart weniger verspielt. Ich habe ein Herz zurückgeschickt und gefragt, ob ich mir Eleanores Ersatzschlüssel für Pemberlaine House leihen könnte. Bisher kam keine Antwort, allerdings bezweifle ich, dass ich vor verschlossenen Türen kampieren muss.

Ich hebe den schweren Koffer hoch und schleppe ihn runter ins Pub. Dienstagnachmittag, gefühlte dreißig Grad im Schatten, und der Laden ist schon jetzt brechend voll. Eine bunte Mischung aus Menschen in Businesskleidung, die entweder auf die späte Mittagspause oder den frühen Feierabend anstoßen, und Touris, die sich in fremden Sprachen durch die Speisekarte arbeiten. Ich zwänge mich durch die Menge, immer weiter Richtung Hintertür. Auf Höhe der Theke sammle ich Steve ein, der Veronica noch schnell was zuruft, bevor er seine Arbeit liegen lässt und zu mir aufschließt.

«Rae Pemberlaine fährt also wirklich in den Urlaub.» Mit anerkennendem Pfeifen nimmt er mir den Koffer ab. «Mein Vaterherz war selten so stolz.»

«Na ja, auf der einen Seite werde ich mit Marshmallows gelockt, auf der anderen mit einem Arschtritt bedroht», erwidere ich neckend, bevor ich die Tür aufstoße. Sie quietscht von

Mal zu Mal erbärmlicher, aber irgendwie passt das Geräusch zu unserem alten Innenhof mit der kleinen Sitzgruppe und dem Grill. Das Ensemble droht bereits von Efeu überwuchert zu werden. Genau wie das Carport, unter dem das Einzige steht, was mir wirklich heilig ist: mein alter Mercedes-Benz. 1967er Baujahr, schwarz lackiert, Verdeck, cremefarbene Ledersitze – und in einer Stadt wie Edinburgh völlig überflüssig.

«Klingt nach der perfekten Kombi.» Steve folgt mir zum Wagen. Als würde mein Gepäck nichts wiegen, hievt er es in den Kofferraum. «Hast du deinen Laptop auch wirklich hiergelassen?» Mit vielsagender Miene nickt er zu meiner Schultertasche und lässt den Kofferraum zuknallen.

«Hey, mein Auto ist kein Panzer!», ermahne ich ihn.

«Und das ist keine Antwort.» Er lehnt sich gegen das Carport und holt eine Schachtel Zigaretten raus. Das Klicken eines Feuerzeugs, und schon strömt der Duft von Menthol durch den Innenhof.

«Das nennt man also Vertrauen, ja?» Ich verdrehe die Augen und öffne meine Tasche. «Portemonnaie, Make-up-Täschchen, Desinfektionszeug, Taschentücher, Proviant für die Fahrt. Genehmigt?»

«Sekunde.» Steve pustet bläulichen Rauch zur Seite, ehe er sich vorbeugt und mit spitzen Fingern mein Notizbuch rausfischt. «Und was ist das hier?»

«Gebundenes Papier», erwidere ich ungerührt, schnappe ihm das grüne Büchlein weg, das ich gerade erst in Berlin gekauft habe, und werfe es samt Tasche auf den Beifahrersitz. «Ich dachte, das könnte ganz hilfreich sein, wenn ich für Eleanore die Ermittlerin spielen soll.» Was für eine süße Lüge. Es war schon schwer genug, den Laptop nicht einzustecken, ohne Notizbuch würde ich nicht überleben. «Also, bestehst du noch auf eine Leibesvisitation, oder darf ich so fahren?»

Sein Blick huscht über meine Klamotten, eine kurze weiße Bluse, schwarze High-Waist-Shorts – beides aus dem kleinen Vintageshop oben am West Bow – und brandneue Sneaker.

«Wenn du es geschafft hast, darunter einen Laptop zu verstecken, darfst du ihn auch mitnehmen», feixt Steve. «Aber mal eine andere Sache. Hast du schon überlegt, wie du mit einem gewissen *Jemand* umgehen wirst? Nur für den Fall, dass er auch da sein sollte?»

Allein die Betonung reicht, um zu wissen, wen er meint. Ohne es zu wollen, schnellt mein Puls in die Höhe, dabei sollte es echt keinen Grund dafür geben.

«Erstens lebt Archer seit fast drei Jahren in Dublin ...»

«Ha, also warst du doch auf seinem Instagram-Account!»

«War ich nicht, und zweitens», fahre ich mit Nachdruck fort, «ist die ganze Scheiße ewig her. Sollten wir uns über den Weg laufen, werde ich ihn genauso behandeln wie jeden anderen.»

«Ist klar.» Steve mustert mich mit unverhohlenem Zweifel. «Deshalb hast du damals auch ...»

Das Quietschen der Tür lässt uns beide aufschrecken.

«Steve?» Veronica steht sichtlich gestresst im Rahmen. «Ein Louis Rogers fragt nach dir. Er meinte, ihr hättet ein Kaffeedate? Hi, Rae.»

Ich hebe nur die Hand, während Steve hastig seinen Taschenascher rausholt und die Zigarette ausdrückt. «Sag ihm, ich bin gleich da!» Kaum ist Veronica weg, haucht er in seine Handfläche. «Shit. Hatte völlig vergessen, dass wir schon Dienstag haben. Hast du zufällig Kaugummi dabei? Oder Minzbonbons? Oder keine Ahnung ... Mundspülung?»

Ich lehne mich zurück ins Auto und krame in meiner Tasche rum. «Sieht aus, als hättest du Glück», sage ich und biete ihm eins meiner letzten Bonbons an. «Aber Louis Rogers?

Ist das nicht dieser hübsche Blonde, der bei deiner letzten Party war? Zusammen mit seinem Freund?»

«Offene Beziehung.» Schulterzuckend wirft Steve das Bonbon ein. «Ich verspreche, dir jedes schmutzige Detail zu erzählen, wenn du mir verzeihst, dass ich dir nicht hinterherwinken werde, sondern in spätestens zehn Sekunden durch diese Tür verschwunden bin.»

«Wie gut, dass ich sowieso kein Fan von schnulzigen Abschieden bin. Versprich mir nur, dich um meine Post zu kümmern, für den Fall, dass Grandma schreibt.»

«Klar. Komm her.» Obwohl die Hitze eigentlich jede Art von Berührung verbietet, zieht er mich in eine kurze, feste Umarmung. «Pass auf dich auf, ja?» Er drückt mir einen Kuss auf den Haaransatz. «Und wer weiß, vielleicht kriege ich aus Edderton ja auch ein paar pikante ...»

«Jetzt mach, dass du hier wegkommst.» Ich stoße ihn spielerisch von mir weg.

«Ruf an, wenn du da bist!», erwidert er halb im Gehen – und läuft fast gegen den Pfosten des Carports. «Der war schon immer hier, richtig?» Mit nervösem Lachen weicht er aus und legt den restlichen Weg zur Tür ohne Zwischenfälle zurück. Es ist jedes Mal beeindruckend, wie er sich von einem simplen Date aus der Fassung bringen lässt.

«Ach, und Steve?»

Er bleibt mit fragender Miene in der Tür stehen.

«Vergiss nicht, meine Pflanzen zu gießen.»

Seine Antwort ist ein gehobener Mittelfinger, der mir ein Grinsen entlockt. Wie's aussieht, hat er nach all den Jahren endlich kapiert, dass meine Pflanzen alle aus Plastik sind.

Der Verkehr ist die Hölle. Was man durchaus hätte ahnen können, wenn man zur besten Feierabendzeit losfährt. Kaum habe ich die Rose Street verlassen, stehe ich im ersten Stau. Zum Glück habe ich vor der Abfahrt das Verdeck zurückgeklappt. Ein leichter Lufthauch streicht über meine Haut. Mehr Klimaanlage kennt mein Benz nicht. Außerdem habe ich mir letzten Sommer zwei dieser flauschigen Sitzkissen besorgt, die zwar grottenhässlich sind, aber dafür sorgen, dass meine nackten Oberschenkel nicht am Leder kleben bleiben.

Im Schritttempo schlängle ich mich hinter einem Taxi auf die Castle Road, auf der sich zu beiden Seiten Menschenmassen über die Bürgersteige schieben. Es riecht nach sengender Hitze auf Asphalt, nach zerlaufenem Eis und Sonnencreme. Der Duft gerade begonnener Sommerferien. Gibt es ein besseres Timing, um ein paar Tage lang aus der vollen Stadt zu fliehen? Vermutlich nicht. Und trotzdem schlagen in meiner Brust zwei Herzen, eins, das sich über den unerwarteten Roadtrip freut, und eins, das immer noch am liebsten umdrehen würde. Ich habe keinen blassen Schimmer, wann ich zuletzt ohne meinen Laptop unterwegs war. Vielleicht ist das der Grund, warum mir das Gefühl, etwas vergessen zu haben, beharrlich im Nacken sitzt. Dabei kann ich mir die Auszeit leisten. Meine nächste Deadline ist noch sechs Monate hin, und selbst Francis war von meinen Urlaubsplänen begeistert.

Wird auch mal Zeit, dass du eine Pause machst! Ein bisschen frische Meeresluft atmen, Yoga, ab und an ein Gläschen Wein, neue Kreativität sammeln … Ihre Stimme hallt als Echo durch meine Gedanken.

Zeit für Ablenkung. Ich aktiviere die Bluetooth-Box, die in der Mittelkonsole steht. «Hey, Siri», sage ich. «Spiele Playlist Roadtrip.»

Als die ersten Töne von The Proclaimers' *I'm Gonna Be* erklingen, lockert sich mein Griff ums Lenkrad. Musik hat mir schon immer geholfen, den Kopf freizukriegen. Die Blicke der Leute ignoriere ich, während der Verkehr langsam weiter vorwärtsrollt. Ich gehe noch mal sicher, dass die Blitzer-App parallel zum Navi läuft, trinke einen Schluck Wasser und krame meine Sonnenbrille raus. Sobald ich aus Edinburgh raus bin, kommt der Part, der mir am Autofahren am meisten Spaß macht.

Der Sechszylindermotor jault freudig auf, als wir auf die M90 fahren und ich das Gaspedal durchtreten kann. Adrenalin schießt durch meine Adern, Fahrtwind zupft Strähnen aus meinem Zopf, streichelt angenehm kühl über meine nackten Arme. Nach zwei Stunden muss ich trotzdem eine Pause einlegen. Da es hier oben in den Cairngorms keine Rasthöfe gibt, steuere ich ein Café in einer Parallelstraße an, eingefasst in den dichten Wald des Nationalparks. Es ist eine kreisrunde Hütte mit einem Parkplatz, auf dem zu dieser Jahreszeit echt viel los ist. Genau wie auf den Toiletten, vor denen sich eine kleine Schlange gebildet hat. Ich nutze die Wartezeit, um meinen Messenger zu checken. Eine neue Nachricht von Mindy:

Kein Problem. Ich bin allerdings bis etwa 22 Uhr auf Warwick Manor. Du müsstest den Schlüssel also hier abholen oder im Pub warten.

Ich werfe einen Blick aufs Navi. Falls mir keine weitere Pause dazwischenkommt, bin ich um spätestens sieben in Edderton. Drei Stunden Wartezeit in Erins Pub sind mir echt zu lang. Außerdem werde ich Eleanore sowieso früher oder später über den Weg laufen müssen, dann kann ich das Pflaster auch gleich abreißen.

Ich bin in ca. anderthalb Stunden bei den Warwicks. Freue mich schon! (Also, auf dich und die Marshmallows.)

Als sich die Schlange weiterschiebt, stecke ich mein Handy ein und versuche, mich mental auf das Wiedersehen vorzubereiten. Eleanore gehört zu den Menschen, mit denen ich seit zwölf Jahren keinen Satz mehr gewechselt habe, nicht mehr richtig seit ...

Zum Glück bin ich an der Reihe, ehe ich den Gedanken vertiefen kann. Anschließend besorge ich mir einen frischen Kaffee, stecke mein Handy zurück in die Halterung und fahre weiter. An der Ausfahrt des Cafés kommt mir eine ganze Kolonne Autos entgegen. In den meisten Heckscheiben klebt der große gelbe Aufkleber von Arnold Clark, vermutlich Touris, die Schottland auf eigene Faust erkunden. Und vermutlich werden sich nur die wenigsten von ihnen in den Norden verirren. Manchmal kommt es mir vor, als gäbe es jenseits von Inverness eine Art Grenze, eine unsichtbare Mauer, die all jene Menschen fernhält, die zum ersten Mal hier sind. Nicht, weil der Norden nichts zu bieten hätte, im Gegenteil. Wir haben auch weite Seen, in denen sich der Himmel bricht, und Klippen und Buchten und Schafe auf Hügeln, aber wir sind nicht die Isle of Skye oder Loch Lomond, keine der Regionen, von denen gefühlt jede Doku über die Highlands handelt.

Mit jeder Meile tauchen mehr vertraute Namen auf den Schildern auf. Orte, die für mich fest mit bestimmten Menschen verbunden sind. Mit Mindy, die unzählige Male mit mir in den Bus nach Inverness gestiegen ist, um ins Kino zu gehen, mit Amara, dank der ich als Teenie mein erstes Whiskytasting in Muir of Ord hatte (natürlich heimlich), mit Grandpa, der mich öfter mit zum Chanonry Point genommen hat, um Delfine zu beobachten, und nicht zuletzt mit Archer. Mein Griff ums Lenkrad verkrampft sich. *Kein gutes Zeichen.*

Ich löse eine Hand, um die Musik lauter zu drehen, so laut, bis sie alle Gedanken übertönt.

Für eine Weile hilft es. Erst als ich den Blinker setze, um die letzte Abzweigung vor Edderton zu nehmen, gerät mein Herzschlag aus dem Rhythmus, wird eine Spur zu schnell, eine Spur zu laut. Ich spreize die Finger, drücke den Rücken durch, rutsche auf dem Sitz herum. Warum bin ich überhaupt so nervös? Laut Grandma ist Archer schon vor Jahren nach Dublin gezogen, was einen Sicherheitsabstand von gut dreihundert Meilen bedeutet – Luftlinie. Außerdem meinte sie, er hätte einen *äußerst wichtigen Job* in einer Werbeagentur angenommen, was ziemlich schwer vorstellbar ist, aber Fakt ist: Archer hat garantiert Besseres zu tun, als an einem Dienstagabend in Edderton rumzuhängen. Mit Eleanore werde ich sicher irgendwie fertig, und in Pemberlaine House konzentriere ich mich einfach darauf, alles für Grandmas Rückkehr vorzubereiten. Noch mal durchwischen, meine Kisten im Keller durchgehen, mein altes Zimmer ausmisten ... Ich sehe ihr freudig überraschtes Gesicht bei ihrer Rückkehr schon vor mir, und etwas an dieser Vorstellung lässt mich ruhiger werden.

Die Single Track Road schlängelt sich für beinahe vier Meilen durch die Landschaft, die sich in all den Jahren kaum verändert hat. Kein Haus weit und breit, nur grüne Weiden, Herden von Schafen, in der Ferne weich gezeichnete Hügel, ab und an Stechginster, der recht spät seine gelben Blüten treibt. Wie von selbst schalte ich die Musik aus und lausche nur noch dem Rauschen des Windes, das sich unter die Motorengeräusche mischt.

Erst eine Meile vor Edderton verliert sich die Weite allmählich hinter Bäumen, Büschen und Sträuchern, ganz so, als wollte sich meine Heimat vor der Außenwelt verstecken. Was ihr besser gelingen würde, sähe man nicht schon von Weitem das Ortsschild, das mit leuchtend grünen Buchstaben verkündet:

FÀILTE EADARDAN
WILLKOMMEN IN EDDERTON

Kurz davor setze ich den nächsten Blinker und drossle das Tempo. Nur wenn man weiß, an welcher Stelle man abbiegen muss, bemerkt man die schmale Zufahrt inmitten der Tannen. Oder das kleine Holzschild im Boden, auf dem in verwitterten Lettern «Warwick Manor» steht. Ich lenke den Benz auf den schmalen Weg, bis ich vor einem hohen gusseisernen Tor zum Halten komme.

Kaum habe ich mich aus dem Fenster Richtung Klingelanlage gelehnt, springt es auch schon auf. Überrascht lasse ich mich zurück auf den Sitz sacken. Früher musste man das Tor manuell öffnen, aber wie es aussieht, hat sich Eleanore nach all den Jahren doch zu etwas *neumodischem Schnickschnack* (ihre Worte) überreden lassen.

Der Kies knirscht unter den Reifen. Nach und nach lichten sich die Tannen, bis sie das gesamte Anwesen freigeben. Unwillkürlich halte ich den Atem an. Die meisten Orte, die man mit verklärter Kindheitssicht besucht, kommen einem als Erwachsenem enttäuschend klein vor. Warwick Manor gehört nicht dazu. Es fühlt sich an, als wäre die Zeit einfach stehen geblieben. Die Fassade leuchtet in der Abendsonne genauso schneeweiß wie in meiner Erinnerung, Efeu rankt wild bis unter die schwarzen Dachschindeln, aus denen hier und da Erkerfenster hervorstechen. Steinerne Stufen führen hoch zur Haustür, gesäumt von einem geschwungenen Geländer aus Marmor. Es ist die Art von Eingang, bei der man erwartet, dass sich gleich eine ganze Entourage Bediensteter auf die Stufen ergießt. Was wohl kaum passieren wird, da Eleanore den Kreis ihrer Angestellten schon immer klein gehalten hat.

In der Mitte des Vorplatzes plätschert der Brunnen mit dem Gießkannenmädchen beharrlich vor sich hin. Nur ein Blinzeln, und ich sehe wieder Mindy und mich am Rand stehen, neben uns ein Eimer mit frisch gefüllten Wasserbomben, bereit, um in die Schlacht gegen Archer und seinen jüngeren Bruder Valentine zu ziehen. Wie alt war ich wohl? Sieben? Vielleicht acht? Es war auf jeden Fall, lange bevor sich die Dynamik zwischen uns verändert hat, bevor Archer und ich immer näher zusammengewachsen, und Mindy und Valentine immer weiter auseinandergedriftet sind. Bevor sich unsere Clique einfach aufgelöst hat.

Ich parke direkt vor den Stufen. Als ich aussteige, nehme ich einen tiefen Atemzug. Der Sommer riecht hier oben anders als in Edinburgh, leichter, blumiger. Und täuscht es oder ist es mindestens fünf Grad kühler? Gerade warm genug für kurze Klamotten, aber nicht mehr so heiß, dass man bei jedem Atemzug das Gefühl hat, Glut einzusaugen.

Ein Klicken lässt meinen Blick hoch zur Eingangstür fahren. Keinen Wimpernschlag später wird sie schwungvoll aufgerissen.

«Rae!» Mindy strahlt übers ganze Gesicht. Sie hat sich wirklich kaum verändert. Nur die hellblonden Haare trägt sie nicht mehr so streng geflochten, sondern locker nach hinten gesteckt, sodass einige Strähnen herausfallen.

Ohne zu zögern, läuft sie die Stufen runter. Das knielange Sommerkleid flattert um ihre Beine, erst auf dem letzten Absatz wird sie langsamer. Schürzt die Lippen. Ich kann genau sehen, wie es hinter ihrer Stirn arbeitet, wie sie den Moment zerdenkt und überlegt, ob sie es bei einem Lächeln belassen, mir die Hand geben oder mich wie früher umarmen soll.

Dieser Ausdruck ist mir so vertraut, dass Jahre auf gefühlte Minuten zusammenschrumpfen.

«Mindy.» Ich nehme meiner Freundin die Entscheidung ab und ziehe sie in meine Arme.

Sie seufzt auf. «Gott, ich bin so erleichtert, dich zu sehen», sagt sie, während sich ihre Muskeln merklich entspannen. «Keine Ahnung, wie lange ich es noch ausgehalten hätte, ohne Eleanore den Hals umzudrehen.»

Meine Mundwinkel zucken nach oben. «Also, nur für den Fall, dass es dich trotzdem überkommen sollte», ich löse mich von ihr, «dieser Tatortreiniger aus London hat mir ein paar echt gute Tipps gegeben, um jegliche Spuren ...»

«Rae, Kind!», blafft jemand dazwischen. «Willst du da unten etwa Wurzeln schlagen?!»

Amara?! Sofort schaue ich nach oben, und sie ist es wirklich. Der Teufel von Edderton, mit demselben missmutigen Blick wie eh und je. Sie hat das kurze graue Haar am Ansatz nach oben toupiert, damit nichts von der erstaunlich glatten, dunkelbraunen Haut ablenkt, und selbst aus der Entfernung fallen ihre markanten Ohrringe auf. Rot glitzernd wie die Tunika, die sie mit Stoffhose und Pantoletten kombiniert hat. Fehlt nur noch die Zigarre zwischen ihren Fingern.

«Jetzt komm schon raus aus dieser Hitze!»

Dieses Mal bin ich diejenige, die ohne Zögern losrennt. Einundzwanzig Stufen. Eine Zahl, die sich wie so viele andere in meinem Kopf verfangen hat. Ich muss aufpassen, nicht zwei Stufen auf einmal zu nehmen, nicht über meine eigenen Füße zu stolpern.

Amara begrüßt mich mit einem argwöhnischen Blick, der von meinen Schuhspitzen bis hoch zum Gesicht wandert. «Du trägst also immer noch diesen grässlichen Lippenstift?»

«Man ist nie zu alt zum Rebellieren», zitiere ich ihren alten Spruch, während ich den Farbton auf ihren Lippen mustere. Ungefähr dasselbe Rot.

Amaras Antwort ist ein heiseres Lachen, dann öffnet sie ihre Arme und winkt mich mit einer knappen Geste herbei. *Verdammt, tut es gut, sie wiederzusehen.* Ich lasse mich so fest drücken, dass mir der Atem stockt. Stück für Stück wird mir bewusst, dass unser Treffen auf Grandpas Beerdigung kein echtes Wiedersehen war. Es war nur eine flüchtige Begegnung, eingefädelt vom Schicksal, das fand, es sei für Grandpa an der Zeit zu gehen. Aber damals hatte ich weder Kopf noch Herz für solche Momente, ich wollte die Feier einfach nur hinter mich bringen und zurück nach Edinburgh fahren.

Amara klopft mir auf den Rücken, für ihre achtzig Jahre hat sie immer noch einen ordentlichen Schlag drauf. «Deine Grandma hast du nicht zufällig da unten im Kofferraum versteckt, oder?», fragt sie, während sie sich von mir löst.

«Leider nein. Aber ich schätze, sie ist in San José.»

«Du schätzt?» Amara zieht die Augenbrauen zusammen. «Also hast du auch noch keine ihrer Karten bekommen? Oder ein anderes gottverdammtes Lebenszeichen?»

Ich öffne den Mund, doch bevor ich antworten kann, ist

Mindy zu uns hochgekommen und hat mir eine Hand auf den Rücken gelegt.

«Warum besprecht ihr das nicht in Ruhe bei einer schönen Tasse Tee? Das Wasser müsste schon heiß sein.» Sie wirft mir einen hoffnungsvollen Seitenblick zu, den ich schlecht ignorieren kann.

Innerlich stöhne ich auf, äußerlich mime ich ein Lächeln. «Tee klingt klasse.» Je schneller ich das Wiedersehen mit Eleanore hinter mir habe, desto besser.

KAPITEL 5

Mindy verschwindet Richtung Küche, Amara brummt etwas von Toilette und haut ebenfalls ab. Nur ich bleibe in der großen Eingangshalle zurück, inhaliere den Duft des Anwesens, der zeitlos in der Luft hängt. Diese ganz bestimmte Komposition aus pudriger Rose und Politur, als wäre beides über die Jahre so tief in die Substanz des Hauses gekrochen, dass man es nie wieder herausbekommt. Eingezogen in die weiß tapezierten Wände mit dem goldenen Stuck, in den bordeauxroten Teppich, der sich über die Stufen der Marmortreppe ergießt, das Geländer, das im ersten Stockwerk die Galerie umgibt, die zahlreichen Flügeltüren, und nicht zuletzt in die Kommode, auf der immer noch dieselbe Anzahl Bücher liegt wie früher. Sieben, genauso viele wie Zwerge in dem Märchenbuch ganz unten im Stapel. Das Buch, aus dem Archer mir mehr als einmal vorgelesen hat, mein Kopf auf seiner Brust, seine Fingerspitzen verwoben im Spiel mit meinen Haaren ...

«Rae? Bist du das wirklich?»

Die Erinnerung löst sich in Staub auf. Ich schaue über die Schulter zum Musikzimmer. In der geöffneten Flügeltür steht eine Gestalt, bei deren Anblick ich zusammenzucke. *«Eleanore?»* Ihr Name schwappt wie eine Frage über meine Lippen, denn diese Frau in der weißen Bluse hat kaum Ähnlichkeit mit der Hausherrin, die ich kenne.

«Oh, Rae!» Ihre Stimme bricht auf eine Weise, von der ich nicht sagen kann, ob es Freude oder Verzweiflung ist. «Dem

Himmel sei Dank, du bist hier!» Sie löst sich aus dem Türrahmen und stolpert auf mich zu.

Alles an ihr wirkt wie ein blasses Abziehbild der alten Eleanore. Ihr Haar hat jede Farbe verloren und fällt ihr offen über die Schultern. Die Haut ist fahler geworden, spannt sich über ihre hageren Gesichtszüge, als wäre sie zerknittertes Seidenpapier, der Rücken ist gekrümmt, ihr Blick frei von Berechnung – regelrecht hilflos.

Eleanore ist der festen Überzeugung, deine Grandma wäre entführt worden, hallen Mindys Worte durch meine Gedanken, und keine Sekunde später schließen sich schmale Arme um meinen Körper. Normalerweise übernimmt an dieser Stelle mein Reflex, allerdings bin ich starr vor Überraschung. Deshalb stoße ich Eleanore nicht weg, verpasse ihr weder eine Ohrfeige noch einen Tritt in gewisse (nicht vorhandene) Weichteile. Ich stehe einfach nur da und spüre das Zittern in ihren Gliedern, ihre Hände an meinem Rücken, die nach Halt suchen. Eleanore Warwick hat *Angst*. Und obwohl ich weiß, dass die Theorie mit der Entführung ziemlich weit hergeholt ist, stiehlt sich der Kloß zurück in meinen Hals.

Jemand räuspert sich. «Seid ihr bald fertig mit dem Rumgekuschel?», brummt Amara, die an uns vorbeistapft. «Wir wollen schließlich einen Fall lösen.»

«Richtig, richtig.» Eleanore entlässt mich aus der Umarmung. Ihre blauen Augen wirken glasig, als sie zu mir hochsieht. «Du bist doch hergekommen, um zu helfen, nicht wahr, Rae?»

Es wäre so leicht, etwas Zynisches zu antworten, aber ich *kann* nicht. Was mich gewissermaßen schockiert, denn es ist immer noch Eleanore Warwick, die vor mir steht. Zumindest in der Theorie. Praktisch habe ich das Gefühl, diese Version könnte selbst unter der kleinsten Prise Sarkasmus zusammenbrechen.

Ich schlucke jede spitze Bemerkung herunter und zwinge mich zu einem Lächeln. «Genau deshalb hat Mindy mich angerufen», erwidere ich. «Allerdings bin ich sicher, dass sich die ganze Sache schnell aufklären wird.»

In Eleanores Blick flackert Hoffnung auf. «O ja?» Sie schiebt ihren Arm unter meinen. «Ich kann es kaum erwarten, deinen Plan zu hören.»

Und ich fürchte, dass sie damit weder geröstete Marshmallows noch Kaffee bei Graeme meint.

Seit ich denken kann, wird der Tee bei den Warwicks im Grünen Salon serviert. Der Raum liegt hinter zwei Durchgangszimmern im Westflügel des Anwesens und macht seinem Namen alle Ehre. Die Tapeten sind in Jadegrün gehalten, durchwoben von Goldfäden, neben den Fenstern hängen schwere Vorhänge, und selbst die Möbelstücke sind smaragdgrün lackiert, wie die Kommode mit dem Bouquet frischer Blumen oder der Buffetschrank, in dem etliche Teedosen stehen.

Mindy füllt unsere Tassen. «Earl Grey», wispert sie mir zu.

«Wie unerwartet», flüstere ich neckend zurück. Wir haben uns schon damals gefragt, warum Eleanore so viele Teedosen besitzt, wenn sie doch nur eine einzige Sorte trinkt. Seltsam beruhigend, dass in der blassen Dame, die vor mir sitzt, noch etwas von der alten Eleanore schlummert.

Mindy stellt die Kanne auf ein Stövchen aus Porzellan. Weiß mit hellgrünen Blüten, passend zum Salon. Sie schenkt mir ein verstohlenes Lächeln, bevor sie sich zurückzieht, an die Wand zwischen den Fenstern, wo auch Eleanores frühere Haushälterin immer stand. Irgendwie habe ich kurz verdrängt, dass Mindy hier *arbeitet*. Und das nur, um näher bei ihren Eltern zu sein. Ob bei den Sinclairs wohl alles in Ordnung …?

«Nun denn, ich war nie ein Fan von langem Geschwätz.» Amara zerschneidet den Gedanken mit ihrer direkten Art. «Also kommen wir gleich auf den Punkt. Es ist jetzt genau fünf Tage her, seit wir zum letzten Mal von Fenella gehört haben. Donnerstagabend hat sie angekündigt, am nächsten Nachmittag ein paar Pflaumen aus meinem Garten zu holen, um ein neues Rezept zu testen. Allerdings ist sie nie aufgekreuzt.»

«Und dieser Kuchen war ihr *heilig*», sagt Eleanore mit Nachdruck. «Er sollte für das Sommerfest sein, und du kennst ja deine Grandma. Sie liebt es, Edderton mit ihren Köstlichkeiten zu begeistern, vor allem, wenn es einen Preis zu holen gibt.»

Liebte, korrigiere ich innerlich. Vergangenheitsform. Vor fünf Jahren wäre die geplatzte Pflaumenabholung sicher Grund zur Sorge gewesen, heute muss ich mir ein Lachen verkneifen.

«Hat sie nicht sogar euren Weihnachtsbasar sausen lassen, um spontan nach Teneriffa zu fliegen?», frage ich in Erinnerung an letzten Winter. An die Postkarte mit dem tiefblauen Meer und den Palmen, an die wenigen handgeschriebenen Zeilen:

Milde 21 °C. Sonnenschein, in der Hand einen Aperol Spritz und weit und breit keine Bastelschere, mit der ich stundenlang Sternchen ausschneiden müsste. Herrlich. Feliz Navidad, meine liebe Rae.

«Ja, ja, dasselbe habe ich anfangs auch gesagt», brummt Amara und macht eine wegwerfende Geste. «Sicher nur eine weitere Reise, kein Grund zur Beunruhigung – bis Miss Marple da drüben», sie nickt zu Eleanore, «ein bisschen rumgeschnüffelt hat. Gleich nach der Abholung der Pflaumen wäre Fenella mit der feinen Frau Dorfbaroness verabredet gewesen, sie wollten wohl noch ein paar Details fürs Fest abstimmen. Aber auch da ist unser kleiner Freigeist nicht aufgekreuzt, außerordentlich untypisch.»

Mit Dorfbaroness muss sie Abigail Stallone meinen, unsere selbst ernannte Bürgermeisterin. Nicht dass Mrs Stallone in Edderton irgendetwas zu tun hätte, abgesehen von der Organisation der Feste, die meist in ihrer Scheune stattfinden.

«Montag hätte Fenella außerdem einen Termin bei Dr. Webber gehabt», redet Amara weiter. «Ist das erste Mal in all den Jahren, dass sie einen Arzttermin versäumt. Dabei hätte sie dringend ein neues Rezept abholen müssen.»

«Dieser gemeine Diabetes.» Sichtlich betroffen rührt Eleanore zwei Stücke Zucker in ihren Tee, was eine gewisse Ironie hat. «Oh, und vergiss nicht die Sache mit dem Kater. Das arme Tier saß ganz allein vor verschlossener Tür. Seitdem fahre ich mehrmals täglich hin, um wenigstens ein Schälchen Futter hinzustellen.»

Ich horche auf. «Grandma hat einen *Kater*?»

«O ja.» Amara zieht einen Flachmann unter der Tunika hervor und kippt einen guten Schuss Whisky in ihren Tee. «Genauso ein Wildfang wie die, die Wallace immer angeschleppt hat. Hätte nie gedacht, dass Fenella mal in seine Fußstapfen tritt.»

«Da sind wir schon zu zweit», erwidere ich irritiert. Wann immer Grandpa eine Katze von der Straße aufgelesen hat, hat

Grandma geschimpft wie ein Rohrspatz und darauf bestanden, dass ihr diese haarigen Tiere auf keinen Fall ins Haus kommen. Dann hat Grandpa ihre Hände in seine genommen, ihr einen Kuss auf die Stirn gedrückt und versprochen, sie müsse sich um nichts kümmern. Nach Jahren hat sie eingelenkt, zumindest das Gartenhäuschen zur Verfügung zu stellen, mit einem geschützten Schlafplatz, Trockenfutter, Wasser. Allerdings hat sie nie erwähnt, dass sie die Pflege nach Grandpas Tod weitergeführt hat.

«Nun, ich bitte euch, so abwegig ist das nun wirklich nicht.» Eleanore klopft den Löffel am Rand ihrer Tasse ab. «Mick ist Fenella in den letzten Wochen sehr ans Herz gewachsen, sie hätte nie zugelassen, dass er schutzlos da draußen herumstromern muss. Ganz abgesehen von besagten Terminen, dem fehlenden Insulin ... Haltet mich für paranoid, aber nach achtundsiebzig Jahren Freundschaft *spüre* ich, wenn meine Fenella in Gefahr ist. Und Amara spürt es auch, nicht wahr, meine Liebe?»

Sie schaut zu Amara, die ein Schnauben von sich gibt. Nur in ihren Augen glaube ich die gleiche Angst zu erkennen, die Eleanore anhaftet.

In meinem Magen breitet sich ein mulmiges Gefühl aus. «Ihr denkt also wirklich, Grandma wurde *entführt*?» Das Wort schmeckt falsch auf meiner Zunge, wie eine Vokabel, die allein in meine Krimis gehört, nicht ins echte Leben.

Eleanore presst die Lippen zusammen, Amara stürzt ihren Tee hinunter und kippt puren Whisky nach. Warum habe ich das Gefühl, dass Worte allein nicht reichen werden, um die beiden davon abzubringen?

Seufzend ziehe ich meine Tasche von der Stuhllehne auf den Schoß. «Na schön, fangen wir ganz vorne an.» Ich hole mein Notizbuch heraus und fühle mich wie Claudine

McPhea. Mit dem winzigen Unterschied, dass Claudine in Verbrechen ermittelt, deren Existenz in der Regel bewiesen ist. «Soweit ich weiß, gibt es weder Drohbriefe noch Forderungen oder Anzeichen für einen Einbruch? Außer natürlich, ihr habt bei eurer kleinen *Hausdurchsuchung* was gefunden, von dem wir noch nichts wissen?» Ich lasse subtilen Tadel mitschwingen.

«Nur weil es keine eindeutigen Beweise gibt, heißt es nicht, dass sie nicht trotzdem entführt wurde», weicht Eleanore aus. «Es kann schließlich genauso gut ein Verbrechen im Affekt gewesen sein.»

«Es gibt kein Verbrechen.»

Heilige. Scheiße. Ich muss aufpassen, den Stift nicht fallen zu lassen, als ich die Stimme hinter mir höre. Sie ist voller geworden, tiefer, und trotzdem erkenne ich sofort, dass sie dem Mann gehört, der eigentlich in Dublin sein sollte. Ein Timbre, rau wie die Klippen von Duncansby Head, wärmend wie ein knisterndes Feuer bei Nacht. Eine unverschämt attraktive Kombination, von der ich wünschte, sie würde nicht zu *ihm* gehören.

«Oh, Archer, jetzt komm mir bloß nicht wieder so.» Eleanore schaut tadelnd an mir vorbei. «Du weißt, wie gerne ich deinen netten Constablefreund habe. Trotzdem ist es eine Schande, dass du lieber auf ihn hörst, als deine eigene Granny ernst zu nehmen.»

Schritte auf knarzendem Boden, jede Faser meines Körpers ist zum Zerreißen gespannt. Ich habe es ganze zwölf Jahre geschafft, Archer aus dem Weg zu gehen, selbst auf der Beerdigung musste ich kein Wort mit ihm wechseln, und ausgerechnet heute muss er einen Besuch in der Heimat einlegen? So viel zum Thema, er hätte an einem Dienstagabend *Besseres* zu tun. Etwas in mir zerfällt. Ich glaube, das war die

Glückssträhne, von der ich bis gerade nicht wusste, dass ich sie hatte. Schade.

«Erstens hat mein *Constablefreund* einen Namen», erwidert Archer und tritt näher. «Er heißt Ishaaq, was du ganz genau weißt. Und zweitens nehme ich dich immer ernst. Was aber nicht heißt, dass ich mit dir einer Meinung sein muss.» Er bleibt hinter einem freien Stuhl stehen, die Hände auf die Rückenlehne gestützt, in seinen Mundwinkeln der Anflug eines Lächelns.

Shit. Falls ich gehofft habe, er hätte mit den Jahren seine Anziehungskraft auf mich verloren, habe ich mich getäuscht. Seine Gesichtszüge sind noch markanter geworden, das rotbraune Haar etwas länger, zerzaust wie von einem Sommersturm, der Dreitagebart dichter. Er trägt dunkelbraune Chinos, ein weißes T-Shirt, darüber ein locker geöffnetes Karohemd, die Ärmel sind bis zu den Ellbogen hochgekrempelt. Mein Blick wandert weiter zu seinen Fingern: kein Ehering.

Ich presse die Lippen zusammen, ehe mir ein erleichterter Seufzer rausrutschen kann. Ich meine, es ist total normal, so zu fühlen, richtig? Wer will schon seinen Ex glücklich verheiratet sehen, wenn man selbst keine Beziehung hatte, die länger als zwei Wochen gehalten hat? Wobei, streng genommen waren es sogar nur acht Tage, dann bin ich auf Lesereise gegangen und habe gemerkt, dass mich nichts zu dem Typ zurückzieht. Ob es in Dublin jemanden gibt, zu dem es Archer zurückzieht? Irgendeine hübsche Irin, die seine Liebe zur Musik teilt, die mit ihm wandern geht und manchmal ein Glas Whisky trinkt? Oder hat er all diese Dinge im Laufe der Zeit gegen neue Leidenschaften, neue Gewohnheiten getauscht? Spielt er jetzt Hurling anstatt Klavier? Trifft er sich samstags mit seinem Kollegium, anstatt stundenlang durch die Natur zu streifen, und hat er den Whisky gegen Guinness getauscht?

All diese Fragen schießen mir binnen Sekunden durch den Kopf, bis Archer weiterspricht: «Also, Rae, tut mir leid, dass du den ganzen Weg hergekommen bist, aber das ist immer noch Edderton. Hier gibt es nichts zu ermitteln.» Erst am Ende seines Satzes schaut er mich an – und ich hasse ihn für diesen Blick. Für dieses tiefe Tannengrün, das so viele Erinnerungen weckt, an Abende mit Klaviermusik, Ausflüge in die Cairngorms, klirrende Whiskygläser; doch vor allem liegt in Archers Blick dieser *Sturm.* Es ist das Wüten alter Vorwürfe – dabei weiß ich nicht einmal, wie viel Eleanore ihm verraten hat. Ob sie ihr Versprechen gehalten oder ihm alles erzählt hat? Kennt er die ganze Geschichte oder kratzt er immer noch an der Spitze des Eisbergs herum? Und warum muss er überhaupt an etwas kratzen, hätten zwölf Jahre nicht reichen müssen, um das Thema abzuhaken? *Haha*, lacht der Teil von mir, der sich unter Archers Anwesenheit unangenehm zusammengezogen hat.

«Wobei, ich muss mich korrigieren», sagt er und reißt den Blick von mir los. «In einer Sache könnte man tatsächlich ermitteln. Ich nenne es das *Mysterium des Routers*, dessen Kabel heute bereits zum dritten Mal wie von Geisterhand aus der Steckdose gerutscht ist. Du weißt nicht zufällig, wie das passiert ist, *Grandma*?»

Schulterzuckend greift Eleanore nach dem Milchkännchen. «Nun, möglicherweise bin ich vorhin über das Kabel gestolpert, als Rae so unerwartet geklingelt hat.»

«Was seltsam ist, da ich gar keine Klingel gehört habe.»

«Seltsam, in der Tat. Vielleicht war es ein Zeichen des Schicksals, dass du Feierabend machen solltest», säuselt Eleanore vor sich hin. «Du arbeitest immer viel zu lange. Warum setzt du dich nicht zu uns und genehmigst dir erst mal ein Tässchen Tee? Rae würde sich sicher freuen.»

Bitte, *was*?! Höchste Zeit, die Mission abzubrechen. Oder wenigstens zu vertagen. Ich sammle die Reste meines Egos zusammen und räuspere mich, ehe Archer etwas sagen kann. «Eigentlich wollte ich gleich wieder los.» Mein Tonfall ist widerlich süß, aber ich kann nichts dagegen tun. «Die Fahrt war echt anstrengend, und ich denke, fürs Erste habe ich alle wichtigen Infos zusammen. Also wenn ihr mir den Schlüssel für Pemberlaine House ...»

«Nicht so hastig, Liebes», fällt mir Eleanore ins Wort. «Du hast doch noch gar nichts notiert? Und was ist mit deinem Tee?»

Erwischt. Ich schürze die Lippen, während ich mich innerlich dafür verfluche, auf Eleanores Masche reingefallen zu sein. Sie ist genauso berechnend wie eh und je, nur dass sie früher einen Teufel getan hätte, Archer und mich an denselben Tisch zu bitten.

Aus den Augenwinkeln sehe ich, wie ein Lächeln über sein Gesicht huscht. Ob es ihm Spaß macht, mir dabei zuzusehen, wie ich mich winde?

«Drei geplatzte Termine und ein Kater», fasse ich die bisherigen Erkenntnisse zusammen. «Wenn ihr mir den Schlüssel gebt, schaffe ich es vielleicht, mich noch ein wenig umzusehen, bevor es dunkel wird.»

Die beiden alten Damen wechseln einen Blick, während mir Mindy im Hintergrund zunickt und den Daumen hebt, als würde alles nach Plan laufen. Dabei scheint seit Archers Auftauchen jede klare Linie dieses Gesprächs zerlaufen, verwischt, übermalt von meinem Fluchtinstinkt.

«Fein», sagt Eleanore mit einem Seufzer. «Mindy? Sei so gut und hol den Schlüssel, ja? Das ganze Bund aus der obersten Schublade.»

Mindy lässt die Hand schnell sinken. «Klar.» Lächelnd löst

sie sich von der Wand und läuft zur Tür – nicht ohne Archer im Vorbeigehen einen Blick zuzuwerfen, begleitet von einem verstohlenen Nicken in meine Richtung. Keine Ahnung, wie viel Mindy damals mitbekommen hat, aber ich sollte sie wohl dringend aufklären, dass es zwischen Archer und mir nichts gibt, was verstohlenes Nicken rechtfertigt.

Etwas vibriert. Archer zieht sein Handy aus der Hosentasche. «Wenn ihr mich entschuldigen würdet.» Er richtet sich auf, sein Gesicht überschattet von einem Ausdruck, der etwas von *Bedauern* hat. «Ich habe leider noch ein Meeting. Für die neue Kampagne.»

«Aber es ist nach halb acht!», erwidert Eleanore.

«Nicht in San Francisco. Rae.» Er nickt mir zu, als wäre das hier ein weiterer Businesstermin. Nur seine Augen zeigen etwas anderes. Einen unbewegten Moment starren wir einander an. Sturmböen, taumelnder Herzschlag, unvernünftig, *falsch*, aber leider interessiert sich mein Körper nicht dafür. Kurz glaube ich, Archer würde noch etwas sagen. Doch er lässt den Mund tonlos zuschnappen, dreht auf dem Absatz um und verschwindet mit solch schnellen Schritten, dass er in der Tür beinahe mit Mindy zusammenstößt. Eine geraunte Entschuldigung später ist er weg – und ich muss aufpassen, mich nicht vor versammelter Mannschaft zu übergeben. *Ich werde ihn genauso behandeln wie jeden anderen* – hat ja super funktioniert.

«Der Junge braucht wirklich mal eine Auszeit», sagt Amara. «Sonst endet er noch wie mein vierter Ehemann.»

«Auf einer tropischen Insel?», fragt Eleanore verwundert.

«Mit einem Herzinfarkt am Schreibtisch.» Amara verdreht die Augen. «Das mit der Insel war dieser treulose Mistkerl Gregor, der fünfte ...»

Ein Klimpern schneidet ihr das Wort ab. Mindy steht vor

uns und wiegt ein üppiges Schlüsselbund in der Hand. «Ich hoffe, das ist das richtige?»

«O ja, wunderbar!» Eleanore winkt Mindy zu sich. «Dann wollen wir doch mal sehen ...» Sie nimmt ihr den Ring ab, an dem mindestens zwanzig verschiedene Schlüssel hängen. «Der hier gehört auf jeden Fall mir.» Sie friemelt an einem besonders antik wirkenden Schlüssel herum. Kaum hat sie ihn von dem Ring gelöst, gleitet er ihr aus den Fingern und fällt runter. Reflexartig rutsche ich ein Stück vom Stuhl, um ihn aufzuheben. Er ist kupfern, der Schlüsselkopf filigran gearbeitet, verschlungene Muster, in denen die Buchstaben *TR* stehen.

«Danke, Liebes.» Eleanore zupft mir den Schlüssel aus der Hand und legt ihn beiseite, ehe sie mir das restliche Bund präsentiert. «Jetzt gut aufpassen.»

Schwierig. Ein Teil meiner Konzentration ist ungefragt mit Archer verschwunden, denn zu viele Gedanken kleben an seinen Worten: *Router, Meeting, San Francisco, Kampagne*. Es klingt, als hätte Grandma recht gehabt. Als hätte Archer wirklich diesen *äußerst wichtigen Job* im Marketing angenommen, aber wieso? Was ist aus seinem Wunsch geworden, in Cambridge Musik zu studieren? Aus dem Ziel, hauptberuflich zu komponieren? Und warum ist er *hier*?

Eleanore lässt das Bund klimpern, gefolgt von einem Räuspern, das mich zur Aufmerksamkeit mahnt.

«Hauptschloss, Sicherheitsschloss, zweites Sicherheitsschloss», stellt sie die ersten drei Schlüssel vor. «Der Schuppen an der Gartenlaube, die Zimmer im Erdgeschoss, Obergeschoss, Weinkeller. Bei den anderen beiden muss ich leider passen. Amara?»

«Keinen blassen Schimmer. Aber wie ich Fenella kenne, werden sie zu irgendwelchen Geheimfächern passen.»

Eleanore schiebt das Bund zu mir herüber. «Hast du dir alles gemerkt?», will sie wissen.

Ich schaue runter auf die Schlüssel – und stocke. Verbanne diese tannengrünen Augen endgültig aus meinem Kopf. «Warte, hast du gerade gesagt, Grandma hätte zwei Sicherheitsschlösser? Seit wann?»

«Huh.» Amara atmet ratlos aus. «Wie lange ist das jetzt wohl her? Drei, vier Monate? Ja, doch, kommt in etwa hin.»

Ich wusste zwar, dass Grandma ihr altes Schloss endlich hat wechseln lassen, aber das klingt eher, als hätte sie ... *was*? Zu viele Horrorfilme geschaut? Angst vor einem Einbruch gehabt? Vor Diebstahl oder gar einer *Entführung*? Prima, jetzt werde ich auch noch paranoid.

«Okay.» Ich lasse das Schlüsselbund liegen und schlage stattdessen mein Notizbuch auf. «Gibt es noch irgendetwas, das ich wissen sollte? Hat Grandma sich in letzter Zeit vielleicht merkwürdig verhalten? Gab es Auseinandersetzungen mit anderen Leuten oder Zwischenfälle, die euch ungewöhnlich vorkamen? Das kann eine veränderte Routine sein oder ein neuer Kleidungsstil.»

«Herrgott noch mal, Rae, wir sind keine senilen alten Schachteln», blafft Amara. «Wäre da noch was Auffälliges gewesen, hätten wir es dir längst gesagt.»

Okay ...? Das ist selbst für Amaras Verhältnisse etwas *zu* impulsiv.

«Na ja», Eleanore nestelt an ihrem antiken Schlüssel herum, «eine Kleinigkeit gab es da doch. In der Woche vor ihrem Verschwinden ist mir ein fremder Wagen aufgefallen, der nachts öfter an Warwick Manor Richtung Edderton vorbeigefahren ist. Manchmal ist er schon zwanzig Minuten später zurückgekehrt, manchmal erst nach Stunden. Was, wenn es diese Leute waren, die Fenella entführt haben? Machen sie das nicht so, ihr Ziel beobachten und die Lage auskundschaften?»

«Schön, den Punkt habe ich möglicherweise vergessen», murrt Amara. «Wobei ich eher vermute, dass es wieder irgendwelche Teenies waren, die sich runter zum Strand gestohlen haben.»

«Ich werde trotzdem jemanden bitten, dir später die Aufnahmen von der Kamera am Tor zu bringen», sagt Eleanore an mich gewandt. «Sicher ist sicher.»

Ich kritzle ein paar Stichpunkte in mein Buch, ehe ich es wegpacke. «Das klingt gut, danke», erwidere ich und stehe auf. «Falls euch noch etwas einfällt: Mindy hat ja meine Nummer. Ansonsten melde ich mich, wenn ich etwas finde oder von Grandma höre.»

«Oh, Rae?» Eleanore ist mit mir aufgestanden. «Du wirst doch Samstag dabei sein, oder? Das Sommerfest bei den Stallones? Fenella hat es mit vorbereitet, und es wäre eine Schande, wenn du das verpassen würdest.»

Ist ja nicht so, als ob sie es nicht selbst verpassen würde, erwidere ich lautlos. Über meine Lippen kommt hingegen nur ein: «Ich werde sehen, was sich machen lässt.» Dann schnappe ich meine Tasche und verlasse das Anwesen, ohne den Tee auch nur angerührt zu haben, mein Herz um mehr als ein Gefühlschaos schwerer.

Wie groß ist die Wahrscheinlichkeit, Archer in den nächsten Tagen über den Weg zu laufen? Wie hoch die Chance, seine Blicke ignorieren zu können? Und wie groß das Risiko, mich trotz allem darin zu verlieren …? Die Antwort braucht keine Mathematik: Ich bin am Arsch.

KAPITEL 6

Ich folge der Single Track Road noch ein kurzes Stück, ehe sie auf Höhe meiner alten Primary School wieder in zwei Spuren übergeht. Dann bin ich schon an der Kreuzung zur *Hauptstraße* – sofern man sie so bezeichnen kann. Geradeaus geht es jedenfalls direkt in Eddertons winzigen Stadtkern. Pemberlaine House steht zum Glück ein Stückchen abseits, versteckt hinter einem kleinen Wäldchen, weshalb ich nach rechts abbiege.

Die paar Minuten Fahrtzeit reichen gerade, um die wichtigsten Details noch einmal durchzugehen. Die versäumten Termine? Typisch Grandma. Das fehlende Rezept? Auch kein Grund zur Besorgnis. Seit Grandma ihre Diagnose kennt, kümmert sie sich immer frühzeitig um Ersatz. So schnell wird ihr das Insulin also nicht ausgehen. Die Sache mit der Katze? Schwer einzuschätzen. Grandma hat zwar durchaus mal hier und da ihre Hand ausgestreckt, um mit Grandpas Findelkindern Kontakt zu knüpfen, für mehr Fürsorge hat es aber nie gereicht. Die neuen Sicherheitsschlösser? Fragwürdig. Vielleicht hat jemand seine Chance gewittert, Grandma Geld aus der Tasche zu ziehen, andererseits lässt sie sich selten etwas aufschwatzen. Das einzige Mal, dass sie schwach geworden ist, war bei einem durchaus sympathischen Typ, der in einem Laden vor Edinburgh Castle Souvenirs verkauft hat. Möglich, dass die Person, die die Schlösser eingebaut hat, ähnlich charmant war.

Ich biege in unseren Weg ab, an dessen Ecke Graemes Haus

steht, das einzig andere Gebäude in der langen Sackgasse. Gleich hinter Graemes Haus beginnt besagtes Wäldchen, auf der rechten Seite erstrecken sich weitläufige Wiesen, beides gesäumt von einer Steinmauer, uralt, hier und da so verwittert, dass sie heute nicht mal mehr ein Schaf aufhalten würde.

Etwas knirscht unter meinen Rädern. Es klingt anders als der Kies bei Warwick Manor, eher wie ... *Scherben*? Mein Blick fährt zur Seite. Die kleine Laterne, die sich seit Urzeiten an den verwitterten Sockel klammert, ist zersprungen, einschließlich der Glühbirne, deren Überreste aus der Messingfassung hervorstechen. Vielleicht geplatzt?

Scheiße. Hoffentlich hat sich keine der Scherben in meine Reifen gebohrt. Seit wann lässt Grandma so etwas überhaupt liegen?! Da ist es wieder, dieses mulmige Gefühl, das ich nicht richtig greifen kann. Als hätte ein Teil von Eleanores Angst ungefragt auf mich abgefärbt, obwohl bislang alle Fakten gegen ein Verbrechen sprechen. Oder zumindest nicht dafür.

Auf dem letzten Stück lasse ich den Wagen im Leerlauf rollen. Die Zufahrt ist leicht abschüssig, so wie das ganze Grundstück, das sich nach etwa einer halben Meile mit den Edderton Sands vermischt und schließlich ins Meer übergeht. Verglichen mit meinem Apartment in Edinburgh ist diese Lage so friedlich, dass es beinahe schmerzt. Die Einsamkeit ringsherum, das Rauschen des Meeres, das Flüstern des Windes in den Baumwipfeln, den Büschen, den Gräsern, die Pemberlaine House umgeben. Den ungewohnt *hohen* Gräsern. Dabei hat Grandma mir mal erzählt, es wäre wie eine Form von Therapie für sie, sich an denselben Stellen zu verausgaben, an denen Grandpa sonst Tag für Tag gekniet und Unkraut gezupft, Büsche beschnitten und Gräser gekürzt hat. Sieht aus, als hätte das Reisen diese Form von Therapie schon vor Längerem ersetzt.

Ich parke auf der Zufahrt und kurble die Fenster hoch. Wo früher gepflegte Blumenbeete das Haus gesäumt haben, sprießt es jetzt wild und bunt in alle Richtungen, über die Kantsteine hinaus, bis hoch an die Fensterbänke, stellenweise darüber hinaus. Einer der Fensterrahmen wurde dreist von einer Brombeerranke erobert, hinter dem Glas erkenne ich, dass die innen liegenden Holzläden offen sind. Früher haben wir sie sogar für einen Tagesausflug zugeschoben – aber das muss nichts heißen. Vielleicht haben Eleanore und Amara einfach nur vergessen, sie nach ihrer eigenmächtigen Durchsuchung wieder zu schließen.

Die Autotür fällt unter meinem sanften Schubs ins Schloss. Trotz der kleinen Veränderungen wirkt Pemberlaine House selbst wie ein Fels in der Brandung. Geschliffen von Wind und Wetter, ein bisschen windschief, was an dem torfhaltigen Untergrund liegt, auf dem meine Urgroßeltern das Fundament erbaut haben. Der dunkelblaue Lack der Holzfassade ist nicht ganz gleichmäßig, war er noch nie und wird er auch nie sein, was gut ist, denn es gehört zu seinem Charakter. Wie Falten im Gesicht eines Menschen erzählen die aufgeplatzten und abgesplitterten und zu dick aufgetragenen Stellen Geschichten – nicht dass ich alle kennen würde, aber auch ein Haus braucht wohl seine Geheimnisse.

Aus den schwarzen Schindeln schälen sich Erkerfenster, die zum Dachboden gehören, gleich darunter liegt das Stockwerk, in dem ich früher mein Kinderzimmer hatte – nein, immer noch *habe*. Ich biete seit Jahren an, dass Grandma es endlich auflösen kann, doch sie besteht darauf, es so zu belassen. Als hätte ein Teil von ihr nie aufgehört, zu hoffen, ich käme noch mal *richtig* zurück. Länger. Nicht nur auf Stippvisite.

Ich schiebe das schuldbewusste Zwicken beiseite und

wende mich meinem Benz zu. Oder genauer gesagt seinen Reifen. Ich checke schnell, ob sich Scherben in das Gummi gebohrt haben; scheint alles in Ordnung; dann zieht es meinen Blick zurück zur Laterne. Grandma ist ihr Wagen zwar nicht ansatzweise so heilig wie mir meiner, aber sie würde trotzdem keinen Platten riskieren. Und da ist noch etwas, das mich stört.

Stirnrunzelnd stehe ich auf und gehe die Auffahrt zurück. Nein, es sieht nicht danach aus, als wäre die Laterne einfach *geplatzt*. Sie scheint vielmehr mutwillig zerstört. Aber wer würde hier draußen eine Laterne zerschlagen? Edderton ist nicht gerade der Hotspot für Vandalismus; wenn mal was kaputtgeht, ist es eher ein Versehen – oder das Ergebnis irgendeiner Mutprobe von gelangweilten Jugendlichen.

Ich schiebe die Scherben mit den Fußspitzen umher. Sie können noch nicht sonderlich lange hier liegen, denn sie verteilen sich auf einer Schicht aus trockenem Laub und Dreck. Dazwischen ein Zigarettenstummel. Wow. Das müssen echt ein paar besonders große Arschlöcher gewesen sein. Vielleicht hat Graeme ja was mitbekommen. Ich öffne gedanklich eine To-do-Liste:

Punkt Nr. 1: Morgen früh einen Abstecher in Graemes Café machen und das Praktische mit dem Nützlichen verbinden. Bei einer Tasse Kaffee lässt es sich sowieso besser nachdenken.

Punkt Nr. 2: Dieses Chaos hier zusammenfegen, bevor sich doch noch ein Splitter in meinen Reifen verirrt.

Punkt Nr. 3, oder besser Punkt Nr. 0, denn er sollte eigentlich an erster Stelle stehen: Endlich meinen Koffer holen, mich durch die vielen Schlüssel wühlen und ...

Ein Schatten springt so jäh auf die Mauer, dass mein Puls nach oben schießt. Ein ziemlich flauschiger Schatten. Schwarz-grau getigert, den Schwanz freudig erhoben, der

Gang tänzelnd, als würde da jemand eine Streicheleinheit erwarten. Wofür auch das fordernde Maunzen spricht, das mit dem heiseren Unterton besonders niedlich klingt.

«Mick?», frage ich, als würde ich eine Antwort erwarten, und noch bevor sich mein Herzschlag beruhigen kann, setzt der Kater dazu an, von der Mauer Richtung Scherben zu springen. Reflexartig greife ich nach ihm und pflücke ihn vom Absatz. «Oh, nein, das lassen wir besser bleiben», mahne ich und bin froh, nicht sofort eine gewischt zu kriegen.

Getragen zu werden scheint ihm trotzdem suspekt, denn er windet sich förmlich in meinen Händen, sodass ich ihn nach wenigen Schritten freigeben muss. Er springt vor mir auf den Boden, den Schwanz wieder erhoben, als hätte es das kleine Intermezzo nicht gegeben. Dieses Mal gehe ich in die Knie, strecke meine geschlossene Hand aus und bekomme sofort einen Stupser mit dem Kopf. Erinnert mich ein bisschen an einen von Grandpas alten Lieblingen. Wie hieß er noch mal? War das nicht auch irgendwas mit M, wie ... innerlich stöhne ich auf. Mick wie Mick Jagger. Klar. Dass ich da nicht sofort drauf gekommen bin.

«Also bist du's wirklich», murmle ich, während sich der zierliche Kater vor Freude förmlich überschlägt. «Hi, Mick.» Schnurrend lässt er sich den Bauch kraulen, Dreck und Blätterreste bleiben in seinem Fell hängen. «Begleitest du mich ein Stück?», frage ich, ehe ich mich aufrichte. Zwei Schritte Richtung Haus reichen, um meine Frage für ihn verständlich zu übersetzen.

Als hätte Mick nur darauf gewartet, läuft er vor, immer ein Stück, bis er sichergeht, dass ich weiter folge. Ob er hofft, dass ich ihn ins Gartenhäuschen lasse? Leider bin ich sicher, dass der Schlüssel bei Eleanores Aufzählung nicht mit dabei war, nur der für die große Gartenlaube.

Ich gehe am Auto vorbei, schließe das Verdeck, hole Koffer und Tasche raus und nehme die Bluetooth-Box mit. Mick bleibt treu an meiner Seite. Gemeinsam nehmen wir die beiden Stufen hoch zur Veranda. Das Holz knarzt unter meinen Schritten, über mir klimpert etwas.

Wo früher nur ein einziges Mobile hing, baumeln jetzt etliche von den Querbalken, ganz so, als hätte Grandma Lydias halben Laden leer gekauft. Unzählige weiße Muscheln, grüne oder blaue Perlen, kleine Seesterne. Sie klingen wie der Moment, in dem Wellen an den Strand schwappen und die Muschellinie durchwirbeln, wie eine Musik, die allein die Natur komponieren kann. Sie ist fast so schön wie die Melodien, die Archer früher dem Klavier entlockt hat. Ich spüre eins seiner alten Stücke auf meinen Lippen vibrieren, in einem Summen, das ich mit einem kräftigen Biss ersterben lasse. Noch keine Stunde zurück in Edderton, und die Vergangenheit hat mich bereits viel zu stark im Griff.

Ein Knarzen weckt mich aus meiner Trance. Mick ist auf den Schaukelstuhl gesprungen, der inzwischen so marode aussieht, dass ich mich lieber nicht mehr draufsetzen würde. Abgesehen davon, dass das einst gelbe Sitzkissen vor Dreck starrt.

Ich krame die Schlüssel heraus. Der fürs Hauptschloss ist silbern glänzend, genauso neu wie die Tür, die nur auf den ersten Blick aussieht wie unsere alte. Bei genauerem Hinsehen fehlen die Muster, die ich mit einem Taschenmesser eingeritzt habe. Kein Herz mehr, in dem die Initialen meiner Großeltern stehen, und auch keins mehr mit einem schiefen «A & R». Während ich das eine vermisse, bin ich für das Verschwinden des anderen einfach nur dankbar.

Kaum habe ich die Tür einen Spaltbreit geöffnet, schießt Mick an mir vorbei. Keine Chance, ihn aufzuhalten.

«Dein Ernst?!» Stöhnend werfe ich alles in den Flur, schmeiße die Haustür zu und laufe hinterher. Immerhin sind die meisten Türen hier unten geschlossen, nur die zum Wohnzimmer steht offen. Hoffentlich kommt Mick nicht auf die Idee, seine Krallen an Grandmas geliebter Couch ...

Kratzgeräusche werden laut. Fluchend stolpere ich über die Schwelle, mein Blick jagt zielsicher in die Ecke, in der das Sofa steht. Ertappt! Oder auch nicht? Zwei gelbe Katzenaugen funkeln mich an, allerdings hängen Micks Krallen nicht etwa in der dunkelbraunen Couch oder dem alten Ohrensessel, sondern in einem richtigen Kratzbaum. *Was zur Hölle?!* Er starrt mich an, dann lässt er von dem teils mit Sisal umwickelten Baumstamm ab und entschwindet durch die nächste geöffnete Tür. In den kleinen Zwischenflur, von dem sowohl Gäste-WC als auch Küche und Esszimmer abgehen. Ich sehe gerade noch den getigerten Schwanz in der Küche verschwinden. Ohne zu zögern, schlüpfe ich hinterher und schließe die Tür hinter mir, damit sitzt Mick in der Falle.

Vielleicht ist Falle das falsche Wort, denn er macht keine Anstalten, weiter zu fliehen. Stattdessen streift er an der Kücheninsel entlang, sein Ziel: eine Matte, auf der zwei leere Näpfe stehen. Weißes Porzellan, beschriftet mit dem Namen *Mick Jagger*.

Sein Maunzen klingt jetzt noch eine Spur jämmerlicher. Vielleicht bilde ich es mir auch nur ein, weil das mulmige Gefühl mit jedem Atemzug wächst. Eleanore hat zwar gesagt, Mick wäre Grandma ans Herz gewachsen, aber ich dachte, sie würde von einem geöffneten Gartenhäuschen und Futter sprechen. Nicht davon, dass Grandma Mick hier hat *einziehen* lassen. Ich versuche, es mir vorzustellen: Grandma kauft Zubehör, personalisierte Näpfe, hegt und pflegt Mick, bis sie ihre Koffer packt, sich ins Auto schwingt und ... was? Ihr neues Haustier vor die Tür setzt in der Hoffnung, es würde während ihrer Reise schon alleine klarkommen? Egal, ob sie Katzen früher mochte oder nicht: Das erfordert echte Kaltschnäuzigkeit, die ihr alles andere als ähnlichsieht.

Da sich Mick weiter in sein Maunzen reinsteigert, mache ich mich auf Futtersuche. In der Speisekammer, die an die Küche angrenzt, werde ich fündig. Auf den linken Regalbrettern stapeln sich massenhaft Dosen, am Boden steht ein großer Sack Trockenfutter. «Okay ...» Ratlos schaue ich zu Mick, der sich schnurrend zwischen meinen Beinen und dem Futtersack entlangschiebt. «Dann testen wir uns mal durch.»

Fünf Minuten später schmatzt der Kater vor sich hin, während ich unschlüssig über der Theke lehne. Sicher gibt es eine simple Erklärung dafür, dass Grandma sich nicht um Micks Versorgung gekümmert hat. Vielleicht hat sie Eleanore einen Zettel in den Briefkasten geworfen, der zwischen all der Post verloren gegangen ist. Oder sie war so spät dran, dass sie es in der Hektik wirklich vergessen hat. Aber hätte sie dann nicht spätestens am Flughafen eine SMS schreiben können?

Wie von selbst nehme ich mein Handy und rufe Steve über FaceTime an. Während ich warte, dass er rangeht, öffne ich die Zwischentür zum Esszimmer. Erst jetzt wird mir bewusst, wie muffig es hier überall riecht. Abgestandene Luft, als wären die Fenster ewig nicht mehr geöffnet worden.

Da Steve nicht drangeht, schreibe ich ihm, dass ich gut angekommen bin, und schiebe das Fenster auf. Wo sich vorhin goldener Sonnenschein in den Baumkronen verfangen hat, kleben jetzt dicke Wolken am Himmel. Gut möglich, dass uns heute noch das erste richtige Sommergewitter ereilt. Ich sauge die abgekühlte Luft ein, versuche, die Anspannung so aus meinem Körper zu vertreiben. Es gibt für alles eine logische Erklärung. Ich bin gerade nur nicht in der Lage, die richtigen

Schlüsse zu ziehen, was vielleicht daran liegen könnte, dass mir die Begegnung mit Archer immer noch in den Knochen steckt. Oder dass mein Magen beharrlich vor sich hin knurrt. Bislang habe ich ihn ignoriert, jetzt spüre ich den Hunger auf einmal überdeutlich. Anscheinend haben Müsliriegel und Kaffee auf der Fahrt nicht gereicht.

Ich gehe zurück zum Kühlschrank, dessen Inhalt ähnlich überschaubar ist wie bei mir in Edinburgh. Klar. Wenn Grandma nach San José geflogen ist, wird sie dafür gesorgt haben, dass in der Zwischenzeit nichts verdirbt. Das erste Detail, das ein wenig zur Beruhigung beiträgt.

Am besten mache ich noch einen kurzen Abstecher zum Supermarkt – oder auch nicht. Laut der Uhr über der Kücheninsel dürfte er seit mindestens zwei Stunden geschlossen sein. «Willkommen in Edderton», murmle ich und begebe mich auf Essenssuche.

KAPITEL 7

Die Speisekammer entpuppt sich als Sackgasse. Dafür werde ich im Keller fündig. Ich nehme ein Paket Nudeln und eine Dose Tomaten aus dem Vorratsraum mit, den Weinkeller erleichtere ich um eine Flasche Rotwein.

Da der alte Herd eine Ewigkeit braucht, um das Wasser zum Kochen zu bringen, bleibt mir genug Zeit, mich ein wenig einzurichten. Auszupacken. Anzukommen. Auf dem Weg durchs Wohnzimmer droht mein Blick wieder am Kratzbaum hängen zu bleiben. Ich lenke ihn bewusst weiter, meine Schritte werden trotzdem langsamer. Es ist unheimlich, wie wenig sich seit meinem letzten Besuch verändert hat, und gleichzeitig wirkt alles doch so anders. Auf dem Couchtisch liegt Krimskrams: Magazine mit Strickanleitungen, ein blaues Wollknäuel, Streichhölzer, Kreuzworträtsel, das übliche Durcheinander – aber keine Sachen von Grandpa mehr. Keine Plektren für seine Gitarre, kein Zubehör für seine Kamera. Wie immer, wenn ich an ihn denke, geht ein Stechen durch mein Herz. Nach so langer Zeit ist es schwächer geworden, eine bittersüße Mischung aus dem Vermissen, das niemals aufhören wird, Dankbarkeit für die schönen Erinnerungen und ein bisschen ... Schuld.

Ich beiße mir auf die Unterlippe und reiße mich vom Tisch los. Drüben auf der Kommode stehen neben einer welken Pflanze ein paar Bilderrahmen. Die meisten Fotos sind von Grandpa und Grandma, aber es gibt auch welche von mir und natürlich von Mum. Sie war eine schöne Frau mit ähnlichen

Gesichtszügen wie ich, auch die dunkelbraunen Haare habe ich von ihr, nur die Sommersprossen müssen von anderer Seite kommen. Einer Seite, die sich von Anfang an entschieden hat, kein Teil meines Lebens sein zu wollen. Früher habe ich unzählige Wochen, Monate, *Jahre* darauf verschwendet, über ihn nachzudenken. Mir vorzustellen, wie mein *Vater* aussieht. Wo Mum und er sich kennengelernt haben. Was er zu ihr gesagt hat. Ob es womöglich nur eine einmalige Sache war. Ob er überhaupt von mir wusste oder von Mums Krankheit. Ob er dann nicht vielleicht doch geblieben wäre. Fragen, die mir Mum nicht mehr beantworten kann. Und mit denen ich erst vor wenigen Jahren Frieden geschlossen habe.

Ich nehme den einzigen Rahmen hoch, in dem ein Bild von meiner kleinen Familie steckt. Grandma und Grandpa stehen mit stolzem Strahlen im Hintergrund, vorne sitzt Mum in dem alten Ohrensessel und wiegt mich als kleines Bündel. Es ist ihr Lächeln, das verrät, wie viele Pläne sie mit mir hatte, und es sind die Schatten unter ihren Augen, die andeuten, dass sie keinen davon umsetzen wird. Aber in diesem Moment war sie glücklich, und deshalb liebe ich das Foto bis heute. Auch wenn ich es weniger gräulich in Erinnerung habe.

Mit der Fingerspitze streiche ich über das Glas. Staub. Nicht nur ein dünner Film, der nach ein paar Tagen entsteht, sondern eine richtige Schicht, als hätte Grandma seit Wochen nicht mehr geputzt.

Stirnrunzelnd stelle ich den Rahmen beiseite. Ja, alles hier wirkt etwas zu gräulich, die restlichen Bilder, die Oberfläche der Kommode, selbst die Abschlussleiste der Holzpaneele, die die Wände zur Hälfte zieren. Grandma scheint den Staubwedel wirklich nicht mehr angefasst zu haben, was ihr noch weniger ähnlichsieht als Scherben in der Auffahrt oder eine Katze im Haus. *Ein bisschen Chaos hat noch niemandem ge-*

schadet, doch Sauberkeit muss sein, hallt ihre Stimme durch meinen Kopf.

Ich gehe zurück in den Hauptflur. Meine Sachen liegen immer noch auf einem Haufen, aber sie müssen weiter warten. Zuerst checke ich das Kommodenfach, in dem Grandma ihre wichtigsten Dokumente aufbewahrt. Der Reisepass ist weg. Ein Punkt mehr für die Urlaubstheorie. Dann nehme ich meinen Koffer, schleppe ihn die Stufen nach oben und stelle ihn vor meinem alten Zimmer ab. Auch hier sind alle Türen und Fenster geschlossen, die Luft ist entsprechend zum Schneiden. Ich schiebe das Fenster im Flur auf. In der Hoffnung, dass sich gleich kein Platzregen aus den dunklen Gewitterwolken ergießt.

Danach widme ich mich Grandmas Schlafzimmer. Das Doppelbett mit dem geschnitzten Kopfteil ist ordentlich gemacht – und zwar auf beiden Seiten. Irgendwie süß, dass Grandma die Hälfte, auf der Grandpa geschlafen hat, immer noch frisch bezieht, anstatt Oberbett und Kissen einfach in den Schrank zu verbannen. Apropos Schrank. Ich stelle mich auf die Fußbank, um auf die meterlange Schrankfront schauen zu können. Etliche Koffer, allerdings kein sonnengelber Trolley, mit dem Grandma am liebsten verreist. Dafür klafft an einer Stelle eine Lücke, die von der Größe her passen könnte. Außerdem ist die Tablettendose weg, die sonst auf Grandmas Nachttisch liegt, und einen Raum weiter finde ich im großen Bad einen halb leeren Spiegelschrank. Keine Zahnbürste, keine Antifaltencreme. Ob Eleanore und Amara all diese Details übersehen haben? Bei mir tragen sie jedenfalls dazu bei, das mulmige Gefühl Stück für Stück zu vertreiben.

Ich schreibe Mindy eine WhatsApp, dass alles gut aussieht, dann bringe ich meinen Koffer endlich ins Zimmer. Nein, hier hat sich wirklich *gar nichts* verändert. Die Tapeten über den Wandpaneelen sind immer noch schwarz gestrichen, damals ein Akt der Rebellion, heute ein unangenehmer Reminder an meine Pubertät. Inmitten der Schwärze gibt es etliche verblasste Flecken, Abdrücke alter Fotos. Es muss etwa zehn Jahre her sein, dass ich sie abgehängt und in den Karton verbannt habe, der auf dem Schrank steht. Obwohl es so lange her ist, kenne ich die meisten Motive auswendig. Mindy und ich am Meer. Valentine und ich auf einer Party. Archer und ich auf dem Schulball. Im Garten. Am Klavier. Beim Picknick. Im Auto. Am Rand einer Klippe. Ich huckepack auf seinem Rücken ... Mit jedem der Bilder, die vor meinem inneren Auge aufblitzen, zieht sich mein Herz mehr zusammen.

Ehe ich mich darin verlieren kann, hieve ich den Koffer aufs Bett und öffne auch hier das Fenster. Täuscht es oder hat sich die Luft binnen der letzten Minuten noch weiter abgekühlt? Unwillkürlich lehne ich mich der verfrühten Dämmerung entgegen, fülle meine Lungen mit der nach Salz schmeckenden Luft. Von hier aus kann ich den ganzen Garten überblicken. Die große Laube mittendrin, vor der die Pflanzen ebenfalls wild wuchern, die vereinzelten Bäume, den fließenden Übergang zu den Edderton Sands – das Meer. Es schwappt vor sich hin, unter den Wolken fast schwarz, kleine Wellen klatschen an die Steine. Warum ist mir eigentlich nie aufgefallen, wie schön dieser Ausblick ist? Wie viel Freiheit darin liegt, bis an den Horizont blicken zu können – ohne dabei eine Menschenseele zu sehen?

Erst als ein Grollen erklingt, das sowohl von einem nahenden Gewitter als auch meinem Magen stammen könnte, ziehe ich mich zurück und schließe das Fenster vorsichtshalber. Hoffentlich kocht das Wasser auf dem Herd inzwischen.

Ein gefülltes Glas Wein und einen vollen Teller Nudeln später sitze ich an der Kücheninsel und übertrage die wichtigsten Gedanken ins Notizbuch. Auf der ersten Seite zeichne ich eine Tabelle mit zwei Spalten. Links halte ich alle Beweise für meine Reisetheorie fest, rechts alles, was für eine Entführung spricht. Abgesehen davon, dass es für die rechte Seite kaum valide Punkte gibt, frage ich mich, warum Eleanore und Amara ausgerechnet an eine Entführung denken. Warum nicht an einen Unfall? Oder wenn es unbedingt aus der Kategorie «Verbrechen» sein muss: an einen Mord? Der Gedanke an eine Entführung zeugt jedenfalls von einem *ziemlich* speziellen Bauchgefühl. Vielleicht haben sie einen Krimi zu viel gelesen?

Auf der nächsten Seite beginne ich eine To-do-Liste. Je länger ich aufs Papier starre, desto mehr Punkte gesellen sich dazu: einkaufen, Staub wischen, Bobby fragen, was er von der Sache mit Mick hält, Dr. Webber anrufen (nach Insulinvorrat fragen), Archer meiden – Letzteres fett unterstrichen. Für den Anfang gar nicht mal so wenig.

Ich klappe das Buch zu und stelle mein Geschirr in die Spüle. Dann setze ich meine Tour durchs Haus fort und fange in Grandmas Bridgesalon an, der als Erstes vom Hauptflur abgeht. Die Tapeten oberhalb der Wandpaneele sind über die Jahre verblasst, die Holzmöbel dunkler geworden, und in der Vitrine stehen Spiele, deren häufige Benutzung man den Kartons ansieht. Keine Auffälligkeiten.

Danach ist Grandmas Arbeitszimmer dran. Ich lasse das Deckenlicht anspringen und zucke zusammen. Okay, damit habe ich nicht gerechnet. Wo früher dunkle Tapeten und massive Möbel aus Walnussholz für bedrückte Stimmung gesorgt haben, wirkt jetzt alles offener, luftiger. Weiße Wandpaneele und fliederfarbene Tapeten, auf der Fensterbank steht ein ebenfalls violetter Strauß getrockneter Blumen, die neuen Möbel sind hell, vermutlich Birke. Drei Bücherregale, die in die Wand zum Bridgesalon eingelassen sind, eine Kommode mit kupfernen Knöpfen, ein Aktenschrank, in dem sich Ordner an Ordner presst, und in der Mitte des Zimmers das Herzstück: ein frei stehender Schreibtisch. Leicht eingesunken in einen kreisrunden, kuscheligen Teppich.

Warum hat Grandma nie davon erzählt? Oder hat sie es womöglich, und ich habe nur nicht richtig zugehört, weil ich mehr bei Claudine war als bei ihr? Ich gebe es ungerne zu, aber vielleicht war es richtig, meinen Laptop zu Hause zu lassen. Und vielleicht sollte ich noch ein paar Tage länger bleiben, sobald Grandma zurück ist. Um uns mal wieder bei einem Wein so richtig auszutauschen, zu reden, frei von jeder Ablenkung ...

Im Vorbeigehen streiche ich mit der Fingerkuppe über die Kommode. Anscheinend wurde hier häufiger geputzt, denn anders als im Wohnzimmer bleibt kein Staub an meinen Fingern hängen. Was mich wundert, denn früher war Grandma selten in ihrem Arbeitszimmer. Nur ein paar Mal im Jahr, um Akten abzuheften oder die Nebenkostenabrechnung für die Mieter ihres Hauses in Inverness zu erstellen – handschriftlich. In dieser Hinsicht stoße ich bei ihr mit dem Vorschlag, die Abrechnungen mit dem PC zu regeln, genauso auf Granit wie mit der Bitte, sich vor ihren Urlauben abzumelden. Oder ihr Handy zu benutzen.

Mir entschlüpft ein Gähnen. Es ist noch nicht mal zehn, und ich bin jetzt schon todmüde. Vielleicht ist das meine Chance, endlich Rhythmus in meinen Schlaf zu kriegen. Ich lasse die Zimmertür offen und gehe zurück nach oben. Bewaffnet mit Schlafsachen und Kulturbeutel steuere ich aufs Bad zu – als mein Blick an der letzten Tür hängen bleibt, die ich heute noch nicht geöffnet habe.

Grandpas Arbeitszimmer. Ich schere vom geplanten Weg aus, lege meine Klamotten auf der Fensterbank ab und umfasse die Türklinke. Unwillkürlich hat sich wieder ein Zittern in meine Fingerspitzen gestohlen. Bevor es sich weiter ausbreiten kann, öffne ich rasch die Tür. Offensichtlich hat Grandma nicht nur *ihr* Arbeitszimmer renovieren lassen. Mit gemischten Gefühlen mache ich das Licht an. Es ist nicht so, als würde ich den Raum gut kennen. Grandpa hat das Zimmer stets abgeschlossen, damit niemand seine Unterlagen durcheinanderbringt. Die Transkripte all seiner Interviews mit Rockbands, die Fotos, die er gemacht hat, die Magazine, in denen seine Arbeit abgedruckt wurde. Seine größte Errungenschaft war ein Interview mit David Bowie himself, veröffentlicht im amerikanischen *Rolling Stone*. Ja, Grandma meinte mal, dass ich gar keine Chance gehabt hätte, einen anderen Musikgeschmack zu entwickeln als Rock, und dafür bin ich Grandpa bis heute dankbar.

Jetzt ist sein Arbeitsplatz einer Art *Lesezimmer* gewichen. Obwohl es gemütlich eingerichtet ist, kommt es mir beengt vor, ja, es erscheint mir irgendwie kleiner als früher. Was daran liegen könnte, dass Grandma eins der beiden Fenster hat zumauern lassen, um mehr Platz für die vielen Regale zu haben, die den Raum zu drei Seiten umgeben. Immerhin scheint sie alle von Grandpas Magazinen aufbewahrt zu haben, denn die Hefte füllen ein komplettes Regal. In den anderen reihen sich Bücher dicht an dicht. Darunter fünf, deren Rücken mir bestens vertraut sind. *Claudine*. Ich weiß, dass Grandma eher in Lydias Team spielt, wenn es um die Frage geht, wie viele Leichen in einem Buch vorkommen dürfen. Und trotzdem hat sie jeden meiner Bände gelesen, was ich ihr hoch anrechne.

Ich lasse ihr neues Reich hinter mir, mache mich bettfertig und drehe eine letzte Abendrunde durch Pemberlaine House.

Ich verschließe die noch offenen Fenster, die Läden und die Haustür – hier allerdings nur das Hauptschloss, die beiden zusätzlichen lasse ich aus, weil es mir die Mühe nicht wert ist. Dann mache ich die Lichter aus.

«Mick?», rufe ich auf dem Weg nach oben, aber der Kater taucht nicht mehr auf. Sicher ist er durch eins der Fenster nach draußen entschwunden. Falls er sich doch irgendwo verstecken sollte, habe ich im Gäste-WC ein Katzenklo gesehen, eine von vielen Kleinigkeiten, die ich Grandma nicht zugetraut hätte. Und vielleicht ist die Summe all dieser Dinge, von Katzenbedarf und Staubschichten, von wuchernden Brombeerranken, seltsam vielen Schlössern und kaputten Laternen, schuld daran, dass ich eine Weile brauche, bis mich der Schlaf endlich in einen traumlosen Mantel hüllt ...

Ich werde vom Vibrieren meines Handys geweckt. Warum habe ich das Mistding gestern nicht einfach auf lautlos gestellt? Ohne meinen Körper mehr als nötig zu bewegen, strecke ich den linken Arm aus und taste nach meinem Nachttisch – bis mir einfällt, dass ich in Pemberlaine House bin. In meinem alten Zimmer, in dem es nur den Beistelltisch auf der anderen Seite gibt. Also muss ich mich doch bewegen.

Widerwillig robbe ich an den Bettrand, und natürlich habe ich den Weckruf zu dieser unmenschlichen Zeit Steve zu verdanken. Wir haben gerade mal halb neun. Und er ruft trotzdem über FaceTime an. Mutig.

«Hi, Steve», murmle ich, als sein Gesicht auf dem Display erscheint. Da, wo meins sein sollte, sind nur diffuse Schemen zu sehen, Fensterläden sei Dank. «Was verschafft mir diese frühe Ehre?»

«Ah, sorry, ich hab nur gesehen, dass du versucht hast, mich zu erreichen, und einfach zurückgerufen», antwortet er im Flüsterton. «Gestern war ich nicht mehr am Handy.»

«Dann lief dein Date also gut?» Meine Stimme klingt heiser, während ich mich aus dem Bett schäle und etwas Tageslicht reinlasse.

«Ich schätze, es läuft immer noch», wispert Steve, der das Handy so dicht an seinen Mund hält, dass ich sein Gesicht nur von unten sehen kann. «Irgendwie dachte ich, er würde sich nach der Nacht wegschleichen, aber er ist echt geblieben.»

«Louis liegt in deinem Bett?!»

«Japp.» Um seine Mundwinkel herum zeichnet sich ein Grinsen ab. «Und er schläft tief und fest, als würde er sich ganz wohlfühlen.»

«Okay, du Dating-Amateur, dann legst du jetzt sofort auf und gehst wieder zu ihm», mahne ich und nehme Steve mit ins Bad. «Wir können auch später ...»

«Hey, nicht so schnell», zischt er. «Erzähl mal ein bisschen. Wie war die Ankunft, wen hast du bisher so getroffen?»

Kurz überlege ich, Archer zu erwähnen. Allerdings fürchte ich, dass Steve dann nicht so schnell wieder auflegen wird und die Sache mit Louis am Ende doch versaut. Wie die meisten seiner Dates. Also kriegt er eine Archer-freie Kurzfassung, während ich die Kamera ausstelle und mich umziehe.

Steve bereitet derweil Frühstück für Louis vor. Nach rund zehn Minuten hat er ein ansehnliches Tablett zusammengestellt, ich bin umgezogen und geschminkt. Nur auf den Lidstrich habe ich verzichtet, da ich definitiv erst Kaffee brauche, bevor ich mich an präzisen Linien versuche. Was heißt, dass ich zu Graeme muss, denn ich hab gestern nirgends ein Paket Kaffeepulver gesehen, geschweige denn eine Kaffeemaschine.

«Dann geh Louis mal wecken», sage ich, während ich unten in meine Schuhe schlüpfe. «Den vollen Bericht und eine Hausführung kriegst du, wenn du wieder alleine bist.»

«Deal.»

Ein Knutscher in die Kamera, dann beenden wir den Call, und ich bin bereit zum Abmarsch. Ich packe nur noch schnell mein Notizbuch in die Tasche, dann schließe ich die Tür auf. Als ein Schatten vom Schaukelstuhl springt, zucke ich zusammen. Natürlich ist es Mick, der geduldig auf dem dreckigen Kissen ausgeharrt haben muss. Nur um genau diesen Moment abzupassen. «Guten Morgen», begrüße ich ihn, allerdings ist er schneller durch meine Beine ins Innere des Hauses verschwunden, als ich gucken kann. *Gerissener Kater.*

Resigniert drehe ich noch mal um, füttere ihn, dann mache ich mich endlich auf den Weg.

Obwohl es heute Nacht nur ein wenig geblitzt und gedonnert hat, ist es kühler als gestern. Eine nette Abwechslung zu der beißenden Hitze in der Stadt. Ich trage sogar die einzig lange Hose, die ich mitgebracht habe, schwarzer Stoff, dazu eine meiner geliebten Vintageblusen.

Hinter der Veranda biege ich ab Richtung Wäldchen. Das ist zu Fuß der schnellste Weg rüber zum Marktplatz. Mit etwas Fantasie kann man die Schemen des Stadtkerns sogar bereits von hier erahnen, ein fernes Aufblitzen zwischen den grünen Laubbäumen.

Ich genieße die frische Luft, die morgendlichen Sonnenstrahlen, die hier und da auf meiner Haut kitzeln. Wenn ich genauer darüber nachdenke, ist Sommer die eine Jahreszeit, die ich in Edderton schon immer mochte. Lagerfeuer, kaltes

Bier, Valentines legendäre Geburtstagspartys. Vielleicht sollte Claudines nächster Fall doch mal an einem kleineren Ort spielen, und vielleicht gehört dieser Gedanke in die Schublade Arbeit, und *vielleicht* kann ich meinen Kopf trotzdem nicht davon abhalten, ein paar Szenarien zu entwerfen, die funktionieren würden. Als hätten sie nur darauf gewartet, dass ich mal fünf Minuten zur Ruhe komme.

Im Gehen hole ich mein iPhone raus und diktiere einige Stichpunkte, ehe mir noch alles entfällt. Fertig. Gerade rechtzeitig, denn die Bäume lichten sich, und ich lande im Schatten unserer Kirche. Eines kleinen steinernen Gebäudes mit spitzem Dach, das mit seinem goldenen Kreuz gerade so der höchste Punkt in Edderton ist – zählt man die Bäume hinter mir nicht mit.

Ich laufe an der Kirche vorbei auf den Marktplatz und halte inne. Anscheinend bin ich irgendwo auf dem kurzen Weg durch ein Portal gestolpert und in einem Städtchen – vielleicht auf Skye? – gelandet, in dem es zur Saison nur so von Reisenden wimmelt. Überall laufen Menschen herum, Ladentüren werden geöffnet, Leute treten ein, andere kommen raus, manche haben Kaffeebecher in der Hand, andere versuchen, einen freien Tisch im Außenbereich vor Erins Pub zu ergattern.

Erins Pub. Das grüne Gebäude mit den Buntglasfenstern ist der erste Beweis dafür, dass ich immer noch in Edderton bin. Oder zumindest einer Version des Dörfchens, in dem das Zwölfuhrläuten des Kirchturms früher das spannendste Event war.

Zögernd tauche ich in die Menge ein. Natürlich hat Grandma hin und wieder erwähnt, dass sich in Edderton einiges getan hat. Nur dachte ich, sie meinte damit eine neue Sitzbank am Brunnen, vielleicht einen frischen Anstrich der

Dorfhalle. Stattdessen leuchtet jetzt jeder Laden in einer anderen Farbe, neben den Türen baumeln hübsche Schilder. Sie sind auf alt gemacht, perfekt, um die Herzen der Touris zu erobern – und zugegebenermaßen auch ein kleines Stück von meinem. Ich betrachte die Schilder im Vorbeigehen, und es gibt keins, dessen Name mir nicht vertraut wäre. Die Geschäfte aus meiner Jugend haben sich also alle gehalten, was eine ziemliche Leistung ist, wenn ich bedenke, wie oft ich Lydia, Erin und die anderen Geschäftsleute auf den Dorfsitzungen damals habe jammern hören. Gut, nicht dass ich sonderlich viele dieser Sitzungen durchgehalten hätte, aber es war immer dasselbe Trauerspiel. Scheint, als hätten sie die Olympiade des Leidens endlich hinter sich gelassen und es geschafft, auch Fremde nach Edderton zu locken.

Lydias Buchladen strahlt jetzt in Dunkelrot, das Blumengeschäft in Gelb, die schmale Postfiliale ist violett gestrichen, und mein Ziel leuchtet mir schon von Weitem in Pastellblau entgegen. Passend zu dem Schriftzug, der in kitschigen Schnörkeln quer über die Frontscheibe gezogen wurde: GRAEME'S TEA & COFFEE LOUNGE. Allein bei dem Namen stiehlt sich ein Lächeln auf meine Lippen. Graeme war damals dieser eine Erwachsene, mit dem ich über alles reden konnte. Dem ich mein Herz ausgeschüttet habe, wenn es Krach mit Grandma und Grandpa gab oder ich mal wieder mit Bobby aneinandergeraten bin – wobei die beiden Ereignisse oft miteinander zusammenhingen. Graeme hat mich nie verurteilt, keine Gerüchte gestreut, er war einfach nur da, hat mir eine Zimtschnecke rübergeschoben und mich erzählen lassen. Eigentlich eine Schande, dass ich es vor Grandpas Tod nicht einmal geschafft habe, ihn im Laden zu besuchen.

Ich schiebe mich durch die Menge und spähe durchs Fenster. Das Café ist rappelvoll, jeder der kleinen weißen Tische scheint besetzt. Außerdem hat sich vor der Theke eine solch lange Schlange gebildet, dass ich Graeme nicht ausmachen kann. Seufzend stelle ich mich an – und zwar draußen, weil die Schlange bis rüber zu einem vollen Fahrradständer reicht. Der übrigens ebenfalls neu ist, genau wie das Blumenbeet, das zwischen Ständer und Brunnen angelegt wurde und üppig blüht.

Der Sprachenmix um mich herum fühlt sich fast an wie in Edinburgh. Ich höre Deutsch heraus und Spanisch, außerdem etwas, das wie Französisch klingt. Stück für Stück schieben wir uns weiter Richtung Laden. Endlich habe ich es hoch auf die Türschwelle geschafft – als ich ein raues Lachen von der Theke höre. Sofort rast der Fluchtinstinkt hinab in meinen Magen. Zu spät. Noch bevor ich die Tür an die nächste Person übergeben kann, strebt Archer auf den Ausgang zu. *Oh, bitte nicht.* Ich presse mich so dicht wie möglich an die Tür, damit wir nicht in die Verlegenheit kommen, einander berühren zu müssen. Auch wenn sich ein unvernünftiger Teil von mir fragt, ob sich seine Fingerspitzen noch genauso anfühlen wie damals, ob sie mit den Jahren rauer geworden sind, weicher, ob eine Berührung immer noch reichen würde, um meinen Körper zu elektrisieren, oder ob die Zeit wenigstens in dieser Hinsicht ihre Arbeit gemacht hat.

Archer balanciert einen Papphalter mit Bechern in meine Richtung. Ich zähle automatisch durch. Vier: Er, Eleanore, Mindy, Amara? Aber warum sollte Amara schon so früh bei den Warwicks sein? Und trinken die alten Damen nicht lieber Tee? Andererseits muss in den Bechern nicht zwingend Kaffee sein, aber was, wenn es doch Kaffee ist – für jemand ganz anderen? Was, wenn Archer nicht alleine nach Edderton gereist ist, wenn die hübsche Irin, deren Existenz bisher überhaupt nicht bewiesen ist …?

Sein Blick streift meinen – und bleibt hängen. Grund genug für meinen Puls, das Tempo zu erhöhen. Ich suche nach dem Sturm in seinen Augen, stattdessen finde ich Überraschung, ganz so, als hätte er mich erst jetzt bemerkt. Und kein Problem damit, mich zu treffen.

«Rae, guten Morgen.» Archer bleibt direkt vor mir stehen. Vielleicht ist das seine Form von Rache: mich aus dem Konzept zu bringen, und vielleicht hasse ich ihn dafür, denn das hier bin nicht *ich*. Ich stehe nicht einfach herum, drücke mich an Türen oder frage mich, was mein Gegenüber gerade von mir denkt. Eigentlich.

«Archer.» Meine Stimme hat wieder diesen Unterton angenommen, der zu süß an meiner Zunge klebt. Immerhin kann ich mir ein «Du auch hier?» verkneifen. Stattdessen versuche ich, mein Herz daran zu erinnern, dass wir Archer wie jeden anderen behandeln wollten, und nicke zu den Kaffeebechern. «Besuch?», frage ich bemüht beiläufig und widerstehe dem Drang, mir auf die Zunge zu beißen. Das war auch nicht viel besser.

Auf Archers Gesicht blitzt Irritation auf, ehe er mein Nicken zu verstehen scheint. «Oh. Richtig.» Er hebt die Becher an. «Für Erica und ihre Agentin. Ich musste Grandma versprechen, mich gut um die beiden zu kümmern.»

«Erica Wiler?!», frage ich überrascht. Erica gehörte vor Urzeiten zu Grandmas Freundinnen, bis sie das getan hat, was bis dato keins von Eddertons Urgesteinen gewagt hatte: Sie ist weggezogen. In ein Häuschen irgendwo in den Cotswolds, um sich ganz ihrer Lyrik zu widmen. Zumindest laut den Gerüchten, die ich im Laufe der Jahre mitbekommen habe. «Sie ist also wieder hier?»

«Ein Stein will nichts als sein», zitiert Archer zur Antwort eins von Ericas bekanntesten und zugleich absurdesten Gedichten, bei dem ich mir das Lachen noch nie verkneifen konnte.

«Jetzt sag nicht, dass sie hier ist, um ...»

«Eine Lyrik-Lesung zu geben? O doch.» In Archers Mundwinkeln zeichnet sich ein Schmunzeln ab, und ich wünschte, es würde ihm nicht so gut stehen. «Sonntag um siebzehn Uhr auf Warwick Manor. Mit großem Empfang, Champagner und, um es in Ericas Worten zu sagen: *illustrer Gesellschaft*. Du bist herzlich eingeladen.»

Eingeladen? Ich muss aufpassen, mich nicht an mir selbst zu verschlucken. «Ja klar», spotte ich, um meine Irritation zu überspielen. «Du willst doch nur nicht der Einzige sein, der lachen muss, während alle anderen andächtig Ericas Stein-Lyrik lauschen.»

«Hey, du wärst überrascht, wie gut ich inzwischen an mich halten kann.» Das Necken in seiner Stimme steht im scharfen Kontrast zu seinem Gesichtsausdruck. Wie zum Beweis lässt er jedes Schmunzeln schwinden, und für einen atemlosen Moment ist der Sturm wieder da. Der Vorwurf, der nicht einfach nur an meiner inneren Narbe kratzt, sondern sie regelrecht aufreißt, nur damit diese unerträgliche Nähe wie Salz in alten Wunden brennen kann. *Und wenn sie ihm doch alles erzählt hat?*

«Beeindruckend», erwidere ich eine Spur heiserer, als jemand von hinten auf meine Schulter tippt. Ich zucke zusammen, ehe ich mich umdrehe.

«Ich möchte nicht stören, aber ...» Die Frau hinter mir nickt vielsagend Richtung Theke.

Die Schlange hat sich weitergeschoben, sodass eine Lücke zwischen mir und der nächsten Person klafft.

«Sorry, bin sofort fertig», erwidere ich, ohne zu wissen, wie dieses *fertig* aussehen soll. Wie beendet man das erste richtige Gespräch nach zwölf Jahren Stille? Mit dem Menschen, der dein Für-Immer hätte sein sollen, bevor du dich entschieden hast, die Geschichte zu einem Niemals-mehr umzuschreiben? Mit einem unverbindlichen *War nett, dich zu sehen*? Diesem businessmäßigen Nicken von gestern? Oder den Worten, die man bis heute schuldig geblieben ist? Zum Glück kommt Archer mir zuvor.

«Ich muss dann mal weiter», sagt er und hebt zur Erklärung den Kaffee. «Ericas Agentin hat betont, dass unsere Lyrik-Queen ihren Karamell-Latte nur trinkt, solange er die *perfekte Temperatur* hat. Was auch immer das heißt.»

«Wow.» Ich schürze die Lippen. «Die Cotswolds scheinen sie ganz schön verwöhnt zu haben.»

«Champagner und illustre Gesellschaft», wiederholt er, und das Feixen in seinen Sturmaugen macht meine Verwirrung komplett. «Wir sehen uns.» Ohne auf meine Reaktion zu warten, schiebt er sich an mir vorbei, ein Hauch Hitze, ein Kribbeln, das auf dem schmalen Grat zwischen angenehm und gefährlich tanzt.

«Wir sehen uns», murmle ich tonlos, obwohl er mich nicht mehr hören kann. Keine Ahnung, was das gerade für ein Auftritt war, ich weiß nur, dass ich mich dringend auf meine eigentliche Mission konzentrieren sollte: starker Kaffee und Informationen über Grandma einholen.

KAPITEL 8

Man erkennt Graeme sofort. Den alten, meist gut gelaunten Mann, der mit zunehmendem Alter immer mehr Ähnlichkeit mit dem Schauspieler Malcolm McDowell hat – in einer seiner sympathischen Rollen. Sein Rücken ist im Vergleich zum letzten Treffen ein wenig krummer geworden, und trotzdem fegt er hinter der Theke hin und her, bedient den Vollautomaten, gießt Tee auf oder nimmt frische Backwerke aus der Auslage.

Neben ihm hilft ein Typ mit, der keine zwanzig sein kann. Kurze blonde Haare, gebräunte Haut, breites Grinsen. «Und grüß Lorna von mir», höre ich ihn zu der Frau sagen, die vor mir dran ist. Die beiden verabschieden sich, dann bin ich an der Reihe.

Graeme, der direkt neben seiner Servicehilfe Tassen bereitstellt, geht sofort dazwischen. «Rae Pemberlaine, ist das denn die Möglichkeit?!» Ein heiseres Lachen. «Ella, Schatz! Übernimmst du hier mal bitte kurz, wir haben Besuch!», ruft er Richtung Küche, die von einer pastellblauen Schwingtür abgetrennt wird.

Also ist er immer noch mit Ella zusammen. Damit dürfte Grandma ihre kleine Wette verloren haben. Ich weiß noch genau, wie sie mir von dieser *verboten jungen Frau* erzählt hat, die Graeme zur Beerdigung mitbringen wollte, dabei würde es doch eh keine drei Monate halten. Soweit ich weiß, trennen Ella und Graeme allerdings nur zehn Jahre, was in dem Alter keine große Sache ist. Sie sieht einfach nur jugendlicher aus.

«Schon auf dem Weg!» Ella kommt aus dem hinteren Bereich geeilt. Wenn Graeme etwas von Malcolm McDowell hat, ist sie Mary Steenburgen. Ihr braunes lockiges Haar rahmt ihr spitzes Gesicht ein, ihre Wangen sind rosig, das Lächeln so herzlich, dass es ansteckt. «Oh, Rae, die Enkelin von Fenella, richtig?»

«Genau die. Ist schon einige Jahre her», erwidere ich, und obwohl ich sie nur flüchtig kenne, freue ich mich, dass sie noch hier ist.

«Darf ich dir vielleicht etwas an...»

«Ich mach das schon», unterbricht Graeme sie schmunzelnd. «Aber es wäre lieb, wenn du dich mit Joe um die Nächsten kümmern könntest.»

Ein wissendes Funkeln blitzt in Ellas Augen auf. «Klar. Verquatscht euch ruhig mal eine Runde», neckt sie. «Rae, wir sehen uns sicher später noch mal.» Dann drängt sie sich an Graeme vorbei, um die Frau hinter mir zu bedienen.

«Also, meine Liebe, was darf's sein?», greift Graeme Ellas Frage auf. «Matcha Latte? Iced White Coffee? Oder wie wär's mit unserem aktuellen Favoriten? Cheesecake Spiced Latte.»

«Wow, du hast dein Sortiment erweitert.» Ich schaue anerkennend zu der Karte, die auf Tafeln hinter der Theke hängt. «Aber ich glaube, mir reicht Kaffee pur. Also, solange ich eine deiner berühmten Zimtschnecken bekomme. Und zum Mitnehmen ein Stück von diesem Salted-Caramel-Kuchen – vegan? Ich bin echt beeindruckt, Grams.» Der alte Spitzname rutscht mir einfach so raus, aber anstatt mich zu rügen, grinst Graeme.

«Hab's glatt vermisst, wie du mich nennst», erwidert er. «Und das meiste hier war Joes Idee, genau wie die verschiedenen Zimtschnecken.»

Erst jetzt bemerke ich, dass mindestens sechs Sorten in der

Auslage liegen. Von Pistazie bis Nougat. «Ich bleib trotzdem bei der klassischen.»

«Warum suchst du dir nicht schon mal einen Platz? Dann bringe ich dir deine Bestellung gleich rüber.»

Ich zücke meine Kreditkarte. «Und komm gar nicht auf die Idee, es mir ausreden zu wollen», sage ich schnell, weil ich Grams' Blick zu gut kenne.

«Hartnäckig wie eh und je.» Zwinkernd gibt er den Betrag in die Kasse ein. Für die Summe würde ich in Edinburgh nur den Kuchen bekommen – ein halbes Stück.

Als ich mich umdrehe, wird gerade einer der hinteren Tische frei. Zielsicher schiebe ich mich durch die Menge. Ich hänge meine Tasche über die Lehne, hole vorsorglich das Notizbuch raus, und keine zwei Minuten später kommt Grams auch schon samt Tablett hinterher. Für sich selbst hat er Cappuccino und Carrot Cake mitgebracht.

«Sieht aus, als würde Edinburgh dir guttun», sagt er, während er sich setzt. «Du wirkst erholt.»

«Oh, ich glaube, das macht nur die letzte Nacht», wiegle ich ab. «Und der Concealer. Aber wie geht's dir? Wie ich sehe, hast du alle Hände voll zu tun?»

«Absolut. Joe ist ein echter Segen.» Er blickt kurz zu dem grinsenden Surferboy, der hinter der Theke herumwirbelt, als hätte er nie was anderes getan. «Seit er uns dieses Instagram gemacht hat, sind hier jeden Tag neue Leute. Vor allem in der Saison kommen wir fast nicht mehr hinterher.»

«Ihr habt Instagram?!» Ohne zu zögern, hole ich mein iPhone raus. «Tut mir leid, aber das muss ich mir ansehen. Wird euer Account genauso geschrieben wie der Café-Name?»

«Nicht ganz.» Grams dreht einen Teller in meine Richtung, sodass ich den Zipfel der Serviette sehen kann. Sie ist pastellblau, bedruckt mit dem Instagram-Icon und dem Namen *@graemes.coffee.edderton.*

Ich muss nur das erste Wort eingeben, damit mir der richtige Account angezeigt wird. Über dreihundert Beiträge und beinahe fünftausend Menschen, die folgen. Sieht aus, als würde Joe wirklich was davon verstehen. Ich scrolle ein bisschen durch den Feed, eine bunte Mischung aus Kaffee, Kuchen, der gemütlichen Einrichtung und den Menschen, die hier arbeiten. Selbst wenn ich sie nicht kennen würde, wären sie mir auf Anhieb sympathisch.

«Und wieder eine Followerin mehr», sage ich, bevor ich meine Sachen vom Tablett hebe und selbst einen Schnappschuss mache.

«Sehr schön.» Grams zieht den Carrot Cake zu sich heran. «Dann können wir unsere lokale Berühmtheit ja endlich offiziell zu unserer Fangemeinde zählen», stichelt er liebevoll. «Soll ich vielleicht auch wie Lydia ein Foto von dir ins Schaufenster stellen oder ...»

«Lydia hat ein Foto im Schaufenster?!», unterbreche ich ihn und stöhne auf. «Bitte nicht. Denn weißt du, was ich am Autorinnen-Dasein liebe? Die Menschen erkennen einen nur im richtigen Kontext, auf Lesungen, Messen und so, ansonsten gehst du in der Menge einfach unter. Ich würde es echt gerne dabei belassen.»

«So bescheiden.» Grams lehnt sich schmunzelnd zurück. «Aber jetzt erzähl erst mal. Was verschlägt dich in die alte Heimat? Und jetzt sag nicht, Kaffee, Zimtschnecken und die gute Luft, ich sehe doch, dass du was auf dem Herzen hast.»

Grams ist einer der wenigen, denen ich noch nie was vormachen konnte. Auch wenn ich fürchte, dass er unwissentlich die Verwirrung bemerkt, die meine Begegnung mit

Archer hinterlassen hat. Der Small Talk, die Einladung zur Lesung, der Sturm, das Necken ...

«Grandma», erwidere ich mit Griff zur Tasse, ehe ich mich in den Gedanken verlieren kann. «Ich nehme an, du hast mitbekommen, dass sie mal wieder verschwunden ist? Und dass sich sowohl Eleanore als auch Amara Sorgen machen?»

«Natürlich. Ich schätze, inzwischen hat ganz Edderton davon mitbekommen. Genau wie von ihrer Theorie mit der ... Sekunde.» Seine Augen weiten sich vor Schreck. «Du bist doch nicht etwa hier, weil sie *wirklich* entführt ...!»

«Gott, nein!», falle ich ihm ins Wort. «Bisher sieht alles danach aus, als hätten sich Eleanore und Amara in etwas verrannt.» *Und was ist mit Mick? Dem Staub, den Fensterläden, den Scherben ...?* «Allerdings hat Mindy mich gebeten, ein paar Ermittlungen anzustellen», gehe ich über meine Zweifel hinweg. «Damit Eleanore endlich aufhört, ganz Edderton mit diesem Thema zu belästigen.»

«Deshalb also das Notizbuch», sagt Grams, der mich jetzt forschend mustert.

«Ganz genau.» Ich bemühe mich um ein entspanntes Lächeln, das seltsam schwerfällt. «Du wohnst doch immer noch in dem Haus am Anfang der Straße, richtig?»

«Natürlich. Aber falls du hoffst, ich hätte etwas gesehen oder gehört, muss ich dich leider enttäuschen.» Er rührt Zucker in seinen Cappuccino, bevor er den Löffel am Rand abklopft. «Das heißt, ich habe zwar mitbekommen, dass in besagter Nacht ein Auto am Haus vorbeigefahren ist, allerdings bin ich sofort wieder eingeschlafen. Das machen diese furchtbaren Medikamente.»

«Das Rheuma?»

Er nickt. «Heute fühlst du dich, als könntest du Berge versetzen, und morgen reißt es dir wortwörtlich den Boden unter den Füßen weg. Nächste Woche steht wieder die große Spritze an», erklärt er. «Dann müssen Ella und Joe den Laden eine Weile alleine schmeißen. Aber lassen wir das. Die Krankheiten eines alten Mannes sind keine Geschichten für ein solch unverhofftes Wiedersehen.»

Dieses Mal ist mein Lächeln nicht erzwungen. «Du weißt, dass du dich bei mir nie zurückhalten musst, Grams.» Obwohl er es erwidert, merke ich, dass er nicht weiter darüber reden will. Und da ich ihm mal versprochen habe, dass ich die Letzte sein werde, die ihn mit Mitleid überschüttet, wechsle ich zurück zum eigentlichen Thema: «Weißt du vielleicht, was mit der Laterne am Ende der Straße passiert ist? Sieht aus, als wäre sie eingeschlagen worden.»

«Na, wenn du mich fragst, waren das diese Kids aus Ardgay. Kommen in letzter Zeit immer mal wieder vorbei, um Ärger zu machen. Sind nur leider verflucht flink.» Grams zuckt mit den Schultern. «Einmal habe ich ihren Wagen zu Gesicht bekommen, aber sie waren schneller weg, als ich mir das Kennzeichen hätte notieren können.»

«Und wenn du sagst, sie machen Ärger, dann meinst du damit was genau?» Ich öffne mit einer Hand mein Notizbuch, während ich mit der anderen nach der Zimtschnecke greife. Sie schmeckt genauso gut wie früher.

«Krach. Hat vor drei Monaten oder so angefangen. Ein lautes Motorheulen mitten in der Nacht, ganz in der Nähe unserer Straße. Ich hab ein paarmal unseren lieben PCI Foster gerufen, aber wie gesagt: Diese Bengel sind verflucht flink.»

«PCI Foster?», frage ich überrascht. «Wann wurde Bobby denn bitte zum Chief Inspector befördert?»

«Oh, das dürfte inzwischen ein paar Jährchen her sein, wobei sich an seinen Zuständigkeiten nicht viel geändert hat. Hin und wieder schickt er jetzt seinen Constable vor, ein wirklich netter junger Mann, aber die meisten Sachen übernimmt er weiterhin persönlich. Vor allem, wenn es um Ruhestörung geht.»

«Klingt ganz nach Bobby», gebe ich feixend zurück. «Aber wie kommst du auf diese Kids aus Ardgay? Wenn ihr bisher niemanden erwischt habt?»

«Ist nur so eine Vermutung, wenn ich höre, was Joe manchmal erzählt.» Grams' Blick gleitet zurück zur Theke, vor der die Schlange nicht kleiner geworden ist. Im Gegenteil. «Himmel, ich sag ja, in der Saison platzt der Laden aus allen Nähten», murrt er und stellt seine Sachen zurück aufs Tablett. «Tut mir leid, Rae, ich würde gerne weiter mit dir plaudern, allerdings fürchte ich, dass ich da drüben mehr gebraucht werde.»

«Natürlich.» Ich nicke verständnisvoll.

Als er aufsteht und sich mit dem Tablett zum Gehen wendet, hält er noch einmal inne. «Aber wir sehen uns doch spätestens Samstag, richtig? Beim Sommerfest? Den Spaß kannst du dir nicht entgehen lassen.»

«Ihr geht also auch hin?»

«Na, besser wäre es. Ohne Personal ist schließlich noch kein Stand gelaufen», erwidert er zwinkernd. «Es gibt sogar zwei neue Kreationen, die wir speziell für den Nachmittag ausgetüftelt haben. Mehr darf ich nicht sagen, sonst macht mich Ella einen Kopf kürzer.»

«Schön.» Mit einem Seufzer werfe ich meinen Widerwillen über Bord. «Wie gut, dass ich sowieso nichts anderes vorhabe.»

Nachdem ich mir den Kuchen habe einpacken lassen, mache ich einen Abstecher zum Supermarkt, um die nötigsten Sachen zu besorgen. Darunter eine Frenchpress und Kaffeepulver, damit ich nicht jeden Morgen bei Grams aufschlagen muss. Auch wenn die Vorstellung durchaus verlockend ist. Zurück in Pemberlaine House verstaue ich die Einkäufe, dann schnappe ich mir einen Handfeger, um die Überreste der Laterne zu beseitigen.

Als ich in der Auffahrt in die Hocke gehe, halte ich inne. Der Zigarettenstummel hebt sich weiß vom restlichen Dreck ab. In Claudines drittem Fall war es ein solches Indiz, das sie am Ende zum Täter geführt hat. Ein DNA-Test hat nach Abgleich mit der Datenbank ein Ergebnis ausgespuckt, mit dem sie arbeiten konnte. Ich bezweifle, dass ich Bobby dazu überreden kann, einen solchen DNA-Test an meinem Fund durchzuführen, geschweige denn, dass diese *Kids aus Ardgay* in offiziellen Datenbanken auftauchen. Trotzdem fühlt es sich falsch an, den Stummel einfach wegzuschmeißen.

«Du hast echt einen Schaden, Rae Pemberlaine», murmle ich, als ich einen Gefrierbeutel hole und das vermeintliche Indiz eintüte. Erst danach fege ich die Scherben zusammen und bringe sie nach hinten zum Schuppen, wo die Tonne steht. *Und jetzt?* Ich könnte den Flow nutzen und direkt im Haus weitermachen, Staub wischen, Kisten sortieren, oder ich mache das, weshalb ich hergekommen bin: Urlaub. Wie ich Grandma kenne, wird sie sowieso noch mindestens eine Woche weg sein, genug Zeit, den Hausputz später zu erledigen. Einmal war sie sogar ganze anderthalb Monate auf Tour, durch Nepal und Tibet.

In der Küche tausche ich den Handfeger gegen ein Tablett und fange an, es mit allem zu versehen, was ich für einen Nachmittag ohne Claudine brauche. Eine Karaffe Wasser, ein Glas Eistee, Grams' Kuchen, daneben ein paar von Grandpas alten Magazinen und ein Buch. Keins von denen, die ich mitgebracht habe, sondern ein Klassiker aus Grandmas Fundus: *Stolz und Vorurteil.* Die Ausgabe ist so zerlesen, dass man aufpassen muss, die Seiten nicht versehentlich herauszuziehen. Verständlich. Die Wortgefechte zwischen Elizabeth und Mr Darcy machen auch beim hundertsten Mal Spaß.

Ich balanciere das Tablett durch den Garten runter zur Laube. Sie ist zu drei Seiten geöffnet, wilder Wein hat die Stützen erobert und sich überall um die Balken geschlungen. Obwohl der Strand erst in fünfzig Yards beginnt, sind die Holzmöbel in der Laube überzogen von Sprenkeln feiner Salzkrusten, die durch Stürme vom Meer hergetragen wurden. Ich stelle das Tablett auf den kleinen Beistelltisch und hole ein Polster aus dem angebauten Schuppen. Zusammen mit einem Liegestuhl, der zwar schon bessere Zeiten gesehen hat, sich aber leicht aufbauen lässt. Blick Richtung Meer.

Kaum dass ich es mir gemütlich gemacht habe, hole ich mein iPhone raus und mache ein Foto für Steve. Ich im Liegestuhl, das Buch auf meinen nackten Beinen, in der freien Hand der Eistee, im Hintergrund die Küstenlinie, die unter dem wolkenlosen Himmel blau leuchtet. Abschicken. Mein Kopf weiß, dass ich das Handy genau *jetzt* weglegen sollte, aber die Mechanismen sind zu tief in mir verankert. Meine Fingerspitze klickt intuitiv durch die Apps, aktuelle Posts auf Instagram checken, durch ein paar Storys swipen, E-Mails aktualisieren, zurück zu WhatsApp springen, als Steves Antwort aufleuchtet.

Sehr schön, Fräulein Pemberlaine, und jetzt noch das Handy weglegen.

Fräulein? 🤨

Handy. Weg.

🙄

Ich deaktiviere tapfer das Display – als mir ein Punkt von meiner Liste einfällt, der sich hoffentlich schnell erledigen lässt: der Anruf bei Dr. Webber. Ich google die Nummer und komme beim allerersten Versuch durch – ohne Warteschleife oder Bandansage, die in Edinburgh praktisch zum Standard gehören. Aber hier meldet sich nach gerade mal zwei Freizeichen Dr. Webber persönlich. Obwohl mein letzter Besuch in der kleinen Praxis ein Leben her ist, erinnert er sich sofort an mich und rückt bereitwillig die wichtigste Info raus: Grandmas Insulin dürfte bei richtiger Lagerung noch rund vier Wochen reichen. Genug Zeit für ein paar entspannte Cocktails in San José.

Ich lese. Ich koche. Ich hole mir eine Decke. Ich lese weiter, ersetze Eistee durch Wein, schreibe mit Mindy, die von Eleanore leider voll eingespannt wird. Immerhin versichert sie mir, dass die alte Dame seit meiner Ankunft ein bisschen ruhiger geworden ist – zumindest hat sie Mindy noch nicht aufgefordert, wieder bei Bobby aufzukreuzen und nach dem Ermittlungsstand zu fragen. Da Mindy es heute trotzdem nicht schaffen wird, bei mir vorbeizukommen, lasse ich mich endgültig in das Buch fallen.

Zum ersten Mal seit Jahren schaffe ich es, alles andere auszublenden, und erst als Mrs Bennet im zufriedenen *Mutterglück* schwelgt, weil ihre beiden ältesten Töchter verheiratet sind, erst als die Dämmerung gerade noch so für die letzten Zeilen reicht, klappe ich das Buch zu und tue das, was ich mindestens genauso lange nicht mehr getan habe: Ich gehe vor zehn ins Bett. Ohne von Müdigkeit überwältigt zu werden oder ein wochenlanges Defizit ausgleichen zu müssen. Einfach nur, weil ich es kann.

Kapitel 9

Am nächsten Morgen schwinge ich mich unter die Dusche und bereite ein kleines Frühstück vor. Ich muss nicht lange nachdenken, wo ich es genießen könnte, sondern balanciere mein Tablett direkt zurück zur Gartenlaube. Mick kommt mit und macht es sich auf dem am weitesten entfernten Stuhl bequem. Langsam habe ich das Gefühl, dass sich unsere innige Beziehung nur auf diese kleinen Momente beschränkt, in denen er Hunger hat. Immerhin leistet er mir überhaupt Gesellschaft, anders als Mindy, die um kurz vor sieben geschrieben hat, dass sie heute zwar freihat, aber spontan mit ihrer Mum nach Inverness muss. Wegen eines kaputten Autos und wichtiger Termine. Zum Glück halten Marshmallows sich eine ganze Weile.

Mit einer Tasse Kaffee in der Hand blättere ich in Grandpas Magazinen. Die Seiten, auf denen seine Artikel veröffentlicht wurden, sind mit bunten Haftstreifen versehen. Ich weiß, dass er damals mehrere Angebote für eine Festanstellung hatte, allerdings wollte er unabhängig bleiben. Es hat Jahre und den Sprung in die eigene Selbstständigkeit gedauert, bis ich kapiert habe, was für ein Luxus diese Entscheidung war. Grandpa musste sich nie Gedanken machen, ob sein nächster Artikel genug Geld bringt, wie gut er läuft oder ob er in der Bedeutungslosigkeit verschwindet, denn durch das Erbe seiner Eltern war immer genug da. Außerdem hatte er Pemberlaine House und Grandma, die mit ihrem Job als Arzthelferin für eine gewisse Sicherheit gesorgt hat.

An einem Winterabend saßen Grandpa und ich genau hier unten, bis zur Nasenspitze eingekuschelt in Decken, und er hat der kleinen Rae zugeflüstert: *Das Leben als Pemberlaine ist wie ein Drahtseilakt. Niemand kann dir beibringen, die Balance zu halten, doch solltest du sie einmal verlieren, ist da immer ein Sicherheitsnetz, das dich auffängt.*

Es hat mich mehr als einmal aufgefangen. Bis ich das Netz selbst durchgeschnitten und die Manege Hals über Kopf verlassen habe. Wäre Grandpa hier, würde er über den Vergleich lachen. Gefolgt von einem stichelnden «Aber du weißt, dass du es jederzeit hättest zurückhaben können?». Anstatt zu antworten, würde ich die Augen verdrehen und meinen Kopf an seine Schulter legen. Wohl wissend, dass ich dann heute nicht an demselben Punkt wäre, an dem ich jetzt bin. Aber Grandpa ist nicht hier. Er grinst mir nur aus dem nächsten Artikel entgegen, dem einzigen, in dem er selbst ein Interview gegeben hat. Oder vielmehr eins mit sich selbst geführt, denn zerlegt man den Namen des Interviewers in seine Buchstaben und setzt sie neu zusammen, erkennt man, dass Earl Lance P. Welambie ein adeliges Anagramm für Wallace Pemberlaine ist. Auf dem Foto ist Grandpa rund sechzig Jahre alt, das dichte braune Haar fängt gerade an zu ergrauen, nur der Bart hat seine Farbe längst verloren, seine beige Haut zeigt erste Falten, und er trägt ein Shirt von Pink Floyd.

Ich schaue an mir runter. Da ich nicht vorhabe, das Grundstück heute zu verlassen, trage ich zu meinem schwarzen Bikinislip nur ein ähnliches Bandshirt. Man erkennt noch blass das Logo der Stones, gut möglich, dass ich es sogar aus Grandpas Fundus habe.

Während ich die Interviewfragen überfliege, nippe ich am Kaffee. Immer wieder flieht mein Blick zum Handy, aber ich habe mir fest vorgenommen, es heute zu ignorieren. Nur Anrufe habe ich auf Vibration gestellt, um nicht völlig aus der Welt zu sein. Wäre ja möglich, dass Toby meine Leseprobe in Rekordzeit durchgegangen ist und er Francis bereits ein Angebot geschickt hat oder dass Francis andere Neuigkeiten für mich hat, vielleicht ein Übersetzungsangebot für meinen letzten Band oder ...

Ein Klopfgeräusch lässt mich zusammenfahren. Kaffee schwappt über meine Hand, klatscht in braunen Tropfen auf das Magazin. «Shit!» Ich springe auf und greife nach dem Magazin – als ich Archer am Rand der Laube entdecke.

Er zieht sofort eine Packung Taschentücher aus seiner Jeans. «Tut mir leid, ich wollte dich nicht erschrecken.» Mit schuldbewusster Miene hält er mir das Päckchen hin. «Jetzt sag nicht, dass das eins von Wallace' Magazinen ... Oh, Scheiße.»

«Richtig.» Ich reiße Archer die Packung weg und zupfe ein Taschentuch raus. Der größte Tropfen ist direkt auf Grandpas Gesicht gelandet. Klasse. «Und genau deshalb war sein Arbeitszimmer immer abgeschlossen», füge ich bitter hinzu, während ich die Seite abtupfe. Kaffee und altes Magazinpapier sind eindeutig keine gute Kombi. Ich beende den Reanimationsversuch mit einem frustrierten Seufzer. Ab jetzt wird es sowieso nur schlimmer. «Grandma wird mir den Kopf abreißen.»

«Hilft es, wenn ich dich daran erinnere, dass sie mal eins der Magazine als Untersetzer verwendet hat?»

Ich werfe Archer einen zweifelnden Seitenblick zu. Er fährt sich verlegen über den Nacken, und erst dann wird mir bewusst, dass *er* es ist. Archer ist hier. Keine zwei Schritte von mir entfernt. Bekleidet mit Jeans und T-Shirt, während an meinem nackten Bein Kaffee runterrinnt und das alte Bandshirt gerade meinen Hintern bedeckt. Was für ein perfekter

Start in den Tag! Wir starren einander an, das stolpernde Herz schiebe ich auf das Kaffeegate, denn es ist echt verdammt ärgerlich, und Archer ist ... echt verdammt nah.

Als wäre es uns beiden im selben Moment klar geworden, driften wir auseinander. Er stolpert rückwärts gegen den grün umrankten Holzpfosten, ich fliehe um den Tisch herum und tue so, als müsste ich dringend ein paar Sachen auf dem Tablett neu arrangieren. Die Kaffeetasse abwischen, die anderen Magazine checken, so was eben.

«Wenn ich irgendwie helfen kann ...»

«Schon gut», falle ich ihm ins Wort, bevor ich zugeben muss, dass es nichts zu helfen gibt. Sieht aus, als hätte es nur Grandpas Foto und mein Bein getroffen. Und meine Würde, die nicht gerade dazugewinnt, während ich mich halb bekleidet dem Fake-Aufräumen widme. Widerwillig lasse ich von dem Tablett ab und straffe die Schultern.

«Also schön, verrätst du mir, warum ...?»

«Eigentlich wollte ich ...» Archer setzt zeitgleich mit mir an, sodass unsere Worte durcheinandergeraten.

Zwei halbe Sätze bleiben in der Luft hängen.

Ich starte noch einen Versuch: «Warum bist du ...?»

«Ich habe geklingelt, aber ...»

Wie von selbst zucken meine Mundwinkel nach oben, in Archers Augen leuchtet ein Feixen. Wir waren schon früher gut darin, unsere Sätze zu verknoten, fast so, als würde für uns beide in exakt derselben Sekunde die Stille zu laut werden. Wir könnten das Spiel weiter in die Länge ziehen, aber ich bezweifle, dass es eine smarte Idee wäre. Mir fällt es jetzt schon schwer, das Klopfen in meiner Brust weiter mit dem Kaffeegate zu rechtfertigen, also bedeute ich Archer mit einem Nicken, anzufangen.

Er lässt sich einen Moment Zeit, fast als wollte er mich provozieren. Dann zieht er einen schwarzen USB-Stick aus seiner Hosentasche und räuspert sich.

«Die Aufnahmen vom Tor», erklärt er. «Grandma hat mich gebeten, sie dir zu geben.» Er tritt einen Schritt näher und hält mir den Stick hin, sein Blick bohrt sich förmlich in meinen. «Ich weiß, du hast mich nicht nach meiner Meinung gefragt, aber was Grandma und Amara sich da zusammengereimt haben …»

«Klingt ziemlich paranoid? Ich weiß.» Und wieder bildet sich ein Kloß in meinem Hals, als ich auf Archer zugehe und ihm den Stick abnehme. Oder es zumindest versuche, denn er hält die Kappe so fest, dass sie zwischen seinen Fingerkuppen stecken bleibt. *Echt jetzt, Schicksal?* «Wenn meine Ermittlungen dabei helfen, die beiden ein bisschen zu beruhigen, kann es trotzdem nicht schaden», füge ich hinzu und halte ihm auffordernd meine Hand hin. Dass ich bisher primär auf diesem Liegestuhl gesessen und gelesen habe, erwähne ich lieber nicht.

«Kann schon sein.» Er legt die Kappe in meine Handfläche, nicht ohne mich dabei mit seinen Fingerspitzen zu streifen. Sie fühlen sich weicher an als in meiner Erinnerung, jagen verräterische Funken unter meine Haut. «Ich will nur nicht, dass du dich in etwas verrennst, okay? Fenella wird sicher bald wieder hier sein.»

Macht er sich etwa Sorgen? Um *mich*? Wo ist auf einmal der Sturm hin, der mich zerreißen sollte, der Vorwurf in seinen Augen, dem ich bisher so elegant ausgewichen bin?

«Okay.» Mit einem schweren Schlucken balle ich meine Faust um den Deckel. Oder habe ich mir diesen Ausdruck nur eingebildet? War es nur das, was ich sehen wollte, nachdem …?

«Ich meine es ernst, Rae.» Es ist dieser intensive Blick, der meine Verwirrung weiter anfacht. «Du hast es vielleicht nicht mitbekommen, aber Grandma ist in den letzten Monaten immer verschrobener geworden. Erst die Kamera am Tor, dann ein neues Schloss, eine Alarmanlage auf dem Gelände, und hätte Mindy mich nicht rechtzeitig informiert, würde jetzt eine Deutsche Dogge auf Warwick Manor leben.»

Seine Worte sind wie ein Schnipsen, das mich aus dem Bann befreit. «Eine Deutsche Dogge?», wiederhole ich irritiert. «Ist Eleanore nicht allergisch gegen Hunde?» Während ich spreche, zeichnen Schatten die Besorgnis auf Archers Gesicht nach, und mir dämmert, dass der Ausdruck nicht allein mir gilt. «Du hast gesagt, sie wird immer *verschrobener*, meinst du etwa, sie könnte wie dein Grandpa ...» Ich unterbreche mich, suche die richtigen Worte. «Hast du schon mit Dr. Webber gesprochen?»

Archer nickt. «Er sagt, Grandma macht für ihr Alter einen guten Gesamteindruck. Nur klopft Demenz selten laut an und ruft: *Hier bin ich.*»

«Nein», bestätige ich in der Erinnerung an seinen Grandpa Norris, der viel zu jung unter der Krankheit verblasst ist. Archer war bei seinem Tod gerade mal zwölf, aber ich weiß, dass er genug mitbekommen hat, von paranoiden Episoden über Ängste bis hin zum Vergessen. «Bist du deshalb in Ederton?», hake ich vorsichtig nach.

«Irgendjemand musste ihr diese Dogge ja ausreden.» Ein bitteres Lächeln huscht über seine Lippen. «Aber falls jemand fragen sollte: Natürlich bin ich nur hier, um Grandma bei den Vorbereitungen für Ericas Lesung zu helfen und unsere Gäste bei Laune zu halten.»

«Natürlich.» Ich imitiere sein Lächeln mit ähnlicher Bitterkeit. In einer anderen Realität würde ich jetzt nach seiner Hand greifen, ihn an mich ziehen und gegen seine Brust gelehnt murmeln, dass ich für ihn da bin. Aber das hier ist die Realität, in der ich jedes Recht auf mehr Nähe verspielt habe. Mir bleiben nur Worte, also biete ich an: «Wenn es etwas gibt, das ich tun kann, sag Bescheid.»

Sein Ausdruck wird milder. «Verrenn dich einfach nicht», wiederholt er, und ich spüre, wie viel Ungesagtes in diesem Satz mitschwingt.

Ich könnte mich genau jetzt entschuldigen. Ihm die ganze Wahrheit sagen. Aussprechen, was so viele Brandnarben auf meiner Seele hinterlassen hat, das Ruder wieder herumreißen.

Jetzt.

Oder jetzt.

Ich zögere den Moment hinaus, bis ein Klingelton die Stille zerschneidet. Archer zieht sein iPhone aus der Jeans. «Fuck», zischt er. «Mein Meeting wurde nach vorne verlegt. Wenn ich nicht in zehn Minuten am Laptop sitze, war's das mit dem Projekt.»

«Hat Archer Warwick gerade *Fuck* gesagt?!» Ich muss aufpassen, nicht zu lachen.

Seine Antwort ist ein vernichtender Blick, oder zumindest glaube ich, dass es einer sein soll, denn seine Mundwinkel zucken wieder nach oben. «Steht der Begriff in Rae Pemberlaines Wörterbuch nicht auf einem der ersten Plätze?», spöttelt er, ohne Anstalten zu machen abzuhauen. Allein das Vibrieren in seiner Stimme verrät, wie eilig er es hat.

Ich kenne diesen Klang, und ich weiß, was er in der alten Rae ausgelöst hätte. Dass sie es darauf angelegt hätte, ihn einzuwickeln, ein bisschen Flirten hier, ein Konter mit spitzer Zunge da – bis sein Pflichtbewusstsein vor ihren Augen zerfallen wäre, er sie an sich gezogen und sie mit geknurrtem Tadel geküsst hätte, anstatt den nächsten Kurs zu besuchen.

Oder für die wichtige Klausur zu lernen. Beim Klavierunterricht zu erscheinen. Oder Eleanore zum Dinner zu begleiten. Oder beim Fechten anzutreten.

Jeder dieser Gedanken ist wie ein kleiner Nadelstich, der mich daran erinnert, warum ich gehen musste: Als Paar waren Rae und Archer eine Zeitbombe, und hätten wir den Timer nicht angehalten, wären wir irgendwann hochgegangen.

«Soll ich dich fahren?», frage ich ganz ohne spitzen Konter. «Mein Benz schafft die Strecke in anderthalb Minuten.»

Kaum habe ich es ausgesprochen, ziehen sich Archers Pupillen zusammen, eine Mischung aus kühlem Knistern und Erleichterung, wie der Vorbote eines Sommergewitters.

«Dann hat Grandma ihn ja genau der Richtigen gegeben», raunt er und deutet dabei einen lässigen Gruß mit zwei Fingern an. «Bis dann, Rae.» Er dreht auf dem Absatz um und geht.

Der Sturm rauscht in meinen Ohren, Donner grollt in meinem Herzen, und erst als Archer den Garten zur Hälfte durchquert hat, schlägt die Erkenntnis ein: Er kennt die ganze Wahrheit.

KAPITEL 10

Vor zwölf Jahren

Der Abend war so frostig, dass mein Atem kleine Wölkchen in die Luft zeichnete. Ich sprang vom Schaukelstuhl auf, um mich zu bewegen. Die Veranda hoch und runter, die Arme um mich geschlungen, als könnte ich mich selbst wärmen. Im Lichtkegel der kleinen Lampe neben der Haustür blieb ich stehen, um meine Armbanduhr zu checken. Noch zwanzig Minuten. Genug Zeit, um noch mal reinzugehen, mir eine Wolldecke zu schnappen und mich auf der Couch aufzuwärmen. Mein Blick huschte zum Türknauf, dann weiter runter zu den eingeritzten Initialen im Holz. F und W für Fenella und Wallace, A und R für Archer und – mich. Das hier war richtig. Oder? Der kleine Zweifel echote durch meinen Kopf, aber er kam nicht gegen die Spannung an, die in jeder Faser meines Körpers vibrierte.

Neunzehn Minuten. Hatte ich alles eingepackt, was ich brauchte? Ich schaute auf den abgewetzten Weekender aus Leder, eine Leihgabe aus Grandpas Schrank. Die Tasche sah aus wie ein Häufchen Elend, zerknautscht und in sich zusammengesunken, da kaum etwas drinlag, was sie hätte auspolstern können. Aber das war ja der Sinn eines Neuanfangs, richtig? Allen Ballast hinter sich zu lassen, nicht den ganzen Schrank einzupacken, sondern nur die Dinge, an denen das Herz wirklich hing. Und ein Bündel Geldscheine, mühsam zusammengespart aus elenden Nebenjobs, die mich den letzten

Nerv gekostet hatten. Einkaufshilfe für Senioren? Uff. Parklotsin bei den Stallone-Festen? Absoluter Horror! Der einzig schöne Moment war der gewesen, in dem ich es geschafft hatte, ein paar Touris so zu navigieren, dass sie Eleanore komplett zugeparkt hatten. Ihr erboster Gesichtsausdruck war es wert gewesen, und selbst Bobbys anschließende Standpauke hatte ich mit gespielter Reue über mich ergehen lassen. Beim Gedanken an Bobby rollte ich mit den Augen. Er verstand echt keinen Spaß. Ob er unsere ständigen Reibereien trotzdem vermissen würde? Und wenn schon. Ich würde ja nicht für immer weg sein, vielleicht ein, zwei Jahre, vielleicht drei, gerade so lange, wie mein Herz nach der Welt schrie und die Welt meinem Herzen zuhörte. So lange, wie es brauchte, um diese Lücke zu füllen, die schon ewig in mir klaffte.

Noch siebzehn Minuten. Ich streckte eine Hand von mir weg, um den Verlobungsring zu betrachten. Ein kleiner Diamant in goldener Fassung, dezent, hübsch, ein Versprechen für die Ewigkeit. Ich bemühte mich um ein Lächeln, weil man so was in den Filmen sah, aber stattdessen zog sich etwas in mir zusammen. Obwohl meine Finger von der Kälte weiß und schmal waren, kam es mir vor, als würde der Ring nicht richtig sitzen. Er war zu eng, aber ich schätzte, das war normal, schließlich trug ich ihn gerade zum ersten Mal richtig. In den letzten Wochen hatte ich ihn lediglich an einer Kette getragen, versteckt unter dicken Pullovern, unsichtbar für Eleanore, Grandma und Grandpa und alle, die es nicht verstehen würden. Weil sie nur Archers und meine Unterschiede sahen, nicht das, was uns verband. Weil sie nicht spüren konnten, dass sich mein Herz nur in seiner Nähe komplett anfühlte. Also … manchmal. Aber manchmal war besser als nie, oder?

Ich brachte den Zweifel mit einem kräftigen Biss auf meine Wange zum Schweigen und schlang die Arme wieder um mei-

nen Oberkörper. Krallte mich an der Lederjacke fest, die eindeutig zu dünn für diese Jahreszeit war. Warum hatte Mum nicht noch ein paar Monate warten können, bis sie mit dem Typ in die Kiste gesprungen war? Dann wäre ich ein Sommerbaby geworden, und mein achtzehnter Geburtstag, der Tag meines Aufbruchs, wäre nicht ausgerechnet auf heute gefallen, mitten im eisig kalten Januar. Warum hatte sie überhaupt etwas mit diesem beschissenen Mistkerl angefangen?! Mistkerl. *Das Wort hatte ich von Grandma übernommen, obwohl sie über ihn doch genauso wenig wusste wie ich. Oder zumindest tat sie so, als wüsste sie nichts, als wäre Mum eines Tages einfach schwanger über die Türschwelle gestolpert und hätte nie ein Wort über ihn verloren. Dabei musste sie doch irgendwas gesagt haben. Angeblich hatten sie und Grandma doch solch ein* vertrautes Verhältnis *gehabt.*

Sechzehn Minuten. Gott, was für eine Scheiß-Entscheidung, hier draußen zu warten. Ich hatte gehofft, die Kälte würde alle Gedanken betäuben, stattdessen wirbelten die Zweifel nur wilder durch meinen Kopf. Und wenn ich doch drinnen wartete? Ich konnte noch mal checken, ob ich den Brief auch wirklich auf mein Kopfkissen gelegt hatte. Damit Grandma und Grandpa ihn direkt fanden, wenn sie von ihrem Dinner in Ardgay zurückkamen. Für eine Sekunde flackerte Schuld in mir auf, die ich sofort erstickte. Ich wusste, dass sie sich eine andere Zukunft für mich wünschten, aber auch nur, weil sie mich nicht verstehen wollten. *Dabei redete ich seit Jahren davon, dass mir Edderton die Luft zum Atmen raubte, die immer gleichen Gesichter, die immer gleichen Feste, das geheuchelte Lächeln an allen Ecken, nur die wenigsten kamen mit meiner Art klar. Außerdem würden meine Großeltern von mir Postkarten bekommen, aus Südfrankreich und Italien und von der Zugspitze und aus Berlin. Ich würde regelmäßig anrufen,* und wenn das Geld reichte, würde ich vielleicht sogar mal nach Hause fliegen.

«Wir», korrigierte ich mich. «Wir werden Karten schreiben und anrufen und herfliegen.» Die Worte klangen falsch, vielleicht weil Selbstgespräche immer ein bisschen seltsam waren.

Ich schob die Hand in meine Jackentasche. Meine Finger waren so frostig, dass jede Berührung schmerzte, und trotzdem fühlte sich das Schlüsselbund kälter an.

Mit welchem Wagen würde Archer wohl hier aufschlagen? Er besaß einen Vauxhall Corsa, dunkelblau lackiert, zuverlässig und sterbenslangweilig. Irgendwie hatte ich das Gefühl, dass der Aufbruch in ein neues Leben mehr brauchte, etwas mit Stil, mit Charakter, am besten mit einem Verdeck, das man unter der französischen Sommersonne zurückschieben konnte, damit nichts dem unvergleichlichen Gefühl von Fahrtwind auf nackter Haut im Wege stand. Leider bezweifelte ich, dass Archer so weit ging und sich einen Wagen aus Eleanores Flotte lieh, selbst wenn sie es ihm als Lieblingsenkel sicher nachgesehen hätte. Vielleicht würde es ihr nicht einmal auffallen, wenn der Wagen fehlte. Schließlich besaß sie eine ganze Reihe schicker Oldtimer, die einzige Liebe, die wir neben der zu Archer teilten. Ich hätte anbieten sollen, mich selbst um einen Fluchtwagen zu kümmern – bloß wie? Ich hatte zwar schon viel Mist gebaut, aber Diebstahl hatte nie auf meiner Liste gestanden. Also versuchte ich mich mit dem Gedanken zu trösten, dass Archers Corsa wenigstens eine Sitzheizung hatte.

Während ich nach meinen Schlüsseln kramte, zuckte Scheinwerferlicht über mich hinweg. Räder knirschten auf dem Schotter. Ein Motor brummte, und er klang nicht nach einem Corsa. Mein Puls raste. Hatte Archer etwa echt ...?!

Ich fuhr auf der Stelle herum. Heilige Scheiße! Eleanores

Mercedes-Benz, 1967er Baujahr, Stoffverdeck; mein unangefochtener Favorit ihrer Flotte. Mir entglitt ein Quieken. Kaum kam der Wagen in unserer Auffahrt zum Stehen, schnappte ich meine Tasche und rannte euphorisch zur Fahrertür. Ich riss sie auf. «Arch...» Sein restlicher Name blieb mir im Hals stecken.

«Guten Abend, Rae.» Eleanore blinzelte mir vom Fahrersitz entgegen, die Hände ums Lenkrad gelegt. Ihr Haar war nach hinten gekämmt, um den üblichen Dutt zu formen, ihr Blick war selbst im diesigen Licht der Scheinwerfer streng. «Nimm deine Sachen und steig ein. Wir haben etwas zu besprechen.»

Ich starrte sie an, unfähig zu reagieren. Ich sollte meine Sachen nehmen? Einsteigen? Woher wusste sie ...? Warum war sie ...? Und Archer nicht ...? Hatte er ihr etwa von unseren Plänen erzählt? Oder seine Sachen zu offensichtlich gepackt? Oder war er auf den letzten Metern doch über seine Lügen gestolpert?

«Steig ein», wiederholte Eleanore. Dabei löste sie ihre Hände vom Lenkrad, beugte sich über den Beifahrersitz und stieß die Tür von innen auf. Nicht sonderlich schwungvoll, sodass nur ein kleiner Spalt entstand, aber Worte und Blick reichten.

«Warum?», presste ich hervor, meine Hand um den Weekender gekrallt. Jede Kälte war vergessen.

«Weil ich dir ein Angebot machen möchte.» Sie funkelte mich an. «Und glaub mir, es dürfte dich interessieren.»

Jetzt stahl sich das Frösteln bis unter meinen Schal, meine Nackenhärchen richteten sich auf, denn auch wenn man es Eleanore nicht ansah, war sie eine knallharte Geschäftsfrau. Wenn sie ein Angebot machte, dann in der unbestechlichen Überzeugung, dass ihr Gegenüber einknicken würde. Anders hätte sie es wohl nie geschafft, das Vermögen, das sich die Warwicks seit Generationen mit Investitionen im Bereich

Whisky und Tabak angehäuft hatten, weiter zu mehren. Auch wenn ich es nie zugegeben hätte, bewunderte ich sie dafür, und jenseits des Fröstelns regte sich Neugier.

«Ein Angebot?», hakte ich nach und reckte herausfordernd das Kinn. «Was für eins?»

Eleanore seufzte. «Oh, Mädchen, wie lange kennst du mich schon? Ich mache nur Deals auf Augenhöhe, also steig ein.»

Unwillkürlich schaute ich auf die Uhr. In elf Minuten würde Archer hier aufschlagen.

«Fuck», zischte ich, warf die Fahrertür zu und ging um den Wagen herum. Dann zog ich die Beifahrertür weit auf, schmiss meinen Weekender in den Fußraum und stieg ein. Cremefarbene Ledersitze. Originales Armaturenbrett. Alles hier drin erzählte eine Geschichte, selbst der Duft war eigen, wie ein teures Parfum, das sich durch nichts imitieren ließ: Kopfnote Abenteuer, Herznote Leben, Basisnote Freiheit.

Eleanore startete den Motor. Sechszylinder. Der Klang überdeckte mein Frösteln mit einem wohligen Schauer. Es hielt so lange an, bis Eleanore den Wagen in unserer Auffahrt gewendet hatte und losfuhr. Weg von Pemberlaine House. Reflexartig verrenkte ich den Kopf und schaute zurück. War das hier ein Abschied? Waren das die letzten Sekunden, in denen ich auf Pemberlaine House schaute? Und was passierte, wenn Archer kam und ich nicht auf der Veranda saß? Würde er auf mich warten? In der Kälte ausharren, bis seine Finger genauso taub waren wie meine? Oder würde er insgeheim aufatmen, hoffen, dass ich es mir noch mal anders überlegt hatte, und zurück zu Warwick Manor fahren?

Mein Herz schlug mir plötzlich bis zum Hals. Ich hatte mir diesen Moment so oft ausgemalt – ich hatte davon geträumt, geschrieben, geredet –, aber nie an der Seite von Eleanore Warwick.

Ich ließ mich zurück in den Sitz sinken und musterte sie. Ob sie den Ring an meinem Finger bemerkt hatte? Ob sie wusste, dass Archer und ich geplant hatten, morgen in Gretna Green zu halten, um das Versprechen zu besiegeln?

Eleanore hatte den Blick starr auf die Straße geheftet. Wir passierten das kleine Wäldchen, dann Grams' Haus an der Ecke. Als Eleanore den Blinker setzte, beschlich mich ein mieses Gefühl. Fuhren wir etwa nach Warwick Manor*?! Beim Abbiegen schossen mir Tausende Gedanken durch den Kopf, zu viele, um auch nur einen richtig greifen zu können. Dann verlangsamte Eleanore das Tempo, und zwar mindestens hundert Yards zu früh. Wir waren gerade erst auf Höhe der Primary School, und tatsächlich steuerte Eleanore den kleinen Parkplatz der Schule an.*

Um diese Tageszeit lag er wie ausgestorben da. Sie parkte im Schatten des niedrigen Gebäudes mit Blick Richtung Hauptstraße, genau so, dass uns der Schein der Straßenlaterne nicht erfassen konnte. Jetzt war ich komplett verwirrt.

Bleierne Stille hing im Wagen. Bis Eleanore ihren Gurt löste und sich in meine Richtung drehte.

«Ein Vögelchen hat mir gezwitschert, dass Archer und du große Pläne habt», eröffnete sie das Gespräch ohne Umschweife. «Ich bin nicht hier, um dir ins Gewissen zu reden, geschweige denn dich davon abzuhalten, Edderton zu verlassen.»

«Ach nein?» Mir entglitt ein trotziges Schnauben, aber dann spürte ich den Weekender zu meinen Füßen und verkniff mir weitere Worte.

«Nein», bestätigte sie. «Du warst noch ein Kind, als Fenella zu mir sagte, du würdest Edderton schneller entwachsen als Unkraut.»

Ich zuckte zusammen, sagte jedoch nichts.

«Du warst so ungestüm und risikofreudig, hast ständig versucht, die Regeln zu beugen, und Grenzen überschritten. Du raubst meiner Freundin und Wallace noch heute den letzten Nerv, und trotz allem lieben sie dich wie ihre Tochter.»

Autsch. Das schlechte Gewissen boxte mir in die Magengrube, dabei war ich genau diesen Teil so oft durchgegangen. «Ich habe ihnen einen Brief geschrieben», rechtfertigte ich mich. «Sie werden es verstehen.»

«Natürlich werden sie das», pflichtete Eleanore mir überraschenderweise bei. «Weil sie dich kennen und lieben und nur das Beste für dich wollen. Und ich möchte nur das Beste für meinen Enkel.»

Archer. *Natürlich ging es hier allein um ihren geliebten Archer. Spätestens jetzt hätte ich meinen Weekender schnappen, aus dem Wagen springen und zur Straße rennen sollen. Hoffen, dass Archer mich sah, wenn er aus Richtung Warwick Manor kam. Noch sechs Minuten. Er musste jeden Moment losfahren, mein Puls dröhnte vor Anspannung, aber ich regte mich nicht. Ich schaute einfach zur Straße und lauschte Eleanores tiefem Atemzug.*

«Archer hat auch einen Brief geschrieben», sagte sie dann. «Ich habe ihn schon vor einigen Tagen auf seinem Schreibtisch gefunden, und deshalb weiß ich, dass er gleich zu Pemberlaine House fahren wird. Er wird seine Liebe zum Klavierspielen aufgeben und seinen Traum begraben, in Cambridge zu studieren. Er wird seine Freunde zurücklassen, seinen Fechtpartner am Samstag allein auf der Matte stehen lassen, und er wird seinem eigenen Bruder die wichtigste Stütze nehmen. Das alles nur, weil er die Erwartungen der Frau erfüllen möchte, die er liebt.»

Jedes ihrer Worte traf.

«Du bist wie ein Vogel, Rae, es spielt für dich keine Rolle, auf

welchem Baum dein Nest sitzt oder ob es morgen vom Wind verweht wird. Dein Glück liegt allein im freien Flug, doch Archer …»

«Braucht mehr.» Es waren meine eigenen Lippen, die ihren Satz beendeten. Kaum war es ausgesprochen, brandete in meinem Magen scharfer Selbsthass. Ein Teil von mir hatte es gewusst. Deshalb stand in meinem Kopf immer ein Ich statt ein Wir, nein, ich sah Archer nicht in einem Cabrio in Südfrankreich und auch nicht Wein trinkend in Italien. Ich sah ihn mit Valentine am Kamin sitzen; Whisky schwenkend; ich sah ihn pünktlich zu seinen Kursen in Cambridge gehen und neue Melodien komponieren – am eigenen Klavier. Hier hatte er alles. Mit mir hatte er nur mich, und ein naiver Teil glaubte immer noch, dass es reichte, reichen musste. Weil es das war, was einem so viele Bücher und Filme und Serien erzählten, dass es nur genug Liebe brauchte, um das Für-Immer zu besiegeln. Und ich liebte Archer. Mit einer solchen Heftigkeit, dass ich mir verboten hatte, seine Bedürfnisse zu hinterfragen.

«Was ist das für ein Angebot?», hörte ich mich fragen.

Zur Antwort zog Eleanore den Schlüssel vom Schloss ab und hielt ihn mir hin. «Vollkommene Freiheit für den Vogel. Wenn er ohne meinen Enkel losfliegt.»

Ich zweifelte keine Sekunde daran, dass sie es ernst meinte. «Du willst …» Etwas Heißes rann über meine Wange. «Du willst, dass ich deinen Enkel gegen ein Auto tausche?» Ich wischte die Tränen mit dem Handrücken weg.

«Er würde es nie erfahren.» Eleanore sah mir fest in die Augen. «Seien wir doch mal ehrlich, Rae: Er kennt dich. Ein Teil von ihm weiß schon lange, dass du gehen wirst, deshalb hat er dir völlig übereilt diesen Ring an den Finger gesteckt. Es war sein letzter Versuch, dich zu halten, also machen wir uns *nichts vor. Wird es ihm wehtun, Pemberlaine House ohne dich vorzufinden? Natürlich. Würde es ihn wundern? Mitnichten.»*

Das Ziffernblatt meiner Uhr verschwamm vor meinen Augen. Ich blinzelte gegen die Tränen an, bis ich die Konturen der Zeiger sehen konnte. Noch eine Minute. Archer war zu spät. Vielleicht hatte er nur etwas vergessen, aber vielleicht war da auch ein Zögern in ihm, der Hauch einer Vorahnung, dass wir in Wahrheit eine Zeitbombe waren, deren Timer bald ablief.

«Du würdest ihm also nichts von unserem Treffen erzählen?», ging ich sicher, während ich mein Herz mit brennender Klinge tranchierte.

«Nein. Wenn es nach mir geht, haben wir uns heute Abend nie gesehen.» Eleanore lächelte wie der Engel, für den ganz Edderton sie hielt. «Ich werde für ihn da sein, wenn er nach Hause kommt. Genau wie Valentine und seine Freunde, und spätestens wenn er seinen PhD in Musik hat, wird er dir für diese Entscheidung danken.»

Meine Fingerspitzen zitterten, als ich den Verlobungsring abzog. Kurz betrachtete ich ihn, schluckte, dann nahm ich Eleanore den Schlüssel ab und drückte ihr dafür den Ring in die Hand.

«In dem Beet vorm Wintergarten liegt ein Stein mit einem kleinen weißen Herz», fing ich brüchig an zu erklären. «Kannst du ihn für mich darunterlegen?» Ich wusste, dass Archer an genau dieser Stelle zuerst nach einer Erklärung suchen würde. Und wenn er den Ring sah, würde es keine weiteren Worte brauchen.

Eleanore schloss die Hand um das Versprechen, das ich gerade gebrochen hatte, und griff zum Türöffner. «Mach es gut, Rae.» Dann nickte sie mir zu und stieg aus.

Wortlos sah ich dabei zu, wie sie im Dunkel verschwand, während mein Herz in kleine Scheiben zerfiel. Erst als sie nicht mehr zu sehen war, kletterte ich auf den Fahrersitz und startete den Motor. Ein winziger Teil von mir hoffte, dass Archer mir gleich entgegenkam, dass mich die Scheinwerfer seines Corsas blenden würden, sobald ich auf die Straße fuhr – aber nichts geschah.

Ich schluckte gegen den Kloß in meinem Hals an. Nein. Archer würde mir nie für diese Entscheidung danken, *aber in einer Sache hatte Eleanore recht gehabt: Seine Zukunft lag hier. Und meine nicht.*

KAPITEL 11

Steve geht nicht ans Handy. Dafür bekomme ich ein paar Sekunden später ein Selfie per WhatsApp. Er grinst breit in die Kamera, hinter ihm steht ein hübscher blonder Mann, der eine Hand auf seine Schulter gelegt hat und ebenfalls strahlt. Louis.

> 😏 Sorry, sind gerade auf dem Sprung ins Spa.
> Ist es dringend??

Gute Frage. Seit Archer gegangen ist, drückt mein Herz schmerzhaft gegen meinen Brustkorb. Welche Version hat Eleanore ihm wohl erzählt? Die, in der ich als bestechliches Miststück die gemeinsame Zukunft für einen Benz verkauft habe? Oder eine, die näher an der Wahrheit ist, in der ich zweifle, mit mir kämpfe, in der ich am Ende glaube, es wäre richtig, ihn freizugeben?

Mein erster Impuls geht zur Miststück-Version. Weil sie besser zu der Eleanore passt, die ich kenne, und weil sie einiges erklären würde. Warum Archer nie versucht hat, mich noch mal zu kontaktieren. Warum er mich bei Grandpas Beerdigung so seltsam angesehen hat, warum dieser Sturm immer noch in seinen Augen wütet oder er mich im Grünen Salon auf Warwick Manor nicht einmal begrüßt hat.

Aber dann ist da sein restliches Verhalten. Dass er in Grams' Café auf mich zugegangen ist, sein Necken und Feixen, die Einladung zu Ericas Lesung, seine Besorgnis und die Offenheit über Eleanores Zustand, seine Fingerspitzen, die meine Haut streifen, obwohl er den USB-Stick nur rechtzeitig hätte loslassen müssen. Entweder ist es ein echt perfider Racheversuch, der nach zwölf Jahren auch ein *bisschen* lächerlich wirkt, oder Eleanore hatte doch recht. Vielleicht wusste Archer schon damals, dass es das Beste für uns beide ist, und vielleicht ist ein Teil von ihm wirklich *dankbar*.

Steve schickt eine weitere Nachricht:

Alles okay? Oder muss ich mir Sorgen machen?

Diese Frage lässt sich leichter beantworten. Ich versichere, dass ich nur reden wollte, wünsche den beiden viel Spaß in Newhaven und erinnere ihn daran, dass er mir noch ein paar schmutzige Details schuldet. Dazu gibt es einen Schnappschuss meiner aktuellen Perspektive: Tablett und Magazin auf dem Tisch; die Kaffeespuren sind nicht zu sehen; darauf der USB-Stick, im Hintergrund ein grau-weiß getigerter Fleck, der im hohen Gras sitzt. Mick.

Ich lege das Handy weg, stehe auf und gehe am Rand der Laube in die Hocke, meine Hand in einer lockeren Faust ausgestreckt. «Mick!», rufe ich eine Oktave zu hoch, und der Kater kommt tatsächlich rüber. Obwohl ich ihn erst vor einer Stunde gefüttert habe, stößt er seinen Kopf fordernd gegen meine Hand. «Und was machen wir zwei Hübschen jetzt?»

Mick antwortet mit einem Schnurren und streift auffordernd um meine Beine. Vielleicht spürt er, dass mir die Lust vergangen ist, länger hier zu sitzen, Kaffee zu schlürfen und Magazine durchzublättern. Als hätte Archers Besuch jedes Gefühl von Urlaub weggewischt. Es ist lange her, dass ich diese Art von Druck im Brustkorb gespürt habe. Wahrscheinlich wäre es wirklich nicht schlecht, mit jemandem zu reden, allerdings fällt Steve raus, genau wie Mindy, und Grams hat sicher alle Hände voll zu tun. Und wenn ich stattdessen *schreibe*?

Lass. Claudine. Hier, hallt Steves Mahnung durch meinen Kopf – aber was, wenn es gar nicht um Claudine gehen würde? Nach so langer Zeit, in der sich mein gesamter kreativer Kosmos um sie und ihre Fälle gedreht hat, ist diese Vorstellung seltsam, aber irgendwie … Ich knabbere an meiner Unterlippe herum, während ich an meine Schreibanfänge zurückdenke. Nach meiner Ankunft in Edinburgh hatte ich das Gefühl, der Druck in meiner Brust würde mich zerreißen, wenn ich nicht bald ein Ventil fände, um alles rauszulassen. Ich habe es mit Whisky versucht, mit Tränen, Gesprächen und sogar mit Kampfsport, aber am Ende lag die Lösung in der Rückseite von Steves Sudoku und einem Stift. Ich habe gelernt, wie befreiend es sich anfühlt, alle ungesagten Worte einfach auf Papier fließen zu lassen – bis ich es zwischen Deadlines, Lesereisen und Pflichtbewusstsein vergessen habe. Vielleicht wird es Zeit herauszufinden, ob dieses Ventil immer noch funktioniert.

In der obersten Schublade von Grandmas Schreibtisch werde ich fündig. Ein Stapel Briefpapier, cremefarben, schlicht, leicht nachzukaufen. Wobei ich bezweifle, dass Grandma die fehlenden Blätter überhaupt bemerken wird. Sie schreibt zwar für ihr Leben gerne Postkarten; vor allem, wenn das Motiv die meisten Wörter überflüssig macht; Briefe waren aber noch nie ihr Ding.

Während sich Mick auf dem weichen Teppich rekelt, suche ich mir einen Kugelschreiber aus der Ablage und rutsche näher an den Tisch. Grandmas neuer Stuhl ist nicht nur bequem, er bietet auch genug Platz, um meine Beine zum

Schneidersitz zu falten. Perfekt. Ich atme tief durch, verbanne Plotpläne, Charakterskizzen und Mordmotive aus meinem Kopf und lasse den Stift klicken.

Geschichten mit der Hand zu schreiben, ist ein bisschen wie Fahrradfahren. Man kann es nicht wirklich verlernen, aber wenn man zum ersten Mal seit Jahren wieder im Sattel sitzt, fühlt es sich anfangs trotzdem kippelig an. Meine erste Seite besteht aus so vielen durchgestrichenen Sätzen, dass ich sie kurzerhand zerknülle und in den Papierkorb unterm Tisch werfe. Neuer Versuch. Mit jedem Blatt Papier, jeder beschriebenen Vorder- und Rückseite finde ich mehr und mehr in meinen Flow. Irgendwann lasse ich sogar die unperfekten Sätze stehen.

Es wird die Geschichte von einer Frau auf der Suche nach sich selbst, Fiktion, keine Autobiografie, und trotzdem steckt darin wie in jedem Text ein Stück der eigenen Seele. Es tut weh. Und es heilt. Genau dieser Gegensatz der Gefühle zwingt mich hin und wieder zu kleinen Pausen. Ich dehne meinen Nacken und schnappe frische Luft. Ich mache mir Reste von gestern warm, schütte Limo mit Eiswürfeln in ein Glas und kühle daran die Stelle an meinem Mittelfinger, auf die der Kugelschreiber drückt. Danach geht es zurück an den Schreibtisch. Mick schaut hin und wieder nach dem Rechten, erst nach seinem Abendessen entschwindet er endgültig nach draußen und kommt auch nicht rein, als ich die Fensterläden für die Nacht verschließe.

Der Druck in meinem Brustkorb hat sich nicht aufgelöst, aber er ist leichter geworden. Leicht genug, um beim Einschlafen nicht an tannengrüne Augen zu denken. Oder zumindest nur ganz flüchtig.

Samstagmittag ist Mick wieder zurück in seinem alten Muster. Ganz so, als würde er spüren, dass ich auch ohne seine Nähe klarkomme – wobei es schön war, die Hand mal wieder in Fell vergraben zu können.

Jetzt sitze ich alleine am Schreibtisch. Grandmas Papier ist fast aufgebraucht, dafür ist meine Geschichte fertig. Ich habe die Seiten nicht gezählt, und ich weiß erst recht nicht, wie viele Wörter es sind, aber ausnahmsweise ist es egal. Diese Geschichte ist nicht dazu bestimmt, von Francis begutachtet oder von Toby eingekauft oder von Fremden gelesen zu werden.

Ich raffe den Stapel zusammen. Beim Überfliegen der ersten Sätze halte ich inne. Auf einmal habe ich das Gefühl, dass diese Art von Geschichte ohne ihre kippeligen Anfänge nicht vollständig ist, weshalb ich den Papierkorb unterm Tisch hervorziehe. *Okay, was zur Hölle …?*

Meine Augenbrauen zucken zweifelnd nach oben. Der Korb ist locker zur Hälfte voll mit zerknülltem Papier, dabei bin ich sicher, dass ich höchstens zwei, drei Versuche verworfen habe. Ich stelle den Korb neben mich und ziehe ein Blatt nach dem anderen raus. Auf den ersten beiden erkenne ich meine Handschrift, streiche das Papier glatt und lege es zum Rest meiner Geschichte. Das nächste stammt nicht mehr von mir – sondern von Grandma. Die Handschrift ist zwar ein bisschen verwackelt, aber trotzdem charakteristisch. Als ich die erste Zeile lese, verkrampfen meine Finger am Papier. *Liebste Rae …* Ein zischender Atemzug, dann reiße ich die anderen Blätter aus dem Papierkorb, streiche eins nach dem anderen glatt, bis sieben angefangene Briefe vor mir liegen. Während ich die Textfetzen lese, die durchgestrichenen Wörter entziffere, kehrt das mulmige Gefühl mit einer Heftigkeit zurück, dass mir flau wird.

Das Blatt, auf dem am meisten steht, fasst die anderen Versuche gut zusammen. Der letzte Buchstabe ist seltsam verwischt:

Liebste Rae,

~~du wirst dich sicher wundern, dass~~ ich du bist vermutlich überrascht, ~~Post~~ einen Brief von mir zu bekommen. ~~Doch glaub mir~~ Doch ich glaube, ich habe ~~kürzlich~~ gelernt, dass es ~~Dinge Themen Geheimnisse~~ Wahrheiten gibt, ~~deren Aussprache nur möglich ist, wenn man dabei niemandem in die Augen~~, die sich geschrieben weniger gewichtig anfühlen als

«Geheimnisse» – «Wahrheiten» – «weniger gewichtig» – mein Blick springt über die Wörter, zurück zum Anfang, von Blatt zu Blatt, und mit jeder neuen Schleife, die ich ziehe, formt sich aus der Übelkeit ein Klumpen. Warum wollte Grandma mir einen *Brief* schreiben? Von welcher Art von Geheimnissen spricht sie, und was kann so *gewichtig* sein, dass sie es mir nicht persönlich sagen möchte? Und die vielleicht wichtigste Frage: Warum hat sie keine der Versionen abgeschickt? Oder ist der Brief nur noch nicht angekommen? Steve hat mir erst heute Morgen ein Update von meiner Post gegeben: zwei Werbeflyer, eine Rechnung, die ich online überwiesen habe, sonst nichts. Weder die ersehnte Postkarte noch ein Briefumschlag.

Als mein Handy vibriert, muss ich mir auf die Zunge beißen, um nicht aufzuschreien. Ich nehme mein iPhone vom Tisch und öffne WhatsApp. Eine Nachricht von Mindy, und laut Statuszeile tippt sie bereits weiter:

Hey, entschuldige, dass ich mich bisher so rargemacht habe. 🙁

Der Termin mit Mum dauerte länger als geplant, und gestern war ich bei Eleanore wieder voll eingespannt, sodass ich nur noch platt ins Bett gefallen bin.

Bin auch jetzt noch hier, und wenn sie mich mit dem Handy erwischt, gibt es sicher wieder eine Ansage, aber sehen wir uns später bei den Stallones??

Das Sommerfest. Ich habe komplett vergessen, dass es heute ist. Um genau zu sein in zwei Stunden, allerdings hält die Dorfbaroness sowieso immer eine elend lange Eröffnungsrede, gefolgt vom feierlichen Anschnitt des ersten Pflaumenkuchens der Saison, sodass man getrost eine Stunde später kommen kann. Ob den Kuchen dieses Jahr Grandma machen sollte? Nein, in dem Fall hätte sie das Fest auf keinen Fall geschwänzt – oder denke ich das nur, weil jetzt all diese Briefe vor mir liegen? Anfang der Woche habe ich Eleanores und Amaras Bedenken schließlich einfach abgetan, überzeugt davon, dass ich die neue Version von Grandma besser kenne. Aber diese Briefe ...

Rae, bitteeee. Ich lade dich auch auf einen Cider ein und tanze mit dir die Nacht durch. Okay, vielleicht nicht die ganze, aber solange ich durchhalte!

Mindys nächste Nachricht zieht meine Aufmerksamkeit zurück zum Handy. Unter anderen Umständen wäre ich bei Cider und Tanzen sofort dabei, aber da ist dieser verdammte

Klumpen in meinem Magen. Andererseits ... Wie ich Edderton kenne, werden die meisten zu diesem Fest gehen, einschließlich Bobby. Und vielleicht kriege ich keine bessere Chance, um den alten Inspector ein wenig auszuhorchen. Über zurückgelassene Kater, zerstörte Laternen, eingetütete Zigarettenstummel und angefangene Briefe ... Und hoffentlich läuft mir Archer dabei nicht wieder über den Weg, denn ich bezweifle, dass mein Herz zwei Rätsel auf einmal lösen kann.

KAPITEL 12

Ich habe das einzige Kleid angezogen, das ich dabeihabe; dunkelroter Flatterstoff, schmale Träger; dazu weiße Sneaker, und neben mir auf dem Beifahrersitz liegt die kleine Tasche, die ich mir von Grandma geliehen habe. Helles Leder, Schulterriemen und gerade groß genug, um die wichtigsten Sachen reinzustopfen: Führerschein, Kreditkarte, Lippenstift – Notizbuch, Zigarettenstummel und einen von Grandmas Briefen.

Die Stallone-Scheune liegt nur zehn Minuten von Edderton entfernt, abseits jeder Zivilisation. Inzwischen ist es fast halb vier, was heißt, dass Mrs Stallones Eröffnungsrede vorbei sein dürfte. Schon von Weitem erkenne ich, dass die Tore der riesigen Scheune offen stehen, geschmückt mit bunten Blumen und Lampions, die erst spät am Abend ihre volle Wirkung entfalten werden. Auch der Wiesenplatz vor der Scheune wird für das Fest voll ausgenutzt. In einem Halbkreis wurden mehrere Stände aufgebaut, überall laufen Menschen herum, manche reden mit den Leuten hinter den Ständen, einige versuchen sich am Birnenfischen oder einem der anderen Spiele, bei denen man Punkte für Preise sammeln kann.

Untermalt wird alles von Livemusik, die aus der Scheune dringt. Eine Mischung aus klassischem und modernem Folk, bedeutend besser als das, was hier früher gespielt wurde. Ich erinnere mich an eine Liveband, die damals von allen über Sechzigjährigen angehimmelt wurde, während ich mit meinen Leuten vor neunzehn Uhr abgehauen bin, und vermutlich war genau das Mrs Stallones Absicht.

Der Kiesparkplatz ist dermaßen voll, dass man zusätzlich eine der Wiesen geöffnet hat. In etlichen Heckscheiben leuchten gelbe Sticker, manche Kennzeichen stammen aus anderen Ländern, viele aus Deutschland. Das Fest hat sich wohl genauso herumgesprochen wie Grams' Zimtschnecken.

Ein Typ in gelber Warnweste winkt mich heran und weist mich ein. Sekunde, ist das *Joe*?! Der Surferboy aus dem Café – der laut Grams öfter über diese ominösen *Kids aus Ardgay* redet? Was, wenn er weiß, wer Grandmas Laterne zertrümmert hat?

Als Joe an meinen Wagen tritt, um mir die zwei Pfund fürs Parken abzuknöpfen, setze ich ein Lächeln auf.

«Zahlt Mrs Stallone immer noch so mies für diesen Job?», frage ich, während ich so tue, als müsste ich nach meinem Portemonnaie suchen. «Ich hab ihn selbst mal gemacht», schiebe ich erklärend nach. «Ist allerdings schon eine Weile her.»

«Ah, dann bist du also *die* Rae», erwidert Joe mit seinem charmanten Grinsen. «Aber ja, unsere Dorfbaroness zahlt immer noch beschissen. Mit der Arbeit bei Grams reicht es zum Glück, um das Zimmer am Campus zu bezahlen.»

«Hab ich mir gedacht. Apropos Grams», wechsle ich elegant das Thema. «Er meinte letztens, es gab irgendwelchen Stress mit Leuten aus Ardgay?»

«Japp.» Joe verzieht das Gesicht. «Benson Galloway und seine Crew. Gehen an dieselbe Highschool wie meine Schwester und gehören zu den Typen, denen alles zufliegt – und die es anderen gerne unter die Nase reiben. Zum Geburtstag gab's einen fetten BMW, den man bis nach Inverness hören kann, wenn Benson voll aufdreht.»

«Wow, sympathisch», spöttle ich solidarisch und hole endlich mein Portemonnaie raus. «Meinst du, Bensons Crew könnte auch was mit der kaputten Laterne bei Pemberlaine House zu tun haben? Und raucht er zufällig?»

«Silk Cut Purple, laut meiner Schwester eine halbe Schachtel am Tag.» Joe lehnt sich zu mir runter ins offene Fenster. «Und ganz ehrlich? Diesem miesen Arsch ist alles zuzutrauen.» Dann hält er mir seine Hand hin, und ich hole eine Fünfzig-Pfund-Note raus. Weil ein bisschen Bestechung sicher nicht schaden kann.

«Wenn Benson oder seine Crew noch mal Scheiße bauen, sag mir Bescheid, okay?» Ich kritzle meine Nummer auf eine Ecke im Notizbuch, reiße das Stück Papier ab und übergebe es Joe zusammen mit dem großzügigen Trinkgeld.

Sein Grinsen wird breiter. «Geht klar, Ma'am.»

«Und bitte nenn mich nie wieder Ma'am.»

«Okay, Rae.» Er rafft sich auf. «Übrigens hübscher Wagen. Macht der Warwickflotte echt Konkurrenz.» Mit anerkennendem Blick tritt er zurück.

«Absolut», erwidere ich lächelnd. Dann warte ich, bis er sich ans nächste Auto gewandt hat, schließe die Fenster und hänge mir die Tasche um. Kurz überlege ich, Mindy zu schreiben, dass ich hier bin, allerdings möchte ich zuerst mit Bobby reden. Wie ich ihn kenne, wird er sich an irgendeinem Kuchenstand herumtreiben. Oder bei Grams' neuen Köstlichkeiten.

Ich passiere die ersten Stände. Handgemachte Seifen, Mützen, Holzfiguren, Töpferware, Kissenbezüge, Beutel mit Samenbomben, alles aus Edderton und Umgebung. Und alles ein bisschen moderner als früher. Nur Grams' Stand sehe ich nirgends, genauso wenig wie Bobby, also steuere ich die Scheune an. Die Musik wird mit jedem Schritt lauter. Die Bühne ist nicht weit vom Eingang aufgebaut, eine fünfköpfige Band unterhält Dutzende Menschen. Manche stehen direkt vor der Bühne und wippen im Takt mit, andere sitzen an Tischen und lassen sich währenddessen Kuchen und Waffeln schmecken. Eigentlich der perfekte Ort für Bobby, aber wieder Fehlanzeige. Und wenn er noch gar nicht hier ist? Bei der Vorstellung huscht ein Schmunzeln über mein Gesicht. Klar. Gerade Bobby, der sonst immer pünktlich auf die Minute vor den Toren steht, um den feierlichen Kuchenanschnitt auf keinen Fall zu verpassen.

Ich dränge mich durch die Menge, rein in den Gang, von dem weitere Marktreihen abgehen. Durch die Musik hindurch wird gelacht, geredet, irgendwo kreischen Kinder, die mir kurz darauf über den Weg laufen und versuchen, einander zu fangen. Endlich erspähe ich einen pastellblauen Stand mit vertrautem Schriftzug.

«Rae!» Grams schiebt gerade einen Becher über die Theke. «Wie schön, dass du's geschafft hast. Konntest du dich schon etwas umsehen oder ...?» Er unterbricht sich, als er von seiner Kundin das Kartenlesegerät zurücknimmt. «Haben Sie vielen Dank und lassen Sie es sich schmecken», sagt er mit einem Lächeln, das nur bedingt über seinen Stress hinwegtäuschen kann. Was mich nicht überrascht, denn die Schlange ist mindestens genauso lang wie Mittwoch im Café.

«Wo hast du Ella denn gelassen?», frage ich mit suchendem Blick in die Menge und halte gleichzeitig Ausschau nach Bobby.

«Oh, sie hätte längst zurück sein sollen, aber ich schätze, sie hat sich mal wieder mit Erin verquatscht.» Mit der Armbeuge wischt sich Grams über die Stirn, ehe er die nächste Bestellung aufnimmt. Einen Iced Lavender Latte, eine von zwei neuen Kreationen, die auf der Kreidetafel am Stand beworben werden. Sieht nicht so aus, als könnte Grams auch nur eine Sekunde durchatmen.

Da Ella immer noch nicht zu sehen ist, quetsche ich mich kurzerhand zu Grams hinter den Stand, hänge meine Tasche weg und schnappe mir stattdessen die Schürze, die neben einem Spülbecken am Haken hängt.

«Okay, was kann ich tun?», frage ich. «Soweit ich weiß, schulde ich dir sowieso noch einen halben Arbeitstag aus irgendwelchen Sommerferien.»

«Dasselbe brillante Gedächtnis wie früher.» Schmunzelnd rückt Grams zur Seite. «Nur das Pflichtbewusstsein ist neu. Gefällt mir.» Dann gibt er mir die Aufgabe, mit der man am wenigsten falsch machen kann: Spülen.

Während er die Kundschaft bedient und einen Kaffee nach dem anderen mit einem Schuss Lavendelsirup versetzt, spüle ich die Becher, von denen sich bereits Massen am Becken angesammelt haben.

Ich bin mit der Hälfte durch, als mir einer aus der Hand rutscht. Bei dem Versuch, ihn aufzufangen, fege ich auch den Rest mit dem Ellbogen herunter, was für lautes Geschepper sorgt. *Grandios, Rae.*

«Sorry!» Ich entschuldige mich bei Grams, der nur eine wegwerfende Geste macht, dann gehe ich in die Knie und fange an aufzuräumen. Immerhin sind die Becher aus Hartplastik, sodass keiner zu Bruch gegangen ist.

«Also sind die Gerüchte wirklich wahr», brummt jemand über mir. «Kaum bist du einen Tag in der Stadt, und schon herrscht wieder Chaos.» Bobby. Endlich!

«Freut mich auch, dich zu sehen», sage ich vom Boden aus und verstecke meinen Sarkasmus hinter einem reizenden Lächeln. In der Hoffnung, dass er meine Bitte um Hilfe gleich nicht sofort abschmettert.

«Also, was darf es sein, mein Guter?», fragt Grams.

Während Bobby seine Bestellung aufgibt, rapple ich mich

auf und mustere ihn verstohlen. Unter seinem rot karierten Hemd wölbt sich der Bauch mehr als früher, und seine Haut wirkt fahler. Sonst scheint er noch genau der grantige Inspector, mit dem ich als Jugendliche so oft aneinandergeraten bin. Mürrischer Blick, eingebettet in Fältchen, langsam ergrauender Vollbart, der früher mal rostbraun war. Glatze. Als ich Steve alte Fotos gezeigt habe, meinte er, Bobby würde seinem Namensvetter aus *Supernatural* Konkurrenz machen. Ich habe nur schnaubend gelacht, denn Bobby Singer ist einer meiner liebsten Seriencharaktere, aber jetzt muss ich zugeben, dass Steve irgendwie recht hat.

«Und du bist sicher, dass keine Sahne drauf soll?»

«Mh», murmelt Bobby. «Vielleicht ein kleiner Klecks. Aber so, dass ich ihn schnell unterrühren kann, sollte meine Tochter mich sehen. Sie meint die Sache mit dieser Diät echt ernst.» Schnaubend schüttelt er den Kopf und lenkt seine Aufmerksamkeit auf mich. «Also, Rae, wie ich hörte, stellst du *Ermittlungen* in nicht existenten Fällen an? Traust du der Polizei etwa immer noch nicht über den Weg?»

«Halt, stopp», Grams unterbricht seine Arbeit, «sosehr ich euch beide auch liebe, aber solche Gespräche werden nicht an diesem Stand geführt.» Er nickt zu der wartenden Kundschaft, die neugierig die Köpfe reckt.

«Was für Gespräche?», mischt sich Ella ein, die gerade aus der Menge auftaucht.

Perfektes Timing.

«Oh, und danke, dass du für mich eingesprungen bist, Rae.» Ella quetscht sich hinter den Stand, der für drei Leute eindeutig zu eng ist. Nachdem sie mir auf die Schulter geklopft hat, nimmt sie mir die Schürze ab und entlässt mich. Zusammen mit meiner Tasche, einem Becher schwarzem Kaffee – und Bobby.

«Eleanore hat mir erzählt, warum du hier bist», sagt Bobby, während wir Seite an Seite durch die Scheune laufen. «Also, was soll dieser Quatsch? Wir wissen doch wohl beide, dass Fenella nicht *entführt* wurde.»

«Wir *vermuten* es», korrigiere ich. «Sonst ist die Wortwahl für euch bei der Polizei doch auch so wichtig.» Mein Necken klingt halbherzig. Weil ich bei jedem zweiten Schritt an den Brief in meiner Tasche denken muss. Und an die Scherben und ...

Bobby schnaubt. «Na, um Widerworte warst du ja noch nie verlegen. Allerdings meine ich es genau, wie ich es gesagt habe.»

«Ach?» Zweifelnd ziehe ich meine Augenbrauen nach oben. «Du willst also behaupten, du *wüsstest*, wohin Grandma dieses Mal verreist ist?»

Plötzlich erstarrt Bobby neben mir. «O Gott, nein, da vorne ist Sadie.» Seine Tochter. Er schaut auf seinen Iced Lavender Latte, der alles andere als einen *kleinen Klecks* Sahne abbekommen hat. «Ich dachte, sie würde noch mindestens eine Viertelstunde draußen beim Apfelschießen festhängen!»

Ohne darüber nachzudenken, tausche ich meinen Kaffee gegen seine Kalorienbombe. Keine Sekunde zu spät, denn in dem Moment bemerkt seine Tochter uns und läuft zu uns herüber. Zumindest glaube ich, dass die Frau, die strahlend auf uns zusteuert, Sadie ist. Bei unserer letzten Begegnung war sie elf, höchstens zwölf. Ein pubertäres Mädchen, dem ich Nachhilfe in Mathe gegeben habe.

«Rae!» Sadie fällt mir um den Hals. «Wie cool, dich endlich mal wiederzusehen.»

Mindy, Amara, Eleanore, Grams, Sadie ... Die Liste der Menschen, die sich wirklich über meinen Besuch zu freuen scheinen, wird immer länger. Vielleicht schleicht sich deshalb entgegen jeder Anspannung Wärme in meine Brust.

«Du wirst es kaum glauben, aber rate mal, wer inzwischen Mathe in Inverness studiert.» Sie lässt grinsend von mir ab. Wenn man weiß, dass sie mit Bobby verwandt ist, fallen einem die gleichen blauen Augen auf. Und die geteilte Vorliebe für karierte Hemden, wobei Sadie ihrs am Bauch verknotet hat und dazu knallenge Jeansshorts trägt.

«Warte.» Ich blinzle sie ungläubig an, als ihre Worte bei mir ankommen. «Du studierst wirklich Mathe?! Das eine Fach, dem du öffentlich deinen abgrundtiefen Hass erklärt hast?»

«O ja.» Ihr Stolz ist nicht zu übersehen. «Um genau zu sein, ist es Flugzeugtechnik, aber es kommen echt viele Berechnungen vor. War also eine von Dads besseren Ideen, dich dazu zu verdonnern, mir Nachhilfe zu geben.» Ihr Blick gleitet weiter zu Bobby. «Hey, schwarzer Kaffee, Dad?» Sie nickt zu seinem Becher. «Ich bin stolz auf dich. Vorausgesetzt, es bleibt bei diesem einen. Sonst meldet sich dein Magen wieder.» Sie tätschelt mahnend seine Brust, während ich noch bei ihren vorherigen Worten hänge. Stimmt. Es war Bobby, der mich damals zur Nachhilfe verdonnert hat, eine von vielen kreativen Strafen für meine Jugendsünden. Wenn ich genauer darüber nachdenke, hat er mich auf gewisse Weise immer davonkommen lassen – warum habe ich das nie gesehen?

Sadie hält plötzlich inne. «Oh, hört ihr diesen Song?!» Sie lauscht Richtung Bühne. «Den spielt Jas extra für mich. Sorry, Rae, aber wir quatschen später noch mal, ja?» Mit breitem Grinsen dreht sie ab, so schwungvoll, dass ihr blonder Zopf beinahe Bobbys Gesicht streift. Schon ist sie weitergezogen.

«Jas wie Jasper Day? Der Typ, auf den sie schon damals stand?», frage ich an Bobby gewandt. «Sind die beiden inzwischen etwa ...?»

«Weiterhin nur *Freunde*», brummt Bobby, wobei die Betonung alles sagt. Dabei tauschen wir unsere Getränke zurück. «Falls du glaubst, ich würde dir jetzt was schulden, hast du dich geschnitten», murrt er.

Ein Lächeln zupft an meinem Mundwinkel. «Verrätst du mir trotzdem, was du über Grandma weißt?» Unwillkürlich lege ich eine Hand auf meine Tasche. Bereit, meinen ersten Trumpf zu spielen.

Mit grimmiger Miene zieht er an seinem Strohhalm. «Dann hast du wirklich keinen blassen Schimmer?», fragt er schließlich, sein Argwohn ist nicht zu überhören. «Also schön, Mädchen, in dem Fall kann ich dir nur dasselbe sagen wie Eleanore und Amara: Hab Geduld. Fenella wird sich schon melden, wenn sie so weit ist.»

Mit jedem Atemzug graben sich meine Zweifel tiefer. Da ist etwas in seinen Augen, das so viel mehr sagt als seine Lippen.

«Du weißt, wo sie steckt», schlussfolgere ich, und als er seinen Blick in der Sahnehaube ertränkt, habe ich die Bestätigung. «Bobby!» Mein Puls schießt nach oben. «Dein Ernst? Du lässt Eleanore und Amara weiter in dem Glauben rumrennen, Fenella wäre entführt worden, obwohl du den Aufenthaltsort *kennst*?! Hast du eigentlich eine Ahnung, was für Sorgen sich die beiden machen?» *Und nicht nur sie*, wispert ein Teil von mir.

«Kennen heißt nicht, dass ich befugt bin, ihn preiszugeben», erwidert Bobby. «Wenn Fenella nicht gefunden werden möchte, ist das allein ihre Entscheidung.»

«Allein ihre ...» Ich presse die Lippen zusammen. Weil ich ahne, dass ich gerade dabei bin, diesen Kampf zu verlieren. Bobby hat seine typische Inspector-Haltung eingenommen: gerader Rücken, entschlossener Blick, der eher verkniffen wirkt, harte Schale, stahlharter Kern. In der Vergangenheit habe ich genug Geschosse auf ihn abgefeuert, um zu wissen, dass sie alle gnadenlos daran abprallen werden.

Ich muss trotzdem einen Versuch wagen, mit resigniertem Seufzer, verletzlicher Stimme, die Mitleidsmasche, die an sein Vaterherz appelliert: «Bobby, ich mache mir auch Sorgen, es geht hier schließlich um meine *Grandma*, und ich ...»

Er unterbricht mich mit scharfem Schnauben. «Vergiss es, Mädchen. Solange sich Fenella nicht meldet, wirst du aus mir kein Sterbenswörtchen rausbekommen.» Abgeprallt. «Ich habe ihren Aufenthaltsort persönlich überprüft. Also, wenn du nur ein Fünkchen Vertrauen in die Polizei hast, stellst du deine Ermittlungsarbeiten ein und machst es lieber wie Sadie: Hab ein bisschen Spaß mit den jungen Leuten.» Er deutet samt Iced Latte Richtung Tanzfläche. «Vorausgesetzt, du passt auf, dass dabei nichts in die Brüche geht.»

Einen tiefen Atemzug lang mustere ich ihn, wäge meine Optionen ab, aber Bobby ist der eisernste Mensch, den ich kenne. Außerdem zählt am Ende nur eins: Er weiß, wo Grandma ist. Er hat es selbst überprüft. Verbrechen ausgeschlossen. Eigentlich sollte sich der Knoten in meinem Magen lockern, stattdessen zieht er sich weiter zu. Weil mir kein Grund einfällt, warum Grandma ausgerechnet Bobby Bescheid geben sollte anstatt ihren Freundinnen oder mir. *Und der Brief?* Was, wenn das ihr Versuch war, mich zu informieren?

Ich öffne meine Tasche und ziehe den Zettel heraus. «Den hier habe ich in ihrem Papierkorb gefunden. Zusammen mit sechs weiteren Versuchen.» Ich entfalte den Brief und reiche ihn Bobby. «Offensichtlich wollte sie mir etwas mitteilen, und vermutlich ist der finale Brief auch längst in Edinburgh angekommen, aber ich habe leider niemanden, der nach meiner Post sieht, also ...» Da Notlügen am besten klappen, wenn man ihnen keine unaufgeforderte Rechtfertigung folgen lässt, lasse ich den Satz offen enden.

Jetzt ist es Bobby, der argwöhnisch die Augenbrauen verzieht. Trotzdem überfliegt er die Zeilen, ehe er mir das Schriftstück zurückgibt. «Nein, tut mir leid», erwidert er, nur seine Stimme klingt auf einmal weicher. Was mir noch weniger gefällt als sein Brummen, denn ich glaube, eine Nuance *Mitleid* zu hören. «Solange ich nicht sicher sein kann, dass Fenella ihren Aufenthaltsort bekannt geben möchte, steht es mir wirklich nicht zu, etwas zu sagen.» Wieder abgeprallt. Scheiße.

«Okay», lenke ich frustriert ein. «Aber wenn ich meine Ermittlungsarbeiten einstellen soll, musst du mir einen Gefallen tun.» Seine Skepsis ignorierend, öffne ich meine Tasche und tausche Grandmas Brief gegen den Gefrierbeutel. «Jemand hat mutwillig die Laterne vor Pemberlaine House zerstört», erkläre ich. «Außerdem hat Grams von nächtlichem Lärm in der Straße berichtet, und ich würde gerne dafür sorgen, dass es ruhiger ist, wenn Grandma zurückkommt. Also, kannst du vielleicht rausfinden, was das hier für eine Marke ist?»

Bobby nimmt mir den Gefrierbeutel ab, um ihn sich vor die zusammengekniffenen Augen zu halten. «Ein Zigarettenstummel?» Ihm entkommt ein heiseres Lachen. «Gott, Mädchen, du hältst dich wirklich für Claudine McPhea, oder?»

«Frau», korrigiere ich endlich. «Nicht Mädchen. Und heißt das etwa, du hast meine Bücher gelesen?» Ich wittere eine winzige Chance, zumindest einen Teil seiner harten Schale zu durchbrechen ...

Er rümpft die Nase, während er den Beutel sinken lässt. «Recht unterhaltsam», gibt er zu. «Sadie hat mir das erste geschenkt, die anderen hat Lydia mir aufgeschwatzt.»

«Klar, wer auch sonst.» Endlich klingt mein Necken wieder

nach mir. «Im ersten Band gibt es doch diesen Mord am Theater. Im Zuge meiner Recherchen habe ich mit der Schauspielerin Summer Mitchell gesprochen. Eine wirklich beeindruckende Frau. Wir haben immer noch hin und wieder Kontakt, also, wenn du mal in Edinburgh bist, könnten wir sicher mal zusammen essen gehen.»

Auch wenn Bobby es zu überspielen versucht, weiß ich um seine Schwäche fürs Theater. Und für Summer Mitchell, die ihn damals als Ophelia auf der Bühne von Inverness verzaubert hat.

«Klingt nett», sagt Bobby, ehe er den Gefrierbeutel in seine Brusttasche stopft. Einzig seine Augen verraten, dass er die Vorstellung mehr als *nett* findet. «Ich schau mal, was sich machen lässt. Aber erwarte nicht zu viel.»

«Niemals.» Lächelnd halte ich ihm meinen Becher hin, und er lässt seinen brummend dagegenstoßen.

«Rae!» Mindy taucht aus der Menge auf. «Da bist du ja. Ich hab dich überall gesucht! Bobby, entschuldigst du uns?»

«Natürlich.» Er nickt mir zu, dann hat Mindy auch schon ihren Arm unter meinen geschoben und zieht mich mit sich.

Im Laufen lehnt sie sich zu mir rüber. «Eigentlich meinte Sadie nur, du könntest ein Rettungsmanöver gebrauchen», verrät sie. «Hast du Lust zu tanzen? Die Band von Jas ist *echt* gut.»

«Klar.» Schulterzuckend ziehe ich meinen Arm aus ihrem und hebe den Kaffeebecher an. «Aber vorher muss ich den hier gegen was Alkoholisches tauschen. Du hattest Cider erwähnt?»

«Der erste geht auf mich», bestätigt sie grinsend. «Und wie ich Erin kenne, wird sie sicher auch den ein oder anderen Kurzen haben.»

«Genau das wollte ich hören.»

KAPITEL 13

Mein Kopf dröhnt schlimmer als nach meinem Dreißigsten. Bei dem Versuch, mich im Bett auf den Rücken zu drehen, entfährt mir ein Stöhnen, jede Faser meines Körpers beklagt sich schmerzend über die letzte Nacht. Oder den Abend? Den Nachmittag? Ich habe keine Ahnung, an welchem Punkt ich die Vernunft abgegeben und mich einfach habe mitreißen lassen. Von Mindy und Sadie, von Erin und Cider, von noch mehr Cider, in Pints und in Shotgläsern, in denen sicher kein Cider war, von der Musik und dem Gelächter, von der Hitze in der Nacht, von dem Rausch, in dem man allen Sorgen den Mittelfinger zeigt, weil man glaubt, dass man ihnen wirklich entflohen ist. Bis einen die Realität mit voller Wucht einholt.

Ich blinzle gegen das grelle Licht an. Anscheinend habe ich es nicht mal geschafft, die Fensterläden zu schließen. Oder mich umzuziehen. Geschweige denn abzuschminken. Meine Wimpern fühlen sich verklebt an, ich spüre die Träger meines Kleids, einer scheint runtergerutscht, der andere schneidet in meine Schulter. Wann habe ich zuletzt eine ganze Nacht durchgetanzt? Oder war es überhaupt die ganze Nacht? Und mit wem habe ich noch alles angestoßen? War Archer etwa auch dabei? *O bitte, lass Archer nicht …*

Bei dem Versuch, einen klaren Gedanken zu fassen, jagt ein regelrechter Blitz durch meinen Kopf. Heilige Scheiße, ich brauche dringend eine Aspirin. Und eine Dusche. Eine Zahnbürste. Ein Frühstück, das die latente Übelkeit mildert, anstatt sie weiter zu befeuern – oder ist längst Zeit für Mittag? Außerdem brauche ich *Ruhe.* Am besten einen ganzen Tag hier oben im Bett, allein mit Mick – falls er mich überhaupt noch ansieht. Abgesehen davon, dass ich sein Abendessen vergessen habe, dürfte es auch fürs morgendliche Mahl reichlich spät sein. Es ist genau dieser Gedanke, der mir hilft, meine schmerzenden Muskeln so weit zu ignorieren, dass ich es schaffe, mich aus den Laken zu quälen. Ich bleibe noch kurz auf der Bettkante sitzen, atme durch, versuche wieder, die Momentaufnahmen zusammenzusetzen. Alles, was ich noch klar vor Augen habe, ist das Gespräch mit Bobby. Mindys *Rettungsmanöver* kriege ich auch noch auf die Reihe, unseren Schwenk zu Erins Stand ... ab da fängt es an zu zerfasern. Prima, noch keine Woche hier, und ich habe einen Filmriss.

Das Licht ist überall im Haus zu grell. Kein Wunder, denn laut Blick auf mein iPhone ist es bereits kurz nach *drei.* Nachmittags. Schön, wie schnell ich mir meinen Schlafrhythmus wieder zerschossen habe.

Ich halte mich am Geländer fest, um die Treppen nicht hinunterzustolpern, dann ziehe ich die Haustür auf.

Mick springt vom Schaukelstuhl auf, nicht ohne vorwurfsvolles Maunzen. Dann flitzt er an mir vorbei, und ich vermute, ich kenne sein Ziel.

Nachdem ich mir seine Zuneigung mit Leckerchen und reichlich Futter halbwegs zurückerobert habe, trotte ich wieder zur Treppe. Mein Blick bleibt an der Tür zu Grandmas Arbeitszimmer hängen. *Du hältst dich wohl wirklich für Claudine McPhea,* hallt Bobbys Brummen durch den Nebel meiner Gedanken. Hätte er recht, wären meine bisherigen Ermittlungsarbeiten weitaus engagierter gewesen. Dann hätte ich hier längst alles umgekrempelt, außerdem hätte ich auch ohne Laptop einen Weg gefunden, mir diese Aufnahmen von Eleanores Tor anzusehen. Aber jetzt sind die Ermittlungen sowieso ... *was*? Abgeschlossen? Auf Eis gelegt? Seltsamerweise hat der Cider nicht dabei geholfen, aus Bobbys Worten einen sinnvollen Schluss zu ziehen. Oder zu entscheiden, wie es jetzt weitergehen soll.

Mit einer Aspirin, wispert mein Kopf. Vernünftig.

Ich schleppe mich hoch ins Bad, durchforste den Spiegelschrank und finde eine Tablette, die ich mit einem ganzen Glas Wasser runterspüle. Dann entferne ich das restliche Make-up, schmeiße die Dusche an und bleibe darunter stehen, bis der Wasserdampf jegliche Flächen beschlagen hat. Die Tablette fängt langsam an zu wirken. Sie kann den Schmerz zwar nicht restlos vertreiben, aber es reicht, um einen klaren Gedanken aus dem Nebel herauszufischen: Wenn Bobby nicht verraten will, wo Grandma steckt, werde ich es eben selbst herausfinden.

Der Versuch, meine Lebensgeister mit Rührei und Tomate zu wecken, klappt nur bedingt. Eine gewisse Schwere verbleibt in meinen Gliedern, und trotzdem bin ich motiviert, endlich Fahrt in meine *Ermittlungen* zu bringen. Oder wie auch immer man das nennen soll.

Ich steuere wieder Grandmas Arbeitszimmer an. Bisher habe ich mich von der neuen Optik und dem Briefpapier ablenken lassen, dieses Mal halte ich Ausschau nach Hinweisen. Ich bleibe an den Aktenordnern hängen. Vielleicht hat sie ja eine Buchungsbestätigung oder so abgeheftet. Für irgendein Hotel oder wenigstens einen Flug, aus dem ich weitere Schlüsse ziehen könnte.

Jeder der Ordner im Schrank ist beschrieben, eindeutig Grandmas Werk. Versicherungen, Verträge, Rechnungen ... Ich ziehe letzteren raus und nehme ihn mit zum Schreibtisch, um mich wieder in den Stuhl sinken zu lassen. Ein Gähnen unterdrückend, schlage ich den Ordner auf. Ganz vorne springt mich Grandmas Handyrechnung an. Eigentlich könnte sie den Vertrag auch kündigen oder auf eine billige Telefonflatrate umstellen. Ich bezweifle, dass sie jemals was von dem Datenvolumen verwendet hat.

Dahinter folgen abgeheftete Bons von Lydia, Bücher, Bücher, Diverses, noch mehr Bücher, die nächste Handyrechnung, die Quittung einer Schreinerei; Carl's Clever Carpentry – noch mehr Alliteration in einem Firmennamen geht wohl nicht; Strom, Wasser, Gas, noch eine Quittung der Schreinerei, die Summen darauf so horrend, dass mir schwindelig wird. Dabei hätte ich ahnen können, dass der Umbau der beiden Arbeitszimmer nicht günstig war. Und ich meine, warum nicht? Von Grandpas Erbe dürfte immer noch eine Menge übrig sein, und das Haus, das die beiden in Inverness haben, spült monatlich ordentlich Geld rein.

Nach der zehnten Handyrechnung höre ich auf, alles zu lesen, denn hätte Grandma ihre Reisen genauso akribisch abgelegt, wäre ich längst über Unterlagen gestolpert. Ich schlage den Ordner zu, schiebe mich samt Stuhl nach hinten und drehe mich unschlüssig im Kreis. Vielleicht war es doch keine gute Idee, in dem Zustand mehr tun zu wollen, als im Bett ... Mein Blick bleibt erneut am Schreibtisch hängen. Oder vielmehr *darunter*.

Ich lasse mich vom Stuhl gleiten. Unter der mittleren Schublade, direkt in der Innenseite des Tischs, weckt etwas mein Interesse. Ich gehe in die Knie, verrenke mich so, dass ich es besser sehen kann. Ein kleines Schloss, nicht größer als mein Daumennagel. Von oben war es nicht zu sehen, und bis gestern stand der Papierkorb davor.

Sofort hole ich das Schlüsselbund. Da waren zwei, die weder Eleanore noch Amara benennen konnten, vielleicht, mit etwas Glück ... nein. Ich muss sie nicht einmal ausprobieren, denn ich sehe sofort, dass der Schlüsselbart zu groß ist. Aber es muss einen geben, der passt, irgendwo *muss* Grandma ihn versteckt haben. Ich kaue auf meiner Unterlippe herum, denke nach, während ich mit der Fingerkuppe über das Schloss fahre. In den Rand scheint etwas eingraviert zu sein. Zumindest spüre ich feine Linien, allerdings ist es hier unten zu dunkel, um es lesen zu können.

Ohne zu zögern, krieche ich unter dem Schreibtisch hervor, um mein iPhone zu holen und samt aktivierter Taschenlampe erneut auf Tauchstation zu gehen. Dieses Mal weichen die Schatten zurück, und auch wenn die Schrift winzig ist, kann ich sie entziffern. «TR», lese ich flüsternd. Vertraute Buchstaben, vertraute Schriftart. Es ist erst ein paar Tage her, seit ich sie zuletzt gesehen habe. Erst an Grandmas Schlüsselbund, dann in meiner Hand und schließlich in Eleanores. *Der hier gehört auf jeden Fall mir*, erinnere ich mich an ihre Worte. Entweder eine Lüge – oder ich sehe Gespenster. Zur Sicherheit öffne ich die Kamera am Handy und zoome die Gravur im Schloss heran. Nein, das sind eindeutig die gleichen Buchstaben – vielleicht Initialen?

Etwas schrillt. So laut und durchdringend, dass ich reflexartig hochjage und mir mit voller Wucht den Kopf unter der Schublade anhaue. «Verfluchte Scheiße», zische ich, als auch schon das nächste Schrillen ertönt. Die Haustür. Mit einem ziemlich fiesen Ton.

Ich schiebe das Handy in den Bund meiner Jogginghose, bevor ich einen erneuten Versuch wage aufzustehen, dieses

Mal mit aller gebotenen Vorsicht. Spätestens jetzt bin ich *wirklich* wach.

Mick sitzt im Flur auf der untersten Stufe. Als ich an ihm vorbeilaufe, steht er mit erhobenem Schwanz auf und begleitet mich die letzten Schritte. Ich schaue durch den Türspion: Mindy. Obwohl ihr Gesicht im Glas verformt wirkt, sieht sie frisch und munter aus. Als sie Anstalten macht, wieder auf den Knopf zu drücken, mache ich schnell auf.

«Du lebst», stellt sie überrascht fest. «Und du bist noch im Schlafanzug.»

«Loungewear», korrigiere ich, auch wenn ich weiß, dass es eine ziemlich nette Beschreibung für die Klamotten ist, die ich nach dem Duschen übergeworfen habe.

«Ahhh.» Mindys Mundwinkel zucken nach oben. Obwohl sie nicht viel Make-up trägt, sieht sie aus, als würde sie gleich auf ein Date gehen, hochgesteckte Haare, schickes wadenlanges Kleid. «Also, willst du das so lassen, oder soll ich dir noch fünf Minuten geben?»

«Fünf Minuten wofür?», frage ich, während ich an ihr vorbei zur Einfahrt schaue. Ein blauer Käfer mit offenem Cabrioverdeck und geblümten Sitzbezügen. Kein schwarzer Mercedes-Benz.

Klick. Natürlich. Mein Wagen steht noch an der Scheune – weil ich nicht mehr in der Lage war zu fahren. Langsam fügen sich die Puzzleteile ineinander, verbinden die Momentaufnahmen letzter Nacht zu einem schärferen Bild. *Klick.* Ich weiß wieder, wie Mindy und ich mit einem harmlosen Cider starteten. Wie Sadie dazukam und die erste Runde Kurze ausgegeben hat, wie wir zusammen zur Bühne gezogen sind und die Tanzfläche eröffnet haben. Wie die Musik durch Mark und Bein gegangen ist, wie die nächste Runde Shots an uns vorbeigetragen wurde, wie Mindy ausgesetzt hat, während Sadie und ich die Gläser haben klirren lassen. Wie es draußen immer dunkler wurde, drinnen immer ausgelassener, wie mehr und mehr Leute dazukamen, mit denen wir angestoßen haben. Auf die Nacht, die Musik, auf den Sommer, das Wiedersehen, auf das Leben, auf die Lyrik von Erica Wiler – deren Lesung heute stattfindet.

Klick.

Bitte nicht.

«Die Frau, mit der ich am Ende angestoßen habe ...»

«War Ericas Agentin, richtig», bestätigt Mindy jede meiner Befürchtungen. «Die sich sehr darüber gefreut hat, dass du extra für die Lesung angereist bist. So als *landesweit berühmte* Schriftstellerin.»

Schöne Scheiße. Wie würde Steve jetzt sagen? *Wer sein Limit nicht kennt, muss mit den Konsequenzen leben – oder sie elegant umschiffen.* Immerhin scheine ich Archer nicht über den Weg gelaufen zu sein, was mich trösten sollte. Theoretisch. Praktisch ist da der winzige Hauch von *Wehmut*, den ich unbedingt loswerden muss. Außerdem brauche ich möglichst schnell eine gute Ausrede für diese Lesung. Normalerweise fällt es mir leicht, mich aus der Affäre zu ziehen, jetzt scheitert es daran, dass meine Gedanken weiter bei Archer hängen. Oder genauer gesagt bei dem, was er in Grams' Café gesagt hat.

«Die Lesung findet auf Warwick Manor statt, richtig?», gehe ich sicher, ehe ich mich noch tiefer in die Scheiße reite.

Mindy nickt. «Und zwar in einer Dreiviertelstunde.»

Grandmas Schreibtisch, das Schloss, die Gravur – der Schlüssel. Eleanore hat ihn praktisch gestohlen, weshalb sie ihn wohl kaum freiwillig aushändigen wird, also werde ich ihn zurückstehlen müssen. Und was würde sich besser anbieten als eine Feier, bei der das ganze Anwesen voller

Menschen ist, deren Aufmerksamkeit poetischer Stein-Lyrik gilt?

«Also schön», sage ich mit einem resignierten Seufzer. «Aber ich fürchte, du musst mir erst helfen, was zum Anziehen zu finden.» Denn mein einzig taugliches Kleid liegt jetzt in der Wäsche.

KAPITEL 14

Während Mindy mich vom Fahrersitz mit Small Talk unterhält, gehe ich meinen Plan noch mal durch. Im Grunde ist er ganz einfach: reingehen, mich bei Erica und ihrer Agentin blicken lassen, ein bisschen Interesse heucheln, mir einen Platz in der letzten Reihe suchen, auf einen geeigneten Moment warten, rausschleichen, einen gewissen Schlüssel suchen und ganz wichtig: Archer unter allen Umständen aus dem Weg gehen. Ein Teil von mir schreit zwar danach, mit ihm zu reden, Klarheit in das Gefühlschaos zu bringen, das er bei unserer letzten Begegnung angerichtet hat, aber das hier ist wohl der denkbar schlechteste Zeitpunkt.

Das Tor zu Warwick Manor steht heute weit offen. Davor wartet ein Typ in hellblauem Anzug. Joe. Schon wieder.

«Guten Nachmittag, die Damen.» Grinsend tritt er an den Wagen heran, in seinen Händen ein Klemmbrett. «Rae, schön, dich so schnell wiederzusehen. Direkt mal schauen, ob du auf der Liste stehst.»

«Letzte Seite, ganz unten bei den Nachträgen», erwidert Mindy. «Ist sonst bisher alles gut gelaufen?»

«Falls du wissen willst, ob schon jemand versucht hat, sich heimlich auf die Party zu schleichen: Nope, alle brav wie eh und je.» Joe blättert einige Zettel nach hinten, dann lässt er einen Kugelschreiber aus seiner Brusttasche klicken. «Und gefunden. Jetzt fehlen laut Liste nur noch die Walkers, Pauline und Erin.»

Mindy seufzt hörbar erleichtert auf. «Danke, dass du so kurzfristig eingesprungen bist», sagt sie. «Gib mir zehn Minuten, dann übernehme ich wieder, okay?»

«Kein Ding.» Joe beugt sich zu uns in den Wagen. «Hätte ich gewusst, wie großzügig es Ericas Kreis mit Trinkgeldern hält, hätte ich mich ganz offiziell für den Job beworben», flüstert er scherzend, bevor er sich aufrichtet und zurücktritt. «Also, lass dir ruhig Zeit. Und, Rae? Echt hübsches Kleid.»

Mindy verkneift sich sichtlich das Grinsen. «Bis gleich, Joe.» Sie lässt den Wagen wieder anrollen. Kaum dass wir außer Hörweite sind, fügt sie an mich gewandt hinzu: «Siehst du? Ich hab doch gesagt, der Look ist perfekt.»

«Was ich allein dir zu verdanken habe», erwidere ich und schaue an mir runter. Das *hübsche Kleid* ist eigentlich ein rotes Satinnachthemd aus Grandmas Schrank. Damit es weniger danach aussieht, hat Mindy unten einen Streifen abgetrennt, den sie anschließend als Gürtel um meine Taille gebunden hat – auch wenn ich vorher mehrfach versichern musste, dass Grandma uns schon nicht umbringen wird. Ihr Schrank ist schließlich voll von solchen Hemden.

Großer Pluspunkt dieser Kreation: Ich habe viel Bewegungsfreiheit, nur für den Fall, dass ich mich nachher schnell irgendwo verstecken muss. Mein Schuhwerk ist dagegen suboptimal. Offene Riemchensandalen mit Absätzen, an den Knöcheln mit schwarzen Samtbändern verschnürt. Laut Mindy tausendmal besser als die anderen Paare, die zur Auswahl standen: dreckige Sneaker, eingelaufene Birkenstocks oder braune Schnürschuhe.

«Falls es für dich in Ordnung ist, würde ich dich vorne kurz rauslassen», sagt Mindy. «Wenn so viele Gäste da sind, parke ich lieber in der Garage und würde dann direkt zurück zu Joe gehen.»

«Na klar», erwidere ich, während in meinem Kopf immer dasselbe Band abläuft: reingehen, Interesse heucheln, Warwick Manor durchsuchen, Archer ausweichen ... kein großer Akt. Und selbst *wenn* mich jemand erwischt, was sollte schon passieren? Ich könnte jederzeit behaupten, dass ich mich von alten Erinnerungen habe treiben lassen.

Die Lesung scheint gut besucht. Auf dem Vorplatz parken etliche Autos, die meisten davon aus höheren Preisklassen, am Springbrunnen lehnen ein paar Fahrräder. Immerhin ist eine Schneise frei geblieben, sodass Mindy mich direkt vorm Treppenaufgang rauslassen kann.

«Hey, Rae», sagt sie, nachdem ich ausgestiegen bin. «Erica hat inzwischen ein paar Kurzgeschichten in ihr Repertoire aufgenommen, es wird also sicher ganz unterhaltsam.» Ihr Feixen ist nicht zu überhören.

In mir meldet sich das schlechte Gewissen. Was Mindy wohl sagen würde, wenn sie wüsste, warum ich wirklich mitgekommen bin? Ich habe sogar kurz überlegt, sie einzuweihen. Weil es echt hilfreich wäre, eine Komplizin zu haben, die sich frei auf Warwick Manor bewegen kann. Allerdings fürchte ich, es könnte Mindy ihren Job kosten, sollte man sie beim Herumschnüffeln in Eleanores Sachen erwischen. Besser, sie kann hinterher glaubhaft versichern, von nichts gewusst zu haben.

«Ich liebe deinen Optimismus», spöttle ich, ehe ich meine Umhängetasche vom Beifahrersitz nehme und die Tür schließe. «Dann bis gleich.»

«Eher bis später», erwidert sie und verzieht das Gesicht. «Ich bin das ganze Event über voll eingespannt, tut mir leid. Aber was hältst du davon, wenn wir meinen freien Donnerstag zusammen verbringen? Also, so richtig. Wir könnten mit einem Frühstück bei Lydia starten; ihre Scones sind immer noch unglaublich; und laut aktueller Vorhersage könnte der Abend perfekt für unser Lagerfeuer sein.» In ihren Augen wechselt Hoffnung mit einem Ausdruck von schlechtem Gewissen.

«Klingt super», erwidere ich mit einem beruhigenden Lächeln, als mir etwas einfällt. «Ach, und du hast nicht zufällig einen Laptop, den du mitbringen könntest? Ich wollte mir die Aufnahmen vom Tor ansehen.»

«Du bist ohne Laptop verreist?» Mindy mustert mich überrascht. «Ich dachte, ihr Autorinnen könntet ohne praktisch nicht überleben.»

«Sagen wir, mein bester Freund hat mich dazu gezwungen, *wirklich* Urlaub zu machen. Ohne dich bin ich also aufgeschmissen.»

«Anscheinend passt Steve echt gut auf dich auf», neckt Mindy. «Laptop ist notiert. Aber plan besser den halben Tag für die Aufnahmen ein, denn du wirst überrascht sein, wie lange das Ding braucht, um hochzufahren.»

«Ach, ich kann Lydia sicher mit einer kleinen Signieraktion bestechen, uns den Tisch eine Weile zu überlassen.» *Und vorher mein Hausverbot aufzuheben.*

«Perfekt.» Mindy grinst, dann verabschieden wir uns, und ich wende mich Warwick Manor zu.

Im Ostflügel stehen mehrere Fenster offen, beschwingte Musik dringt zu mir rüber; klingt wie Jazz; dazu mischen sich plaudernde Stimmen und Gelächter.

Kaum habe ich die ersten Stufen hinter mir, wird die Tür geöffnet. Sofort schwillt die Geräuschkulisse an, die selbst das Klackern meiner Absätze verschluckt.

Ich kenne keine der beiden Personen, die rauskommen, trotzdem nicken wir uns lächelnd zu, als wir aneinander vorbeilaufen. Oben schiebe ich mich schnell durch den Spalt, bevor die Tür hinter mir zufällt.

Es ist *wirklich* voll. Bereits im Foyer herrscht reges Treiben. Ich zähle mindestens sieben Gruppen, die sich auf die Eingangshalle verteilen, manche kleiner, andere größer – und in einer davon steht der Star des Abends: Erica. Zierlich wie damals, nur noch eine Spur anmutiger. Ihre Haare dürften inzwischen braun gefärbt sein; in Wellen geföhnt umspielen sie das beige Gesicht, aparter Lidschatten lässt ihre Augenpartie erstrahlen, der rosa Lippenstift passt zu ihrem Kleid. Die Cotswolds tun ihr wohl ziemlich gut.

Daneben steht ihre Agentin, mit der ich gestern Nacht angestoßen habe. Eher Mitte vierzig, braune Haut, schwarzer Bob, oranger Hosenanzug, wacher Blick. Warum sehen eigentlich alle, die mit bei den Stallones waren, deutlich fitter aus als ich? Vielleicht sollte ich nach ihrem Concealer fragen – also, am besten, nachdem ich ihren Namen noch mal in Erfahrung gebracht habe. Ich bin sicher, dass sie ihn mir über die Musik hinweg zugerufen hat, war es irgendwas mit H? Oder N? Mein ach so brillantes Gedächtnis hat unter dieser Party echt gelitten.

Die Agentin schaut zu mir rüber. Als sie mich erkennt, breitet sich ein Strahlen auf ihrem Gesicht aus.

Ich setze mein professionellstes Lächeln auf, Mission *Interesse heucheln* kann beginnen. Dann gehe ich zu der Gruppe rüber, die mich sofort mit neugierigen Blicken empfängt.

«Rae!» Die Agentin begrüßt mich mit zwei gehauchten Wangenküssen, als würden wir uns ewig kennen. Gut, ich kann mich daran erinnern, dass wir irgendwann Arm in Arm auf der Tanzfläche standen und laut bei einem Coversong von Jimi Hendrix mitgegrölt haben. Das verbindet wohl. «Da bist du ja endlich. Wir haben dich schon vermisst.»

«Hey», erwidere ich. «Danke für die Einladung. Erica, wie schön, dich mal wiederzusehen.» Ich begrüße die Lyrikerin ebenfalls mit Wangenküssen, ehe ich mich der Runde vorstellen lasse.

Es sind alles Bekanntschaften aus den langen Jahren von Ericas Karriere. Die meisten kommen aus den Städten rund um ihre neue Heimat: Bath, Gloucester oder Bristol, außerdem scheint niemand von ihnen knapp bei Kasse zu sein, wenn ich höre, in welchen Hotels sie eingecheckt haben. Angesichts der Autos draußen wundert es mich nicht.

Ich nicke und lächle einfach nur, während ich dem Drang widerstehe, mich mit Champagner zu versorgen. Jede Kunstform hat ihre Daseinsberechtigung, und diese Leute scheinen große Fans von Ericas Werken zu sein. Allerdings bin ich aus dieser Szene komplett raus, genau wie sie aus meiner. Denn als Ericas Agentin zu mir schwenkt und von meinen Krimis erzählt, erkenne ich das gleiche gespielt verständnisvolle Lächeln, das ich auch so gut draufhabe.

Es folgen die üblichen Fragen, ob man denn davon leben könne, ob man für das Genre nicht selbst ~~kriminelle Energien~~ forensisches Interesse bräuchte, und ob ich schon mal darüber nachgedacht hätte, etwas *anderes* zu schreiben. Ich beantworte die Fragen mit stoischer Ruhe, etwas, das ich nach all den Jahren im Schlaf beherrsche, dann lenke ich elegant zurück zu Erica, und alle scheinen froh, sich wieder auf gewohntem Terrain bewegen zu können. Nur die Agentin wirft mir einen entschuldigenden Blick zu. In dem Moment fällt mir ihr Name wieder ein: Violet. Violet Harper, genau!

Ich schenke ihr ein «Passt schon»-Lächeln, während ich insgeheim hoffe, dass es endlich losgeht. Mit jeder Minute, in der ich hier herumstehe, wird es wahrscheinlicher, dass ich Archer über den Weg laufe. Vielleicht würde er mich einfach ignorieren – aber ich weiß nicht, ob ich dazu in der Lage wäre.

Denn ein Teil von mir hält die ganze Zeit nach ihm Ausschau und sicher nicht aus reiner Vorsicht ...

Aus den Augenwinkeln sehe ich, wie eine andere Person auf mich zusteuert. Eleanore. Sie trägt wieder Weiß, heute in Form eines Etuikleids, das ihre zerbrechliche Silhouette betont. Unwillkürlich muss ich an Archers Besorgnis denken, und vielleicht unternehme ich deshalb keinen Versuch, vor ihr zu fliehen. Stattdessen begrüße ich sie mit dem geübten Lächeln, das allmählich auf meinem Gesicht brennt.

«Erica, entschuldige, aber dürfte ich Rae kurz entführen?», säuselt Eleanore engelsgleich.

«Aber nur, wenn es sein muss», erwidert Erica mit einem Zwinkern, das übersetzt heißen dürfte: Nichts lieber als das.

Eleanore hakt sich bei mir unter und zieht mich von der illustren Runde weg. «Gehen wir ein Stück», sagt sie, während wir bereits den großen Saal im Ostflügel ansteuern. Hier fanden schon immer die meisten Feiern der Warwicks statt, allerdings kann ich mich nicht daran erinnern, je *so* viele Leute gesehen zu haben.

An der Stirnseite wurde ein Podest errichtet, auf dem die Jazzband spielt. Angesichts der Stuhlreihen, die davor aufgebaut sind, wird Erica vermutlich gleich dort oben lesen. Links scharen sich Menschen um ein Buffet, dessen Duft bis zu uns reicht. Vermengt mit verschiedenen Parfums und Aftershaves wird der vertraute Geruch von Warwick Manor einfach überdeckt, und wer weiß, vielleicht bleibt nach diesem Tag ja eine neue Nuance hängen. Rechts wurden Stehtische vor der Fensterfront platziert, und überall schieben sich Servicekräfte durch die Menge, bewaffnet mit Tabletts voller Canapés und Champagner.

Unser Ziel ist Amara, die abseits der Menge auf einer Fensterbank sitzt und ihrer Miene zufolge alles und jeden im Saal verurteilt. Abgesehen von mir. Sobald sie mich sieht, kräuselt sich ein Lächeln in ihren Mundwinkeln. «Miss Marple junior.» Sie steht auf. Als wir einander umarmen, raunt sie mir zu: «Gefällt mir, was du aus dem ollen Nachthemd gemacht hast.»

«Was hat mich verraten?», flüstere ich zurück. «Haben wir doch irgendwo einen Aufdruck mit *Pyjama* übersehen?»

«Fenella und ich haben es zusammen gekauft.» Mit einem liebevollen Klaps auf den Rücken lässt sie mich los. «Jetzt, da wir endlich vollzählig sind: Wie ist der Stand der Ermittlungen? Rae, du hast doch sicher was für uns?»

«Wir haben gehört, dass du gestern mit Bobby gesprochen hast», fügt Eleanore hinzu. Durch ihre Worte schimmert wieder diese Angst, und in mir regt sich *Mitleid.* Ein Gefühl, das ich in Eleanores Nähe niemals erwartet hätte. Erst recht nicht, drei Tage nachdem ich erfahren habe, dass sie ihr Versprechen gebrochen hat.

«Stimmt, ich habe mit Bobby geredet, und er hat mir ein paar ganz nette Details verraten», erwidere ich. «Zum Beispiel die Tatsache, dass er genau *weiß*, wo Grandma steckt, und dass er diese Info längst an euch weitergegeben hat.» Obwohl ich mich bemühe, sachlich zu bleiben, schwingt in meiner Stimme Vorwurf mit.

«O ja, der *überprüfte Aufenthaltsort*», spottet Amara. «Hat dir der feine Herr Inspector auch verraten, wo dieser ominöse Ort sein soll?»

«Oder hat er dir eine Telefonnummer gegeben, unter der man sie erreichen kann?», setzt Eleanore hastig nach. «Hast du mit ihr gesprochen? Persönlich?»

«Oder hast du mal nachgehakt, warum zur Hölle sie ihm etwas stecken sollte, das sie uns nicht verrät?»

«Oder hat er ...»

«Nein», falle ich den beiden ins Wort, und dann mache ich

einen Fehler. Anstatt direkt weiterzusprechen, nehme ich einen tiefen Atemzug, den Amara sofort nutzt, um dazwischenzugehen.

«Herrgott noch mal, Rae!» Sie funkelt mich finster an. «Jetzt sag nicht, dass du das einfach so hinnimmst. Wir dachten, du wärst hier, um zu ermitteln und dich nicht sofort abwimmeln zu lassen.»

«Okay, erstens reden wir hier von Bobby», erwidere ich und spüre, wie sich mein Mitleid verflüchtigt. «Er mag nicht der motivierteste Inspector sein, allerdings würde er uns nie belügen, nur um sich Arbeit zu ersparen. Und zweitens habe ich mit keinem Wort erwähnt, dass ich die Ermittlungen einstelle. Ich will genau wie ihr wissen, wo Grandma steckt und warum sie Bobby Bescheid gegeben hat, uns aber nicht.» Ohne es zu wollen, hat sich der Knoten in mir wieder zugezogen. «Genau deshalb ist es wichtig, dass ihr mir ab jetzt die Wahrheit sagt. Und zwar die ganze. Keine verschwiegenen Details aus Gesprächen mit anderen mehr, auch wenn ihr befürchtet, den Ermittlungen damit den Wind aus den Segeln zu nehmen, okay?» Ich schaue von Eleanore zu Amara. Die eine sieht aus, als hätte ich ihr eine Ohrfeige verpasst, die andere scheint nicht zu wissen, ob sie mir gratulieren oder mich weiter anblaffen soll.

Am Ende tut Amara weder das eine noch das andere, sondern wechselt einen Blick mit Eleanore. Es ist ein Gespräch in fremder Sprache, geführt mit feinster Mimik, angedeutetem Kopfschütteln, Nicken.

«Schön», brummt Amara schließlich. «Sollte uns noch etwas einfallen, werden wir es dich umgehend wissen lassen.»

«Das war alles?» Zweifelnd runzle ich die Stirn. «Sonst gibt es nichts, das ihr mir verschwiegen habt? Weitere Gespräche, Indizien, Hilfsmittel, die mich bei der Suche unterstützen könnten?» *Wie etwa ein gewisser Schlüssel?* Ich überlege, es laut auszusprechen, allerdings möchte ich Eleanore nicht alarmieren. Im miesesten Fall läuft sie dann los, um den Schlüssel an sich zu nehmen, damit ich keine Chance mehr habe, ihn in die Finger zu kriegen. *Und wenn sie ihn gerade dabeihat?* Nein, das Etuikleid hat nur zwei aufgenähte Taschen, in denen sich selbst eine Stecknadel abzeichnen würde.

Eleanore zuckt mit den Schultern. «Nicht dass wir wüssten, nein.» Sie klang schon mal überzeugender.

«Du weißt von unserem Gespräch mit Bobby, und alle anderen hier sind doch ohnehin der Meinung, wir seien paranoide alte Schachteln mit dementen Zügen», ergänzt Amara.

Ich mustere die beiden, und obwohl sie sich Mühe geben, ihre Nervosität zu überspielen, *spüre* ich, dass sie mir etwas verheimlichen. Allerdings weiß ich nicht, ob es mit Grandmas Verschwinden zu tun hat – oder ob nicht persönliche Abgründe dahinterstecken, in die ich lieber nicht tiefer eintauchen sollte. Was, wenn der Schlüssel ein Fach öffnet, in dem womöglich nur ein Haufen Fotos liegt, die nicht für meine Augen bestimmt sind? Ganz unwahrscheinlich ist es nicht, schließlich waren die drei Frauen auch mal jung ... Was nicht heißt, dass ich die Spur einfach begraben kann.

Ich öffne meine Handtasche. «Schön, aber vielleicht könnt ihr mir ja das hier erklären? Wir wissen alle, dass Grandma nie ein Fan von Briefen war, also was, glaubt ihr, wollte sie mir hiermit sagen?» Ich hole das beschriebene Papier raus und halte es den beiden auffordernd hin. «Und jetzt behauptet bitte nicht, ihr hättet keine Ahnung. Wenn es jemanden gibt, dem Grandma alles anvertraut, dann seid ihr das.»

Ohne ein Wort zupft Amara mir den Brief aus der Hand und hält ihn so, dass Eleanore mitlesen kann.

Mein Blick springt zwischen den alten Frauen hin und her. Sie mustern die Zeilen, als würden sie diese gerade zum ersten Mal sehen. Da ist kein ausweichendes Blinzeln, kein Verstecken zu erkennen. Als sie fertig mit dem Lesen sind, führen sie wieder einen ihrer stillen Dialoge, und jetzt verstehe ich zumindest so viel: Sie sind beide zutiefst verwirrt.

«Woher hast du den?», schnarrt Amara.

«Aus ihrem Papierkorb», antworte ich. «Zusammen mit etlichen weiteren Entwürfen, die ungefähr genauso aussahen. Also?» Ein auffordernder Blick, der an den beiden ähnlich abprallt wie an Bobby. Fantastische Voraussetzungen.

«Also was? Ich habe keine Ahnung, welche *Wahrheiten* das sein sollen.» Amara pickt genau das Wort heraus, über das ich auch gestolpert bin. Nur scheint sie nicht daran interessiert, weitere Erklärungen folgen zu lassen.

Auch Eleanore schüttelt lediglich den Kopf, ihr Gesicht wirkt bleicher als vorher. Vielleicht ein Indiz dafür, dass sie mehr weiß, vielleicht das genaue Gegenteil. Wer kann schon gut damit umgehen, wenn er erfährt, dass die beste Freundin womöglich Geheimnisse vor einem hat?

«Tut uns leid, Liebes», sagt Amara schließlich und gibt mir den Brief zurück. «Aber wir haben dir alles gesagt, was du wissen musst.»

Ich schlucke gegen den Knoten in meinem Hals an. «Dann nur noch eine Frage: Warum geht ihr von einer Entführung aus und nicht von einem Unfall? Oder gar einem schlimmeren Verbrechen?»

Eleanore zuckt zusammen, und auch Amaras Schultern sacken ein Stück nach unten. Es ist Eleanore, die mir die Antwort gibt: «Weil eine Entführung heißen würde, dass wir sie lebendig zurückbekommen können.»

Autsch. Der Satz trifft mitten ins Herz. Leider kann ich

nicht weiter nachhaken, denn in dem Moment hören die Musiker auf zu spielen, und Ericas Agentin betritt die Bühne. Sie bittet darum, Platz zu nehmen, und läutet damit die nächste Stufe meines Plans ein.

KAPITEL 15

Es kostet mich Überredungskunst, den Platz zu bekommen, den ich wollte: letzte Reihe, außen am Rand. Ich musste den Stuhl einem älteren Herrn abluchsen, indem ich behauptet habe, einen wichtigen Anruf zu erwarten und nachher kurzfristig den Saal verlassen zu müssen. Er schien nicht begeistert, ist am Ende jedoch trotzdem aufgerückt.

Jetzt sitze ich hier und sehe mich wieder nach rotbraunem Haar um. Es ist wie ein Reflex, der sich zu schnell eingeschlichen hat und den man nicht so leicht abtrainieren kann.

Inzwischen sind nicht mehr viele Plätze frei. Auf der Bühne wurden die Instrumente zur Seite geräumt, dafür stehen zwei Sessel in der Mitte, dazwischen ein goldener Beistelltisch mit Getränken. Aus der Runde vorhin weiß ich, dass Violet die Lesung moderieren und Erica einige Fragen rund um ihr Schaffen stellen wird. Vielleicht habe ich ja Glück und mir gelingt der Absprung, bevor Erica ihr erstes Werk zum Besten gibt.

Wo ist eigentlich Mindy? Ob sie immer noch draußen steht, um auf die Letzten zu warten? Joe sitzt jedenfalls ein paar Reihen vor mir und lacht gerade über einen Witz seiner Sitznachbarin.

Überall wird geredet und getuschelt, manche leeren noch ihr Champagnerglas, stellen es unterm Stuhl ab oder geben es den Servicekräften mit. Der ganze Saal vibriert vor freudiger Aufregung, und dann sticht ein Lachen hervor, das mir ungefragt unter die Haut geht. Sofort schaue ich über die

Schulter. Ein Fehler. Archer sieht nicht einfach nur gut aus, er ist unverschämt sexy. Abgesehen davon, dass ich sein Lachen schon immer anziehend fand, trägt er einen dunkelgrünen Anzug, das Sakko locker über einem weißen T-Shirt geöffnet, keine Krawatte, dazu weiße Sneaker, das Haar ist leicht zerzaust. Er hat diesen Look, der einerseits behauptet, dass er keine fünf Minuten vorm Kleiderschrank stand, und andererseits mitteilt, dass er jedes Detail genau durchdacht hat.

Anstatt sich zu setzen, hat er einen der Stehtische erobert, zusammen mit einem Typ, den ich nicht kenne. Er trägt ebenfalls einen Anzug, strahlendes Saphirblau, und das hellbraune Gesicht wird von einem schwarzen Vollbart geziert. Von der Ausstrahlung her erinnert er mich an Steve; offen, sympathisch; woran sowohl das breite Grinsen als auch die leuchtenden Augen schuld sind. Und die Tatsache, dass sein Humor Archer zum Lachen bringt. Wieder geht dieser Laut durch meinen ganzen Körper, obwohl er nur eine winzige Facette der allgemeinen Geräuschkulisse ist.

Ruckartig drehe ich mich nach vorne und beiße mir dabei auf die Unterlippe. *Konzentration, Rae.* Scheißegal, wie sexy Archer aussieht, allem voran ist er eins: ein Problem. Denn falls er und sein Freund gedenken, die Lesung von dahinten aus zu sehen, werde ich wohl kaum unbemerkt nach draußen schlüpfen können. Vielleicht muss ich die Notlüge mit dem Telefonat einfach durchziehen, auch wenn ich bei der Vorstellung einen Funken Selbsthass spüre. Ich habe Archer noch nie gerne belogen, und daran hat auch die Zeit nichts geändert.

«Guten Abend.» Violets Stimme schallt durch den ganzen Saal. Beinahe augenblicklich ersterben die Gespräche um mich herum. «Ich bin Violet Harper, die Literaturagentin von

Erica Wiler, und es ist mir eine große Freude, Sie heute so zahlreich hier begrüßen zu dürfen.»

Allein die Anfangsrede zieht sich in die Länge. Erst wird Eleanore als Gastgeberin auf die Bühne gebeten. Während sie über die Anfänge der Freundschaft spricht, die Erica und sie verbindet, wirkt sie wieder ganz wie die Eleanore, die ich kenne. Redegewandt, kein bisschen fahrig oder ängstlich oder gar *verschroben*. Im Gegenteil. Sie hat einige rhetorisch echt gute Übergänge drauf, die sie sicher vorher geübt hat.

«...bitte ich meine liebe Freundin Erica persönlich zu uns nach oben», beendet sie ihren Part, und der erste richtige Applaus des Abends wird laut.

Erica löst Eleanore mit einer Umarmung ab und übernimmt das Mikrofon. Es folgt eine weitere Danksagung, und erst als Eleanore wieder in der ersten Reihe sitzt, beginnt die Lesung. Erica startet ausgerechnet mit dem Gedicht, das Archer in Grams' Café zitiert hat. Bei der legendären Zeile presse ich die Lippen zusammen, was mir besser gelingt als anderen, denn hinter mir höre ich unterdrücktes Prusten. Von wegen, Archer kann inzwischen an sich halten. *Haha*.

Ich widerstehe sowohl dem Drang, einzustimmen, als auch dem, mich umzudrehen. *Kunstbanausen*, spotte ich und schließe mich damit selbst ein, denn offensichtlich kapieren wir es nicht. Die Leute vor mir nicken andächtig, ein flüchtiger Seitenblick zu dem Alten, der mir seinen Platz gegeben hat, zeigt ein seliges Lächeln. Nur Joe und seine Sitznachbarin haben ihre Handys rausgeholt, was vermutlich klüger ist, als zu lachen.

Als sich das zweite Gedicht dem Ende zuneigt, weiß ich, dass ich meine Chance bald ergreifen muss. Ich ziehe meine Tasche näher heran, hole mein iPhone raus, und das Schauspiel geht los. Der nächste Applaus brandet auf, ich werfe meinem Sitznachbarn einen verkniffenen Blick zu, hebe entschuldigend das Handy und springe auf.

Innerlich wappne ich mich dafür, an Archer vorbeizulaufen – der nicht mehr da ist. Sein Freund klammert sich jetzt allein an einer Flasche Bier fest, und als er meinen irritierten Blick bemerkt, prostet er mir grinsend zu. Fast so, als würde er mich *kennen*. Ob Archer ihm von mir erzählt hat? Ich verbanne den Gedanken aus meinem Kopf, schenke ihm nur ein flüchtiges Lächeln und fliehe Richtung Ausgang. Das Klackern meiner Absätze ertrinkt zum Glück im Beifall, und schon bin ich draußen.

Die Eingangshalle ist leer. Nur eine einzelne Servicekraft verschwindet gerade Richtung Küche. Ich halte mir trotzdem das Handy ans Ohr und tue so, als würde ich jemandem zuhören, während ich mein erstes Ziel ansteuere: die Kommode, aus der Mindy das Schlüsselbund für mich holen sollte.

Als ich zum ersten Knauf greife, zieht es meinen Blick wie von selbst zu dem Märchenbuch, das unter den sechs anderen Büchern auf der Kommode liegt. Ungefragt schleicht die Erinnerung zurück, an Archers Stimme beim Vorlesen, tief und ruhig und angenehm, an meinen Kopf auf seinem ...

Dieses Mal unterbreche ich mich selbst. Schließlich habe ich keine Ahnung, wie lange Archer weg sein wird, vielleicht ist er nur kurz zur Gästetoilette gegangen, die direkt hinter der Treppe liegt.

Mit zitternder Hand ziehe ich die Schublade auf, forme auf meiner Zunge testweise die Ausrede, dass ich nur schauen wollte, ob der geschnitzte Holzvogel noch dort ist, den ich Eleanore mal geschenkt habe. Wobei es schenken *musste* besser trifft. Als eine Wiedergutmachung dafür, dass ich beim Fangenspielen *versehentlich* eine ihrer teuren Vasen heruntergerissen habe. Es war Grandpas Idee gewesen, etwas zu schnitzen. Nicht weil ich so talentiert gewesen wäre, sondern weil *die Zeit, die man investiert, bedeutender ist als das Ergebnis*. Seine klugen Worte.

Nein, die Figur liegt natürlich nicht mehr da. Dafür liegt jetzt anderer Kleinkram in der Kommode. Anhänger, Kassenzettel, Rabattmarken und eine Schale voll mit Schlüsseln. Es gibt zwei, drei, die ähnlich antik wirken wie der, den Eleanore entwendet hat, allerdings besitzt keiner das geschwungene *TR* im Kopf. *Schade.* Zur Sicherheit kontrolliere ich auch die anderen beiden Schubladen. Nichts. Damit dürften noch etwa weitere fünftausend Versteckmöglichkeiten in diesem Anwesen offen sein. Besser, ich fange gleich hier unten an.

Ich gehe zur Flügeltür, durch die ich am Dienstag Eleanore gefolgt bin, und schiebe mich ins Innere des angrenzenden Musikzimmers. Als ich die Tür behutsam ins Schloss drücke, wird mir mit einem Mal die Stille bewusst – und mit ihr mein hämmernder Herzschlag. Für einen Moment erlaube ich es mir, mich mit dem Rücken gegen die Tür zu lehnen und die Ruhe zu inhalieren. Meinen Puls zu beruhigen. Besser.

Ich stecke mein Handy weg und schaue mich um. Anfang der Woche bin ich hier einfach nur durchgelaufen, jetzt registriere ich jedes Möbelstück, jede Nische, jeden Blumentopf, jedes Instrument. Eine Querflöte, gerahmt von einem Sammelkasten, der über einer kunstvoll gefertigten Kommode hängt, das alte Cello von Archers Grandpa Norris, zwei Gitarren, denen Saiten fehlen, und nicht zuletzt der schwarze Flügel vor dem Fenster, ein originaler Steinway, dessen Wert ich erst heute kenne. Ich bin versucht, die bordeauxrote Abdeckung von den Tasten zu nehmen, um herauszufinden, ob ich die Melodie noch kann, die Archer mir voller Geduld beigebracht hat.

Doch anstatt mich mit Klängen zu verraten, löse ich die

Samtbänder an meinen Knöcheln und streife die Schuhe ab. Alles in mir scheint zu ahnen, dass der Schlüssel nicht hier ist, aber es ist wie mit der Kommode: Ich darf nichts unversucht lassen. Also stelle ich die Schuhe beiseite und fange an, das Zimmer zu durchkämmen, ohne den kleinsten Mucks von mir zu geben. Ich taste über Tür- und Bilderrahmen, öffne Schubladen, und am Ende greife ich sogar in Norris' Cello. Wo nur hohler Resonanzraum sein sollte, ertaste ich ... Papier. Es schlüpft so leicht zwischen meine Fingerspitzen, dass ich nicht anders kann, als es herauszuziehen. Ein vergilbtes Zettelchen, mit zwei Handgriffen entfaltet.

Oben rechts prangt das Emblem von Warwick Manor, darunter Zeilen in einer zur Seite geneigten Schreibschrift, verwackelt, als wäre die Hand, die den Füller geführt hat, betagter gewesen:

Und wenn ich sie spielte,
dann spielte ich für dich,
jede Note, jeder Klang,
jede Melodie wie die Liebe,
perfekt, selbst im Unperfekten,
ohne Kenntnis von Falschheit,
pur und rein und aufrichtig,
bis zum letzten Echo.

In Liebe,
Norris

Eine Liebeserklärung an Eleanore. Eindeutig. Hastig falte ich den Zettel zusammen und stecke ihn zurück ins Cello. Gut möglich, dass Eleanore nichts von seiner Existenz weiß, aber vielleicht hat sie ihn auch absichtlich in dem Instrument liegen lassen. Um ihn an der Stelle aufzubewahren, an der Norris sich ihr besonders verbunden gefühlt hat, bis ihn nichts mehr mit der Welt verbunden hat. So oder so geht es mich nichts an.

Ich richte mich auf. Jetzt bleiben nur noch die Kommode und die Vitrine, hinter deren Türen sich ein Notenheft ans andere presst. Wenn ich mich mit jedem Raum so lange aufhalte, ist die Lesung vorbei, bevor ich das Erdgeschoss verlassen habe. Also mache ich schneller, schnappe meine Schuhe und eile weiter ins Kaminzimmer, das viel zu selten verwendet wird. Alles hier ist in royalem Blau und Gold gehalten, selbst der verschnörkelte Funkenschutz. Ich taste wieder Bilderrahmen ab, hebe Sofapolster an, öffne weitere Schubladen und finde tatsächlich zwei Schlüssel. Beide zu klein und zu neu. Frustrierend.

Im Grünen Salon mache ich es noch kürzer. Die vielen Teedosen wären zwar ein nettes Versteck, allerdings geht Mindy viel zu oft dran, als dass Eleanore es riskieren würde. Ich untersuche also nur Stühle und Gemälde näher, dann hake ich den Salon ab und gehe weiter. Es folgen zwei ähnlich schick eingerichtete Durchgangszimmer, bis ich vor der Tür zum Wintergarten lande. Es ist eine der wenigen im Erdgeschoss, die aus nur einem Türblatt bestehen, dunkelbraunes Holz, wie ein Vorbote der Gemütlichkeit, die der Wintergarten schon immer ausgestrahlt hat. Egal zu welcher Jahreszeit.

Die Klinke gibt beim Herunterdrücken keinen Laut von sich. Mit den Schuhen in der Hand trete ich in den gläsernen Anbau, der von etlichen Pflanzen dominiert wird. Sie stehen vor den bodentiefen Fenstern, hinter dem Ohrensessel mit dem Hocker, drängen sich dicht an dicht auf kleinen Beistelltischen oder hängen an den Holzbalken, die das gläserne Dach stützen. Es duftet nach Grün und klimatisierter Luft und ... *Aftershave.*

Mein Atem geht flach, meine Hände klammern sich fester um die Schuhe. Ich kenne diese Noten: Eukalyptus, Zedernholz, ein Hauch Moschus. *Archer*. Unwillkürlich durchkämmt mein Blick den Wintergarten nach seiner Anwesenheit – und findet ihn im Schatten eines Holzbalkens lehnend. Zumindest erkenne ich sein Profil, weiße Sneakerspitzen, eine Hand, die ein fast leeres Whiskyglas schwenkt. Er hat den Blick nach draußen gerichtet, gut möglich, dass er mich bisher nicht bemerkt hat.

Umdrehen. Tür schließen. So tun, als hätte ich den Wintergarten nie betreten, und weiter. Die einzig vernünftige Entscheidung. Ich wende mich ab und mache einen ersten Schritt Richtung Tür ...

«Ich habe mich schon gefragt, wie lange du es da drinnen noch aushältst.» In Archers Stimme schwingt ein Necken mit, das direkt in meinen Magen fährt.

Shit. Ich presse die Lippen zusammen, bevor mir der Fluch rausrutschen kann. Das war's dann wohl mit meinem Fluchtversuch. Innerlich schelte ich mich, nicht noch vorsichtiger gewesen zu sein. Jetzt kann ich nur hoffen, dass er keine falschen Fragen stellt – und meine Mission damit endgültig versaut.

Mit einem Seufzer drehe ich mich um.

«Hey, Archer.»

KAPITEL 16

Meine Hand schließt sich fester um die Samtbänder meiner Schuhe. Archer hat jemand anderen erwartet. Das wird mir in dem Moment klar, in dem er zu mir herumfährt, so abrupt, dass sein Glas überschwappt.

«Rae?» Mein Name klingt aus seinem Mund wie ein Fluch, was wohl daran liegen dürfte, dass der Whisky von seinen Fingern auf seine Hose tropft. «Was machst du hier?»

«Mich revanchieren», erwidere ich ausweichend und nicke zu seiner Hose. «Ist sicher weniger hartnäckig als Kaffee.»

Seine Augenbrauen zucken nach oben. «Ach, dabei war ich sicher, du hättest gar keine Hose angehabt?»

Für einen unvernünftigen Moment spüre ich meinen Herzschlag in meinem gesamten Körper. Ich räuspere mich, nur für den Fall, dass das Gefühl heiser auf meine Stimme abfärben sollte. «Ändert nur leider nichts an dem Fleck im Magazin.»

«Touché.» Er saugt schuldbewusst die Unterlippe ein, und ich frage mich, ob er das mit Absicht macht? Als wüsste er nicht genau, dass ich diesen Ausdruck schon immer sexy fand. «Dann hast du es also nicht mehr retten können?», fügt er hinzu.

«Nicht richtig.» Ich widerstehe dem Drang, mich wieder zu räuspern. Jetzt wäre ein guter Zeitpunkt, um mich aus der Affäre zu ziehen, aber ich schaffe es nicht. «Du hast also mit jemand anderem gerechnet?» Mein Versuch, es beiläufig klingen zu lassen, scheitert auf ganzer Linie. Ich sehe es an Archers Mundwinkeln, die sich sofort nach oben verziehen.

«Eifersüchtig?», stichelt er, und damit sind wir offiziell zurück beim Spiel der Verwirrung.

«Wann war ich je eifersüchtig?», kontere ich und trete etwas näher. Als könnte ich die Mikroausdrücke auf seinem Gesicht so besser interpretieren, dabei trennen uns noch immer mindestens drei große Schritte.

«Du meintest mal, ich würde die Klaviertasten zärtlicher streicheln als dich.» Er funkelt mich vielsagend an, dann setzt er das Glas an die Lippen, um den letzten Schluck Whisky zu trinken.

Ich weiß, dass ich seine Worte wegwischen sollte, vielleicht mit einem Augenrollen oder einer sarkastischen Bemerkung, aber er hat eine empfindsame Stelle getroffen. Denn leider erinnert sich mein Körper zu gut daran, wie das Gespräch damals weiterging, wie er mir bewiesen hat, dass er mir sehr wohl mehr Zärtlichkeit schenken kann als seinem Klavier. Die Tatsache, dass er sein Sakko abgelegt hat und er nur das weiße T-Shirt trägt, unter dem sich die trainierte Muskulatur abzeichnet, macht es nicht besser.

Auf meiner Zunge brennt die Frage, ob er noch spielt, allerdings fürchte ich, er könnte meinen Unterton falsch interpretieren – oder genau richtig, schließlich ist er derjenige, der dieses verfängliche Thema aufgemacht hat.

«Ishaaq», sagt Archer so unvermittelt, dass ich zusammenzucke. «Ich hab mit Ishaaq gerechnet. Der Typ, der neben mir am Tisch stand. Blauer Anzug, breites Grinsen ...»

Ich blinzle die gefährlichen Bilder weg. «Ahhhhh.» Während ich Erkenntnis mime, braucht es noch ein paar Sekunden, bis ich die Infos richtig zusammengesetzt habe. Der Typ, mit dem Archer vorhin so verstohlen gelacht hat, heißt Ishaaq, und ich kenne den Namen, weil er ihn schon einmal erwähnt hat. «Dein Freund von der Polizei, richtig?» Ich denke an das Gespräch im Grünen Salon zurück und bin dankbar, dass mich mein verkatertes Hirn nicht völlig im Stich lässt.

«Genau der. Ich dachte, er würde es keine fünf Minuten länger aushalten als ich.» Archer hebt sein leeres Glas, als könnte er anhand des Füllstands die Zeit ablesen. «Sieht aus, als hätte ich ihn unterschätzt.»

«Oder es liegt einfach nur daran, dass ihn jetzt keiner mehr mit seinem Lachen provoziert», erwidere ich spöttelnd. «Mister Ich-kann-inzwischen-an-mich-halten.»

«Wer sagt, dass ich angefangen habe?»

«Ich könnte es Eingebung nennen – oder Erfahrung.»

«Seltsam, denn soweit ich mich erinnern kann, war es eine gewisse Rae Pemberlaine, die damals Ericas erste Lesung mit einem Lachanfall gecrasht hat und des Saals verwiesen wurde.»

«Und soweit ich mich erinnern kann, war sie dabei nicht alleine, denn ein gewisser Archer Warwick wurde ebenfalls rausgeworfen.»

Er verzieht nachdenklich den Mund, während er den Abstand zwischen uns ein Stück schmelzen lässt. Nur ein gedankenverlorener Schritt nach vorne, dann schüttelt er den Kopf. «Nein, daran kann ich mich leider nicht mehr erinnern.» Seine Augen behaupten das Gegenteil. «Bist du etwa deshalb hier?»

«Fragst du gerade, ob ich *rausgeworfen* wurde?» Meine Tonlage liegt zwischen Vorwurf und Lachen. «Also, *ich* kann inzwischen wirklich an mich halten.»

Sein Blick gleitet runter zu den Schuhen in meiner Hand. «Dann bin ich auf deine Erklärung umso gespannter.»

Irgendwie bezweifle ich, dass er sich mit einem weiteren Ausweichmanöver zufriedengeben wird. Er hat diesen Ausdruck drauf, mit dem er schon früher jedes Detail aus mir herausbekommen hat, ganz egal, wie verfänglich es war. Rational gesehen weiß ich, dass es nicht mehr denselben Einfluss auf mich haben sollte, und trotzdem meldet sich in mir das Bedürfnis, es ihm einfach zu sagen. Die Wahrscheinlichkeit, dass er mir hilft, liegt zwar bei null, aber was habe ich schon zu verlieren?

Vielleicht gar nichts.

Vielleicht mehr, als ich fürchte.

Dafür müsste ich erst wissen, was das zwischen uns genau ist, und leider gibt es nur einen Weg, das herauszufinden. Ehe ich es aufhalten kann, schwappen die Worte über meine Lippen: «Wie viel hat Eleanore dir damals erzählt?»

«Wie viel Grandma mir …?» Archer unterbricht sich, als er versteht, was ich meine. Sein Griff um das Glas wird fester, die Sehnen an seinem Hals spannen sich merklich an.

Eine Sekunde vergeht, zwei, drei. Mit jeder rebelliert mein Magen mehr, und dieses Mal versuche ich gar nicht erst, es auf etwas anderes zu schieben als auf ihn, mich – *uns*. Wie gerne würde ich vorspulen, diesen unangenehmen Moment überspringen, aber ich spüre, dass wir irgendwann darüber reden müssen, und ich will meine Chance nicht noch mal verpassen. Deshalb halte ich dem Schweigen stand, selbst als es so laut in meinen Ohren dröhnt, dass es den Kopfschmerz neu anfacht.

Archers Brustkorb hebt und senkt sich in einem tiefen Atemzug. «Alles», antwortet er schließlich, und bevor ich nachhaken kann, fügt er hinzu: «Deshalb habe ich nur eine Frage, Rae: Bist du glücklich?»

«Was?» Ich blinzle ihn irritiert an. Einerseits bin ich sicher, dass ich mich verhört habe, andererseits suche ich in seinem Blick vergeblich nach dem Glimmen alter Wunden. «Du willst wissen, ob ich *glücklich* bin?», wiederhole ich zweifelnd. «Jetzt gerade, oder …?»

«Allgemein.»

Alles an ihm zeigt, dass er es ernst meint. Die mir zugewandte Haltung, das Interesse in seinen Augen, die Tatsache, dass er mir keine Vorwürfe macht.

Ich zucke unbeholfen mit den Schultern. Die Frage lädt dazu ein, die ganze Nacht zu philosophieren, aber ich entscheide mich für die kürzeste Version: «Ganz allgemein? Ich denke schon, ja.»

Falls ich dachte, es würde Archer treffen, habe ich mich getäuscht. Etwas in seinen Zügen entspannt sich, seine Lippen deuten ein Lächeln an, das wie ein kleiner Stromstoß durch meinen Körper fährt. «Dann war es genau die richtige Entscheidung.»

Die richtige Entscheidung. Ein Teil von mir schreit nach *mehr*, nach dem sich entladenden Sturm, einer hitzigen Diskussion, nach seiner Forderung, mich zu entschuldigen. Nicht einmal dafür, *dass* ich gegangen bin, sondern dafür, dass ich nicht den Mut hatte, mich zu verabschieden. Aber vielleicht will ich auch nur nicht akzeptieren, dass Eleanore recht hatte. Dass Archer *dankbar* war, dass ich gegangen bin, und auf einmal wird mir klar, dass mich im Grunde nur eine Sache wirklich interessiert.

«Was ist mit dir?», erwidere ich und gehe unwillkürlich weiter auf ihn zu. «Bist du glücklich?»

«Jetzt gerade, oder ...?»

Es ist das subtile Necken, das mich entgegen jeder Vernunft die Augen verdrehen lässt. «Allgemein», sage ich, kann mir das feine Lächeln jedoch nicht verkneifen.

«Nun, ganz allgemein ...» Archer lässt mich nicht aus den Augen, kommt ebenfalls näher, bis er so dicht vor mir steht, dass ich nur meinen Arm ausstrecken müsste, um ihn zu berühren. «Ich denke schon, ja.» Er nickt, den Blick mit meinem verwoben, und kurz wird mir schwindelig. Von so viel Nähe, seinem Aftershave, von der Antwort, die etwas in mir aufatmen lässt, von dem ich bis gerade nicht einmal wusste, dass es so lange die Luft angehalten hat. «Also?» Er zieht die Augenbrauen auffordernd hoch.

Waren die Kreise um seine Iriden schon immer so dunkel? Dann bemerke ich, dass er mich mustert, als hätte er mir eine Frage gestellt. «Mh?», krächze ich.

«Du schuldest mir noch eine Antwort», wiederholt er. «Was machst du hier – und zwar barfuß?» Er unterbricht unseren Blickkontakt mit einem Nicken zu meinen Schuhen.

Wow. Am liebsten würde ich ihn gegen die Schulter boxen, dafür dass er ... *Was, Rae? Den Moment kaputt gemacht hat, in dem du seine Augen auf eine Weise analysiert hast, die von etwas* zu *viel Faszination zeugt?*

Ich bringe die zynische Stimme in mir mit einem Räuspern zum Schweigen. «Okay, aber du musst versprechen, mich nicht auszulachen. Oder rauszuschmeißen.»

«Rae Pemberlaine macht sich Gedanken darüber, ob sie *ausgelacht* wird?», feixt er, aber es braucht nur einen strengen Blick meinerseits, bis er einlenkt: «Versprochen. Kein Lachen und kein Rausschmiss.»

«Gut. Denn ich glaube, Eleanore versteckt etwas vor mir, das mir bei der Suche nach meiner Grandma helfen könnte.»

«Du glaubst ...?» Seine Mundwinkel ziehen nach oben. «Kein Auslachen, sorry. Also, wie kommst du darauf?»

Sein bemüht ernster Ausdruck ist fies. Und warum weckt dieses Aftershave eigentlich so viele Erinnerungen, an die ich gerade definitiv nicht denken sollte, möchte, *dürfte*? An Berührungen nackter Haut, an Flüstern und Wispern, erstickt von seinen Lippen ...

Die Bilder müssen raus aus meinem Kopf. Was leicht gesagt

ist, denn zumindest in dieser Hinsicht waren wir damals perfekt füreinander. Und ein winziger Teil von mir fragt sich, ob wir es immer noch wären.

Ich ringe die Vorstellung nieder, indem ich ein Stück von ihm zurückweiche. «Mir ist bewusst, wie albern das klingen muss», fange ich an zu erklären. «Aber als Eleanore mir die Schlüssel für Pemberlaine House gegeben hat, hat sie einen vom Bund gelöst und behauptet, er würde ihr gehören. Am Anfang habe ich mir nichts dabei gedacht, aber vorhin habe ich unter Grandmas Schreibtisch ein Schloss gefunden, das nicht nur dieselbe Farbe hat, sondern in das dieselben zwei Buchstaben graviert sind, die auch den Schlüsselkopf zieren.»

Archers gespielter Ernst weicht echtem Interesse. «Ein T und ein R?», fragt er.

Ich blinzle überrascht. «Richtig. Woher …?»

«Als ich nach meinem Meeting noch mal runtergekommen bin, saß Grandma alleine im Grünen Salon. Sie hat etwas zwischen ihren Fingern gedreht, einen Schlüssel, der mir nur aufgefallen ist, weil sie ihn so gedankenverloren angesehen hat. Meist hat sie diesen Ausdruck drauf, wenn es um Grandpa geht, deshalb dachte ich, er würde vielleicht zu seinen alten Sachen gehören.»

«Anscheinend nicht.» Mir kommt wieder der Zettel im Cello in den Sinn, aber er gehört in ein anderes Gespräch, das zwischen anderen Menschen geführt werden sollte. «Weißt du zufällig, wo sie diesen Schlüssel aufbewahrt? Ich meine, ich will ihn nicht stehlen, nur …»

«Leihen?», setzt Archer meinen Satz fort. «Etwa so wie die Schlüssel ihres alten Vauxhalls, die du damals zielsicher zwischen den Klippen von Duncansby Head versenkt hast?» Er verzieht den Mund wieder zu einem Lächeln. «Wobei, ich bin nicht mehr sicher: Hast du sie selbst geworfen, oder war es Valentine, der dachte, du hättest ihm einen Stein in die Hand gelegt?»

«Nennen wir es einfach ungünstiges Timing», erwidere ich wenig schuldbewusst, in meinem Magen ein Flattern.

«Sehr ungünstig.» Er spiegelt mein Necken mit unverwandtem Blick. «Wenn ich mich nicht täusche, saßen wir ganze fünf Stunden auf diesem Parkplatz fest.»

«Nicht wir alle», korrigiere ich. «Dein Bruder ist schon nach einer halben Stunde abgehauen. Um das nächste Pub zu suchen.»

«Weil er dachte, du schaffst es sowieso nicht, den Wagen zu knacken.»

«Was uns auch zugegebenermaßen nicht sonderlich viel gebracht hat.» Ich muss daran denken, wie Archer und ich in dem alten Vauxhall saßen und uns abwechselnd bemüht haben, das Ding kurzzuschließen. Natürlich vergeblich. Am Ende habe ich Amara angerufen und sie gebeten, uns zu helfen. «Es hat eine halbe Ewigkeit gedauert, bis Amara mit dem Ersatzschlüssel aufgetaucht ist», sinniere ich, während meine Kehle ungefragt trocken wird. «Wir mussten ziemlich lange warten.»

«Warten, richtig ...» In Archers Augen blitzt etwas auf, das auch die letzten Erinnerungen mit einer Hitze zurückholt, die sich viel zu tief in meinen Körper gräbt: der Parkplatz, der sich mehr und mehr geleert hat, die sternenklare Nacht, die aufgeknackte Tür des Vauxhalls ... Ob Archer noch weiß, wie er mich zärtlich auf die Rückbank gedrückt hat? Eine Hand neben meinen Kopf gestützt, die andere gefährlich weit oben an meinem Oberschenkel ...? Seine Augen sagen Ja, und als hätten wir beide gerade an dasselbe gedacht, reißen wir unsere Blicke voneinander los.

«Jedenfalls war Amara eine echt große Hilfe», sage ich heiser und schaue ausweichend auf meine Schuhe. «Anders als Valentine, der sich in der Zwischenzeit so gut mit der Barkeeperin angefreundet hat, dass er auf der Rückfahrt den halben Wagen vollgekotzt hat.» Ich wähle bewusst die unangenehmen Details. Dabei schlüpfe ich in die Schuhe, da sich das heimliche Herumschleichen sowieso erledigt hat, und gehe in die Knie, um die Samtbänder zu verknoten. «Apropos Valentine. Wo treibt der sich eigentlich herum?» Ich schaue flüchtig auf – und erwische Archer dabei, wie er mich weiter beobachtet. Nur um in einem Blinzeln so zu tun, als hätte seine Aufmerksamkeit dem Glas in seiner Hand gegolten. Einzig die Röte auf seinen Wangen verrät ihn.

«Paris.» Räuspernd wendet er sich ab und geht zum einzigen Beistelltisch, auf dem statt Pflanzen Whiskyflaschen stehen. «Grandma hat ihn zwar eingeladen, sich dieser illustren Runde anzuschließen, allerdings hat er dankend abgelehnt.»

«Dankend abgelehnt?», wiederhole ich zweifelnd und richte mich auf. «Hat er etwa aufgehört, sich elegant aus allem herauszureden?»

«Oh, du wärst überrascht.» Archer greift nach einer der Flaschen. «Seit er in Paris ist, hat er sich echt verändert. Ich will zwar nicht behaupten, er wäre vernünftig geworden, aber hin und wieder versucht er es zumindest mit der Wahrheit.» Archer wirft mir einen Seitenblick zu und hebt fragend die Flasche.

Allein der Gedanke an Alkohol erinnert mich an den Schmerz in meinem Kopf, den ich für ein paar süße Minuten verdrängt habe. «Nur wenn da flüssiges Aspirin drin ist», erwidere ich seufzend.

«Das Sommerfest?» Er dreht die Flasche auf und schenkt sich einen Fingerbreit nach. «Mindy hat erwähnt, dass ihr da wart. Ursprünglich wollte ich auch kommen, allerdings musste ich mich kurzfristig um eine Kampagne kümmern.»

«Um eine Kampagne?», wiederhole ich und füge stichelnd hinzu: «An einem Samstagnachmittag? Ich glaube, langsam verstehe ich, warum Eleanore euren Router hin und wieder aus der Steckdose zieht.»

«Wow, danke.» Archer lacht auf, während er die Tür des Beistelltischs öffnet. «Wer hätte gedacht, dass sich Rae Pemberlaine mal auf die Seite meiner Grandma schlägt?»

«Und wer hätte gedacht, dass Archer Warwick mal als Workaholic in einer Werbeagentur landet?», kontere ich, nur meine Tonlage kratzt wieder gefährlich nah am Flirt. *Was zur Hölle soll das hier bitte werden?!*

Leider scheint Archer es bemerkt zu haben, denn er hält in der Bewegung inne und sieht zu mir rüber. «Einer *inhabergeführten* Werbeagentur», sagt er dann mit einer Ernsthaftigkeit, die so schlecht gespielt ist, dass ich schmunzeln muss.

«Ahhhh.» Ich ziehe den Laut spöttelnd in die Länge. «Das ergibt natürlich Sinn. Vor allem für jemanden, der jahrelang vom Komponieren ...» Ich beiße mir auf die Zunge, als mir bewusst wird, welche Grenze ich da gerade überschreite. Es ist eine Sache, am Rand von ein paar heißen Erinnerungen zu balancieren, aber eine ganz andere, in alten Träumen herumzustochern – ohne zu wissen, was das Leben aus ihnen gemacht hat.

Archer lässt sich nichts anmerken, allerdings sieht er mich auch nicht länger an. Stattdessen beugt er sich runter zum Beistelltisch. «Ich wollte damit sagen, dass wir zu keinem dieser großen Netzwerke gehören, die globale Konzerne vertreten», erklärt er. «Unsere meisten Kunden sind familiengeführte Destillerien, ein paar Brauereien und vor allem kleinere Bands.»

Da ist sie. Die schmale Brücke zwischen dem Archer, den

ich kannte, und dem, der jetzt vor mir steht. Auch wenn ich bezweifle, dass Marketing für fremde Bands dieselbe Erfüllung bietet wie das Komponieren eigener Stücke. Andererseits sagt niemand, dass er damit aufgehört hat …

Archer holt ein zweites Glas raus. «Für Ishaaq», erklärt er. «Wir sind direkt im Anschluss an die Lesung im Billardzimmer verabredet. Und vermutlich werden wir in spätestens zehn Minuten von einer Menge umringt sein, die jeden unserer Züge fachmännisch analysiert.» Ich kann sein Augenrollen förmlich hören.

«Warum schließt ihr nicht einfach ab?»

«Weil Grandma neuerdings die Angewohnheit hat, alle Schlüssel von Warwick Manor an Orten aufzubewahren, an die sie nicht gehören.»

«Na ja …» Ich schürze die Lippen, überlege, ob meine nächsten Worte zu unsensibel sein könnten, aber etwas sagt mir, dass Archer es richtig verstehen wird. «Wie es der Zufall will, war ich gerade dabei, verlorene Schlüssel aufzuspüren, wenn du also nur die leiseste Ahnung hast, wo ich fündig werden könnte …»

Er dreht sich zu mir um, eine Augenbraue gehoben. «Selbst wenn ich es wüsste: Wie kommst du darauf, dass ich dir bei deinem kleinen Diebstahl helfen würde?»

«Erstens ist es nur eine *Leihgabe*», wiederhole ich mit Nachdruck, was Archer nur dazu veranlasst, die Augenbraue höher zu ziehen. «Und zweitens dachte ich, wir hätten das schon geklärt. Wenn ich herausfinde, wo *meine* Grandma ist, kann *deine* endlich aufhören, sich Sorgen zu machen.»

«Ein hehres Ziel, Miss Sherlock, allerdings übersehen Sie da ein winziges Detail.» Seine Skepsis wandelt sich in eine Herausforderung, die mich kampfbereit die Arme vor der Brust verschränken lässt.

«Das da wäre, Mister Watson?», frage ich.

«Ja, Grandma macht sich irrational viele Sorgen, aber bei aller Verschrobenheit der letzten Monate: Warum sollte sie ausgerechnet einen Schlüssel verstecken, der dazu beitragen könnte, ihre Freundin zu finden?»

«Vielleicht schätzt sie die Lage falsch ein», erwidere ich ungerührt. «Was für die eine Person überflüssig erscheint, kann für die andere der entscheidende Hinweis sein.»

Archers Mundwinkel zieht nach oben. «Das war aus Claudine McPhea, richtig? Das Zitat hängt groß in Lydias neuer Krimiecke.»

Innerlich stöhne ich auf. Ich sollte mir Lydias Schrein echt mal persönlich ansehen – spätestens Donnerstag, zusammen mit Mindy. «Können wir bitte bei der Sache bleiben?», erwidere ich ausweichend, denn natürlich hat er recht. Vierter Band, relativ am Anfang, Teil meiner üblichen Stelle für Lesungen. «Wird dieser Schlüssel vermutlich nur ein Fach öffnen, in dem ein paar alte Fotos der drei Damen liegen, die besser keiner zu Gesicht bekommen sollte? Bedauerlicherweise wäre das eine Option, ja. Habe ich das Gefühl, dass da trotzdem mehr sein könnte? Noch mal ja. Und solange mir keiner Grandmas Aufenthaltsort verraten möchte, bleibt mir nichts anderes übrig, als auf dieses Gefühl zu vertrauen.»

«Warte, du glaubst, jemand *kennt* ihren Aufenthaltsort?», fragt Archer sichtlich irritiert. «Und wer sollte das sein?»

«Die Polizei?», erwidere ich. «Bobby? Dein Freund Ishaaq? Deshalb warst du doch so sicher, dass es hier kein Verbrechen gibt?»

«Nein, ich war sicher, dass es kein Verbrechen gibt, weil Ishaaq bestätigt hat, dass es keinen Beweis für Grandmas Theorie gibt.»

Verdammt, Archer ... Ich muss mir auf die Zunge beißen,

damit ich es nicht laut ausspreche. Stattdessen lasse ich resigniert die Arme sinken und sage: «Vielleicht hättest du ein *bisschen* tiefer bohren sollen.» Dann bringe ich ihn auf den neusten Stand. Von Bobby und dem überprüften Aufenthaltsort über seine Weigerung, Details rauszurücken, bis hin zu Eleanores und Amaras Reaktion vorhin im großen Saal. «Ich weiß ja nicht, wie nahe du Ishaaq stehst, aber solltest du irgendwas aus ihm rauskriegen ...»

Ein Klopfen unterbricht mich. Wir schauen zeitgleich zur Tür, die keine Sekunde später geöffnet wird. Wenn man vom Teufel spricht ... Es ist Ishaaq, der seinen Kopf mit fragender Miene durch den Spalt schiebt. Was bedeutet, dass er entweder von der Lesung geflohen ist – oder dass sie vorbei ist. Angesichts des gedämpften Stimmengewirrs, das durch die geöffnete Tür in den Wintergarten dringt, fürchte ich Letzteres.

«Hi», sagt Ishaaq. «Archer ist nicht zufällig ...?»

«Hier.» Archer nimmt die gefüllten Gläser vom Tisch, ehe er einen Schritt zurück macht, sodass Ishaaq ihn sehen kann. «Ich war gerade auf dem Weg zum Billardzimmer.»

«Genau das wollte ich hören.» Grinsend öffnet Ishaaq die Tür weiter, kommt rein – und stockt. Sein Blick pendelt zwischen Archer und mir hin und her, dann wird sein Grinsen noch breiter, und er löst sich aus seiner Position. «Rae Pemberlaine, richtig?» Mit der Frage auf den Lippen kommt er näher. In seiner Stimme schwingt ein gewisser Unterton mit, ein Erkennen, als hätte er mich nicht nur flüchtig im Saal gesehen, sondern schon öfter von mir gehört. Und zwar nicht die Geschichten, über die man in der Schlange im Café redet, sondern die eines echt guten Kumpels. Wie viele unangenehme Details hat Archer ihm wohl erzählt? Wenn ich überlege, wie viel Steve von damals weiß ...

Ich versuche, den Gedanken zu verdrängen, schließlich

hat Steve mich in einer Phase aufgegabelt, in der die Wunden gerade frisch waren. Keine Ahnung, wie lange sich Archer und Ishaaq schon kennen, aber ich hoffe einfach, dass es keine zwölf Jahre sind.

«Genau, die Enkelin von Fenella», erwidere ich.

«Ishaaq.» Er gibt mir seine Hand. Starker Griff, der zu seiner aufrechten Haltung passt. «Freut mich, dich kennenzulernen. Nach allem, was mein Kumpel ...»

Räuspernd tritt Archer vor und hält ihm das Glas hin. «Wollten wir nicht los?», unterbricht er seinen Freund. «Sonst ist der Tisch sicher gleich belegt.»

Jetzt ist Archer wieder so nah, dass sich mit seinem Duft die Bilder aufdrängen, die sich schon vorhin in meinen Kopf gestohlen haben. Völlig unangemessen, aber leider auch ziemlich heiß, weil sich mein Körper zu gut daran erinnert, was seiner in mir auslösen kann.

«Lust auf eine Partie Billard, Rae?» Ishaaq mustert mich herausfordernd. «Wir könnten ein kleines Turnier veranstalten, du gegen Archer, dann ...» Weiter kommt er nicht, denn Archer fällt ihm erneut ins Wort.

«Rae hat noch was anderes vor», sagt er hörbar angespannt, als würde er es plötzlich nicht länger in meiner Nähe aushalten.

Ich schlucke gegen die Enttäuschung an, die ich nicht fühlen sollte. Wir haben vielleicht eine Art Frieden geschlossen, aber das macht uns nicht zu Freunden. Geschweige denn *mehr*. Oder ist genau dieses *mehr* sein Problem? Hat er vielleicht dieselben Bilder im Kopf, dieselbe Frage, ob wir immer noch so gut ...?

«Schade», grätscht Ishaaq dazwischen. «Falls du es dir anders überlegst, weißt du ja, wo du uns findest.» Er wirft Archer einen ziemlich offensichtlichen Seitenblick zu. Ja, die beiden haben definitiv über mich geredet, aber wenn Ishaaq mich einlädt, kann es nicht nur Schlechtes gewesen sein – *oder*?

«Klar», erwidere ich in dem Versuch, die bittersüße Hoffnung abzustreifen. «Viel Spaß dabei, Archer untergehen zu lassen.»

«Wird mir ein Vergnügen sein», feixt Ishaaq, während Archer mich ansieht, mit einer Mischung aus Überraschung und gespielter Empörung.

Ich zucke nur unschuldig mit den Schultern, denn wir wissen beide, dass Archer im Umgang mit dem Queue noch nie sonderlich begabt war. Und seinem Ausdruck zufolge hat sich daran nicht viel geändert.

«Dann mal los, Kumpel, zeigen wir den anderen, wie Billard gespielt wird.» Ishaaq lässt sein Glas gegen Archers klirren, dann gehen sie los.

Im Türrahmen hält Archer noch einmal inne und dreht sich zu mir um. «Ach, und Rae?» Ein Funkeln, das diese verfluchte Hitze noch einmal durch meinen gesamten Körper treibt. «Ich werde sehen, was ich herausfinden kann.» Ein flüchtiges Lächeln, das Aufblitzen einer Sturmböe, dann geht er.

Die Tür fällt ins Schloss, und ich bleibe allein im Wintergarten zurück. Hat Archer Warwick gerade wirklich angeboten, mir zu *helfen*?

Mein Herz nimmt es sofort zum Anlass, sich weitere Fragen zu stellen, Fragen, die brandgefährlich sind. Wie etwa die, ob der Punkt nach unserem vermeintlichen Ende gerade durch ein Komma ersetzt wurde? Dahinter leere Zeilen, die auf eine Fortsetzung warten ...

KAPITEL 17

Da Mindy voll eingespannt ist, gehe ich zu Fuß zurück nach Pemberlaine House. Der abendliche Spaziergang hilft mir, den Kopf freizubekommen. Zumindest so weit, dass ich in Pemberlaine House nicht mehr das Bedürfnis habe, mich sofort hinzulegen. Stattdessen nehme ich noch eine Aspirin, dann zieht es mich erneut ins Arbeitszimmer, zu dem Schloss unterm Schreibtisch, bewaffnet mit Haarnadeln und der Hoffnung, etwas von meinen früheren Fähigkeiten behalten zu haben. Denn Fakt ist: Ich habe keine Ahnung, wie weit sich Archers Hilfsangebot erstreckt. Vielleicht durchwühlt er noch heute Abend weitere Schubladen, vielleicht spricht er nur noch mal mit Ishaaq. Und falls sein Freund genauso dichthält wie Bobby, landen wir in der nächsten Sackgasse. Also besser, ich schlage parallel ein paar weitere Wege ein.

Leider ist das Schloss verdammt hartnäckig. Nach über einer Stunde erfolglosem Herumgestochere gebe ich frustriert auf und rufe Steve per FaceTime an.

Er geht sofort dran. «Rae! Ich war schon kurz davor, eine Vermisstenmeldung aufzugeben», begrüßt er mich, und ich rümpfe die Nase.

«Sagt ausgerechnet der Typ, der mir in den letzten Tagen nur ein paar Schnappschüsse geschickt hat, die aussahen wie von einem alten Tumblr-Account», erwidere ich und stelle mein Handy in Grandmas Stiftablage. «Ich meine, verschwommene Close-ups von verschränkten Händen, Kussmündern und blonden Haarsträhnen? Echt jetzt?»

«Vielleicht wollte ich meiner liebsten Detektivin ja ein paar Indizien liefern, damit sie den Fall selbst lösen kann.» Er grinst provokant. «Alles, damit im Urlaub keine Langeweile aufkommt.»

«Langeweile?» Zweifelnd halte ich inne. «Okay, also: Louis ist immer noch nicht weggerannt, und nach eurem Date im Spa hattet ihr mindestens drei weitere. Eins in Mary's Milkbar, eins oben am Castle und gestern im Zoo.»

Steve rutscht das Grinsen aus dem Gesicht. «Warte, das konntest du alles aus den paar Schnappschüssen ...?!»

«Deine Instagram-Story», unterbreche ich ihn und verdrehe schmunzelnd die Augen. «Dann läuft es also gut?»

Steve straft mich mit einem tadelnden «Schummlerin», ehe er von seinen Dates mit Louis erzählt. Derweil hole ich ein paar Ordner aus dem Aktenschrank, die ich noch nicht durchgegangen bin. Ich blättere mich durch Verträge, Arztberichte von Dr. Webber, in denen für mein Laienauge alles gut aussieht (Diabetes ausgenommen), gehe Kontoauszüge und Kaufbelege durch – keine Auffälligkeiten.

Anschließend erzähle ich Steve von der Sache mit Archer. Wie erwartet, ist er sofort Feuer und Flamme, jedes noch so winzige Detail zu diskutieren. Seufzend lasse ich mich darauf ein, während ich die nächsten Ordner hole. Zwischen Geburtsurkunden und Trauschein geht es um die Begegnungen der ersten Tage und Archers Kommentar über Eleanores Wagen. Ich überfliege die letzte Steuer und erzähle Steve gleichzeitig von dem Moment im Wintergarten, verbunden mit der verräterischen Hitze, und als es draußen längst dunkel ist und ich bei Kerzenschein alte Briefe von Grandma und Grandpa durchstöbere, sind wir bei den wirklich philosophischen Fragen angekommen. Fragen, die ich gar nicht diskutieren *möchte*, da sie eindeutig nichts mit meinen Gefühlen für Archer zu tun haben, aber Steve schafft es trotzdem, mich darüber nachdenken zu lassen:

Bleibt aus jeder gescheiterten Liebe ein Splitter zurück, der unwiderruflich in uns feststeckt? Der uns davor warnt, es noch einmal zu versuchen?

Oder kann die Zeit dabei helfen, alle Splitter zu ziehen und Platz für eine Fortsetzung zu schaffen? Für das Weiterschreiben einer Geschichte, die man vor zwölf Jahren abrupt beendet hat? Wobei diese zwölf Jahre natürlich rein hypothetisch sind – auch wenn mein elendes Herz an dieser Stelle etwas *zu* involviert ist, weshalb ich schnell weiterspringe.

Bis zu welchem Punkt kann man überhaupt von einer *Fortsetzung* sprechen, und ab wann muss man erst mal einen neuen Anfang schreiben?

In unserer WG hatten wir einen Kalender mit unnützem Wissen, und auf einem der Blätter stand, dass sich die Zellen unseres Körpers alle sieben bis zehn Jahre komplett erneuert haben. Dann ist nichts mehr so, wie es vorher war, auch nicht unser Herz, aber gilt diese Regel auch für unsere Gefühle? Sind sieben bis zehn Jahre der Zeitraum, in dem sich unbemerkt alles erneuert hat? In dem aus alten Empfindungen Erinnerungen geworden sind, während sich heimlich neue Gefühle in die Lücken gesetzt haben? Nostalgie, die uns vorgaukelt, noch genau zu wissen, wie es damals war?

Die Tatsache, dass es auf keine dieser Fragen eine wissenschaftlich richtige Antwort gibt, hält Steve nicht davon ab, ein flammendes Plädoyer für zweite Chancen zu halten. Ich brauche mehrere Anläufe, bis ich es schaffe einzuhaken.

«Steve.» Mir rutscht ein entnervter Seufzer raus, und vielleicht schwingt ein *bisschen* Frust mit. «Ich weiß noch nicht einmal, ob er Single ist, wieso reden wir also überhaupt ...»

«Das Café, dein Garten, Warwick Manor.» Steve mustert

mich, als müsste ich den Sinn dieser Aufzählung verstehen. Da ich es offensichtlich nicht tue, erbarmt er sich, eine Erklärung anzuhängen: «Archer hatte mindestens drei Chancen, eine Freundin zu erwähnen, und was hat er stattdessen getan? Mit dir *geflirtet*, also erzähl mir nicht, da wäre nichts gewesen.»

Bei der Erinnerung an die Art, wie Archer mich geneckt hat, zieht sich ein etwas *zu* wohliges Kribbeln über meine Haut. *Ganz* mieses Zeichen.

«Haben wir nicht gerade noch über Splitter gesprochen, die uns vor zweiten Chancen warnen sollen?», erwidere ich schärfer als beabsichtigt. «Nur weil wir wie zwei Erwachsene festgestellt haben, dass wir *allgemein glücklich* sind, heißt das nicht, dass sich alle Splitter aufgelöst haben.»

«Aber es bedeutet auch nicht, dass sie es nicht getan haben.»

Ich ziehe die Stirn kraus. «Eine doppelte Verneinung? Um die Uhrzeit? Du traust meinem müden Hirn echt viel zu.»

«Du hast mal binnen zehn Minuten eins meiner schweren Sudokus gelöst. Um drei Uhr nachts. Mit mindestens drei Pints Black Ale und vier Slippery Nipples intus. Also: schwaches Ablenkungsmanöver.»

Ich rolle mit den Augen. «Schön, aber ich weiß echt nicht, was du hören willst. Selbst wenn Archer darüber hinweg *wäre*, würde ich demnächst zurück nach Edinburgh gehen und er nach Dublin und ...»

«Wie du eben so treffend festgestellt hast, seid ihr erwachsen», beendet Steve meinen Satz, «und habt beide Jobs, für die man nur einen Laptop braucht.»

«Apropos, danke, dass du mich überredet hast, meinen in Edinburgh zu lassen. Der wäre für die weitere Recherche *echt* hilfreich gewesen.»

«Ablenkung», erwidert Steve ungerührt.

Ich presse die Lippen zusammen. Weil ich weiß, dass er recht hat. Weil ich nicht weiß, was ich noch sagen soll, ohne gestehen zu müssen, was dieses Gespräch mit mir gemacht hat, was die Vorstellung einer Fortsetzung mit Archer in meinem Herzen auslöst. «Und wenn ...», setze ich an, während mein Blick zu Grandmas und Grandpas Briefen gleitet. Zu einer Liebesgeschichte, die Jahrzehnte gewachsen ist, allen Widrigkeiten getrotzt hat und in der keiner von beiden einfach abgehauen ist. «Was, wenn ich gar nicht dafür gemacht bin?» Das Kribbeln auf meiner Haut verwandelt sich in ein unangenehmes Stechen.

«Für Liebe?»

«Für eine Beziehung. Ich meine, was, wenn ich es wieder vermassle?»

«Rae.» Steve stöhnt auf, als läge die Last der ganzen Welt auf seinen Schultern. «Erstens redet hier keiner von einer *Beziehung*. Wie wär's, wenn ihr euch erst mal wieder kennenlernt und schaut, wohin es führt? Und zweitens: Du bist keine achtzehn mehr. Selbst wenn es nicht funktionieren *sollte*, könnt ihr darüber reden, und dann fährst du mit erhobenem Haupt nach Hause in dem sicheren Wissen, dass diese Geschichte auserzählt ist. Was hast du schon zu verlieren?»

Nicht viel mehr als mein Herz, und genau das ist ja das Problem, antworte ich lautlos.

Räuspernd packe ich die Briefe in die Schublade, aus der ich sie vorhin gefischt habe. «Ich werde drüber nachdenken, okay? Also können wir uns jetzt bitte den wirklich wichtigen Themen widmen?»

«Was könnte wichtiger sein als der erste Mann seit Jahren, über den du freiwillig mehr als fünf Minuten gesprochen hast?», neckt Steve mit vielsagender Miene. Anders als ich hat er sich Mühe gegeben, das Licht in seinem Apartment anzuschalten, sodass sein Gesicht auf dem Display gut erkennbar ist. Meins ist nur ein flackernder schwarzer Fleck.

«Freiwillig halte ich für *etwas* übertrieben», erwidere ich, während ich mein Handy vom Schreibtisch nehme. «Und wie wär's mit einem gesunden Schlafrhythmus? Hast du mal auf die Uhr geschaut?» Oben im Display springt die Anzeige gerade auf kurz nach elf.

«Die perfekte Zeit für solche Gespräche.» Er grinst, und ich verdrehe die Augen.

«Da kann ich absolut widersprechen.» Dann stehe ich auf und strecke den Rücken durch, der trotz des bequemen Stuhls wehtut. «Außerdem habe ich morgen viel zu tun», sage ich und schaue mich im düsteren Arbeitszimmer um. Wenn ich meine Durchsuchung in dem Tempo fortsetze, finde ich Grandmas Aufenthaltsort nie heraus.

«Du willst dich echt so leicht aus der Affäre ziehen?»

«Eins meiner angeborenen Talente», flöte ich und schalte dabei das Licht im Flur ein. Mick richtet sich sofort von der untersten Treppenstufe auf, gefolgt von einem Stretching, das meinem Rücken auch guttun würde. «Also, solltest du Louis morgen sehen, grüß ihn unbekannterweise, und ich melde mich, falls es etwas Neues gibt.»

Kaum dass Mick sein Stretching beendet hat, läuft er mit erhobenem Schwanz zur Haustür. Ich lasse ihn raus, während sich Steve widerwillig von mir verabschiedet.

Nachdem wir aufgelegt haben, gehe ich zurück ins Arbeitszimmer, um die Kerze auszupusten. In den letzten Stunden ist das violette Wachs beinahe ganz heruntergelaufen und bildet am Fuß des Halters wolkige Muster. Ich hole tief Luft, und für einen winzigen Moment hoffe ich, dass sich gleich die Haustür öffnet und Grandma hereinkommt, um mit mir wie früher aus den Wachsresten Figuren zu formen. Aber die Flamme erlischt, und im Flur bleibt es still. Genau wie der Rest von Pemberlaine House, das mir vielleicht noch nie so groß vorkam.

KAPITEL 18

Lydia ist von meinem Angebot, einige Bücher zu signieren, begeistert. So sehr, dass sie weder den Brandfleck noch das damalige Hausverbot mit einer Silbe erwähnt. Kaum dass Mindy und ich im hinteren Bereich Platz genommen haben, schleppt sie auch schon stapelweise Bücher an.

«Und das hier ist der letzte», verkündet sie mit diesem geschäftstüchtigen Ausdruck, ehe sie den Stapel neben den anderen neun ablädt, die bereits am Boden stehen, und sich grinsend aufrichtet. «Die Leute werden mir diese Bücher förmlich aus den Händen reißen», prophezeit sie und rückt ihre Brille zurecht, große runde Gläser, auffällig rotes Gestell.

Lydia gehört zu den Menschen, die es mit den Jahren geschafft haben, zum Inventar ihres eigenen Ladens zu werden. Oder vielleicht hat sie den Laden auch zu einem Teil von sich gemacht, wer kann das schon so genau sagen? Ihre Kleidung ist genauso bunt wie ihr Sortiment, ihre schulterlange Lockenmähne hat denselben Braunton wie der Dielenboden und die zahlreichen Regale, ihre Haut ist beige wie das Porzellan, das sich hinter ihrer Kaffeetheke auf einem Brett stapelt, und die Ketten um ihren Hals könnten auch Teil der Mobiles sein, die genau wie früher von Decke und Regalkanten baumeln. Mit Muscheln und Perlen und Steinchen und kleinen Schneckenhäusern.

«Kann ich euch sonst noch was bringen?», fragt Lydia mit Blick auf den sowieso viel zu vollen Tisch. Neben Kaffee hat sie uns mit einer ganzen Etagere ofenfrischer Scones versorgt, dazu gibt es Schälchen mit Marmeladen und Clotted Cream, Mindys Laptop quetscht sich gerade so dazwischen, und mein Mäppchen mit Signierstiften musste auf einen der Bücherstapel ausweichen.

«Ich glaube, wir sind bestens versorgt», erwidere ich lächelnd. Ein Teil von mir wartet immer noch darauf, dass sie die Vergangenheit herauskramt.

«Ganz sicher?» Lydia beäugt mich, als stünde da noch ein unausgesprochener Wunsch auf meiner Stirn. Okay, vielleicht hat sie mir wirklich verziehen. Oder ich habe die ganze Sache dramatischer abgespeichert, als sie wirklich war – wäre ja nicht das erste Mal in Bezug auf Edderton. Allmählich frage ich mich, ob ich damals wirklich dermaßen versessen auf meine Freiheit war, dass ich es nicht bemerkt habe. All die zugewandten Gesichter, die kleinen Gesten, die Schönheit im Vertrauten. Denn das hier *ist* vertraut. Lydia, die nicht nur Geschäftssinn zeigt, sondern sich wirklich um die Belange ihrer Gäste sorgt.

«Ganz sicher», bestätige ich. «Kaffee, Nervennahrung, genug Bücher für halb Edderton – mehr geht nicht.»

«Na gut. Aber du meldest dich, solltest du noch was brauchen, ja? Ich will nicht, dass es unserer Starautorin an irgendetwas mangelt.»

Starautorin. So hat mich auch noch keiner genannt, und obwohl es süß ist, habe ich es bisher auch nicht vermisst. «Versprochen.» Noch ein Lächeln, das allmählich anstrengend wird.

Dann wirbelt Lydia herum und verschwindet über die zwei Stufen in den unteren Teil des Ladens, in dem sich gerade durch das Bimmeln der Türglocke neue Kundschaft ankündigt. Zwei Backpacker, die erst an dem Büchertisch mit dem großen Foto von mir vorbeimüssen, das ich beim Betreten des Ladens liebend gerne sofort umgedreht hätte. Genau wie das Poster, das mich von drüben aus der neuen Krimiecke anstarrt. Eine ganze Wand für das Genre, das Lydia früher nicht mal mit der Kneifzange angefasst hätte. Beeindruckend. Sie hat die Titel sogar hübsch in Szene gesetzt. Auf vielen kleinen Regalbrettern, die auf dunkler Tapete angebracht wurden, dazwischen lauter Zitate. Immerhin stammen nicht alle aus meinen Büchern, nur rund die Hälfte.

Während Mindy ihren Laptop hochfährt, hole ich den USB-Stick raus. Als ich die Kappe abziehe, driften meine Gedanken ab zu Archer. Seit der Lesung habe ich ihn weder gesehen noch von ihm gehört. Vielleicht hat er den Schlüssel nicht gefunden, oder Ishaaq hat genauso dichtgemacht wie Bobby. Vielleicht kam auch wieder ein Meeting dazwischen, eine Kampagne oder irgendetwas, das ihn abgelenkt hat. Womöglich ist er sogar bereits zurück in Dublin, schließlich war er offiziell nur hier, um Eleanore bei der Planung des Events zu helfen, aber er würde nie ... *was*? Ohne ein Wort des Abschieds gehen?

Bei dem Gedanken rebelliert etwas in mir. Abgesehen davon, dass es bedeuten würde, wieder keine Infos zu Grandma zu bekommen, hat Steve etwas echt Beschissenes in mir geweckt. Eine Art *Forschungsinteresse*, weil ich unbedingt herausfinden möchte, welche Theorie stimmt. Ob immer Splitter verbleiben oder ob sie sich mit der Zeit wirklich auflösen können.

«Du kannst den Stick erst mal zur Seite legen», holt Mindy meine Aufmerksamkeit zurück an unseren Tisch. Seufzend nickt sie zu ihrem Laptop, der definitiv aus einem anderen Jahrzehnt stammt. Er arbeitet hörbar vor sich hin, nur das Display bleibt schwarz.

Ich tausche den Stick gegen meine Kaffeetasse und lehne mich zurück. «Nimm's mir nicht übel, aber ich glaube, das Teil gehört in ein Museum.»

Als wollte der Laptop protestieren, dreht der Lüfter höher, und endlich verfärbt sich das Display. Oder zumindest taucht ein Ladekreis auf, der sich dreht und dreht und dreht ...

«Ich weiß, aber leider kostet ein neuer ein halbes Vermögen», erwidert Mindy und füllt ihren kleinen Teller mit Scones und einem Klecks Orangenmarmelade. «Deshalb bete ich einfach, dass er noch mindestens ein, zwei Jahre mitmacht.»

«Oder du tauschst ihn gegen meinen.»

«Ja klar.» Mindy lacht auf. «Kennst du etwa ein Museum, das ihn wirklich haben möchte?»

«Nein.» Ich verziehe den Mund zu einem Grinsen. «Aber es hat gewisse Vorteile, Autorin zu sein, zum Beispiel, dass man alle paar Jahre einen Laptop absetzen kann, und bald wäre mal wieder Zeit.»

«Warte, du meintest das ...?»

«Ernst? Absolut.» Ich schnappe mir selbst einen Scone. «Steve hat meinen letzten bekommen, und dieses Trauerspiel da sollte sich echt niemand ansehen müssen.» Mit einem Nicken zum Display, auf dem sich weiter tapfer der Kreis dreht, beiße ich ein Stück ab. Mir entkommt ein genüsslicher Seufzer. «Du hattest recht, Lydias Scones sind immer noch perfekt.» Der Teig schmilzt geradezu auf meiner Zunge, darin die vertraute Süße.

«Das kann ich echt nicht annehmen.» Mindy weicht meinem Blick aus, ihre Wangen haben sich merklich gerötet. «Aber danke für das Angebot.»

Bei Steve war das irgendwie leichter. Er hat mir den alten Laptop grinsend aus der Hand gerissen und im Gegenzug versprochen, dass ich in seinem Pub niemals einen Penny zahlen muss.

Ob ich Mindy auch einen Deal anbieten könnte? Laptop gegen die Marshmallows heute Abend? Nein, irgendwie bezweifle ich, dass es ihre Verlegenheit vertreiben würde. Also werde ich ihr das Ding wohl einfach schicken, sobald ich einen neuen Laptop besorgt habe.

«Was hast du die letzten Tage eigentlich so gemacht?», fragt sie dann, ohne dass sich die Röte gelegt hätte. «Eleanore meinte, ihr hättet einmal kurz telefoniert?»

«Einmal?», erwidere ich zweifelnd. «Sie hat mindestens dreimal täglich angerufen, um zu hören, ob ich *neue Informationen* habe.»

«Ah, das erklärt, warum sie mich in Ruhe gelassen hat.»

«Gern geschehen», necke ich mit einer Prise Sarkasmus. Die wohl schon reicht, um Mindys schlechtes Gewissen anzufachen, denn da ist wieder dieses reumütige Lippenschürzen. «Alles gut», füge ich schnell hinzu. «Deshalb bin ich ja hier.» Und es hat sich bisher absolut nichts Erwähnenswertes getan. Scheiße. Ich merke, wie sich in meinem Magen dieses mulmige Gefühl zurückmeldet. Abgesehen davon, dass ich Arbeitszimmer, Schlafzimmer und die beiden ersten Kellerräume komplett auf den Kopf gestellt habe, habe ich etwa sechs Mal versucht, Grandma zu erreichen, bin allerdings jedes Mal auf ihrer Mailbox gelandet. Keine Ahnung, was ich mir erhofft habe, aber irgendwie hat meine Hand ihre Nummer von ganz alleine gewählt. Außerdem habe ich bei Bobby nachgehakt, was aus dem Zigarettenstummel geworden ist, und wer hätte es gedacht: bisher gar nichts.

«Ah!» Mindy richtet sich auf. «Das Einloggen geht meistens schnell», sagt sie, während ich ihrem Blick zum Laptop folge, auf dem sich endlich ein Startbildschirm aufgebaut hat. Kaum dass Mindy ihr Passwort eingegeben hat, dreht sich der nächste Ladekreis.

Anscheinend haben wir eine andere Definition von *schnell*. Ich schaue runter zur Kassentheke, vor der zwei Drehständer mit Postkarten und Magneten stehen. Die beiden Backpacker haben ihre Rucksäcke abgestellt und pflücken eine Karte nach der anderen aus der Halterung. Unwillkürlich stelle ich mir vor, wie Grandma gerade dasselbe in San José tut, was natürlich Quatsch ist, da es dort mitten in der Nacht sein dürfte. Abgesehen davon wirkt die Vorstellung in meinem Kopf seltsam blass. Als würde ein Teil von mir nicht daran glauben, und damit meine ich nicht San José, sondern Grandma auf Reisen.

Die Typen reichen Lydia einen ganzen Stapel Karten.

«Braucht ihr Briefmarken?», höre ich sie fragen.

Die Antwort bekomme ich nicht mit, denn Mindy dreht den Laptop triumphierend in meine Richtung. «Voilà», sagt sie. «Jetzt müssen wir nur noch hoffen, dass er das Dateiformat kennt.»

Ich verkneife mir jeden Kommentar und stecke den Stick ein. Zum Glück sind die Aufnahmen im gängigen MP4-Format, sodass kurz darauf das erste Video übers Display flackert. Dem Zeitstempel nach ist es einen Monat alt, acht Uhr abends, sowohl der Kiesstreifen vor dem Tor als auch das einsehbare Stück Straße sind leer.

Wir schauen eine Weile zu und trinken dabei unseren Kaffee, allerdings passiert nicht viel. Oder besser gesagt: gar nichts. Andererseits hat Eleanore auch gesagt, dieser fremde Wagen wäre erst spätnachts vorbeigekommen. Ich springe ein Stück vor und erhöhe das Tempo. Falls besagtes Auto nicht im Schritttempo vorbeigekrochen ist, fürchte ich allerdings, dass es nur für eine Sekunde zu sehen sein wird.

«Wann genau ist Eleanore eigentlich unter die stolzen Besitzerinnen eines Sicherheitssystems gegangen?», frage ich. «Früher wäre sie eher aus der Kirche ausgetreten, als auch nur eine Kamera in die Nähe von Warwick Manor zu lassen.»

«Echt?» Mindy wirkt überrascht. «Ob es mir zu denken geben sollte, dass sie es sich angeschafft hat, kurz nachdem ich bei ihr angefangen habe?»

«O ja.» Mir entfährt ein Lachen. «Weil man dich unbedingt im Auge behalten muss. Aber im Ernst, ich weiß noch, wie sie mal bei einer Tea Time eine hitzige Debatte mit Archer geführt hat, während Grandma und ich nur danebensaßen und uns das Grinsen kaum verkneifen konnten. Und seit wann bist du noch mal genau hier? Seit vier Monaten?»

«Noch nicht ganz», erwidert sie. «Ich bin zwar schon Anfang März hergezogen, allerdings habe ich erst im April richtig angefangen.»

Hat Grandma ihre Sicherheitsschlösser nicht laut Amara auch vor drei, vier Monaten einbauen lassen? Vielleicht ein Zufall, vielleicht nur ein weiteres Zeichen dafür, dass mir die alten Damen nicht die ganze Wahrheit erzählen. Als hätten sie wirklich Angst, aber wovor? Oder *vor wem*? Bei Grandma und Eleanore kann ich mir gut vorstellen, dass sie sich in irgendeine Doku über Einbrüche reingesteigert haben, aber Amara? Sie war schon immer die Rationalste dieses infernalen Trios und hätte den beiden die Flausen sicher ausgeredet.

«Jedenfalls war Hannah so lieb, mich einzuarbeiten, obwohl sie schon seit Ende letzten Jahres offiziell im Ruhestand ist», erzählt Mindy weiter. «Ich bin sicher, sie würde dich lieb grüßen lassen, allerdings ist sie mit ihrem Mann an die französische Südküste gezogen. Um sich mehr als eine halbe Stunde am Stück aufs Wetter verlassen zu können.»

«Hannah ist *weggezogen*?!», erwidere ich ungläubig. Eleanores alte Haushälterin war ein Urgestein Eddertons, von dem ich hätte schwören können, dass es ewig hier bleiben würde.

Mindy lacht. «Ja, das hätte wohl keiner erwartet.»

«Ist mir ein Rätsel, warum es alle ausgerechnet nach Frankreich zieht. Also, für Urlaub klar, aber auf Dauer?»

«Alle?», wiederholt Mindy fragend.

«Na ja, Hannah an die Südküste, Valentine nach Paris ...»

Aus den Augenwinkeln sehe ich, wie Mindy das Gesicht verzieht. Bevor ich nachhaken kann, schnellt ihre Hand vor und haut auf die Entertaste, um das Video zu pausieren.

«Da war was!» Sie spult ein Stück nach hinten. Dann lässt sie die Aufnahme verlangsamt laufen, und tatsächlich fährt ein Wagen an der Auffahrt vorbei. Mitten in der Nacht, kurz nach eins, Richtung Edderton.

«Darf ich kurz?» Ich übernehme die Tastatur, gehe wieder zurück und halte das Bild an. Der Wagen ist dunkel lackiert, mehr lässt sich über die Farbe nicht sagen. Auch die Konturen sind zu verschwommen, um eine Automarke zu ermitteln, geschweige denn erkennen zu können, wer da genau am Steuer sitzt. Jedenfalls ist der Beifahrersitz leer, der Kopf der fahrenden Person wird von der Kameraperspektive verschluckt. Vielleicht haben wir auf dem Rückweg mehr Glück – sofern er dieselbe Strecke nimmt.

Nachdem ich den Screenshot gespeichert habe, lasse ich das Video weiterlaufen. Eleanore meinte, manchmal wäre der Wagen nach zwanzig Minuten zurückgekommen, manchmal erst nach Stunden. In dieser Aufnahme sind es leider nicht nur zwanzig Minuten. Und auch nicht dreißig ...

«Was hältst du davon, wenn ich hier übernehme und du dich solange um ein paar Bücher kümmerst?», schlägt Mindy vor und nickt Richtung Kassenbereich.

Lydia quatscht gerade mit einer Kundin, allerdings blinzeln beide immer wieder zu uns hoch. Warum habe ich das Gefühl, dass Lydia gerade dabei ist, das erste signierte Exemplar zu verkaufen?

«Schön.» Ich beuge mich vor, um Platz auf dem kleinen Tisch zu schaffen. «Wenn es dir wirklich nichts ausmacht, leere Straßen anzustarren, gerne. Und wehe, du hilfst mir beim Abräumen», füge ich hinzu, als Mindy Anstalten macht, ihr Geschirr zusammenzustellen.

Seufzend lässt sie sich zurück auf den Stuhl sacken. «Gewohnheit», sagt sie, und es fällt ihr sichtlich schwer, mir nichts abzunehmen.

Ich stelle die Marmeladenschälchen mit auf die Etagere. Unsere leeren Tassen bringe ich direkt zur Kaffeetheke, die kleinen Teller für die Scones lasse ich uns. Kaum dass ich wieder sitze, kommt Lydia auch schon mit ihrer Kundin im Schlepptau zu uns hoch.

Steve meinte mal, sobald ich mit Lesenden spreche, habe ich ein ganz bestimmtes Lächeln drauf, und irgendwie spüre ich auch jetzt, wie es sich auf mein Gesicht stiehlt. Freundlich, professionell und immer mit einem Hauch Dankbarkeit – die laut Steve zwar etwas zu abgeklärt wirkt, aber dafür pocht sie in meinem Herzen mit.

Nachdem ich der Kundin; Sofia aus Madrid; alle fünf Bände von Claudine McPhea signiert habe, begleitet Lydia sie sichtlich zufrieden Richtung Kasse.

«Oh, Mum hat mich übrigens beauftragt, ihr auch ein Exemplar mitzubringen», sagt Mindy. «Die ersten vier hat sie schon.»

«Hat sie?» Überrascht ziehe ich das nächste Buch vom Stapel. «Standen in ihrem Regal nicht vor allem Liebesromane?»

«Du steckst uns halt alle an», neckt Mindy, während sie mit der Geschwindigkeit der Aufnahmen spielt. «Nur Dad müssen wir noch überzeugen, mal was anderes in die Hand zu nehmen als seine Zeitung.»

«Wie geht's den beiden eigentlich?», frage ich. «Und arbeitet dein Dad immer noch im Golfclub?»

«O nein.» Mindy lacht auf. «Seit er in Rente ist, lässt er sich die Tasche lieber selbst hinterhertragen. Ich würde also sagen, es könnte schlechter sein.» In ihrer Stimme schwingt etwas mit, das klingt, als könnte es aber auch *besser* sein.

Ich mustere Mindy von der Seite. Bis gerade habe ich verdrängt, dass ihre Eltern bereits auf die siebzig zugehen dürften. Und dieser wichtige Termin, den ihre Mum letzte Woche in Inverness hatte ... Auf einmal fühle ich mich wie die mieseste Freundin überhaupt.

«Es könnte schlechter sein oder auch *besser*?», spreche ich meinen Gedanken behutsam aus. «Bist du deshalb wieder nach Edderton gezogen?»

Mindy zuckt zusammen. «Nein», erwidert sie, schiebt allerdings sofort hinterher: «Oder doch. Jein. Nicht direkt.» Mit einem Seufzer verlangsamt sie das Tempo der Aufnahme. «Letzten Winter ist Mum ausgerutscht und hat sich einen Wirbel gebrochen. Die OP lief super, und inzwischen muss sie ihr Korsett nur noch selten tragen. Allerdings ist mir dadurch noch mal einiges bewusst geworden, und ... Ich gehöre einfach hierher.» Auf ihr Gesicht stiehlt sich eine Art von Lächeln, das neu ist. Es wirkt nicht wehmütig, sondern *angekommen.* Als wäre das hier genau der Ort, den ihre Seele braucht.

«Vielleicht kann ich euch demnächst mal besuchen?», frage ich, während sich etwas in mir windet. Fast als wäre ein Teil von mir *neidisch.* Aber worauf? Ich habe mich schon lange damit abgefunden, keine Eltern zu haben, und der Ort, den ich für meine Seele brauche? Eindeutig Edinburgh – *oder*?

«Supergerne», antwortet Mindy. «Mum würde sich sicher freuen, wenn du ihr auch die anderen Teile signierst, und Dad ... Ah!» Sie haut wieder auf die Entertaste, spult zurück, hält an. «Halb vier, und genauso schlecht erkennbar wie auf der Hinfahrt.»

Ich schaue mir das Standbild an. Immerhin kann man jetzt die Person hinter dem Steuer sehen, oder vielmehr ihren nachtverzerrten Umriss. Auf Anhieb würde ich sagen, es ist ein Mann, allerdings könnte er jedes Alter haben. Wir speichern den Screenshot, danach öffnet Mindy das nächste Video. Dieses Mal startet sie direkt bei Mitternacht.

Während ich ein weiteres Buch vom Stapel nehme, überlege ich, an das Thema mit dem Besuch anzuknüpfen. Allerdings gefällt mir dieses Gefühl nicht, das sich weiter in mir windet.

«Wie war eigentlich deine Zeit in Newcastle?», frage ich stattdessen.

Das Thema ist ein Volltreffer. Während Mindy von ihrem Studium erzählt, von Sonderkursen zum Buchbinden, neuen Freundschaften und Semestertrips, werden die Stapel neben mir immer kleiner. Wenn wir unterbrechen, dann nur, um weitere Screenshots anzufertigen, auf denen immer dasselbe zu sehen ist. Ein dunkler Wagen, ein Schatten am Steuer, jede Fahrt zu unmenschlichen Zeiten.

«Was ist eigentlich mit dir?», fragt Mindy irgendwann. «Hat es dich echt nie zurück nach Edderton gezogen? Also, so richtig?»

«Nein.» Ich weiche ihrem Blick aus, dabei ist es die Wahrheit. In all den Jahren habe ich nicht einmal darüber nachgedacht. Warum fühlt es sich dann trotzdem wie eine Lüge an? «Ich mag es in Edinburgh. Mein Apartment ist echt schön, und Steve sorgt immer für Unterhaltung.» *Wow, Rae. War das etwa schon alles?*

Die Ladenklingel kündigt die nächste Kundschaft an. Wie immer zuckt mein Blick zur Tür – nur gleitet er dieses Mal direkt weiter nach draußen. Zum Marktplatz, auf dem sich gerade zwei Männer kumpelhaft auf den Rücken klopfen, bevor sie sich voneinander lösen. Ishaaq und *Archer*. Dann ist er also nicht zurückgeflogen.

Das Forschungsinteresse in mir flammt sofort heiß auf. «Archer ist noch hier?», frage ich, und mein Tonfall klingt leider alles andere als beiläufig. «Ich meine, wollte er nicht nach der Lesung wieder fliegen?»

«Eleanore hat ihn überzeugt, noch etwas zu bleiben.» In Mindys Augen blitzt Neugier auf. «Warum? Ich meine, gibt es da vielleicht etwas, das du mir erzählen möchtest? Oder bilde ich es mir nur ein, dass du ...» Jetzt stiehlt sich ein Grinsen in ihr Gesicht.

«Könnten wir vielleicht später ...?», unterbreche ich sie, als Lydia wieder zu uns hochschielt. Sie hatte ihre Augen und Ohren schon immer überall.

Im Hintergrund sehe ich, wie Ishaaq nickt, dann wendet er sich ab, und Archer hält auf den Buchladen zu. Ob er weiß, dass wir hier sind? Gut möglich, dass Mindy ihm von unseren Plänen erzählt hat. Immerhin verbringen sie den ganzen Tag im selben Haus, und auch wenn beide viel zu arbeiten scheinen, werden sie sich sicher mal über den Weg laufen.

Ich lege den Stift beiseite, um meine verkrampften Finger zu lockern. Keinen Moment später geht das Glöckchen über der Tür, und Archer kommt rein. Er wechselt einige Worte mit Lydia, dann schaut er zu uns rüber. Seine Miene wirkt ernst, die Stirn ist gerunzelt, die Augenbrauen auf eine Weise verzogen, von der ich nicht sagen kann, ob es Besorgnis oder Verärgerung ist. Steve würde mich garantiert dafür tadeln, dass ich schon wieder anfange zu interpretieren, anstatt einfach zu reden. Und leider hätte er damit nicht ganz unrecht.

Während sich Lydia der anderen Kundschaft zuwendet, kommt Archer zu uns hoch.

«Warum habe ich geahnt, dass ihr immer noch hier seid?», begrüßt er uns mit Blick auf das Chaos, das wir in den letzten Stunden angerichtet haben.

«Weil du genau wusstest, dass Lydia Rae komplett einspannen wird, wenn wir einmal hier sind?», erwidert Mindy schmunzelnd. Anscheinend hat sie ihm echt von unseren Plänen erzählt.

Für einen Atemzug blitzt in Archers Augen Belustigung auf. «Ich schätze, das wird es sein», gibt er zu. «Und wie ich sehe, sehr erfolgreich.»

«Fünfzig Exemplare von jedem Band, man muss seine Chancen schließlich nutzen!», ruft Lydia von unten und beweist so, dass sie wirklich jedes Wort mitbekommt, selbst wenn sie vermeintlich im Gespräch ist.

Wir teilen am Tisch einen vielsagenden Blick, wobei sich Archers einen Moment zu lange in meinem verfängt. Er stiehlt sich unter meine Haut, lässt sie prickeln, auf so angenehme und zugleich zerreißende Weise, dass sich mein Fluchtinstinkt meldet.

Eine Spur zu laut schlage ich das frisch signierte Buch zu. «Und du hast Mittagspause?», frage ich.

Archer nickt. «Ishaaq und ich waren gerade drüben bei Erin essen. Ich muss auch gleich weiter, allerdings wollte ich kurz mit dir reden, Rae. Können wir vielleicht fünf Minuten nach draußen?»

Jedes Prickeln ertrinkt in Anspannung. Er will reden? Kurz nach einem Mittagessen mit Ishaaq?

«Klar.» Ich mime ein Lächeln und stehe auf.

«Lasst euch ruhig Zeit», säuselt Mindy mit einem Tonfall, der verrät: Spätestens wenn wir heute Abend am Strand sitzen, wird sie versuchen, jedes Detail aus mir rauszukriegen. «Ich bin hier sowieso gut beschäftigt.»

«Es wird auch nicht lange dauern», erwidert Archer, der mir mit einem Handzeig den Vortritt lässt.

KAPITEL 19

Begleitet vom Glockenklingeln verlassen wir den Laden. Im Rücken spüre ich sowohl Mindys als auch Lydias Blick. Vielleicht denken beide dasselbe, vielleicht bin ich aber auch die Einzige, die glaubt, dass Archers und meine gemeinsame Vergangenheit wie ein Schatten an unseren Fersen klebt.

Zur Mittagszeit ist der Marktplatz gut besucht. Einige Leute sitzen mit Eis am Brunnen, in Grams' Café herrscht reger Betrieb, und die Holztische vor Erins Pub sind wieder restlos besetzt. Im Vorbeigehen spähe ich flüchtig auf ein paar Teller, und das Essen sieht echt gut aus.

«Wie weit seid ihr mit den Aufnahmen vom Tor?», fragt Archer im Gehen. «Schon was gefunden?»

Ich mustere ihn flüchtig, um herauszufinden, ob er die Frage ernst meint oder mich nur aufziehen möchte. Aber da ist nicht einmal die Andeutung eines Lächelns, nur dieser unleserliche Ausdruck in seinen Augen.

«Wir haben etwa die Hälfte durch», antworte ich. «Dieser Wagen, den Eleanore erwähnt hat, taucht wirklich oft auf. Mindestens zweimal pro Woche, immer nach Mitternacht, nur ein Fahrer. Also wohl eher keine Teenies, die sich unten am Strand treffen – Amaras Theorie», füge ich hinzu, als mir einfällt, dass Archer bei dem Part gar nicht mehr im Grünen Salon war.

«Mh.» Er nickt vor sich hin, wirkt nachdenklich.

«Das heißt immer noch nicht, dass ich an ein Verbrechen glaube, trotzdem ist es ...»

«Seltsam?», beendet Archer meinen Satz und bleibt stehen. Wir haben das Ende des kleinen Stadtkerns erreicht, dahinter kommen nur noch ein paar frei stehende Häuser mit großen Gärten, die sich irgendwann alle unten in den Edderton Sands verlieren.

«Seltsam», wiederhole ich und mustere ihn forschend. «Heißt das etwa, du hast etwas rausgefunden?»

«Erst mal tut es mir leid, dass ich mich nicht früher gemeldet habe. Die Arbeit war wirklich ...» Er unterbricht sich, als hätte er gerade bemerkt, nach was für einer billigen Ausrede es klingt. Dann wischt er sie mit einem Räuspern beiseite. «Jedenfalls ... Ich glaube, ich weiß, wo Fenella ist.»

«WAS?!» Ich starre ihn atemlos an. «Du weißt ... Woher? Hast du etwa ... Hat Ishaaq ... Wo *ist* sie?!»

«Gut, *wissen* war vielleicht das falsche Wort», weicht Archer aus, und ich bin *so* kurz davor, ihn anzufahren. «Um genau zu sein, meinte Ishaaq, er dürfte nicht über Fenellas Situation sprechen. Allerdings hat er dabei etwas auf eine Serviette gekritzelt und sie nach dem Essen für mich liegen lassen.» Er greift in seine Hosentasche und fördert eine grüne Serviette zutage. Bedruckt mit dem gleichen goldenen Logo, das auf dem Schild neben Erins Eingang baumelt: ein bärtiger Mann mit Pfeife, im Hintergrund ein Schaf, darunter der Name THE WHISTLING SHEPHERD.

Ohne zu zögern, schnappe ich Archer die Serviette weg und drehe sie ins Licht. Dunkelblauer Kugelschreiber auf Grün ist eine miese Kombi, aber dann erkenne ich etwas. Eine Reihe von Zahlen.

«Ist das eine Telefonnummer?», frage ich mit einer Mischung aus Irritation und Überraschung.

«Sieht so aus, ja. Wobei ich nicht sicher bin, ob das in der Mitte eine Vier oder eine Neun sein soll.»

«Eher eine Vier, sieht zumindest genauso aus wie die Vorwahl», erwidere ich und deute auf die entsprechenden Zahlen. «Hier hinten könnte es allerdings eine Fünf oder eine Sechs sein. Hast du zufällig dein Handy dabei?»

Zur Antwort zieht Archer ein iPhone aus seiner Hosentasche, das mit einem Facescan entsperrt ist. «Hier. Und ich tippe auf eine Sechs.»

«Danke. Könntest du vielleicht …?»

«Klar.» Archer nimmt mir die Serviette ab und liest mir die Zahlen vor, damit ich sie schneller eingeben kann.

Grüner Button. Freizeichen. Wir wechseln einen Blick, und endlich glaube ich, seinen richtig zu interpretieren. Interesse. Neugierde. Vielleicht ein bisschen Aufregung. Meine steigt mit jedem Ton, der angibt, dass niemand mit mir sprechen will. Ich trete einen Schritt zurück, muss mich bewegen.

Dann tut sich endlich was. Jemand hebt ab, eine geschäftige Stimme meldet sich. «Mavell's Wellness Resort, Gawyn am Apparat, wie kann ich Ihnen helfen?»

«*Wellness* Resort?», wiederhole ich ungläubig, in meiner Kehle kratzt ein Lachen. San José, meinetwegen Oslo, aber ein *Wellnesstrip*?!

«Ja, bitte?», hakt Gawyn nach.

Ich räuspere mich, um das Lachen loszuwerden. «Äh, hi, Rae Pemberlaine hier.» Ich gehe an Archer vorbei, ein paar Schritte weiter die Straße hoch. Sonst bin ich beim Telefonieren souverän, aber jetzt spüre ich meinen Herzschlag selbst in meiner Zunge. «Ich glaube, meine Grandma hat bei Ihnen …» *Gebucht? Eingecheckt?* «Eingecheckt», wiederhole ich das Wort, das sich in meinen verworrenen Gedanken am besten anfühlt. «Fenella Pemberlaine, vorletzte Woche Freitag. Könnten Sie mich bitte mit ihr verbinden?»

Gawyn stößt einen Seufzer aus, der als genervter Unterton

an seiner Stimme haften bleibt. «Es tut mir leid, doch ich bin nicht befugt, Auskunft über unsere Gäste zu geben.»

«Ich will auch keine Auskunft», erwidere ich. «Ich will nur mit meiner Grandma sprechen.»

«Mavell's Wellness Resort steht seit über fünfzig Jahren für absolute Privatsphäre und Diskretion.» Gawyn spult offensichtlich einen Standardtext ab. «Auch nachzulesen auf unserer Website, entsprechend kann ich nur wiederholen: Ich bin nicht befugt, Ihnen Auskunft zu geben.»

Privatsphäre und Diskretion. Grandios. Warum habe ich das Gefühl, dass jede Art von Forderung an ihm abprallen wird? Dann muss ich wohl kreativ werden.

«Sehen Sie, Gawyn», säusle ich möglichst charmant, «ich weiß Ihre Verschwiegenheit sehr zu schätzen, allerdings hat mich Grandmas Hausarzt heute Morgen kontaktiert. Leider hat sie versäumt, vor ihrer Abreise ein neues Rezept abzuholen, was heißt, dass ihr Insulin in wenigen Tagen zur Neige geht. Altersdiabetes», füge ich erklärend hinzu. «Falls Sie mir nicht glauben, können Sie Dr. Webber gerne selbst anrufen, oder wir erledigen es auf dem kurzen Dienstweg, und Sie verbinden mich einfach mit Fenella.»

Gawyn kommt nicht einmal für eine Sekunde aus dem Konzept. «Sollte Ihre Großmutter bei uns zu Gast sein, und die Betonung liegt auf *sollte*, dann können Sie sicher sein, dass sie bei uns in besten Händen ist. In jeglichen Belangen.»

Atmen. Ruhig bleiben. Gawyn nicht anschnauzen, dass es wohl kaum seine Entscheidung ist, mit wem Grandma sprechen darf und mit wem nicht. «Schön.» *Zum Kotzen.* «Dann machen wir es anders. Sollte meine Grandma bei Ihnen eingecheckt haben, seien Sie bitte so freundlich und richten Sie ihr aus, dass sich ihre Enkelin gemeldet hat und sich über einen Rückruf freuen würde. Rae Pemberlaine, meine Nummer ist ...»

«Auf meinem Display eingeblendet», fällt Gawyn mir ins Wort. «Notiert. Allerdings sollten Sie besser nicht mit einem Rückruf rechnen. Unsere Kundschaft schätzt die Abgeschiedenheit unseres Resorts sehr. In jeglichen Belangen.»

Und ich bin gleich in jeglichen Belangen angepisst. «Die eingeblendete Nummer ist nicht meine», sage ich betont ruhig. «Haben Sie etwas zum Schreiben?»

Im Hintergrund wird eine andere Stimme laut, weiblich, strenger Tonfall, unverständliche Worte. «Entschuldigen Sie, Miss Pemberlaine?» Gawyn klingt eine Nuance angespannter. «Ich muss mich hier dringend um etwas kümmern. Danke für das Gespräch.»

«Aber ...»

Aufgelegt. Fassungslos starre ich aufs Display, das noch kurz die gewählte Nummer zeigt, dann springt es um auf die Anrufliste. Was für ein Arschloch.

«Wer war dran?», fragt Archer hinter mir. Als ich mich umdrehe, kommt er ein paar Schritte näher.

Ich versuche, gegen den Ärger anzukämpfen, der meine Gedanken zu einer zähen Masse verklebt. «Ein supersympathischer Typ namens Gawyn», spöttle ich. «Von Mavell's Wellness Resort. Einer Einrichtung, die seit über fünfzig Jahren Wert auf *Privatsphäre und Diskretion* legt.» Die Ironie tröpfelt aus jeder Silbe, während Archer die Augenbrauen weiter zusammenzieht. «In anderen Worten: Er wollte mir nicht mal sagen, ob Grandma vor Ort ist oder nicht.»

«Mavell's?», wiederholt Archer. «Diese Privatklinik auf Mull?»

«Dann sagt dir der Name was?»

«Die Mutter einer Freundin war vor etwa vier Jahren dort»,

erzählt er. «Offiziell wirbt es mit einem umfassenden Wellnessprogramm in abgeschiedener Inselidylle, allerdings hat sie sich beim Essen mal verplappert. So wie ich es verstanden habe, ist es eher eine psychosomatische Klinik, eine für gut betuchte Leute, die sich volle Diskretion erkaufen möchten.»

Psychosomatische Klinik für gut betuchte Leute. Da ist es wieder, dieses Lachen, das in meiner Kehle kratzt. «Grandma würde niemals ...» Ich unterbreche mich, presse die Lippen zusammen, nicht mehr viel, und mein Herz entkommt meinem Brustkorb wirklich. Nach Grandpas Tod hatten wir das Thema Therapie ein paar Mal, sowohl auf der Trauerfeier als auch nach Grandmas ersten beiden Spontanreisen. Allerdings hat sie mir klar zu verstehen gegeben, dass sie niemandem auch nur einen Penny zahlen wird, um über *Gefühle* zu reden. Wofür habe man schließlich Freundinnen? Ich bezweifle, dass sich an dieser Einstellung irgendwas geändert hat.

«Eine Therapie sieht Fenella nicht ähnlich, nein», bestätigt Archer, als hätte er meine Gedanken gelesen. Oder *meine* Blicke genau richtig verstanden. «Hat *Gawyn* sonst noch etwas gesagt?»

Es ist dieser Hauch von solidarischem Spott, der mir entgegen jeder Logik ein schwaches Lächeln entlockt. «Nichts», erwidere ich und schaue zurück aufs iPhone. Das Display ist inzwischen wieder dunkel. «Dürfte ich kurz was googeln?»

«Natürlich.» Archer leiht mir sein Gesicht zum Entsperren. Dann weicht er einen Schritt zurück, ganz so, als wollte er mir Privatsphäre geben.

Obwohl es eine banale Geste ist, liegt darin ein gewisses Vertrauen – oder das hier ist einfach nur sein Diensthandy, und ich könnte nicht einmal über etwas Privates stolpern, wenn ich danach suchen würde. Aber so groß meine Neugierde auch ist, welche Kontakte sich wohl in den letzten Jahren angesammelt haben, mit wem er aktiv schreibt und welche Apps er installiert hat, gerade gibt es Wichtigeres.

Mit einem Fingertipp kopiere ich die angerufene Nummer und füge sie in die Suchzeile des Browsers ein. Direkt unter drei Werbeanzeigen wird mir das richtige Ergebnis angezeigt: *Mavell's Wellness Resort in Tobermory, Isle of Mull.* Die Website ist in sanften Grüntönen gehalten, der Schriftzug ist weiß, hinterlegt mit einer Lotusblüte. Darunter steht die offizielle Beschreibung, die Archer vorhin frei zitiert hat: *Vollkommene Erholung in der Idylle Schottlands. Eine wohltuende Auszeit für Körper und Seele.*

Ich klicke mich durch die einzelnen Menüpunkte, die sich schnell überfliegen lassen. Natürlich steht nirgends was von *gut betucht* oder *psychosomatischer Klinik*, nur zwischen den Zeilen lässt sich erahnen, dass Archer recht hat. Anstatt einer Preisliste gibt es ein Kontaktformular für ein unverbindliches Erstgespräch, mit der Zusicherung voller Diskretion. An anderer Stelle wird mit *Digital Detox* geworben, um die Seele frei von jeglicher Ablenkung *entspannen* zu können.

Unter dem Punkt *Team* finde ich eine stattliche Sammlung von ärztlichem Personal. Unter anderem rühmen sie sich mit exzellenten Abschlüssen in Psychologie oder ähnlichen Studienfächern, definitiv überqualifiziert für Schlammpackungen oder Massagen. Daneben gibt es drei freie Angestellte, deren Lebensläufe ähnlich lang sind, allerdings bestehen sie aus Yoga-Ausbildungen auf Bali, mehrwöchigen Reiki-Kursen und Fortbildungen in PMR (progressiver Muskelrelaxation – wieder was gelernt).

Unschlüssig schaue ich aufs Display. Alles an der Website schreit nach einer wohlhabenden Zielgruppe und, wie Archer sagte, nach einer medizinischen Einrichtung. Allerdings ist es unmöglich, dieses Resort in Einklang mit meiner Grandma zu bringen. Und wenn Ishaaq auf etwas anderes hinweisen wollte?

Ich schaue auf zu Archer, der ertappt zusammenzuckt. Ein feines Kribbeln stiehlt sich in meinen Nacken, nur einen Atemzug lang, ehe es von meinen verkrampften Muskeln verschluckt wird. «Dürfte ich vielleicht kurz Bobby anrufen?», frage ich.

«Klar. Seine Nummer ist in meinen Kontakten gespeichert.»

Obwohl Archer mir damit die Erlaubnis gegeben hat, in sein Telefonbuch zu wechseln, fühlt es sich an, als würde ich zu tief in seine Privatsphäre eindringen. Ich gebe mir beim Scrollen Mühe, nicht jeden Namen zu lesen, geschweige denn nach Kosenamen oder Herzen Ausschau zu halten. Dabei war Archer noch nie der Typ für solchen Kitsch, einer der Gründe, warum ich mich damals in ihn verliebt habe. ~~Leider~~ Zum Glück werde ich schon beim zweiten Buchstaben fündig: Bobby Foster. Eine private Handynummer und eine von der Wache.

Angesichts der Uhrzeit entscheide ich mich für die zweite Nummer. Archer tut so, als würde er die Serviette nach mehr Infos absuchen, auch wenn sein Blick immer wieder zu mir gleitet.

«Archer?», meldet sich Bobby. «Wenn dich deine Großmutter vorschickt, sag ihr ...»

«Hi, Bobby», falle ich ihm ins Wort.

«Rae?» Seine Überraschung ist nicht zu überhören. «Hat die Telefonanlage etwa schon wieder eine Macke? Ishaaq! Hier wird mir wieder eine falsche Nummer ...»

«Nein, die Nummer stimmt», sage ich schnell. «Ich rufe von

Archers Handy aus an. Eigentlich wollte ich nur Bescheid sagen, dass Grandma sich endlich gemeldet hat.» Der Bluff gleitet mir mit solcher Leichtigkeit über die Lippen, dass ich in Archers Augen Anerkennung aufblitzen sehe, untermalt von gewissem Argwohn.

«Nein, nein, schon gut, stimmt wohl alles», höre ich Bobby mit gedämpfter Stimme abwiegeln. Der Satz scheint Ishaaq zu gelten, der im Hintergrund sagt: «Alles klar, bestell Rae schöne Grüße. Und beim nächsten Mittagessen kann sie gerne mitkommen.»

Ob die beiden schon wieder über mich geredet haben? Klar, wie sonst hätte Archer das Thema mit Grandma einleiten sollen?

«Also schön, Mädchen, was sagtest du?», brummt Bobby. «Fenella hat sich gemeldet?»

«Richtig.» Ich wende Archer wieder den Rücken zu, um mich besser konzentrieren zu können. Denn der nächste Teil meines Bluffs erfordert besonders viel Aufmerksamkeit – und noch mehr Überwindung. «Ich glaube, du hast eine Entschuldigung verdient», sage ich mit einem Seufzer, der hoffentlich reumütig klingt. «Von uns allen. Wir hätten dir echt vertrauen und dich nicht mit all den Fragen löchern sollen. Also danke, dass du Grandmas Geheimnis trotzdem bewahrt hast. Ich meine, eine Therapie in Mavell's Wellness Resort war wirklich ein ... großer Schritt für sie. Den sie sicher nicht mit allen teilen möchte.»

Eine Sekunde vergeht, zwei Sekunden. Ich fürchte, dass mein Bluff gescheitert ist, als Bobby schnaubt und die Stimme senkt: «Du weißt ja, wie Edderton ist. Ein Detail an falscher Stelle, und zwei Stunden später weiß das ganze Dorf Bescheid. Aber ich bin froh, dass sie es dir endlich gesagt hat.»

Ich schlucke schwer. Ein Teil von mir hat gehofft, dass Bobby nur lacht und fragt, was ich da für einen Mist erzähle. Denn die Vorstellung, dass Grandma nicht nur ein paar Pence, sondern ein ganzes Vermögen investiert, um *über Gefühle zu reden*, erschüttert etwas in mir auf einer Ebene, von der ich bislang nicht wusste, dass sie existiert. Denn es würde bedeuten, dass ich etwas *Gewaltiges* übersehen habe. Oder überhört? Hat Grandma bei ihrem letzten Besuch in Edinburgh vielleicht etwas erwähnt? Symptome, die ich als das typische Klagen des Älterwerdens abgetan habe? Sorgen, Ängste, die ich mit einem mitfühlenden Lächeln abgenickt habe, während meine wahre Aufmerksamkeit bei Claudine war?

«Wie gesagt: *Entschuldigung*», wiederhole ich, und dieses Mal geht mir das Wort leicht über die Zunge. Weil ich es in Gedanken an Grandma richte, die womöglich auf ihre Weise um Hilfe gebeten hat – und an meinem Tunnelblick abgeprallt ist. «Dieses Wissen ist ... nicht gerade leicht», füge ich hinzu, obwohl ich gar nichts weiß.

«Mh», macht Bobby. «Hätte auch nie gedacht, dass sich unsere Fenella mal in Behandlung begibt. Aber wie sagt Sadie immer? Man kann den Leuten nur vor den Kopf sehen, nech? Sollten einfach froh sein, dass sie sich dafür entschieden hat.»

«Klar.» Meine coole Fassade bröckelt beharrlich vor sich hin. «Hat sie es dir auch persönlich gesagt oder ...?»

«Nein. Das Resort hat uns auf ihren Wunsch hin angerufen.»

Ob es zu Gawyns täglichen Aufgaben gehört, irgendwelche Dorfwachen über die Anwesenheit ihrer *Gäste* zu informieren?

«Verstehe», lüge ich. «Hast du vielleicht eine Idee, was der Auslöser gewesen sein könnte? Privat gefragt, nicht beruflich», ergänze ich, bevor er wieder auf seine Verschwiegenheit verweisen kann.

«Rae Pemberlaine.» Er schnalzt tadelnd mit der Zunge. «Du glaubst nicht wirklich, dass ich mir solche Spekulationen erlauben würde?»

«Doch, genau das glaube ich», stichle ich in dem Wissen, dass Bobby zwar offiziell kein Freund von Klatsch und Tratsch ist, aber trotzdem mehr mitbekommt als die meisten in Edderton. «Die Frage ist nur, ob du sie auch mit mir teilen würdest. Natürlich unter dem Versprechen, dass niemand ein Sterbenswörtchen erfahren wird, und du weißt, dass ich mich daran halte.» Eine nicht ganz so versteckte Anspielung auf ein paar der alten Vorfälle, bei denen er mich hat davonkommen lassen.

«Du bist immer noch eine Plage», murrt er, und ich weiß, dass ich ihn geknackt habe. «Seien wir mal ehrlich, Mädchen: Es war doch nur eine Frage der Zeit, bis Fenella mal eine Woche zu lange zu Hause hockt und sie die Sache mit Wallace' Tod einholt. Ich meine, wie lange ist ihre letzte Reise jetzt her?»

«Lange», gestehe ich, und trotzdem muss da *mehr* sein. *Oder dein Bauchgefühl hat dich endgültig verlassen, erst gegenüber Archer, jetzt auch noch Grandma ...* «Danke, Bobby. Hoffen wir einfach, dass man ihr helfen kann.»

«Sicher. Klang, als wären da wirklich Profis am Werk, die alles ganzheitlich im Blick haben.»

Wir verabschieden uns voneinander, und ich habe wieder die Anrufliste vor mir. Bobby. Gawyn. Warum bezweifle ich, dass dieser Typ Grandma irgendetwas von mir ausrichten, geschweige denn um Rückruf bitten wird? Ich könnte es später noch mal versuchen, hoffen, dass jemand drangeht, der die Sache mit der Diskretion weniger ernst nimmt. Oder ich sorge dafür, dass sie mich gar nicht erst ignorieren können.

Ich wechsle zur Website des Resorts. Offiziell gibt es keine Besuchszeiten, unter den FAQs finde ich allerdings den Hinweis:

> Für die beste Erfahrung empfehlen wir, sich voll und ganz auf das Programm von Mavell's Wellness Resort einzulassen, frei von äußeren Einflüssen. Besteht dennoch der Wunsch, Besuch zu empfangen, ist die Anzahl der Gäste auf zwei zu beschränken, und wir bitten, sich ausschließlich im Raum der Begegnung oder dem öffentlichen Teil des Gartens aufzuhalten, um die Privatsphäre der anderen zu achten.

«Am schnellsten ist die Strecke über Lochaline», sagt Archer unvermittelt. «Allerdings geht die letzte Fähre um halb sieben, du müsstest also bald los.»

Ich wirble auf dem Absatz herum. «Woher ...?» Meine Stimme bricht ab, als ich mir der plötzlichen Nähe bewusst werde, der Tatsache, dass Archer nur einen Schritt von mir entfernt steht.

Entweder bemerkt er es nicht oder es stört ihn nicht, denn er weicht nicht zurück. Stattdessen erklärt er: «Wir haben einen Kunden in Tobermory, die Fährpläne hängen entsprechend im Büro, und ...»

«Nein», unterbreche ich ihn. «Woher wusstest du, dass ich zu ihr fahren möchte?»

Sein Brustkorb hebt und senkt sich in einem Atemzug, der einem Seufzer gleichkommt, in seinen Mundwinkeln kräuselt sich ein Lächeln. «Weil ich genug mitbekommen habe, um zu wissen, dass du dich nicht so leicht abwimmeln lässt. Nicht wenn es um deine Grandma geht.» Er sagt es auf eine Weise, die das Prickeln in meinem Nacken neu anfacht. Als würde er immer noch jede Nuance von mir lesen können, mich *kennen*, während ich jede *seiner* Nuancen hinterfragen muss, in jedes Stirnrunzeln, jedes Blinzeln etwas hineininterpretiere, das nicht stimmt.

«Die letzte Fähre geht um halb sieben?», weiche ich aus und wünschte, ich würde dabei mehr wie ich selbst klingen. Weniger heiser.

Archer nickt. «Außer du setzt von Oban über nach Craignure, dann brauchst du zwar insgesamt länger, hast aber bis acht Zeit.»

«Du kennst die Pläne wirklich auswendig, oder?» Da ist wieder dieses schrecklich bemühte Necken in meiner Stimme, das Archers Lächeln trotzdem weiter hervorkitzelt.

«Nicht nur die Pläne ...», erwidert er, und sein Lächeln kippt in Nachdenklichkeit. Die Pause ist lang genug, um dazwischengehen zu können, mich für die Infos zu bedanken, mich zu verabschieden, zurück zu Mindy zu gehen. Aber ich warte. Weil da etwas in seinem Blick ist, das mich zurückhält, eine Idee, die mit jedem Atemzug mehr Gestalt annimmt, eine Idee, vor der ich vielleicht erst recht fliehen sollte, aber gleichzeitig möchte ich sie hören.

Er nickt zu dem iPhone in meiner Hand. «Darf ich, oder ...?»

«Oh, klar.» Ich gebe es ihm zurück und sehe dabei zu, wie er übers Display wischt. Ein Klick hier, getippte Worte da, kurzes Stocken, noch mehr Tippen.

Schließlich hält er inne. «Hättest du was dagegen, wenn ich dich begleite? Ich habe morgen früh ein Meeting mit besagtem Kunden, der sich freuen würde, mich mal wieder persönlich zu sehen. Dann müsstest du die lange Strecke nicht alleine fahren, und ich kenne Hotels, die selbst in der Hauptsaison ein Zimmer frei haben dürften.»

O ja, ich hätte definitiv fliehen sollen. Bevor sich dieses

gefährliche Flattern in meinen Magen stiehlt, bevor ich mir vorstellen kann, wie wir mindestens fünf Stunden pro Strecke zusammen in einem Auto sitzen, kein Entkommen vor Archers Duft, seiner Nähe, seinen Blicken, seinem Raunen und Lachen und ...

«Außerdem könnte ich vielleicht helfen, in Mavell's Wellness Resort zu kommen», fährt er fort, weil ich ihn einfach nur anstarre. «Monica hat sicher noch ein paar Kontakte, die wir nutzen könnten.»

«Monica?», wiederhole ich fragend und beglückwünsche mich innerlich, den Mund aufbekommen zu haben.

«Oh, sorry. Monica ist diejenige, die mal in Mavell's Wellness Resort war. Besagte Mutter meiner Freundin. Also, meiner Ex-Freundin», rückt er jetzt raus, redet allerdings sofort weiter: «Es ist schon eine ganze Weile vorbei, aber Monica und ich haben uns immer gut verstanden, und ich denke, wenn ich sie anrufen würde ... Es ist wirklich nur ein Angebot, und wenn du nicht möchtest ...» Er unterbricht sich und streicht sichtlich verlegen über seinen Nacken.

Obwohl es gerade echt wichtigere Dinge gibt, stechen zwei Punkte besonders heraus: *Ex-Freundin.* Und *es ist schon eine ganze Weile vorbei.* Natürlich ist da Platz für Interpretation, aber würde man es so formulieren, wenn es jemand Neuen gäbe? Würde er dann so vor mir stehen, mit dieser verlegenen Geste und hoffnungsvollem Blick?

«Du willst mich echt nach Tobermory begleiten?», hake ich nach, nur um sicherzugehen, dass ich mich nicht verhört habe.

«Also, ich verstehe, wenn du lieber alleine ... Oh.» Er unterbricht sich und nickt über meine Schulter hinweg.

Innerlich fluchend folge ich seinem Blick. Mindy. Sie kommt im Eilschritt angelaufen, und obwohl es nicht ihre

Art ist, in fremde Gespräche zu platzen, hält sie ungerührt auf uns zu. Winkt. Wirkt aufgeregt.

«Rae!», ruft sie schon aus meterweiter Entfernung. «Tut mir leid zu stören, aber ... da ist noch ein zweiter Wagen.»

Obwohl das Mysterium um Grandma mehr oder weniger gelöst ist, zucke ich überrascht zusammen. Dann schaue ich noch einmal zu Archer, suche nach einem Anzeichen dafür, dass er sein Angebot bereits bereut – und resigniere. Weil ich offensichtlich mehr Zeit mit ihm verbringen muss, um seinen Blick wieder lesen zu können.

«Um halb drei an Pemberlaine House», sage ich stattdessen.

Archer lächelt, und ja, es wirkt verflucht aufrichtig. «Ich werde da sein.»

KAPITEL 20

Archer steht pünktlich vor meiner Tür. Genau genommen sogar fünf Minuten zu früh, als hätte er geahnt, dass ich überlegt habe, doch ohne ihn zu fahren. Weil das hier die größte Scheißidee ist, seit Steve und ich meinten, nachts angetrunken auf Arthur's Seat klettern zu müssen, den wohl berühmtesten Berg in Edinburgh, und ich mir dabei den Knöchel gebrochen habe. Was einen verflucht teuren Rettungseinsatz zur Folge hatte, eine OP, um den Knochen zu richten, und wochenlanges Humpeln auf Krücken. Laut meiner Ärztin ist zwar alles prima verheilt, aber ich hätte trotzdem drauf verzichten können. Hoffentlich endet dieser Trip nicht genauso schmerzhaft.

Zu Archers Füßen steht ein schicker Weekender aus Leder, über seiner Schulter hängt eine schwarze Kleiderhülle. Vermutlich ein Anzug für sein Meeting.

«Wie lange wolltest du noch mal auf Tobermory bleiben?», ziehe ich ihn auf, ehe ich mich umdrehe, um meine eigenen Sachen aus dem Flur zu sammeln.

«Nur so lange wie ... Oh, hi.»

Ich schaue über die Schulter. Mick, den ich heute Morgen nur kurz beim Füttern gesehen habe, streift um Archers Beine. Zieht eine Schleife nach der anderen, den Schwanz hoch erhoben, hin und wieder stößt er seinen Kopf mit besonderer Vehemenz an.

«Verräter», murmle ich und greife nach einem Notizzettel. «So auf Tuchfühlung geht er bei mir nur, wenn er Futter möchte», füge ich erklärend hinzu. *Oder ich in eine emotionale* Schieflage *geraten bin.* Den Part spreche ich lieber nicht laut aus. Stattdessen schreibe ich für Mindy die Fütterungsanweisung auf, auch wenn es im Grunde nur eine Abschrift der Verpackung ist. Darunter kritzle ich ein Herz, meine Unterschrift, die kein Mensch entziffern kann, und ein:

P.S.: Nochmal Entschuldigung dafür, dass ich so schnell abgehauen bin, und danke für alles. Irgendwann schaffen wir es wirklich, diese Marshmallows zu rösten, versprochen!

Dann schnappe ich das Schlüsselbund, das ich gleich bei Mindy abgeben muss, und schultere den alten Rucksack aus dem Keller, der für eine Nacht ausreicht.

Archer hat den Kleidersack auf dem Schaukelstuhl abgelegt und hockt neben Mick am Boden. Höre ich da etwa ein *Schnurren*?

«Jetzt fühle ich mich persönlich beleidigt», sage ich, während ich mich mit auf die Veranda schiebe und die Tür mit einem vorwurfsvollen Blick zu Mick ins Schloss ziehe.

Archer schaut zu mir auf, den Grübchen auf seinen Wangen zufolge verkneift er sich ein Grinsen. «Déjà-vu?», stichelt er und lockt damit eine Erinnerung hervor, die ich völlig verdrängt habe. Aber er hat recht, denn es ist eine Szene, die nicht nur einmal, sondern *etliche* Male vorgekommen ist. Bei praktisch jedem von Grandpas Findelkindern, die Archer immer deutlich interessanter fanden als mich.

«Ich weiß nicht, was du meinst», erwidere ich und steige demonstrativ über Mick hinweg, der sich auf den Boden geworfen hat, um sich genüsslich vor Archer zu rekeln. Sollen sie doch machen, was sie wollen.

Ich öffne den Kofferraum und werfe den Rucksack rein, als ich hinter mir ein Fluchen höre, zischend, leise, ganz so, als sollte ich es nicht mitbekommen. Trotzdem kann ich mir das schadenfrohe Grinsen nicht verkneifen, als Archer samt Gepäck zu mir kommt und ich beim Verladen den grellroten Kratzer an seinem Unterarm sehe.

«Déjà-vu?», spöttle ich, denn auch das ist nicht zum ersten Mal passiert.

Er verdreht die Augen. «Hast du was zum Desinfizieren?»

«Vorne in der Mittelkonsole. Brauchst du auch ein Pflaster? Ich müsste noch welche mit Disney-Motiven haben, vielleicht ein kleiner Simba, passend zum Übeltäter, oder fühlte es sich eher an wie ein großer gefährlicher Scar? Ich meine, auf einer Schmerzskala von eins bis zehn ...»

«Freut mich, dass du mein Leid so auskosten kannst.»

«Ah, also reden wir hier über eine Acht, eine Neun ...?»

Anstatt einer Antwort lässt Archer den Kofferraum zuknallen und wendet sich ab. Nicht ohne mich vorher mit einem Blick zu strafen, in dem eindeutig ein Grinsen liegt.

O ja, dieser Trip ist die größte Scheißidee auf Erden. Aber leider eine, die sogar nüchtern verboten gut klingt.

Archer hat mich vorgewarnt, dass er auf der Fahrt arbeiten muss. In der ersten Stunde sitzt er hoch konzentriert mit einem Laptop auf dem Schoß neben mir an Präsentationen, Diagrammen und Graphen. Mir wäre nach spätestens fünf Minuten kotzübel geworden, er scheint total resistent. Eine Superkraft, die ich auch gerne hätte.

Andererseits sitze ich sowieso lieber am Steuer, entscheide selbst, wie stark ich das Gaspedal durchtrete, wie sehr ich mich in die Kurven lege oder ob ich es noch vorm Gegenverkehr in den nächsten Passing Place schaffe. Wenn ich mit Steve fahre, klammert er sich ständig an der Tür fest, bremst mit, obwohl er noch nie selbst gefahren ist, oder erinnert mich liebevoll an Tempolimits, die ich natürlich kenne. Archer sagt nichts. Nicht einmal, als ich so schwungvoll in eine Kurve gehe, dass er samt Laptop in meine Richtung gepresst wird.

Seine Schulter stößt gegen meine, T-Shirt-Stoff auf meiner nackten Haut, nicht intim und trotzdem zu nah. Er rutscht ungerührt zurück zur Mitte seines Sitzes, versinkt im nächsten Diagramm, als hätte er es kaum gespürt.

Ich umklammere das Lenkrad fester. «Ist es okay, wenn ich Musik anmache?», frage ich in die angespannte Stille.

«Mh?» Er schaut auf, blinzelt. «Oh, klar. Tut mir leid, aber das hier muss noch heute raus. Pitchphase.»

Pitchphase. Ich schalte die Bluetooth-Box ein und verkneife mir, zu erwähnen, dass ich diese Phasen auch kenne. Wenn mein Verlag gerne die nächste Idee hätte und ich mir drei Konzepte überlegen darf, die passen könnten.

«Hey, Siri, spiele Playlist Roadtrip», sage ich, und der erste Song vertreibt die Stille. Meine Finger werden lockerer, mein Fuß tritt das Gaspedal nicht mehr ganz so stark durch. Laut Navi liegen wir gut in der Zeit. Wenn nichts dazwischenkommt, sind wir eine Viertelstunde vor Abfahrt in Lochaline, das Ticket habe ich online gebucht. Sicher ist sicher.

Ich lasse meinen Blick ein Stück nach links gleiten, gerade so weit, dass ich die Straße nicht aus den Augen verliere. Achmony haben wir hinter uns gelassen, jetzt fahren wir direkt am Loch Ness vorbei. Tiefblaues Wasser, Wellengang, als würde er sich für das Meer halten. Darauf schippert eins der blau-weißen Schiffe von Jacobite, mit denen ich auch schon gefahren bin. Selbst auf die Entfernung sehe ich, dass das Oberdeck brechend voll ist mit Menschen. Deutlich verlagert zur rechten Seite, weil sie sich vermutlich alle ein hübsches Foto von Urquhart Castle erhoffen, der alten Burgruine, die direkt auf unserer Uferseite thront – und an der wir keine fünf Minuten später selbst vorbeifahren.

Seit ich denken kann, liebe ich diese Gegend. Auch wenn sie zur Hauptsaison aus allen Nähten platzt. Mit uns schlängeln sich etliche Autos über die Straße, jede der Parkbuchten ist belegt. Und Archer ist weiterhin in seine Präsentation versunken.

Etwas vibriert. Archers Handy. Er verzieht entschuldigend das Gesicht, und ich verstehe. Kaum habe ich die Musik ausgemacht, schiebt er sich AirPods ins Ohr und nimmt ab.

«Warner, hi», meldet er sich und klingt irgendwie fokussierter als in Gesprächen mit mir. Professioneller. «Okay ... Natürlich ... Dein Kunde, deine Entscheidung ... Nein, kein Problem, nimm mich ruhig mit rein ...» Er nickt, als könnte Warner ihn sehen, währenddessen fliegen seine Finger über die Tasten des Laptops. «Ja, kam gerade an. Gib mir zwei Minuten ... Nein, zwei Minuten», wiederholt er mit Nachdruck. «Warner.» Ihm entgleitet ein Seufzer. «Gib mir zwei. Minuten. Ich will mich kurz einlesen, um nicht völlig unvorbereitet zu wirken ... Ja, das bekommst du hin, bis gleich.» Aus den Augenwinkeln sehe ich, wie er den Kopf schüttelt. «Entschuldige, Rae, ich muss mit in ein Meeting. Eine Band aus Kopenhagen, die ein paar utopische Vorstellungen für ihre nächste Tourkampagne hat. Könnte entsprechend länger dauern, aber falls du eine Pause brauchst ...»

«Werde ich eine machen.» Ich lächle. «Glaub mir, ich bin schon deutlich weitere Strecken gefahren. Alleine.»

«Danke. Ich schulde dir trotzdem was.» Er erwidert mein

Lächeln mit einer Verlegenheit, die ihm etwas *zu* gut steht. Aus den Augenwinkeln sehe ich, wie er eine Website durchscrollt; sieht irgendwie nach Indie-Rock aus; dann geht er in sein Meeting.

Ich versuche, seinen Ausführungen zu folgen. Eine Minute, und ich kapituliere. Was weder an den Fachbegriffen liegt noch an dem fehlenden Gegenpart, sondern an Archers *Stimme*. An diesem verflucht kompetenten Tonfall, der leider auch verflucht attraktiv ist. Wenn er lacht, klingt es perfekt akzentuiert, wenn er fordert, dann ohne Umschweife, wenn er ablehnt, gelingt ihm der Balanceakt zwischen Nachdruck und Charme. Wäre ich Teil dieser Band, würde ich alles abnicken.

Als er flüchtig zu mir sieht, fühle ich mich ertappt. Dabei schaue ich die ganze Zeit entspannt auf die Straße. *Entspannt*, verhöhne ich mich selbst, denn meine Finger haben sich längst wieder fester ins Lenkrad gepresst. Ich tue so, als hätte ich Archers Blick nicht bemerkt, und hoffe, dass er meine geröteten Wangen auf die Hitze im Wagen schiebt.

Da es nicht so klingt, als wäre das Meeting gleich zu Ende, konzentriere ich mich auf alles andere. Auf das Geräusch des Motors, das mir sonst als Einziges Gänsehaut verleiht, auf den Fahrtwind, der durch mein heruntergekurbeltes Fenster pfeift, auf die Wolken, die sich plötzlich vor die Sonne schieben, auf das Navi. Eigentlich wollten Mindy und ich genau jetzt die letzten Sachen für unseren Abend besorgen, vom Recherche- zum Urlaubsteil übergehen.

Unwillkürlich muss ich an die Aufnahmen denken. An diesen zweiten Wagen, den Mindy entdeckt hat. Ein helles sportliches Modell, in dem mindestens drei Personen saßen. Bei seinem ersten Auftauchen hat Mindy ihn als nächtliche Durchreise von Touris abgestempelt – wie mehrere andere

Autos auch. Aber dann kam der Wagen noch mal vor. Und noch mal, und dabei sind Mindy zwei Dinge aufgefallen: die Tatsache, dass er immer nur nach Edderton reinfährt, aber nie raus, was heißt, dass er einen anderen Rückweg nehmen muss, und der gehobene Mittelfinger auf der Beifahrerseite. Schön präsent gegen die Scheibe gedrückt, als wäre er für die Warwicks bestimmt. Irgendwie peinlich. Allein deshalb tippe ich auf ein paar Jugendliche, die die Kamera gesehen und sich dabei wie die Größten gefühlt haben. Warum ahne ich, dass Joe jetzt Benson Galloways Namen in den Raum werfen würde?

Archer verabschiedet sich. Charmant und höflich. Kaum dass er aufgelegt hat, klappt er den Laptop zu und lässt stöhnend seinen Kopf nach hinten sinken. «Wenn mich heute noch einer fragt, wie man größeren *Buzz kreieren* kann, erschieß mich bitte.»

Ich lache auf. «Ist das nicht der Sinn von Marketing?»

«Du kennst dich mit Marketing aus?»

«Ich bin Autorin in Zeiten von Instagram und TikTok», erwidere ich mit vielsagender Miene. «Keine drei Wochen nach Vertragsabschluss hatte ich meinen ersten Marketing-Workshop, aber hey, du bist der Experte! Vielleicht weißt du ja, wie ich beim nächsten Band von Claudine noch größeren *Buzz* kre…» Weiter komme ich nicht.

«Hey, Siri», geht Archer dazwischen, «spiele *Highway to Hell.*»

Keine Ahnung, wann er meine Box wieder eingeschaltet hat oder warum meine Siri auf seine Stimme hört, aber keinen Atemzug später dröhnt AC/DC durch den Wagen – mit voller Lautstärke, sodass schon der erste Ton von Angus Youngs Gitarre, eine Gibson SG, meinen ganzen Körper vibrieren lässt.

Ich halte drei Zeilen durch. Bei «Askin' nothing, leave me be» bricht ein Lachen aus mir raus, das ich viel zu lange nicht mehr gelacht habe, inbrünstig, befreit, ansteckend.

Ich merke, wie Archer sich zu wehren versucht, aber zum Glück ist er gegen mein Lachen genauso wenig immun wie früher. Erst schüttelt er den Kopf, dann sehe ich dieses Zucken in seinen Mundwinkeln, höre ein Schnauben, das langsam, aber sicher kippt. Widerstand gebrochen. Restlos.

Als der Refrain einsetzt, singe ich mit. Nicht mein größtes Talent, aber Steve meinte mal, er hätte zumindest nicht das Bedürfnis, sich die Ohren abzuschneiden. Archer war wiederum nie der Typ fürs Mitgrölen, doch ich spüre seinen Blick von der Seite, das Grinsen, als würde er es genießen. Nein, ich *weiß*, dass er es genießt. Zwischendurch ertappe ich ihn sogar dabei, wie er den Mund bewegt. Wie er doch ein paar Zeilen mit zum Besten gibt.

Ein Song wechselt in den nächsten, und dann begrüßt uns schon das Ortsschild von Lochaline. Das hier ist wirklich eins dieser verschlafenen Dörfer, die selbst zur Hauptsaison nicht richtig erwachen. Denn die meisten Reisenden, die zur Isle of Mull wollen, nehmen die große Fähre von Oban aus. Entsprechend ist die Warteschlange am Terminal kurz. Mit uns stehen nur vier Autos in der Reihe, daneben ein Campervan und ein Wohnwagen, der gerade so am Höchstmaß für die Fähre kratzen dürfte. Ein gutes Dutzend Fußpassagiere wartet ebenfalls.

Die Fähre landet gerade an, ein kleines Schiff, das jeden Tag so oft zwischen Festland und Insel pendelt, dass der Ablauf perfekt sitzt. Die Rampe wird runtergeklappt, Menschen in orangen Warnwesten weisen die Fahrzeuge ein, die Fußpassagiere gehen einfach an der Seite entlang, gesonderte Eingänge gibt es nicht.

Da die Überfahrt nur achtzehn Minuten dauert, lohnt es sich nicht, auszusteigen. Allerdings ist die Aussicht auf frische Luft echt verlockend. Auf ein wenig Bewegung. Und eine Toilette. Also sammle ich die nötigsten Dinge zusammen und steige aus.

Archer entschuldigt sich ebenfalls, und als ich aus den Toiletten wieder ans Deck trete, ist er noch nicht zurück. Also suche ich mir alleine einen Platz an der Reling, ein Stück entfernt von den anderen Mitreisenden.

Nach der langen Fahrt und der lauten Musik tut die Ruhe gut. Ich lege meine Arme über das weiße Geländer, von dem hier und da Lack absplittert, recke die Nase in den Wind, atme tief durch. Es hat sich abgekühlt, und wenn ich die dunklen Wolken über Mull sehe, gibt es heute sicher noch Regen. Falls es da drüben nicht längst angefangen hat. Mein Blick gleitet über die grünen Hügel, die denen von Skye in nichts nachstehen, dann schaue ich runter in die Wellen, die an den Bug schlagen. Es hat etwas Beruhigendes, dabei zuzusehen, zu spüren, mit welcher Kraft uns das Wasser hin und her wiegt. Über mir kreischt eine Möwe. Wind rauscht. Menschen lachen. Jemand streift meinen Rücken.

Ich schaue zur Seite. Archer. «Oh, hi», begrüße ich ihn, als hätte ich nicht mit ihm gerechnet.

«Hey.» Schmunzelnd stellt er sich neben mich und lehnt sich ebenfalls ans Geländer. Vielleicht ist es Willkür, vielleicht Absicht, aber sein Unterarm berührt meinen, und keiner von uns zuckt zurück. Als würden wir es gar nicht merken, nicht die nackte Haut an Haut, nicht die Wärme, nicht das zarte Kribbeln.

«Monica hat gerade zurückgerufen», sagt er nach Sekunden oder Minuten, ich weiß es nicht. Jedenfalls brauche ich kurz, um den Namen zuzuordnen. Monica. Die Mum seiner

Ex. «Anscheinend ist Gawyn im Resort nicht der Einzige, der die Privatsphäre der Gäste sehr ernst nimmt», erzählt Archer weiter. «Im Anmeldebogen gibt es einen ganzen Abschnitt zum Thema Diskretion, in dem man seine Präferenzen ankreuzen kann. Da Gawyn Fenellas Anwesenheit nicht direkt verneint hat, vermutet sie, deine Grandma hat ein offenes Modell gebucht.»

Ach ja. Deshalb sind wir ja hier. «Offenes Modell?», frage ich. «Und das heißt?»

«Kontakte von außen werden erst mal abgewimmelt. Allerdings wird der Gast im Anschluss über den Kontaktversuch informiert und kann selbst entscheiden, ob er darauf eingehen möchte oder nicht.»

«Dann gibt es Modelle, bei denen die Gäste nicht einmal Bescheid bekommen?!»

«Genau. Laut Monica wird das geschlossene Modell sogar empfohlen, um sich voll und ganz auf die Erfahrung von Mavell's konzentrieren zu können.»

«Klingt wie auf der Website», murmle ich. «Also fahren wir einfach hin und hoffen auf unser Glück?»

Archer schürzt die Lippen, als hätte er selbst auf eine andere Lösung gehofft. «Sieht leider so aus, ja.»

«Okay.» Ich versuche, die Enttäuschung zu schlucken, aber was habe ich auch erwartet? Einen unterirdischen Geheimgang? Jemanden, der Gawyn in seine Schranken weist? Vielleicht. «Jedenfalls danke fürs Nachfragen.» Ich ringe mir ein Lächeln ab.

Jede durchkämmte Welle bringt uns der Insel näher, auf die Grandma geflüchtet ist, und je länger ich darüber nachdenke, desto weniger Sinn ergibt es. Hoffentlich hat sie wirklich dieses offene Modell gewählt. Und hoffentlich hat Gawyn bereits Feierabend ...

«Warum eigentlich Edinburgh?»

«Huh?» Überrascht schaue ich auf.

«Warum nicht Rom? Berlin? Barcelona? Eine der vielen Städte, von denen du immer geredet hast?» Archer mustert mich, ohne seinen Arm auch nur einen Millimeter wegzuziehen. «Warum bist du nach Edinburgh gegangen?»

Ich zucke mit den Schultern, nur um mir ein paar Sekunden mehr zu erkaufen. Dabei weiß ich, dass es keine echte Antwort gibt. «Keine Ahnung», erwidere ich schließlich. «Aber ich schätze, schuld waren vor allem ein leerer Tank und Müdigkeit.»

«Ein leerer Tank und Müdigkeit? Das sind natürlich absolut unbestechliche Argumente.» Archer mimt einen ernsten Ausdruck, der an seinen zuckenden Mundwinkeln scheitert.

Mir entschlüpft ein Lachen. «Sind es wirklich!», protestiere ich und stoße mich vom Geländer ab. «Ich würde dir die Story ja liebend gerne erzählen, aber wir müssen zurück zum Auto.» Ich nicke Richtung unteres Deck, auf dem sich die Fährleute in den orangen Warnwesten bereit zum Anlegen machen.

Auf der Treppe friemle ich den Schlüssel aus meiner Hosentasche. Meine Handfläche fühlt sich auf einmal unangenehm feucht an. Abgesehen davon, dass Archers Frage Erinnerungen zurückgebracht hat, die schmerzen, schleichen sich weitere trübe Gedanken an: Was, wenn Grandma doch ein geschlossenes Modell genommen hat? Wenn sie mich wirklich nicht sehen möchte? Was, wenn sie es mir übel nimmt, dass ich ihr nicht richtig zugehört habe?

Unauffällig wische ich die Hand an meiner Shorts ab.

«Hier.» Ich halte Archer den Autoschlüssel hin. «Du wolltest dich ja abwechseln», füge ich leicht provokativ hinzu, um meine innere Unruhe zu überspielen.

Archer wirkt überrascht, protestiert jedoch nicht. Auf der Fahrerseite hält er inne und scheint zu warten, bis ich die andere Tür erreicht habe. Aber auch dann macht er keine Anstalten aufzuschließen, sondern mustert mich über das Dach hinweg. Wieder so ein unleserlicher Ausdruck, von dem ich nicht weiß, ob er von alten Splittern gezeichnet ist oder nicht ...

«Was?», frage ich ganz direkt. «Ich weiß, mein Zopf ist vom Wind zerpflückt, und meine ...»

«An dir ist alles genau richtig», sagt er dann, und meine Muskeln verkrampfen, allem voran mein Herz, das nicht weiß, wie es mit dem Kompliment umgehen soll. Locker annehmen? Abwinken? Flirtend erwidern? Kann ich alles, aber mein Körper entscheidet sich für regungsloses Herumstehen.

Archer funkelt mich an, neckend, ein wenig amüsiert, irgendwie anzüglich. So sieht man jemanden nicht an, wenn noch irgendwo alte Splitter feststecken, richtig?

Dann schließt er den Wagen endlich auf, lässt meinen Blick los und schwingt sich auf den Fahrersitz.

Ich stehe immer noch da, als zum Glück keine Sekunde später ein Ruck durchs Schiff geht. Wir haben angelegt. Mit weichen Knien greife ich zur Türklinke. Was auch immer das da gerade war, ich sollte es ganz schnell wieder vergessen. Wäre da nur nicht das Problem mit diesem brillanten Gedächtnis ...

KAPITEL 21

Dicke Regentropfen klatschen auf die Frontscheibe. Die Scheibenwischer mühen sich ab, es prasselt und quietscht und ist zu laut, um noch ein Wort zu verstehen. Dabei haben Archer und ich es gerade geschafft, die seltsame Situation auf der Fähre in Small Talk aufzulösen. Ein bisschen übers Wetter, das ziemlich abrupt umgeschlagen ist, ein bisschen was aus dem Leben. Ich habe die Geschichte meiner ersten Veröffentlichung erzählt, Archer hat sich mit Anekdoten aus seiner Studienzeit in Cambridge revanchiert.

Jetzt redet nur noch der Regen, der in dichten Bahnen vor uns über die Landschaft peitscht. Schwer vorstellbar, dass wir in wenigen Minuten bei der Klinik sein sollen. Hier gibt es nur klatschnasse Schafe und verregnete Hügel und – einen verflucht hohen Zaun links und rechts der Straße. Weiße Holzplatten, oben wellenförmig abgeschliffen und vollkommen blickdicht. *Shit.*

Kurz darauf endet unsere Fahrt vor einem riesigen Tor. Es fügt sich makellos in den Zaun ein, auf den beiden Flügeln prangt in goldenen Lettern das Logo von Mavell's Wellness Resort. Warum erinnert es mich trotzdem eher an einen Hochsicherheitstrakt? Hier kommt jedenfalls keiner unbemerkt raus – oder rein. Immerhin gibt es auf der Fahrerseite eine Klingelanlage. Mit Kamera, Lautsprecher und zwei Knöpfen: *Rezeption* und *Notfall.*

Archer kurbelt das Fenster runter. Eine willkommene Einladung für den Regen, der ungefragt ins Innere drängt, während Archer sich nach draußen lehnt. Kaum hat er geklingelt, leuchtet die Kamera auf.

«Ja, bitte?», meldet sich jemand über den Lautsprecher. Leider erkenne ich die Stimme auf Anhieb: Gawyn.

«Guten Abend», ruft Archer zurück, dem das Wasser bereits von den Haarspitzen tropft. «Wir würden gerne einen Ihrer Gäste besuchen. Fenella Pemberlaine.»

Ohne darüber nachzudenken, lehne ich mich zu Archer und füge hinzu: «Hi, Gawyn! Wir wissen, dass Fenella ein offenes Modell gewählt hat, also sagen Sie ihr bitte Bescheid, dass ihre Enkelin hier ist?»

«Könnten Sie das wiederholen?», fragt Gawyn. «Der Regen.»

Als ob.

Es fühlt sich an wie Schikane, aber was bleibt mir übrig? Seufzend schnalle ich mich ab, stütze ein Knie auf die Mittelkonsole und lehne mich noch weiter vor, sodass ich quer über Archer hänge. Auch wenn ich es irgendwie schaffe, mich so an der Tür abzustützen, dass ich ihn nicht berühre.

Ich wiederhole den Bluff, in den ich alle Hoffnung setze.

«Ahhh.» Gawyn zieht den Ton selbstzufrieden in die Länge. «Rae Pemberlaine, richtig?» Es grenzt an ein Wunder, dass er sich meinen Namen gemerkt hat.

«Genau, also könnten Sie ...?»

«Bedauerlicherweise nein. Um halb acht beginnt die geführte Abendmeditation, die in Mavell's heilig ist.»

«Kapiert!» Allmählich verkrampft sich mein Arm, mit dem ich mich abstütze. Wenn ich zurück in Edinburgh bin, muss ich echt dringend wieder mit Steve zum Boxen. «Wie lange geht diese Meditation?»

«Oh, ich glaube, ich habe mich nicht klar genug ausgedrückt: Die Abendmeditation läutet das Ende des Tages ein, die Besuchszeit ist entsprechend vorbei. Versuchen Sie es morgen noch einmal.»

Sein verfickter Ernst?! Ich presse die Lippen zusammen, um es nicht laut auszusprechen. Wir haben erst zwanzig nach sieben. Also noch ganze zehn Minuten, die völlig ausreichen würden, um Grandma in die Arme zu schließen und sicherzugehen, dass sie in Ordnung ist.

«Gawyn.» Ich bemühe mich, seinen Namen ohne Spott auszusprechen. «Wenn Sie meiner Grandma *jetzt* sagen würden, dass ich hier ...»

«Rae.» Er klingt, als würde er sich dieselbe Mühe geben. «Ihre Beharrlichkeit in allen Ehren, aber dann wäre ich morgen meinen Job los.»

«Und wenn ich verspreche ...»

«Kommen Sie am besten gegen halb elf. Auf Wiedersehen.»

Ein Klicken ertönt, dann ist die Kamera wieder dunkel.

Frustriert will ich mich zurück auf meinen Sitz drücken, als mein Arm wegknickt. Ich sacke nach vorne, versuche, meinen Sturz mit der anderen Hand abzufedern, aber alles, was ich erwische, ist Archers Oberschenkel. Die Stelle, die gefährlich nah an seinem Schritt ist. Sofort spüre ich, wie sich seine Muskeln anspannen, er den Atem anhält, was die Sache nicht besser macht.

Mit einem heiseren «Sorry» rapple ich mich auf, bis ich wieder auf meiner Seite sitze. Ohne Körperkontakt. Nur völlig durchnässt und erhitzt und mit einem Pulsschlag, der absolut unverhältnismäßig für diese kurze Berührung ist. Vor allem in Anbetracht der Tatsache, dass ich gerade wieder abgewiesen wurde. Von Gawyn. Was so viel wichtiger ist als eine Kollision mit meinem Ex.

Rational gesehen. Denn irgendein unvernünftiger Teil von mir schielt zurück zu Archer. Nach unten. Auf seine Jeans, die klitschnass ist, auf die Beule in seinem Schritt, die sicher einfach nur Biologie ist, eine rein körperliche Reaktion auf unerwartete Nähe, nichts Persönliches, nichts, woraus man falsche Schlüsse ziehen sollte. Und das Pochen zwischen meinen Beinen? Nur der Schrei nach dem Abbau von Adrenalin, von Frust, nichts Persönliches, nicht, solange ich es mir ausreden kann.

«Wir ...» Ich reiße den Blick von seiner Jeans los und streiche mir eine der nassen Strähnen hinters Ohr. «Du hast was von Hotels erwähnt, die noch freie Zimmer haben? Falls dir auch eins mit Bar einfällt: Ich könnte jetzt echt einen starken Drink gebrauchen.»

«Gute Idee.» Archer klingt ähnlich heiser. Ohne mich anzusehen, kurbelt er das Fenster hoch und wirft den Wagen an.

Das Schnurren des Motors wird vom Regen gedämpft, genau wie die Stille, die sich zwischen uns setzt. Nur mein Körper schreit weiter nach Nähe, und vielleicht weiß ich nicht, wie lange ich ihn noch ignorieren kann. Oder will.

Nach fünf Hotels, die restlos ausgebucht sind, gesteht Archer seine Niederlage ein und ruft seinen Kunden an. Sebastian Gillis, Besitzer der hiesigen Destillerie und auf Mull bestens vernetzt. Wir müssen fünf Minuten auf seinen Rückruf warten, dann schickt er uns zum Pennybaker's Inn, das einem alten Freund gehört. Es liegt ein Stück außerhalb von Tobermory und ist der Inbegriff von Gemütlichkeit. Ein windschiefes Cottage mit zwei Etagen, Lichterketten schimmern durch den Regen, und schon beim Parken hört man Livemusik, die sicher aus dem zugehörigen Pub kommt.

Wir schnappen unser Gepäck und rennen los. Die paar

Schritte vom Parkplatz nach drüben reichen trotzdem, um uns wieder bis auf die Knochen zu durchnässen. Dasselbe Spiel wie bei den Hotels davor, nur dass wir uns zum ersten Mal trauen, das Gepäck mitzunehmen – auch wenn auf dem Schild neben der Tür wieder das unheilvolle NO VACANCIES prangt ...

Im Inneren ist es angenehm warm und genauso gemütlich wie von außen. Direkt im Empfangsraum knistert ein Kamin vor sich hin, davor stehen zwei karierte Sessel, in denen ein älteres Paar sitzt, das kurz von seinen Büchern aufschaut und uns lächelnd begrüßt. Wir tauschen ein paar freundliche Sätze, bis die Livemusik anschwillt und Archers und meine Aufmerksamkeit nach links zieht.

Ein Mann kommt aus der Tür, über der ZUM PUB steht. Ich schätze ihn auf Anfang siebzig, er hat rosige Haut, ergrautes Haar und einen dichten Bart. Unter dem grünen Hemd mit Weste wölbt sich ein kleines Bäuchlein. Er erinnert mich an eine Kombination aus Bobby und Grams, wobei mir einfällt, dass ich Grams noch fragen wollte, wie es ihm nach seiner Rheumaspritze geht. Wird innerlich notiert.

«Ah, ihr müsst die Freunde von Sebastian sein», begrüßt er uns mit stark schottischem Akzent. «Willkommen im Pennybaker's Inn. Ich bin Connor, und ihr seht aus, als könntet ihr dringend eine warme Dusche vertragen. Dann schauen wir doch mal, was wir für euch jungen Leute tun können.» Er hinkt um den Empfangstresen herum, hinter dem mehrere Haken mit Nummern hängen. Und nur an einem baumelt ein Schlüssel. *Bitte nicht ...*

Archer atmet erleichtert auf. «Sie sind wirklich unsere Rettung», sagt er und tritt näher an den Tresen heran. Ob er nicht bemerkt hat, dass da nur ein Schlüssel hängt? «Ich bin Archer, und das ist meine Freundin Rae.»

Freundin. Nicht Ex, nicht Bekannte. Also sind wir jetzt wirklich *Freunde*? Oder sagt er es nur, weil es leichter ist, besser klingt?

«Archer und Rae, ist mir eine Freude», sagt Connor und zupft den einen Schlüssel vom Haken. «Normalerweise halte ich das Zimmer für meinen Sohn frei, allerdings wird er die Woche nicht mehr anreisen, und da ihr Freunde von Sebastian seid, kann ich es wohl für eine Nacht abtreten. Also, wenn ihr mir dann folgen würdet?»

Ein Zimmer. Ich fühle mich wie in einem schlechten Film, aber Connors Angebot ist zu freundlich, um ihn einfach gegen den Kopf zu stoßen. Vielleicht finde ich gleich noch online irgendwo eine andere Unterkunft und stehle mich später wieder raus.

«Kann ich euch etwas abnehmen, oder ...?»

«Nein danke, das geht schon», erwidere ich und schultere meinen kleinen Rucksack. Während wir Connor über eine knarzende Holztreppe nach oben folgen, gehe ich gedanklich den Inhalt meines Rucksacks durch. Allerdings war ich beim Packen gedanklich nur bei Grandma und der Klinik, nicht bei einer Nacht im *gemeinsamen* Zimmer mit Archer. Hab ich wenigstens den Satinpyjama mitgenommen? Oder nur das alte Bandshirt und meinen bequemen Slip? Allein die Tatsache, dass es mich kümmert, macht mir ... *Angst*. Weil das, was hier in meinem Inneren tobt, mehr ist als Lust, mehr als der Wunsch nach was Unverbindlichem.

Ich brauche definitiv ein anderes Zimmer.

Der obere Flur ist mit Teppich in Tartan ausgelegt, die Wände sind wie zu Hause halb mit Holz verkleidet, halb tapeziert, hier in dunklem Grün, auf dem Landschaftsfotos von Mull hängen. *Zu Hause*. Ich zucke kaum merklich zusammen. Habe ich damit gerade wirklich Pemberlaine House gemeint?

«Das hier ist es», sagt Connor, als wir das Ende des Flurs erreichen, und schließt auf. «Es ist zwar keine Luxussuite, aber mit Liebe eingerichtet von meiner Frau und meiner Schwiegertochter.»

Wie klischeehaft. Allerdings scheinen die beiden echt ein Händchen fürs Detail zu haben, denn das Zimmer ist stilvoll gestaltet, ohne ins Kitschige abzudriften. Die Möbel sind aus heller Eiche, passender Dielenboden, an den Wänden haftet helle Tapete mit goldenen Mustern; ich glaube, es sind Bienen; als Raffhalter für die schweren Vorhänge dienen kupferne Hirschköpfe. Auf einem Nachttisch steht eine Holzschale mit Schokolade, Schlafmaske und ein paar anderen Kleinigkeiten – warum habe ich das Gefühl, dass Connor das extra für uns hingestellt hat? Über dem Bett liegt zur Hälfte eine schicke Tagesdecke, darunter erkenne ich zwei getrennte Oberbetten. Außerdem gibt es eine kleine Couch, auf der ich mich zusammenfalten könnte, sollte ich nichts anderes mehr finden. Archer hingegen scheint die Situation locker zu nehmen, und ich frage mich, wann genau das passiert ist? Früher war er derjenige, der sich stets zu viele Gedanken gemacht hat, zu vorsichtig war, dem Risiko nicht viel abgewinnen konnte – und wir beide in diesem Zimmer *sind* ein verflucht hohes Risiko.

«Im Grunde gibt es nicht viel zu erklären.» Connor schreitet zum Schreibtisch, auf dem ein Tablett mit Wasserkocher und Tassen steht. «In der obersten Schublade findet ihr Tee und Kaffee, Zucker- und Honigsticks. Dahinter ist ein kleiner Kühlschrank», er klopft auf die Tür unterm Schreibtisch, «ich habe euch etwas Milch und Wasser reingestellt, viel mehr passt auch nicht rein. Frühstück gibt es unten im Pub, immer zwischen sieben und zehn Uhr, und wenn ihr duschen wollt, müsst ihr vorher diesen Schalter hier umlegen. Sonst gibt's kein warmes Wasser.» Er geht zu der Tür, hinter der vermutlich das Bad liegt. Daneben mehrere Schalter, über einem ist ein Duschsymbol. «Hinterher wieder ausstellen, kostet sonst nur unnötig Strom. Handtücher liegen auf dem Bett, und sollte euch trotzdem etwas fehlen, sagt einfach Bescheid. Die Rezeption ist zwar offiziell geschlossen, aber ich sitze sicher noch eine Weile im Pub.» Connor wendet sich zum Gehen, nur um einen Schritt später innezuhalten. «Ah, heute spielt unten übrigens mein anderer Sohn mit seiner Band. Wenn ihr Lust habt, schaut mal vorbei, das erste Bier geht aufs Haus.»

«Klingt perfekt», erwidere ich und meine es so. Weil ich jede Chance nutzen werde, um der gefährlichen Zweisamkeit mit Archer zu entkommen. «Vielen Dank, dass wir hier so spontan bleiben können. Das Zimmer ist wirklich ein Traum.»

«Gebe ich an Sandra und Evelin weiter, die beiden werden sich freuen.» Die Fältchen um Connors Augen herum werden tiefer, als er schmunzelt. «Dann macht es euch mal bequem, und vielleicht bis nachher.» Er legt den Schlüssel auf die Kommode neben der Tür.

Wir verabschieden uns, bedanken uns noch mal, dann sind wir nur noch zu zweit. Im anscheinend letzten freien Zimmer auf ganz Mull. Wie schwer will es mir das Schicksal eigentlich machen?

«Willst du ...?», fragen wir zeitgleich mit Blick zum Bad und müssen beide lachen. Verhalten, nervös.

«Du kannst ruhig zuerst», biete ich an. «Wahrscheinlich bist du sowieso schneller.»

«Wahrscheinlich», wiederholt Archer, der mich einen Moment zu lange ansieht. Schneller Herzschlag, schreiender Körper. Wie gerne würde ich ihm jetzt diese nassen Strähnen aus dem Gesicht streichen, die Konturen seines Gesichts entlangfahren, mich vorbeugen …

Ich beiße mir auf die Unterlippe. Es hilft nicht.

«Dann geh schon», sage ich rau. «Bevor ich hier noch erfriere.» Im Zimmer ist es zwar kuschelig warm, allerdings kleben die nassen Sachen kalt an meiner Haut. Die schwarzen Shorts, die *weiße* Bluse. Oh, Scheiße, echt jetzt? Unauffällig spähe ich an Archer vorbei zu dem Spiegel, der am Schrank hängt, und japp, alles durchsichtig. Jetzt weiß ich nicht, ob ich froh sein sollte, dass ich wenigstens den hübschen Spitzen-BH trage, oder ob ein sportlicheres Modell nicht besser gewesen wäre, wenn ich bedenke, wer mich alles so gesehen hat. Oder gerade immer noch sieht.

«Okay.» Archer reißt sich blinzelnd los. «Ich beeile mich auch. Versprochen.» Er nimmt seinen Weekender und einen Stapel Handtücher vom Bett. Wie es aussieht, bevorzugt er immer noch die rechte Seite zum Schlafen. Was leider perfekt passt. Noch mal Scheiße!

Kaum klickt das Schloss des Badezimmers, hole ich mein iPhone raus und öffne die erste Reise-App. Keine freien Zimmer in Tobermory. Ich wechsle zur nächsten, dasselbe Ergebnis, dann erweitere ich die Suche auf die ganze Insel und schaue sogar nach Hostels, allerdings gibt es hier genau eins, das nur ein freies Bett hat: in einem Schlafsaal für Männer. Ich könnte Archer natürlich bitten, zu elf fremden Typen zu ziehen; wohlgemerkt in ein Etagenbett; aber in Anbetracht seines Engagements wäre es echt arschig. Mit anderen Worten: Dieses Zimmer ist wirklich das einzig freie *und* komfortable auf Mull. *Vielen Dank, Hauptsaison.* Oder sollte ich mich lieber beim Schicksal bedanken?

Während ich recherchiert habe, hat Archer es geschafft, zu duschen, seinen Dreitagebart zu trimmen und dem Duft nach, der ihm aus dem Badezimmer folgt, frisches Aftershave aufzulegen. Außerdem hat er Wechselklamotten dabei, denn er trägt jetzt braune Chino, weißes T-Shirt, darüber ein locker geöffnetes Hemd mit hochgekrempelten Ärmeln. Die Haare sind nur frottiert, hängen also noch feucht in sein Gesicht, und der Drang, sie ihm aus der Stirn zu streichen, steigt ins Unermessliche.

Schnell schnappe ich meinen Rucksack, presse die restlichen Handtücher an meinen Körper und verschwinde ebenfalls im Bad. Es ist genauso schick wie das Zimmer. Mit großer Dusche, in die locker zwei Personen passen würden, Badewanne, weißem Waschbecken mit kupfernen Armaturen. Beschlagen von Wasserdampf.

Ich schäle mich aus den nassen Klamotten, die ich über einen Handtuchhalter hänge, schminke mich ab und stelle die Dusche an. Ich würde die Wärme gerne genießen, aber ich drehe den Griff reflexartig auf kalt, weil ich meinen Körper dringend auf ein anderes Level bringen muss. Ein rationales Level, auf dem er kapiert, dass Archer und ich keine gute Idee sind.

Als die Temperatur umschwenkt, schreie ich auf. Okay, das ist wirklich saukalt. So schnell ich kann, ziehe ich mein Programm durch, Shampoo, Spülung, Rasur. Erst am Ende gönne ich mir ein bisschen Wärme, dann schlinge ich mir Handtücher um Haar und Körper und durchwühle meinen Rucksack. Das nenne ich mal mies gepackt. Ich entscheide mich zwangsläufig für den bequemen Slip, der mit bunten Gitarren bedruckt ist, das zu große Bandshirt und Leggings. Gesicht eincremen, Haare föhnen, versuchen, meinen BH trocken zu kriegen, kapitulieren und mich für ein Statement entscheiden – in Form von sich abzeichnenden Nippeln. Immerhin ist es so bequemer.

Zu guter Letzt ziehe ich die Schlappen an, die in Folie verpackt aus Bademänteln ragen. Weil alles besser ist als meine durchweichten Sneaker.

Ich schließe die Tür auf. Archer liegt auf dem Bett und schaut auf sein Handy. Kaum dass er mich bemerkt hat, lässt er es sinken. Ein Blick zu mir rüber, in seinen Augen glimmt etwas auf, das jede kalte Dusche zunichtemacht.

«Wollen wir ... runter?», frage ich mit trockener Kehle und bin froh, als er nickt. Vielleicht tut uns jetzt beiden etwas Ablenkung gut.

KAPITEL 22

Die Band ist fantastisch, das Bier noch besser. Ich schicke Steve ein Foto von der Marke und flehe ihn an, es in sein Sortiment aufzunehmen. Die Antwort ist ein neckendes:

Gehst du mir etwa fremd?

Ich schicke ihm weitere Fotos. Von der Band, dem Tresen, der mit etlichen Postkarten behangen ist, von Connor, der mir mit einem Pint zuprostet, von seiner Frau Sandra, die hinter der Theke steht, von mir – und von Archer, der sich gerade mit dem Typ unterhält, der auf dem Hocker neben ihm sitzt.

Wenn ich mich nicht täusche, ist Archer auch schon beim dritten Pint, seine Wangen sind leicht gerötet, sein Lachen ist wieder lockerer. Genau wie meine Muskeln. Ablenkung war das einzig Richtige. *Ist* genau das Richtige. Ich wippe im Takt der Musik mit, der Barhocker ist bequem, jede der hölzernen Sitznischen ist belegt, vor allem mit älteren Leuten, die alle den Eindruck machen, als wären sie öfter hier. Dazwischen verteilen sich einige Reisende, die in ihren Sprachen lachend reden und den ein oder anderen Song mitsingen. Weil Musik einfach immer verbindet.

Als die Band von Coversongs zu einem eigenen Stück wechselt, wird es etwas ruhiger. Ich drehe mich zur Bar, um noch ein Pint zu bestellen, und quatsche ein bisschen mit Sandra, die genauso liebenswert ist wie ihr Ehemann. Sonnengegerbte Haut, grauer Zopf, viele Lachfältchen um die strahlend blauen Augen.

«Moy Castle?» Archer mischt sich von der Seite ein, als mir Sandra gerade ein paar der schönsten Orte auf Mull auflistet. «War das nicht einer der Drehorte von *Verlockende Falle*? Mit Sean Connery?»

Sandra lacht. «Das war Duart Castle», korrigiert sie. «Wir haben gerade von dem alten Turm im Süden gesprochen, der ein echter Geheimtipp ist. Ah, Mack, was darf ich dir noch bringen?» Sie schwenkt nahtlos rüber zu Archers Sitznachbar.

Als Archer mich ansieht, hebe ich die Augenbrauen. Begleitet von einem verstohlenen Grinsen.

«Schön, ich schätze, den Blick habe ich verdient», sagt er und streicht sich über den Nacken. «Vielleicht kenne ich mich auf Mull doch nicht *so* gut aus, aber ich war wirklich schon ein paarmal hier. Nur halt meistens in Sebastians Destillerie.»

«Klar.» Ich ertränke mein Grinsen im Bier, bis ich von der Seite Archers Zweifel bemerke. «Nein, wirklich, schon klar», setze ich nach, obwohl mein Lachen nicht überzeugend klingt. «Wäre diese Story nur ein großer Bluff gewesen, um mich zu begleiten, würden wir jetzt sicher da draußen im Auto campieren. Also ja, ich glaube an Sebastians Existenz und dass ihr euch morgen nicht zum ersten Mal trefft.»

«Und wenn Sebastian auch nur Teil meines Bluffs ist?» Er mustert mich auf eine Weise, auf die er mich nicht mustern sollte. Was er wohl kapiert, als ich mich am Bier verschlucke, denn er schiebt schnell hinterher: «Schlechter Scherz, sorry. Wolltest du mir nicht noch eine Geschichte erzählen? Von einem leeren Tank und Müdigkeit?»

«Du willst echt die Story aus der Nacht hören, in der ich abgehauen bin?», frage ich zweifelnd.

«Jedes Detail», erwidert Archer.

Ob das eine Art Taktik ist? Sämtliche gefährliche Hitze mit ein paar alten Schuldgefühlen zu ersticken? Wenn ich genauer darüber nachdenke, ist es gar keine so miese Idee. Behauptet zumindest mein Forschungsinteresse, das seine Chance wittert, endgültig zu klären, ob da noch Splitter feststecken oder Archer wirklich darüber hinweg ist. Nur wo soll ich anfangen?

«Sandra?», rufe ich, um etwas Zeit zu schinden. «Einen einfachen Balblair Single Malt, bitte.» Mein unangefochtener Lieblingswhisky.

«Gerne, was ist mit dir?», fragt Sandra an Archer gewandt, der ebenfalls einen ordert.

Kurz darauf stehen zwei weitere Gläser vor uns. Wir heben sie an und lassen sie aneinanderklirren – mit Blickkontakt, der nicht gerade hilft, dem Chaos in meinem Kopf Struktur zu verleihen. Also greife ich irgendeinen losen Gedanken raus und sage: «Wusstest du, dass es in Berlin sieben Jahre schlechten Sex bedeutet, wenn man sich beim Anstoßen nicht in die Augen sieht?»

Archer lacht auf. «Ich glaube nicht, dass das nur für Berlin gilt», sagt er. «Aber du lenkst ab. Leerer Tank. Müdigkeit.»

Danke für den Reminder, erwidere ich lautlos.

«Okay.» Ich schürze die Lippen, gebe mir dieses Mal Mühe, die Ereignisse wirklich zu sortieren. Am Ende wähle ich den direkten Einstieg: «Vielleicht sollte ich damit anfangen, dass mir die Entscheidung damals nicht leichtgefallen ist. Ich meine, wir hatten so viele *Pläne*, und ein Teil von mir wollte daran festhalten. Aber ... Eleanore hatte ein paar echt überzeugende Argumente.»

Archer zuckt zusammen, kaum merklich, und trotzdem verkrampft mein Magen. *Hallo, alte Schuldgefühle.*

«Also, ich rede nicht von dem Wagen», füge ich hinzu, als würde es die Sache besser machen. «Genau genommen hat sie nur das Gefühl bestätigt, das ich wohl schon länger hatte. Dass wir beide zwar versucht haben, uns einzureden, dieselben Ziele zu haben, aber dass wir ... längst in andere Richtungen gelaufen sind. Was uns früher oder später zerrissen hätte.» Obwohl sich alles in mir dagegen sträubt, sehe ich Archer in die Augen. Weil ich wissen *muss*, was er gerade denkt.

Er hält meinem Blick stand, in seinen Iriden tobt ein Sturm, nur lässt sich schwer sagen, ob er von alten Vorwürfen angefacht wird oder neuer Begierde.

«Hätte es», bestätigt er schließlich und umkreist mit der Fingerspitze den Rand seines Glases. Dann zieht einer seiner Mundwinkel neckend nach oben. «Aber du lenkst schon wieder ab. Ich will den Teil der Geschichte hören, den ich noch nicht kenne.»

«Den du noch nicht ...» Mir rutscht ein schiefes Lachen raus, das ich im Whisky ertränke. Dann hat Eleanore ihm wohl *wirklich* die Wahrheit erzählt. Und obwohl ich ihm gerade die Chance auf dem Silbertablett serviert habe, mich mit alten Splittern zu durchbohren, hat er sich dagegen entschieden.

«Okay.» Ich schlucke schwer, weil Archer es ernst zu meinen scheint. «Als ... Als ich Edderton verlassen habe, waren meine Pläne erst mal dahin. Ich hatte kein richtiges Ziel vor Augen, Hauptsache, erst mal weg, und dann weitersehen.» Ich mache eine kurze Pause und warte auf Archers Reaktion, aber er mustert mich nur interessiert. «Richtung Süden, bis nach London, vielleicht weiter, von Dover rüber nach Frankreich, nach Deutschland, Österreich, Italien, du kennst meine Liste ja. Inzwischen habe ich die meisten der Länder abgehakt, aber damals kam ich nicht sonderlich weit.»

«Leerer Tank?», mutmaßt Archer.

«Sagen wir, ich habe die Anzeige eine ganze Weile ignoriert und erst spät gemerkt, dass ich auf Reserve bin. Es war ein Wunder, dass ich's noch bis zur nächsten Tankstelle geschafft habe, und als ich ausgestiegen bin, habe ich gemerkt, wie todmüde ich bin. Weiterfahren war also keine Option. An der Ausfahrt der Tankstelle war Edinburgh ausgeschildert, und da ich nicht in irgendeinem Motel schlafen wollte, bin ich kurzerhand abgebogen. Immer Richtung Zentrum, der erstbeste Parkplatz war meiner, und dann bin ich in ein Pub mit echt netten Menschen gestolpert. Und hängen geblieben. Irgendwie.» Was ich nicht erwähne, sind meine vielen Tränen aus besagter Nacht. Oder die Schuldgefühle, die mich zerfressen haben, obwohl ich wusste, dass es die richtige Entscheidung war – zumindest für Archer. Für mich lag die Welt in Scherben, denn ich wollte diese Reise mit *ihm* machen. Vielleicht wollte ich nicht heiraten, aber er war der eine Mensch, der sich nach zu Hause angefühlt hat.

Kurz überlege ich, es doch auszusprechen. Allerdings möchte ich unser gerade geknüpftes Band nicht sofort auf die Probe stellen. Ihn nicht mit großen Worten in die Flucht schlagen.

«Edinburgh ist einfach *lebendig*», erzähle ich stattdessen. «Im August gibt es das Fringe Festival, bei dem sich die ganze Stadt in einen Ort der Kunst verwandelt. Mit etlichen Shows und offenen Bühnen, Musik, Theater, Akrobatik, an jeder Ecke wartet neue Inspiration. Man kann Kontakte knüpfen, aber auch in der Anonymität der Menge verschwinden, sein eigenes Ding machen, ohne dass es morgen die halbe Stadt weiß, und der Rest der Welt ist nur dreißig Minuten entfernt, denn dann ist man schon am Flughafen.»

«Das klingt nach echten Argumenten», erwidert Archer.

«Wobei ich den leeren Tank natürlich nicht kleinreden möchte.»

«Natürlich nicht», spöttle ich und merke, wie meine Vorsicht langsam aufweicht. Dann erzähle ich ihm von meinen ersten Wochen in Edinburgh, von der WG mit Steve, meinem Job im Pub und der entfachten Liebe zum Schreiben. Archer scheint jedes Detail mit Interesse aufzusaugen. «Was ist mit dir?», frage ich schließlich. «Ich meine, Grandma hat erzählt, dass du nach Cambridge gegangen bist, aber ... was ist aus deinen Träumen geworden?»

Da ist die Frage, die mir so lange auf der Seele gebrannt hat, und zum ersten Mal habe ich nicht das Gefühl, mit ihr eine Grenze zu überschreiten.

«Träume verändern sich», erwidert Archer, frei von Wehmut oder Bitterkeit. Es klingt eher wie eine einfache Feststellung, mit der er schon lange seinen Frieden geschlossen hat. «Am Anfang des Studiums war ich fest davon überzeugt, spätestens im zweiten Jahr ein solch grandioses Stück zu komponieren, dass mir alle Lehrkräfte zu Füßen liegen werden.» Ein selbstironisches Grinsen flackert über sein Gesicht. «Nenn mich naiv, aber mir war damals nicht bewusst, dass absolut jeder in diesem Hörsaal exakt dasselbe dachte – von sich selbst.»

«Autsch.»

«Ein bisschen.» Mit einem Fingerzeig ordert er das nächste Bier. «Natürlich gab es ein paar, die es geschafft haben, ich gehörte allerdings nicht dazu. Was okay war, denn das Studium hat mir trotzdem gefallen und mich mit ein paar echt tollen Leuten zusammengebracht. Wir haben uns nach den Vorlesungen oft im Proberaum getroffen, um zu jammen, frei von Notenblättern, Theorien – oder Erwartungen. Dank ihnen habe ich noch bis zum PhD durchgezogen, allerdings war mir nach dem Abschluss klar, dass ich nicht dafür gemacht bin, unter Druck Kunst zu komponieren. Also bin ich zurück nach Edderton und habe an der Musikschule in Ardgay unterrichtet.»

Ich hänge förmlich an seinen Lippen, sauge jedes Wort auf, das die Lücken zwischen unseren Seiten füllt.

«Es war kein schlechter Job», fährt er fort. «Allerdings habe ich mit der Zeit gemerkt, dass ich mehr Abwechslung brauche. Die Trennung von Rebecca war der letzte Anstoß, mich noch mal neu zu orientieren, und dann hat mir Lewis diese Stelle in Dublin geschickt.»

«Lewis?»

«Ein Freund aus Cambridge. Wir treffen uns immer noch regelmäßig zum Jammen. Jedenfalls wusste er, dass ich auf der Suche nach was Neuem bin, und hat bei der Anzeige sofort an mich gedacht. *Musikalisches Multitalent mit Bereitschaft zum Quereinstieg gesucht*», zitiert Archer mit verstellter Stimme. «Sie wollten jemanden, der sich mit Musik auskennt, um einen entsprechenden Kundenstamm aufzubauen, und einen Marketing-Crashkurs später habe ich angefangen. In Dublin. Als Single.»

«Wow. Wer hätte gedacht, dass du mal weiter wegziehst als ich», feixe ich, während das Wort *Single* etwas in mir gefährlich aufglimmen lässt. «Wart Rebecca und du denn lange ...?»

«Anderthalb Jahre. Dann hat sie von jetzt auf gleich ihre Sachen gepackt und ist nach London gegangen.» Ein schiefes Lächeln stiehlt sich auf sein Gesicht. «Ich habe wohl irgendwas an mir, das die Frauen früher oder später in die Flucht schlägt.»

«Hast du mal überprüft, ob noch ein Oldtimer aus Eleanores Sammlung fehlt?»

Archer funkelt mich an. «Ganz schön dreist, Miss Pemberlaine.»

«Ich bevorzuge das Wort *gewagt*», erwidere ich und genieße jede Sekunde unserer neu gewonnenen Leichtigkeit. «Du meintest, du triffst Lewis weiterhin zum Jammen: Dann spielst du immer noch Klavier?» Kaum habe ich es ausgesprochen, weiß ich, dass es ein Fehler war, denn sofort stehlen sich alte Bilder zurück in meinen Kopf, Fingerspitzen auf weißen und schwarzen Tasten, Fingerspitzen auf meiner nackten Schulter, geübt darin, den richtigen Ton zu treffen. Ich beiße mir auf die Unterlippe, denn ich schätze, Archer denkt gerade dasselbe.

«Wann immer ich Zeit finde.» Mit herausfordernder Miene beugt er sich ein Stück zu mir, senkt die Stimme zu einem Raunen. «Höre ich da etwa wieder Eifersucht heraus?»

Jede Silbe jagt einen wohligen Schauer über meinen Rücken. Sein Gesicht ist jetzt so nah an meinem, dass ich selbst im gedimmten Licht das Gefühl habe, hinter seine Augen blicken zu können, zu verstehen, dass der Sturm nicht von alten Splittern, sondern neuem Begehren angefacht wird.

«Und wenn es so wäre?», wispere ich zurück, mein Blick gleitet wie von selbst weiter zu seinen Lippen.

Er lässt sein Glas los und hebt die Hand. Seine Fingerspitzen berühren meine Schläfe, sie sind kühl und weich, und obwohl er nur eine Strähne hinter mein Ohr kämmt, stolpert mein Herzschlag, nimmt Anlauf für einen atemlosen Sprint. Nur ein kleines Vorbeugen. Nur ein bisschen Vernunft verbrennen. Nur ein bisschen fühlen, nur ein paar Zeilen schreiben, ohne Worte zu verlieren, nur ...

Ein lautes Scheppern lässt uns auseinanderfahren. Mein Blick fährt herum. Sandra hat im Gästeraum ein Tablett fallen lassen, zusammen mit drei leeren Gläsern, die davonrollen und nasse Spuren hinterlassen.

Archer springt sofort auf, um zu helfen, und die Ernüchterung brandet so scharf in meinen Magen, dass es körperlich wehtut. Nur die Tatsache, dass Archer mir über die Schulter hinweg ein Lächeln schenkt, versöhnt mich ein wenig mit der Situation. Ich stehe auf und hebe das Glas auf, das in meine Richtung gerollt ist. Als ich es Sandra zurückgebe, stimmt die Band ihr nächstes Cover an. «Here we stand or here we fall», singt der Typ am Mikrofon. «History won't care at all.»

Stöhnend lege ich meinen Kopf in den Nacken. Queen. *Hammer to Fall.* «Echt jetzt?!», rufe ich Archer zu, der sich gerade mit den beiden anderen Gläsern aufrafft.

Nachdem er sie auf Sandras Tablett gestellt hat, sieht er mich an. Auf eine Weise, die verrät, dass wir gerade wieder dieselbe Erinnerung teilen. Unser erster Schulball. Ein paar zusammengeworfene Scheine, um den DJ zu bestechen. Vier Minuten Queen anstatt Rihanna. Vier Minuten *Hammer to Fall* anstatt *Pon de Replay*. Vier Minuten die ganze Tanzfläche für uns.

Archer bietet mir seine Hand an. Ich muss nicht lange nachdenken. Meine Finger legen sich in seine, und er zieht mich in die wogende Menge. Da es kein Song zum gemeinsamen Tanzen ist, lässt er mich wieder los, übergibt mich an den Rhythmus. Hier sind wir nicht die Einzigen, die die Musik feiern, und ich bin nicht die Einzige, die mitsingt und dabei absolut jede Zeile kennt.

Immer wieder streift Archers Körper meinen, jagt Funken unter meine Haut, dann wechselt der Song, und wir bleiben auf der Tanzfläche, lassen alle Anspannung der letzten Tage raus. Die Übergänge zwischen den Songs fließen immer mehr ineinander, wir sind im Takt gefangen, dann versorgt Sandra uns mit frischem Bier, wir prosten einander zu, ein Tropfen schwappt über, aber heute ist alles egal. Bei einem Shanty liegen unsere Arme über fremden Schultern, ich lache im Gleichklang mit einer Frau, die ich nicht kenne, wir schunkeln mit, nur um beim nächsten Rocksong zurück in unseren eigenen Rhythmus zu finden. Und als jeder Muskel schmerzt, die Müdigkeit immer öfter durch das Adrenalin blitzt und die Band längst durch Musik vom Band ersetzt wurde, wird es Zeit, den letzten Rest Vernunft zusammenzukratzen und schlafen zu gehen. Denn morgen wird sicher ein anstrengender Tag.

Drei Uhr. Ich starre im Schatten der Bettdecke auf mein iPhone. Drei Uhr eins. Zwei. Drei. Als die Uhr wieder umspringt, schalte ich das Display aus und lege mein Handy lautlos auf den Nachttisch. *Schlaf endlich*, weise ich mich an, während ich die Decke ein Stück enger um mich ziehe. Ein schwacher Versuch. Dabei war ich vorhin so müde, dass mir beim Zähneputzen fast die Augen zugefallen sind. Allerdings war das auch, bevor Archer angeboten hat, die zu kleine Couch zu nehmen, und ich wie von selbst abgewunken habe. «Ach was», hallt meine eigene Stimme durch meine Gedanken. «Das Bett sollte groß genug für uns beide sein.» Haha. Jetzt liege ich hier und stelle fest, dass überhaupt nichts *groß genug* ist.

Obwohl ich an die Kante gerutscht bin, um Archer nicht versehentlich mit meinen nackten Beinen zu berühren, bin ich mir seiner Präsenz im Rücken überdeutlich bewusst. Dabei schläft er vermutlich längst. Zumindest hat sein Oberbett schon länger nicht mehr geraschelt, und aus seiner Richtung schimmert auch kein Displaylicht.

Unwillkürlich halte ich den Atem an und lausche. Die Party im Pub scheint vorbei. War vorhin noch gedämpft Musik zu uns hochgedrungen, herrscht jetzt Stille. Ich höre meinen eigenen Herzschlag – und Archers Atem. Der Rhythmus ist gleichmäßig. Allerdings hat er nicht die Tiefe eines Schlafenden ... Die Erkenntnis lässt meinen Puls schneller gehen, was ungefähr das Gegenteil von Ruhe finden ist. *Und jetzt?* Tue ich weiter so, als würde ich seine Nähe nicht bemerken, nicht spüren, dass er genauso ruhelos ist wie ich? Oder höre ich endlich auf zu denken?

Hinter mir raschelt etwas. Ein zartes Prickeln breitet sich in meinem Nacken aus. Archer hat sich umgedreht. Zu mir. Obwohl ich weiter gegen die Wand starre, weiß ich es, spüre es mit jedem Molekül in meinem Körper. Alles in mir gerät in Bewegung, einschließlich meiner Gedanken, die einfach wegdriften. Ich drehe mich um.

«Hey», wispert Archer. Er liegt direkt vor mir. Seine Konturen werden von dem blassen Licht nachgezeichnet, das durch die offenen Vorhänge fällt. Keiner von uns hat sich Mühe gegeben, sie zu schließen, immerhin war es schon dunkel, als wir hochkamen. Und vielleicht hat ein winziger Teil von mir darauf gehofft, dass genau das hier passiert, dass ich den Mond brauchen werde, um Archers Gesicht mit Blicken nachfahren zu können.

«Hey», flüstere ich zurück. Eine Haarsträhne rutscht mir ins Gesicht. Wie eine Aufforderung für Archer, sie wegzustreichen, aber er tut es nicht. Sieht mich einfach nur an, atmet gleichmäßig weiter, scheint meine nachgezeichneten Konturen genauso zu studieren wie ich seine. Zögernd ziehe ich eine Hand unter der Bettdecke hervor und schiebe sie in seine Richtung. Nur bis zur Mitte der Matratze, bis zu der unsichtbaren Grenze.

Selbst im Zwielicht sehe ich, wie sich seine Brauen zusammenziehen. Dann legt er seine Hand an die gleiche Stelle – nur auf seiner Seite. Wie ein Angebot, die Grenze zu verwischen, und ich nehme es an. Lasse meine Finger ein Stück weiter nach vorne zucken, sodass sie gegen seine stoßen. Mein Magen flattert. Wir haben uns schon tausend Mal so berührt, und trotzdem fühlt es sich in der Hülle dieser Nacht neu an, verboten, gut, tröstlich, zerreißend, heilend, verzehrend, *richtig*. Nicht wie eine Fortsetzung, sondern ein Anfang, eine neue Geschichte, in der wir heute das erste Kapitel schreiben könnten.

Finger für Finger lässt Archer seine zwischen meine gleiten. Bis unsere Handflächen aufeinanderliegen, bis wir beide noch ein Stück näher rücken und unseren Atem vermischen lassen. Herztaumeln. Stille. Dann richtet er seinen Oberkörper auf, lässt meine Hand los, und die Grenze verschwindet endgültig. Da ist eine Frage in seinen Augen, die jetzt auf mich hinabblicken. Anstatt sie mit Worten zu beantworten, nicke ich.

Mehr braucht es nicht.

Archer senkt seinen Kopf über meinen. Unsere Lippen treffen mit einer Sanftheit aufeinander, die einen heißkalten Schauer durch mich hindurchjagt. Er ist weich und sanft und vorsichtig. Seine Lippen erkunden meine mit einer Geduld, die süßer schmeckt als Zimtschnecken, lassen den Kuss Moment für Moment tiefer werden.

Mit geschlossenen Augen findet meine Hand ihren Weg an seine Wange. Ich streiche über die Bartstoppeln, er schaudert, und ich kann mir ein zufriedenes Lachen nicht verkneifen. Leise an seinen Mund gehaucht, der meinen weiterküsst. Ich vergrabe meine Finger in seinem Haar, ziehe ihn ein Stück näher. Was ihn dazu bringt, mich mit seiner Zungenspitze zu necken, den Kuss zu intensivieren. Er fährt über meine Oberlippe, kitzelt mich und treibt die Hitze gleichzeitig bis zwischen meine Beine. Ich presse sie zusammen, winde mich ein Stück in seine Richtung, bis auch sein restlicher Körper näher rückt. Ohne den Kuss aufzulösen, schiebe ich ein Bein zwischen seine – auch wenn der Stoff seiner Jogginghose stört. «Unfair», murre ich an seinen Lippen.

Er stockt, zieht sich ein Stück zurück. Ich spüre seinen Herzschlag überall an meinem Körper und warte nur auf sein raues Lachen, darauf, dass er meine Zunge weiter mit seiner erkundet, aber als auch nach ein paar heißen Atemzügen nichts passiert, öffne ich die Lider.

Er zuckt zusammen, als mein Blick auf seinen trifft, und ich weiß, dass etwas passiert ist. In ihm, mit uns, keine Ahnung, aber da sind Schatten in seinen Augen, Splitter, die mir direkt ins Herz stechen.

«Ich ... Es tut mir leid», sagt er, ehe er noch mehr Abstand zwischen uns bringt. Er löst die Verschränkung unserer Beine und setzt sich auf, während etwas in mir so hart auf den Boden der Tatsachen knallt, dass jedes Flattern von Übelkeit verdrängt wird.

«Es tut dir *leid*?», wiederhole ich heiser und raffe mich ebenfalls auf. Mir ist schwindelig vom plötzlichen Entzug seiner Nähe, etliche Gedanken schießen durch meinen Kopf. Was zur Hölle habe ich übersehen? Welches Detail ist mir entgangen, das uns *jetzt* einholt? Hätte ich es doch aussprechen müssen? Ihm gestehen, wie weh es tat, ohne ihn zu gehen?

Archer ist an den Rand der Matratze gerückt. Er sitzt mit dem Rücken zu mir, das T-Shirt spannt zwischen seinen Schulterblättern, als wäre jede Faser seines Körpers ebenso zum Zerreißen gespannt. Vielleicht ist ihm gerade bewusst geworden, was das mit uns für eine Scheißidee ist, dass ich zurück nach Edinburgh gehen werde, dass ...

«Es tut mir leid», wiederholt er. «Aber du hast recht: Das hier ist nicht fair.» Dann sieht er mich an, und nicht einmal das Mondlicht schafft es, den Orkan in seinen Augen weicher zu zeichnen.

Ich spüre ein Lachen in meiner Kehle, aber es steckt fest. «Was?», frage ich stattdessen, und ein Teil von mir weiß, ahnt, *spürt*, dass ich die Antwort nicht hören will. Weil alles an Archer danach schreit, dass es mit unserer Vergangenheit zu tun hat, mit diesem beschissenen Schatten, der uns trotz aller Bemühungen anhaftet.

Archer nimmt einen hörbar tiefen Atemzug. «Es war nicht Grandmas Idee, dir den Wagen zu geben.»

Der Satz echot hohl in meinen Ohren.

«Sondern meine.»

KAPITEL 23

Ich bin noch nie so schnell in Leggings und Turnschuhe geschlüpft wie jetzt. Die Schuhe sind innen noch klamm, aber meinem Fluchtinstinkt ist es fucking egal. Ich brauche frische Luft. Abstand. Muss atmen – alleine, weil meine Gedanken bei Archers Anblick nur noch kreischen, viel zu laut, um sie zu verstehen.

Er steht neben dem Bett, beleuchtet vom Schein der Nachttischlampe, die ich vorhin angeknipst habe. «Rae, ich ...» Er setzt an, zum dritten, zehnten, vielleicht zwanzigsten Mal, aber weiter kommt er nicht.

Weil ich ihn nicht lasse. Weil ich ihn jedes Mal mit einem scharfen Blick unterbreche, einem knappen «Nicht», «Nein», begleitet von einem vehementen Kopfschütteln. Ich schnappe mein Handy und den Autoschlüssel. Fahren ist zwar ausgeschlossen, aber vielleicht werde ich einfach auf der Rückbank schlafen. Das wird scheißunbequem, nur ... kann ich das hier nicht. Nicht in diesem Moment. Nach kurzem Zögern nehme ich außerdem den Zimmerschlüssel mit. Immerhin muss ich spätestens morgen an meine Sachen rankommen.

Ich greife zum Türknauf und schaue ein letztes Mal zurück. Archers Blick ist Schmerz, sein Körper scheint nur darauf zu warten, zu mir zu stürzen und mich aufzuhalten. Aber ich möchte nicht aufgehalten werden, denn ich kenne mich. Ich weiß, dass gerade jede noch so gute Erklärung an meinem Trotz abprallen würde, an dem Wall aus Selbstschutz, der sich binnen Sekunden in mir aufgebaut hat. Deshalb mache ich es kurz.

«Gib mir Zeit», sage ich heiser, drehe den Türknauf und verschwinde.

Es hat aufgehört zu regnen. Dafür sind es jetzt höchstens vierzehn Grad, die ich nach den heißen Sommertagen nicht mehr gewohnt bin. Die Kälte jagt ein Frösteln durch meinen Körper, aber leider reicht es nicht, um die Wunden in meinem Inneren zu versiegeln. Zwei Sätze, und Archer hat etwas in mir zerbrechen lassen, von dessen Existenz ich bis eben nicht einmal wusste. Eine gut versteckte Hoffnung, die an mehr als ein neues Kapitel geglaubt hat. Die vielleicht sogar imstande gewesen wäre, alle Zweifel zu verbrennen und mein Herz für etwas Festes zu öffnen. Mit ihm.

Es war nicht Grandmas Idee, dir den Wagen zu geben. Sondern meine. Die Sätze wirbeln wie ein Tornado durch meinen Kopf. Ich bin immer davon ausgegangen, diese ganze Sache wäre allein auf Eleanores Mist gewachsen. Es gab nicht eine Sekunde, in der ich es hinterfragt hätte, weil es genau das ist, was eine Eleanore Warwick tun würde, um ihre Enkel zu beschützen. Aber es ist so weit weg von dem, was ein Archer Warwick tun würde, dass ich nicht weiß, wie ich damit umgehen soll. Sicher hat er eine gute Erklärung auf Lager, und vielleicht könnte sie sogar ein Pflaster auf die frische Wunde kleben. Nur bezweifle ich, dass ein Pflaster reicht. Dass es sich nicht binnen Sekunden wieder löst.

Mit dem Handrücken wische ich mir über die Augen. Tränen. Beschissene Tränen! Dabei habe ich Steve mal geschworen, nie wieder welche an einen Typ zu verschwenden. Was viele Jahre erfolgreich geklappt hat, und dann läuft mir einmal Archer Warwick über den Weg, und die ganze harte Schale bricht in sich zusammen. *Chapeau, Rae, Chapeau!*

Ich weiß nicht, wie lange ich herumlaufe oder wie oft ich dieselbe Gedankenspirale durchgehe. Irgendwann stehe ich wieder vor dem B&B, genauso wenig bereit, mich Archers Erklärung zu stellen wie vorhin. Ich schaue hoch zu dem Fenster, hinter dem ich unser Zimmer vermute. Kein Licht. Ob Archer sich wieder hingelegt hat? Nein, irgendwie bezweifle ich, dass er Ruhe findet. Und wenn er gegangen ist? Bei der Vorstellung rebelliert etwas in mir. Dabei sähe es Archer so ähnlich. Mir die Zeit zu geben, die ich brauche, Raum zum Atmen. Selbst wenn er dafür mitten in der Nacht in ein Hostel mit elf anderen Typen ziehen müsste. Oder vielleicht hat Sebastian ja noch etwas anderes für ihn gefunden.

Da sich meine Füße in den klammen Schuhen langsam frostig anfühlen und es im Auto nicht viel wärmer sein dürfte, lasse ich es darauf ankommen. Ich gehe zurück ins B&B, schleiche die knarzenden Stufen hoch und schließe das Zimmer möglichst lautlos auf. Nur für den Fall, dass Archer doch schläft und ich mich wieder unbemerkt davonstehlen möchte.

Mit angehaltenem Atem schiebe ich die Tür einen Spalt weit auf. Der Lichtkegel fällt aufs Bett – leer. Genau wie die Couch. Die Tür zum Badezimmer steht offen, kein Licht, keine Geräusche, kein Archer. Ich atme auf, während ich nach dem Lichtschalter taste. Dann schließe ich die Tür, werfe die Schlüssel auf die Kommode und kicke die Turnschuhe von den Füßen. Auf dem Weg zum Bad schmeiße ich mein iPhone aufs Bett – als ich den Zettel bemerke, der auf meinem Kopfkissen liegt. Ich halte inne und ändere die Richtung.

Die Handschrift sieht noch aus wie damals, als wir uns

Briefe geschrieben und sie unter dem Herzstein hinterm Wintergarten deponiert haben. Ein Splitter, der gerade verdammt tief sticht.

Es war nie meine Absicht, dich zu verletzen, Rae. Weder damals noch heute. Aber ich weiß, dass ich den richtigen Zeitpunkt verpasst habe, um dir die Wahrheit zu sagen. Deshalb kann ich nur um Verzeihung bitten und hoffen, dass du mir irgendwann die Chance gibst, mich persönlich zu entschuldigen.
In Liebe,
Archer
PS: Ich weiß, dass du bei Gawyn keine Hilfe benötigen wirst, aber solltest du mich brauchen, bin ich da. Als Freund ohne Erwartungen.

Darunter steht seine Nummer. Ich lasse mich auf die Bettkante sinken und greife nach meinem Handy. Wie von selbst gleiten meine Finger übers Display, ich öffne FaceTime, klicke auf Anrufen. Drei Sekunden, dann geht der einzige Mensch dran, mit dem ich gerade reden möchte.

«Hi, Steve», krächze ich, sobald sein Gesicht auf dem Display erscheint. «Zweite Chancen sind beschissen.»

Unten im Pub ist es ruhiger als gestern Nacht. Die kleine Bühne ist leer, dafür dringt entspannte Musik aus den Boxen. Auf dem Tresen haben Connor und Sandra ein liebevolles Buffet aufgebaut, mit Brötchen, Croissants, verschiedenen Belägen und Müsli.

«Guten Morgen, Rae», begrüßt mich Sandra, die gerade aus der Küche kommt. Begleitet von einem Schwall Kaffeeduft. «Liegt der Liebste noch in den Federn? Wenn du willst, kann ich dir auch ein Tablett geben, damit du was mitnehmen ...»

«Schon gut.» Ich überspiele den Schmerz mit einem Lächeln. «Archer hat nicht hier geschlafen.»

«Oh.» Sie verzieht mitleidig die Lippen, verkneift sich jedoch alle weiteren Kommentare. «Was darf ich dir bringen? Einen Cappuccino? Latte macchiato? Und möchtest du was Warmes essen? Connor macht das beste Full Scottish Breakfast auf ganz Mull, mit Baked Beans, Rührei, Kartoffelscones ...»

«Danke.» Wieder unterbreche ich sie mit einem Lächeln. «Das klingt wirklich gut, aber mir reichen erst mal Kaffee und ein Brötchen.» *Falls ich überhaupt was runterkriege*, füge ich gedanklich hinzu. Die Nacht liegt mir schwer im Magen, genau wie der bevorstehende Tag. Dabei versuche ich wirklich, mich auf Letzteres zu konzentrieren.

«Na schön.» Sandra gehört wohl zu denen, die ein Nein für ein Nein nehmen, und ich könnte heute kaum dankbarer dafür sein. «Kaffee findest du in den Kannen auf den Tischen, und wenn ich dir eine Marmelade empfehlen dürfte, dann die hier.» Sie dreht eins der Gläser zu mir. «Kommt direkt aus der Region, aber der Rest schmeckt natürlich auch.» Noch während sie spricht, trudeln weitere Gäste ein. Sie verabschiedet sich mit einem «Sag Bescheid, wenn ich dir noch was Gutes tun kann» und flitzt weiter.

Ich fülle ein Schälchen mit Marmelade und suche mir einen freien Tisch. Mein Handy lege ich neben den Teller und wische übers Display. Noch eine Stunde, bis ich bei Mavell's sein möchte. Genug Zeit, um lustlos an meinem Brötchen zu knabbern und dabei WhatsApp zu checken.

Mindy hat mir schon in aller Frühe einen erfolgreichen Tag gewünscht und gebeten, Fenella von ihr zu drücken, und da ist eine Nachricht von Ella. Ich habe mir ihre Nummer gestern Abend von Mindy besorgt, um mich nach Grams zu erkundigen.

Ganz lieb, dass du fragst. Er ist müde, und die Übelkeit setzt ihm zu. Aber ich soll dir ausrichten, das wäre nichts, was ein zäher Hund wie er nicht aushalten könnte.

Sag ihm, auch zähe Hunde brauchen mal eine Pause. Falls ich am Wochenende unterstützen kann, meldet euch bitte einfach!

Ich schicke die Nachricht ab und wechsle zum Chat mit Steve. Wir haben noch bis fünf Uhr gefacetimt, und auch wenn er meinen Wall aus Trotz nicht durchbrechen konnte, war das Gespräch wichtig, um eins zu verstehen: Archer hat nicht nur einen, sondern gleich zwei Pfeile auf mich abgeschossen. Der erste hat die Vergangenheits-Rae getroffen, die jahrelang von Schuldgefühlen zerfressen war, der andere hat mein erwachsenes Herz erwischt. Denn selbst wenn Archer damals gute Gründe hatte, hätte er mir die Wahrheit früher sagen müssen. Vor ungefähr zwölf Jahren – aber spätestens bei unserem Gespräch im Wintergarten. Bei dem er einfach nur wissen wollte, ob ich *glücklich* bin.

Wie naiv, dass ich dachte, es wäre ein Friedensangebot. Ein Zeichen dafür, dass *er mir* verziehen hat.

Nachdem ich Steve ein simples Herz geschickt habe, scrolle ich durch Social Media. Ich kommentiere ein paar Postings zu meinen Büchern, lasse Likes da und lade eine vorgefertigte Story hoch, in der ich auf den neuen Sammelschuber meiner ersten fünf Bände hinweise. Auch wenn ich keine Ahnung habe, wer das kaufen soll, wenn bekannt ist, dass noch mindestens ein sechster Band kommen wird. Egal. Francis wird happy sein, Toby wird happy sein, Ziel erreicht.

Nach der zweiten Tasse Kaffee raffe ich mich auf, stelle mein Geschirr zusammen und gehe packen. Als ich meine Sachen ins Auto schmeiße, sehe ich Archers Anzug auf der Rückbank liegen. Also nehme ich den Kleidersack mit zur Rezeption und hinterlege ihn dort, ehe ich um die Rechnung bitte – die bereits beglichen ist. Keine Ahnung, wann und wie Archer das angestellt hat, aber es fühlt sich falsch an.

Ich lasse ein üppiges Trinkgeld da und mache mich auf den Weg. Ab jetzt heißt es volle Konzentration auf Grandma.

KAPITEL 24

Gawyn lässt mich tatsächlich rein. Ganz ohne Diskussionen. Ich muss ihn nur mit ekelerregend süßer Stimme bitten, Grandma *jetzt* zu informieren, und wenige Sekunden später öffnet sich das Tor. Ich lasse den Wagen anrollen und trete aufs Gas, sobald die Öffnung groß genug ist.

«Schritttempo!», ruft Gawyn durch den Lautsprecher hinter mir her, und ich verdrehe die Augen. Als ob ich vorgehabt hätte, mit fünfzig Meilen über die Einfahrt einer psychosomatischen Klinik zu brettern. Ich wollte nur verhindern, dass er mich in kindischer Manier weiter schikaniert und das Tor doch in letzter Sekunde wieder schließt.

Kaum bin ich durch, drossle ich das Tempo. Zu beiden Seiten liegen weitläufige Gartenanlagen, top gepflegt und menschenleer. Am Wetter kann es nicht liegen, denn die Sonne gibt sich schon jetzt redlich Mühe, die nassen Wiesen zu trocknen. Die Marmorbänke, die Kieswege, die üppigen Blumenbeete, auf denen die Sonnenstrahlen glitzern. Gut möglich, dass das hier der *öffentliche Teil* des Gartens ist.

Das Resort selbst ist ein einstöckiger Gebäudekomplex, der an Modernität kaum zu überbieten ist. Es sieht aus, als hätte man mehrere weiße Klötze versetzt aneinandergebaut, darin bodentiefe Fenster, hinter denen sich zarte Vorhänge abzeichnen. Jeder Teil des Gebäudes scheint sein eigenes Dach zu haben. Beige Schindeln, auf Hochglanz poliert und weder richtig flach noch spitz. Ein modernes Mittelding, das erklärt, warum man es hinter dem Zaun noch nicht sehen konnte.

Links und rechts an das Gebäude grenzen Hecken an, eine dichte Wand, die vermutlich die Grenze zum privaten Teil des Gartens markiert.

Direkt vor dem Resort gibt es einen Parkplatz, der kaum zur Hälfte gefüllt ist. Oft ist mein Benz der teuerste Wagen in einer Reihe, hier gibt es mehrere Modelle, die ähnlich viel wert sein dürften. Ich steige aus und gehe Richtung Eingang. Auf dem Weg halte ich Ausschau nach Grandmas schwarzem Ford. Eigentlich müsste er mit seiner Einfachheit herausstechen, tut er aber nicht. Weil er nicht hier ist. Ob Grandma sich irgendwo hat abholen lassen? Auf der Website stand etwas von einem Shuttleservice ab Oban. Vielleicht wollte sie nicht selbst auf die Fähre fahren und hat den Wagen am Hafen geparkt. *Vielleicht, vielleicht …*

Ich gehe zum Haupteingang, der aus einer großen Schiebetür besteht. Es kostet mich einen peinlichen Tanz vor und zurück, bis ich kapiere, dass sie sich nicht per Lichtschranke öffnet. Man muss klingeln. Auch wenn ich durchs Glas den weißen Empfangstresen sehe, hinter dem mich ein Typ sichtlich amüsiert beobachtet. Weißes Polohemd, hellbeige Haut, schlaksige Statur, nach hinten gegelte Haare mit blonden Strähnchen. Gawyn, jede Wette. Und jede Wette, dass er mir auch so öffnen könnte. Aber er nickt auffordernd Richtung Klingel, als würde es ihm einen Kick geben, Fremden Befehle zu erteilen.

Widerwillig drücke ich auf den Knopf. Gawyn wirkt selbstzufrieden, als er öffnet. Wahrscheinlich macht er den Job nur, um darüber entscheiden zu können, wann er für wen welches Knöpfchen drückt.

Ich überspiele meinen Ärger mit charmantem Lächeln. «Hi», sage ich beim Eintreten und gehe zur Theke. «Rae Pemberlaine, wir hatten gesprochen.» Japp, falls es hier nicht zwei Gawyns gibt, ist er der Arsch vom Telefon und der Klingelanlage. Zumindest steht der Name auf dem Schild an seiner Brust, daneben die gleiche goldene Lotusblüte, die auch vorne auf den Tresen gedruckt ist.

«Natürlich.» Er mimt ein so freundliches Lächeln, dass ich brechen möchte. «Fenella braucht noch ein paar Minuten, also bitte nehmen Sie doch solange Platz und füllen Sie mir das hier in der Zwischenzeit aus.» Er schiebt mir ein Tablet rüber, auf dem ein Formular geöffnet ist. Eine Verschwiegenheitserklärung. «Zum Schutz unserer Gäste», fügt er hinzu.

«Alles klar.» Ich gehe zu der cremefarbenen Sitzecke. Für meinen Geschmack sieht hier alles zu steril aus. Der beige Dielenboden, die beigen Bilder, der weiße Kaminofen, der natürlich nicht brennt, der weiße Wasserspender. Immerhin gibt es ein paar Pflanzen, die alles ein bisschen auflockern. Vielleicht hätte ich Grandma trotzdem einen Strauß Blumen mitbringen sollen. Und ein paar ihrer bunten gehäkelten Sofakissen.

Die Verschwiegenheitserklärung ist in Juristensprache verfasst, die kein Normalsterblicher vollends versteht. Am liebsten würde ich ein Foto machen und es an einen befreundeten Rechtsanwalt schicken, aber direkt im ersten Satz steht, dass jegliche Fotografien auf dem Gelände untersagt sind. Also kein #sadbeigeresort und keine Fachberatung.

Seufzend beuge ich mich den Regeln, weil ich keine Lust habe, direkt wieder rausgeschmissen zu werden. Ich überfliege den Text, ganz unten klicke ich alle erforderlichen Boxen an und kritzle mit der Fingerspitze meine Unterschrift hin. Dann bringe ich Gawyn das Tablet zurück, allerdings hängt er gerade am Telefon, weshalb er es nur mit einem gekünstelten Lächeln zu sich zieht und mich zurück auf meinen Platz verweist. Die Person am anderen Ende der Leitung ist wohl zahlende Kundschaft. Zumindest hat Gawyn einen superfreundlichen Ton drauf, höchst kompetent und einladend.

Auf dem linken Flur öffnet sich eine Zwischentür. Die Frau, die rauskommt, trägt die gleichen weißen Sachen wie Gawyn. Da ihr Foto auch nicht auf der Website war, nehme ich an, sie ist eine weitere Angestellte ohne therapeutische Funktion. Sportliche Statur, schwarzer Dutt, braune Haut, dezentes Make-up, etwa in meinem Alter.

«Miss Pemberlaine.» Sie bleibt lächelnd vor der Sitzgruppe stehen. «Ihre Großmutter wäre jetzt so weit. Wenn Sie mich dann begleiten würden?»

«Natürlich.» Ich stehe auf. Grund genug für meinen Herzschlag, sich zu beschleunigen. Jetzt hätte ich echt gerne jemanden dabei. Steve. Mindy. *Archer*. Bei dem Gedanken an ihn geht mein Puls nur noch schneller. *Aber solltest du mich brauchen, bin ich da. Als Freund ohne Erwartungen.* Der Satz, der ganz unten auf seinem Zettel stand, hat sich eingebrannt. Auch wenn ich keine Ahnung habe, wie er sich das vorstellt. Belangloser Small Talk, unverbindliche Berührungen, alle Funken, die dabei unter die Haut gehen, ignorieren? Genau wie das verletzte Herz, das noch nicht bereit ist, sich für eine echte Entschuldigung zu öffnen?

«Ihre Großmutter ist wirklich ein Goldstück», sagt die Angestellte, während wir durch die Zwischentür gehen. Noch ein Gang in traurigem Weiß-Beige. «Sie spricht zwar nicht viel, aber wenn sie redet, dann hat sie immer eine süße Anekdote auf Lager.»

«Sie spricht nicht viel?», wiederhole ich, und der Knoten in meinem Magen schlingt sich wieder enger. Süße Anekdoten klingen zwar nach Grandma, aber sonst quasselt sie wie ein Wasserfall.

«O ja, aber keine Sorge.» Die Angestellte bleibt vor einer Tür stehen und gewährt mir einen kurzen Blick auf ihr Namensschild. Maggie. «Ihr Bruder hat uns beim Check-in bereits umfassend aufgeklärt», redet sie weiter und greift nach der Türklinke. «Entsprechend waren wir auf ihren Zustand vorbereitet. Bitte nach Ihnen.»

Bruder? Aufgeklärt? Zustand? Offensichtlich verwechselt sie hier was. Ich gehe in den Raum, der sich farblich nicht vom Rest des Resorts unterscheidet. Ein paar Leute sitzen zusammen an Tischen und spielen Karten, unterhalten sich oder zeigen einander Fotos. In einem Sessel blättert ein Mann eine Zeitung durch, und dann ist da nur noch diese alte Dame im Rollstuhl, die einsam an einem Tisch sitzt und erwartungsvoll zu uns blinzelt.

Nicht Grandma. Nicht Grandma. Auch nicht Grandma.

«Sie können sich einfach zu ihr setzen», sagt Maggie hinter mir. «Heute ist ein guter Tag, mit etwas Glück wird sie Ihr Gesicht also zuordnen können. Darf ich Ihnen schon mal einen Kaffee bringen oder ...?»

«Ist das meine Enkelin?» Die Dame im Rollstuhl schaut mich an, und in ihren trüben Augen glänzt eine Hoffnung, die mir schon jetzt das Herz bricht.

«Sehen Sie.» Maggie strahlt mich an. «Ich meinte ja, sie hat einen guten Tag. Genau, Fenella.» In einem Atemzug hat sie sich an die Seniorin gewandt. «Das hier ist Ihre Enkelin. Rae, richtig?» Der fragende Blick gilt mir, aber ich bringe keine Silbe raus.

Eiseskälte gräbt sich durch meine Adern, lässt jeden klaren Gedanken gefrieren, jeden Muskel unter Frost verkrampfen. *Warum ...? Wie ...?*

«Rae?» Maggie ist zu der Fremden gegangen und zieht einen Stuhl für mich zurück. «Bitte setzen Sie sich doch. Oder wollen Sie lieber in den Garten? Frische Luft tut Fenella besonders gut.»

Die alte Dame hebt die runzelige Hand in meine Richtung. Ihre Hoffnung strahlt so hell, so herzlich, aber ich weiß, dass ich sie gleich genauso zerbrechen werde wie sie meine.

Mit einem rasselnden Atemzug zwinge ich die Worte durch meine Kehle: «Tut mir leid. Aber das da ist nicht meine Grandma.»

Die Polizei ist zuerst da. Eine PCI O'Neill, die ihre Routinefragen stellt, und ein PC Rio aus der Wache in Tobermory. Police Chief Inspector und Police Constable. Gleiche Dienststufe wie Bobby und Ishaaq, keine Detectives, kein Teil einer Specialist Crime Division. Weil noch keiner sagt, dass es ein Verbrechen gibt. Weil noch alle Optionen offen sind, auch wenn ein Teil von mir ahnt, dass es nicht bei dieser kleinen Untersuchung bleiben wird. Immerhin gehen sie mit geübter Routine vor – als würden hier täglich Großmütter verschwinden.

Erst werde ich befragt. Im Raum der Begegnung, aus dem alle anderen rausgeschickt wurden, einschließlich der falschen Fenella, die die Welt nicht verstanden hat. Sie hat versucht, nach meiner Hand zu angeln, hat meinen Namen zittrig wiederholt und wiederholt, als würde sie mich *kennen*. Aber sie ist mindestens zehn Jahre zu alt, ihr Haar zu dünn, ihr Körper zu klapprig, ihr Geist zu verblichen.

O'Neill fragt, ob ich sicher sei, dass die Fremde nicht Fenella Pemberlaine ist. Nicht meine Großmutter. Nicht die Frau, die mich aufgezogen hat. Die noch letzten Monat bei mir übernachtet und über ihre alten Gelenke geklagt hat, aber ansonsten fit war – vermeintlich. Erst als ich O'Neill mit frostiger Stimme einen DNA-Test anbiete, wechselt die Art der Fragen. Wann ich Grandma zuletzt gesehen hätte? Erstes Juniwochenende. Wann wir zuletzt gesprochen haben? Vor ein paar Wochen. Ob sie dabei demente Züge gezeigt hätte oder mir etwas anderes aufgefallen wäre? Nein, nichts. Ob ich einen Bruder namens Ian hätte? Haha, noch mal nein. Ob ich wüsste, wie die Verwechslung zustande gekommen ist? Absolut keinen blassen Schimmer, aber fragen Sie doch Bobby Foster, der den Aufenthaltsort persönlich überprüft hat!

Sie fragen Bobby wirklich. Ich kriege mit, wie Rio auf der Wache in Tain anruft. Erst klingt es vernünftig, dann höre ich Bobby bis hierhin blaffen. Ich weiß nicht was, aber es ist mir auch egal, denn er hat es verkackt. Ishaaq hat es verkackt. Alle haben es verkackt. Außer – und ich hätte nie gedacht, dass ich das mal denken würde – Eleanore und Amara. Weil sie die ganze Zeit wussten, dass etwas nicht stimmt, und wir ihr Bauchgefühl einfach ignoriert haben. Nein, weil ich mein *eigenes* Bauchgefühl ignoriert habe. Da waren so viele mulmige Momente, aber ich habe sie alle weggewischt.

Rio sagt etwas von einer Vermisstenanzeige. *Vermisste.* Er meint Grandma, aber die Wörter wollen in meinem Kopf nicht zusammenpassen. Weltenbummlerin. Chaotin. Kreative. Vielleicht Sturkopf. Aber *Vermisste*?

Rios Worte rauschen über mich hinweg, irgendwas mit Verstärkung. Local Crime Department. Durchsuchungsbeschluss. Eilverfahren.

Auf der anderen Seite des Raums befragt O'Neill jetzt das Personal. Gawyn, der noch blasser um die Nase herum ist. Anscheinend war er derjenige, der den Check-in begleitet hat. Der dabei war, als ein *Ian Pemberlaine* meine falsche Grandma eingeliefert hat. Angeblich wollte Gawyn die beiden sogar wegschicken, da Fenella eindeutig ein Fall für eine Seniorenresidenz wäre. Aber O'Neill braucht keine zwei Fragen, um aus ihm rauszuquetschen, dass *Fenellas* Aufenthalt bar im Voraus bezahlt wurde, für ganze zehn Wochen und mit einem äußerst fürstlichen Trinkgeld. Wohl keine Seltenheit in diesen Kreisen, aber auch nicht die Regel.

Während Gawyn vor sich hin stammelt, kommt jemand in weißem Kittel hereingeweht. Es ist einer der Ärzte, die ich von der Website kenne, nur dass er in echt nicht so gewinnend lächelt wie auf dem Foto auf der Seite. Im Gegenteil. Das beige Gesicht mit dem grauen Kinnbart ist zu einer säuerlichen Miene verzogen, und auch die Augen hinter seiner schmalen Brille funkeln angepisst. Er würdigt mich keines Blickes, sondern strebt direkt auf O'Neill zu.

Täusche ich mich, oder hat die PCI gerade geseufzt?

«Edward», begrüßt sie den Mann, ohne ihm die Hand zu reichen. «Ich nehme an, du willst uns einen Strich durch die Rechnung machen?»

«Du weißt, dass du meine Angestellten nicht ohne Befugnis befragen kannst», zischt er gerade so laut, dass ich ihn verstehen kann. «Geschweige denn die Aufnahmen unserer Kameras anfordern. Das hier ist immer noch eine medizinische Einrichtung, also gelten gewisse Regeln, an die sich auch und *vor allem* der Staat zu halten hat. Und so bedauerlich die Situation für gewisse Personen ...»

«Rae?»

Mein Blick fährt herum zur Tür. *Archer*. Ohne nachzudenken, springe ich auf und laufe zu ihm. Endlich ein vertrautes Gesicht. Ich registriere flüchtig, dass er seinen Anzug trägt, dann lasse ich mich in seine Arme ziehen. Mich von Eukalyptus und Zedernholz einhüllen, von seiner Wärme, von einem Herzschlag, der sich lebendig anfühlt. Nicht wie dieses dumpfe Echo von dem Klumpen, der in meiner Brust gefroren ist.

«Als Sebastian meinte, es gäbe einen Einsatz beim Resort, bin ich sofort los», raunt er mir ins Ohr, während er mich festhält. «Ich wäre noch schneller gewesen, hätte nicht eine Herde Schafe mein Taxi blockiert.»

Unfreiwillig rutscht mir ein schiefes Lachen raus. «Und du bist nicht zu Fuß weitergerannt?», erwidere ich heiser. «Enttäuschend.»

«Bin ich, aber das Taxi hat mich auf der Hälfte wieder eingeholt.»

Noch ein Lachen, darin Tränen, die einfach so aus meinen Augen drängen. Ich will nicht weinen. Nicht zittern. Ich will mich nicht an Archer festklammern, als wäre er mein Fels, obwohl er letzte Nacht die Brandung war. Aber jetzt ist er hier. Weiter kann ich nicht denken, denn da ist diese Wand in meinem Kopf, an der ich jedes Mal abpralle und zurück zu Grandma taumle. Zu dem Wort *Vermisst.* Diesen acht kleinen Buchstaben, die ich nicht greifen kann, weil sie in meine Krimis gehören, nicht in die Realität. Und wenn sie doch in meine Realität gehören, müsste ich dann nicht auch weitere Vokabeln in Erwägung ziehen? Wie *Verbrechen, Ermittlungen ... Entführung*? Oder gar Schlimmeres?

Archer schiebt mich sanft von sich weg. Nur ein Stück, nur so weit, dass er meinen Blick auffangen kann. Seine Stirn ist sorgenvoll gerunzelt, und auch in seinen Augen glänzt Besorgnis. «Rae ...»

«Jetzt sag nicht, wir werden sie finden», krächze ich. «Oder irgendeinen anderen Klischeespruch, den Claudine so gerne zu Angehörigen sagt, denn ich will keine *Angehörige* sein.»

Er zuckt zusammen. Wahrscheinlich wollte er genau das sagen, aber er ist kein Detective, kein Chief Inspector, nicht einmal Sergeant oder Constable. Wenn er so etwas sagt, steht dahinter keine Expertise, nein, er weiß nicht, was er tut, hat keine Kontakte zum Gericht, um Durchsuchungsbeschlüsse zu holen, kann niemanden offiziell befragen ...

«Miss Pemberlaine?»

Ich drehe mich um und verliere dabei den Kontakt zu Archer. Sofort frisst sich der Frost weiter durch mich hindurch, vor allem an die Stellen, an denen Archer mich gerade noch berührt hat.

O'Neill ist zu uns rübergekommen. Mit ernster Miene schaut sie an mir vorbei zu Archer. «Und Sie sind ...?»

«Archer Warwick.» Er reicht ihr die Hand. «Ein Freund der Familie.» *Ein Freund ohne Erwartungen*, echot es in mir.

«Wohnen Sie hier?», fragt O'Neill. Sie dürfte etwa in Bobbys Alter sein, wirkt aber deutlich trainierter und, auch wenn ich ihre Standardfragen nicht mochte: versierter. Als hätte sie Eleanores und Amaras Bedenken nicht einfach weggewischt, selbst wenn es die hundertste Spontanreise gewesen wäre.

«Nein, aber ich war gerade geschäftlich in der Gegend», erwidert er. «Rae und ich sind gestern Abend zusammen angereist.»

«Okay. Miss Pemberlaine, dürfte ich Sie kurz unter vier Augen sprechen?» Sie winkt mich mit sich, und ich finde, sie hat sogar ein bisschen was von Claudine. Zumindest haben beide Sommersprossen und dunkelbraune Haare, auch wenn O'Neills länger sind und in einem Zopf nach hinten gefasst.

Wir verlassen den Raum der Begegnung und gehen in ein Zimmer, in dem es tatsächlich so etwas wie Farbe gibt. Zumindest eine rote Couch und einen passenden Sessel, der Rest ist wieder beige in beige, vom Schreibtisch über die Regale bis hin zu den Bildern.

O'Neill schließt die Tür. Sie deutet auf den Sessel, aber ich lehne dankend ab. Er sieht zu bequem aus, als wäre er extra dafür da, in ihm zu versinken, die Beine an den Körper zu ziehen und vor Selbstmitleid zu zerfließen. Das Letzte, was ich jetzt brauche.

«Sehen Sie, Miss Pemberlaine», O'Neill lehnt sich gegen den Schreibtisch, «wir kennen uns noch nicht lange, aber Sie scheinen mir eher der Typ für Fakten zu sein als für aufmunterndes Schultertätscheln. Sagen Sie ruhig, wenn ich mich täusche, dann ziehe ich umgehend den psychologischen Dienst dazu.»

«Nein», erwidere ich und bin froh, dass meine Tränen an Archers Schulter versiegt sind. «Fakten klingen gut.»

O'Neill lächelt flüchtig, als wäre sie erleichtert. «Freitag vor genau zwei Wochen hat ein schwarz gekleideter Mann, etwa ein Meter achtzig groß, weiß, zwischen zwanzig und dreißig Jahre alt, die Frau eingecheckt, die Ihnen heute als Fenella Pemberlaine vorgestellt wurde.»

«Ian Pemberlaine, der nicht existente Bruder», ergänze ich sarkastisch, und O'Neill nickt. «Konnte Gawyn ihn noch näher beschreiben?», frage ich weiter, denn es tut gut, mich auf etwas anderes zu konzentrieren als auf das Wort *Vermisst*. «Haarfarbe? Statur? Auffällige Merkmale?»

«Nein. Er hat behauptet, hier im Resort jemanden zu kennen, der ihn besser nicht sehen sollte, weshalb er sich die ganze Zeit eine Kappe ins Gesicht gezogen hat», erklärt O'Neill. «Ich hoffe, wir finden mehr heraus, wenn uns die Aufnahmen der Kameras vorliegen, allerdings müssen wir dafür auf den Durchsuchungsbeschluss warten, der für solche Einrichtungen nicht ganz leicht zu bekommen ist. Aber wir sind dran. Der Mann hat im Voraus bezahlt und gebeten, PCI Foster über den Aufenthalt zu informieren, damit sich zu Hause niemand Sorgen macht.»

Mein Herz zieht sich trotz der Eisschicht schmerzhaft zusammen. «Dann war es keine Verwechslung, oder?»

«Ausschließen können wir zu diesem Zeitpunkt nichts, doch es sieht nicht danach aus, nein. Wir vermuten eher, dass jemand diese Frau absichtlich hier platziert hat, damit keiner nach der richtigen Fenella sucht, aber wie gesagt: Vermutungen.»

Ich greife nach meinen Oberarmen, damit ich mich an etwas festklammern kann. «Absichtlich platziert», wiederhole ich lahm, schlucke, nicke. Lasse mein Gehirn mit den Fakten arbeiten. «Aber wäre es dann nicht klüger gewesen, er hätte ein geschlossenes Modell gewählt?», spreche ich einen meiner Gedanken aus. «Generelles Kontaktverbot, damit keiner einfach reinkommen und die Sache auffliegen lassen kann?»

Über O'Neills Gesicht zuckt Überraschung, die sie in einem Atemzug mit ihrer kompetenten Art zu überdecken weiß. «Richtig. Was er auch getan hat, allerdings hat die Frau mitbekommen, wie andere Gäste Besuch empfangen, und ihr Modell eigenmächtig ändern lassen.»

Unwillkürlich muss ich wieder an diese strahlende Hoffnung in den trüben Augen der Seniorin denken, und mir wird übel. Wer tut einer alten Dame so etwas an? Sie hier einzusperren und von sämtlichen vertrauten Menschen zu isolieren? Oder hat sie gar keine anderen vertrauten Menschen? Ist dieses Arschloch, das sie hier abgeliefert hat, ihr einziger Kontakt?

«Weiß man, wer diese Frau ist?», frage ich.

«Leider nein.» O'Neill stützt die Hände neben sich auf die Tischplatte. «Laut dem Inhaber des Resorts ist die Dame hochgradig dement und scheint sich in Sequenzen wirklich für Fenella zu halten. Als hätte man es ihr förmlich eingeredet. Meine Kollegschaft in Tobermory und Tain geht bereits die Vermisstenanzeigen durch, allerdings haben wir bisher keine Treffer.»

«Glauben Sie denn, es wird noch einen Treffer geben?» In meiner Stimme schwingen Zweifel mit, die mit jeder Sekunde stärker in mir pulsieren. «Ich meine, könnte es nicht sein, dass dieser *Ian* wirklich ihr Enkel ist? Und falls sie sonst niemanden hat ...» Ich presse die Lippen zusammen, weil ich weiß, dass ich zu weit vorgreife, aber mein Hirn kann nicht anders, als sich auf das Rätsel zu stürzen, die wenigen Fäden zu verknüpfen, Theorien zu spinnen.

O'Neill funkelt mich an, und ich hoffe, dass ich mir gerade nicht mein eigenes Grab geschaufelt habe. Ich weiß, dass sie mir nichts davon erzählen muss, dass sie mich einfach nach Hause schicken könnte. Mit der Bitte um Geduld und Vertrauen und den üblichen Kram.

«Zu diesem Zeitpunkt werde ich keine weiteren Vermutungen anstellen», erwidert O'Neill schließlich. «Und falls Sie meinen Rat hören wollen, Miss Pemberlaine: Bleiben Sie ebenfalls bei den belegbaren Fakten. Für den Moment haben wir alle Hebel in Bewegung gesetzt, derer wir uns bedienen dürfen. Sie können uns also glauben, dass wir alles in unserer Macht Stehende tun, um Ihre Großmutter zu finden.»

Da ist sie. Diese billige Floskel, die schlimmer ist als jedes Schultertätscheln. Ich presse die Fingernägel so fest in meine Oberarme, dass es schmerzt. Damit mir kein Lachen rausrutscht. Oder Sätze, die mich noch tiefer reinreiten. Gleichzeitig gehe ich innerlich all meine Kontakte durch, überlege, wer die Prozesse für mich beschleunigen könnte, aber das Ergebnis ist ernüchternd. Weil ich im Laufe meiner Karriere zwar etliche Kontakte gesammelt habe, aber niemand steht weit genug oben auf der Gehaltsliste, um dermaßen großen Einfluss nehmen zu können ...

O'Neill stößt sich vom Schreibtisch ab. «Wissen Sie, Miss Pemberlaine, ich verstehe den Wunsch zu helfen», sagt sie, gefolgt von einem Seufzer, in dem gleichzeitig Mitleid und Tadel anklingen. «Doch am meisten helfen Sie Ihrer Großmutter, wenn Sie sich darauf konzentrieren, jeden verfügbaren Hinweis an die Polizei weiterzuleiten, und uns die restliche Arbeit überlassen. Sobald es eine neue Faktenlage gibt, werden Sie selbstverständlich informiert.»

Damit schubst O'Neill die winzige Tür zu, die mich an ihren Vermutungen hat teilhaben lassen. Die Tränen drängen zurück in meine Augen, angestoßen von Wut, die sich gegen niemand Bestimmten richtet, sondern gegen jeden, der es bisher versaut hat, gegen mich selbst, gegen den Wichser, der seine demente Großmutter verkauft hat, gegen das Arschloch, das meine Grandma mitgenommen hat; vielleicht ist es auch ein und dieselbe Person; gegen O'Neill, die am wenigsten dafürkann, weil sie nur ihren beschissenen Job macht.

Ich drücke noch fester in meine Arme, weil ich vor ihr keine Schwäche zeigen will. Stattdessen recke ich das Kinn und ringe die Tränen nieder. «Danke», presse ich hervor. «Nur eine letzte Frage: Was passiert jetzt mit dieser Frau?»

«Sie wird in eine medizinische Einrichtung verlegt, in der man sich besser mit ihrer Erkrankung auskennt.» O'Neill schenkt mir ein winziges Lächeln. «Wir werden uns um alles kümmern.»

«Gut.» *Floskeln über Floskeln.* «Sie haben ja meine Nummer. Für den Fall der Fälle», erwidere ich.

Alles, was mir jetzt bleibt, sind diese paar winzigen Fäden, an denen ich mich irgendwie selbst hochziehen muss.

KAPITEL 25

Archer sitzt mit Gawyn und zwei weiteren Angestellten im Raum der Begegnung. Als O'Neill und ich zurückkommen, steht er sofort auf. Er muss mir wohl ansehen, dass es nicht ganz so gelaufen ist wie erhofft, denn er fragt mich sofort, was ich brauche. Die Antwort? Einen Fahrer. Denn wenn ich mich so hinter das Steuer setze, werde ich sämtliche Geschwindigkeitsbegrenzungen übertreten. Ohne Rücksicht auf Verluste, was für niemanden gut enden kann. Alles in mir schreit danach, so schnell wie möglich zurück nach Ederton zu kommen, Bobby die Screenshots aus den Überwachungsvideos von Warwick Manor auf den Tisch zu knallen und ihn aufzufordern, *wirklich* sämtliche Hebel in Bewegung zu setzen. Danach kann ich mich zurücklehnen und die Polizei ihre Arbeit machen lassen – nicht. Allein die Tatsache, dass O'Neill glaubt, ich würde mich so leicht aus dem Spiel nehmen lassen, zeigt, dass zwei Stunden nicht gereicht haben, um mich wirklich zu durchschauen.

Ich drücke Archer die Autoschlüssel in die Hand. Die flüchtige Berührung lässt Sehnsucht in mir flackern, angefacht von seinem viel zu liebevollen Blick. Ich ersticke sie in einem Atemzug. Wenn ich gerade eines nicht gebrauchen kann, ist es das Stochern in weiteren Wunden.

Auf dem Weg zum Parkplatz treffe ich noch mal O'Neill, die vor dem Gebäude eine raucht, zusammen mit dem Arzt, der vorhin reingerauscht ist. *Edward.* Ich schätze, er ist besagter Leiter des Resorts. Wie es aussieht, bedeutet ein Doktortitel in Psychologie nicht, dass man zum Abschluss auch Empathie überreicht bekommt. Jedenfalls schenkt er mir nur einen grimmigen Blick, als wäre ich schuld daran, dass die Polizei in seinen Palast aus Beige und Weiß eingedrungen ist. Im Gegenzug erhält er von mir ein zuckersüßes Fake-Lächeln, das ich direkt auf O'Neill ausweite, als sie mir wieder versichert, dass sie ihr Bestes tun werden. Immerhin verzichtet sie weiter auf das mitleidige Schultertätscheln.

Während uns Archer vom Gelände fährt, checke ich mein Handy, das ich die letzten Stunden auf lautlos hatte. Etliche verpasste Anrufe. Die meisten stammen von Mindy, drei von Ella und ein paar von mir unbekannten Nummern, wahrscheinlich andere Leute aus Edderton. Wie es aussieht, hat sich die Nachricht von Grandmas Verschwinden schon rumgesprochen. Manchmal hat die schnelle Gerüchteküche doch etwas Gutes, denn dann muss nicht ich diejenige sein, die Eleanore und Amara sagt, dass sie die ganze Zeit recht hatten. Gut, *recht* ist vielleicht übertrieben. Bisher hat keiner das Wort *Entführung* in den Mund genommen, aber welche Alternativen gibt es? Grandma wird wohl kaum jemanden angeheuert haben, um sich ein Alibi für eine Reise zu verschaffen. Erst recht nicht in einer psychosomatischen Klinik, nicht für die Kohle und garantiert nicht auf Kosten einer dementen Frau.

Es könnte auch ein anderes Verbrechen dahinterstecken, flüstert mein Verstand, *womöglich sogar ein tödliches*? Die Sehnen an meinem Hals spannen sich schmerzhaft an. Was hat Eleanore noch dazu gesagt? *Eine Entführung würde heißen, dass wir sie lebendig zurückbekommen können.* Jetzt weiß ich, warum die beiden sich so an dieser Theorie festklammern – und ich weiß, ich werde dasselbe tun müssen, wenn ich nicht zerbrechen will.

Ich rufe Mindy zurück. Ihre panische Stimme schafft es beinahe, die Eisschicht in mir zu durchbohren. Jetzt bin ich also diejenige, die Floskeln von sich gibt, etwas erzählt von «Die Polizei ist wirklich bemüht» und «Sie werden Grandma sicher finden». Nur damit Mindy nicht denkt, dass ich die Fassung verliere. Damit sie sich selbst so weit beruhigt, dass ich sie sachlich auf den neusten Stand bringen kann. Am Ende bitte ich sie, den Stick mit den Warwick-Aufnahmen zur Wache zu bringen, einschließlich der Screenshots. Denn so gerne ich Bobby die Indizien selbst auf den Tisch knallen würde, ich will nicht fünf weitere Stunden verschwenden.

Als Nächstes versuche ich es bei Bobby selbst. Keine Chance. Die Leitung ist permanent besetzt, was ich als gutes Zeichen werte. Weil es mich glauben lässt, dass er seinen Iced Latte mit zu viel Sahne wirklich beiseitegestellt hat, um sich auf den Fall zu konzentrieren. Den *Fall.* Noch so eine Vokabel, die zu Claudine gehört und nicht zu mir. Ich schiebe sie weg und konzentriere mich wieder auf die Fakten. Auf die To-do-Liste in meinem Kopf, die mit jeder Minute länger wird.

Ich versuche es noch zwei weitere Male bei Bobby, dann sind wir am Fährhafen und reihen uns in die Schlange ein. Heute ist mehr los. Ich zähle die Fahrzeuge vor uns grob durch, zumindest gibt es Hoffnung, dass wir noch auf die nächste Fähre passen. Knapp, aber Hauptsache, es passt, und wenn ich dafür jemanden bestechen muss.

Während Archer ein Ticket besorgt, gehe ich an den Kofferraum, um mein Notizbuch aus dem Rucksack zu holen. An einer Ecke scheint es durch den gestrigen Regen nass geworden zu sein, denn das Papier wellt sich, aber immerhin sind meine Notizen alle lesbar.

Ich öffne die Seite, auf der ich meine halbherzigen *Ermittlungen* festgehalten habe. Ohne darüber nachzudenken, streiche ich alles durch und schlage eine neue auf. Unbeschriebenes Papier, das danach giert, dieses Chaos in meinem Kopf aufzusaugen und in eine klare Reihenfolge zu bringen.

Punkt Nr. 1: Mit der Polizei reden. Ihre nächsten Schritte herausfinden, Bobby an den Zigarettenstummel erinnern.
Punkt Nr. 2: Archer bitten, diesen Schlüssel von Eleanore zu ~~stehlen~~ leihen.
Punkt Nr. 3: Schreibtisch öffnen ...

Weiter komme ich nicht, denn in dem Moment ist Archer zurück. Mit einem Ticket für die nächste Fähre und zwei Bechern Kaffee von dem Häuschen neben der Anlegestelle.

«Schwarz, ohne Milch und Zucker», sagt er, und mir fällt auf, dass er es nur von früher wissen kann, weil er in den letzten Tagen nie dabei war, wenn ich welchen eingeschenkt habe. Wie zum Beispiel heute Morgen ...

«Danke.» Ich wische die Erinnerung weg. «Hast du Ishaaqs Nummer? Bei der Wache ist kein Durchkommen.»

«Natürlich.» Archer stellt seinen Becher in die Mittelkonsole und holt sein Handy raus. «Allerdings geht er bei fremden Nummern nicht dran, also ...»

«Mach einfach auf Lautsprecher», erwidere ich. «Ist ja nichts Geheimes.» Ein billiges Lächeln, von dem ich weiß, dass Archer es mir nicht abkauft. «Und hör endlich auf, mich so anzusehen», setze ich nach. «Würde ich Bobby und Ishaaq am liebsten zwingen, so lange durchzuarbeiten, bis sie Grandma gefunden haben? Ja. Würde ich diesem Wichser, der uns mit der falschen Grandma verarscht hat, am liebsten den Hals umdrehen? Aber ein gewaltig großes Ja! Breche ich gleich zusammen? Nein.» Ich sehe Archer an, ohne ein Lächeln, dafür mit aller Ernsthaftigkeit, die ich aufbringen kann. «Ich kenne die Statistiken, also mache ich mir nichts vor.» Mache ich doch, weil ich garantiert nicht akzeptiere, dass die Chancen miserabel sind, vermisste Personen nach über vierzehn Tagen lebendig zu finden. «Aber ich komme klar. Weil ich funktionieren *muss,* wenn ich nicht tatenlos herumsitzen möchte. Also ruf Ishaaq an. Mach auf Lautsprecher. Lass mich hören, wie ihre weiteren Schritte aussehen, damit ich meine planen kann.»

«Deine Schritte?», wiederholt Archer, und die Sorgenfalte auf seiner Stirn wird tiefer. Dann gleitet sein Blick runter auf mein Notizbuch, zwischen dessen Seiten ich einen Finger geschoben habe. «Du meinst das wirklich ernst, oder? Du willst weiter ermitteln. Selbst wenn eine PCI bittet, dich rauszuhalten.»

Meine Mundwinkel ziehen nach oben, nicht entspannt, nicht glücklich, aber auf eine Weise, die sagt: *Du kennst mich.*

Seine Antwort ist genauso lautlos, der Mund nur eine schmale Linie, während seine Augen herausbrüllen, wie gerne er mich bitten würde, auf O'Neill zu hören und der Polizei die Arbeit zu überlassen. Aber er sagt nichts. Lässt nur seine Kiefer unzufrieden mahlen, nickt widerwillig – und wählt Ishaaqs Nummer.

Das Telefonat zieht sich über Stunden, da Ishaaq und ich immer wieder auflegen, um uns mit anderen zu besprechen. Ich gebe Steve ein Update, Ishaaq redet mit Bobby, ich rufe Eleanore und Amara an, die hörbar Nervenbündel sind, Ishaaq redet mit dem Local Crime Department. *Local Crime Department.* Die Wörter, die sich aus Claudines fiktiver Existenz in meine Realität schleichen, werden immer zahlreicher.

Genau genommen gibt es jetzt zwei Fälle: eine vermisste Frau in Edderton und einen Betrugsfall mit unbekannter Identität in Tobermory. Da die Orte in verschiedene Zuständigkeitsbereiche fallen, laufen die Ermittlungen getrennt voneinander – unter Aufsicht besagten Local Crime Departments. Eine Detective Superintendent Riley ist ab sofort dafür verantwortlich, die Ermittlungen zu koordinieren und sicherzustellen, dass alle notwendigen Informationen zwischen den Behörden geteilt werden.

Irgendwann habe ich DS Riley selbst am Telefon. Sie klingt jung, kompetent, einfühlsam. Etwas *zu* einfühlsam, denn sie baut nach jedem zweiten Satz eine der Floskeln ein, die ich echt nicht mehr hören kann. Vielleicht hofft sie, dass sie so die Worte zwischen den Zeilen vertuschen kann: Aktuell hat der Fall in Tobermory Priorität. Denn dort gibt es echte Zeuginnen und Zeugen, Menschen, mit denen man sprechen kann, Videoaufzeichnungen des Täters, *Beweise* für ein reales Verbrechen. In Edderton haben wir: nichts. Abgesehen von der Tatsache, dass Grandma weiterhin weg ist, einschließlich ihres eigenen Autos, Koffers, Reisepasses.

Immerhin fragt Riley, ob sie zwei Detectives zu Pemberlaine House schicken dürfe. Um sich ein Bild von der Vermissten zu machen, nach Hinweisen zu suchen, DNA-Spuren zu sichern. Natürlich darf sie – vorausgesetzt, jemand bleibt die ganze Zeit dabei.

Nachdem wir aufgelegt haben, dauert es keine zwei Minuten, bis Ishaaq wieder zurückruft. Inzwischen haben wir

Nummern getauscht, sodass ich mein eigenes Handy nutzen kann, während wir Archers als Navi verwenden. Ich bringe Ishaaq auf den neusten Stand, und er verspricht, niemanden unbeaufsichtigt im Leben meiner Grandma herumwühlen zu lassen. Außerdem möchte er den Schlüssel für Pemberlaine House gleich persönlich bei Mindy abholen, damit ich nicht dabei sein muss, wenn sie das Haus auf den Kopf stellen. Langsam verstehe ich, warum Archer ihn so mag. Ishaaq ist der Erste, der jede meiner Fragen offen beantwortet. Keine Ausflüchte, keine hohlen Phrasen und erst recht kein verbales Schultertätscheln.

Habt ihr versucht, Grandmas Handy zu orten?

Ja, aber ohne Erfolg. (Nicht dass ich etwas anderes erwartet hätte, nachdem jeder meiner Anrufe auf die Mailbox ging.)

Wurde die Vermisstenanzeige bereits in der Datenbank registriert?

Ja, allerdings soll ich mir keine falschen Hoffnungen machen. Vielleicht wird die Anzeige in einigen Wachen ausgehängt, aber die Wahrscheinlichkeit, dass jemand außerhalb von Edderton Straßenlaternen oder Schaufenster mit Grandmas Foto tapeziert, ist gering. (Nett ausgedrückt.)

Hast du das Gefühl, DS Riley nimmt unseren Fall ernst?

Noch ein Ja, allerdings liegt für sie das höhere Aufklärungspotenzial in Tobermory. (Wie überraschend.) Entsprechend wird bei uns vorerst nicht viel passieren. Man wird das vorliegende Material sichten und noch mal mit der Nachbarschaft sprechen. Weitere Schritte sind tba – to be announced. (Wann auch immer.)

«Nur noch eine Sache», sagt Ishaaq, als wir dabei sind, das Gespräch zu beenden. «Ich weiß, es klingt wie eine Floskel, aber du kannst dich auf uns verlassen. Wir werden keine Ruhe geben, bis wir wissen, wo Fenella ist.»

«Danke.» Ich meine es ernst. Denn genau weil er es so sagt, klingt es zum ersten Mal *nicht* wie eine Floskel. «Wir sehen uns dann bei Pemberlaine House.»

Als wir am späten Nachmittag ankommen, steht in der Auffahrt nur ein einsamer Polizeiwagen. Entweder war Rileys Team noch nicht da, oder es ist bereits wieder weg. Würde mich beides nicht wundern.

Kaum habe ich die Beifahrertür zugeschlagen, ertönt ein Knarzen von der Veranda. Erst huscht Mick aufgeschreckt vorbei, direkt dahinter folgt Ishaaq. Er trägt Uniform, und dieses Mal hat er kein Grinsen drauf. Stattdessen kommt er mit ernster Miene zu uns runter, ein ganz anderer Mann als der, der mich im Wintergarten zum Billard eingeladen hat.

«Rae. Archer.» Er nickt uns zur Begrüßung zu. «DS Rileys Team ist vor etwa zwanzig Minuten wieder los. Zusammen mit Bobby, der ihnen auf der Wache noch den Zigarettenstummel übergeben wollte. Sie werden ihn zusammen mit dem restlichen Material ins Labor geben, allerdings kann der Bericht einige Tage dauern.»

«Weil dieser Fall keine Priorität hat, ich weiß», erwidere ich, gefolgt von einem Seufzer. «Allerdings bezweifle ich, dass sie im Haus irgendetwas Verwertbares gefunden haben.»

«Sie haben zumindest ein paar Fingerabdrücke genommen und Fasern gesammelt», wirft Ishaaq ein. «Natürlich alles unter Aufsicht.»

«Danke, aber ich bleibe dabei: Sie werden nichts finden.»

Jetzt mustert Ishaaq mich fragend, während Archer nur verkniffen lächelt. Ich weiß, dass ihm die ganze Sache nicht gefällt, aber ich habe ihn auf der Fahrt trotzdem an all meinen Theorien teilhaben lassen, während ich meine Gedanken auf Papier sortiert habe. Die gesicherte Faktenlage ist und bleibt dünn, dafür habe ich alle verfügbaren Fäden abgeglichen, übereinandergelegt, hier und da verwoben, weitergesponnen. Das Ergebnis sind mindestens zehn Seiten voller Vermutungen, die allerdings fast Tatsachen sein könnten. Weil sie sich nämlich kaum wegreden lassen.

«Also schön.» In einem tiefen Atemzug hole ich aus. «Erstens wussten wir schon vorher, dass es keinerlei Spuren für einen Einbruch gibt. Zweitens ist Grandmas Auto weg. Genau wie ihr Lieblingskoffer, ihr Reisepass und ihre Zahnbürste. Wenn sie wirklich entführt wurde und das hier der Tatort sein soll, muss ein echter Profi am Werk gewesen sein. Der wohl kaum zulassen würde, dass man irgendwo Fingerabdrücke oder Fasern findet», erkläre ich. «Ich vermute eher, dass Grandma selbst irgendwo hingefahren ist und dort aufgegriffen wurde.» Die Theorie stammt eigentlich von Eleanore, aber sie hat sich echt gut eingefügt. «Und drittens lebe ich hier seit anderthalb Wochen. Ich habe jede Türklinke in diesem Haus angefasst und hatte echt viel Zeit zu putzen. Wenn diese Detectives also nicht mit einer Lupe an jeden Quadratzoll gegangen sind, werden sie wohl kaum Spuren gefunden haben, die nicht von Grandma, Mick oder mir stammen, zumal sie keine drei Stunden hier waren.»

Ishaaq saugt pfeifend die Luft ein. «Vielleicht hättest du über eine Karriere bei der Polizei nachdenken sollen.»

«Zu viel Bürokratie», erwidere ich ungerührt. «Gibt es sonst noch etwas, das ich wissen sollte? News aus Tobermory?»

«Leider nein. Laut DS Riley wird mit Hochdruck an der Identifizierung der Fremden und ihres vermeintlichen Enkels gearbeitet. Bisher ohne Ergebnis.»

Als hätte ich es geahnt ... Andererseits ist es nicht mal acht

Stunden her, seit ich die Hoffnung der falschen Fenella zerstört habe. Vielleicht brauche ich ein *bisschen* mehr Geduld. Oh, wie ich es hasse.

«Sobald es etwas Neues gibt, werde ich mich melden», verspricht Ishaaq. Dann holt er Grandmas Schlüsselbund raus. «Ich bin gerade noch einmal durchs Haus gegangen. Vielleicht liegen die Sofakissen nicht so wie heute Mittag, aber sonst sollte alles beim Alten sein.»

Mit bebenden Fingerspitzen nehme ich Ishaaq die Schlüssel ab. Schwer vorstellbar, dass ich sie erst gestern bei Mindy abgegeben habe. In dem Glauben, einen kleinen Ausflug zu meiner Grandma zu machen.

Ich schlucke gegen die Enge in meinem Hals an, die sich heimlich angeschlichen hat. Das kommt davon, wenn die Realität Stück für Stück näher kommt. Wenn man sich nicht mehr an einem Stift und einem Notizbuch festklammern kann, nicht mehr so tun, als wäre alles nur ein spannendes großes Rätsel, das sich auf ein bisschen Papier lösen lässt.

«Danke», bringe ich hervor. «Für alles.»

«Nichts zu danken. Ist ja mein Job», erwidert Ishaaq, als wäre es selbstverständlich, stundenlang mit Angehörigen zu telefonieren, fremde Detectives zu überwachen oder gar hinter ihnen aufzuräumen. «Ich fahre dann mal rüber zur Wache. Soll ich dich mitnehmen, oder wollt ihr beide vielleicht ...?» Jetzt wirft er Archer doch einen seiner vielsagenden Blicke zu, in denen sich ein Necken versteckt. Offensichtlich haben sie noch nicht über letzte Nacht gesprochen.

Archer räuspert sich. «Mein Wagen steht oben an der Straße», erwidert er. «Aber danke für das Angebot.»

«Alles klar, dann sehen wir uns wohl morgen.» Ishaaq verabschiedet sich von uns, dann steigt er in seinen Wagen und rangiert ihn gekonnt an meinem vorbei.

Wir sehen ihm nach. Als das Motorgeräusch verhallt, übernimmt die Stille. Es geht nicht der leiseste Wind, kein Rascheln von Gräsern, kein Klimpern von Muscheln über der Veranda. Nur mein dumpfer Herzschlag, in dem sich langsam das Bewusstsein regt, dass ich mit Archer alleine bin. *Richtig* alleine. Ohne permanent besetztes Handy oder lautes Denken über meinem Notizbuch.

Ich spüre seine Blicke von der Seite, die ein Prickeln auf meine Haut zeichnen, das ich nicht fühlen *möchte*. Oder vielleicht möchte ich es doch, aber nicht unter diesen Umständen, und erst recht nicht, solange diese Angst in meinen Knochen vibriert.

Das Schweigen wird mit jeder Sekunde lauter. Ich weiß, dass gleich der Punkt kommen wird, an dem wir zeitgleich versuchen werden, es zu beenden. Nur habe ich heute keine Lust auf dieses Spiel, also kürze ich es ab.

«Dieser Schlüssel, den deine Grandma vom Bund gezogen hat ...» Ich wende mich zu Archer. Seine Augen finden meine mit einer Intensität, die die Pfeilspitzen tiefer in mein Herz treibt. *Nicht jetzt*, ermahne ich mich und weiche einen Schritt zurück. «Du weißt, welchen ich meine, oder? Der kupferne mit ...»

«Den zwei Buchstaben T und R», beendet er meinen Satz und nickt. «Ich weiß. Und ich glaube, ich habe inzwischen sogar eine Ahnung, wo Grandma ihn versteckt. Also, nicht dass noch sonderlich viele Möglichkeiten übrig bleiben würden, aber ...»

«Warte, heißt das, du hast wirklich nach ihm gesucht?», frage ich überrascht. Nach seinem Mittagessen mit Ishaaq dachte ich, sein Hilfsangebot hätte sich allein auf dieses Gespräch bezogen.

Seine Mundwinkel ziehen nach oben, eher bitter als glücklich. «Jeden Tag», erwidert er. «Deshalb kann ich mit Sicherheit sagen, dass er weder in Schubladen noch Schränken, auf Türrahmen oder Gemälden liegt.»

Anscheinend hat er sich echt Mühe gegeben, was mein Herz mit einem verräterischen Stolpern belohnt. «Okay, und wo soll er deiner Meinung nach dann sein?»

«In ihrem Tresor.»

«Tresor?!» Ich starre ihn zweifelnd an. «Seit wann hat Eleanore einen ... Nein, warte, lass mich raten. Sie hat ihn vor etwa drei, vier Monaten einbauen lassen?»

Jetzt ist es Archer, dessen Stirn von Skepsis zerfurcht wird. «Drei», erwidert er. «Was ich erst weiß, seit ich sie vor ein paar Tagen dabei erwischt habe, wie sie ihn wieder hinter einem Gemälde verstecken wollte, und ich sie drauf angesprochen habe. Also woher ...?»

«Irgendwie haben ganz schön viele Dinge vor drei Monaten begonnen», murmle ich, und das ungute Gefühl in mir verstärkt sich.

Archer sieht mich an. Offensichtlich versucht er die Details zu rekapitulieren, die ich auf der Fahrt habe fallen lassen. «Grandmas neue Kamera, der Tresor, die Sicherheitsschlösser an Pemberlaine House ...»

«Der nächtliche Lärm, den Grams erwähnt hat», ergänze ich. «Könnte alles nur ein großer Zufall sein, aber nach den neusten Ereignissen fällt es mir echt schwer, an Zufälle zu glauben.»

«Mh.» Er schürzt die Lippen, während auf seinem Gesicht ein Schatten aufblitzt. «Vielleicht hätte ich Grandmas Ängste ernster nehmen und nicht davon ausgehen sollen, dass sie ...»

«Tu das nicht», unterbreche ich ihn. Meine Hand zuckt in Richtung seiner, allerdings stehen wir zu weit auseinander, um uns zu berühren. «Vorwürfe bringen hier niemanden weiter.» *Haha.* «Also, wie kommen wir an diesen Tresor ran? Du hast nicht zufällig die Kombination?»

«Leider nein. Allerdings nutzt Grandma bei wichtigen Zugängen immer Daten und Jahreszahlen, die sie sich leicht merken kann. Hochzeitstag, Geburtstage ... Mir fällt da eine ganze Liste ein.»

«Also bräuchtest du Zeit, um sie durchzugehen?» Zum ersten Mal, seit ich den Raum der Begegnung in Mavell's betreten habe, meldet sich ein nervöses Kribbeln in mir. Angefacht von der Aussicht, etwas *tun* zu können.

Archer hebt die Augenbrauen. «Bräuchte ich wohl, ja. Und es wäre besser, wenn Grandma solange nicht im Haus wäre.»

«Wie viel Zeit brauchst du?»

«Fünf Minuten ... zwei Stunden ...?» Er zuckt mit den Schultern. «Ich schätze, das kommt ganz darauf an, wie viel Glück ...»

«Ich verschaffe dir zwei Stunden», erwidere ich, während der Plan in meinem Kopf rasend schnell Gestalt annimmt. «Morgen Nachmittag ab drei. Ich hoffe, Eleanore und Amara freuen sich über eine Tea Time, schließlich gibt es doch nach heute so viel zu bereden.»

Archer funkelt mich an, in seinen Iriden eine Mischung aus Tadel und Anerkennung und einer Hitze, über die ich geflissentlich hinwegsehe. *Noch mal haha.*

«Charmante Idee, Miss Pemberlaine», raunt er eine Nuance zu tief, und ich verfluche dieses feine Prickeln in meinem Nacken, das echt wie ein elender Reflex ist. «Sie werden sich sicher über die Einladung freuen.»

«Dann sehen wir uns morgen», erwidere ich, bevor das Prickeln auf die Idee kommt, sich tiefer zu graben. Oder mich gar dazu verleitet, etwas Unüberlegtes zu tun.

Archer harrt noch einen Moment aus, scheint abzuwägen, ob er noch etwas sagen sollte, entscheidet sich aber zum Glück dagegen. «Wir sehen uns morgen», wiederholt er nur, nickt mir zu und wendet sich ab.

Ich lasse den Atem hörbar aus meinen Lungen strömen. Bitte lass dieses eine Mal alles gut gehen.

KAPITEL 26

Jede Sekunde Ruhe ist wie eine Einladung für die Gedankenspirale, die nur eine Richtung kennt: abwärts. Deshalb nehme ich jede Beschäftigung wahr, die ich kriegen kann, um mich davon abzulenken. Hörbuch hören, meine Notizen sortieren, Grandmas Akten erneut checken, mir Fragen für Eleanore und Amara zurechtlegen, mit Steve facetimen. Er bietet nicht zum ersten Mal an, herzukommen, allerdings weiß ich, dass die Personallage bei ihm gerade nicht ideal ist. Vermutlich müsste er das Pub während seiner Abwesenheit schließen, was zur Hauptsaison echt mies wäre. Dann lieber zwischen Bierausschank und Gläserspülen quatschen, selbst wenn ich nur jeden fünften Satz verstehe.

Am nächsten Morgen halte ich mein Versprechen und helfe in Grams' Café aus. Ella versichert mir zwar, dass es unter diesen Umständen wirklich nicht sein muss, aber es tut gut, meine Hände etwas tun zu lassen. Selbst wenn ich am Ende wieder am Spülbecken lande, wo ich weder falsche Kreationen mischen noch die Kasse zum Absturz bringen kann.

Ich bleibe bis kurz nach zwei, dann muss ich zurück nach Hause und nehme eine große Tüte Zimtschnecken und zwei Stücke Carrot Cake mit. In der Hoffnung, dass Mindy ihn so gerne mag wie früher. Es ist eins dieser kleinen Details, die sich seit meiner Ankunft in Edderton hin und wieder anschleichen und die sich irgendwie gut anfühlen. Heilend. Als würde ein Teil meiner Seele allmählich verstehen, dass damals nicht alles *schlecht* war. Bei Weitem nicht.

Mindy kommt eine halbe Stunde früher, um mir bei den Vorbereitungen zu helfen. Sie weiß nicht, dass ich sie vor allem mit eingeladen habe, damit sie später ein Alibi hat, falls Archer den Tresor wirklich knacken sollte. Außerdem bin ich echt dankbar für ihre Gesellschaft. Seit ich sie gebeten habe, weder über Grandma noch über meinen Besuch in Mavell's Wellness Resort zu sprechen, tut sie ihr Bestes, um mich abzulenken. Der Small Talk wirkt zwar etwas bemüht, aber es ist tausendmal besser, als mich wieder in den Gedankenspiralen zu verlieren.

«Uuuund auf dem hier sind auch Wachsflecken», sagt sie, nachdem sie locker den zehnten Tischläufer aus der Kommode befreit und ausgebreitet hat. «Nächstes Mal bringe ich einen von Warwick Manor mit.»

«Eleanore wird schon darüber hinwegsehen», necke ich mit den beiden Kandelabern in der Hand, die ich seit gefühlt zehn Minuten festhalte. «Vor allem, wenn wir den hier auf diesen Fleck stellen und den anderen hierhin.»

Mindy rümpft die Nase. «Das ist aber nicht gerade symmetrisch.»

«Wer braucht schon Symmetrie, wenn er Kreativität hat?», erwidere ich, obwohl ich weiß, dass es mich unter anderen Umständen selbst stören würde. Aber gerade ist die Optik unserer Teetafel das Letzte, über das ich nachdenke. Dafür taucht Archer viel zu oft in meinem Kopf auf – mal verbunden mit einem verräterisch taumelnden Herzen, das die Pfeilspitzen ein bisschen zu oft vergisst, mal mit der Frage, ob er diesen Tresor wirklich aufbekommt. Und ob der Schlüssel überhaupt darin liegt. Ähnlich oft taucht Grandma auf, verbunden mit düsteren Bildern, die ich nicht sehen möchte, weshalb ich sie schnell wegblinzle. Nur die Angst um sie bleibt unterschwellig immer haften.

«Schön, nehmen wir die kreative Variante.» Das kleine Kräuseln auf Mindys Nasenrücken beweist, wie unzufrieden sie ist. Trotzdem schließt sie die Schublade mit den Läufern und nimmt stattdessen das Geschirr, das sie vorsortiert hat, von der Kommode.

«Ich habe übrigens was von Grams mitgebracht», sage ich, während ich ein paar Kerzen aus einer anderen Schublade hole. «Zimtschnecken und Carrot Cake.»

«Ich *liebe* Carrot Cake.» Mindy strahlt mich an. «Wusstest du das noch oder ...?»

Anstatt einer Antwort lächle ich vielsagend und genieße das kurze Flimmern von Wärme. Dann klingelt es auch schon. Kurz vor drei. Überpünktlich.

Amara winkt mich wie gewohnt in ihre Arme, auch wenn ich die Angst heute noch tiefer in ihren Knochen spüre, und auch Eleanore fordert sich ein kurzes Drücken ein. Etwas, an das ich mich vermutlich nie gewöhnen werde. Denn selbst jetzt, da ich weiß, dass es damals nicht ihre Idee war, mir den Wagen zu geben, bezweifle ich, dass Archer sie sonderlich lange dazu überreden musste.

«Schön, dass ihr hier seid.» Ich weiß, dass mein Lächeln zu verkrampft ist, dabei ist es die Wahrheit. Wobei sie genau genommen lautet: *Schön, dass ihr nicht auf Warwick Manor seid.* «Der Tee müsste gerade fertig sein.» Mit einer einladenden Geste lasse ich den beiden den Vortritt.

«Ziemlich kuschelig hier drinnen», brummt Amara, und sie hat recht. Die Luft, die durchs geöffnete Fenster strömt, ist warm, und die Kerzen tun ihr Übriges.

Ich schließe das Fenster. Nicht ohne dabei Mick aufzuscheuchen, der bis eben auf der Fensterbank lag und sich jetzt mit einem Hechtsprung nach draußen rettet.

Dieses Mal setzt sich Mindy zu uns, anstatt sich wie ein

Schatten in die Ecke zu stellen. Eleanore wirkt kurz irritiert, sagt jedoch nichts. Stattdessen hält sie ihre Tasse vor Mindy, als wäre es selbstverständlich, von ihr bedient zu werden.

«Der Kuchen ist aus Grams' Café», erkläre ich, während ich bewusst erst meiner Freundin, dann Amara und am Ende Eleanore einschenke. «Mit der besten Empfehlung von Ella, die im Laden gerade mit Joe die Stellung hält.»

«Hat sie inzwischen eine unserer Vermisstenanzeigen ausgehängt?», fragt Amara, ehe sie ein Stück Shortbread von der Servierplatte pickt. «Mindy hat gestern Abend einen ganzen Stapel in Edderton verteilt.»

Ich nicke. «Ella hat sogar drei aufgehängt», erwidere ich. «Eine im Schaufenster, eine über der Theke und eine an der Pinnwand hinten im Café.» Die Anzeige hat sich tief in mein Gedächtnis eingebrannt. Das große, rot gedruckte VERMISST ganz oben, darunter Grandmas Name, dann ein Foto, Infos zu ihrer Person, Größe, Alter, Haarfarbe, eine Erwähnung des Muttermals, das auf ihrer rechten Wange prangt. Abschließend Angaben, wo und wann sie zuletzt gesehen wurde, verbunden mit der Bitte, sich für sachdienliche Hinweise zu ihrem aktuellen Aufenthaltsort unter der genannten Nummer an die Polizei zu wenden.

«Sehr gut», sagt Eleanore, die sich mit bleichen Fingern an ihrer Tasse festklammert. «Sehr gut, sehr gut.» In jeder Silbe schwingt mit, dass gar nichts *sehr gut* ist.

«Dann haben wir jetzt Aushänge bei Graeme, Lydia, Erin, im Schaufenster der Post und im Blumengeschäft, richtig?», fasst Amara zusammen.

«Außerdem an allen Laternen und unter den Ortsschildern», fügt Mindy hinzu, während ich ihr ein Stück Carrot Cake auftue.

Anschließend schaue ich fragend rüber zu Eleanore, die

nur abwinkt. Anscheinend hat sie ebenso wenig Appetit wie ich. Wer kann es ihr verübeln?

«Also ist Edderton erst mal versorgt.» Amara zieht ihre Tasche auf den Schoß und holt ihren Flachmann raus. «Was ist mit Tain? Ardgay? Dornoch?»

«Um Ardgay kümmert sich Joe nach Feierabend», erwidere ich. «Tain haben wohl Ishaaq und Bobby übernommen.»

«Und für Dornoch hat meine Mum ihrer Freundin einen ganzen Stapel mitgegeben», fährt Mindy fort. «Außerdem habe ich die Anzeige an Bekannte in Inverness und Newcastle weitergeleitet, die versprochen haben, sie auszuhängen.»

«Mein Freund Steve hat auch eine in seinem Pub und gibt die Flyer jedem mit, der vorbeikommt», füge ich hinzu. Auch wenn ich stark bezweifle, dass sich den Flyer jemand länger als zwei Sekunden anschauen wird.

«Mh», brummt Amara, während sie einen kräftigen Schuss aus dem Flachmann in ihren Tee gibt.

Die Anspannung klebt in jedem Winkel des Esszimmers. Ich spüre sie in jedem Atemzug, jedem Herzschlag, ich sehe sie in Eleanores verkrampften Bewegungen, in Amaras Art zu trinken, in Mindys Griff um die Gabel, ohne etwas von ihrem Lieblingskuchen zu essen.

Ich versuche, das unangenehme Gefühl abzustreifen, denn wenn es so weitergeht, fürchte ich, dass es hier in spätestens einer halben Stunde keiner mehr erträgt.

Mit einem Räuspern kämpfe ich gegen die hartnäckige Enge in meinem Hals an und tue das, was ich am besten kann: mich auf Fakten konzentrieren. Ich hole so weit wie möglich aus, denn jede Minute, die ich Archer verschaffen kann, ist kostbar. Ich erzähle von unserer Fahrt nach Mull, der Hotelsuche und dem Disput mit Gawyn. Dann von unserem Besuch in Mavell's Wellness Resort; dass Archer erst später dazukam, lasse ich aus; von dem Gespräch mit PCI O'Neill, der Zusammenarbeit mit dem Local Crime Department, und schließlich komme ich zu den neusten Infos von Ishaaq. Seit heute Morgen liegen die Videoaufnahmen von Eleanore in der digitalen Forensik. Vielleicht können die Profis die Sequenzen schärfer stellen, sodass man mehr von den Personen im Auto erkennt. Außerdem haben sie versucht, die Route von Grandmas Wagen nachzuverfolgen, allerdings hat keine der offiziellen ANPR-Kameras das Kennzeichen erfasst, was nicht gerade beruhigend ist.

Während ich rede, lasse ich Eleanore und Amara nicht aus den Augen. Ich warte die ganze Zeit darauf, dass sie ihr Schweigen endlich brechen und verflucht noch mal erklären, woher ihre Angst *wirklich* rührt. Aber irgendwie scheinen sie das hier für eine One-Woman-Show zu halten, in der sie nur als Publikum fungieren. Lediglich Mindy stellt hin und wieder Fragen, was zwar lieb ist, mich aber leider nicht weiterbringt.

«Gibt es hier nicht mehr als elftausend solcher Kameras?», hakt Mindy auch jetzt wieder als Einzige nach. «Ich meine, ich hätte mal einen Artikel darüber gelesen.»

«Gut möglich», erwidere ich, denn ich weiß nur, dass es verdammt viele sind. Sowohl fest installierte als auch mobile. Die Wahrscheinlichkeit, eine längere Strecke zurückzulegen, ohne dass das Kennzeichen auch nur einmal erfasst wird, dürfte jedenfalls ziemlich gering sein. «Entweder muss Grandma also sämtliche überwachte Straßen gemieden haben, oder ihr Wagen hat die Gegend nie verlassen», schlussfolgere ich laut. Immer noch keine Reaktion. Nur ein Zucken hier, eine noch fahlere Gesichtsfarbe da. «Womit wir wieder bei eurer anfänglichen Theorie wären, dass Grandma an einem anderen Ort aufgegriffen und entführt wurde.» Ich falte die Hände auf dem Tisch, der schwache Versuch, mein eigenes Zittern zu unterdrücken. «Bleibt nur die Frage, wie ihr ohne jeden Anhaltspunkt darauf gekommen seid? Oder gab es doch ...»

«Himmel noch mal, Kind.» Amara stöhnt auf, eher entkräftet als aufbrausend. «Wie oft willst du uns das bitte noch fragen? Wir haben einfach nur ...»

Ein lautes Klirren schneidet ihr das Wort ab. Sie keucht auf, Mindy entfährt ein Schrei, während Eleanore von ihrem Stuhl springt und totenbleich zurücktaumelt.

Ich bin ebenfalls sofort auf den Beinen, mein Puls donnert in meinem ganzen Körper. Da, wo gerade noch ein intaktes Fenster war, klafft jetzt ein großes Loch im Glas, Splitter verteilen sich von der Fensterbank bis zum Boden – dazwischen liegt ein großer Stein, umwickelt mit Kordel und Papier. *Was zur Hölle ...?!* Ohne nachzudenken, stürze ich zum Fenster und schaue raus. Jemand rennt weg.

«Fuck!» Der Fluch gleitet einfach so über meine Lippen, während ich umdrehe und lossprinte. In den Zwischenflur, durchs Wohnzimmer, weiter zur Haustür und raus. Allein der Umweg dürfte mich verdammt viel Zeit gekostet haben.

Ich bringe meine Zweifel zum Schweigen, indem ich einfach weiterrenne. Und renne. *Barfuß*. Warum genau laufe ich zu Hause noch mal ohne Schuhe rum?! Jetzt bereue ich jede Bequemlichkeit. Und dass ich mein Training nach dem letzten Edinburgh-Marathon habe schleifen lassen. Aber mein Ziel war es, wenigstens einmal teilzunehmen. Ziel erfüllt. Motivation gestorben.

Jetzt brennen meine Lungen schon auf halbem Weg durch den Garten. Immerhin ist er so offen, so weitläufig, dass ich die fremde Person fest im Blick habe. Sie ist schnell. Aber ich kann auch schnell sein.

«Hey!», brülle ich, und tatsächlich kommt die Person kurz aus dem Tritt. Sie hat gerade den Übergang vom Garten zu den Edderton Sands erreicht, rennt jetzt über den steinernen Streifen Strand, immer weiter nach rechts – wo um alles in der Welt will sie hin?!

Sie schaut flüchtig über die Schulter. Die Kapuze ihres schwarzen Hoodies hat sie tief ins Gesicht gezogen, trotzdem habe ich das Gefühl, dass es eine Frau ist. *Oder ein Mädchen?* Schon hat sie sich abgewandt und hetzt weiter.

«Bleib stehen!», schreie ich, aber leider lässt sie sich nicht noch mal aus dem Konzept bringen.

Das zu hohe Gras fliegt unter meinen Füßen hinweg. Als ich auch den Übergang zur Küste erreiche, stoße ich ein Zischen aus. Die Steine bohren sich fies in meine nackten Fußsohlen, meine Lungen stechen immer schärfer, befeuert von der stickigen Luft. Ich weiß, dass es an meinem falschen Atemrhythmus liegt. Aber ich habe keine beschissene Zeit, meine Schritte zu zählen, kontrolliert ein- und auszuatmen.

Die Fremde hält sich auf dem steinernen Streifen, bis sie unser Grundstück offiziell verlassen hat. Ob sie einfach nur den Zaun meiden wollte, der unseren Garten vom dahinterliegenden Feld abtrennt? Sieht fast so aus. Denn jetzt verändert sie den Winkel und läuft jenseits des Zauns das Feld hoch. Ihr Fehler. Sofort verändere ich meine Richtung und renne quer die Wiese hoch, bis ich den Zaun erreiche. Der Sprung darüber ist ein Klacks, und ich wette, sie hätte ihn auch geschafft.

Jetzt bin ich deutlich näher an ihr dran.

Adrenalin verdrängt jeden Schmerz aus meinen Lungenflügeln und Füßen. Ich lege an Tempo zu, aktiviere alle Kraftreserven, während das Mädchen einen erneuten Blick über seine Schulter wirft. Geschwungene Lippen, gebräunte Haut, irgendwie vertrautes Kinn, aber gleichzeitig fremd. Vielleicht sind wir uns mal in der Stadt über den Weg gelaufen. Oder beim Sommerfest. Keine Ahnung. Mehr kann ich nicht erkennen, ehe sie sich wieder ganz auf ihre Flucht konzentriert.

Ihre Schuhe sind ein Vorteil, und langsam ahne ich, wo sie hinwill: zurück zur Straße, auch wenn das hier ein echt großer Umweg ist. Im Grunde ist sie gerade in einem riesigen Bogen ums gesamte Haus gelaufen. Vielleicht wollte sie nicht riskieren, dass jemand aus der Haustür stürmt und ihr den Weg noch in der Einfahrt abschneidet. Clever, wäre ihre Kondition ein bisschen besser. Ich glaube, ihr Keuchen bis hierher zu hören. Ja, die Schuhe sind ein Vorteil, der schwarze Hoodie und die Hose dafür bei dem Wetter ein echter Nachteil.

Ich hole auf. Das nächste Hindernis kommt in Sicht. Die kleine Mauer, die das Feld oben von der Straße abtrennt. Dahinter steht ein silberner BMW – die Beifahrertür ist geöffnet, der Motor läuft. Hat sie echt einen fucking *Fluchtwagen* dabei?!

Klar, wie hätte sie sonst herkommen sollen?

Das Mädchen scheint Hoffnung zu schöpfen, beschleunigt auf ein Tempo, das ich ihr echt nicht zugetraut hätte. Im Vergleich zum Zaun ist die Mauer ein Witz. Schon ist sie auf der Straße und hechtet rüber zum Wagen.

«Halt!», rufe ich aus voller Kehle, als würde es irgendeinen Unterschied machen.

Die Tür knallt ins Schloss, der Wagen fährt mit quietschenden Reifen los. Das Kennzeichen ist abgedeckt.

Mir entkommt ein frustrierter Schrei, während Staub in meine Augen wirbelt. Obwohl ich weiß, dass ich verloren habe, kann ich nicht stehen bleiben. Der Asphalt brennt unter meinen Füßen, während ich versuche, noch irgendwie einen Blick ins Innere zu erhaschen. Auf das Mädchen. Auf den Schatten hinter dem Steuer. Aber alles, was ich durch die Heckscheibe erkenne, sind schwarze Kapuzen – und ein gehobener Mittelfinger. *Fuck you.*

KAPITEL 27

Meine Fingerspitze kreist um den Rand meiner Tasse. Jetzt ist es in Pemberlaine House gespenstisch still. Keine blaffende Amara mehr, keine wimmernde Eleanore, keine besorgte Mindy, kein Bobby und kein Ishaaq, die unsere Aussage aufnehmen und die Beweise sichern. Jetzt bin ich alleine – mit Mick, der mich nach der Verfolgungsjagd zurück ins Haus begleitet hat und jetzt vor mir auf der Kücheninsel liegt. Allmählich glaube ich, dass meine Theorie über seine Zuneigung stimmt. Dass er mich nur mag, wenn er Hunger hat oder wenn ich emotional bedürftig bin. Jetzt erlaubt er mir sogar außerhalb der Fütterungszeit, ihn zu streicheln, fünf Sekunden lang, dann steht er auf, dreht sich um sich selbst und legt sich mit dem Hintern zu mir wieder hin. Sicher spürt er, dass meine Frustration immer weiter wächst. Weil nichts zusammenpasst.

Ich schaue durch die Durchgangstür zum Esszimmer. Es ist stockdunkel, nur das Licht aus der Küche zeichnet die Schemen vom leeren Tisch und den Stühlen nach. Mindy hat mir geholfen, die Scherben zusammenzufegen, das Loch habe ich notdürftig mit einer schwarzen Mülltüte überklebt und die Fensterläden geschlossen. Ich mache mir keine Illusionen: Wenn jetzt jemand einbrechen möchte, hat er leichtes Spiel. Bei der Vorstellung läuft mir ein Schauer über den Rücken, aber ich *will* keine Angst haben. Nicht an dem Ort, den ich gerade wieder anfange, *Zuhause* zu nennen.

«Wir werden keine Angst haben, richtig?», sage ich an Mick

gewandt, der nur sein Hinterbein ausstreckt. Vielleicht ist diese gelassene Haltung aber auch seine Art, mir zuzustimmen.

Ich streiche flüchtig über die rosa Zehenballen, ehe ich mich wieder meiner Arbeit zuwende. Vor meiner Tasse liegt mein geöffnetes Notizbuch, daneben der Ordner mit Grandmas Kontoauszügen und mein Handy. Ich tippe auf das Display. Dabei habe ich mir das Foto darauf schon ein gutes Dutzend Mal angesehen. Es ist ein Schnappschuss von dem Zettel, der an dem Stein hing und jetzt auf dem Weg ins Labor ist.

Mein Blick gleitet trotzdem wieder über die Zeilen:

4000 Pfund bis Dienstag um 16 Uhr am üblichen Ort.
Keine Polizei, oder es drohen Konsequenzen.

Ich zoome an die Schrift heran. Sie ist noch krakeliger als meine, dunkelrot, jeder Buchstabe verwackelt, als hätte jemand absichtlich mit der falschen Hand geschrieben.

Je öfter ich es lese, desto weniger Sinn ergibt es. *Am üblichen Ort* klingt, als wäre es nicht die erste Erpressung. Gleichzeitig finde ich auf Grandmas Kontoauszügen keine Transaktionen, die dafürsprechen könnten. Weder unverhältnismäßig hohe oder häufige Abhebungen noch Überweisungen an ominöse Konten. Ob Grandma im Haus Bargeld versteckt? Möglich. Aber so viel, dass sie mal eben viertausend Pfund locker machen könnte? Unwahrscheinlich.

«Ab wann würdest du von *üblich* sprechen?», frage ich Mick, der ein guter Vorwand ist, um meine Gedanken laut auszusprechen. «Beim dritten Mal? Oder vielleicht beim vierten?» Nein ... *Üblich* klingt nach Routine. Nach einer längeren Vorgeschichte, aber gäbe es eine Vorgeschichte, hätte

Grandma doch mal was erwähnt? Oder zumindest Andeutungen gemacht? Die Vorstellung, dass sie letzten Monat bei uns in Edinburgh war, im Innenhof mit uns Rotwein getrunken und Small Talk gehalten hat, während sie in Edderton erpresst wurde, lässt das halbe Stück Kuchen, das ich mir reingezwungen habe, in mir rebellieren. Und wenn sie doch Andeutungen gemacht hat, die ich nur nicht mitbekommen habe? Wenn sie deshalb versucht hat, mir diesen Brief zu schreiben? Ob es das war, was sie mit Wahrheiten meinte, mit den Worten, die sich weniger gewichtig anfühlen, wenn man sie nicht persönlich ausspricht? Möglich.

Ich springe weiter zur nächsten Zeile.

Keine Polizei, oder es drohen Konsequenzen. «Konsequenzen», wiederhole ich murmelnd. Als ich den Zettel vor den anderen vorgelesen habe, hat Eleanore aufgeheult und gesagt, da hätten wir doch unseren Beweis für ein Verbrechen, dafür, dass Fenella etwas Schreckliches zugestoßen sei. Aber nüchtern betrachtet, beweist diese Drohung gar nichts. Denn hätten dieses Mädchen und ihr Komplize wirklich etwas mit Grandmas Verschwinden zu tun, hätten sie wohl kaum diesen Stein durchs Fenster geschmissen. Nicht heute. Nicht zwei Wochen *nach* ihrem Verschwinden. Es scheint viel eher, als wüssten sie nicht, dass Grandma weg ist, also was, wenn Grandma wirklich ihre Koffer gepackt hat und selbst abgehauen ist? Vor weiteren Erpressungen, vor angedrohten Konsequenzen? Was, wenn die Frau in Mavell's wirklich ihre Idee war, wenn ihre Furcht größer war als ihre Skrupel?

«Wenn ihre Furcht größer war als ihre Skrupel», wiederhole ich wispernd, während ich eine Hand in Micks Fell vergrabe. Mit der anderen blättere ich mein Notizbuch durch. An der Stelle, an der ich alles festgehalten habe, was ich über Benson und seine Crew weiß, bleibe ich hängen. Sie dürften etwa in dem Alter sein, in dem man gehobene Mittelfinger für ein Zeichen von Rebellion hält, und Joe hat gesagt, Benson würde einen *fetten BMW* fahren. Passt und passt, mit einem kleinen Haken: Gerade sind Sommerferien, und Joe hat noch heute Morgen erwähnt, Benson wäre mit seiner Familie verreist. Also hätte Benson an zwei Orten gleichzeitig sein müssen, was ziemlich ...

Ein Klingeln lässt Mick so plötzlich hochjagen, dass er meine Tasse scheppernd umstößt. «Scheiße!», fluche ich, während ich reflexartig zur Tasse greife. Tee schwappt über meine Finger, zum Glück eiskalt. «Danke für nichts!», rufe ich Mick nach, der blitzschnell davonläuft.

Ich rutsche vom Barhocker. Kaum habe ich den Boden berührt, meldet sich der Schmerz in meinen Füßen zurück. Ein unangenehmes Ziehen. Dabei habe ich die Schnitte gründlich ausgespült, desinfiziert und bandagiert. Und sogar ein dickes Paar Kuschelsocken übergezogen, das jeden Schritt abfedert.

Mick tigert mit erhobenem Schwanz an der Haustür entlang. Ich schaue durch den Spion. Zerzauste Haare, grünes T-Shirt, ernster Blick – Archer! Sofort reiße ich die Tür auf. Mein Puls schnellt dabei nach oben, denn ich habe seit Stunden nichts von ihm gehört.

«Entschuldige, ich wollte eigentlich früher ...»

«Und?!», falle ich ihm ins Wort. «Konntest du den Tresor knacken?! Hast du den Schlüssel gefunden, oder lag wenigstens etwas anderes drin, das uns weiterhelfen könnte? Bitte sag, dass die Zeit gereicht hat, oder hätte ich sie noch länger hinhalten müssen oder ...» Als ich Archers hochgezogene Augenbraue bemerke, unterbreche ich mich. «Warum kommst du nicht erst mal rein?» Mit geschürzten Lippen trete ich beiseite, um ihn in den Flur zu lassen. Nur damit sich

Mick direkt wieder an seine Beine schmiegen kann. «Tut mir leid, aber ich könnte gerade echt ein paar gute Neuigkeiten gebrauchen. Ishaaq hat dich sicher schon auf den neusten Stand gebracht?», frage ich und drücke die Tür hinter ihm ins Schloss. Ganz ohne Fluchtversuch von Mick, Respekt.

«Ishaaq und Grandma und Mindy und Amara ... Es war der chaotischste Bericht aller Zeiten, aber ich denke, ich habe die wesentlichen Details verstanden», erwidert Archer, der vor Mick und damit auch vor mir in die Knie geht. «Ein Klirren, Scherben, ein Erpresserbrief, eine dramatische Verfolgungsjagd, barfuß.» Sein Blick gleitet zu meinen dunkelroten Socken. Sieht aus, als hätte er auch die unwesentlichen Details verstanden.

«Ist halb so schlimm», sage ich ausweichend und verlagere mein Gewicht demonstrativ auf ein Bein – was den Schmerz leider befeuert. «Also», schwankend gebe ich die Haltung wieder auf, «hat sich Ishaaq schon die Aufnahmen vom Haupttor angesehen? Er wollte checken, ob der Fluchtwagen vorhin bei euch vorbeigefahren ist und ob es derselbe sein könnte wie auf den Videos. Farbe und Größe kämen jedenfalls hin.» *Und der gehobene Mittelfinger*, füge ich gedanklich hinzu.

«Hat er. Nur scheint der Wagen leider eine andere Route genommen zu haben.» Archer steht auf, während sich die Frustration weiter in mir ausbreitet. Wie Gift sickert sie von Faser zu Faser, lässt jeden Atemzug schmerzen. «So weit zu den schlechten Neuigkeiten. Aber da du meintest, du könntest ein paar gute gebrauchen ...» Er schiebt seine Hand in die Hosentasche und holt etwas raus. Angelaufenes Kupfer, im Schlüsselkopf die beiden Buchstaben *T* und *R*. Exakt dieselbe Schriftart wie auf dem Schloss unter dem Schreibtisch. Zweifel ausgeschlossen.

Mein Blick bohrt sich in Archers. Um seinen Triumph aufzufangen, der ungerührt auf mich überspringt und wie eine Welle in meinem Magen brandet.

«Sofern du diesen Schlüssel hier meintest, würde ich sagen, unser Plan ist aufgegangen», neckt Archer. «Bereit für ein paar Fotos unserer Grandmas, nach denen wir uns vermutlich die Augen auskratzen wollen?» Seine Worte stehen im scharfen Kontrast zu seinem provokanten Funkeln, das mich ungewollt anmacht und daran erinnert, dass sich in der Vergangenheit genau zwei Methoden bewährt haben, um mein überschüssiges Adrenalin schnell loszuwerden: Sport bis zum Limit – und guter Sex. Und selbst wenn unsere Nacht in diesem B&B beschissen geendet hat, war der Anfang ein netter Reminder, wie gut unsere Körper miteinander können.

«Mehr als bereit.» Ich klinge heiser, ein Warnsignal, das ich nicht ignorieren sollte. Deshalb füge ich hinzu: «Wobei ich wette, dass unsere Grandmas ziemlich heiß aussahen. Wenn ich an die alten Fotos in ihren Alben denke.»

«Wow, danke.» Archer verzieht den Mund. «Jetzt hab ich Bilder im Kopf, auf die ich gern verzichtet hätte ...»

«Gern geschehen», stichle ich, während ich mich aus meiner Position löse und ihm auffordernd meine Hand hinhalte. «Wenn du dann so freundlich wärst?»

Er lässt den Schlüssel in meine Finger fallen. Ohne mich zu berühren, dafür mit einem Blick, der viel mehr berührt als nur meine Haut. Bis ich mir die Worte in Erinnerung rufe, unter denen sich die Pfeilspitzen sofort bemerkbar machen: *Es war nicht Grandmas Idee, dir den Wagen zu geben. Sondern meine.* Ja, das hat geholfen. Dann wende ich mich ab und laufe ins Arbeitszimmer. Archer folgt mir, natürlich in Begleitung von Mick.

Ich gehe auf Tauchstation. *TR*. Ein wohliges Schaudern rieselt meinen Rücken hinab, während ich den Schlüssel in die Öffnung schiebe. Er passt. Und er lässt sich drehen.

Unwillkürlich halte ich den Atem an. Ich warte nur darauf, dass die Seitenwand aufspringt. Dass sich irgendein geheimes Fach öffnet. Aber obwohl ich ein verräterisches Klicken höre, passiert nichts.

Noch ein Versuch. Dieses Mal drehe ich den Schlüssel bis zum Anschlag und halte ihn fest, während ich mit der anderen Hand die Seitenkanten abtaste. Warum passiert denn nichts?!

«Siehst du da oben was?», frage ich zweifelnd. «Hat sich irgendetwas getan, ist eine Schublade aufgesprungen oder ein Fach, vielleicht auch nur ...?»

Ein mechanisches Rattern schneidet mir die Worte ab. Sofort lasse ich den Schlüssel los, der sich wie von selbst in die andere Richtung dreht.

«Ob sich etwas getan hat?», murmelt Archer von oben. «Ja, ich glaube, das könnte man so sagen.» Er klingt seltsam tonlos, während das Rattern lauter wird.

Das Geräusch kommt nicht vom Schreibtisch.

Ich schiebe mich zurück und passe auf, mir nicht den Kopf zu stoßen. Auf den ersten Blick sieht alles aus wie immer, aber dann folge ich dem Geräusch ...

«Was. Zur. Hölle?», wispere ich.

Anstatt eines Fachs öffnet sich ein ganzes *Regal*. Das mittlere von denen, die in die Wand zum Bridgesalon eingelassen sind. Jetzt gleitet es geführt über Kupferschienen, die im Boden sichtbar werden. Erst ein Stück zurück, dann zur Seite, bis man es nur noch erahnen kann. Und das dahinter ist eindeutig *nicht* der Bridgesalon. Sondern ein schmaler Raum, der nach kaum einem Meter vor einer Wand endet, vielleicht ist es aber auch ein Gang. Sieht aus, als hätte Grandma bedeutend mehr umbauen lassen als zwei alte Arbeitszimmer, was die horrenden Rechnungen von Carl's Clever Carpentry noch besser erklärt ...

Für Mick scheint das alles nichts Neues zu sein. Er springt leichtfüßig über die Schienen und verschwindet nach links, also ist da wirklich ein Gang. *Wow.* Ich weiß nicht, ob ich lachen oder weinen oder mich einfach meiner Faszination hingeben soll. Ich meine, wer träumt nicht von einem Bücherregal, hinter dem sich ein geheimes Zimmer verbirgt, in das man sich ganz ungestört zurückziehen kann? So viel zu den Geheimnissen von Pemberlaine House ...

«Wollen wir ...?» Archer muss seine Frage nicht beenden.

«Auf jeden Fall», antworte ich und versuche, die Faszination gewinnen zu lassen. Auch wenn es unendlich schwer ist, denn Grandma hat diese Art von Umbau nie erwähnt – glaube ich. Ein Ziehen windet sich in meinem Herzen. Sobald ich Grandma wiederhabe, schwöre ich, dass ich ihr bei unseren Treffen mehr Platz einräumen werde als Claudine. Und dass wir uns öfter als nur die ein paar Mal im Jahr treffen werden.

Ich nehme den Briefbeschwerer vom Tisch, um ihn so auf den Schienen zu platzieren, dass er beim Schließen verkeilt. Denn ich habe keine Lust, auf unbestimmte Zeit in einem geheimen Hinterzimmer festzusitzen. Selbst wenn die Vorstellung zusammen mit Archer etwas weniger furchtbar ist ... Was uns auch nicht viel bringt, sollte man uns nicht binnen weniger Tage befreien. Unwillkürlich schießt mir eine Schlagzeile durch den Kopf: KRIMIAUTORIN RAE PEMBERLAINE BEI DEM VERSUCH GESTORBEN, CLAUDINE MCPHEA ZU SEIN. *Oh, bitte nicht.*

«Warte noch kurz», sage ich, ehe Archer über die Schwelle treten kann. Ich teste meinen improvisierten Türstopper, und erst als das Regal verkeilt, bin ich zufrieden.

Im Gang gibt es einen Lichtschalter. Ein Klicken später vertreibt eine Lampe aus marmoriertem Glas die Schatten von den rosa Tapeten, dem dunklen Holzboden, den Treppenstufen, die nach ... *oben* führen? Jetzt bin ich endgültig irritiert.

«Ist Pemberlaine House so etwas wie die TARDIS?», spricht Archer meine Zweifel aus, während er mir die schmalen Stufen nach oben folgt. «Von innen größer als von außen?»

Ich werfe ihm einen überraschten Schulterblick zu. «Warte, du hast *Doctor Who* gesehen? Wann?»

«Zugegebenermaßen nur die Neuauflage, aber du hattest recht: Es macht tatsächlich Spaß.»

Keine Ahnung, wie oft ich früher versucht habe, ihm die Folgen ab 1963 zu zeigen. Aber irgendwie sind wir bei jedem geplanten Serienabend abgedriftet, woran ich vielleicht nicht ganz unschuldig war ...

Mick wartet bereits auf dem letzten Treppenabsatz und streckt sich an einer weiteren Tür hoch. Als wollte er das goldene Schild berühren, das in der Mitte hängt. Darauf dieselben Buchstaben, die ich von Schlüssel und Schloss kenne – nur stehen sie dieses Mal nicht alleine: TEA ROOM.

Unwillkürlich entgleitet mir ein Lachen. Weil es einfach so absurd ist und irgendwie doch zu Grandma passt. Tee war schon immer ihre Leidenschaft, also warum nicht einen Ort schaffen, der ganz zum Genießen gedacht ist? Zusammen mit ihren beiden ältesten Freundinnen, die offensichtlich von dem Raum wissen. Sonst hätten sie den Schlüssel wohl kaum an sich genommen.

Ich greife zur Türklinke. Ein Pulsschlag, der so laut ist, dass er in meinen Ohren donnert, dann drücke ich sie runter.

Mick schlüpft ungerührt durch den Türspalt. Rein in das Ungewisse, in dem Sonnenstrahlen durch halb geöffnete Fensterläden tanzen. Ich gehe tiefer in den Raum, betaste jeden Inch mit Blicken. Die Tapeten scheinen die gleichen wie im Flur zu sein, die Einrichtung ist in Bordeauxrot getaucht. Der kreisrunde Teppich, in dem meine Füße versinken, die Vitrine mit dem Geschirr, die Kommode mit einigen Bilderrahmen, die Sitzecke mit den drei Sesseln – ich hab's direkt vor mir, wie Grandma zusammen mit Amara und Eleanore dasitzt und bei einem frischen Earl Grey den neusten Klatsch austauscht. Ob sie ihren Freundinnen auch von den Drohungen erzählt hat? Falls es wirklich schon vorher welche gab? Nein, dann hätten sie es spätestens heute Nachmittag erwähnen *müssen*, außer ...

Hinter der Sitzecke bleibe ich stehen und drehe mich zu Archer. «Das klingt jetzt vielleicht seltsam, aber meinst du ... Könnte es sein, dass Eleanore auch erpresst wird? Oder Amara?», frage ich. «Vielleicht sogar beide?»

Archer hält inne. In seiner Hand einer der Bilderrahmen von der Kommode. «Ganz ehrlich?» Er sieht zu mir auf. «Ich weiß es nicht. Ich meine, ich würde gerne Nein sagen, aber inzwischen weiß ich nicht mehr, was ich denken soll.»

«Dann sind wir schon mal zwei», erwidere ich ebenso ehrlich und setze meine Erkundungstour fort. Hinter einem Paravent gibt es sogar eine kleine Küchenzeile in Bordeauxrot, nur die Arbeitsplatte ist aus weißem Marmor, die Akzente wieder golden. Darunter der Kessel, der auf einer der Herdplatten steht, aber auch die vielen Teedosen, die sich darüber hinter gläsernen Türen aufreihen. Ähnlich viele wie in Eleanores Salon.

Jeder Schritt fühlt sich falsch und zugleich richtig an, magisch und verboten, als hätte ich Narnia betreten, irgendein Reich hinter einer Tür, das dort nicht existieren sollte. Weil ich dieses Haus *kenne*, weil ich in jedem einzelnen Zimmer war, weil ich überall aufgeräumt und geputzt und nach Hinweisen ... Mir schießt die Erkenntnis so unvermittelt durch den Kopf, dass ich in meiner Bewegung erstarre. *Grandmas Lesezimmer.* Wenn mich nicht alles täuscht, müssten wir gerade hinter der Wand mit den vielen Büchern stehen. Hinter der Wand, von der ich sicher war, dass sie früher ein Fenster hatte, was auch erklären würde, warum mir der Raum so viel kleiner vorkam ...

Ich gehe zum Fenster und schiebe die Läden ganz auf. Unter uns liegt der Garten mit der Laube, rechts der Schuppen, dahinter der Zaun und das Feld, über das ich erst vor ein paar Stunden hinter der Fremden hergejagt bin. Und dann der Übergang zum Meer. Genau der Ausblick, den Grandpa aus seinem alten Arbeitszimmer hatte. Also hat Grandma sich zwei Wünsche in einem erfüllt: einen offensichtlichen vorne, einen geheimen hier hinten. Bleibt nur die Frage, warum Eleanore und Amara diesen Teil mit keiner Silbe erwähnt haben?

Während Archer weiter die Fotos mustert, gehe ich zu der Sitzecke, in der Mick es sich bequem gemacht hat. Er liegt eingerollt auf einem der Sessel, nur die Vorderpfoten hat er ausgestreckt, sodass sie über die Kante ragen. Ich fahre ihm flüchtig übers Fell, bevor ich mich auf den Teppich knie und unter die Sessel schaue. Nichts. Nicht einmal der winzige Krümel eines Scones. Sicherheitshalber kämme ich den Teppich mit den Fingerspitzen durch, aber er ist makellos sauber.

Ich ziehe mich an einem Sessel zurück auf die Knie, dann taste ich die Ritzen zwischen den Polstern ab. Nichts, nichts, nichts ... *etwas.* Hinter einem der Sitzpolster stoßen meine Finger gegen etwas Hartes. Ich greife es an den Kanten und ziehe es raus. Schwarz, kompakt: ein Smartphone. Um genau zu sein, ist es das Smartphone, das ich Grandma vor ein paar Jahren geschenkt habe. Kein Wunder, dass jeder Anruf auf ihre Mailbox geht. Das Display ist tot, und als ich versuche, das Handy einzuschalten, blitzt nur ein roter Akku auf. Leer, aber immerhin nicht tiefenentladen. Ein kleiner Hoffnungsschimmer, auch wenn ich bezweifle, dass darauf viel mehr zu finden ist als ein paar Telefonate mit mir – und eine Menge verpasster Anrufe. Ich stecke es trotzdem in meine Hosentasche, ehe ich den letzten Sessel durchsuche. Was heißt, dass ich Mick bei seinem Nickerchen stören muss.

«Tut mir leid», flüstere ich ihm zu. «Du kannst ruhig liegen bleiben, geht auch ganz schnell.»

«Hast du was gesagt?», fragt Archer, der jetzt vor der Vitrine mit dem Porzellan steht.

«Ich hab mit Mick geredet», erwidere ich, eine Hand zwischen Sitz- und Rückenpolster versenkt. Wow, endlich ein paar Krümel, die zumindest andeuten, dass hier oben mal eine echte Tea Time stattgefunden hat.

Aus den Augenwinkeln sehe ich Archers Schmunzeln, aber er sagt nichts, sondern schüttelt einfach nur den Kopf und widmet sich wieder der Vitrine.

Mein nächstes Ziel ist der Tisch, um den ich gerade herumgekrochen bin. Er hat zwei kleine Schubladen, die sich direkt unter die Tischplatte drücken. Ich stehe auf und öffne die erste. Servietten, Teelichter, Feuerzeug, ein paar leere Plastiktütchen, Gummibänder, leere Handmade-Etiketten (für Marmelade?), beschriebene Handmade-Etiketten (*Premium Cookies,* in einer fremden Handschrift); Stifte. An sich typischer Krimskrams, aber eher aus einer Küchenschublade als einem Teezimmer.

In der zweiten liegt Papier, nein ... *Briefe.* Mit einer Schrift, die mir bekannt vorkommt.

2000 Pfund bis Montag 14 Uhr am üblichen Ort.
Keine Polizei, oder dein Geheimnis fliegt auf.

Mein Herz setzt einen Schlag lang aus, nur um im nächsten Atemzug noch heftiger gegen meinen Brustkorb zu drängen. *Da hast du deinen üblichen Ort wieder*, spöttelt ein Stimmchen in mir. Ich bringe es mit einem resignierten Seufzer zum Schweigen. *Oh, Grandma, wo bist du da nur reingeraten?*

Spätestens jetzt ist klar, dass wir die Polizei einschalten müssen, aber ... nicht sofort. Weil ich weiß, dass Ishaaq es an Riley melden müsste, und Riley würde wieder ihre Detectives schicken, und dann hätte ich keine Chance mehr, alles mit eigenen Augen zu sehen. Allerdings habe ich auch nicht vor, ihre Arbeit zu erschweren.

Ich nehme mir eins der Plastiktütchen und stülpe es mir über die Finger. Erst dann wage ich es, mich auf die Sesselkante zu setzen und den ersten Zettel anzuheben. Er ist glatter als der von heute Nachmittag, als wäre er nicht um einen Stein gewickelt worden. Darunter gibt es sogar einen gefalteten in einem Umschlag. Ich zupfe ihn heraus.

> Du hast die Geschäftsregeln missachtet, und dafür musst du zahlen. 3000 Pfund am Freitag um 18 Uhr. Du weißt wo.

Unwillkürlich fange ich an, die Summen zu addieren, und mit jeder Notiz wird mir flauer.

«Rae.» Archers Stimme klingt so alarmiert, dass ich meinen Fund sinken lasse. «Das hier solltest du dir ansehen. Und zwar jetzt.»

«Okay?» Ich raffe mich auf, auch wenn meine Beine viel zu weich sind. Den Zettel noch in der Hand gehe ich zu Archer. Er steht vor der Küchenzeile und hat eine der Teedosen geöffnet, jetzt raschelt er an Plastik herum – und ein strenger Geruch breitet sich aus.

Erdig. Krautig. *Bekannt.* Von Raves und ein paar Konzerten, aber doch nicht ... «Ist das *Haschisch*?!», entgleitet es mir eine Spur zu schrill, gebrochen von einem ungläubigen Lachen, weil es definitiv nicht sein *kann.*

Archer hält mir die Dose hin, und der Geruch intensiviert sich. So unverkennbar, dass ich die Realität schon *sehr* hart verweigern muss, wenn ich das hier ignorieren möchte.

«Genau dasselbe wollte ich dich fragen», sagt er mit einer Miene, die die Gewissheit tiefer in meine Knochen treibt.

Pulsschlag für Pulsschlag gleitet mein Blick weiter. Ich lege den Zettel beiseite, öffne die Unterschränke, die Oberschränke, verknüpfe jedes verfügbare Detail. Den Backofen unter dem Herd mit den Zutaten im Schrank, die Rührschüssel mit dem Mixer, die Tütchen aus der Schublade mit den Handmade-Etiketten, das alles mit den vielen goldenen Teedosen, die ich nur kurz schütteln muss, um zu hören, dass in jeder einzelnen Plastik raschelt. *Und wenn der Rest wirklich nur Earl Grey ist?* Ein letzter Funke Naivität, den ich mir gerne bewahren würde. Doch er schwindet von Stichprobe zu Stichprobe weiter, bis er am Ende des Regals ganz erlischt.

Meine Grandma hat einen Tea Room voller Haschisch. Mit allem, was man für einen richtigen Cookievertrieb braucht. Vielleicht sollte mal jemand kontrollieren, ob die Hölle kürzlich zugefroren ist ...

KAPITEL 28

Der Geruch hängt hartnäckig im Raum. Allmählich frage ich mich, ob er nicht schon die ganze Zeit da war, ein bisschen krautige Süße, die mit Keksduft in die Polster eingezogen ist. Die ich nur nicht wahrgenommen habe, weil ich sie nicht wahrnehmen *wollte*. Weil sie nicht hier reinpasst. Weil das hier immer noch das Haus meiner *Grandma* ist. Wer hätte gedacht, dass ich mich nicht nur an die Beschreibung *Vermisste* gewöhnen muss, sondern auch noch an ... *Drogendealerin*? *Süße Omi mit Haschkeksen*? Steve wird lachen, wenn er das hört – nur, sollte ich die Details richtig verknüpft haben, ist es ein echter Straftatbestand. Der je nach Ausmaß eine Geld-, im schlimmsten Falle eine Freiheitsstrafe nach sich zieht. Unmöglich, diese Infos offiziell an die Polizei weiterzugeben.

Ich ziehe die Beine zu mir hoch auf den Sessel. Um gegen das flaue Gefühl in meinem Magen anzupressen. Ein Teil von mir würde am liebsten aufspringen und das gesamte Zeug im Meer versenken, jede einzelne der Dosen restlos ausleeren. Bis hier nichts mehr auf irgendwelche illegalen Tätigkeiten hindeutet, aber was, wenn ich damit wichtige Beweise vernichte? Spuren, die mich zu Grandma führen könnten?

«Bist du ganz sicher ...?»

«Keine Polizei», falle ich Archer ins Wort. «Wenn wir Bobby oder Ishaaq anrufen, werden sie DS Riley informieren und ...»

«DS Riley könnte aus der Vermisstenmeldung eine Fahndung machen, ich weiß», beendet Archer meinen Satz, gefolgt von einem Seufzer. Er sitzt mir gegenüber auf der Kante des Sessels, die Ellbogen hat er auf seine Knie gestützt, das Gesicht zu einer nachdenklichen Miene verzogen.

«Und ich möchte Grandma wirklich nicht im Gefängnis sehen», füge ich hinzu. Unser Gespräch dreht sich seit locker einer Stunde im Kreis. Es ist ein ständiger Wechsel zwischen der Feststellung nackter Tatsachen, Diskussionen über die nächsten Schritte – und Schweigen. Das wiederum dazu einlädt, besagte Tatsachen durchzugehen, ein Teufelskreis, aber ich habe keine Ahnung, wie wir ihn durchbrechen sollen.

«Meine Grandma hat ein geheimes Teezimmer voller Drogen», murmle ich zum gefühlt zehnten Mal. «Deine Grandma hatte den Schlüssel zu diesem Raum. Sowohl sie als auch Amara müssen also von dem Hasch gewusst haben. Und von den Erpresserbriefen.» Mein Blick gleitet zum Tisch, auf dem ich die Briefe ausgebreitet habe.

Insgesamt sind es sieben Stück, nein, acht, wenn ich den Schnappschuss auf meinem Handy mitzähle. Allerdings bezweifle ich, dass die Sammlung vollständig ist, denn es gibt keinen, in dem der Übergabeort genannt wird. Es heißt immer nur «am üblichen Ort», «du weißt, wo» oder «an derselben Stelle wie letztes Mal».

«Erpresserbriefe von jemandem, der von der Sache mit den Drogen weiß», fügt Archer hinzu. «Und der Fenella Konsequenzen angedroht hat, sollte sie nicht zahlen – oder jemandem davon erzählen.» Ein Schatten flackert über sein Gesicht.

Ich weiß, worauf er hinauswill, denn auch diesen Teil haben wir bereits öfter durchgespielt. Vielleicht ist Grandma vor den angedrohten Konsequenzen geflohen, wobei es mich wundern würde, wenn Eleanore und Amara nichts davon wüssten. Aber vielleicht wurde sie auch davon eingeholt, und allein die Vorstellung daran treibt die nächste Welle Übelkeit durch meinen Magen. Denn keine der beiden Theorien lässt sich mit Gewissheit ausschließen. *Was auch so bleiben wird, wenn du weiter hier rumsitzt und im Selbstmitleid versinkst,* wispert etwas in mir.

Als hätte Archer es gehört, rafft er sich auf und hält mir seine Hand hin. «Komm, Rae.»

Es ist verflucht verlockend, meine Beine noch enger an den Körper zu ziehen und einfach hier sitzen zu bleiben, aber ich will endlich weitermachen. Auch wenn ich keine Ahnung habe, wie dieses *weiter* aussehen soll.

In einem Seufzer lasse ich meine Füße vom Sessel zu Boden gleiten und lege meine Hand in Archers. Die Berührung fühlt sich viel zu gut an, zu tröstlich.

«Aber keine Polizei», wiederhole ich, während ich mich von ihm auf die Beine ziehen lasse.

Er nickt, auch wenn sein Widerstreben nicht zu übersehen ist. «Keine Polizei», bestätigt er.

Dann löse ich mich von ihm und straffe die Schultern. Was sind die nächsten Schritte? Nachdenklich sehe ich mich um. Die Teedosen, die Erpresserbriefe, Mick, den nichts davon zu kümmern scheint. In der Luft die krautige Süße, unten im Haus das zerbrochene Fenster. Ein Teil von mir will sich weiterhin weigern, Angst zu haben, aber da ist dieses Pochen in meinem Kopf, dieser Knoten in meinem Magen, dieses kaum spürbare Zittern in meinen Gliedern. Ja, ich kann es leugnen und weiter dagegen ankämpfen, aber tief in mir vibriert eine Angst, die sicher nicht schwinden wird, wenn ich die Augen vor der Realität verschließe. Grandma steckt ziemlich tief in der Scheiße, und auch wenn sie sich vermutlich selbst reingeritten hat, muss ich ihr irgendwie da raushelfen. Aber dafür brauche ich Abstand. Von diesem Zimmer, von Pemberlaine House, von allem, was die Angst nur befeuert, anstatt mir klare Gedanken zu ermöglichen.

Ich ringe jeden Widerstand nieder und schaue auf zu Archer. «Meinst du, ich könnte heute Nacht auf Warwick Manor schlafen?»

In seinem Blick glimmt etwas auf, und ich weiß, dass es eine beschissene Idee ist. Jetzt, da ich seine Hilfe streng genommen nicht mehr brauche, wäre es besser, auf Abstand zu gehen. Mir die Zeit zu nehmen, die es braucht, bevor ich das längst überfällige Gespräch mit ihm führen kann. *Immerhin ist es nur für eine Nacht*, rede ich gegen meine Vernunft an und beschließe, gleich morgen jemanden zu suchen, der das Fenster repariert.

«Jederzeit», erwidert Archer, und damit ist die Sache beschlossen.

Nach Ericas Lesung wirkt Warwick Manor wie ausgestorben. Mindy hat längst Feierabend. Eleanore ist mit Amara nach Ardgay gefahren, zu irgendeinem Buchclub bei alten Freundinnen. Ich habe keinen blassen Schimmer, wie sie einfach weitermachen können, aber vielleicht ist das ihre Form von Ablenkung. Dabei hätte ich die beiden Damen liebend gerne sofort mit unserem Fund konfrontiert.

Wir steuern auf die Treppe zu. Archer hat sich meinen Rucksack über die Schulter geworfen. Darin meine Klamotten für die Nacht, die eingetüteten Erpresserbriefe und ein Ladekabel für das Handy. Falls es wirklich das von Grandma sein sollte, hat sie hoffentlich eine simple PIN gewählt. Vielleicht Grandpas Geburtsdatum. Oder ihren Hochzeitstag. Oder noch besser: gar keine.

«Soweit ich weiß, hat Mindy alle Betten frisch bezogen, du hast also freie Zimmerwahl», sagt Archer, als wir oben im Flur angekommen sind. Ob er wohl immer noch dieses riesige Doppelbett hat …?

«Das mit der großen Badewanne», erwidere ich, bevor ich auf falsche Ideen komme. «Vorausgesetzt, es existiert noch und deine Grandma hat nicht auch ein paar heimliche Umbauten machen lassen, um irgendwelche illegalen Geschäfte zu verstecken.» Es soll wie ein Scherz klingen, aber es scheitert am bitteren Tonfall.

Anstatt einer Antwort bedeutet Archer mir, ihm zu folgen. Wir gehen den Flur runter, bis wir zwischen zwei Türen stehen bleiben. Sein altes Zimmer liegt rechts, links besagtes Gästezimmer. Wie oft habe ich mich früher aus Archers Bett heimlich nach drüben gestohlen, wenn meine Gedanken mal wieder zu laut waren? Nur um in aller Ruhe im heißen Wasser zu liegen und in die nächtliche Dunkelheit des Gartens zu starren, mich von der Wärme und der Stille und dem Gefühl der Schwerelosigkeit einhüllen zu lassen, bis der Drang abzuhauen nur noch ein dumpfes Ziehen war. Bis ich zurück zu Archer unter die Decke kriechen und so tun konnte, als wäre das hier genau der Platz, an den ich gehöre. Ich hätte nie gedacht, dass mal eine Zeit kommen wird, in der ich wirklich anfange, Edderton mit anderen Augen zu sehen.

Archer öffnet die linke Tür, und ich schiebe das Zwicken in mir auf die Gesamtsituation, nicht auf *Bedauern*. Außerdem ist und bleibt dieses Gästezimmer eins der schönsten auf Warwick Manor, selbst bei Nacht, wenn das Deckenlicht seinen warmen Schein auf die pastellgelb-weiß gestreiften Wände wirft. Auch hier gibt es ein riesiges Doppelbett, das aus dem gleichen dunklen Holz gefertigt ist wie die Kommode, der Rahmen des Standspiegels und die Füße der Badewanne, die vor dem großen Fenster steht, so gedreht, dass man hinaus in die Nacht schauen kann. Darüber ein Holztablett mit einem Stück Seife, mehreren Badezusätzen und einer Halterung für ein Buch. Warum habe ich so etwas eigentlich nicht in Edinburgh? *Vielleicht, weil du keine Badewanne hast.*

Sowohl das Bett als auch die Zierkissen und der Stuhl neben der Wanne sind mit senfgelben Stoffen bezogen. Hier gibt es keine Fotos der Warwicks, keine persönlichen Details, und trotzdem wirkt es wohnlich.

«Ich bringe dir gleich noch Handtücher», sagt Archer, während er meinen Rucksack auf den Stuhl stellt. Dann wendet er sich mir zu, und als er mich ansieht, ist der Drang überwältigend, ihn zu bitten hierzubleiben. Sich zusammen mit mir in das weiche Bett zu kuscheln und mich von allem anderen abzulenken. Was reiner Selbstbetrug wäre, solange ungesagte Worte zwischen uns liegen. Also forme ich nur ein zwangloses Lächeln und gehe an ihm vorbei.

Ich öffne den Rucksack, oder zumindest versuche ich es, denn etwas hat sich von innen im Reißverschluss verkantet. Plastik. Vermutlich die Ecke eines Gefrierbeutels, in die ich die Briefe eingetütet habe. Ich versuche erst behutsam, die Kante zu lösen, keine Chance, dann zerre ich etwas fester, am Ende reiße ich das Stück Plastik einfach ab, während sich die Enge in meiner Brust schon wieder zurückmeldet. Ätzend. Ich hole die Briefe heraus, als mir wieder der Schnappschuss auf meinem Handy einfällt.

«Ach, habt ihr vielleicht einen Drucker?», frage ich an Archer gewandt.

«Unten im Büro steht einer. Du müsstest ihn übers WLAN finden.»

Überrascht schaue ich zu ihm rüber. «Ein Router, ein automatisches Tor und ein WLAN-fähiger Drucker? Wann genau ist deine Grandma bitte im einundzwanzigsten Jahrhundert angekommen?», necke ich, während ich mein iPhone raushole.

«Sagen wir, es hat mich einige Überredungskünste gekostet», antwortet Archer, während er auf seinem Smartphone einen WLAN-Code aufruft und mich ihn abscannen lässt.

Kaum bin ich verbunden, öffne ich das Foto des neusten Briefs und tippe auf «drucken». Mir wird tatsächlich ein Gerät angezeigt, bei dessen Namen mir ungefragt ein Lachen entschlüpft. «*Eddie Landon*?», lese ich vor. «War das nicht der Typ aus deiner Stufe, der ständig bei allen abgeschrieben hat?»

«Oh, jetzt, wo du's sagst.» In Archers Augen blitzt ein Feixen auf. «Ist natürlich reiner Zufall, dass unser Drucker mit Kopierfunktion denselben Namen hat.»

«Natürlich.» Ein Lächeln schleicht sich flüchtig an.

Ich genieße den Moment der Normalität, auch wenn er zu kurz anhält. Denn kaum blitzt auf meinem Handy die Info für den abgeschlossenen Druck auf, kann ich mich nicht mehr auf alte Namen oder Anekdoten konzentrieren.

Archer wäre nicht Archer, würde er den Stimmungswechsel nicht sofort bemerken. Er tritt einen Schritt zurück. «Warum richtest du dich nicht in Ruhe ein, während ich den Ausdruck und die Handtücher hole? Und brauchst du sonst noch was? Tee? Vielleicht einen Kaffee?» Seine Miene verrät, dass er genau weiß, dass ich noch nicht daran denken kann zu schlafen, selbst wenn es vernünftig wäre.

«Kaffee klingt gut, danke. Und könntest du mir die hier vielleicht kopieren?» Ich gebe ihm die eingetüteten Briefe. «Natürlich, ohne das Papier anzufassen. Nur für den Fall, dass da Fingerabdrücke ...» Ich unterbreche mich, denn ich weiß, dass ich es Archer nicht erklären muss.

Während er geht, hole ich das Ladegerät raus und schließe Grandmas Handy neben dem Nachttisch an. Dann drücke ich den Stöpsel in den goldenen Ablauf der Wanne, ehe ich den Hahn aufdrehe. Nach einer Weile steigt Dampf auf. Ich gehe die Badezusätze durch und entscheide mich für Fichte-Orange, zwei Düfte, die hoffentlich intensiv genug sind, um die krautige Süße endgültig aus meiner Nase zu vertreiben.

Als ich einen großen Schuss ins Wasser gebe, kommt Archer zurück. Voll beladen mit Handtüchern und Kaffeetasse, sodass ich ihm schnell zu Hilfe eile. Auf dem Handtuchstapel liegen sowohl die originalen Erpresserbriefe als auch die Kopien – alle umhüllt von Folie.

«Damit kein Wasser drankommt», kommentiert Archer, während er in der anderen Hand meine Kaffeetasse geduldig festhält und wartet, bis ich den Rest abgelegt habe.

Mit fragender Miene nehme ich ihm die Tasse ab. «Woher ...?»

«Du hast schon immer gerne gebadet, um deine Gedanken zu sortieren», erwidert er, im Mundwinkel ein verstecktes Lächeln. Vielleicht sind meine nächtlichen Ausflüge damals doch nicht ganz unbemerkt geblieben.

Anstatt etwas zu sagen, stelle ich die Tasse aufs Tablett über der Wanne. Inzwischen hat sich auf der Wasseroberfläche eine stattliche Schaumschicht gebildet, so intensiv duftend, dass sie selbst das Kaffeearoma übertüncht. Ich nehme einen tiefen Atemzug, inhaliere die angenehmen Düfte, bis ich sicher bin, dass sie in jede Faser meines Körpers gekrochen sind und alles vertrieben haben, was ich nie hätte riechen wollen. Oder sehen. Oder anfassen. Oder überhaupt wissen, dass es in diesem Rahmen *existiert*.

Im Rücken spüre ich Archers Anwesenheit. Dieses reflexartige Prickeln im Nacken, ein flatterndes Tanzen im Magen, das beharrlich gegen den unangenehmen Knoten ankämpft. Ich könnte ihn immer noch bitten zu bleiben.

Jetzt. Jetzt. *Jetzt.*

Ein Räuspern durchbricht mein Zögern. «Ich werde dann mal rübergehen», sagt Archer hinter mir, seine Stimme eine Nuance tiefer, rauer. Vielleicht ist dieses *Jetzt* auch durch seinen Kopf gespukt, vielleicht hat er darauf gehofft, dass ich mich umdrehe, mit den Fingerspitzen den Saum seines T-Shirts umspiele und ihn an mich ziehe. Meine Lippen auf seine lege, ihn küsse, murmle, dass in der Badewanne auch genug Platz für uns beide wäre. Aber abgesehen davon, dass die Vorstellung eines gemeinsamen Bads immer sexyer ist als die Realität, wäre es das Gegenteil von «Gedanken sortieren».

So viel zu *Freunde ohne Erwartungen.*

Mit einem Seufzer drehe ich mich um, gehe allerdings nicht auf Archer zu, sondern nehme die Handtücher vom Bett. «Danke.» Ich schenke Archer ein schwaches Lächeln. Ja, auf Abstand gehen ist sicher das Klügste für uns beide. Am besten suche ich noch heute Nacht jemanden, der Fenster per Express repariert.

«Falls du was findest oder einfach nur reden möchtest: Ich bin direkt nebenan», sagt er, dann lässt er mich alleine.

Erst als ich auf dem Flur keine Schritte mehr höre, stelle ich das Wasser aus und fange an, mich auszuziehen. Unwillkürlich geht mein Blick zur Fensterfront. Durch das große Deckenlicht sehe ich nur mich selbst, die Bluse, die ich an meinen sonst nackten Körper gepresst halte, als hätte ich Sorge, dass mich jemand beobachtet, meine gerunzelte Stirn, die zerzausten Haare, das sorgenvolle Glänzen in meinen Augen. Sonst bin ich gut darin, mein Innenleben zu verstecken, aber jetzt scheine ich meine Maske mit den Klamotten abgestreift zu haben. Oder sehe ich schon die ganze Zeit so aus?

Kopfschüttelnd knipse ich die kleine Lampe auf der Kommode an, die gerade genug Licht spenden sollte, um die Briefe lesen zu können, und schalte das große Deckenlicht aus. Mein Spiegelbild zeichnet sich immer noch scharf im Fensterglas ab, doch dahinter glaube ich zumindest ein paar Konturen der Nacht erahnen zu können. Den weitläufigen Garten, umrandet von Bäumen, die sich im Wind wiegen.

Ich tauche meine Zehenspitzen in die Wanne. Das Wasser ist wirklich verdammt heiß. Oder in anderen Worten: genau das, was ich jetzt brauche. Ich lasse die Bluse fallen und steige ganz rein, den Rand mit beiden Händen umklammernd, damit ich nicht versehentlich ans Tablett stoße. Erst als ich sitze, wage ich es, den Rand loszulassen, strecke die Beine so weit wie möglich aus und lasse mich nach hinten sinken. Mir gleitet ein Stöhnen über die Lippen – jeder Muskel meines Körpers schließt sich an. Mir war nicht bewusst, dass ich *so* verspannt bin. Für einen Moment erlaube ich es mir, den Kopf in den Nacken zu legen und die Augen zu schließen. Einfach nur die Hitze zu genießen, den Schaum an meinen Schultern, einzuatmen. Auszuatmen. Obwohl sich an der Menge der Gedanken nichts geändert hat, spüre ich, wie sich nicht nur die Verhärtungen meiner Muskeln lösen, sondern auch der Knoten in meinem Kopf. Alles scheint mehr Raum zu kriegen, sich entfalten zu können. Bis ich die meisten Fäden einfach wegschieben und mich ganz auf meine erste Mission konzentrieren kann: Noch einmal die Erpresserbriefe durchgehen. In Ruhe. Geordnet. Einen nach dem anderen.

Ich greife nach den ersten beiden. Die Kopien sind gut geworden. Einmal schwarzer, einmal blauer Kugelschreiber, identische Schrift. Ich lese die Zeilen wieder und wieder. Manchmal am Stück. Manchmal nur jedes zweite Wort, dann setze ich die Anfangsbuchstaben der Wörter zusammen oder versuche, die Texte rückwärts zu lesen. Allerdings sieht es nicht so aus, als gäbe es hier ein Geheimnis zu ergründen, also nehme ich den nächsten Brief hinzu. Es ist der Ausdruck meines Schnappschusses, der leider nicht optimal ist. Obwohl ich mir Mühe gegeben habe, das Schreiben zu glätten, sieht man ein paar der Knicklinien, die der Drucker stärker nachgezeichnet hat. Allerdings reicht es, um die Wörter lesen zu können, die sich längst eingebrannt haben.

Mein Blick huscht zu den anderen Kopien. Wieder zurück. Immer im Wechsel springe ich zwischen den Wörtern hin und her, gleiche jeden Buchstaben miteinander ab. Als ich beim kleinen a ankomme, stocke ich. *Etwas stimmt nicht*, schießt es mir durch den Kopf, und tatsächlich. Während auf den Originalen aus Grandmas Teetisch das a in Schreibschrift verwendet wird, sieht es auf der Botschaft von heute Nachmittag nach Druckschrift aus. Mein Puls beschleunigt sich. Samt den Briefen drehe ich mich in der Wanne um, verrenke mich über den Rand hinweg, um sie ins Licht der Lampe zu halten. Warum habe ich nicht die Lupe aus Grandmas Schreibtisch mitgenommen?! Jetzt, da ich es einmal bemerkt habe, ist es nicht mehr zu übersehen, und je länger ich meinen Blick springen lasse, desto mehr fühlt es sich nach einem dieser «Wie viele Fehler findest du?»-Rätsel an.

Ich tausche eine der Briefkopien gegen die nächste und achte immer auf dieselben Details. Das kleine a. Der Schwung hinten beim n, der auf dem Schnappschuss fehlt. Die makellose obere Linie beim f, die auf dem Ausdruck verwackelt ist. Als hätte jemand beim Schreiben kurz gezögert, als wäre die Person nicht ganz sicher, ob sie den Buchstaben richtig imitiert. *Imitiert.* Während mein Herz in schmerzhaft schnellen Schlägen gegen meinen Brustkorb drängt, rutscht mir ein triumphierendes Quieken raus. Das ist es. Jemand –

vielleicht das Mädchen oder ihr Fluchtfahrer – hat die Schrift des eigentlichen Erpressers imitiert. Gut möglich, dass sie gar nicht wussten, dass Grandma weg ist, und dass sie einfach ihre Chance gewittert haben, sich selbst zu bereichern. Klassisches Trittbrettfahren, was aber auch heißt ...

Meine Finger klammern sich fester um das folierte Papier, mein Triumph verglüht wie ein sterbender Stern. Trittbrettfahren geht nur, wenn man ein Vorbild hat. Jemanden, auf dessen Masche man aufspringen kann. Was bedeutet, dass Grandma *wirklich* erpresst wurde. Und dass es da draußen mindestens ein Mädchen gibt, das von alledem mitbekommen hat. Geschwungene Lippen, gebräunte Haut, diese Augen ... Ich schließe meine Lider, um das Bild in all seinen Details hervorzukitzeln. Warum kam mir dieses Gesicht so bekannt vor? Woher zur Hölle kenne ich sie? Oder will ich nur glauben, dass ich sie kenne, klammert sich mein Verstand an jeden verfügbaren Strohhalm, um nicht unterzugehen?

Resigniert schaue ich wieder auf den imitierten Brief. *4000 Pfund bis Dienstag um 16 Uhr.* Irgendwie fürchte ich, dass es trotzdem ernst gemeint ist. Wenn ich nur irgendwie rausfinden könnte, wo dieser Übergabeort ...

Ein Vibrieren lässt den Gedanken zerspringen. Ich schaue quer durchs Zimmer, bis mein Blick am Nachttisch hängen bleibt: Grandmas Handy. Es scheint gerade wieder angegangen zu sein.

KAPITEL 29

Ich sitze auf der Kante des Bettes. Das Handtuch fest um meinen Körper geschlungen, meine Beine und Füße sind noch nass, genau wie einige Haarsträhnen, die an meinen nackten Schultern kleben. Mit geschürzten Lippen starre ich auf das Display, auf dem die unheilvolle Meldung steht: «Falsche Eingabe». Denn leider hat das Ding eine PIN, und leider ist es weder Grandpas Geburtstag noch ihr Hochzeitstag. Eine weitere falsche Eingabe, und ich werde den PUK brauchen, oder besser gesagt: Dann kann ich diese Spur begraben. Ich bin nämlich sicher, dass ich in Grandmas Aktenordnern keine Zugangsdaten gesehen habe.

«Denk nach, Rae, denk nach», wispere ich vor mich hin, während das Display zum wiederholten Male dunkel wird. Ich aktiviere es. Es gibt so viele Möglichkeiten. Den Klassiker 1234, den laut Umfragen erschreckend viele Menschen verwenden. Oder noch simpler: 1111. Allerdings glaube ich, dass Grandma in dieser Hinsicht eher Eleanore ähnelt und eine Kombination nimmt, die sie sich persönlich leicht merken kann. Dann gäbe es also noch die Geburtsdaten ihrer besten Freundinnen – und natürlich meins. Ein Versuch. Meine Fingerspitze schwebt über dem Display. Wen kennt sie am längsten? Amara oder Eleanore? Nein, irgendwie bezweifle ich, dass sie eine der anderen vorziehen würde. Also doch mein Geburtsdatum. Tag und Monat? Monat und Jahr?

Erst jetzt, da mich das Wippen meines eigenen Fußes ablenkt, wird mir bewusst, dass ich die Beine überschlagen habe. Tag und Monat. Das sagt mehr aus als eine Jahreszahl – hoffentlich. Meine Muskeln, die ich gerade so erfolgreich entspannt habe, verkrampfen sich, als ich die erste Ziffer eingebe. 1–8–0–1. Ich muss nichts bestätigen, denn kaum, dass ich alle Felder ausgefüllt habe, verschwindet der Sperrbildschirm. Für eine atemlose Sekunde bange ich – bis ich den Homescreen mit seinen bunten App-Symbolen sehe. «Heilige Scheiße!», entweicht es mir, während ich dem Drang widerstehe, das Ding an meinen nassen Körper zu pressen.

Ich bin drin.

Bei den Apps handelt es sich vor allem um die vorinstallierten Anwendungen, ein Mailprogramm, Google, SMS, Playstore – WhatsApp. Grandma hat *WhatsApp*?! Keine Ahnung, wie oft ich versucht habe, sie zu dieser App zu bewegen, um leichter in Kontakt zu bleiben. Sie hat jedes Mal nur die Nase gerümpft und ihr Smartphone wieder eingesteckt, ohne das Thema weiter zu vertiefen. Ob Amara oder Eleanore sie dazu ermuntert haben? Unwahrscheinlich. Bisher habe ich keine der beiden Damen auch nur eine Sekunde mit einem Handy in der Hand gesehen.

Ich tippe WhatsApp an. Die Liste der Chats ist überschaubar. Um genau zu sein, gibt es nur einen einzigen Verlauf mit jemandem, den Grandma unter zwei Emojis eingespeichert hat: ♥🌹. Ein *Herz* und eine *Rose*? Auf Anhieb fällt mir niemand ein, den Grandma dermaßen kitschig abspeichern würde. Und wenn es jemand Neuen in ihrem Leben gibt? Jemanden *nach* Grandpa? Die Vorstellung ist absurd, ich meine, ich müsste davon wissen, richtig? Grandma hätte sicher mal bei einem unserer Telefonate oder Treffen erwähnt, wenn sie mit Ende siebzig einen zweiten Frühling erleben würde – oder? Das kleine Wort *oder* kreiselt unaufhörlich durch meinen Kopf. Durch den Kopf, der sich Grandma nur an der

Seite eines einzigen Mannes vorstellen kann: Grandpa. Aber Grandpas Tod ist fünf Jahre her, und auch wenn sie früher unzertrennlich waren, ist Grandmas Leben nicht einfach eingefroren. Ja, es gibt diese alten Paare, bei denen die eine Person der anderen binnen weniger Monate, manchmal gar Wochen oder Tage nachfolgt. Bei dem ein zu großes Stück Lebenswille mit dem anderen stirbt. Aber dann gibt es die, die noch einmal aufblühen, die das Leben von einer anderen Seite entdecken wollen, die einen Sinn ausgraben, der unter Geborgenheit und Routine vergraben lag. Auch wenn die Trauer Grandma anfänglich gezeichnet hat, würde ich sie in die zweite Kategorie stecken. Spätestens seit ihren ersten Reisen.

Warum ist die Vorstellung dann so abwegig, da könnte jemand Neues sein? Sie war an so vielen Orten, in so vielen Hotels, hat so viel gesehen, so viele Menschen kennengelernt. Warum nicht auch einen Witwer im besten Alter, jemanden, der eine ähnliche Geschichte hat wie sie, der weiß, wie es ist, über Jahrzehnte zu lieben, und wie es ist, diese Liebe zu verlieren? Aber *warum* hat sie mir dann nichts davon erzählt? Sie müsste doch wissen, dass ich ihr das Glück gönne, mich freue, wenn es wieder jemanden gibt, der sie zum Lachen bringt.

Während all diese Gedanken viel zu schnell durch meinen Geist wirbeln, öffne ich den Chat. Die letzte Nachricht ist zweieinhalb Wochen alt. Von dem Donnerstag, bevor Grandma verschwunden ist.

Es wird alles gut. Versprochen.

Unwillkürlich fröstle ich. Es könnte ein Zufall sein, dass die Nachricht kurz vor ihrem Verschwinden abgeschickt wurde … oder auch nicht.

Ich scrolle hoch und suche den Anfang der Unterhaltung. Allein beim Querlesen bekomme ich das Gefühl, dass hier etwas fehlt. Als hätte jemand immer wieder Passagen des Chats gelöscht, oder, nein, es sieht vielmehr aus, als wären sie zwischendurch auf andere Kommunikationswege gewechselt, denn hier und da sind Telefon-Emojis eingestreut, in der Regel abgesendet von dem ominösen Gegenüber, das ich vorerst gedanklich *Mr Rose* taufe.

Es dauert nicht lange, bis ich oben angekommen bin. Die erste Nachricht stammt vom 26. Dezember, letztes Jahr.

Ich hoffe, das Geschenk hat dir gefallen? 😏

👎

😺

Entschuldigung. Ich komme mit dieser App noch nicht klar.

😄 Nächste Woche gebe ich dir einen kleinen Crashkurs.

Danke!

Zweifelnd mustere ich die kurze Unterhaltung vom Tag nach Weihnachten, den Grandma mit Eleanore und Amara verbracht hat. *Crashkurs.* Grandma hat jemanden unter Herz und Rose eingespeichert, der das Wort *Crashkurs* verwendet? Und ein anzügliches Emoji? Unwillkürlich formt sich in meinem Kopf das Bild dieses Hipster-Opas, der mit seinen klassisch coolen Looks zum TikTok-Star geworden ist.

Schmale sportliche Statur, brauner Tweedanzug, perfekt getrimmter weißer Bart, große Brille, passender Hut und ein Stock, der eher als Accessoire denn als echte Gehhilfe dient, dazu schicke braune Slipper. Die Vorstellung, wie er Grandma mit einem verschmitzten Lächeln zum Tanzen auffordert, ist irgendwie ... niedlich.

Ich scrolle weiter. Nach ein paar ähnlich kurzen Chats hat Grandma wohl ihren Crashkurs bekommen, denn sie fängt selbst an, Emojis zu verwenden – und in etwa dreißig Prozent der Fälle passen sie sogar zum Kontext. Nur bei einer wahllos platzierten Aubergine verziehe ich den Mund. Weil ich nicht weiß, ob sie wirklich wahllos platziert wurde, denn die Antwort von Mr Rose ist nur wieder dieses anzügliche Emoji.

Plötzlich ist da der starke Drang, das Handy wieder zurück in die Sesselritze zu stopfen und so zu tun, als hätte ich es nie gefunden. Aber leider ist das hier immer noch ein Vermisstenfall mit echten Erpresserbriefen und echten Drogen, und von Claudine weiß ich, dass man meist nicht drum herumkommt, in die Privatsphäre der Opfer einzudringen. Also lese ich weiter. Es ist echt erschreckend, wie viel man schreiben und wie wenig man dabei aussagen kann. Es gibt Small Talk über Katzen – anscheinend ist Mr Rose auch ein großer Katzenfan, und er bekommt sogar ein Foto von Mick, der auf Grandmas Bett schläft. Leider das einzige Bild im gesamten Verlauf. Ansonsten finde ich nur heraus, dass sie sich öfter getroffen haben, dass Mr Rose mehr als ein Geschenk gemacht hat, und ich stolpere mehrmals über die irritierende Kombi aus drei Emojis:

Grandma antwortet in der Regel gar nicht oder nur mit einem Lachen, manchmal sind sie auf einen WhatsApp-Call ausgewichen, denn es werden verschiedene Anruflängen eingeblendet. Nie unter zwanzig Minuten, häufig über eine Stunde. Wie es aussieht, hatten die beiden im letzten halben Jahr viel Kontakt. *Herzlich willkommen zurück, verknoteter Magen.* Wie gerne würde ich glauben, dass es das Handy von jemand anderem ist. Aber die Tatsache, dass die PIN mein Geburtstag ist, meine verpassten Anrufe angezeigt werden und es ein Foto von Mick gibt, ist leider eindeutig.

Obwohl ich Grandma so oft gesehen und gesprochen habe, schleicht sich allmählich das Gefühl ein, im Fall einer Fremden zu ermitteln. Einer mir unbekannten Seniorin, die nicht einfach nur spontan in den Urlaub fährt, sondern die sich ein kleines Drogenzimmer eingerichtet hat, die Haschcookies backt, Katzen mag und einen neuen (unbekannten!) Mann datet. Aber vielleicht ist es gar nicht schlecht, wenn ich aufhöre, in der Vermissten die Grandma zu sehen, die mich so liebevoll großgezogen hat. Die Frau, über die ich alles zu wissen glaubte. Denn offensichtlich gibt es zu viele Facetten, die ich nicht kenne.

Ich schrecke hoch. Mein Herz rast, als hätte ich einen Sprint hingelegt, dabei habe ich einfach nur mies geträumt. Die Bilder kleben noch in Fetzen an meinen Hirnwindungen fest, verwirrende Details, die im Traum Sinn ergeben haben, aber jetzt völlig wahllos zusammengewürfelt scheinen. Irgendein dubioser Hipster-Opa, der ein Drogenkartell anführt, meine Grandma, die sich von ihm überzeugen lässt, als Dealerin aufzutreten, ein Clinch mit einem anderen

Clan, Erpresserbriefe, Sträuße voller Rosen, ein Sprung zu einer Verfolgungsjagd, ein Schuss, Dunkelheit – vielleicht ist es besser, wenn ich den Traum nicht mehr richtig zusammenkriege.

Hinter meinen Schläfen pocht es, während ich versuche, mich zu orientieren. Ich bin weder in meinem Apartment noch in Pemberlaine House. Das Gästezimmer auf Warwick Manor. Richtig. Mein müder Blick gleitet zur Badewanne und weiter zum Fenster, hinter dem Morgenlicht schimmert. Meinem Gefühl nach kann es noch keine acht Uhr sein. Angesichts der Tatsache, dass ich viel zu spät über den Briefen, Grandmas Handy und meinem Notizbuch eingeschlafen bin, war die Nacht eindeutig zu kurz. Aber jetzt ist da diese innere Unruhe, die mit jeder weiteren Erinnerung wächst und mich davon abhält, auch nur darüber nachzudenken, mich noch einmal umzudrehen.

Stattdessen rolle ich mich zur Seite und angle auf dem Nachttisch nach Grandmas Handy. Nichts Neues. Was mich nicht wundert, denn ich bin gestern Nacht das meiste durchgegangen. Allerdings scheint Grandma dieses Smartphone wirklich nur für ihren Kontakt zu Mr Rose verwendet zu haben und ein paar Telefonate mit mir oder ihren Freundinnen. Bei dem Versuch, Mr Rose anzurufen, bin ich sofort auf der Mailbox gelandet, und auch ein Klick auf sein WhatsApp-Profil hat keinerlei Infos zutage gefördert. Kein Profilbild, kein hinterlegter Name. Allein die Tatsache, dass ihr letzter Kontakt genau einen Tag vor Grandmas Verschwinden war, lässt vermuten, dass es etwas miteinander zu tun hat. Leider ist das der Punkt, an dem ich Hilfe brauchen werde, denn sonst habe ich keine Chance herauszufinden, wer unter dieser Nummer gemeldet ist – sofern nicht sowieso eine Prepaidkarte verwendet wurde.

Ich kenne jemanden in der Kriminaltechnik in Edinburgh, allerdings nimmt er seinen Job echt ernst, weshalb er sicher Hintergrundinfos verlangen würde. Infos, die ich nicht herausrücken kann.

Mir entgleitet ein frustrierter Seufzer. Ich tausche Grandmas Handy gegen mein eigenes. Eine neue E-Mail, empfangen vor zwei Minuten. Überrascht tippe ich sie an, und sie ist tatsächlich von dem Glaser aus Tain, den ich heute Nacht angeschrieben habe. Wohl ein Frühaufsteher – mit kurzfristigen Kapazitäten. Was *vielleicht* daran liegen könnte, dass ich mich bereit erklärt habe, seinen dreifachen Satz zu zahlen, sollte es binnen der nächsten zwei Tage klappen.

Laut Onlinebewertungen soll er nicht nur kompetent, sondern auch sympathisch sein, ein findiger Bastler, der mit vierzig Jahren Berufserfahrung für alles eine Lösung findet. Anstatt zurückzuschreiben, rufe ich ihn kurzerhand an. Den Punkt «sympathisch» kann ich fünf Minuten später bestätigen, denn er geht sofort dran – an einem Sonntag, was mir erst klar wird, als er sagt, dass er sich die Sache gerne gleich nach dem Gottesdienst ansehen kann. Wir machen einen Termin für den Mittag, auch wenn er darauf hinweist, dass er das passende Glas womöglich erst bestellen muss. Mehr dazu also später.

Sicherheitshalber schreibe ich Mindy, ob ich zur Not ein paar Tage bei ihr unterkommen könnte, dann lege ich mein iPhone weg und schnappe mein Notizbuch. Obwohl ich mir heute Nacht echt Mühe gegeben habe, wach zu bleiben, merkt man meiner Handschrift an, dass ich kurz davor war einzuschlafen. Zur Seite geneigtes Gekritzel, immer wieder unterbrochen von Pausen zum Gähnen, die die Buchstaben haben verwackeln lassen. So viele lose Fäden, die kein Gesamtbild ergeben. Es fehlen wichtige Puzzleteile, die ich in den Händen von vier Menschen vermute: Eleanore, Amara, Mr Rose und dem Mädchen mit den geschwungenen Lippen. Da ich die letzteren zwei erst mal aufspüren muss, bleiben mir vorerst nur die alten Damen.

Ein Klopfen lässt mich zusammenzucken. Keine Ahnung, woher dieses Schreckhafte plötzlich kommt. Vielleicht, weil mir dieser Albtraum immer noch in den Knochen sitzt. Oder weil da jetzt dieses Wissen ist, dass es jemanden gibt, der Grandma wirklich erpresst.

Ich setze mich ein Stück weiter auf. «Ja?», sage ich dann und kämme mir reflexartig durchs Haar. Vermutlich sehe ich völlig zerstört aus, der Schlafmangel, die unruhige Nacht, die tief sitzende Besorgnis.

Die Tür wird einen Spalt weit geöffnet. Archer. Er sieht aus, als wäre er selbst noch nicht sonderlich lange wach, das Haar zerzaust, die Augen klein, er trägt eine karierte Pyjamahose, dazu ein weißes T-Shirt. Ein superunspektakulärer Look und trotzdem auf seine Weise anziehend.

«Oh, gut. Du bist also schon wach», begrüßt Archer mich mit schlafbelegter Stimme. Ein heiserer Ton, der mich ungefragt an viele gemeinsame Morgen erinnert ...

Gefährlich, zischt es in mir, und genau das ist der Grund, warum uns Abstand guttun wird. Erst Grandma. Dann Gefühle sortieren. Dann reden.

«Hast du zufällig schon was von Eleanore und Amara gehört?», frage ich und widerstehe dem Drang, die Decke höher zu ziehen. «Es klang jedenfalls nicht so, als wäre deine Grandma heute Nacht zurückgekommen.»

«Nein, sie haben wohl spontan bei Amara geschlafen», erklärt Archer. «Aber genau deshalb bin ich hier: Denn sie sind gerade vor fünf Minuten zur Tür rein.»

Wie von selbst schnellt mein Körper nach oben. Noch bevor Archer ein weiteres Wort sagen kann, habe ich die Decke zurückgeschlagen und bin aufgesprungen. Zeit für ein längst überfälliges Gespräch.

KAPITEL 30

Der Grüne Salon. Genau hier hat alles angefangen. Mit einer Tasse Tee, einem Märchen von einem unguten Bauchgefühl und verschwiegenen Fakten. Jetzt gibt es Kaffee, Stille und zweifelnde Blicke. Amara hat sich mit verschränkten Armen zurückgelehnt, Eleanore hat ihre Tasse umklammert und ihren Blick in der trüben Flüssigkeit versenkt. Irgendwie erinnern mich die beiden an Teenies, die genau wissen, dass ihre Lügen aufgeflogen sind, aber die weiterhin glauben, sie kämen damit durch.

«Ist das euer Ernst?» Ich schiebe die Briefe, die ich auf dem Tisch ausgebreitet habe, näher zu ihnen. Bis die Kanten an den Rand ihrer Untertassen stoßen. «Ihr wollt wirklich weiterhin so tun, als wüsstet ihr von nichts?» In meinen Worten schwingt ein ungläubiges Lachen mit. Ein naiver Teil von mir dachte, es würde reichen, ihnen diese Briefe zu zeigen. Dass sie beim Anblick der Nachrichten eins und eins zusammenzählen und verstehen würden, dass wir von dem geheimen Zimmer wissen. Dass es keinen Sinn mehr ergibt, uns Informationen vorzuenthalten.

Archer räuspert sich neben mir. «Grandma.» Er wendet sich direkt an Eleanore, während er etwas aus seiner Hosentasche zieht. Es ist der Schlüssel mit dem geschwungenen *TR*. Als er ihn auf die Briefe legt, bemerke ich Eleanores Zucken, und auch bei Amara verändert sich etwas. Ihre argwöhnisch gerümpfte Nase wird aschgrau. Ob sie es erst jetzt kapiert haben?

«Wir waren dort», fügt Archer hinzu, um auch die letzten Zweifel auszuräumen. «Wir haben die Schubladen geöffnet, die Kommode, die Vitrine ...»

«Und die Teedosen», beende ich seinen Satz. Mein Herz presst schmerzhaft gegen meine Rippen, angetrieben von Frustration, die mit jeder Sekunde Stille wächst. Wie kann man nur dermaßen beharrlich schweigen? «Amara.» Mit einem tiefen Atemzug wende ich mich an die Dame, zu der ich schon immer die engere Bindung hatte. «Was weißt du über Grandmas Geschäfte? Oder sollte ich eher sagen, *eure* Geschäfte? Ich meine, offensichtlich wusstet ihr von diesem Zimmer, und da sind genau drei Sessel, Fotos von drei Frauen, die sich schon ihr Leben lang kennen, Etiketten mit einer Handschrift, die nicht Grandmas ist ...»

«Keine Ahnung, wovon du sprichst, Kind», fällt Amara mir ins Wort. «Oder woher all diese unsäglichen Briefe kommen. Fenella ist eine redliche, anständige Frau.»

Eleanore nickt vor sich hin. Ihr steht die Schuld so offensichtlich ins Gesicht geschrieben, dass ich sie am liebsten an den Schultern packen und jedes Detail aus ihr rausschütteln würde.

«Eure Freundin ist in *Lebensgefahr*», presse ich die Worte hervor, die inzwischen viel zu real schmecken. «Falls ihr sie finden möchtet, hört endlich auf, euch hinter eurer beschissenen Moral zu verstecken, und sagt uns, was ihr wisst.»

Eleanore reißt ruckartig den Kopf hoch, sie ist wieder genauso bleich wie gestern Nachmittag. «Natürlich möchten wir sie finden!», braust sie mit gebrochener Stimme auf. Ihr Brustkorb hebt und senkt sich in schweren Atemzügen, und für einen Moment glaube ich, es wäre ein Luftholen, um endlich die Geschichte folgen zu lassen, die sie uns viel zu lange vorenthalten haben. Aber ich habe mich getäuscht.

«Fenella ist eine anständige Dame», wiederholt Amara wie ein Mantra. «Was du wissen solltest, schließlich hat sie dich großgezogen, und es würde ihr das Herz brechen, wüsste sie, was du von ihr denkst.»

«Ich ...» Mein Mund schnappt wieder zu, denn allmählich dämmert mir, worum es hier geht. «Ernsthaft? Jetzt sagt bitte nicht, dass ihr diese ganze Scheiße hier abzieht, damit ich kein falsches Bild von meiner Grandma habe?!»

Eleanore zuckt zusammen, als hätte ich ins Schwarze getroffen. Allein die Tatsache, dass sie denken, mich würde es in dieser Situation kümmern, auf welchen schiefen Bahnen Grandma unterwegs ist ... Ich versuche, einen kühlen Kopf zu bewahren. Während bei Amara alles nach Ablehnung aussieht, habe ich bei Eleanore das Gefühl, dass sie sich öffnen möchte. Nur scheint sie nicht zu wissen, wie.

Mein Blick flieht zur Seite, an Archer vorbei zur Tür. Unwillkürlich muss ich an meine Hausdurchsuchung denken, und mir kommt eine Idee. Wenn ich Eleanore nicht davon überzeugen kann, sich zu öffnen, kann es vielleicht ihr verstorbener Ehemann Norris ...

«Entschuldigt mich kurz.» Ich springe auf und bedeute den anderen mit einer Geste, hier zu warten. Dann laufe ich ins Musikzimmer, zu dem Cello, in dessen bauchigem Hohlraum ich Papier ertaste. Ohne zu zögern, hole ich den Zettel heraus und kehre zurück zu den anderen.

«Was ist das?», will Eleanore wissen.

«Lies einfach», erwidere ich, und jetzt hoffe ich, dass sie die Nachricht wirklich nicht kennt. Dass sie all die Jahre unbemerkt im Cello geruht hat.

Eleanore nimmt mir den Zettel ab, ehe ich mich zurück zu Archer setze. Ich spüre seinen fragenden Seitenblick, aber meine ganze Aufmerksamkeit gilt Eleanore. Sie umfasst den

Zettel mit beiden Händen, das Zittern in ihren Fingerspitzen ist nicht zu übersehen. Ich höre, wie sie nach Luft schnappt, als sie die Handschrift erkennt. Sie liest Zeile für Zeile, und mit jeder einzelnen wird der Glanz in ihren Augen stärker, Tränen sammeln sich auf ihrem unteren Wimpernkranz, und dann läuft ihr eine über die eingefallene Wange. Sie macht keine Anstalten, sie wegzuwischen, sondern scheint zu lesen, wieder und wieder. Nein, offensichtlich kannte sie Norris' Botschaft noch nicht.

«Wie die Liebe, perfekt, selbst im Unperfekten, ohne Kenntnis von Falschheit, pur und rein und aufrichtig, bis zum letzten Echo», rezitiere ich die wichtigsten Zeilen in der Hoffnung, dass Eleanore die Botschaft versteht.

«Woher ...?» Eleanore sieht nicht auf.

«Aus seinem Cello», antworte ich, gefolgt von einem tiefen Atemzug. «Mir ist bewusst, dass ihr Grandma schützen möchtet. Aber ganz egal, was ihr über sie erzählt, es wird *nichts* an meiner Liebe für sie ändern.»

Eleanore schaut rüber zu Amara. Sie führen wieder einen ihrer stillen Dialoge. Am Ende lässt Amara die verschränkten Arme ein Stück sinken, nur ihr Gesicht spricht weiter von Ablehnung. «Wir haben ihr etwas geschworen», murrt sie.

«Weil sie dachte, Rae würde kein Wort mehr mit ihr sprechen, wenn sie davon erfährt», erwidert Eleanore. «Aber jetzt sieh sie dir doch an.» Sie nickt kaum merklich zu mir herüber, ihre Miene ungewöhnlich weich.

Amara hingegen verzieht das Gesicht, sodass sich jede Falte vertieft. Erst sieht es aus, als würde sie sich weiter verbarrikadieren, dann lockert sie schnaubend die Arme. «Fein. Tu, was du nicht lassen kannst, aber dann geht es auf deine Kappe.»

Endlich! Eleanore lässt die Notiz ihres Mannes sinken. «Es hat vor ungefähr zwei Jahren angefangen.»

«Zwei ...?!» Ich beiße mir auf die Zunge, bevor ich alles zunichtemache. Stattdessen bemühe ich mich um eine Maske, die Ruhe ausstrahlt, Verständnis, obwohl es sich gerade anfühlt, als würde ein weiterer Grundpfeiler in mir zusammenstürzen. Zwei. Verdammte. Jahre. *Oh, Grandma!*

«Um genau zu sein, war es das Herbstfest bei den Stallones», brummt Amara. «Es sollte wie üblich eine Tombola geben, mit Preisen aus der Umgebung. Allerdings waren unserer werten Frau Dorfbaroness die Angebote nicht *kreativ* genug.» Ihr entgleitet ein spöttisches Lachen. «Schließlich würde ein Glas Apfelkompott oder Kürbisgewürz keinen Hund mehr hinter dem Ofen hervorlocken.»

«Abigail hat eine Krisensitzung in der Stadthalle einberufen», erzählt Eleanore weiter. «Es wurde viel diskutiert, bis deine Großmutter die Idee hatte, einen herbstlichen Nachmittag in Pemberlaine House zu verlosen. Gemeinsam backen, Gewürzsirup kochen, Kastanien sammeln, Bilderrahmen mit Herbstblättern aufwerten, und am Tagesende zusammen auf der Terrasse sitzen, um mit Blick auf das Meer die selbst gemachten Köstlichkeiten zu genießen.»

Ich nicke, während ich die Erinnerung ausgrabe. Auch wenn ich bei besagtem Fest nicht dabei war, weiß ich genau, wie sich Grandma am Telefon über Mrs Stallone ausgelassen hat – und über die Gruppe Studierender aus Inverness, die den Preis gewonnen hat.

«Die Gewinnergruppe ist nicht aufgekreuzt, richtig?», erwidere ich. «Grandma hatte alles eingekauft, das Haus gründlich auf Vordermann gebracht, aber diese Studierenden sind einfach nicht gekommen.»

Amaras Augenbrauen zucken nach oben, während Eleanore die Lippen schürzt. «Nicht ganz ...», sagt sie, in ihrer Stimme ein Zögern. «Also, offiziell hat es nie stattgefunden, aber inoffiziell war es ein ziemlich gelungener Nachmittag, der nur etwas anders aussah als geplant.»

«*Anders*», wiederholt Amara und verdreht dabei die Augen. «Wenn du ihr schon die Geschichte erzählen willst, dann komm wenigstens auf den Punkt. Es waren drei Jungs, zwei Mädels, die pünktlich auf der Matte standen und ihre ganz eigene Zutat mitgebracht haben: Haschisch. Sie wollten sich erst einen Spaß daraus machen und es heimlich untermischen, allerdings hat Fenella sie sofort durchschaut und ihnen einen Strich durch die Rechnung gemacht.»

«Und mit ‹einen Strich durch die Rechnung gemacht› meinst du ...?»

«Sie hat das Tütchen beschlagnahmt», antwortet Eleanore. «Allerdings hat sie es nicht etwa entsorgt, sondern sich darauf eingelassen.»

Oh, Grandma ... Und du hast mir damals wegen eines kleinen Joints einen ganzen Monat Hausarrest auferlegt.

«Im Grunde gab es nur zwei Bedingungen: Ihre Gäste weihen sie in das richtige Mischverhältnis ein, und mindestens einer von ihnen lässt die Pfoten von den fertigen Keksen, um im Notfall einschreiten zu können, sollte etwas passieren.»

Ein neues Rezept und ein Sicherheitskonzept. Das klingt schon eher nach Grandma.

«Es war wohl ein recht *erfreulicher* Abend.» Eleanore rührt in ihrer Tasse herum, obwohl sie bisher weder Milch noch Zucker reingegeben hat. «Die Jugend hat Fenella erklärt, wie man Hasch am besten dosiert, und sie hat es kurzerhand in ihre eigenen Rezepte eingearbeitet. Mit großem Erfolg, denn laut ihrer Gäste waren es die mit Abstand besten Plätzchen, die sie je probiert haben. Am nächsten Tag hat Fenella Amara und mich eingeladen, um selbst ein bisschen ihres *beson-*

deren Gebäcks zu testen. Natürlich hatten wir keine Ahnung, was genau sie damit meint.»

«*Du* hattest keine Ahnung», korrigiert Amara, und für den Bruchteil einer Sekunde zeichnet sich ein Schmunzeln auf ihrem Gesicht ab. «Für mich waren es nicht die ersten Cookies, aber was interessieren die Geschichten meiner Jugend. Es war eine ziemlich entspannte Bridgerunde, wir haben viel gelacht, geredet, ein bisschen herumgesponnen, als Fenella beiläufig erwähnt hat, Lennox, einer dieser Studierenden, könnte ihr noch mehr von dem Zeug beschaffen. Für einen guten Preis, wenn sie dafür alle zwei Wochen ein frisches Cookietütchen an die Gruppe abtritt. Wir haben nur lauter gelacht, herumgealbert, dass es doch ein ganz netter Zeitvertreib wäre, wenn wir Edderton und Umgebung mit *besonderem Gebäck* versorgen würden. Schließlich hätten es hier einige nötig, mal ihren Stock aus dem Arsch zu ziehen und die Dinge ein bisschen lockerer zu nehmen.»

Aus den Augenwinkeln sehe ich, wie Eleanores Haltung unwillkürlich aufrechter wird. «*Ihr* habt herumgealbert», fügt sie tadelnd hinzu. «Ich war von Anfang an gegen diese ganze Sache.»

Jetzt lässt Amara ihre Augenbrauen so hoch wandern, dass sie eine der grauen Locken streifen, die sich aus dem toupierten Ansatz in die Stirn verirrt hat. «Wir hätten den Abend wirklich filmen sollen», sagt sie nur. «Was als Scherz begonnen hat, wurde Woche für Woche konkreter. Lennox und seine Leute kamen immer mal wieder bei Fenella vorbei, um ihr ein bisschen im Haus zu helfen, im Garten und ihr ab und zu ein Blech frischer Cookies aus den Rippen zu leiern. Nicht, dass es Fenella keinen Spaß gemacht hätte. Sie ist regelrecht darin aufgegangen, ihre Rezepte um eine Komponente zu erweitern, und irgendwann hat sie testweise eine Tüte mit zu unserem Strickclub gebracht.»

Jedes Wort zeichnet Bilder in meinen Kopf, auf die ich nie gekommen wäre. Und die trotzdem nicht ganz abwegig sind ...

«Von da an hat das Geschäft Fahrt aufgenommen», erklärt Amara weiter. «Aleen hat ihrer Cousine Fiona oben in Dornoch einen Cookie mitgebracht, Cousine Fiona hat ihn mit ihrer Schwester Elenie geteilt, Elenie hat sich bei Fenella ein wenig Proviant für ihr Wochenende bei ihrer Freundin in Aberdeen besorgt und so weiter ... Ich habe sie nicht ganz uneigennützig beim Vertrieb unterstützt, während unsere liebe Eleanore stets auf unsere Sicherheit bedacht war. Damit dieser kleine Zeitvertreib nicht hinter Gittern endet.»

«Warte», geht Archer dazwischen, sein Gesicht ist gezeichnet von Unglaube. Er wendet sich direkt an Eleanore. «Magst du Ishaaq deshalb so gerne? Und fragst ihn jedes Mal, ob es irgendwelche Neuigkeiten aus der Umgebung gibt?»

Eleanore zuckt die Achseln. «Bobby ist ein elender Griesgram, der sich nie in die Karten blicken lässt, aber dein Ishaaq hat sich immer mal wieder zu einer kleinen Anekdote hinreißen lassen.»

«Wow.» Archer lässt sich kopfschüttelnd zurücksinken. «Meine Großmutter nutzt meinen besten Freund aus, um ihre kleinen Drogengeschäfte zu sichern.» Er lacht schnaubend. «Ich fasse es nicht.»

Was für eine süße Untertreibung. Aber leider scheint es gerade mal der Anfang der Geschichte zu sein.

«Ihr habt also die halbe Region mit Cookies versorgt, und weiter?», hake ich nach. «Was ist mit dem geheimen Teezimmer? Und diesen Erpresserbriefen? Ich meine, ihr wusstet, dass es noch mehr gibt, richtig?»

«Natürlich», bestätigt Amara. «Je größer das Geschäft

wurde, desto vorsichtiger mussten wir sein. Also hat Fenella letztes Jahr den Umbau des oberen Stockwerks in Angriff genommen – mithilfe von Lennox' Vetter, der eine kleine Schreinerei in der Nähe von Inverness besitzt.»

«Carl's Clever Carpentry», sage ich in Erinnerung an die Rechnungen aus Grandmas Ordnern.

«Carl's Clever Carpentry.» Amara nickt, in ihren Augen blitzt Überraschung auf. «Es hat einige Wochen gedauert, bis das neue Reich fertig war. Wir haben einander geschworen, es zu unserem bestgehüteten Geheimnis zu machen, das wir unter allen Umständen bewahren. In den Monaten darauf schien alles bestens zu laufen, bis Fenella ungefähr im Februar den ersten Brief bekommen hat.» Sie schaut runter auf die ausgebreiteten Schreiben, nur ein flüchtiger Blick. «Er lag morgens in ihrem Briefkasten, ohne Absender, ohne Briefmarke. Dafür mit einer ziemlich deutlichen Botschaft: Jemand hat Wind von unseren Geschäften bekommen, jemand, der laut eigener Aussage selbst in der Szene tätig ist und unsere Region zu seinem Herrschaftsgebiet zählt. Entsprechend sind ihm unsere Aktivitäten ziemlich sauer aufgestoßen. Er hat anfänglich eine Summe von eintausend Pfund gefordert, um ihn für seine Verluste zu entschädigen. Fenella sollte die Summe binnen einer Woche unter einem Stein deponieren, der auf der Kreuzung zur Struie Road liegt.»

Bei der Vorstellung, wie Grandma diesen ersten Brief in der Hand hält, steigt Galle in mir auf. Gleichzeitig notiere ich innerlich den Ort. *Dienstag, 16 Uhr, Kreuzung zur Struie Road.* Hoffentlich kreuzt das Mädchen wirklich da auf.

«Warum ging dieses Schreiben nur an Grandma?», frage ich.

«Vermutlich, weil sich im Kundenkreis herumgesprochen hat, dass sie die begnadete Bäckerin ist», antwortet Eleanore. «Natürlich hat sie uns sofort angerufen, und wir haben eine

Krisensitzung einberufen. Wir haben uns lange beratschlagt, doch die Anweisungen von diesem schändlichen Mistkerl waren eindeutig. Schalten wir die Polizei ein oder informieren wir jemanden, der nichts mit der Sache zu tun hat …»

«Lässt er uns auffliegen», übernimmt Amara. «Und so prickelnd das Gefühl neuer Erfahrungen auch ist, Gefängnis steht nicht auf unserer Wunschliste.»

Eleanore schüttelt eifrig den Kopf. «Wir haben umgehend Lennox kontaktiert. Um zu fragen, ob er etwas über diesen Erpresser weiß, aber Lennox hat nur gelacht. Es gäbe hier keine großen kriminellen *Drogenclans*. Vermutlich hätte sich jemand aus unserem Kundenkreis einen Spaß erlaubt, um sich zu bereichern.»

«Wir wollten Lennox glauben, aber dann hat sich die Situation zugespitzt.» Amara schürzt die Lippen. «Nachdem wir die Frist haben verstreichen lassen, lag ein zweiter Brief vor Fenellas Tür, darauf eine tote Maus und eine weitere Drohung. Wenn sie das Geld nicht binnen vierundzwanzig Stunden hinterlegt, und zwar die doppelte Summe, wäre das Verpfeifen bei der Polizei ihr geringstes Problem.»

Ich bemerke das Zittern in Amaras Fingerspitzen, während sie zu ihrer Tasche greift und den Flachmann herausholt. Die Angst schwebt jetzt so greifbar im Raum, dass ich das Gefühl habe, die Luft ist schwerer geworden, zu dick, um sie richtig einatmen zu können.

«Dieses Mal sind wir der Aufforderung nachgekommen», wispert Eleanore. «Wir haben gehofft, der Spuk hätte damit ein Ende, und haben die Briefe verbrannt.»

«Aber es war nicht zu Ende, richtig?», erwidere ich mit Blick auf die anderen Schreiben. Das erklärt zumindest, warum unsere gefundene Sammlung nicht vollständig ist.

Amara schüttelt langsam den Kopf. «O nein», entgleitet

es ihr mit einem bitteren Unterton. «Es war erst der Anfang. Wir hatten zwei Wochen lang Ruhe, ehe die nächste Erpressung eingetrudelt ist. Dieses Mal wurden dreitausend Pfund gefordert, hinterlegt an derselben Stelle wie letztes Mal, und das Wort *Konsequenzen* war dick unterstrichen. Noch in derselben Nacht hat Fenella zum ersten Mal einen heulenden Motor vor ihrem Haus gehört, gefolgt von Gelächter, bei dem sie meinte, ihren Namen gehört zu haben.»

«Es war schrecklich», murmelt Eleanore, die sich weiter an der Botschaft von Norris festklammert.

«Irgendwann kam der Punkt, an dem Gefängnis gar nicht so unattraktiv klang – außer für Fenella.» Wieder schüttelt Amara den Kopf, ehe sie einen Schluck direkt aus dem Flachmann nimmt. «Sie war zwar verängstigt, aber sie hatte kein Interesse daran, zur Polizei zu gehen. Stattdessen hat sie sich diese Sicherheitsschlösser einbauen lassen – und weiterhin ihre Cookies gebacken.»

«Sie hat *was*?!» Ich starre Amara fassungslos an.

«Na, du kennst ja deine Grandma», brummt Amara. «Wenn sie sich etwas in den Kopf gesetzt hat, kann sie verflucht stur sein. Und überzeugend.»

Wieder nickt Eleanore zustimmend vor sich hin.

«Sekunde, ihr habt also *mitgemacht*?», hakt Archer nach, der genauso entgeistert aussieht wie ich.

Amara lässt den Flachmann kreisen, als wäre es ein Glas teurer Whisky. «Wir alle lieben Edderton, aber Strickclubs und Festkomitees und Bridgerunden tragen nicht gerade dazu bei, dass man sich in unserem Alter lebendig fühlt. Unser kleines Geschäft hingegen ... Es hat unsere Lebensgeister geweckt. Wir hatten schon lange nicht mehr so viel Spaß, das heimliche Getuschel, das begeisterte Funkeln in den Augen von Menschen, die sich sonst als die Moralapostel schlechthin aufspielen, das Organisieren von Buchclubs, in denen lediglich Krümel von Tellern aufgelesen werden ...»

«Es war das Aufregendste, was ich seit meiner letzten Kreuzfahrt mit Norris erlebt habe», sagt Eleanore, auf deren Gesicht sich ein schwaches Lächeln abzeichnet.

«Oder wie Fenella sagte: Wir sind alt. Vielleicht bleiben uns noch ein paar Jahre, mit Glück ein Jahrzehnt, aber wer von uns möchte das schon mit der tausendsten Bridgerunde verbringen? Das Geschäft war unser Quell der Jugend, also, was hatten wir schon zu verlieren?»

Vielleicht euer Leben?, denke ich zynisch, aber ich schaffe es nicht, die Worte auszusprechen. Weil das Leuchten in den Augen der beiden Damen mehr sagt als tausend Worte, weil es schwer ist, sie für etwas zu verurteilen, das sich mit dreißig Jahren wohl kaum nachfühlen lässt.

«Es ging nie um das Geld», sagt Eleanore. «Davon haben wir alle genug, und deshalb waren wir bereit zu zahlen.»

«Lennox hat Fenella beliefert, Fenella hat gebacken, wir haben verpackt, verteilt, verkauft, Fenella hat die Briefe empfangen, wir haben das Geld zusammengetragen, Lennox hat Fenella beliefert ...», fasst Amara zusammen. «Bis Lennox vor einem Monat verkündet hat, dass er für sein Masterstudium nach New York geht. Er hat uns noch eine Lieferung vermacht und versprochen, eine neue Kontaktperson zu vermitteln. Dann war er weg – und keiner hat sich bei uns gemeldet. Nur dieses Arschloch von Erpresser, der eine weitere Summe gefordert hat, und dann war Fenella auf einmal ... verschwunden.» Amara schluckt so schwer, dass sich die Muskulatur an ihrem Hals merklich verspannt. «Ohne ein Wort des Abschieds, seitdem kein Lebenszeichen mehr.»

Und damit sind wir genau an dem Punkt, an dem die Geschichte vor zwei Wochen für mich angefangen hat.

«Okay.» Unter meiner Haut vibriert die Anspannung, von der ich keine Ahnung habe, wie ich sie entladen soll. «In der Kurzfassung: Lennox sitzt jetzt in den USA, ihr habt seit vier Wochen keine Lieferung mehr bekommen, und es gab noch weitaus mehr Erpresserbriefe als die, die gerade vor euch liegen.»

Amara und Eleanore nicken.

«Okay», wiederhole ich, ein schwaches Füllwort für alles, was ich ihnen liebend gerne an den Kopf werfen würde. «Aber warum seid ihr die ganze Zeit von einer Entführung ausgegangen und nicht von etwas ...»

«Hoffnung», fällt Eleanore mir ins Wort. «Wir brauchten Hoffnung, dass sich alles zum Guten wendet.» Genau dasselbe hat sie schon mal gesagt.

«Und Geld», fügt Amara dann hinzu. «Diesem Scheißkerl ging es die ganze Zeit um Geld, und da wir immer pünktlich gezahlt haben, vermuten wir, er könnte gierig geworden sein ... Und sich die vermeintliche Geldquelle selbst geholt haben.»

«Nur dass auf Grandmas Konto keine Transaktionen zu sehen sind», gebe ich zu bedenken.

Jetzt mustert Amara mich mit unverhohlenem Zweifel. «So engstirnig kenne ich dich ja gar nicht, Kleines. Schon mal überlegt, dass es mehrere Konten geben könnte?»

Autsch. Was so naheliegend klingt, ist wie ein Schlag in die Magengrube, denn es gibt genau einen Grund, warum ich es bislang nicht in Erwägung gezogen haben: Ich dachte, ich würde Grandma *kennen.*

«Noch mal zurück zum Thema *Mistkerl*», weiche ich aus. «Was könnt ihr mir über Grandmas Affäre erzählen? Den Typ, der ihr sogar WhatsApp installieren durfte?» Ich lege das Smartphone zu den Briefen.

Eleanore hebt ruckartig den Kopf, in ihren Augen strahlt Skepsis, während Amara nur wieder schnaubt. «Affäre?!», wiederholt sie mit amüsiertem Unterton. «Was für eine Affäre? Fenella hatte keinen Mann.»

Und schon geht das Spiel von vorne los ...

«Ernsthaft? Ich dachte, es wäre langsam klar, dass Geheimnisse alles nur noch schlimmer machen.»

«Rae hat recht», pflichtet Archer mir bei. «Sie machen wirklich alles nur schlimmer.» Es ist sein Unterton, der verrät, woran er gerade denkt, und die Pfeilspitzen bohren sich tiefer in mich rein. Nur noch dieses Gespräch überstehen, dann bin ich weg.

Ich wende mich wieder an die Damen. «Also, mit wem hat Grandma sich getroffen?»

«Mit *niemandem*», gibt Amara scharf zurück, und zum ersten Mal seit meiner Ankunft habe ich das Gefühl, dass sie die volle Wahrheit sagt. «Seit ich Walter überlebt habe, gibt es nur noch uns drei.»

«Eleanore?» Ich wende mich zu Amaras Komplizin, die Norris' Zettel in ihren Schoß hat sinken lassen. Auch sie schüttelt den Kopf, ohne ein Anzeichen dafür, dass sie weiter etwas verheimlicht. Entweder haben sie gerade noch mal eine Schippe Schauspieltalent draufgelegt, oder sie wissen wirklich nichts von diesen Chatverläufen.

Seufzend aktiviere ich das Display, gebe die PIN ein und öffne WhatsApp. Als ich das Smartphone zu den beiden Damen herumdrehe, achte ich auf ihre Mimik. Auf jedes kleine Stirnrunzeln, jedes Aufblitzen von Erkenntnis, jedes Verziehen der Mundwinkel. Es ist Amara, die das Handy zuerst näher zieht und anfängt, durch den Verlauf zu scrollen. Als sie das Foto von Mick erreicht, zuckt sie, und auch auf Eleanores Gesicht zeichnet sich Bestürzen ab. Vielleicht, weil sie gerade kapiert haben, dass es wirklich Grandmas Handy ist.

«Woher ...?», wispert Eleanore, die das Smartphone jetzt zu sich zieht und den Verlauf weiter überfliegt, auch wenn ihre Gesten auf dem Display deutlich unbeholfener wirken als Amaras.

«Es steckte in einer der Sesselritzen im Teezimmer», erkläre ich. «Die PIN ist mein Geburtsdatum, und dieses Foto von Mick spricht auch dafür ...»

«Nein.» Amara setzt den Flachmann erneut an. «Absolut ausgeschlossen. Wenn Fenella jemanden gehabt hätte ...»

«Hätte sie es euch erzählt?», setze ich den Satz fort. «Genau dasselbe dachte ich auch, aber offensichtlich hatte sie vor uns allen Geheimnisse.»

Während Eleanore weiter hilflos auf das Display einhackt, umfasst Amara den Flachmann so fest, dass sich ihre Fingerknöchel spitz unter der Haut abzeichnen.

«Der erste Chat stammt aus Dezember», erkläre ich. «Hat sie vielleicht mal irgendwelche Andeutungen gemacht? Oder sich anders verhalten als sonst?»

Amara öffnet den Mund, als wollte sie sich sofort in Protest ergehen, aber dann lässt sie ihn tonlos zuschnappen.

«Nein», erwidert Eleanore, die aufgibt und das Smartphone wegschiebt. «Ich meine ... wir alle waren in der Zeit angespannt, und seit Wallace' Tod hat Fenella uns immer mal wieder mit spontanen Einfällen überrascht. Man wusste nie so richtig, woran man ist, doch genau das hat es ja so spannend gemacht.»

«Sie hat ein neues Parfum getragen.» Amara hat den Flachmann zur Seite gelegt und die Arme wieder verschränkt. Allerdings wirkt die Geste dieses Mal eher schützend, als würde sie versuchen, ihr Inneres zusammenzuhalten.

«Stimmt», pflichtet Eleanore ihr bei. «Sie hat es wohl vergangenen Dezember in Edinburgh gekauft. Als sie dich besucht hat.»

Ich erinnere mich zwar an Grandmas Besuch kurz vor Weihnachten, aber ich habe keinen blassen Schimmer mehr, in welchen Läden wir waren und was sie alles gekauft hat. Ich weiß nur noch, dass wir am Ende des Tages mit reich gefüllten Tüten in mein Apartment gestolpert sind und uns zusammen mit Steve mehr als einen Glühwein genehmigt haben, während im Fernsehen *The Holiday* lief. Ob Grandma Mr Rose da bereits kannte? Womöglich war dieses Parfum sogar besagtes Geschenk aus seiner ersten Nachricht?

«Jetzt, da du alles weißt, was es zu wissen gibt: Wie wirst du weiter vorgehen?», fragt Amara. «Steckst du die ganze Sache der Polizei? Ich meine, wir wissen nicht, was passiert, wenn du all das hier weitergibst.»

Ich presse die Lippen zusammen, denke nach. Streng genommen ändern die neuen Informationen nichts an der Situation. Ich habe bereits geahnt, dass Grandma in Schwierigkeiten steckt, nur das Ausmaß sieht jetzt etwas anders aus. «Nein ... Zumindest nicht offiziell», sage ich schließlich. Fragende Mienen um mich herum. «Aber ich fürchte, uns stehen nur begrenzte Möglichkeiten zur Verfügung. Wir könnten uns übermorgen an der Struie Road auf die Lauer legen und hoffen, das Mädchen zu erwischen, und ich könnte versuchen, mehr über Lennox herauszufinden, was enorm zeitaufwendig wird. So oder so bräuchten wir immer noch jemanden, der die Handynummer nachverfolgt. Der Lennox in den USA aufspürt und der die Spuren an den Briefen sichert.»

«Warum klingt das alles verdächtig nach Polizei?», knurrt Amara.

«Weil wir an dem Punkt sind, an dem wir Hilfe brauchen.

ABER», ich rede einfach weiter, als Amara den Mund erneut öffnet, «das bedeutet nicht, dass ich diese Infos in irgendwelchen offiziellen Akten sehen möchte.» Mein Blick gleitet zu Archer. «Meinst du, Ishaaq wäre bereit, uns zu helfen? Als Freund, nicht als Polizist.»

Der Argwohn zeichnet Archers Kieferpartie schärfer nach. «Ishaaq soll hinter Bobbys Rücken Ermittlungen anstellen?», fasst er zusammen. «Tut mir leid, aber keine Chance. Falls Bobby etwas mitbekommt, wird Ishaaq jeden Respekt und jedes Vertrauen verlieren, das er sich in den letzten Jahren hart erarbeitet hat. Wenn ich ihn als Freund bitte, müssen wir Bobby auch einweihen.»

Ich halte seinem Blick stand, wäge meine Optionen ab. *Und wenn er es an DS Riley weiterleitet?*, knüpfe ich an unser gestriges Gespräch an, nur in Gedanken, um Eleanore und Amara nicht zu alarmieren. Ich weiß, dass Archer mich auch so versteht, dass er die Angst in meinen Augen glänzen sieht, die Sorge auf meiner gekräuselten Stirn erkennt. Er hebt die Schultern, verzieht den Mund auf eine Weise, die sagt: Wir müssen es wohl darauf ankommen lassen.

«Okay», lenke ich ein, nur mein Puls rast. «Ein freundschaftlicher Anruf bei Ishaaq und Bobby. Unter dem Mantel der vollen Verschwiegenheit.»

Weder Eleanore noch Amara wirken begeistert. Allerdings scheinen sie auch erkannt zu haben, dass wir jetzt alle Hilfe brauchen, die wir kriegen können.

«Schön.» Amara lehnt sich zurück. «Ein freundschaftlicher Anruf bei der Polizei. Was soll da schon schiefgehen?» Ihr Sarkasmus ist nicht zu überhören. «Aber wenn ich wegen dieser Sache im Kittchen lande, erwarte ich mindestens einen Besuch pro Woche. Mit Kuchen, Tee und Whisky.»

KAPITEL 31

Fahrtwind zerzaust mein Haar, während aus meiner Box *New Ceremony* von Dry the River dröhnt. So laut, dass der Song meine Gedanken übertönen sollte, aber heute klappt es nicht. Genauso wenig wie das Durchtreten des Gaspedals oder das Aufheulen meines Motors. Denn jede Faser meines Körpers ist geladen von Frust, vom Gefühl, in einer Sackgasse zu stehen, in der ich mich weder vor noch zurück bewegen kann. In der ich einfach nur gegen eine Wand starre und darauf warte, dass jemand von außen eine Tür öffnet. Um genau zu sein, warte ich auf Bobby und Ishaaq, und allmählich bezweifle ich, dass sie diese Tür je öffnen werden.

Inzwischen ist es fünf Tage her, seit wir die beiden angerufen und gebeten haben, nach Warwick Manor zu kommen. Dort haben wir ihnen die gesamte Situation geschildert und ihnen alles gegeben, was wir haben. Eine Kopie meiner wahllosen Notizen. Grandmas Smartphone und die passende PIN. Die übrigen Erpresserbriefe. Zugang zu Grandmas geheimem Teezimmer. Ich sehe immer noch ihre Gesichter vor mir, den Ausdruck, der sich sekündlich veränderte. Erst Unglaube, dann Entsetzen bis hin zu Fassungslosigkeit. Natürlich haben sie versucht, uns zu überzeugen, das Material an Riley weiterzuleiten, allerdings ist Amara mit solcher Vehemenz dazwischengegangen, dass selbst Bobby eingelenkt hat – zähneknirschend und unter der Prämisse, dass wir Grandma bis spätestens Ende dieser Woche gefunden haben. Ansonsten sieht er sich gezwungen, Riley einzuschalten, oder um es mit seinen Worten zu sagen: *Was bringt Fenella ihre weiße Weste, wenn wir sie nicht lebendig finden?* Fairer Punkt. Jetzt bleiben noch zwei Tage. Dann weiß die Polizei offiziell, dass Grandma in verfluchte Drogengeschäfte verwickelt ist. Dann wird sie bei ihrer Rückkehr nicht mit warmen Worten und Umarmungen begrüßt, sondern mit einer Anzeige und Untersuchungshaft. Ich kann den Countdown förmlich heruntersticken hören, der die Anspannung und den Frust nur sekündlich befeuert.

Wo soll ich noch ansetzen? Meine geplante Falle am Dienstag war ein kompletter Fehlschlag. Denn natürlich ist an der Struie Road niemand aufgetaucht, um meinen Fake-Umschlag abzuholen. Wahrscheinlich hat das Mädchen letzten Samstag nicht damit gerechnet, von jemandem verfolgt zu werden, und hat kalte Füße bekommen.

Die restliche Zeit habe ich damit verbracht, an Türen zu klingeln und mit Menschen zu reden. Ich wollte ihnen in die Augen sehen, wenn sie mir von ihrer letzten Begegnung mit Grandma erzählen, nur für den Fall, dass noch jemand versucht, mir etwas zu verheimlichen. Doch ich bin nur auf von Mitleid verzogene Gesichter gestoßen. Also habe ich andere Fragen gestellt. Über ein Mädchen mit gebräunter Haut, über jemanden, der einen sportlichen BMW fährt, aber alle Namen, die gefallen sind, waren weitere Sackgassen. Ich habe mir sogar die Adresse der Galloways besorgt, nur um sicherzugehen, dass Benson und seine Familie wirklich verreist sind. Da die Fensterläden alle verschlossen sind und mir auch heute – beim inzwischen siebten Versuch – keiner geöffnet hat, gehe ich davon aus, dass die Sache mit dem Urlaub stimmt. Womit meine einzige noch verfügbare Spur ebenfalls im Sand verlaufen ist.

Dann ist da noch Archer. Obwohl ich es erfolgreich geschafft habe, ihm seit Sonntag aus dem Weg zu gehen, und obwohl ich mir geschworen habe, die Sache mit uns auf später zu verschieben, taucht er viel zu oft in meinem Kopf auf. Verbunden mit einer solch beschissenen Sehnsucht, dass ich ein paarmal kurz davor war, seine Nummer zu wählen. Von dem Zettel, den ich längst hätte verbrennen müssen, aber ich habe es nicht über mich gebracht. Vielleicht will mir etwas signalisieren, dass ich dieses Gespräch dringender brauche, als ich mir eingestehen will – aber wie soll das funktionieren? Wie soll mein Herz unterscheiden können, ob es seine Entschuldigung wirklich annimmt oder ob es sich nur so verdammt schmerzhaft nach Trost sehnt, dass es alles abnicken würde – nur damit es irgendwann, wenn wieder ein bisschen Normalität herrscht, gnadenlos am Boden zerschellt?

Während ich eine Hand fest am Lenkrad halte, lockere ich die andere, um die Musik noch lauter zu stellen. Leider hat die Box ihr Limit erreicht. Ich beiße die Zähne zusammen, während der Song in den nächsten übergeht und meine Gedanken zunehmend lauter in meinem Kopf kreischen. Als würden sie bewusst versuchen, die Musik zu übertönen, was in einem schmerzhaft pulsierenden Kopfschmerz resultiert. «Schöne Scheiße», zische ich, nachdem ich die Mittelkonsole abgetastet und nur einen leeren Blister Aspirin erwischt habe.

Die Straße beschreibt eine Kurve. Ich verlangsame das Tempo gerade so weit, dass ich nicht von der Spur abkomme – als ich am Fahrbahnrand etwas Weißes sehe. Ich trete so heftig auf die Bremse, dass mein Puls regelrecht in meinem Körper explodiert. Die Bremsen quietschen, der Wagen bleibt abrupt stehen, ich werde ein Stück vorgeschleudert, dann zurück in den Sitz gepresst. Mit weit aufgerissenen Augen starre ich auf die Schafe, die in aller Seelenruhe ihr Gras vom

Fahrbahnrand abzupfen. Wie von selbst haben meine beiden Hände zurück ans Lenkrad gefunden, um es noch stärker zu umklammern. Vermutlich hätte ein kleiner Schlenker sogar gereicht, um ihnen auszuweichen, aber bei meinem Tempo ...

Es ist unmöglich, das Lenkrad loszulassen, geschweige denn meine Füße von Kupplung und Bremse zu lösen. Mein ganzer Körper scheint in dieser Position festgefroren, während nur die Musik meinen Herzschlag übertönt. Das war fucking knapp. Und wäre jemand hinter mir gewesen ... Ich versuche, die Bilder wegzublinzeln, die sich so plötzlich in meinen Kopf stehlen, dass mir flau wird. Ich liebe das Tempo. Aber das hier bin nicht ich. Ich setze mich nicht hinter das Steuer, wenn ich weiß, dass ich nicht in der richtigen Verfassung bin. Normalerweise. Heute habe ich die Situation offensichtlich unterschätzt – und wo zur Hölle wollte ich überhaupt hin?!

«Hey, Siri», krächze ich. «Schalte Musik aus.»

Siri wiederholt meine Anweisung, dann wird es abrupt leise. Der Fahrtwind ist im Stillstand nur noch ein laues Lüftchen, in dem ich das Meer rieche, und dann weiß ich wieder, wo ich bin: auf dem Weg zum Tarbat Ness Lighthouse. Jenem Leuchtturm, der auf der Spitze einer Landzunge thront und den ich mit nur einem Menschen verbinde: Grandma. Weil das hier der Ort ist, an den wir früher immer dann gefahren sind, wenn wir *Frauengespräche* führen wollten. Bei dem Wort habe ich jedes Mal die Augen verdreht und – ganz trotziger Teenie – so getan, als hätte ich keinen Bock auf die Ausflüge. Aber in Wahrheit habe ich mich jedes Mal gefreut, wenn Grandma mit einem Picknickkorb vor mir stand, bewaffnet mit Ferngläsern, um die Seelöwen besser beobachten zu können, mit einer Thermoskanne Tee und der karierten Decke. Es waren die wenigen Momente, in denen ich zugelassen habe, dass Grandma ein paar tiefere Einblicke in mein Innenleben gewinnt.

Mein Blick verschleiert. Ich wische mir über die Wange, dann lenke ich den Wagen vorsichtig in den nächsten Passing Place. Sonst rege ich mich immer über Touris auf, die glauben, diese Buchten wären zum Parken gedacht, aber jetzt schalte ich den Motor selbst aus. Keine Ahnung, was sich mein Unterbewusstsein dabei gedacht hat, mich herzubringen. Aber ich weiß, dass ich absolut nicht bereit für diesen Ort bin – nicht ohne Grandma.

Ich schniefe in ein Taschentuch, dann greife ich nach meinem iPhone. Ohne nachzudenken, wähle ich die Nummer von Warwick Manor, und nach zu vielen Klingeltönen geht endlich jemand ran: «Mindy Sinclair am Apparat, was kann ich …?»

«Mindy?», unterbreche ich sie heiser. Ein winziger Teil von mir hat wohl auf Archer gehofft, aber damit hat das Schicksal den Test offiziell bestanden.

«Rae?» In ihrer Stimme schwingt Besorgnis mit. «Was ist passiert?»

«Nichts», erwidere ich, und genau das ist das Problem. «Aber ich glaube, ich könnte ein Taxi gebrauchen. Und eine Freundin.»

Mindy verliert kein Wort darüber, ob Eleanore sie freigestellt hat, oder ob sie sich einfach aus der Affäre gezogen hat. Jedenfalls macht sie keine Anstalten, mich alleine zu lassen. Erst bringt sie mich zurück zu Pemberlaine House, das bereits seit Sonntagabend mit einer neuen Fensterscheibe glänzt – dem Glaser sei Dank, der seinem Ruf als findiger Bastler mehr als gerecht wurde. Dann fragt Mindy, was sie für mich tun kann, und mein erster Impuls ist es, abzuwinken. Ihr zu sagen, dass ich ab jetzt alleine klarkomme – aber es wäre gelogen. Wenn ich auf meiner Solofahrt vorhin eins gelernt habe, dann, dass Alleinsein gerade mein größter Feind ist. Also bitte ich Mindy zu bleiben. Sie lenkt mich mit Small Talk über Serien und Bücher ab, während sie mir hilft, ein paar Kisten rüber in den Schuppen zu tragen. Es sind alles alte Sachen von mir, die ich in den vergangenen Nächten aussortiert habe, wenn ich mal wieder kein Auge zubekommen habe.

Anschließend machen wir einen Abstecher rüber zu Grams' Haus auf der Ecke. Seit Sonntag gab es keinen Tag, an dem ich den alten Mann nicht gesehen habe, wenigstens für eine Umarmung und einen kurzen Check, ob es ihm den Umständen entsprechend gut geht. Er erwähnt es zwar nie laut, aber ich spüre, dass er es kaum erwarten kann, wieder hinter der Theke zu stehen. Und dass er sich ähnlich große Sorgen um Grandma macht wie der Rest von Edderton.

«Ah, bevor ihr gleich weg seid.» Grams zieht sich aus seinem Ohrensessel hoch auf die Beine. «Ella hat ihr Mittagessen stehen lassen. Ihr hättet nicht zufällig Zeit ...»

«Es ihr vorbeizubringen?», beende ich seinen Satz. «Immer gerne.» Ich versuche mich an einem aufrichtigen Lächeln, doch es fühlt sich gebrochen an. Dann lasse ich mir die Dose für Ella geben, drücke Grams einen Schmatzer auf die Wange, und Mindy verspricht, ihm später neuen Lesestoff vorbeizubringen.

«Ich hoffe, ich habe noch diese hübsche Ausgabe von *Mansfield Park*», erzählt sie, nachdem wir Grams' Haus verlassen haben. «Seit *Stolz und Vorurteil* liebt er Jane Austen.»

«Grams hat definitiv Geschmack», erwidere ich, und schon sind wir wieder bei unserem Lieblingsthema. Unser Lesegeschmack scheint mit den Jahren immer ähnlicher geworden zu sein. Für ein paar Minuten schaffe ich es sogar, ganz aus meiner Gedankenspirale auszubrechen. Dann haben wir unser Ziel erreicht, vor dem sich wieder eine Schlange gebildet hat.

«Wenn wir schon hier sind: Lust auf einen Kaffee?», fragt Mindy, und ich nicke. Um genau zu sein, ist Koffein gerade das Einzige, was mich nach all den ruhelosen Nächten aufrecht hält.

Als wir das Café betreten, wirbelt Ella von Eismaschine zu Kaffeeautomat. Sie ruft uns ein gestresstes «Hey» zu, gefolgt von einem «Joe?!» Richtung Küche. «Ich brauche dich hier!»

Mindy zieht mir die Dose aus der Hand. «Warum suchst du nicht schon mal einen Platz, während ich bestelle und das hier abgebe?»

Ich reiße meinen Blick von der gestressten Ella los. «Du willst nur nicht, dass ich ihr wieder meine Hilfe anbiete, richtig?»

Das verlegene Lippenschürzen sagt alles. Mindy weiß genau, dass meine letzte Schicht ein Desaster war, und es würde mich nicht wundern, wenn Ella sie heimlich gebeten hat, mich vom Bereich hinter der Theke fernzuhalten.

Resigniert lenke ich ein und wende mich dem Gästeraum zu. Auf den ersten Blick scheint jeder der Tische belegt. Immerhin sehe ich einige leere Tassen und Teller, und tatsächlich dauert es nicht lange, bis ein Pärchen sein Geschirr zusammenstellt und den Fensterplatz räumt. Meiner. Ich lasse die beiden aus dem engen Gang treten, dann schiebe ich mich direkt zwischen den Stühlen hindurch, um den Tisch in Beschlag zu nehmen.

Nachdem ich mich eingerichtet habe, hole ich mein Handy raus. Meine Fingerspitze gleitet wie von selbst übers Display. Wo ich bis vor Kurzem die typische Social-Media-Runde gemacht habe, gibt es jetzt eine neue Routine. Ein Blick in die

Benachrichtigungsleiste, um zu schauen, ob ich einen Anruf verpasst habe. Danach der Klick zu WhatsApp. Nichts. Ich möchte die App schon schließen, als eine neue Nachricht von Ishaaq auftaucht:

Hast du kurz Zeit zum Telefonieren?
Der Laborbericht ist da.

Ich spüre meinen Herzschlag bis in meine Kehle. Ohne zu zögern, rufe ich zurück, und Ishaaq geht sofort ran.

«Das ging ja schnell», begrüßt er mich. «Also, DS Riley hat uns vorhin den Bericht rübergeschickt. Und ich fürchte, ich habe keine guten Neuigkeiten.»

«Keine guten Neuigkeiten im Sinne von: Die Spuren haben nichts ergeben?», spreche ich die Befürchtung aus, die ich nicht zum ersten Mal formuliere.

«Nicht wirklich», erwidert Ishaaq. «Weder die Fingerabdrücke noch die gesammelten Fasern oder die DNA am Zigarettenstummel haben in der Datenbank Treffer ergeben.»

«Natürlich nicht», murmle ich bitter. Da ist er wieder, der fiese Geschmack von Frustration, der sich wie Säure durch meinen ganzen Rachen ätzt. «Steht in diesem Bericht auch irgendwas zur Marke der Zigarette?»

«Sekunde.» Im Hintergrund wird das Rascheln von Papier laut. «Ja, hier. Silk Cut Purple. Das ist die Marke, die in deinen Notizen stand, richtig?»

«Ist es», bestätige ich. «Joe meinte, das sei die Lieblingsmarke von Benson.» Während ich rede, versuche ich, einen Blick hinter die Theke zu erhaschen. Allerdings ist es so voll, dass ich nur hin und wieder einen blonden Haarschopf aufblitzen sehe.

«Der Benson, der mit seiner Familie im Urlaub ist», sagt

Ishaaq, und ich nicke, obwohl ich weiß, dass er es nicht sehen kann. «Wobei er sicher nicht der Einzige sein wird, der diese Marke raucht.»

«Nein.» Mit einem Seufzer stütze ich den Ellbogen auf die Tischplatte. «Konntet ihr wenigstens Lennox ausfindig machen?» Was ich eigentlich sagen möchte, ist: Konntet ihr mehr über ihn herausfinden als ich? Denn sowohl Google als auch Facebook und ein Anruf bei der Universität haben mich ins Leere geführt. Entweder weil Name und Ortsangabe zu keinem richtigen Ergebnis geführt haben oder weil man mir keine Infos über Studierende geben wollte – Datenschutz und so.

«Leider bezweifle ich, dass die gesuchte Person wirklich Lennox heißt», erwidert Ishaaq gewohnt direkt. «Laut der Universität hat dieses Jahr nur ein Lennox sein Grundstudium abgeschlossen, allerdings trifft die Beschreibung nicht ansatzweise auf ihn zu. Und er ist auch nicht nach New York gezogen, sondern hat direkt den nächsten Kurs belegt.»

Die Frustration gräbt sich weiter durch meinen Körper, bis rein in meine Lungen, die bei jedem Atemzug schmerzen. Also wieder eine Sackgasse. Wäre das hier ein Claudine-Roman, hätten sich die Dinge längst anders entwickelt. Dann wäre Lennox eine echte Spur gewesen, genau wie Benson, der silberne BMW, und vermutlich hätten die IT-Profis einen Weg gefunden, die Kameraaufnahmen der Fahrzeuge so scharf zu stellen, dass man bei der Person hinterm Steuer irgendein Tattoo erkannt hätte, ein Muttermal oder eine andere Auffälligkeit, die die Fäden am Ende verknüpft hätte. Schade, dass die Realität so beschissen real ist.

«Danke, Ishaaq», sage ich, obwohl ich weiß, dass die Verzweiflung aus jeder Silbe trieft. «Und ich schätze, ich muss gar nicht erst fragen, ob ihr die Nummer von Mr Rose zurückverfolgen konntet?»

«Prepaidkarte.»

«Klar.» Oh, wie ich es hasse, dass ich so oft recht behalte. «Sobald Benson zurück ist, sollten wir trotzdem mit ihm reden.»

«Natürlich.»

Wir verabschieden uns, und ich bin genauso schlau wie vorher. Immerhin ist Mindy inzwischen dran und balanciert nur wenig später ein Tablett zu mir an den Tisch. Eine große Tasse schwarzer Kaffee, ein Mischgetränk mit pastellfarbenem Milchschaum, Carrot Cake und eine klassische Zimtschnecke.

Dankend nehme ich meine Sachen vom Tablett und stecke reflexartig den Löffel in den Kaffee. Nur um meine Gedanken mit den kreisenden Bewegungen zu beruhigen. «Ishaaq hat gerade angerufen», sage ich, als sie es sich mir gegenüber bequem gemacht hat. «Der Laborbericht ist da, aber leider ohne große Neuigkeiten.»

Mindy verzieht das Gesicht. «Tut mir leid, Rae. Ich weiß gar nicht, was ich noch sagen soll.»

«Schon gut.» Ich mache eine wegwerfende Geste, ehe ich den Löffel zur Seite lege und die Tasse mit beiden Händen umfasse. Einen Moment lang reden nur die Leute um uns herum, Geschirr klappert, die Kaffeemaschine zischt, Eiswürfel klirren. Sonst komme ich genau in solchen Kulissen zur Ruhe, jetzt werde ich zunehmend nervöser. Ich nippe an der Tasse. Irgendwie schmeckt der Kaffee heute genau wie der, den Archer mir am Hafen besorgt hat. *Archer.* «Hast du ...» Ich unterbreche mich selbst. Ein schwacher Versuch, denn die Frage möchte unbedingt raus. «Hast du Archer in den letzten Tagen mal gesehen?»

In Mindys Augen blitzt Überraschung auf. «Klar. Ich meine, er arbeitet gerade wirklich viel, aber ...» Sie schürzt die

Lippen, an denen etwas von dem Pastellschaum klebt. «Dann seid ihr zwei also nicht …?»

«Es ist kompliziert», erwidere ich und muss beinahe lachen. Wie ich diese Worte hasse. *Kompliziert* ist ein Beziehungsstatus, den sich Teenies 2010 auf Social Media gegeben haben, aber doch nichts, was mein Leben beschreiben sollte. Erst recht nicht mein *Liebesleben.*

Mit einem Seufzer sehe ich auf, und ohne es zu wollen, bahnt sich die ganze Geschichte ihren Weg. Da Mindy und ich in der Zeit, als ich Edderton verlassen habe, nur wenig Kontakt hatten, fange ich ganz vorne an. Bei dem zehrenden Drang, mich selbst zu finden, über Eleanores Angebot, meine Flucht nach Edinburgh, über die Jahre in dem Versuch, nicht nur Archer zu vergessen, sondern meinem Leben eigene Ziele zu geben, über das Wiedersehen vor fast drei Wochen, meine Schuldgefühle, die Anziehung, die sofort wieder da war, bis hin zu der Bombe, die er auf Mull hat platzen lassen. Gefolgt von meinem Versuch, ihn als *Freund ohne Erwartung* zu sehen, was definitiv gescheitert ist.

Mindy ist eine genauso gute Zuhörerin wie Steve. Sie nickt an den richtigen Stellen, verzieht das Gesicht vor Überraschung, Unglaube, und manchmal zucken ihre Mundwinkel synchron mit meinen nach oben.

«Weiß er es?», fragt sie am Ende. In ihren Augen ein forschender Ausdruck.

Ich runzle die Stirn. «Was genau?»

«Dass du das Angebot damals nur angenommen hast, weil du dachtest, es wäre das Beste für *ihn.*»

Mir liegt ein reflexartiges «Natürlich» auf der Zunge, aber es stimmt nicht. Wir haben über Edinburgh und leere Tanks und Müdigkeit gesprochen, aber nie über die eigentlichen Gründe. Oder Gefühle.

«Nein», gestehe ich. «Allerdings bezweifle ich, dass es etwas geändert hätte, schließlich bleibt es dabei, dass er mir die Wahrheit über zwölf Jahre verschwiegen hat.»

«Weil er vielleicht dachte, dass er dir damals einen Gefallen getan hat.» Mindy legt ihre Gabel beiseite. «Ich will ihn nicht in Schutz nehmen, denn die Aktion war absolut scheiße, aber seit wann ist Archer ein feiger Egoist?»

Ich zucke mit den Schultern, während sich neuer Trotz in mir zusammenballt. Der übliche Schutzmechanismus, aber Mindy lässt mir keine Chance, mich zu verbarrikadieren.

«Komm schon, Rae.» Zwischen ihren Augenbrauen kräuseln sich kleine Fältchen. «Kann es nicht sein, dass er es auf völlig verquere Weise *gut* gemeint hat? Und wenn er nicht weiß, wie sehr es dich schon damals verletzt hat, wie soll er dann deine heutigen Wunden verstehen?»

«Ich dachte, du wolltest ihn nicht in Schutz nehmen», murre ich, obwohl ich tief im Inneren weiß, dass sie recht hat. Denn es ist ja nicht so, als hätte ich nie selbst über seine Motive nachgedacht oder darüber, mit ihm zu reden, nur ... Ich beiße mir auf die Unterlippe, während ich mich an meiner Tasse festhalte. «Also gut», sage ich schließlich mit einem Seufzer. «Und woher soll ich wissen, ob mein Herz seine Entschuldigung wirklich annimmt oder nur so tut, um wenigstens eine Wunde notdürftig zu flicken?»

Ein Lächeln erhellt Mindys Gesicht. «Weil du Rae Pemberlaine bist. Wenn du deinem Herzen nicht trauen kannst, hast du immer noch deinen messerscharfen Verstand.»

«Klasse.» Ich verdrehe die Augen, kann jedoch nicht verhindern, dass mein Herz einen nervösen Hüpfer macht. «Gefühle analysieren klingt richtig ...» Ich unterbreche mich, als jemand an der Theke so laut auflacht, dass mein Blick wie von selbst nach drüben gleitet.

Das Lachen gehört zu einem Fremden, der gerade einen großen Rucksack vom Boden nimmt und schultert. Dann greift er nach den beiden Pappbechern und verabschiedet sich von Joe. Dem Joe, den ich jetzt genau im Blick habe.

Obwohl ich ihn nicht zum ersten Mal sehe, nehme ich auf einmal Details an ihm wahr, die aus diesem Winkel besonders markant hervorstechen. Die Form seiner blauen Augen, den gebräunten Teint, die Form seiner Kinnpartie, die geschwungenen Lippen. Er wendet sich der nächsten Kundin zu, und schon wird er wieder von der wogenden Menge verschluckt. Diese Augen, die Lippen, die Kinnpartie. Ich kriege noch mit, wie Mindy etwas zu mir sagt, aber ich höre nicht mehr hin.

Wie von selbst schält sich mein Körper aus unserer Ecke. Ich stehe auf, schiebe mich zwischen den anderen Tischen hindurch bis zur Theke. Ich versuche gar nicht erst, Joes Aufmerksamkeit im Gedränge zu erregen, sondern steuere direkt auf den Bereich zu, der hinter die Theke führt.

Ella bemerkt mich zuerst. «Oh, Rae.» In einer Hand hält sie einen Mixer mit Resten von einem Smoothie, in der anderen einen Streuer mit Kakaopulver. «Falls du wieder helfen möchtest ...»

«O nein, keine Sorge», erwidere ich. «Aber könntest du mir Joe kurz rüberschicken? Ich verspreche auch, es dauert nicht lange.» Vermutlich eine Lüge, aber mit meinem Gewissen muss ich mich später auseinandersetzen.

Ella wirft einen gestressten Blick über die Schulter. Sie brauchen echt dringend Verstärkung – und zwar welche von der kompetenten Sorte. «Für eine Minute, okay?» Dann stellt sie den Mixer ins Spülbecken und huscht weiter zu Joe. Eine Berührung an der Schulter, ein Nicken in meine Richtung, und sie übernimmt seine Kundin.

Als Joe zu mir kommt, hat er sein übliches Grinsen drauf. «Hey, Rae, hast du meine Anfrage bei Instagram gesehen, also, von unserem Firmenaccount? Die mit …»

«Schon angenommen», falle ich ihm ins Wort. «Aber deshalb bin ich nicht hier. Können wir irgendwo ungestört reden? Es geht um meine Grandma.»

Joes Grinsen schwindet. Er schaut zurück zu Ella, die in gefühlt doppelter Geschwindigkeit hinter der Theke rotiert. In mir flackert das schlechte Gewissen auf, aber ich kann jetzt keinen Rückzieher machen. «Okay? Aber in ein paar Minuten muss ich echt zurück sein.» Er bedeutet mir mit einem Nicken, ihm zu folgen.

Wir gehen durch die Küche, weiter in den kleinen Aufenthaltsraum, der daran anschließt. Er ist vielleicht so groß wie der Bereich hinter der Theke, darin eine Garderobe, an der zu dieser Jahreszeit kaum Sachen hängen, eine Couch, eine Kommode mit Kaffeemaschine, Obstkorb, ein Holztisch, auf dem frische Blumen stehen, und passende Stühle.

Damit Ella die Gäste nicht unnötig lang alleine bedienen muss, komme ich direkt auf den Punkt: «Du hast mal erwähnt, du hättest eine kleine Schwester. Hast du zufällig ein Foto von ihr?»

«Ein Foto meiner *Schwester*?» Joe runzelt sichtlich irritiert die Stirn. «Als du meintest, es würde um deine Grandma gehen, dachte ich, jemand hätte sich vielleicht auf die Flugblätter gemeldet, die ich verteilt habe, oder …»

«Bitte. Falls ich richtigliege, könnte uns deine Schwester weiterhelfen», erwidere ich und weiß, dass es keine echte Erklärung ist. «Als Zeugin», füge ich deshalb hinzu.

«Zeugin?» Joes Ausdruck liegt zwischen Überraschung und Skepsis. «Soweit ich weiß, kennen sich Jackie und Fenella überhaupt nicht.» Er geht trotzdem zur Kommode und holt sein Smartphone aus der Schublade. «Jackie ist nur superselten in Edderton, eigentlich nur, wenn sie mir irgendwelche Sachen vorbeibringen muss.» Er wischt übers Display und öffnet seine Galerie. «Hier.»

Mein Puls beschleunigt sich, als ich mir das Foto anschaue, das er mir entgegenhält. Blaue Augen, Sonnenhaut, breites Grinsen. Obwohl ich ihr Gesicht nur unter der schwarzen Kapuze gesehen habe, *weiß* ich, dass ich gerade einen Treffer gelandet habe. Jackie ist das Mädchen, das Samstag den Stein durch die Scheibe geworfen hat.

«Wo finde ich sie?», frage ich atemlos, als würde sich mein Körper wieder an die Verfolgungsjagd erinnern.

«Ich vermute, sie trifft sich gleich mit ihren Freundinnen zum Schwimmen.» In Joes Stimme schwingt ein seltsamer Unterton mit, während er das Handy wieder an sich nimmt. «Heißt das, sie ist wirklich deine gesuchte Zeugin?» Als ich nicke, fährt er sichtlich nervös durch sein gegeltes Haar. «Scheiße. Ich meine ... Sie steckt aber nicht in Schwierigkeiten oder so? Also, es geht hier nicht um irgendwelchen illegalen Scheiß, sondern Jackie hat einfach nur was gesehen, das wichtig sein könnte, richtig? Meine Eltern würden mich umbringen, wenn ... Ich hab versprochen, in den Ferien gut auf sie aufzupassen, aber meine Jobs ...»

Da ist etwas an seiner gesamten Art, das mich zweifelnd die Stirn runzeln lässt. Ob er etwas von ihrem Besuch bei Pemberlaine House weiß? «Wie kommst du darauf, sie könnte in Schwierigkeiten stecken?», frage ich und merke, wie ich mich automatisch zwischen ihn und die Tür stelle. Auch wenn er keine Anstalten macht abzuhauen.

«Ich weiß nicht.» Er fährt sich erneut durchs Haar. «In den letzten Wochen war sie irgendwie seltsam drauf. Aber wenn ich versuche, mit ihr zu reden, blockt sie ab und verzieht sich in ihr Zimmer.» Allmählich glaube ich, aus seinem Unterton Sorge herauszuhören.

Ich schürze die Lippen, während ich meine Optionen abwäge. Am Ende entscheide ich mich für die Wahrheit, denn früher oder später wird er es sowieso erfahren: «Jackie hat letzten Samstag einen Stein durchs Fenster von Pemberlaine House geworfen.»

«Was?!» Joe starrt mich entsetzt an. «Sie hat ein Fenster zerstört?! Letzten Samstag? Aber da war sie mit ihren Freundinnen ...»

«Nicht schwimmen», beende ich seinen Satz, gefolgt von einem Seufzer. «Die Scheibe ist inzwischen wieder repariert, und ich habe auch nicht vor, irgendjemanden anzuzeigen oder mir das Geld wiederzuholen. Ich will nur verstehen, *warum* sie es gemacht hat. Also denkst du, du könntest sie unter einem Vorwand herlocken?»

Joe starrt mich immer noch an. Allerdings scheint er mir jedes Wort zu glauben, und dann sacken seine Schultern nach unten. «Du versprichst wirklich, dass keine Anzeige folgt?»

«Versprochen.»

«Okay.» Nur das Zittern seiner Fingerspitzen beweist, wie viel Überwindung es ihn kostet, Jackies Nummer zu wählen. Kurz darauf hält er sich das Handy ans Ohr und wendet sich von mir ab. «Hey, Jackie. Bist du schon unterwegs? ... Ah. Cool ... Sorry, aber ich hab meine Jacke vergessen, unten an der ... Weil ich heute Abend noch mit den Jungs wegwollte ... Ja, auch mit Kev. Also, kannst du sie mir vorbeibringen? Zu Grams? ... Nein, hab ich nicht ... Zimtschnecken? ... Muss ich mal gucken, aber sonst sind auch die mit Nougat gut ... Klar, lege ich zur Seite. Danke, Jackie. Bis gleich.» Er legt auf, und ich bin beeindruckt, wie leicht ihm die Lügen über die Lippen geglitten sind. «Ich hoffe, du hast noch zwanzig Minuten.»

KAPITEL 32

Aus zwanzig Minuten wird eine halbe Stunde, aus einer halben Stunde vierzig Minuten. Die erste Zeit ging noch schnell vorbei, da ich Mindy erst mal erklären musste, warum ich so plötzlich aufgesprungen bin. Jetzt sitzen wir nur noch hier und starren nach draußen. Dann biegt endlich jemand auf einem Fahrrad um die Ecke. Blonde Beachwaves, kein Helm, dafür eine riesige Tasche auf dem Gepäckträger.

«Das ist sie», sage ich und nicke nach draußen.

Jackie sichert ihr Fahrrad am Ständer, dann wirft sie die Tasche über ihre Schulter. Ich beobachte jede ihrer Bewegungen. Sie wirkt ganz anders als das Mädchen, das letztens vor mir geflohen ist. Diese Jackie hier läuft aufrechter, trägt kurze Hotpants, dazu ein weißes Cropped T-Shirt und Sandalen. Im Gehen streicht sie sich die Beachwaves aus dem Gesicht. Für einen kurzen Moment frage ich mich, ob ich mich nicht vielleicht getäuscht habe, ob ich in dem Foto einfach nur jemanden erkennen *wollte*, aber dann wird mir klar, dass es schlichtweg das Make-up ist, das diese Jackie hier erwachsener erscheinen lässt. Mit der Wimperntusche wirkt ihr Blick wacher, dazu der glänzende Gloss, der ihre Lippen betont.

Sie quetscht sich an der Warteschlange vorbei. Als sie die Stufen hoch zur Tür nimmt, ducke ich mich instinktiv hinter der Speisekarte, allerdings hat Jackie keine Augen für die Menge. Sie schiebt sich an allen vorbei, bis sie an derselben Stelle steht, an der ich Ella vorhin gebeten habe, Joe zu entbehren. Dieses Mal kommt Joe von selbst angelaufen. Er nickt Richtung Küche, und ich glaube, in Jackies Haltung Widerstreben zu erkennen. Wahrscheinlich dachte sie, sie könnte einfach nur die Jacke abschmeißen, ein paar Zimtschnecken abholen und weiter zu ihren Freundinnen fahren. Joe sagt etwas, dann nickt sie und verschwindet in der Küche. Ehe er ihr folgt, sucht er meinen Blick, und ich mime ein flüchtiges Lächeln. Irgendwie kommt es mir falsch vor, dass wir sie so in die Falle gelockt haben, aber gleichzeitig war es die einfachste Option.

«Viel Glück», sagt Mindy, die sich bereit erklärt hat, unseren Tisch zu bewachen und Jackie aufzuhalten, sollte sie versuchen, durch die Vordertür zu fliehen.

«Danke.» Die Nervosität zuckt durch meine Adern, während ich mich wieder durch die Menge zwänge und zum Hinterzimmer gehe. Die Tür ist offen. Jackie steht mit dem Rücken zu mir, in ihrer Hand eine Jeansjacke, die sie Joe auffordernd hinhält. «Jetzt nimm schon», sagt sie hörbar genervt. «Die anderen warten längst auf mich.»

Ich bleibe im Türrahmen stehen. Joe hat mich sofort gesehen, und jetzt scheint auch Jackie zu kapieren, dass sie nicht mehr allein mit ihrem Bruder ist. Sie lässt die Jacke sinken, dreht sich zu mir um – und braucht keine halbe Sekunde, um mich zu erkennen. Ihre Augen weiten sich in einem Entsetzen, das endgültig Gewissheit schafft: Sie ist es wirklich.

«Fuck», entgleitet es ihr, ehe ihr Blick zur Seite zuckt. Richtung Fenster. Zum Glück ist es geschlossen, und die einzig andere Tür führt zu einem kleinen WC für die Angestellten, fensterlos.

Instinktiv hebe ich die Hände. «Ich will nur reden», sage ich in dem Versuch, meine Anspannung zu überspielen. «Bitte.»

Jackie schnappt nach Luft, ihr Blick fegt noch einmal durch

das kleine Zimmer, dann wirbelt sie herum zu ihrem Bruder. «Joe, warum …!»

«Du hast sie doch gehört.» Er hat die Arme vor der Brust verschränkt. «Sie will nur reden, also rede. Oder ich sage Mum und Dad, dass du Samstag ganz offensichtlich nicht mit deinen Freundinnen am Strand warst.»

Die Tasche rutscht von Jackies Schulter und knallt auf den Boden. Einen Moment herrscht angespannte Stille, dann faucht sie: «Verräter-Arschloch!», schleudert Joe die Jacke entgegen und startet echt einen Fluchtversuch. Joe und ich bleiben entspannt, denn sie strebt ausgerechnet auf die Toilettentür zu. Süßer Versuch.

Und wenn sie sich einschließt?

Als hätte Joe denselben Gedanken gehabt, schießt er auf einmal vor und schafft es gerade noch, seine Fußspitze in den Rahmen zu schieben. Gefolgt von einem Fluchen, denn Jackie hat die Tür mit voller Wucht zugezogen. «Geh weg!», schreit sie ihn an. «Du hast kein Recht …!»

«Jackie, verdammt.» Joe entreißt ihr die Tür mit solcher Kraft, dass ich in ihrem Blick Angst flackern sehe. «Was zur Hölle ist denn in letzter Zeit mit dir los?!»

Jackie starrt ihn an. «Ach, das fragst du mich *jetzt*?» Ihr Fauchen klingt auf einmal gebrochen. Verwundet. «Nachdem ich dich wochenlang nicht mehr richtig gesehen habe?! Obwohl du versprochen hast, die Ferien mit mir zu verbringen? Du wolltest mit mir ans Meer und zum Chanonry Point und ins Kino und …»

«Scheiße, Jackie, ist das dein Ernst? Du wusstest, dass ich arbeiten m…»

«O ja, genau, um dir ein eigenes Zimmer bei der Uni zu finanzieren, weil dir das bei uns zu Hause ja nicht mehr gut genug ist.»

Autsch. Unter anderen Umständen würde ich mich jetzt zurückziehen, denn offensichtlich ist das hier eine Sache zwischen Geschwistern. Allerdings können sie ihre Probleme auch dann klären, wenn ich meine Antworten habe.

Mit einem Räuspern schalte ich mich dazwischen und wage es, einen Schritt tiefer in den Raum zu gehen. «Tut mir leid, wenn ich euch unterbrechen muss. Jackie?» Ich versuche, ihren Blick einzufangen. Als sie zu mir sieht, sind ihre Augen gerötet, es braucht wohl nicht mehr viel, bis die Tränen laufen. In mir flackert Mitleid auf. Hoffentlich können die beiden die Sache später kitten.

«Ich bin Rae, die Enkelin von der verschwundenen Dame, deren Vermisstenanzeigen Joe letztens in Ardgay verteilt hat.» Ich bemühe mich um einen ruhigen Tonfall, auch wenn alles in mir danach drängt, sie mit den wirklich wichtigen Fragen zu bombardieren.

Jackie starrt mich nur weiter an, ihr Brustkorb hebt und senkt sich in schweren Atemzügen, während Joe die Tür festhält.

«Letztens hast du einen Stein durch ihr Fenster geworfen», sage ich, und als ich ihr Zucken bemerke, rede ich schnell weiter: «Das kaputte Fenster spielt keine Rolle, ich will nur wissen, warum. Warum hast du diesen Zettel geschrieben? Und wer war der Typ, mit dem du weggefahren bist?»

Einen Moment lang bleibt Jackie einfach starr und schweigsam. Bis sie ein Stück in sich zusammensackt, als wäre ihr Fluchtinstinkt gerade von Resignation weggespült worden. «Benson Galloway», sagt sie so leise, dass ich nicht sicher bin, ob ich sie richtig verstanden habe. Joe scheint es genauso zu gehen, denn er wiederholt hörbar irritiert: «Benson?! Das Arschloch, das deine halbe Stufe tyrannisiert?»

Jackies Antwort ist ein schwaches Schulterzucken, und

auf einmal ist sie wieder das Mädchen, das ich Samstag verfolgt habe. Das verhuschte Kind mit den großen Augen, dem ängstlichen Ausdruck, der gebückten Haltung.

«Er war nett», wispert sie. «Zu mir.»

«Scheiße ...!» Fluchend stößt Joe die Tür von sich, sodass sie gegen die Wand knallt. Jackie zuckt zusammen, als hätte er ihr eine Ohrfeige verpasst, dabei geht er auf Abstand. «Meine kleine Schwester und Benson Galloway?! Ist der Typ nicht viel älter als du?! Wie konntest du ...»

«Hey», gehe ich dazwischen, bevor Joe seine Schwester in eine Ecke drängen kann, aus der ich sie nicht mehr herausbekomme. «Joe, ich glaube, Ella braucht vorne echt deine Hilfe.» Ich weiß, dass es mies ist, ihn genau jetzt auszuschließen, aber wenn ich Jackie so sehe, bleibt mir keine andere Wahl. Sie hat die Arme vor dem Körper verschränkt, ihre Finger klammern sich an ihren nackten Oberarmen fest, und irgendwo hinter ihren tränennassen Augen funkelt ein Trotz, den ich zu gut kenne.

Erst scheint Joe protestieren zu wollen. Seine Kiefer mahlen, sein Gesicht sieht aus, als hätte er in seinem Leben noch nie gelächelt. Doch irgendwie schafft er es, alles herunterzuschlucken, und nickt mir zu. «Sagt Bescheid, wenn ihr fertig seid.» Dann jagt er noch einen letzten Blick rüber zu Jackie und strebt an mir vorbei. Er zieht die Tür ins Schloss, und obwohl er weg ist, habe ich das Gefühl, dass die Anspannung in der Luft genauso scharf vibriert wie vorher.

«Willst du dich setzen?», frage ich und nicke zu der Couch.

Jackie schüttelt den Kopf, die Arme weiter verschränkt.

«Du hast Benson erwähnt. Also war er der Typ, der Samstag am Steuer saß?» Keine Antwort. Jackie schaut mich nur an, hin und wieder läuft eine Träne über ihre Wangen, die sie schnell wegwischt. «Pass auf, es ist mir scheißegal, mit welchen Typen du abhängst und was dein Bruder davon hält. Ich will nur meine Grandma finden, und ich glaube, dass du mir dabei helfen kannst. Also beantworte bitte meine Fragen, und ich verspreche dir, dass ich dich in Ruhe lassen werde.»

«Nur du oder auch die Polizei?» Ihre Fingerspitzen pressen sich fester in ihre Oberarme, aber immerhin redet sie.

«Auch die Polizei», bestätige ich, obwohl ich weiß, dass es nur die halbe Wahrheit ist. Sollte sich rausstellen, dass das hier eine heiße Spur ist, werde ich es wohl kaum vor Ishaaq und Bobby verschweigen können – aber ich muss ihren Namen ja nicht erwähnen. «Warum hast du diesen Stein durchs Fenster geworfen?»

Stille. Dann öffnet sie endlich den Mund. «Die Frau auf den Anzeigen ist echt deine Grandma?», fragt sie, und in der Frage lässt sie einen winzigen Teil ihrer Mauer fallen.

Ich nicke. «Nachdem meine Mum gestorben ist, hat sie mich zusammen mit Grandpa großgezogen. In dem Haus, bei dem ihr letzte Woche wart.»

«Ich wusste nicht, dass es ihr gehört», murmelt Jackie und tritt einen Schritt aus der Toilette heraus. «Benson hat nur gesagt, er wüsste einen Weg, um uns ein bisschen Feriengeld zu besorgen.»

Feriengeld. Wie gerne würde ich fragen, ob Jackie schon mal was von Nebenjobs gehört hat, aber ich verkneife es mir. «Okay. Weißt du auch, wie er darauf gekommen ist?»

Jackie weicht meinem Blick aus. «Ich kann nicht ... Wenn er erfährt, dass ich jemandem was erzählt habe ...»

«Ganz egal, was es ist, ich schwöre, dass es nicht auf dich zurückfällt», unterbreche ich sie. «Bitte, Jackie, meine Grandma ist Diabetikerin. Sie ist seit drei Wochen verschwunden, und wenn sie nicht bald ihr Insulin bekommt ...» Meine Stimme bricht, dabei hatte ich nicht vor, die Mitleidskarte zu spielen. Aber noch während ich es ausspreche, wird mir bewusst, dass es keine Karte ist, sondern die Wahrheit. Eine Facette der Angst, die seit Mavell's Wellness Resort Tag für Tag heftiger in mir pulsiert, selbst wenn ich versuche, sie zugunsten der Ermittlungen zu verdrängen.

Jackie lässt ihre Arme sinken. Sie schluckt sichtlich schwer, dann geht sie zur Couch und lässt sich nun doch darauf fallen. «Tut mir leid», wispert sie. «Ich wusste echt nicht ...» Sie zieht die Beine zu sich auf die Sitzfläche, während sie zu schnell und heftig blinzelt. «Benson ist zwei Stufen über mir», sagt sie dann, ohne mich anzusehen. «Joe hat recht. Er ist ein Arschloch, und ich wollte nichts mit ihm zu tun haben, aber dann hatte ich Anfang der Ferien einen Platten, und Benson kam mit seinem Auto vorbei. Ich dachte, er würde mich auslachen, aber er war alleine. Und ... echt nett. Er hat mein Rad eingeladen und mich mit zu sich genommen, um den Reifen in seiner Garage zu flicken. Er war nicht aufdringlich oder so. Wir haben auch nicht ... nicht, was Joe sicher denkt.» Sie schürzt verlegen die Lippen. «Die meisten meiner Freundinnen sind im Urlaub, und Joe hatte auch keine Zeit für mich, anders als Benson. Er hat mich am Abend zu einer Party in Inverness eingeladen, wo er über die Ferien ein Luxusapartment mit ein paar Kumpels gemietet hat, während seine Eltern und sein kleiner Bruder auf Kreuzfahrt sind.»

Innerlich stöhne ich auf. Warum bin ich nicht früher auf die Idee mit zwei getrennten Urlauben gekommen? Ich meine, welcher Siebzehnjährige verreist noch mit seinen Eltern? Und wenn Benson die ganze Zeit in Inverness war, ist Edderton für ihn nur ein Katzensprung entfernt, also war es gar kein Problem, mit seinem eigenen BMW zu Pemberlaine House zu fahren. Grandios.

«Wir hatten Spaß», erzählt Jackie weiter. «Sie haben mich

alle gut behandelt. Überhaupt nicht so scheiße wie in der Schule. Keine miesen Scherze oder Fallen, es war einfach nur lustig. Sie haben angeboten, dass ich die Ferien bei ihnen verbringen könnte, ich meine, sie haben sogar einen richtigen Jacuzzi und einen Swimmingpool auf einer Dachterrasse. Mit direktem Blick auf den River Ness und das Schloss. Aber abgesehen davon, dass Joe explodiert wäre, hätten es mir meine Eltern nie erlaubt. Also fahre ich morgens meistens mit dem Rad los, Benson sammelt mich ein Stück unterhalb von Ardgay ein, und wir fahren zusammen nach Inverness. Bis er mich abends wieder an derselben Stelle absetzt. Ein paarmal hab ich trotzdem da geschlafen, eine Freundin hat mir ein ... Alibi gegeben.»

Mit jedem Satz scheint Jackie mehr in Fahrt zu kommen. Als hätte sie insgeheim darauf gewartet, sich endlich jemandem anvertrauen zu können.

Ich ziehe einen Stuhl heran und lasse mich daraufsinken. «Das hab ich früher auch öfter gemacht», sage ich mit dem Anflug eines Lächelns.

Jackie verzieht nur flüchtig die Mundwinkel. «Einmal bin ich nachts aufgewacht, weil ich zur Toilette musste. Die Jungs saßen noch im Wohnzimmer und haben irgendwas auf der Playstation gezockt. Dabei haben sie über einen *Auftrag* gequatscht, und ich dachte erst, sie meinten was im Game, aber dann hat Benson mich bemerkt und mich zu ihnen gewunken. Ich musste schwören, keiner Menschenseele davon zu erzählen, also ...» Sie zieht die Knie enger an den Körper, während sie mir einen flehenden Blick zuwirft. «Benson könnte mir das Leben echt zur Hölle machen.»

Jenseits des brennenden Wunsches, jedes Detail aus ihr rauszupressen, meldet sich der Drang, sie zu beschützen. Auch wenn ich vermute, dass sie spätestens im neuen Schuljahr sowieso hart auf dem Boden der Tatsachen landen wird. Denn toxische Typen wie Benson ändern sich nicht binnen weniger Sommerwochen, die man gemeinsam verbringt.

«Wie gesagt: Kein Sterbenswörtchen zu irgendwem», wiederhole ich mein Versprechen. «Wenn es nach mir geht, hat es unser Gespräch hier nie gegeben.»

Jackie wirkt nicht restlos überzeugt. Trotzdem nickt sie und gibt sich einen Ruck. «Im Februar hat Benson eine Message von einem Typ bekommen, der ihm eine Art Job angeboten hat», erzählt Jackie. «Er sollte Briefe bei einem Haus in Edderton hinterlegen und hin und wieder für ein bisschen Stress sorgen. Nächtliche Ruhestörungen, Rütteln an Fensterläden und Türklinken. Klang ziemlich easy, und Benson konnte zusätzliche Kohle gebrauchen, da seine Eltern ... na ja, sie machen das Taschengeld abhängig von Noten, und Benson ist nicht gerade der Überflieger unserer Schule, sorry, egal. Jedenfalls hat er angenommen. Kurz darauf lag der erste Brief am vereinbarten Ort, verbunden mit der Anweisung, ihn auf keinen Fall zu öffnen. Da er zugeklebt war, hat Benson sich daran gehalten. Er hatte nur keinen Bock, bei der Sache alleine zu sein, also hat er zwei seiner besten Kumpel eingeweiht, die ihn meistens begleitet haben.»

Drei Leute in einem hellen Wagen. Allmählich bin ich sicher, dass dieses eine Auto auf den Videoaufnahmen wirklich Bensons BMW war. Mit ihm selbst am Steuer.

«Die Bezahlung kam immer mit dem nächsten Brief, manchmal gab es sogar eine Art kleinen Bonus. Ich hab gefragt, wie viel es denn so war. Benson hat nur gemeint, dass es locker reichen würde, um den Urlaub hier zu bezahlen. Mehr wollte er nicht sagen. Mir kam die ganze Sache nicht richtig vor, aber bei Benson muss man echt vorsichtig sein, also hab ich nicht weiter nachgehakt.» Sie schaut flüchtig zu Boden, zupft mit den Zähnen an ihrer Unterlippe. «Ich hab mich nur mit auf die Couch gesetzt und ihnen weiter zugehört. Sie haben diskutiert, weil wohl länger kein Brief und entsprechend keine Kohle mehr kam und sich dieser Typ auch nicht mehr auf Bensons Messages gemeldet hat. Benson war deswegen echt pissig, und dann hatte er eine Idee, wie sie ihren Lohn trotzdem kriegen. Sie haben gefragt, ob ich auch dabei wäre, und ich ...» Röte tritt durch ihre gebräunte Haut. «Ich sollte einfach nur diesen Stein durchs Fenster schmeißen und rennen. Benson meinte, es würde dann nur ein paar Tage dauern und wir könnten uns tausend Pfund abholen. Eintausend Pfund!» In ihrer Stimme schwingt ein ungläubiges Lachen mit. «Das ist mehr, als Mum mit ihrem Teilzeitjob verdient!»

Ein kleines Puzzlestück rastet in das nächste ein. Jemand hat Benson dafür bezahlt, meine Grandma in Angst und Schrecken zu versetzen. Jemand hat Benson dafür bezahlt, diese Erpresserbriefe bei ihr zu platzieren, und auch wenn er Jackie erzählt hat, er hätte die Briefe nie geöffnet, bezweifle ich, dass es stimmt. Vielleicht hat er sie sogar abfotografiert, sodass er die perfekte Vorlage hatte, um sein eigenes Schreiben zu verfassen. Wie perfide. Und wie smart. Allein die Tatsache, dass Benson dachte, er könnte meiner Grandma wirklich noch Geld aus den Rippen leiern, bestätigt die Vermutung, dass er nichts mit ihrem Verschwinden zu tun hat. Zumindest nicht direkt. Gut möglich, dass er sie sogar nie persönlich gesehen und sie auf den Vermisstenanzeigen entsprechend genauso wenig erkannt hat wie Jackie.

«Weißt du, warum Benson das Geld gestern nicht abgeholt hat?», frage ich, und zum ersten Mal seit Tagen löst sich der bittere Geschmack von Frust in meinem Mund auf.

Jackie schüttelt hilflos den Kopf. «Ich wusste ja nicht mal, dass es irgendwo abgeholt werden muss. Aber vielleicht wurde ihm die Sache zu heiß, nachdem du uns erwischt hast.»

«Wahrscheinlich», erwidere ich, da es sich mit meiner eigenen Theorie deckt. «Dieser Typ, der Benson den Auftrag gegeben hat: Wie genau ist er auf Benson gekommen?»

«Facebook», antwortet Jackie. «Benson hat sich da so einen Fakeaccount gemacht, mit dem er in ein paar Gruppen nach einem Nebenjob gesucht hat. Remote, ohne direkten Kontakt. Wundert mich nicht, dass sich monatelang keiner gemeldet hat.»

«Also hat dieser Fremde ihn bei Facebook kontaktiert?»

«WhatsApp», korrigiert Jackie. «Benson hat sich extra eine zweite SIM besorgt. Damit er keine Spamanrufe kriegt.»

Innerlich stöhne ich auf. Um Benson Galloway wehen dermaßen viele rote Fahnen, dass ich mich frage, wie Jackie all das übersehen kann. Kein Wunder, dass Joe vorhin so heftig reagiert hat, und ich hoffe, er kann ihr noch irgendwie ins Gewissen reden.

«WhatsApp», wiederhole ich, um den Faden wieder aufzunehmen. «Meinst du, du kommst an die Nummer dieses Typs ran?»

Jackie verzieht das Gesicht, auf dem die Tränenspuren inzwischen getrocknet sind. «Hi, Benson, leitest du mir mal den Kontakt von diesem Arschloch weiter, das nicht bezahlt hat?», formuliert sie einen Vorschlag mit hörbarem Sarkasmus. Dabei ist der Ansatz gar nicht so mies.

«Denn ich hab da eine Freundin, die jemanden kennt, der Nummern nachverfolgen kann», setze ich ihren Satz fort. «Absolut vertrauenswürdig. Vielleicht kann sie uns ja helfen.» Mit einem Seufzer lehne ich mich vor. «Es tut mir echt leid, dich da mit reinzuziehen, aber wenn das dieser Typ ist, der meine Grandma bedroht hat, ist es gut möglich, dass er auch derjenige ist, der sie entführt hat.»

«Entführt?!», wiederholt Jackie sichtlich entsetzt.

Mist. Bisher haben wir immer nur von einem Verschwinden gesprochen, und auch auf den Vermisstenanzeigen ist nirgends die Rede von einer Entführung. Aber jetzt ist es eh zu spät, um es zurückzunehmen, und vielleicht ist es sogar genau der Schubs, den Jackie braucht, um ihre Bedenken über Bord zu werfen. Ich nicke. «Jemand hat Grandma in den letzten Monaten um Geld erpresst, und es sieht alles danach aus, als hätte dieser Jemand sie mitgenommen.»

«Fuck», rutscht Jackie raus. «Du meinst echt, der Typ, mit dem Benson zu tun hat ...» Sie schluckt die restlichen Worte herunter. «Okay. Aber Benson ist vermutlich gerade auf dem Weg, um mich abzuholen.»

«Kannst du ihn anrufen?»

Jackie zögert kurz, ehe sie nickt. Dann lockert sie ihre verkrampfte Haltung und beugt sich auf dem Sofa vor, um nach der großen Tasche zu angeln, in der wohl keine Sachen für einen Strandbesuch sind. Sie zieht das Ungetüm zu sich heran und holt ihr Smartphone raus. *Und wenn ihre Stimme bricht?* Mein schlechtes Gewissen will mich dazu drängen, die Sache abzubrechen, aber da hat Jackie schon die Nummer gewählt und hält sich das Handy ans Ohr. Auf einmal breitet sich ein strahlendes Lächeln auf ihrem Gesicht aus.

«Benson, hi!», flötet sie mit einem Elan, dass ich überrascht die Augenbrauen hochziehe. Das nenne ich mal Schauspieltalent. «Du, ich hab gerade auf dem Weg zu dir eine alte Freundin meiner Eltern getroffen ... Ja, klar bin ich gleich da, aber ... Natürlich steht das noch ...»

Ich kann zwar nicht hören, was Benson genau sagt, aber allein die Art, wie er sie unterbricht, weckt meinen Brechreiz.

«Was ich sagen wollte: Vielleicht hab ich eine Idee, wie wir diesen Typ finden können, der dir die Kohle schuldet ... *uns* die Kohle schuldet, klar», sagt sie, ehe sie die gerade besprochene Story zum Besten gibt. Dieses Mal wird sie nicht unterbrochen. Erst als sie am Ende angekommen ist, höre ich wieder sein unverständliches Raunen. «Echt jetzt? Für wie naiv hältst du mich eigentlich? Natürlich hab ich ihr nichts gesagt», erwidert Jackie. «Sie ist echt cool drauf, und ... Ah ... Klar, war ja nur ein Angebot.» Sie nickt noch ein paarmal, während sie zustimmende Laute von sich gibt. «Kay. Ich dich auch.» Sie lässt das Handy sinken und legt auf. Wir warten noch kurz, bis das Display wieder schwarz ist, erst dann werfe ich ihr einen fragenden Blick zu.

Sie zuckt die Achseln und schüttelt dabei kaum merklich den Kopf. «Ich glaub nicht, dass er ...»

Ein Vibrieren fällt ihr ins Wort. Sie schaut auf ihr Smartphone, auf dem eine neue Nachricht aufleuchtet. «Er hat mir einen Kontakt geschickt», sagt sie, in ihren Augen ein überraschtes Leuchten. «Hier.» Sie öffnet die Nachricht und reicht mir das Handy. Mein Blick gleitet über die Nummer.

Jackie sagt irgendetwas, aber es ertrinkt im Rauschen meiner Ohren. *Ein Gedächtnis wie ein Computer*, hallt Mindys Necken durch meinen Kopf, und ich habe meine Gabe noch nie so sehr geliebt wie jetzt. Es ist genau dieselbe Nummer, die in Grandmas Handy eingespeichert war. Die von Mr Rose.

KAPITEL 33

Es ist nicht schwer, herauszufinden, in welchem Apartment sich Benson und seine Crew eingemietet haben. Um genau zu sein, gibt es nur einen einzigen Luxuskomplex in Inverness, auf den Jackies Beschreibungen zutreffen.

Auch wenn ich liebend gerne bei der Befragung dabei wäre, lasse ich Ishaaq und Bobby alleine fahren. Weil ich nicht riskieren will, dass Jackie sich bei meinem Anblick selbst verrät. Natürlich wird sie auch so wissen, dass ich mein Versprechen gebrochen habe, ich hoffe nur, dass Benson die Verbindung nicht checkt. Um Jackie aus der Sache rauszuhalten, haben wir uns extra eine andere Story zurechtgelegt. In der wir Benson anhand der Aufnahmen von Warwick Manor identifizieren konnten, am Steuer desselben Wagens, der auch Samstag von Pemberlaine House weggerast ist.

Jetzt kann ich nur hoffen, dass Ishaaq und Bobby wissen, was sie tun. Dass sie es irgendwie schaffen, Benson die Infos aus den Rippen zu leiern, die ich mir von Jackie bereits erschlichen habe – und im Idealfall noch mehr.

Am Nachmittag muss Mindy zurück zu Eleanore und ist für zwei Stunden weg. Dafür bringt sie später Pizza mit, und wir können uns die Wartezeit wieder gemeinsam vertreiben. Wir gehen meine Notizen durch. Ich zeige ihr das geheime Teezimmer. Wir versuchen uns an einer Runde Karten, wobei meine Konzentration versagt, ich lasse Mick rein, der sich sein Abendessen abholt. Erst als ich schon fürchte, dass heute nichts mehr kommt, geht endlich mein Handy. Das erste

Klingeln ist noch nicht einmal verhallt, als ich schon auf «annehmen» gedrückt habe.

«Ja?», frage ich atemlos.

«Wir sind jetzt wieder auf der Wache», antwortet Ishaaq. «Und es wäre gut, wenn du herkommst. Die Frau aus Mavell's Wellness Resort wurde identifiziert.»

Wir nehmen Mindys Wagen. Eine Viertelstunde später biegen wir auf die Straße, in der sich die Wache von Tain befindet. Ein graues Gebäude mit grauem Dach, das im Vergleich zum restlichen Städtchen trostlos wirkt.

Kaum hat Mindy den Wagen geparkt, reiße ich die Tür auf und springe raus. Im Stechschritt laufe ich auf die Wache zu und eile die Rampe hoch zum Eingang. Ich ziehe die Glastür auf und gebe sie direkt an Mindy weiter, die sich meinem Tempo angepasst hat.

Hinter dem Empfangstresen sitzt eine mir unbekannte Polizistin, sie scheint mich hingegen sofort zu erkennen. «Rae Pemberlaine?», begrüßt sie mich fragend. «Sie werden in PCI Fosters Büro erwartet. Den Gang runter, die zweite Tür rechts.»

«Danke», sage ich, ehe ich weitereile. Grauer Gang, graue Tür. Reflexartig hebe ich meine Faust, klopfe zweimal an und greife direkt zur Klinke. Während von drinnen ein «Ja?» ertönt, habe ich sie auch schon heruntergedrückt.

Wow. Ich wusste nicht, dass Bobby in seinem Büro *lebt*. Zumindest sieht es so aus, als hätte er sich in dem kleinen Zimmer über Jahrzehnte hinweg häuslich eingerichtet. Überall hängen Bilder, Plakate und Poster neben Stadtkarten und Whiteboards mit unleserlichen Notizen. Eine durchgesessene Couch mit abgewetztem Leder zeugt von Pausen, vielleicht sogar von ein paar Nickerchen, neben Aktenschränken gibt es ein Bücherregal, in dem ich auf Anhieb einige Krimis entdecke, die sicher nicht unter Recherchematerial fallen. Hier und da stehen gut gepflegte Pflanzen, in der Mitte ein großer Schreibtisch, darauf Kaffeebecher neben einer pastellblauen Tüte von Grams, drumherum scharen sich drei Leute. Bobby, Ishaaq und ein Typ, der von hinten verdächtig aussieht wie ... *Archer*. Ich bleibe so abrupt stehen, dass Mindy in mich reinstolpert.

«Tut mir leid», nuschelt sie.

Als hätten uns die drei erst jetzt bemerkt, sehen sie zeitgleich zu uns auf. Ja, der Mann in der Mitte ist wirklich Archer. Und natürlich trägt er ein weißes T-Shirt, das seine Muskulatur wunderbar in Szene setzt. Bisher habe ich keinen Gedanken daran verschwendet, dass er auch hier sein könnte, dabei ergibt es nur Sinn. Schließlich ist seine Grandma jetzt auch in diesen Fall verwickelt, und wenn Bobby und Ishaaq alle Infos an DS Riley weitergeben, könnte sie genauso dran sein ...

«Ah, da seid ihr ja», begrüßt uns Bobby, der als Einziger sitzt und jetzt eine Mappe zuschlägt. Dann schmeißt er sie auf einen Aktenstapel, der aussieht, als wäre er seit Monaten nicht mehr sortiert worden. «Falls ihr euch setzen wollt ...» Bobby nickt in eine Ecke, in der drei Stühle übereinandergestapelt stehen.

«Danke.» Ich schaffe es irgendwie, mich aus meiner Starre zu befreien, und betrete das Büro. Dabei halte ich die Tür für Mindy auf, die hinter mir ins Innere huscht.

Bei jeder Bewegung spüre ich Archers Blicke auf mir ruhen, so intensiv, dass mir flau wird. Verbunden mit einem Ziehen im Herzen, das sich beinahe anfühlt, als hätte ich ihn *vermisst.* Wo ist jetzt dieser Trotz, hinter dem ich mich seit unserer Nacht im Pennybaker's Inn verbarrikadiert habe?

«Schöne Grüße von Benson Galloway und seiner Crew», ergreift Ishaaq das Wort und stößt sich vom Schreibtisch ab. «Wie es aussieht, hat Benson Jackie die Wahrheit gesagt, zumindest was die Kontaktaufnahme und die Sache mit der persönlichen Begegnung angeht. Er schwört darauf, dass er unseren Unbekannten nie gesehen oder gesprochen hat. Alles lief anonym über WhatsApp, die Briefe lagen immer zum vereinbarten Zeitpunkt am vereinbarten Ort, Benson hat nie mitbekommen, wie sie abgelegt wurden, und es gibt in dem Bereich keine Kameras.»

Natürlich, was auch sonst? Ein Teil von mir hat zwar gehofft, es würde bei der Befragung mehr herumkommen, aber es ist trotzdem nicht überraschend. Und seit Ishaaq angerufen hat, gibt es ohnehin eine noch heißere Spur.

«Danke, dass ihr euch so schnell darum gekümmert habt», erwidere ich. «Also ... DS Riley hat die Frau aus Mavell's Wellness Resort identifizieren können? Wurde sie etwa doch als vermisst gemeldet?» In mir glimmt ein kleiner Funke, der sich wünscht, dass es da draußen jemanden gibt, dem die alte Dame wirklich wichtig ist.

«Nein.» Bobby greift nach einer anderen Mappe, die auf seinem Tisch liegt. «Die Frau heißt Maud Anderson, und um genau zu sein, gilt sie offiziell als tot, weshalb es auch so lange gedauert hat, ihre Identität zu klären.»

«Tot?», fragen Mindy und ich wie aus einem Mund.

Bobby öffnet die Mappe und zieht ein zerknittertes Papier heraus. Ich trete näher an den Tisch heran – näher an Archer, der sich merklich verspannt. Prima, damit sind wir schon mal zwei. Dann nehme ich Bobby das Blatt ab. Es ist ein ausgeschnittener Zeitungsartikel, der Größe nach nur eine Randnotiz, wenn auch versehen mit reißerischer Schlagzeile und dem Schwarz-Weiß-Foto eines Flusses.

Tragischer Unfall mit Todesfolge am River Spey

Das Altersheim Greenhood ist bekannt für seine unberührte Lage inmitten der Natur. Nun wurde dieser wunderschöne Ort einer 91-jährigen Bewohnerin vergangenen Mittwoch auf tragische Weise zum Verhängnis. Es sollte ein entspannter Spaziergang mit ihrem Enkel werden, als die an Demenz erkrankte Seniorin in einem unbeobachteten Moment entwischt ist. Die darauffolgende Suche zog sich über mehrere Stunden, bis die Polizei bei Einbruch der Dunkelheit einen Schuh der Seniorin gefunden hat, verfangen in Gestrüpp, das in den River Spey hineinragt. Der idyllische Fluss kann laut Aussagen der Anwohnenden zuweilen bedrohlich reißerisch und unberechenbar sein. Obwohl die Suche noch über drei Tage fortgesetzt wurde, konnte die Leiche nicht geborgen werden.

Beim Lesen der Zeilen fühlt es sich an, als würde jemand meinen Brustkorb zusammendrücken. Aus dem flauen Gefühl wird regelrechte Übelkeit. Mir war bewusst, dass man eiskalt sein muss, um eine demente Frau als jemand anderen auszugeben, aber das hier ist noch übler als geahnt. Nein, bei so etwas hätte Grandma niemals freiwillig mitgemacht.

«Ganz sicher, dass von derselben Person die Rede ist?»

«Ziemlich sicher», antwortet Archer, der jetzt selbst an

Bobby vorbei zur Akte greift. Als er mir ein Foto übergibt, berühren sich unsere Fingerspitzen, sodass wir beide zusammenzucken. In seinen Augen blitzt etwas auf, das das Ziehen in meinem Herzen nur heftiger werden lässt. Aber das hier ist weder die richtige Zeit noch der richtige Ort, um weiter darüber nachzudenken.

Ich löse meinen Blick von seinem und betrachte das Foto. Die abgebildete Frau wirkt zwar jünger als die Person, die mir im Mavell's begegnet ist, aber dieses hoffnungsvolle Strahlen hat sich eingebrannt.

«Er hat also wirklich ihren Tod fingiert», murmle ich, fassungslos darüber, wie tief menschliche Abgründe reichen können. «Und das nur, um uns davon abzuhalten, nach Grandma zu suchen?»

«Die Indizienlage ist bislang nicht eindeutig», erwidert Ishaaq. «Entsprechend können wir nur spekulieren.»

«Aber wenn du mich fragst, sieht es ganz danach aus», fügt ausgerechnet Bobby brummend hinzu. «Persönlich gesprochen, nicht beruflich.»

Ich lasse das Foto sinken, weil ich Mauds hoffnungsvollen Blick nicht länger ertrage. «Was wissen wir über diesen Enkel?», frage ich und reiche sowohl das Foto als auch den Zeitungsartikel weiter an Mindy.

«Noch nicht viel», antwortet Ishaaq. «Sein Name war zwar als Kontakt im Pflegeheim hinterlegt, allerdings hat er wohl – Überraschung – einen falschen Namen verwendet, und auch die Nummer führt ins Nichts. Vermutlich ein Wegwerfhandy, das er direkt entsorgt hat, nachdem alle Angelegenheiten mit dem Heim geregelt waren.»

«Okay, aber wir haben den Namen der Seniorin. Dann dürfte es doch ein Leichtes sein, herauszufinden, wer ihr Enkel ist?», hake ich zweifelnd nach.

«Nicht ganz», brummt Bobby. «Offiziell hat Maud Anderson keine Enkelkinder.»

Ich starre Bobby an, während sich in meiner Kehle ein Lachen anbahnt, eins, das dieser ganzen Absurdität geschuldet ist. Allerdings bleibt es mir im Hals stecken. «Echt jetzt?! Ist dieser Typ ein Geist oder was?!»

«Geister lassen sich nicht fotografieren, richtig?», erwidert Ishaaq und nickt Bobby zu, der mir einen weiteren Teil der Akte überreicht. «Das hier ist ein Selfie von Maud Anderson und ihren Pflegerinnen, aufgenommen in ihrem Zimmer in Greenhood.»

Ich nehme auch dieses Foto entgegen, ein DIN-A4-Ausdruck. Auf den ersten Blick sticht vor allem die Gruppe grinsender Frauen hervor. In der Mitte Maud mit ihrem süßen Strahlen, umringt von vier Pflegerinnen, die alle den Eindruck machen, als wäre das mehr als nur ein Job für sie. Als hätten sie eine echte Bindung zu Maud aufgebaut, und allein die Vorstellung, dass sie alle geglaubt haben, Maud wäre auf qualvolle Weise im Fluss ertrunken, macht mein Herz noch schwerer. Hoffentlich wird es bald eine rührende Wiedervereinigung geben, eine Art Happy End für Maud, die ihre Mitmenschen vielleicht nicht mehr erkennt, aber sicher spüren wird, geliebt zu werden.

Fokus, Rae, flüstert die Sorge um meine eigene Grandma, und ich verlagere meine Aufmerksamkeit weg von der Frauengruppe. Stattdessen konzentriere ich mich auf den Hintergrund. An der Wand hängt ein Landschaftsbild, darunter gibt es ein Regalbrett, auf dem ein gerahmtes Foto steht. Trotz des großen Ausdrucks ist das Motiv so klein, dass ich nur die groben Umrisse eines Typs erkenne.

«Auf der Rückseite haben wir es vergrößert», erklärt Ishaaq, und ich drehe das Blatt um.

Auch die Vergrößerung ist nicht ideal, aber immerhin lassen sich ein paar Details erkennen. Wuschelige, dunkelbraune Locken, beige Haut, verschmitztes Grinsen.

Wie ein Blitz zuckt eine Erinnerung durch meinen Kopf, schlägt so krachend ein, dass mir schwindelig wird. Meine Hand krallt sich fester um den Ausdruck. *Wie …? Warum …? Woher …?*

«Ich kenne den Typ», höre ich mich murmeln, ohne dass ich die Worte bewusst geformt hätte. Dabei taste ich nach meinem iPhone. Es sind automatisierte Bewegungen, während ich nur flüchtig die Gesichter um mich herum registriere. Das überraschte Schnappen nach Atem, Bobbys Brummen, Ishaaqs Frage nach irgendetwas, und auch Archer mischt mit. An meiner Schulter spüre ich eine Berührung, ich glaube, es ist Mindy, die mich aufmunternd drückt und etwas sagt, das wie «Wir sind da» klingt.

Ich schaue zurück zu meinem Handy, auf dem ich FaceTime geöffnet habe, und tippe Steves Name an. Kurz darauf erscheint sein Gesicht auf dem Display, begleitet von ohrenbetäubendem Lärm. Japp, er steht eindeutig hinter dem Tresen.

«Hey, Rae!», ruft er über den Krach hinweg. «Kann ich später …?»

«Wir haben vielleicht Grandmas Entführer gefunden», unterbreche ich ihn. Einen Atemzug lang sieht es aus, als hätte er mich nicht gehört oder meine Worte einfach nicht registriert. Dann hält er sich das Smartphone plötzlich so nah vors Gesicht, dass ich mein Handy reflexartig ein Stück weiter weghalte.

«Oh, Scheiße, gib mir eine Sekunde!» Die Bewegungen sind ruckelig. «Veronica, kannst du kurz …?» Er nickt hinter sich, eine Antwort ist nicht zu hören, aber es scheint ihm egal zu sein. In zügigen Schritten verlässt er die Bar, bis sich im Hintergrund die Steinfassaden unserer Straße abzeichnen. «Erzähl», fordert er mich ohne Umschweife auf.

«Später, jetzt brauche ich erst mal deine Hilfe», sage ich, gefolgt von einem tiefen Atemzug. «Kannst du hoch in meine Küche gehen und uns das Bild zeigen, das am Kühlschrank hängt? Das, auf dem Grandma und ich diese Sightseeingtour mit dem Bus machen? Vom letzten Herbst?»

«Wer ist denn noch bei dir?», fragt Steve, und wenn man ihn kennt, entgeht einem nicht das subtile Necken.

Zur Antwort drehe ich mein Handy. «Sag Hallo zur ganzen Runde. Mindy, Ishaaq, Bobby ... Archer.»

Sie heben der Reihe nach sichtlich verwirrt die Hand, nur Bobby hat die Arme über seinem Bauch verschränkt und den typisch missmutigen Blick drauf.

«Okay, auf die Story bin ich echt gespannt», sagt Steve, ehe wieder Bewegung in sein Bild kommt. Man hört es klimpern und klappern, dann ist er in unserem Hausflur und eilt die Stufen nach oben. Keine zwanzig Sekunden später erkenne ich die Schrägen meines Stockwerks.

Inzwischen haben sich sowohl Ishaaq als auch Mindy und Archer um mich geschart, und sogar Bobby rafft sich jetzt auf. Wir starren alle gebannt aufs Display, auf dem Steve inzwischen zur Frontkamera gewechselt hat und uns so eine unfreiwillige Tour durch mein Apartment gibt. Vom Flur bis zur Küche. Der rote Kühlschrank kommt in Sicht, und dann hält Steve die Kamera geradewegs auf das Foto. Etwas vor, zurück, bis die Linse den richtigen Fokus gefunden hat.

«Der Typ hinten links», sage ich, während Adrenalin durch meine Adern rauscht.

Steve versucht, ihn näher ranzuholen. Allerdings kriegt der Fokus es nicht hin, sodass wir nur diffuse Schemen anstarren. Schemen eines dunklen Lockenkopfes, eines verschmitzten Grinsens. Während ich um mich herum Skepsis spüre, gräbt sich die Gewissheit tiefer und tiefer in mein Herz: Er ist es. Das ist der Typ, der auch in Maud Andersons Zimmer hängt, der sich als Enkel ausgegeben hat, der Maud in Mavell's Wellness Resort platziert hat, der ... *möglicherweise Mr Rose ist?* Ich stolpere innerlich über die Verbindung, denn dieser Typ ist alles andere als ein niedlicher Hipster-Opa, sondern höchstens so alt wie ich.

Ich weiß noch genau, dass er auf der Fahrt immer wieder superflirty zu uns herübergesehen hat, da es mich echt genervt hat. So sehr, dass ich mit Grandma kurzerhand am Castle ausgestiegen und in der Menge untergetaucht bin. Aber was, wenn seine Avancen gar nicht mir galten, sondern allein *Grandma*?

«Kannst du ein Foto machen und mir schicken? Und eins von der Rückseite?», bitte ich Steve. «Sorry, aber ich habe gerade keine Zeit für Erklärungen.»

«Schon klar», erwidert Steve. «Ich wäre zwar gerne bei eurer kleinen Versammlung dabei, aber alles gut. Liebe dich, Kleine.»

Aus den Augenwinkeln sehe ich, wie ein Schatten über Archers Gesicht huscht, ganz so, als wäre er *eifersüchtig*. Obwohl es absurd ist, lässt es in meinem Magen etwas tanzen, das sich irgendwie *angenehm* anfühlt. Und ausnahmsweise versuche ich nicht, das Gefühl direkt zu ersticken, denn in der jetzigen Situation ist alles gut, was die Übelkeit nicht befeuert.

«Ich dich auch», sage ich und lege auf. Kurz darauf blinkt WhatsApp auf, und ich habe die gewünschten Fotos. Jetzt ist es bedeutend leichter zu zoomen, und als ich den Fremden so groß wie möglich gezogen habe, spüre ich, dass auch die anderen anfangen, die Ähnlichkeit zu sehen.

«Wann genau war das?», will Ishaaq wissen, und ich swipe zum zweiten Foto.

«15. September», lese ich die Bleistiftschrift vor, die vermutlich nur ich entziffern kann. «Es war einer der Busse von City Sightseeing, die ... rote Route.» Ich wechsle zurück zu dem Foto von Grandma und mir und lasse noch mal den ganzen Tag Revue passieren. Wann ist mir dieser Typ zum ersten Mal aufgefallen? Dudelsack. Ja, ich weiß noch, dass im Hintergrund jemand Dudelsack gespielt hat, *Highland Cathedral*, der absolute Klassiker, von dem sich sämtliche Reisende mitreißen lassen. Da war eine Schulklasse, die sich um den Spieler versammelt hat. Unten auf der Kreuzung von Princes Street und The Mound. Ich konnte alles gut überblicken, weil Grandma und ich bereits oben in dem offenen Bus saßen, der an der Station seine Tour gestartet hat. Um uns die Wartezeit zu vertreiben, haben wir die Menschen beobachtet und ihnen Lebensgeschichten angedichtet. Auftritt Lockenkopf. Er war einer von Grandmas Kandidaten. Ein «*Schnuckelchen, das dir doch auch gefallen könnte, Liebes*». Ich habe nur den Mund verzogen, denn etwas an der Art, wie er mit der Frau gesprochen hat, die die Tickets verkauft, hat mir nicht gefallen. Da waren zu viele Berührungen von seiner Seite, ein flüchtiges Streifen ihres Unterarms, ein zu langes Festhalten seiner Kreditkarte, um sie zu necken. *Kreditkarte!*

«Er hat sein Ticket vor Ort gekauft und mit Karte gezahlt», sage ich an Bobby gewandt, der sich inzwischen wieder auf seinen Stuhl hat plumpsen lassen. «An der Station The Mound. Die genaue Uhrzeit weiß ich nicht, aber Grandma und ich waren vorher frühstücken, also vermutlich irgendwas zwischen zehn und zwölf Uhr. Bei einer Mitarbeiterin von City Sightseeing, blonder Pferdeschwanz, etwa Mitte zwanzig. Damit müssen wir doch etwas anfangen können, richtig?» In meinem letzten Wort schwingt Hoffnung mit, darunter eine gepresste Note von Verzweiflung.

«Mh.» Bobby nickt. «Allerdings fallen Kreditkartendetails unter die sensiblen Daten. Wir werden also einen Gerichtsbeschluss brauchen, um sie bei City Sightseeing anzufordern.»

Innerlich stöhne ich auf. Klar. Selbst wenn die Polizei anruft, wird das Unternehmen wohl kaum freiwillig eine Liste aller Verkäufe aus besagtem Zeitfenster herausrücken.

«Dann brauchen wir DS Riley», erwidere ich. «Sie kann die Prozesse sicher beschleunigen.»

Bobby rümpft die Nase, nickt jedoch ein weiteres Mal. «Wir werden sie gleich kontaktieren. Kannst du uns eine Kopie der Fotos schicken?»

Mit zwei Klicks habe ich die Bilder an Ishaaq weitergeleitet. «Schon erledigt.»

«Ishaaq.» Bobby wirft seinem Constable einen Blick zu, in dem eine wortlose Aufforderung liegt, ehe er den Rest unserer Runde mustert. «Und was euch angeht, fahrt nach Hause und versucht euch ein wenig auszuruhen. Vor allem du, Mädchen.» Für eine Sekunde schimmert echte, beinahe väterliche Besorgnis durch seine ruppige Miene. «Wir melden uns, sobald wir etwas von DS Riley oder diesem Unternehmen gehört haben.»

«Okay», sage ich, obwohl alles in mir danach schreit, *mehr* zu tun. Allerdings weiß ich, dass ich die Prozesse nicht beschleunigen kann und dass Bobby recht hat. Es ist das Adrenalin, das mich aufrecht hält, doch darunter sind meine Kräfte Tag für Tag geschwunden. Mit jeder schlaflosen Nacht ein bisschen mehr, und ich weiß, dass die nächste genauso ablaufen wird. Weil ich in dem großen Haus alleine keine Ruhe finden werde ...

Ich schüttle den Gedanken ab, bevor ich mich noch einmal an Bobby und Ishaaq wende. «Wenn ihr mit DS Riley sprecht, bitte kein Sterbenswörtchen ...»

«Über gewisse Räumlichkeiten und Substanzen, schon kapiert», unterbricht mich Bobby, dem die Sache immer noch nicht gefällt. Umso höher rechne ich es ihm an, dass er sich bisher an unseren Deal gehalten hat. «Jetzt seht zu, dass ihr hier rauskommt. DS Riley wäre sicher nicht begeistert, wenn sie hört, dass ich im Hintergrund das halbe Dorf versammelt habe.»

Ishaaq öffnet die Tür für uns. Ich folge Mindy, dicht hinter mir Archer. Zu dritt verlassen wir die Polizeistation, nur um auf dem Bürgersteig im Halbkreis stehen zu bleiben.

Unangenehm. Offensichtlich bin ich nicht die Einzige, die es spürt, denn Archer schiebt lippenschürzend seine Hände in die Hosentaschen, während Mindy sich an ihrer Umhängetasche festklammert und mit den Fingerspitzen an dem Bast herumnestelt. Das ist so was von albern.

Ich räuspere mich in der Hoffnung, damit einen sinnvollen Satz aus meinen wirbelnden Gedanken hervorzulocken. Aber Fakt ist, dass ich keine Ahnung habe, was jetzt ansteht. Natürlich könnte ich mich einfach nach Pemberlaine House bringen lassen und wieder über meinen Notizen brüten. Festhalten, dass der Typ, der die falsche Fenella eingewiesen hat, derselbe ist, den wir vor knapp einem Jahr in Edinburgh getroffen haben. Aber solange wir keinen Namen haben, wird das Ende lose bleiben, ganz egal, wie oft ich die Fakten durchgehe.

Es ist Archer, der das Schweigen durchbricht. «Was haltet ihr von einem Drink?»

Einen Moment lang blinzle ich ihn einfach nur irritiert an. Wir haben seit Tagen kein Wort gewechselt, und jetzt lädt er mich auf einen *Drink* ein? *Uns*, korrigiere ich mit Blick zu Mindy, die beinahe erleichtert wirkt.

«Klingt gut», sagt sie lächelnd. «Ich muss vorher nur noch kurz bei Mrs Stallone vorbei. Rae?» Jetzt schaut sie mich direkt an, in ihren Augen eine stille Aufforderung.

Eigentlich sollte alles in mir dagegen protestieren, aber bevor sich mein Verstand einschalten kann, hat mein Herz schon die Antwort über meine Lippen getrieben: «Warum nicht?»

KAPITEL 34

Warum nicht?! Innerlich schelte ich mich für die überstürzten Worte, als wir auf Warwick Manor zufahren. Dabei bin ich selbst schuld. Ich hatte eine geschlagene Stunde Zeit, einen Rückzieher zu machen. Stattdessen bin ich wie ein verlorener Welpe an Mindys Seite geblieben, ich habe sie zur Stallone-Scheune begleitet, die Dorfbaroness mit einem gezwungenen Lächeln begrüßt und dabei zugesehen, wie die beiden eine Ewigkeit durch den Hofladen gelaufen sind, um verschiedene Waren in den Korb zu legen. Die offiziellen Öffnungszeiten waren zwar längst vorbei, aber anscheinend macht Mrs Stallone für Mindy gerne Ausnahmen. Die beiden hatten jedenfalls einen überraschend lockeren Umgang miteinander, fast so, als würden sie einander *mögen*. Dabei kenne ich niemanden, der Mrs Stallone wirklich mag, die meisten schätzen sie bloß für ihr Organisationstalent.

Jetzt ist fast halb zehn, und wir halten vor Warwick Manor. An der gleichen Stelle wie letztes Mal, direkt zwischen Brunnen und Stufen. Allerdings macht Mindy keine Anstalten, den Motor auszustellen.

Ich mustere sie zweifelnd. «Du erwartest nicht echt, dass ich schon mal aussteige und dich alleine in die Garage fahren lasse?»

Mindy schürzt die Lippen, auf ihren Wangen eine Röte, die ich gerne auf die spätabendliche Wärme schieben würde, allerdings verrät sie der ausweichende Blick. «Eigentlich muss ich gleich weiter», sagt sie, gefolgt von einem verlegenen Räuspern. «Ich habe Mum versprochen ...»

«Nicht dein Ernst!», unterbreche ich sie. «Du willst mich jetzt alleine da reingehen lassen? Zu Archer? Du erinnerst dich schon noch daran, worüber wir erst heute Vormittag gesprochen haben?»

«Natürlich.» Ihre Mundwinkel zucken nach oben. «Genau deshalb mache ich das hier ja auch.»

Ich mustere sie mit einer Mischung aus Vorwurf und Fassungslosigkeit. «Dann hast du das Ganze hier *geplant*?!»

«O nein.» Sie hebt ihre Hände unschuldig vom Lenkrad. «Aber vielleicht habe ich jemandem geholfen, einen gewissen Plan *umzusetzen*, und jetzt geh schon da hoch. Bitte.»

Wow. Ich weiß nicht, was ich sagen soll. Und vielleicht muss ich auch gar nichts sagen, denn mein Körper ist ein elender Verräter. Ich spüre Hitze auf meinen Wangen, die jetzt sicher ähnlich rot sind wie Mindys, in meinen Fingern kribbelt Nervosität, weshalb ich sie zu Fäusten balle, die Sehnen an meinem Hals fühlen sich verkrampft an, und auch dieses Detail wird Mindy sicher nicht entgehen. Sie hat mich genauso in eine Falle gelockt wie ich heute Joes Schwester. Nur vermute ich, dass da drinnen kein Verhör auf mich wartet. Sondern vielleicht die Erklärung, die ich brauche, um meinen Wall aus Trotz endgültig einzureißen.

«Schön.» Widerwillig greife ich zur Türklinke. «Aber wenn das hier schiefgeht, schuldest du mir drei Packungen Ben & Jerry's und eine Nacht voller Actionkomödien – ohne einzuschlafen.»

«Deal.» Ihr verstohlenes Grinsen beweist, wie sicher sie sich ihrer Sache ist. «Aber jetzt hoch da. Du kannst die Tür einfach aufdrücken, und keine Sorge: Eleanore schläft heute bei Amara. Ihr habt das ganze Anwesen für euch.»

«Unfassbar», knurre ich, kann mir ein winziges Lächeln jedoch nicht verkneifen. Ich straffe die Schultern und laufe die Treppe hoch. Mindy macht keine Anstalten loszufahren. Als ich zu ihr zurücksehe, nickt sie mir auffordernd zu, und ich werfe meine letzten Bedenken über Bord.

Jetzt oder nie.

Die Tür gibt wie angekündigt unter meiner Berührung nach. Falls ich dachte, Archer würde mich gleich dahinter erwarten, habe ich mich getäuscht. Die Eingangshalle ist leer. Zögernd trete ich ein und schaue mich um, lausche in die Stille. Alles, was ich höre, ist das Ticken der Standuhr, die im großen Saal steht, aber das war's. Erst als ich ein paar Schritte tiefer ins Foyer gehe, bleibt mein Blick an der Kommode hängen – etwas hat sich verändert. Der Bücherstapel. Er ist kleiner geworden, um genau zu sein, fehlt ein einziges Werk. Das dicke Märchenbuch von ganz unten. Das, aus dem Archer mir früher so oft vorgelesen hat.

Ich beiße mir auf die Unterlippe. Noch subtiler hätte er den Wegweiser nicht gestalten können, und trotzdem verstehe ich ihn auf Anhieb. Anstatt zur Treppe zu gehen, biege ich nach links, stoße die Flügeltür zum Musikzimmer auf und laufe los. Durch das Kaminzimmer, den Grünen Salon, immer weiter, bis ich vor der Holztür stehe, die zum Wintergarten führt.

Als ich meine Hand auf die Klinke lege, rast mein Puls hinab in meinen Magen. «Du kannst das», flüstere ich mir Mut zu, als wäre das hier die größte Challenge meines Lebens, und auf absurde Weise ist es das auch. Weil ich in solchen Dingen noch *nie* gut war und keinen blassen Schimmer habe, welchen Ausgang ich überhaupt erwarte.

Ich drücke die Klinke herunter. *Oh, bitte lass hinter der Tür keine Rosenblätter liegen.* Mit dem absurden Gedanken schiebe ich die Tür auf. Schummerig gedimmtes Licht, aber keine Rosenblätter. Nicht der schlechteste Anfang.

Dieses Mal muss ich Archer nicht suchen, denn er springt sofort von der Sesselkante auf. Meter entfernt, und trotzdem bohrt sich sein Blick so unentwegt in meinen, dass sich mein Puls regelrecht überschlägt. Eine Sekunde, Minuten, Jahre, Äonen stehen wir einfach nur da und starren einander an. Er sieht anders aus als auf der Wache. Seine Chino ist einer Jogginghose gewichen, das T-Shirt, das er jetzt trägt, ist ein Stück lockerer. Was leider auch heißt, dass sich seine Muskeln nicht mehr bei jeder Bewegung darunter abzeichnen, andererseits bewegt er sich gerade sowieso nicht. Genauso wenig wie ich. Bis ein Teil von mir wahrnimmt, dass da noch mehr in meinem Sichtfeld ist, dass das Ringsherum nicht nur verschwommene Kulisse ist, sondern wichtiger Bestandteil dieser Szene.

Nicht nur Archer hat sich für einen gemütlichen Look entschieden, der ganze Wintergarten ist wie ... verwandelt. Die Pflanzen, die sonst vor dem Fenster in der Mitte stehen, wurden zur Seite geschoben. Um Platz für eine Matratze zu machen, weißes Laken, darauf zwei Oberbetten, Kuscheldecken in Samtrot und genug Kissen, um sich einfach fallen zu lassen und komplett darin versinken zu können.

Für das gedimmte Licht sind Lichterketten verantwortlich, die sich um die Säulen winden, die Birnen so filigran wie Glühwürmchen. Das restliche Flackern kommt von Kerzen, die hier und da verteilt in Windlichtern stehen oder als Stabkerzen aus Haltern ragen. Es ist wie eine Reise zurück in die Zeit, in der wir das hier öfter gemacht haben. Auch wenn wir es immer zu zweit vorbereitet haben. Zusammen die große Matratze von oben nach unten gehievt haben, die Pflanzen zur Seite geschoben und die Kissen aus dem Haus gesammelt. Und da ist auch das Buch, das im Foyer fehlt. Es liegt in Archers Hand, der dunkelgrüne Einband, die vielen hauchdünnen Seiten, die wir früher wieder und wieder durchgeblättert haben. Langsam dämmert mir, warum Mindy so viel Zeit schinden musste.

«Das hier ist ...»

«Ungewöhnlich kitschig?», beendet Archer meinen Satz, und selbst im Dämmerlicht erkenne ich seine Verlegenheit. «Ich weiß. Und ich fürchte, es wird noch schlimmer.»

«Noch schlimmer?» Ungefragt hat sich ein Sticheln in meine Stimme gestohlen. Dabei trete ich einen Schritt näher, als wäre Archer selbst das Licht und ich ein Falter, der sich trotz aller Gefahren von ihm anziehen lässt.

Anstatt einer Antwort greift er hinter sich zum Beistelltisch. «Balblair Single Malt», sagt er und hält mir ein Glas hin, das daumenbreit gefüllt ist. «Der 15-jährige.»

Natürlich. Weil Archer schon immer verdammt aufmerksam war, was mein Herz mit einem Taumeln honoriert. «O ja, ein Glas meines liebsten Whiskys ist *unglaublich* kitschig», spotte ich, während ich einen Schritt weiter auf ihn zugehe. Der Duft von Eukalyptus und Zedernholz begrüßt mich, lässt etwas in mir flüchtig erzittern.

Ein Lächeln huscht über Archers Gesicht. «Der Drink ist nur eine Komponente des Abends. Die andere ist eine Geschichte.» Er hält mir das Glas auffordernd entgegen, während er das Märchenbuch anhebt.

«Ein Drink und eine Geschichte?», fasse ich fragend zusammen. «Was für eine?»

«Von einer klugen Prinzessin, die die Welt entdecken wollte, und einem naiven Dorfjungen, der erst herausfinden musste, wo sein Platz in der Gemeinschaft ist.»

«Welches Märchen ...» Ich unterbreche mich, als ich die

weißen Papierkanten bemerke, die zwischen den vergilbten Buchseiten hervorstechen. «Ach du Scheiße, nein, sag nicht, dass du selbst was geschrieben hast!»

«Ich habe nie behauptet, es sei eine *gute* Geschichte.» Mit dem Konter auf den Lippen geht Archer selbst einen Schritt auf mich zu. Und noch einen. «Deshalb ja auch der Drink.» Sein letzter Satz ist nur ein Raunen, das reicht, um den verbliebenen Abstand zwischen uns zu überwinden. Und mir flüchtig den Atem zu rauben.

Ich bleibe eine Spur zu dicht vor ihm stehen. «Touché», wispere ich und nehme ihm das Glas ab. Dieses Mal achte ich darauf, ihn nicht zu berühren, wobei ich nicht weiß, wen von uns beiden ich damit mehr quäle. «Aber ich muss dich warnen», rede ich weiter. «Wenn es zu unangenehm wird, bin ich schneller weg als Aschenputtel von ihrem Ball. Auch vor Mitternacht.» Ein vielsagender Blick, dann drehe ich ab und fliehe zum Matratzenlager. Wie früher streife ich die Schuhe von meinen Füßen und lasse mich im Schneidersitz auf die Matratze sinken.

«Ist in Ordnung», erwidert Archer, nimmt das zweite Glas vom Beistelltisch und folgt mir. Er lässt sich mit Abstand zu mir nieder, sodass er sich mit dem Rücken gegen die Fensterfront lehnen kann. Dann schlägt er das Buch auf und räuspert sich. «Es war einmal eine Prinzessin», fängt er an, und verdammt, ich habe vergessen, wie sexy sich seine Lesestimme anhört. «Sie lebte mit ihren Großeltern in einem wunderschönen Schloss nahe eines Dorfes.»

In mir regt sich verräterische Hitze, nur meine Augenbrauen zucken nach oben, während ich das Glas ansetze und den ersten Schluck trinke.

«Was?» Archer lässt das Buch sinken. «Das waren gerade mal zwei Sätze.»

«Aber du kannst kein Märchen anfangen, indem du das einzig positive Adjektiv dem Gebäude zuordnest», erwidere ich in dem Versuch, sachlich zu bleiben. «Die Prinzessin braucht auch Attribute.»

Archer sieht mich an, als müsste er herausfinden, ob ich es ernst meine. Dann stellt er die Beine auf, stützt das Buch darauf ab und versucht es von vorne: «Es war einmal eine Prinzessin, deren Intelligenz heller leuchtete als ihr Lächeln ... Besser?» Er macht eine erwartungsvolle Pause.

Ich beiße mir auf die Unterlippe und sauge zischend die Luft ein. «Nein, tut mir leid, aber mir stellen sich gerade sämtliche Härchen im Nacken auf.»

«So spannend?», feixt er, und ich verdrehe die Augen, während ich gedanklich antworte: *so heiß*.

«Mein Lektor würde jetzt sagen, dass ein Lächeln nicht leuchten kann.»

«Aber nur, weil er Krimis lektoriert und keine Märchen», verteidigt Archer sich. «Ich glaube, das nennt man *Stilmittel*.»

«Die Metapher fühlt sich trotzdem schief an», sage ich und verfluche mich innerlich für das Ablenkungsmanöver. Denn bisher hat Archer alles richtig gemacht, was er verdammt noch mal hätte richtig machen können: der Ort, der Whisky, das Märchenbuch, die selbst geschriebene Geschichte. *Die investierte Zeit ist bedeutsamer als das Ergebnis*, erinnere ich mich an Grandpas Weisheit, und genau das ist das Problem. Denn schon jetzt würde ich liebend gerne daran anknüpfen, wo wir vor seinem Geständnis auf Mull aufgehört haben, und ich fürchte, es braucht nur noch ein paar gelesene Zeilen, um auch den Rest meines *messerscharfen Verstands* auszuschalten. Was für den Moment echt verlockend ist, aber auf lange Sicht ...

«Soll ich noch einen Versuch wagen oder …?»

Ich schüttle den Kopf. «Ganz ehrlich?» Es kostet mich Selbstbeherrschung, ihm direkt in die Augen zu sehen. «Ich weiß deine Geste zu schätzen, aber ich glaube, es wäre besser, wenn wir *reden*. Ohne Metaphern oder andere Stilmittel.» *Oder diesen ganz bestimmten Klang deiner Vorlesestimme.*

Einen Moment erwidert er nur meinen Blick, dann nickt er. «Du hast recht.» Mit einem tiefen Atemzug klappt er das Buch zu und legt es beiseite. «Es … tut mir leid, Rae.» Dieselben Worte wie im Pennybaker's Inn, dieselben Worte wie auf seinem Zettel. Aber zum ersten Mal habe ich nicht das Bedürfnis, sofort zu fliehen.

Stattdessen verlagere ich mein Gewicht so, dass ich es eine Weile in der Position aushalten kann, und stütze einen Ellbogen auf mein Knie, das Glas in der Hand schwenkend.

«Ich glaube, ich wäre dann jetzt bereit für eine Erklärung.»

Über Archers Gesicht huscht ein freudloser Schatten, und dann fängt er an zu erzählen. Ganz ohne Metaphern oder andere Stilmittel.

ARCHER

Vor zwölf Jahren

Das Feuer stürzte sich gierig auf den Holzblock, den ich im Kamin nachgelegt hatte. Obwohl die Hitze über meine Hand leckte, wurde ich das Gefühl von Kälte nicht los. Sie saß viel zu tief in meinen Knochen, und das schon seit Tagen, wenn nicht gar Wochen. Ich gab dem Wintereinbruch die Schuld, auch wenn es der Januar wohl so an sich hatte, eisig zu sein.

Fröstelnd richtete ich mich auf und stellte den Funkenschutz zurück vor den Kamin. Warum hatte ich ihn überhaupt angemacht? Laut der Standuhr blieb mir nur noch eine Stunde. Vorher würde ich das Feuer ersticken müssen, also hätte ich es mir auch gleich sparen können. Andererseits brauchten meine Hände Beschäftigung. Jedes Mal, wenn ich mich hinsetzen und durchatmen wollte, kroch die Kälte nur noch tiefer in meinen Körper.

Noch achtundfünfzig Minuten. Ich öffnete meine innere Checkliste. Mein Weekender lag gepackt oben auf meinem Bett. Darin nur das Nötigste, Klamotten für die ersten Tage, Kulturbeutel – und der Flyer von Cambridge. Keine Ahnung, warum ich ihn eingesteckt hatte. Vielleicht sollte ich ihn wieder rausholen und verbrennen. Um endlich diese Vorstellung loszuwerden, die seit meiner Kindheit in mir gewachsen war. Seit Dad mir seinen ramponierten University-of-Cambridge-Sweater geschenkt hatte, den er von Grandpa geerbt hatte, der ihn wiederum von seinem Vater hatte. Drei Generationen, und ich würde mit allen Traditionen brechen. Scheiße. Mir entkam ein hohles Lachen, während ich im Kaminzimmer auf und ab lief. Der schwache Versuch, der Gedankenspirale zu entkommen, die etwa zeitgleich mit der Kälte eingezogen war. Zufall? O ja, ganz bestimmt. *Wäre da nur nicht dieser sarkastische Unterton in meinem Kopf gewesen …*

Sechsundfünfzig Minuten. Ich ging zur Anrichte. Es war verlockend, mir ein Glas Whisky einzuschenken, um so meinem Inneren wenigstens etwas Wärme zu spenden. Aber selbst wenn Rae den Großteil der Strecke fahren würde, war es eine miese Idee. Rae. *Mein Herz stolperte einen Schlag lang. Was tat sie wohl gerade? Hatte auch sie ihre Sachen bereits gepackt oder warf sie fünf Minuten vor Abfahrt alles spontan in den Koffer? Oder kam sie womöglich nur mit einem kleinen Rucksack, weil ihr neues Leben nicht mehr Platz brauchte?*

«Unser *neues Leben», korrigierte ich flüsternd und hasste es, wie schwer der Satz über meine Lippen kam. Dabei sollte sich genau jetzt dieses euphorische Kribbeln melden, das ich immer spürte, wenn ich mit Rae gegen die Regeln verstieß, diese bittersüße Mischung aus Angst und Adrenalin, Schuldgefühlen und Freiheit. Sicher war die Kälte schuld, dass nichts davon richtig durchkam. Vielleicht musste ich mir nur mehr Mühe geben, es mir bildlich vorstellen. Rae auf dem Fahrersitz meines Corsas. Ihre Hand am Lenkrad. An ihrem Finger der Verlobungsring, den sie bisher nur im Geheimen getragen hatte, in ihren Augen ein begeistertes Leuchten, auf ihren Lippen der Jubelschrei von Freiheit.*

Ich wollte diese Version von Rae, ich hatte sie immer gewollt, ansonsten hätte ich ihr niemals diesen Ring angesteckt. Mein Magen zog sich schmerzhaft zusammen. Als wollte er zeigen, dass er mich gerade bei einer Lüge ertappt hatte. Nein, in Wahrheit wusste ich es besser. Ich hatte Rae den Ring an-

gesteckt, weil ich ein Arschloch war. Weil ich schon lange gewusst hatte, dass sie von hier wegwollte, und weil ein naiver Teil von mir geglaubt hatte, sie auf diese Weise festhalten zu können. Festhalten. Allein dieser Begriff war dermaßen falsch, dass ein Flämmchen Selbsthass in mir hochzüngelte. Hey, immerhin eine Regung, die die Kälte durchdrang.

Zweiundfünfzig Minuten. War der Schlüssel meines Corsas noch in meiner Manteltasche? Wahrscheinlich. Ich wusste, dass Rae hoffte, ich würde mit einem anderen Wagen auftauchen, am besten mit Grandmas schwarzem Oldtimer, der mit dem Verdeck. Rae hatte es zwar nie laut ausgesprochen, allerdings hatte ich ihre Blicke oft genug bemerkt, wenn wir in Grandmas Tiefgarage gewesen waren. Wenn wir darüber sinniert hatten, mit welchem der Oldtimer sich welche Stadt am besten erkunden lassen würde. Ich hatte die genauen Modellnamen nicht ansatzweise so gut drauf wie Rae, allerdings hatte sie diese begeisterungsfähige Art an sich, die auf mich überschwappte, sodass ich jedes Mal mitmachte. Der kleine rote für Italien, *erinnerte ich mich an einen meiner Vorschläge.* Sieht aus, als würde er daher kommen.

Sie hatte mich augenrollend in die Seite geknufft. Das ist ein VW Beetle. Aus Deutschland, aber ja ... nach Italien würde er auch passen. *Ein neckendes Lächeln, das meine Haut elektrisiert hatte. So sehr, dass ich sie an mich gezogen und geküsst hatte, bis ihr der Name des nächsten Modells selbst entfallen war.*

Bislang hatte es diese Erinnerung jedes Mal geschafft, das Kribbeln zurückzuholen, nur jetzt fachte sie den Selbsthass an. Weil ich wollte, dass diese Nacht für Rae perfekt *wurde, und weil ich wusste, dass sie es mit dem Corsa nicht sein würde.*

Ich fuhr mit der Hand durch mein Haar, meine Schritte

wurden schneller. Achtundvierzig Minuten. Im Vorbeilaufen blieb mein Blick am Beistelltisch hängen. Darauf der Brief, den ich für Grandma geschrieben hatte. Wobei Brief *übertrieben war. Es waren ein paar dürftige Zeilen, weil mir nicht mehr eingefallen war. Jeder Versuch, eine Erklärung abzuliefern, die über «Ich liebe Rae, und deshalb werde ich mit ihr gehen» hinausging, war fulminant gescheitert. Ich meine, sicher gab es eine bessere Erklärung, irgendwo in mir musste sie sein, aber ... ich hatte sie noch nicht gefunden.*

Fakt war, dass ich Rae liebte. Und wollte. Und mich die Vorstellung zerriss, sie nicht mehr in meiner Nähe zu haben. Nur was, wenn das nicht reichte?

Ich strebte zurück zum Whisky, öffnete die Flasche – und schloss sie wieder. Sechsundvierzig Minuten. Ich hatte in den letzten Monaten alles versucht, um Raes Träume zu meinen werden zu lassen. Deshalb hatte ich diesen Ring gekauft, deshalb hatte ich eingewilligt, diese Sache hier durchzuziehen. Fakt war aber auch, dass ich einen Teil von mir selbst aufgeben musste. Vielleicht war Cambridge nicht endgültig gestorben, vielleicht konnte ich ein paar Semester später starten – ohne die Leute, die ich auf dem Vorseminar kennengelernt hatte, von dem Rae noch nichts wusste. Ohne Jorden und Kel und Eliza und Lewis, mit dem ich spontan im Musiksaal gejammt hatte. Ich am Klavier, er an der Gitarre, und jeder Ton hatte ein Kribbeln in mir geweckt, das sich auf eine andere Art gut angefühlt hatte. Als hätte ein Teil von mir erkannt, dass ich genau dort sein musste, *und kurz hatte ich überlegt, Rae zu fragen, ob sie mitkommen würde. Vielleicht fand sie zwischen den alten Häusern Cambridges etwas, das dasselbe begeisterte Leuchten in ihre Augen zauberte, das sich zeigte, wenn sie von ihren Träumen sprach – und genau das war der Punkt, an dem alles scheiterte. Ich kannte Rae. Sie wollte nicht einfach nur raus aus Edderton, sie wollte in die Welt. Vielleicht konnte Cambridge sogar für eine Weile ihre Welt sein, aber was kam danach? Was tat sie in der Zeit, wenn ich in Vorlesungen saß, was machte sie, wenn ich mit dem Orchester probte, wie lange würde es dauern, bis ihr Herz verkümmerte und sie mir die Schuld gab? Oder bis ich sie mir selbst gab?*

Vierundvierzig Minuten. Mein Brustkorb fühlte sich zu eng an. Wann war eigentlich alles so beschissen kompliziert geworden? Rae gehörte nicht nach Cambridge, und ich ... gehörte nicht auf den Beifahrersitz eines Wagens, der ins Ungewisse fuhr. Ich lachte auf. Die Erkenntnis traf mich mitten ins Herz, doch ich hatte es insgeheim schon die ganze Zeit gewusst. Nur gab es da drei Probleme: Erstens ging Rae davon aus, dass ich es auch wollte. Weil ich es mehrmals glaubhaft versichert hatte, nicht zuletzt mit diesem Ring. Zweitens brauchte Rae mich – oder zumindest mein Auto, ansonsten würde sie nicht sonderlich weit kommen. Und drittens liebte sie mich mit derselben Unvernunft wie ich sie.

Wenn ich jetzt zu ihr fuhr und ihr die Wahrheit über Cambridge sagte, würde ich ihre Träume wie Seifenblasen zerstechen. Sie würde darauf bestehen, mich zu begleiten, und wenn ich behauptete, dass ich sie nicht dabeihaben wollte, würde sie meine Lüge durchschauen. Weil ich es nicht schaffen würde, sie freizugeben. Weil sie spüren würde, dass ich sie immer noch wollte, und es in ihrer Natur lag, für Rätsel Lösungen zu finden, selbst wenn sie ihr nicht gefielen.

Vierzig Minuten. Ich konnte nicht gehen, sie konnte nicht bleiben, wir konnten es nicht beenden.

Frustration pulsierte mit jeder Sekunde heftiger durch meine Adern – bis mein Blick wieder am Brief für Grandma hängen blieb. O nein. *Ich schüttelte den Kopf, versuchte den Gedanken sofort zu verjagen, der wie ein Blitzlicht in mir auf-*

getaucht war. Aber wie ein Blitzlicht hatte er Spuren hinterlassen, leuchtende Punkte, die jetzt durch meinen Kopf tanzten und sich nicht mehr ignorieren ließen.

Ich konnte nicht gehen, sie konnte nicht bleiben, wir konnten es nicht beenden, aber es gab jemanden, der es konnte. Der schon lange wusste, dass Rae und ich nicht die Zukunft füreinander waren, auch wenn ich immer dagegen angeredet hatte. Es würde mich Überwindung kosten, zuzugeben, dass sie die ganze Zeit recht gehabt hatte, aber am Ende war es die beste Chance. Für Rae. Für mich. Für ein Leben, in dem wir beide glücklich werden konnten. Dann, wenn die Wunden der heutigen Nacht geheilt waren.

Mit zitternder Hand griff ich zum Telefon und wählte die Nummer der Devenhams. Freizeichen. Ich war kurz davor, wieder aufzulegen, als Amara sich meldete.

«Ja?», schnarrte sie in den Hörer.

Ich atmete tief durch. «Archer hier. Kannst du mir Grandma geben? Es ist wichtig.» Und zum ersten Mal seit Wochen war die Kälte weg. Weil die Flammen des Selbsthasses alles verschlangen.

KAPITEL 35

Archer hat kein Detail ausgelassen. Nicht einmal die dunkelsten Facetten. Zwischendurch hat er seinen Blick im Whisky ertränkt, jetzt sieht er wieder zu mir auf, und ich fange an zu verstehen. Erkenne in vermeintlichen Vorwürfen Schuld, in dem angeblichen Verlangen, mich zu zerreißen, die Erwartung, von mir zerrissen zu werden. «Es tut mir leid», wiederholt er. «Ich weiß, ich hätte es dir früher sagen müssen. Spätestens als wir bei Ericas Lesung hier standen, aber ich hatte ... Angst. Angst, dich in die Flucht zu schlagen, bevor ich herausfinden kann, ob da wirklich noch etwas zwischen uns ist. Oder ob es sich mein Körper und Herz nur eingebildet haben.»

Mein Glas ist längst leer und steht neben der Matratze. Den Schneidersitz habe ich aufgegeben und die Beine an meinen Körper gezogen. «Schon ein bisschen egoistisch», tadle ich rau. *Aber auch ein bisschen verständlich*, fügt mein Herz hinzu. Schließlich habe ich es auch nicht darauf angelegt, von Anfang an ein klärendes Gespräch zu führen. Als ich noch dachte, ich wäre das einzige Arschloch in dieser Geschichte.

«Ich weiß.» Archer hat die Miene schuldbewusst verzogen. «Es war nicht fair, und wenn ich die Zeit zurückdrehen könnte, würde ich es sofort tun. Um von Anfang an mit offenen Karten zu spielen.»

«Du hast also wirklich gedacht, du würdest mich für ein *besseres Leben* freigeben?», frage ich leise. «Ich meine, wir haben zwar beide festgestellt, dass wir heute glücklich sind, also haben wir wohl ein paar ganz gute Entscheidungen getroffen, aber hast du dich je gefragt, wie es für mich war? Ob ich diese Reise damals überhaupt alleine machen wollte?»

Archer zuckt zusammen. «Ich ...» Er unterbricht sich, beißt sich auf die Unterlippe. «Nein», gesteht er dann. «Du hast damals so viel für diese Freiheit getan. Die ganzen Nebenjobs, obwohl du deine Großeltern einfach um Geld hättest bitten können, das Tüfteln an deinen Routen, die Listen mit den Orten, die du unbedingt sehen wolltest. Du hast sogar freiwillig *Italienisch* gelernt, obwohl du den Sprachunterricht an der Schule gehasst hast. Nur weil du davon geträumt hast, mit der Besitzerin irgendeines Weinguts auf ihrer Terrasse zu sitzen und in fließendem Italienisch über ihren Wein fachsimpeln zu können. Du warst so bereit für die Welt, und ich wollte nicht derjenige sein, der sie dir nimmt.»

«Du hättest sie mir nicht genommen», erwidere ich in einem Seufzer, mit dem ich den Griff um meine Beine lockere. «Ja, ich habe alles dafür getan, um hier rauszukommen, und vielleicht hast du recht, vielleicht wäre mir Cambridge zu klein geworden – oder ich hätte mich in ein paar Psychologiekurse geschlichen und vielleicht verstanden, dass ich eigentlich nur versucht habe, die Lücken zu füllen, die Mum und mein nicht vorhandener Vater in mir hinterlassen haben. Aber in beiden Fällen wäre es mir erspart geblieben, wochenlang Steves Couch vollzuheulen ...»

Archer mustert mich fassungslos. «Aber du hast Grandmas Wagen genommen, deshalb dachte ich ...»

«Dass ich gehen *wollte*?» Mir rutscht ein freudloses Lachen heraus. «Nein, Archer. Ich habe damals den einzigen Menschen freigegeben, der sich für mich nach einem Stück Zuhause angefühlt hat. Weil ich dachte, ich würde ihm sonst eine großartige Zukunft verbauen.»

«Du hast ...?» Der Sturm in seinen Augen wallt so heftig auf, dass es schmerzt – und gleichzeitig befreit. Weil es beweist, dass er wirklich keine Ahnung hatte. Und weil es zeigt, wie tief ihn diese Erkenntnis trifft. «Scheiße.»

«Scheiße», wiederhole ich, und entgegen jeder Logik zuckt ein Lächeln über mein Gesicht. «Jetzt mal ehrlich: Wie viel von dem Mist hättest du damals mitgemacht, wenn ich dich nicht dazu überredet hätte? Also, so Sachen wie die manipulierte Tombola, Valentines und mein Rave auf Warwick Manor, der nächtliche Einbruch ins Schulschwimmbad ...» Ich unterbreche mich, als sich in Archers Miene etwas verändert.

Auch wenn sich der Sturm nicht gelegt hat, glaube ich, einen sanften Schimmer in seinen Augen zu erkennen. «Ich bin nicht sicher», gesteht er und umkreist den Rand seines Glases. Eine Geste, die nichts in mir auslösen sollte, und trotzdem muss ich daran denken, wie gut sich diese Fingerspitze auf meiner Haut angefühlt hat ... «Okay, wahrscheinlich gar nichts, aber dann hätte ich einiges verpasst», sagt er und hält inne. «Vor allem diese eine Nacht hinter der Theaterbühne.»

Es sind nicht nur seine Worte, die die Erinnerung mit Hitze nachzeichnen, sondern auch sein Blick, in dem sich unvernünftiges Verlangen spiegelt. Wobei ... Was, wenn es gar nicht unvernünftig *ist*? Mein Herz schreit Ja, mein Körper schreit Ja, nur mein messerscharfer Verstand macht mir einen Strich durch die Rechnung. Einen kleinen, der zumindest dafür sorgt, dass die Hitze nicht einfach alles andere niederbrennt.

«Wenn wir ...» Okay, bis in meine Kehle hat es die Hitze schon mal geschafft. «Wenn wir wollen, dass das hier funktioniert, müssen wir lernen, miteinander zu *reden*.»

«Müssen wir», erwidert Archer, ohne den Blick von mir zu

lösen. «Und wir dürfen keine Entscheidungen mehr für den anderen treffen.»

«Keine *Lebens*entscheidungen», korrigiere ich. «Wenn du morgens entscheidest, mir das Kaffeekochen abzunehmen, hätte ich jedenfalls nichts dagegen.» Ein unschuldiges Säuseln, ein Funke mehr Hitze. Ich lockere den Griff um meine Beine.

«Gut zu wissen.» Sein Necken befeuert das Verlangen nur. Dann stellt er sein Glas beiseite und richtet sich auf. Unwillkürlich halte ich den Atem an. Er beugt sich zu mir rüber, macht jedoch keine Anstalten, mich zu berühren. Stattdessen hält er meinen Blick fest, so voller Ernsthaftigkeit, dass ich schwer schlucke. «Rae.» Seine Stimme ist nur noch ein geflüstertes Raunen. «Ich verspreche, dass ich alles dafür tun werde, um wieder zu deinem Zuhause zu werden.»

Der Schauer, der durch meinen Körper geht, lässt alle Widerstände brechen. Ich löse mich aus meiner Haltung und warte nicht länger darauf, dass er mich berührt. Als ich mich zu ihm beuge, ziehen sich seine Brauen flüchtig zusammen, dann treffen unsere Lippen aufeinander, und das Flattern in meinem Magen explodiert. Da sind keine Zweifel mehr, kein Hinterfragen, keine Bedenken, nur noch er und ich und dieser Kuss und das Adrenalin, das schmerzlich darauf wartet, sich aus meinem Körper zu lösen.

Ich öffne meine Lippen, lasse die Zungenspitze in seinen Mund gleiten, während er mich mit sanftem Druck auf die Matratze drängt. Ohne den Kuss zu unterbrechen, folgt er mir in der Bewegung, schiebt seine Beine zwischen meine. Für einen atemlosen Moment lässt er von mir ab, stützt die Hand neben meinem Kopf auf, zieht sich zurück. Er sieht auf mich runter, ich sehe zu ihm hoch. Ich entdecke eine kleine Narbe über seiner Augenbraue, die ich nicht kenne. Unwillkürlich strecke ich meine Hand aus, fahre zärtlich über den silbernen Punkt und streiche weiter zu seinem Haar. Greife ein wenig fester zu, um ihn wieder an mich zu ziehen, während seine Erektion durch zu viel Stoff gegen meine Mitte drückt.

Ein Knurren steigt in seiner Kehle auf, er küsst erst meine Lippen, dann greift er mit einer Hand nach dem Saum meiner Bluse und schiebt sie hoch. Gerade so weit, dass ein Streifen nackter Haut zum Vorschein kommt. Er küsst meinen Bauch. Alles in mir zieht sich zusammen, kreischt nach mehr. Aber er hat Geduld. Stück für Stück arbeitet er sich vor, ein bisschen Bluse, ein Kuss, ein bisschen Bluse ... der BH. Er ist so schnell geöffnet und beiseitegeschoben, dass Archer leichtes Spiel hat, meine Nippel mit der Zunge zu umkreisen.

Wimmernd schließe ich die Augen. Ich lasse es zu, dass er mir Bluse und BH ganz über den Kopf streift, ohne sein eigenes T-Shirt auszuziehen. Lasse es zu, dass seine Fingerspitzen weiter zum Bund meiner Shorts wandern. Lasse es zu, dass er sie mir auszieht, bis ich nur noch den Slip trage. Den *bequemen* Slip. Ja klar, wie hätte ich heute Morgen auch damit rechnen sollen, dass der Tag so endet?!

«Gitarren?», höre ich ihn über mir lachen.

Ich öffne die Augen, um seinen Blick zu fangen. «Fender Stratocasters», präzisiere ich. «Wie die von Jimi Hendrix.»

«Wow.» Er lacht noch mal, leiser, tiefer. «Ich wusste nicht, dass Gitarrennamen so sexy klingen können.»

«Black Strat», hauche ich neckend. «Gibson Les Paul Tribute, Fender Telecast...» Ich beiße mir auf die Zunge, als Archer meinen Slip von den Hüften streift. Jegliches Blut scheint an die Stelle zu schießen, an der meine Nervenenden schmerzhaft vibrieren. Sich nach ihm sehnen, nach ihm schreien.

Er beugt sich vor, küsst mich knapp unter den Bauchnabel. Küsst mich einen Zentimeter weiter darunter. Küsst mich noch einen Zentimeter tiefer, noch einen, und noch einen ... Als seine Zungenspitze meine empfindlichste Stelle berührt, explodiert die Sehnsucht, ich bäume mich ihm entgegen, er nimmt eine Hand dazu, während er die andere unter meinen Hintern schiebt, mich festhält. Erst lässt er einen Finger in mich eintauchen, dann einen zweiten, behutsam, fucking *geduldig*. Jede Bewegung ist ein Zusammenspiel von Erkunden, Anpassen, Rhythmusfinden. Er intensiviert den Druck, und mir entgleitet ein Stöhnen, aber der Schmerz hört nicht auf. Weil es nicht nah genug ist, weil ich mehr will, mehr brauche.

Ich ziehe ihn zu mir hoch, auch wenn ein Teil von mir pulsierend dagegen protestiert. Als würde Archer es spüren, lässt er seine Hand ganz übernehmen, presst den Daumen mit sanftem Druck gegen mich, macht genau die richtigen Bewegungen. Nur meinen Hintern muss er loslassen, damit er sich neben meinem Kopf abstützen kann, meinen Blick mit seinem durchdringen, mir zeigen, dass ihn jedes Wimmern, jedes Winden unter seinen Berührungen nur schärfer macht. Was *mich* schärfer macht.

Ein Zittern fließt durch meinen Körper. Ich greife in sein Haar, küsse ihn, er küsst mich, drückt mich fester in die Laken. Er stöhnt an meinem Mund, der letzte Funke, den es braucht. Mein Unterleib zieht sich zusammen, nur damit sich der Orgasmus im Bruchteil einer Sekunde mit solcher Heftigkeit entladen kann, dass ich aufschreie, gedämpft von Archers Lippen. Er verharrt mit seiner Hand auf und in mir, während ich den süßen Nachhall genieße, während seine Küsse zärtlicher werden. Nur dieser Schmerz, dieses Verlangen, ebbt nicht ab.

Als er seinen Kopf zurückzieht, nutze ich meine Chance und schiebe ihn von mir weg, bis ich den Saum seines T-Shirts greifen kann. Ich bin *nicht* geduldig, lasse mir keine Zeit. Mit einer Bewegung lege ich seinen Oberkörper frei, und verdammt ja, er hat in den letzten Jahren trainiert. Seine Muskeln sind definiert, wobei die Anspannung sie noch härter nachzeichnet.

Er rafft sich auf, um sich das T-Shirt ganz über den Kopf zu ziehen. Intuitiv folge ich ihm nach oben und schiebe einen Finger in den Knoten seiner Jogginghose. Er sitzt verdammt fest. Ich mühe mich mit einem Zerren ab, nehme noch mehr Finger dazu, während seine Erektion in einem Zucken stärker gegen den Stoff drängt.

«Was ist das hier?», fluche ich zischend. «Ein Keuschheitsgürtel?»

Als ich zu ihm hochsehe, grinst er dreist, dann schaffe ich es endlich, den Knoten zu lockern. Kaum dass ich ihn gelöst und die Hose ein Stück nach unten gestreift habe, mit der Handfläche *zufällig* seinen Schritt berührt habe, vergeht sein Grinsen in einem erregten Blick.

«Leider keine Gitarren», wispert er rau, als ich die Boxershorts freilege. Schwarz. Natürlich. Simples Schwarz, weiches Material, das supereng anliegt, supervorteilhaft ist, supersexy. Und das ungefähr nichts versteckt.

«Enttäuschend.» Das Spötteln scheitert an meiner Heiserkeit, und schon zieht er mich wieder an sich, drängt sich so nah an meinen Körper, dass ich glaube, vor Hitze verglühen zu müssen. «Hast du ... ein Kondom?», flüstere ich atemlos an seinem Mund. Ich spüre sein Nicken, dann lässt er von mir ab.

«Oben», keucht er, und sein Bedauern ist nicht zu überhören. «Gib mir ein paar Minuten.»

«Minuten», wiederhole ich und muss lachen. «Warwick Manor ist eindeutig zu groß.» Trotzdem lasse ich ihn los.

Während er nur in Boxershorts bekleidet aus dem Wintergarten schlüpft, bleibe ich auf der Matratze liegen, atemlos, zufrieden, obwohl es noch gar nicht vorbei ist. Als ich den Kopf zur Seite rollen lasse, sehe ich das Märchenbuch und zupfe kurzerhand die neuen Seiten heraus. Archers Handschrift ist wirklich unverschämt ordentlich. Den ersten Satz kenn ich ja bereits, aber nach dem dürftigen Einstieg geht es tatsächlich gar nicht *so* mies weiter. Ziemlich kitschig, aber ...

«Erwischt.»

Ich zucke zusammen. Mit geschürzten Lippen lasse ich das Papier sinken. «Sorry, aber *ein paar Minuten* und meine Neugierde sind keine gute Kombi», rechtfertige ich mich, sehe Archer jedoch sofort an, dass es ihn nicht stört.

«Hauptsache, meine Stilmittel haben die Stimmung nicht gekillt», erwidert er und schließt die Tür hinter sich. Dann kommt er zurück zu mir, und an seiner Boxershorts erkenne ich, dass sich an *seiner* Stimmung nichts verändert hat. Was meine sofort zurück auf das Niveau bringt, auf dem er mich vorhin zurückgelassen hat.

«Nicht im Geringsten», sage ich und setze mich auf. Genieße den Anblick seines nackten Oberkörpers, das Pochen zwischen meinen Beinen, das sich langsam wieder in angenehmen Schmerz verwandelt.

Am Rand der Matratze bleibt Archer stehen, zwischen seinen Fingerspitzen eine rote Kondomverpackung. Als er Anstalten macht, sie aufzureißen, springe ich auf. Die Matratze ist gerade so hoch, dass sie unseren Größenunterschied ausgleicht. Ich lehne mich vor und küsse seinen Hals, während ich nach seiner Hand taste. Ich spüre, wie sein Körper unter meinen Lippen vibriert, dann nehme ich ihm die Packung ab. Jetzt bin ich diejenige, die sich mit Küssen ihren Weg bahnt. Über seine Schulter, sein Schlüsselbein, über die Brustmuskulatur, immer weiter nach unten. Dabei schiebe ich die

Fingerspitzen in den Bund seiner Boxershorts, das Kondom halte ich mit zweien fest umklammert. Mit jedem Kuss nach unten schiebe ich auch die Boxershorts von seinen Hüften, über seinen Hintern, bis ich beinahe vor ihm knie. Erst als meine Lippen an der Stelle unter seinem Bauchnabel angekommen sind, ziehe ich mich ein Stück zurück, reiße die Packung auf und streife ihm das Kondom über. Allein diese Berührung entlockt ihm ein Stöhnen, dann tastet er nach meinem Kinn und zieht mich wieder zu sich hoch.

Ein Kuss auf den Mund, süß, verlangend, aber Augenhöhe reicht nicht. Er greift unter meinen Hintern und hebt mich mit Leichtigkeit hoch auf seine Hüften. Reflexartig verhake ich meine Beine hinter seinem Rücken, und auch wenn ich weiß, dass es so schwierig wird, ihn in mir zu spüren, genieße ich den Moment der absoluten Nähe, meinen nackten Oberkörper an seinem, unsere Lippen, die sich wieder zärtlicher begegnen.

Ich spüre, wie er mit mir in die Knie geht, um mich auf der Matratze abzulegen. Obwohl er sich bemüht, mich kontrolliert abzulegen, gibt es diesen Kipppunkt, an dem es zu wackelig wird. Er verliert die Balance, das letzte Stück fallen wir unbeholfen, begleitet von einem Lachen. Ich sinke in die Matratze ein, er federt den Sturz gerade noch mit einem Arm ab. Erst dann löse ich die Verschränkung meiner Beine, spüre, wie meine Gesichtszüge weicher werden. Ich rutsche ein Stück weiter auf die Matratze, und Archer folgt. Eine Hand neben meinem Kopf abgestützt, schaut er auf mich herunter, ich signalisiere ihm, dass ich es will. *Ihn* will. Er senkt sich über mich, und als er in mich eindringt, ist es wie eine Erlösung für das sehnsüchtige Ziehen.

Wir finden unseren Rhythmus, als hätten wir ihn nie verloren. Er bewegt sich in mir, während wir uns wieder küssen, dann gebe ich ihm mit leichtem Druck zu verstehen, dass er sich auf den Rücken drehen soll. Ich übernehme die Führung unseres Taktes, während er die freien Hände nutzt, um mich zu streicheln, nach meinem Hintern zu greifen, die Lust so weit anzufachen, dass ich spüre, wie sich der Höhepunkt in mir anbahnt.

«Bist du ...?», flüstere ich, und sein Blick sagt alles. Ich lasse los, begrüße die heißen Wellen mit einem erstickten Wimmern, während Archer noch fester zupackt. Ich beuge mich tiefer über ihn, weiß nicht, ob meine Arme mich noch lange halten, dann kommt er. Nicht in derselben Sekunde wie ich und doch nah genug dran, um den Moment gemeinsam auskosten zu können. In einem heiseren Lachen lasse ich mich über ihm fallen, küsse seine Schulter, die jetzt genau auf meiner Höhe ist.

Er streicht mir durchs Haar, fährt meinen Rücken entlang. Ein Schauer voller Geborgenheit, und als er mir nach einem geraunten «Ich hoffe, du möchtest heute nicht mehr aufstehen» einen Kuss auf den Scheitel haucht, weiß ich, dass ich angekommen bin.

KAPITEL 36

Als ich aufwache, blinzle ich gegen das Licht an. Archers Seite ist leer. Ich schiebe gerade meine Hand unter die Decke, um zu tasten, ob die Matratze noch warm ist, als die Tür geöffnet wird. Er balanciert ein Tablett in den Wintergarten. Begleitet von Kaffeeduft, der mir ein Grinsen entlockt. Warum hätte ich das ahnen können?

«Was für eine Begrüßung», spottet er, nur in seinen Augen blitzt ein Feixen auf. «Ich hoffe, du hast gut geschlafen?»

«Mh», murmle ich. Mein ganzer Körper fühlt sich träge an, als ich mich aufsetze und nach einem zweiten Kissen angle, um es mir in den Rücken zu legen. Langsam sickert das Bewusstsein zu mir durch, dass das Licht im Wintergarten nicht mehr von Kerzen oder Lichterketten kommt. Es ist die Sonne, was heißt, dass ich tatsächlich *durchgeschlafen* habe. Als hätte Archers Nähe alle Albträume ferngehalten, sein Körper an meinem Rücken, sein Atem an meinem Ohr.

Er kommt zu mir und stellt das Tablett in der Mitte der Matratze ab, ehe er sich zu mir beugt und mir einen Kuss auf die Lippen haucht. Frischer Pfefferminzatem. Ich genieße das Prickeln, das seine Lippen auf meinen hinterlassen, dann lässt er von mir ab, setzt sich neben mich und zieht das Tablett näher heran. «Extrastark», erklärt er, während er mir eine der randvollen Tassen gibt.

«Danke», sage ich, gefolgt von einem Gähnen. Die Tasse mit beiden Händen umfasst, stelle ich die Beine unter der Decke auf. «Wie viel Uhr ist es?»

«Kurz vor acht. Nicht ganz deine Zeit, ich weiß», erwidert er schmunzelnd.

«Nicht ganz.» Während ich die Tasse an meine Lippen hebe, gleitet mein Blick zu meinem iPhone. Es ist zwar wie immer auf laut gestellt, aber was, wenn ich trotzdem einen Anruf verpasst habe? Wenn ich dank Archers Nähe so tief geschlafen habe, dass ich es einfach überhört habe?

Ich lasse die Tasse sinken und angle nach dem Handy. Nein, kein neuer Anruf. Ernüchterung breitet sich in mir aus. Wie lange kann es bitte dauern, einen Beschluss zu kriegen, um diese verfluchten Kreditkartendetails anzufordern?

Trotzdem entsperre ich das Display. Denn Mindy hat mir bei WhatsApp geschrieben. Abgeschickt gestern um halb elf, also ungefähr zu der Zeit, zu der Archer mir seine Geschichte erzählt hat.

> Hey, ich hoffe, es läuft gut. 😌
> Nur kurz zur Info: Ich bin morgen so ab acht auf der Arbeit, Eleanore wollte etwa zur gleichen Zeit zurückkommen.

«Scheiße.» Ich stöhne auf. «Sieht aus, als hätten wir noch genau drei Minuten.» Ich halte Archer das Handy hin und sehe, dass er genauso wenig begeistert ist wie ich.

«So viel zu Grandmas Versprechen, nicht vor neun hier aufzuschlagen», erwidert er. «Vermutlich will sie auf den neusten Stand gebracht werden.»

«Kann sein.» Mit einem Seufzer lege ich das Handy weg, leere meine Tasse und hauche Archer einen Kuss auf die Lippen. «Ich sollte mich dann wohl mal umziehen.»

«Oh, ich finde, mein T-Shirt und der Slip stehen dir verdammt gut», erwidert er, und ich verdrehe nur die Augen. Auch wenn Eleanores Gesichtsausdruck sicher unvergesslich wäre.

Eleanore ist nicht alleine gekommen. Als ich vom Bad oben die Treppen herunterlaufe, höre ich Amaras Schnauben bis ins Foyer. Es dringt aus dem Gang, auf dem die Küche liegt. Kurz darauf höre ich Eleanores Stimme, dann Mindys und Archers. Ich verstehe nicht den genauen Wortlaut, aber sie scheinen über Bobby zu diskutieren. Und über Ishaaq. Und Riley.

Je näher ich der Küche komme, desto deutlicher wird, dass es eine hitzige Diskussion ist. Hier und da stechen Wortfetzen heraus, Amara fällt Eleanore ins Wort, Archer versucht dazwischenzugehen, und von Mindy höre ich nur einzelne Ansätze. Ich bleibe in der Tür stehen und lehne mich gegen den Rahmen. Dabei mustere ich die bunt gemischte Runde, die sich um den gedeckten Tisch geschart hat. Früher haben Archer und ich öfter hier gefrühstückt, allerdings ist es das erste Mal, dass ich Eleanore hier sehe – oder Amara.

«Aber er muss doch ...»

«Müssen!», höhnt Amara. «Bobby hat uns von Anfang an seine Prioritäten klargemacht, du glaubst doch nicht wirklich ...»

Archer fährt sich stöhnend übers Gesicht. «Die beiden tun alles in ihrer Macht Stehende, um Fenella zu finden.»

«Tun sie nicht, sonst hätten sie längst ...»

«Guten Morgen», falle ich Amara ins Wort. Inzwischen hat sich der Schlaf aus meiner Stimme verabschiedet. «Schön zu sehen, dass alle so früh schon so munter sind.» Spott tröpfelt aus meinen Worten.

«Rae, Liebes.» Amara mustert mich grimmig. «Stimmt es, dass sich Bobby und Ishaaq immer noch nicht gemeldet haben?»

Seufzend stoße ich mich vom Türrahmen ab und nicke. «Haben sie nicht, aber der nächste Schritt liegt allein in DS Rileys Hand.» Während ich es ausspreche, bohrt sich ein kleiner Dorn in mein Herz. Habe ich gerade echt gesagt, das Schicksal meiner Grandma läge jetzt allein in der Hand einer *Fremden*? «Ohne einen entsprechenden Beschluss wird City Sightseeing auf keinen Fall sensible Daten rausrücken, und selbst wenn sie eine Liste rausgeben, müssen die Banken auch noch die entsprechenden Informationen bereitstellen.»

Amara stößt ihr berühmt-berüchtigtes Schnauben aus. «Elende Bürokratie.»

«Und wenn sie in genau der Zeit ...?» Dieses Mal unterbricht sich Eleanore selbst. Sie sitzt wie ein Häufchen Elend vor ihrer Tasse, die sie offensichtlich noch nicht angerührt hat. Ihre Augen sind gläsern, die Lippen hat sie jetzt fest zusammengepresst. «Gibt es wirklich nichts, was wir noch tun können? Wir haben euch doch alles gegeben, was wir hatten.»

Ich verkneife mir, zu sagen, dass sie uns genau genommen gar nichts gegeben haben, sondern wir sie erst bestehlen und ihnen dann alles aus der Nase ziehen mussten. Stattdessen konzentriere ich mich auf ihre Frage. *Gibt es wirklich nichts, was wir noch tun können?* Der Dorn bohrt sich tiefer und tiefer in mein Herz, das lautlos blutet. Wäre das hier ein Claudine-McPhea-Roman, wie würde ich ihre Geschichte weiterschreiben? Vermutlich hätte sie es mit ihren Kontakten längst geschafft, einen Beschluss zu erwirken, und wäre selbst an die entsprechenden Infos gekommen. Alternativ hätte sie sich den Hauptsitz von City Sightseeing rausgesucht, wäre persönlich dorthin gefahren und hätte eine Person anvisiert, über die sie sich Zugang verschaffen kann, um auf Suche zu gehen. Rechtlich mehr als fragwürdig, aber wer hinterfragt schon moralische Grauzonen, wenn die Protagonistin damit ans Ziel kommt?

Archer wiederholt, wie viel Mühe sich die Polizei gibt, Amara kontert erneut. Während sich die Gespräche der beiden im Kreis drehen, ziehe ich mein Handy raus. Obwohl ich weiß, dass die Realität bedeutend komplexer ist als ein Roman, öffne ich die Website von City Sightseeing und suche den Firmensitz heraus. Klar. Das Unternehmen ist nicht mal in Edinburgh ansässig, sondern eine knappe Stunde von London entfernt und damit eine ganze Tagesreise von hier aus. Ich scrolle nach unten, aber es gibt keine Unterseite mit Zweigstellen. Dafür eine Reihe von Social-Media-Icons. Ich tippe auf Instagram und ignoriere die vielen neuen Benachrichtigungen. Stattdessen scrolle ich durch den Feed der Seite. Das meiste sind typische Werbefotos. Der ikonische rote Bus inmitten von Stadtpanoramen, London, Sevilla, Edinburgh. Dazwischen Fotos von grinsenden Menschen mit roten Ohrstöpseln, Rabattangebote – Fancontent. *Reposts.*

Unwillkürlich stiehlt sich ein Kribbeln in meine Fingerspitzen. Ich blende die Stimmen der anderen aus und gehe weiter runter, tippe hier und da eins der Bilder an, um auf den Zeitstempel zu schauen. Natürlich lädt der Account täglich neuen Content hoch, sodass es eine halbe Ewigkeit dauert, bis ich am fünfzehnten September letzten Jahres angekommen bin. Beginnend mit dem Tag, an dem Grandma und ich unsere kleine Tour gemacht haben, schaue ich mir die Bilder näher an. Immer auf der Suche nach einem Mann mit dunklem Lockenschopf, nach einem verschmitzten Lächeln oder dunklen Augen. *Was glaubst du hier eigentlich zu finden?*, flüstert der Zweifel in mir. Ich habe keinen blassen Schimmer. Anscheinend hofft ein naiver Teil von mir auf einen Zufallsfund, auf einen Repost von irgendeinem Account, der ...

«Rae.» Amara stupst mich mit ihrem Ellbogen an, sodass mir das iPhone fast aus der Hand fällt. «Hast du etwa gar nichts mehr dazu zu sagen?»

Da ich in den letzten Minuten nicht zugehört habe, weiß ich nicht, worum es geht.

«Tut mir leid», sage ich zu Amara, ehe ich mich an Archer und Mindy wende. «Ich brauche mal eure Hilfe, Leute. Habt ihr eure Handys dabei?»

Archer dreht sich zur Küchentheke und nimmt sein Smartphone an sich. «Klar.»

«Meins müsste im Flur in der Tasche sein», sagt Mindy.

«Okay, es ist vielleicht etwas weit hergeholt, aber möglicherweise gibt es doch etwas, das wir tun können», erkläre ich und habe damit sofort Amaras und Eleanores ungeteilte Aufmerksamkeit. «Solange wir auf News von der Polizei warten, können wir schauen, ob dieser Typ online Spuren hinterlassen hat. Ein Abgleich von meinem Kühlschrankfoto mit der Googlesuche war zwar erfolglos, aber vielleicht finden wir was auf Social Media.»

Während in Eleanore und Amara Hoffnung aufglimmt, wirken weder Archer noch Mindy richtig überzeugt. Weil sie genau wissen, was für riesige Datenmengen täglich durch diese Apps geschleust werden. Trotzdem widerspricht keiner.

Stattdessen fragt Archer: «Wo sollen wir anfangen?»

Allein #edinburgh umfasst mehr als elf Millionen Beiträge. Während sich Archer und Mindy um spezifischere Suchen wie #CitySightseeingEdinburgh oder einfach nur #EdinburghBusTour kümmern, wühle ich mich durch die schiere Fülle von Content.

Eleanore und Amara haben wir nach der zwanzigsten Nachfrage, ob wir schon was gefunden haben, höflich rausgeschmissen. Samt Tablett mit Tee und Scones sowie einem Kartenspiel, um sich im Grünen Salon die Zeit zu vertreiben. Klappt zwar nur bedingt, da sie trotzdem ständig vorbeischauen, aber immerhin besser, als permanent beobachtet zu werden.

Es ist immer derselbe Ablauf. Ein paar Reihen nach unten scrollen, Bild antippen, Zeitstempel lesen, ernüchtert feststellen, dass ich noch eine Ewigkeit vom gesuchten Datum entfernt bin, weiterscrollen, weiterscro...

«Heilige Scheiße!» Mir entfährt der Fluch mit solcher Inbrunst, dass Mindy zusammenzuckt und Archer den Kopf hochreißt. «Ich glaube, das ist er.» Mein Blick klebt förmlich am Display, während ich mit bebender Fingerspitze das Foto vergrößere. Mindy öffnet mit ihrem Handy sofort das Kühlschrankfoto, das ich ihr weitergeleitet habe. Zum Abgleich halten wir unsere Smartphones nebeneinander. Brauner Lockenschopf, brauner Lockenschopf, dasselbe verschmitzte Grinsen, auf dem Schnappschuss vom Kühlschrank etwas verschwommen, auf dem Posting gestochen scharf. Außerdem trägt der Typ bei Instagram keinen Mantel, sondern ein schwarzes Hemd, der Kragen ist leicht geöffnet, er hat einen Ellbogen lässig auf eine Stuhllehne gelegt. Im Hintergrund zeichnet sich das Innenleben eines Pubs ab. Die Caption besteht nur aus zwei Hashtags: #throwback #edinburgh.

Ich tippe den Account an. @callum.smartlife, über zwanzigtausend Follower, fünfhundert Postings. Ganz oben angepinnt ein Beitrag mit vier plakativen Wörtern: «Work smarter, not harder». In mir kriecht der Brechreiz hoch, während ich an dem billigen Motivationsspruch vorbeiscrolle und das erste Foto öffne, auf dem Callum mal nicht verschmitzt in die Kamera grinst. Stattdessen lehnt er an einer steinernen Balustrade, die Ellbogen wieder lässig links und rechts abgelegt, in einer Hand eine Zigarette, sein Gesichtsausdruck wirkt lasziv. Auch hier besteht die Caption nur aus zwei Emojis und wenigen Hashtags: «💸😏 #paris #enjoyinglife #worksmarternotharder» – scheint, als wäre das sein Lebensmotto. Ich scrolle zu den Kommentaren.

nol4n31: «Geiler Typ.»
paulster5: «Top.»
overachiever_coach: «Rooftopbar La Fantaisie????»
barnettbaby: «Sexy.»
jordan4party: «Nice, Cal. Nächste Woche Cannes?»

Der letzte Kommentar ist der einzige, unter dem sich ein kleiner Dialog entwickelt hat:

callum.smartlife: «Maybe, baby. 😏.»
jordan4party: «Etwa wieder eine Neue am Start?»
callum.smartlife: 😏
jordan4party: «Läuft, Bro.»

Eine Neue am Start. Unwillkürlich verziehe ich den Mund. Das Posting ist gerade mal fünf Tage alt. Ich google den Ort, der in einem der Kommentare erwähnt wurde. Anscheinend gibt es mehrere Hotels namens La Fantaisie, aber nur eins wird mir direkt in Verbindung mit dem Suchbegriff *Rooftopbar* angezeigt: Paris. Die Balustrade ist so markant, dass es eindeutig das richtige Hotel ist, was bedeutet, Callum war noch vor fünf Tagen in Paris. Vorausgesetzt, er hat dieses Posting live hochgeladen und es ist nicht wieder irgendein #throwback.

Die Suche verschwindet hinter dem Anrufscreen. Ishaaq.

Sofort gehe ich dran und stelle auf Lautsprecher. «Hi, Ishaaq, Archer und Mindy sind gerade bei mir», begrüße ich ihn, während die anderen ihre Handys sinken lassen.

«Callum Bain.» Ishaaq braucht nicht mehr zu sagen, um das nervöse Kribbeln durch meinen ganzen Körper zu treiben. «Wohnhaft in Warrington, südwestlich von Manchester. DS Riley hat das Kollegium vor Ort bereits informiert, das gleich eine Einheit zu seiner Wohnung schickt.»

Callum Bain. @callum.smartlife. Nein, der Name ist garantiert kein Zufall, und allein deshalb bezweifle ich, dass die Polizei jemanden in seiner Wohnung antreffen wird. Sein ganzer Feed ist voll mit Reisefotos, die meisten innerhalb Europas, allerdings habe ich auch zwei aus Kanada gesehen.

«Rae? Bist du noch dran?», fragt Ishaaq.

«O ja.» Ich blinzle die Bilder weg, die ich eben erst durchgescrollt habe. «Habt ihr noch mehr über ihn rausfinden können? Arbeitsplatz? Freundeskreis? Irgendwas, das uns weiterhelfen könnte?»

«Sekunde.» Im Hintergrund höre ich das Rascheln von Papier. «Bobby hat irgendwo was ausgedruckt ... Hier. Also, geboren ist er in Liverpool, Eltern beide verstorben, keine Geschwister oder andere bekannte Verwandtschaft. Wobei ich dazusagen sollte, dass es nur ein erster Auszug aus dem Register ist und wir noch keine detaillierten Nachforschungen anstellen konnten.»

«Arbeitsplatz?», wiederhole ich.

«Keiner bekannt. Dafür ist aber sein Konto ordentlich gedeckt, und er verzeichnet regelmäßig hohe Geldeingänge. Zuletzt von einem Konto, das auf jemanden angemeldet ist, den wir alle bestens kennen.»

Ich starre zweifelnd das Display an. «Grandma?», mutmaße ich, weil es die einzig sinnvolle Verbindung ist.

«Bingo», bestätigt Ishaaq.

Natürlich hatte Amara recht ... Wie naiv war es bitte, zu glauben, jemand, der ein geheimes Zimmer für *Haschkekse* hat, würde im Bereich Finanzen alles brav in offiziellen Aktenordnern abheften?

«Über was für Summen reden wir hier?», frage ich, auch wenn ich mich vor der Antwort fürchte.

«Innerhalb der letzten sechs Monate mindestens zweihunderttausend Pfund.»

«Zweihunderttausend?!» Das Kribbeln wird zu einem glutheißen Ziehen, in dem sich Wut zusammenballt. *Work smarter, not harder.* Was für ein mieses Arschloch. «Gab es wenigstens auch ein paar Abbuchungen? Die verraten, wo er sich gerade aufhält?»

«Die letzte Abbuchung ist bereits eine Woche her, was leider bedeutet, dass er überall sein könnte.»

«Und von wo kam diese Abbuchung?», hake ich trotzdem nach.

«Von einem Pariser Hotel namens La Fantaisie. Der Summe nach allerdings eher ein Drink als eine Übernachtung.»

Also war dieser Post aus der Rooftopbar kein Rückblick. Ich tausche einen Blick mit Archer und Mindy.

«Wurde die Pariser Polizei bereits informiert?»

«Ich gehe davon aus, allerdings müsste ich DS Riley ...»

Weiter kommt er nicht, denn Mindy schreit plötzlich auf.

«Rae!» Sie hat ihr Handy wieder aufgenommen, vielleicht, um zu checken, ob wir wirklich von demselben Hotel reden. «Callum hat eine Story hochgeladen!»

«Was?!» Sofort schnappe ich ihr das Smartphone aus der Hand, um es mir selbst anzusehen. Callums Profilbild wird jetzt von einem Kreis umrandet, der beweist, dass es neue Inhalte gibt. Am liebsten würde ich sofort draufklicken, aber ich zögere. «Ist dein Profil privat?», frage ich atemlos. «Oder hast du irgendwas in deiner Bio stehen, womit er eine Verbindung zu Edderton herstellen könnte?»

«Nichts», erwidert sie, und jede Faser ihres Körpers beweist, dass sie ähnlich angespannt ist wie ich. «Alles privat, keine Bio, und mein Profilbild ist ein Stapel Bücher.»

«Perfekt.» Angesichts von Callums Followerzahl sollte das Risiko gering genug sein. Mit bebender Fingerspitze tippe ich die Story an. Es ist ein einzelner Schnappschuss. Nur ein Bild, das mehr sagt als tausend Worte, denn er ist nicht alleine. Die Person an seiner Seite wurde zwar weggeschnitten, allerdings sieht man ihren Arm, der sich bei ihm untergehakt hat. Vom Wetter gegerbte Haut, schmale Finger, die ein Glas umfassen – daran ein Ring mit einem unverkennbar klobigen Rubin. Mir entkommt ein unterdrückter Schluchzer. Das ist eindeutig Grandmas Ring! Der, den Grandpa ihr vor Urzeiten zur Verlobung geschenkt hat und den sie seitdem nur noch zum Schlafen ablegt.

Ich höre Ishaaq etwas fragen und Archer etwas antworten. Keine Ahnung was, denn ich kann nur diese Story anstarren. Das ist das erste Lebenszeichen von Grandma seit *Wochen*. Ein Teil von mir *weiß*, dass das Foto älter sein könnte, aber ich will nicht daran glauben. Ich will mich endlich wieder an irgendetwas festklammern können, aus einem Körnchen Hoffnung *mehr* wachsen lassen. Schade, dass Callum das Foto nicht mit einem Standort versehen hat, andererseits ...

Im Hintergrund ragt ein markanter Springbrunnen auf. Ich mache einen Screenshot, den ich mit Mindys Erlaubnis sofort an Archer und mein eigenes Handy weiterleite, danach schneide ich den Teil aus und jage ihn durch die Bildersuche. Es gibt verdammt viele Springbrunnen, die ähnlich aussehen, aber dann habe ich tatsächlich einen gefunden, der im oberen Teil exakt die gleichen Schnörkel aufweist. *Oder möchte ich es nur sehen?*

«Hey, Leute.» Ich grätsche in die Unterhaltung zwischen Ishaaq und Archer. «Könnt ihr mal kurz schauen, ob das hier derselbe Brunnen ist?»

«Was für ein Brunnen?», fragt Ishaaq.

«Im Hintergrund der Story, die ich dir gerade per WhatsApp weitergeleitet habe», erklärt Archer, ohne seinen Blick vom Display zu lösen. «Sieht für mich so aus, ja.»

Mindy nickt. «Definitiv. Ganz schön groß für einen Brunnen, der offensichtlich indoor ist.» Damit bezieht sie sich wohl auf die Tatsache, dass im Hintergrund goldene Tapeten glänzen. Auf beiden Bildern.

Von der Bestätigung motiviert, gehe ich der Spur weiter nach. Das Foto stammt von der Website eines Hotels: View d'Azur in Mandelieu-la-Napoule. Laut Maps liegt die Gemeinde nur ein Stück südlich von Cannes. *Cannes.* Warum zieht sich auf einmal eine Gänsehaut über meinen Körper? *Weil du das Wort vorhin erst gelesen hast,* meldet sich mein Kurzzeitgedächtnis. In einem der Kommentare unter Callums Posting, richtig. *Nice, Cal. Nächste Woche Cannes?* Wie es aussieht, hat Callum mit dieser Story die Frage beantwortet, und er hat Grandma offensichtlich mitgenommen. In ein Luxushotel direkt an der Côte d'Azur, und warum sagt mir mein Gefühl, dass *er* für diese Reise keinen Penny zahlen muss?

All die Fäden, die so lange lose nebeneinanderlagen, lassen sich auf einmal verknüpfen, ergeben ein Bild, nein, eine ganze *Geschichte.* Meine Wut wächst ins Unermessliche. Alles in mir schreit, kreischt, brüllt danach, Callum eigenhändig dieses verschmitzte Grinsen aus dem Gesicht zu schlagen.

Bevor ich weiß, was ich da überhaupt tue, habe ich wieder den Browser auf Mindys Handy geöffnet und die Buchungsseite einer Airline geöffnet. Inverness nach Nizza, heute. Es dauert keine zwanzig Sekunden, bis mir die Ergebnisse ausgespuckt werden. Die Auswahl ist nicht groß, aber da ist genau ein Flug, den wir noch kriegen könnten, wenn wir sofort losfahren.

Ich schaue von Archer zu Mindy. «Jemand Lust auf einen Ausflug nach Mandelieu-la-Napoule?»

KAPITEL 37

Die Stewardess beugt sich in unsere Sitzreihe, um den Müll einzusammeln. Archer reicht ihr unsere leeren Kaffeebecher mit der Linken, während er die rechte Hand fest mit meiner verwoben hat. Mir den Halt bietet, den ich brauche, auch wenn ich seine Finger förmlich zerquetsche. Als das Symbol zum Anschnallen aufblinkt, rast mein Herz hinab in meinen Magen.

«Sehr geehrte Reisende, wir setzen gleich zum Landeanflug auf Nizza an», schallt die Stimme der Pilotin durch die Kabine. «Bitte nehmen Sie jetzt wieder Ihre Plätze ein, schnallen Sie sich an und lehnen Sie sich zurück.»

Ich schaue nach draußen. Meine Hand krallt sich noch fester in Archers. Obwohl ich schon unzählige Male geflogen bin, steht heute jede Faser meines Körpers unter Strom. Wir fliegen wirklich nach Frankreich. Wegen einer Instagram-Story mit einer beringten Hand. *Und der Aussage einer Rezeptionistin*, ergänze ich. Kurz bevor ich die Buchung für den Flug bestätigen konnte, hat sich mein rationales Denkvermögen doch noch eingeschaltet, und ich habe im Hotel angerufen. *«View d'Azur»*, hallt die freundliche Stimme durch meine Erinnerung. Zum Glück konnte die Rezeptionistin Englisch, und auch wenn sie nicht sofort mit den Infos rausrücken wollte, war es im Vergleich zu meiner Erfahrung mit Gawyn von Mavell's ein Kinderspiel. Ich musste nur Ishaaq bitten, ihr die Vermisstenanzeige zukommen zu lassen – natürlich von seiner offiziellen Mailadresse –, und fünf Minuten später hatten wir die Bestätigung, dass Grandma und Callum tatsächlich dort eingecheckt haben. Zwar unter falschen Namen, was bedeutet, dass Callum falsche Pässe organisiert haben muss, aber mehr brauchte ich nicht, um diesen Flug zu buchen.

Ishaaq und Bobby waren nicht sonderlich begeistert von meiner Idee, live bei der Ergreifung von Callum Bain dabei zu sein. Also habe ich an ihr Mitgefühl appelliert, schließlich dürfte die Wahrheit für Grandma ein ziemlich herber Schlag sein. Und da wäre es doch wirklich besser, wenn ihre *geliebte Enkelin* in der Nähe wäre. Am Ende hat Bobby brummend eingewilligt, uns zu unterstützen, nahm mir jedoch das Versprechen ab, der hiesigen Behörde nicht im Weg zu stehen – und mich nicht unnötig in Gefahr zu begeben. Deal.

Wie es der Zufall will, hat Bobby einen Bekannten bei den französischen Behörden, den er für mich kontaktiert hat. Ich weiß nicht, wie genau er es angestellt hat, aber wir sollen gleich vom Flughafen abgeholt werden, und dann geht's direkt zum View d'Azur. Hoffentlich kommen wir an, bevor Grandmas Herz zerschmettert wird. *Und wenn du dich doch getäuscht hast?*, flüstert es in mir. *Wenn du die Fäden falsch verwoben hast, wenn die Gefahr viel größer ...*

«Hey, Rae.» Archer zieht seine Hand aus meiner, nur um meine Wange zu berühren und meinen Kopf ein Stück zu sich zu ziehen. So weit, dass er mir direkt in die Augen sehen kann. «Ganz egal, was passiert, ich bin da, okay?»

Seine Worte können die Anspannung zwar nicht vertreiben, aber sie federn den Druck ein bisschen ab, der auf meiner Brust liegt. Ich muss hier nicht alleine durch. Ganz egal, was passiert. Ich nicke kaum merklich.

Meinen Kopf an Archers Schulter gelehnt, sehe ich zu, wie der Flieger durch die Wolkendecke bricht. Türkiser Ozean, so weit das Auge reicht. Helle Küstenlinie. Rote Dächer. Luxuriöse Hotelkomplexe. Grüne Flecken, vor allem Palmen. Je tiefer wir sinken, desto mehr gleitet die Umgebung aus meinem Sichtfeld, bis da nur noch das Meer ist. Mittendrin die Landebahn, die aus dieser Entfernung so kurz wirkt, als würde sie unmöglich reichen.

Beim Aufsetzen der Räder geht ein Ruck durch die Maschine. Einen Moment lang ist es still unter den Mitfliegenden, als würde jeder hier den Atem anhalten, bis sich die Flugblätter justieren und wir langsamer werden. Die Landebahn reicht. Wir rollen noch ein Stück aus, ehe uns die Pilotin in Nizza willkommen heißt und das Flugzeug zum Gate lenkt.

Normalerweise gehöre ich zu denen, die bis zum Schluss sitzen bleiben, die warten, bis der Mittelgang leer ist, um entspannt ihr Handgepäck zu holen und ohne Gedränge die Maschine zu verlassen. Nur heute schreit alles in mir danach, die Erste zu sein. Archer scheint es zu spüren, denn kaum ist das Symbol zum Anschnallen erloschen, springt er auf, öffnet das Gepäckfach und holt unsere Rucksäcke raus.

Mit einem dankbaren Lächeln nehme ich ihm meinen ab und zwänge mich hinter ihm auf den Mittelgang, auf dem inzwischen weitere Mitreisende stehen, um sich ihrerseits um das eigene Handgepäck zu kümmern. Die Türen öffnen sich, und nun beginnt das übliche Gedränge. Ich lasse nur einem Vater mit Babyschale den Vortritt, an allen anderen zwänge ich mich einfach vorbei, resoluter Gang, Blick nach vorne, ihre Reaktionen interessieren mich nicht.

Grandma, ich komme.

Die Passkontrolle dauert eine halbe Ewigkeit. Als wir den Sicherheitsbereich endlich verlassen können, finde ich Bobbys Bekannten auf Anhieb. Was vor allem an dem Schild liegt, auf dem in schwarzen Druckbuchstaben die vereinbarte Abkürzung MISS P. steht. Der Mann hat eine schmale Statur, hellbraune Haut, wache Augen, kein Lächeln.

Hand in Hand laufen wir in seine Richtung, dann lasse ich Archer los, um den Fremden zu begrüßen. «Hi. Ich bin Rae, und das ist mein Freund Archer.»

«Commissaire Vigneau.» Der Händedruck des Polizisten ist so kräftig, dass ich zusammenzucke. Vielleicht liegt es auch daran, dass er sich als *Commissaire* vorgestellt hat. Das ist definitiv kein Dienstrang, der sich dafür eignet, einen Shuttleservice für Wildfremde zu übernehmen. Anscheinend hat Bobby ein bisschen mehr Einfluss, als er zugeben wollte – und dass er ihn für mich verwendet, schmeichelt mir irgendwie.

«Wenn Sie mir dann folgen würden?», fordert uns Vigneau auf, nachdem er auch Archer begrüßt hat. Er wirft das Schild in den nächsten Mülleimer, während er uns aus dem Flughafengebäude navigiert. Kaum haben wir es verlassen, schlägt uns Hitze entgegen. Laut der Wetteransage der Pilotin sind es sechsunddreißig Grad, allerdings ist die Luft hier trockener als in Schottland, was es angenehmer macht.

«Gibt es schon Neuigkeiten?», frage ich im Gehen.

«Bislang nicht», erwidert Vigneau. «Nach dem Anruf von PCI Foster haben wir umgehend ein Team abgestellt, das sich in Zivil unter die Hotelgäste mischt und die Augen offen hält. Laut Aussage der Rezeptionistin sind Callum Bain und Ihre Grandma allerdings bereits in den frühen Morgenstunden zu einem Tagesausflug aufgebrochen. Es kann noch eine Weile dauern, bis sie zurück sind.»

In mir ringt Erleichterung mit Angst. Einerseits bin ich noch nicht zu spät, um bei der Ergreifung dabei zu sein, andererseits ... was, wenn sie von diesem Ausflug nicht mehr zurückkehren? Wenn Callum irgendwie Wind von der Sache bekommen hat? Undichte Kanäle gibt es sicher auch bei der französischen Polizei, vielleicht hat er mitbekommen, dass wir hinter sein Geheimnis mit Maud Anderson gekommen sind, vielleicht hat er sich längst mit Grandma nach Spanien abgesetzt oder wohin auch immer.

Der Parkplatz ist nur einen Katzensprung vom Flughafengebäude entfernt. Vigneau führt uns zu einem schwarzen BMW, Archer und ich werfen unsere Rucksäcke in den Kofferraum, dann hält er mir die Beifahrertür auf.

Kurz darauf schmeißt Vigneau den Motor an.

«Wie weit ist es?», frage ich, als er sich in den Straßenverkehr einfädelt. Rechte Seite. Jedes Mal aufs Neue ungewohnt.

«Ungefähr eine Viertelstunde», erwidert Vigneau. «PCI Foster hat erwähnt, Sie wären Krimiautorin?»

Ich mustere ihn überrascht von der Seite. «Ja?»

«Bekannt?»

«Kommt darauf an ...»

«Was ich damit sagen möchte: Wäre es möglich, dass dieser Callum Sie erkennt?» Er nutzt eine rote Ampel, um mich von der Seite zu mustern. Da sind Falten auf seiner Stirn, Zweifel, die auch in seinen stahlgrauen Augen schimmern.

Am liebsten würde ich verneinen, und ich kann mir auch nicht vorstellen, dass der Typ, dessen Instagramprofil ich inzwischen auswendig kenne, ein begeisterter Leser ist. Aber in Anbetracht der Tatsache, dass er mehr als einmal bei Grandma zu Hause war, wird er sicher über das ein oder andere Foto von mir gestolpert sein.

«Vermutlich», gebe ich zu. «Allerdings eher von ...»

«Dann halten Sie sich im Hintergrund.» Vigneau schlägt einen schärferen Ton an. «Haben Sie möglicherweise einen großen Hut? Eine Sonnenbrille?»

Mir entgleitet ein Lachen, das ich mit zusammengepressten Lippen ersticke, als ich merke, dass Vigneau es ernst meint. «Ich hab nicht vor, mich vor aller Augen am Pool zu rekeln und winkend aufzuspringen, sollten Grandma und Callum auftauchen», füge ich hinzu. «Mir ist bewusst, wie riskant diese ganze Aktion ist, und ich bin die Letzte, die irgendwas versauen möchte. Aber ich will für Grandma da sein, wenn ihr das Herz gebrochen wird.»

Dieses Mal sagt Vigneau nichts. Er wirft mir nur noch einen skeptischen Seitenblick zu, ehe die Ampel auf Grün springt und wir weiterfahren. Zwischendurch funkt er einen Kollegen im Hotel an, der weiterhin keine Auffälligkeiten meldet. Keine Grandma. Kein Callum. Mit jedem Kilometer, den wir uns dem Ziel nähern, kriecht die Nervosität tiefer zurück in meine Eingeweide. *Was, wenn sie längst weg sind?*, blitzt wieder dieser Gedanke auf, der versucht, jede Hoffnung zu ersticken. Inzwischen fühlt es sich an, als lägen Jahre zwischen meiner Ankunft in Edderton und jetzt, als wäre Grandma seit Jahren verschwunden. Allein deshalb *muss* sie hier sein, denn wenn nicht ... Ich schlucke gegen die Galle an, die in meiner Kehle hochsteigt.

Sie muss hier sein. Sie muss hier sein.

Wie ein Mantra wiederhole ich diesen Satz, um alles andere von mir fernzuhalten. Nicht sonderlich erfolgreich. Aber immerhin überbrücke ich so die Minuten, bis wir die Hauptstraßen verlassen und über einen schmaleren Weg auf die luxuriöse Hotelanlage zusteuern, die auf den ersten Blick genauso aussieht wie auf der Website. Ein längliches Hauptgebäude, das wie eine Mauer zwischen uns und dem dahinterliegenden Privatstrand mit der Felswand aufragt. Laut Website sind in besagte Felswand mehrere Hotelapartments gebaut, auch wenn man sie von hier aus nicht sehen kann. Dafür ist das Hauptgebäude schlichtweg zu hoch.

Vigneau bittet uns, im Wagen zu warten, während er sich drinnen mit seinem Team bespricht. Als hätten sie nicht längst genug Zeit gehabt, um zu überlegen, was sie mit uns anstellen sollen.

Immerhin dauert es keine zehn Minuten, bis sich die goldene Schiebetür des Hotels öffnet und er zurückkommt – samt Sonnenhut, dessen Krempe dermaßen ausladend ist, dass er mehr Aufmerksamkeit erregen als von mir ablenken dürfte.

«Ernsthaft?» Ich begrüße Vigneau mit hochgezogenen Augenbrauen. «Mit dem Teil falle ich doch sofort auf.»

«Nicht da drinnen», erwidert er. «Wir haben Sie in einem der Balkonapartments einquartiert. Von dort aus können Sie den gesamten Außenbereich der Anlage überblicken.»

Auch wenn ich keine Lust habe, wie eine Zuschauerin am Rand zu sitzen, bezweifle ich, dass Vigneau in dieser Sache mit sich diskutieren lässt. Also steige ich seufzend aus, nehme ihm den Hut ab und setze ihn auf. «So?», frage ich, während die Krempe mein gesamtes Gesicht überschattet. Ich muss das Kinn recken, um Vigneau überhaupt noch in die Augen sehen zu können, und fühle mich lächerlicher denn je.

Statt zu antworten, verzieht Vigneau nur die Mundwinkel nach oben. «Dann bringen wir Sie mal in Ihr Apartment.»

Archer holt unsere Rucksäcke aus dem Kofferraum, dann folgen wir Vigneau über den Parkplatz, der von etlichen Palmen gesäumt ist. Obwohl die andere Flora ein Gefühl von Urlaub versprüht, habe ich nur Augen für die geparkten Autos. Es sieht hier ein bisschen aus wie vor Mavell's Wellness Resort, wenn nicht gar *noch* exklusiver. Lamborghini, Porsche, Bugatti, Rolls-Royce, ein älteres Modell, das ich persönlich nie auf einem öffentlichen Parkplatz abstellen würde. Andererseits sehe ich auf Anhieb diverse Kameras, sowohl über dem Eingang zum Hotel als auch an mehreren Laternen, und sogar an einigen Palmenstämmen wurden welche installiert.

Das Foyer des Hauptgebäudes ist genauso, wie man es beim Blick auf die Anlage von außen erwartet: imposant, riesig, teuer. Auf Hochglanz polierter Marmorboden, goldene Tapeten, in der Mitte der markante Indoor-Brunnen, der Callum letztendlich verraten hat. Daneben steht eine Sitzecke mit luxuriösen Polstermöbeln, rechts die ausladende Rezeption, hinter der drei Mitarbeitende mit Gästen reden. Äußerst teuer gekleideten Gästen, und das erkenne ich, obwohl ich meine Klamotten primär in Vintageläden kaufe.

Vigneau führt uns direkt an der Theke vorbei. Wir laufen einmal durchs Foyer, bis wir auf der anderen Seite des Hauptgebäudes durch eine weitere Schiebetür ausgespuckt werden. Direkt in den Teil der Anlage, der aus mehreren Pools unter Palmen besteht, links geht es runter zum Privatstrand, rechts schälen sich die Apartments aus der rauen Felswand. Wie sich herausstellt, erfolgt der Zugang über steinerne Wendeltreppen, die ebenfalls in den Fels gehauen wurden. Für uns geht es zwei Etagen hoch, ehe Vigneau die gläserne Tür zu einem Zwischenflur aufstößt und weiter vorgeht. Unser Ziel liegt in der Mitte. Der Commissaire fördert eine goldene Schlüsselkarte zutage, hält sie ans Türschloss, und schon haben wir Zugang zu dem Apartment, das laut meiner Recherchen mindestens sechshundert Pfund pro Nacht kostet – in Euro dürfte es noch mehr sein. Archer und ich treten ein, während uns Vigneau die Tür aufhält.

«Kommen Sie erst mal in Ruhe an und machen Sie es sich

bequem», sagt der Commissaire, der keine Anstalten macht, uns ins Apartment zu folgen. «Sobald wir etwas hören, melden wir uns.»

«Sekunde.» Ich greife nach der Tür, ehe Vigneau sie einfach hinter sich zufallen lassen kann. «Was, wenn wir etwas hören? Oder sehen?»

Seufzend greift Vigneau in seine Hosentasche. «Meine Karte», erklärt er. «Haben Sie sonst noch Fragen?»

Am liebsten würde ich ihn mit einem ganzen Haufen von Fragen bombardieren, aber ich will seine gezwungene Freundlichkeit nicht überstrapazieren. Deshalb beschränke ich mich vorerst auf die wichtigste: «In welchem Zimmer ist meine Grandma?»

«Ich weiß nicht, ob ich Ihnen das wirklich sagen ...» Vigneau unterbricht sich, als er wohl mein kampflustiges Funkeln bemerkt. «Balkonapartment 108. Eine Etage unter Ihnen. Aber *bitte* halten Sie sich fern.»

«Besten Dank.» Ich schenke ihm ein übertrieben freundliches Lächeln, dann lasse ich die Tür los. Ab jetzt heißt es also warten.

KAPITEL 38

Archer, ich und ein Apartment, in dem alles dazu einlädt, sich die Zeit zu zweit zu versüßen. Das riesige Bett mit den dunkelroten Zierkissen, der Jacuzzi, der in den Boden eingelassen wurde, sodass man seinen Champagner einfach daneben abstellen kann, die Regendusche, die aussieht, als könnte man sie tatsächlich zusammen genießen, und nicht zuletzt die Couchgarnitur mit einem Fernseher davor.

Wäre da nur nicht dieses Wissen, dass Grandma womöglich schon seit Tagen in genau einem solchen Apartment festgehalten wird. Wobei *festgehalten* vielleicht das falsche Wort ist, denn ich bezweifle, dass Callum sie zwingen musste mitzukommen. Nicht nach seiner hervorragenden Vorarbeit ... Trotzdem zieht es mich nur an einen Ort: den Balkon. Ich stütze die Hände aufs Geländer und sehe nach unten.

Der Ausblick ist unglaublich. Das türkis schillernde Meer in der Ferne, am Horizont die Silhouetten weißer Segelschiffe und Yachten, die großzügige, nicht überlaufene Poolanlage. Es sieht aus, als hätte man hier echt Platz zu schwimmen, ehe man sich in seinem teuren Designerbadeanzug am Beckenrand hochzieht und sich auf einer der schneeweißen Liegen von der Sonne trocknen lässt.

Insgesamt entdecke ich auf der Anlage drei Bars. Eine grenzt direkt an den Pool und kann sowohl von Land als auch vom Becken aus angesteuert werden. Die zweite steht in der Nähe des Hauptgebäudes, was heißt, dass wir gerade eben erst dran vorbeigelaufen sein müssen, und die dritte markiert den Übergang von der gepflasterten Anlage zum weißen Sandstrand. Hier tummeln sich gerade die meisten Menschen, auch wenn ich das Gefühl habe, dass es mit späterer Stunde deutlich voller werden dürfte. Unwillkürlich suche ich nach Personen, die zu Vigneau gehören könnten. Da sie in Zivil unterwegs sind, ist es unmöglich, sie auszumachen, nur bei einem Typ, der an der vorderen Bar lehnt, werde ich das Gefühl nicht los, dass er einer von Vigneaus Leuten ist. Es ist die Art, wie er scheinbar entspannt an seinem Cocktail schlürft, aber dabei die Anlage nicht aus den Augen lässt. Ein unauffälliger Blick nach links, einer nach rechts. Oder ist er ein Gast, der einfach nur nach einem Flirt sucht?

Eine Berührung an meiner Taille reißt mich aus der Gedankenspirale. Archer steht dicht hinter mir. Ich spüre seinen heißen Atem an meiner Halsbeuge, dann seine Lippen auf meiner Haut. *Empfindliche Stelle.* Der Kuss jagt einen elektrisierenden Schauer durch meine Glieder, die sich für eine süße Sekunde entspannen. Am liebsten würde ich die Augen schließen und mich in die Berührung fallen lassen. Aber ich kann nicht.

Mir entgleitet ein Seufzer. «Was, wenn sie nicht zurückkommt?», spreche ich meine Angst laut aus.

Archer schlingt jetzt seinen Arm um meine Taille und zieht mich enger an seinen Körper. «Wir haben seinen Namen. Seinen Account, sein Foto, sein Konto», erwidert er. «Ganz egal, was heute passiert: Wir werden sie finden.»

«Mh.» Ich schürze die Lippen. Einerseits hat er recht, andererseits fürchte ich mich vor diesem kleinen Prozent unsicherer Eventualität. Vor allem jetzt, da wir wissen, dass Callum gefälschte Pässe organisieren kann ...

«Willst du vielleicht was trinken?», fragt Archer ins Schweigen. «Die Minibar ist wirklich gut gefüllt.»

«Wasser wäre super», antworte ich. *Wein wäre besser*, denke ich, allerdings will ich keinen Funken Aufmerksamkeit einbüßen.

«Okay.» Archer haucht mir noch einen Kuss auf die Wange, ehe er sich von mir löst und zurück ins Apartment geht.

Mein Blick gleitet weiter über die Anlage, zurück zum Hauptgebäude. Die hintere Schiebetür ist der einzige offizielle Zugang zu diesem Bereich der Anlage, also müssen Grandma und Callum früher oder später genau dort entlanglaufen. Ich löse meine Finger vom Geländer und ziehe mir einen der Stühle heran. Dann stelle ich ihn genau so, dass ich das Hauptgebäude im Blick habe, und suche mir eine halbwegs bequeme Position.

Archer kommt mit zwei Gläsern und einer Flasche Wasser zurück. Der Größe nach gibt es einen richtigen Kühlschrank, keine klassische Minibar. Er schenkt uns beiden ein, dann stoßen wir an, wobei ich mir kurz erlaube, den Blick vom Eingang zu lösen und Archer in die Augen zu sehen. Ein Moment, der meinen Herzschlag stolpern lässt, um die Erkenntnis zurückzukatapultieren, die ich schon im Flugzeug hatte: *Ich bin nicht alleine.*

«Danke», rutscht es mir raus. «Für alles.» Ich überrede meine Mundwinkel dazu, sich zu heben, dann sehe ich zurück zum Eingang. Nur von der Seite spüre ich Archers Blicke, die förmlich auf meiner Haut brennen, heißer als die Sonne über uns. Es wäre ein Leichtes, die Hutkrempe ein Stück nach unten zu ziehen, aber ich spüre keinen Drang, mich vor Archer zu verstecken. Vielmehr genieße ich diesen forschenden Ausdruck, der beinahe so wirkt, als würde er mich zum ersten Mal sehen. Die Zärtlichkeit darin. Das Begehren. Seine Fingerspitzen trommeln gegen sein Glas, meine klammern sich einfach nur fest. Zeitgleich nehmen wir einen Schluck Wasser. Wie ich es hasse zu warten.

Die Schiebetür des Hauptgebäudes öffnet sich. Fremde Menschen. Ernüchterung. Das Spiel wiederholt sich zweimal, zehnmal, zwanzigmal, und als ich schon fürchte, es würde sich gar nichts mehr tun, geht sie wieder auf.

Unwillkürlich richte ich mich ein Stück auf, spähe über die Brüstung hinweg. Es kann nicht mehr als ein langer Atemzug sein, der sich zu einer Ewigkeit dehnt, bis die Personen rauskommen, die den Mechanismus ausgelöst haben. Etwas in mir explodiert mit einer Macht, die mir den Magen umdreht, vor Erleichterung, vor Unglaube, vor Angst. Auch wenn ich nicht das Gefühl habe, dass Callum *diese* Art von Verbrecher ist, ist er zu nah an ihr dran, und ich bin zu weit von ihr weg. Und dann ist da noch die Sache mit Maud, deren Tod er eiskalt vorgetäuscht hat ...

«Grandma», höre ich mich wispern, oder vielleicht denke ich es auch nur. Alles, was ich weiß, ist, dass mein Blick verschwimmt, mein Herz einen Schlag lang aussetzt, in meiner Kehle ein Schluchzer steckt, den ich unterdrücken muss. Weil ich sie nicht auf mich aufmerksam machen darf. Weder sie noch den Lockenkopf an ihrer Seite. Den grinsenden Typ, der ihr seinen Arm angeboten hat, während über seiner anderen Schulter lässig eine Strandtasche hängt. Callum Bain. Und Grandma.

Ich richte mich mechanisch auf und trete näher an die Brüstung. Die Hutkrempe so tief ins Gesicht gezogen, dass der Schatten meine Konturen vertuschen dürfte, ich sie jedoch weiterhin im Blick behalten kann. *Grandma. Grandma. Sie lebt. Sie ist hier. Sie ist unverletzt.* Denke ich. Hoffe ich. Wie gerne würde ich jetzt runterrennen und sie an mich ziehen. Sie so fest in meine Arme schließen, dass wir beide keine Luft mehr bekommen. Dass sie mich von sich wegschiebt und liebevoll tadelnd fragt, ob ich sie zerquetschen wollte. Aber wenn Callum mich erkennt, wenn er merkt, dass wir ihn gefunden haben ... Wir müssen sie erst voneinander trennen, aber wo bleiben Vigneau und sein Team?!

Widerwillig reiße ich den Blick von Grandma und Callum los, die zum Glück keine Anstalten machen, nach oben zu sehen. Im Gegenteil. Sie haben sich gerade gemeinsam einer älteren Frau zugewandt, deren Lachen ich bis hierhin zu hören glaube und die Callum auffällig oft berührt. Ich schaue zur Bar neben dem Eingang. Der Typ, den ich für einen Undercover-Cop gehalten habe, ist weg. Da sitzt nur noch ein schmaler Kerl, der sich an seinem Cocktail festklammert. Alle Aufmerksamkeit auf die Barkeeperin gerichtet. Ich lasse meinen Blick weiterspringen. Zum Pool, zur nächsten Bar, zu den Liegen. Irgendjemand muss die beiden doch im Visier haben!

Mit einem unterdrückten Fluchen hole ich mein Handy raus und tippe Vigneaus Nummer an. Freizeichen. Immerhin. Und noch ein Freizeichen. Und noch eins. Als sich seine Mailbox mit einer französischen Ansage meldet, lege ich auf und versuche es direkt noch mal. War das etwa ihr Masterplan? Auf Grandma und Callum zu warten, nur um sie dann in Ruhe ihren Small Talk halten und ihrer Wege gehen zu lassen? Jedenfalls haben sich die beiden gerade von der Fremden verabschiedet und laufen weiter. Als sie auf Höhe unseres Balkons sind, ziehe ich mich ein Stück zurück. Wieder die Mailbox.

Ich muss aufpassen, mein Handy nicht mit voller Wucht nach unten zu schleudern, direkt gegen Callums Kopf.

Grandmas Lachen dringt zu mir hoch. So unbeschwert, dass sich zumindest ein winziger Teil von mir entspannt, nicht mehr als ein Krümelchen. Dann verschwinden die beiden im Schatten eines Balkons, und ich lausche. Nichts. Nur die Kombination aus Gelächter fremder Menschen, platschendem Wasser und rauschenden Wellen.

«Rae.» Archer ist ebenfalls aufgestanden. Er berührt mich an der Schulter, und ich lasse es zu, dass er mich ein Stück zu sich rumzieht. «Atme.» Er schaut mir fest in die Augen, seine Stimme ist nur ein Flüstern. Sicher hat er die beiden auch erkannt, wobei ich mich echt frage, wie er so ruhig bleiben kann. Callum war eiskalt genug, den Tod einer unschuldigen Frau vorzutäuschen, nur um sie als Schachfigur für sein Ablenkungsmanöver zu verwenden. Keine Ahnung, wozu er sonst noch fähig ist.

«Atme», wiederholt Archer, aber ich kann nicht. Weil ich nicht weiß, wie atmen funktioniert, wenn man nur zwei Etagen von dem Menschen entfernt ist, nach dem man wochenlang gesucht hat und von dem man nicht weiß, ob es ihm *wirklich* gut geht.

Erst der Druck von Archers Händen auf meinen Schultern macht mir bewusst, dass mein Körper bebt. Ich will laufen, rennen, sprinten, um zu Grandma zu kommen, aber ich weiß, dass ich damit alles ruinieren könnte. *Vigneau und sein Team wissen, was sie tun*, versuche ich mich zu beruhigen, während ich mich an Archers Blick festhalte. *Sie machen so etwas nicht zum ersten Mal, sie wissen ...*

«Hey!» Ein Ruf zerschneidet den Gedanken. «Mr Taylor?»

Taylor. Das ist der Name, unter dem Grandma und Callum hier eingecheckt haben.

Ich schüttle Archer in einer abrupten Drehung ab und fliege zurück an die Balustrade. Dort beuge ich mich gerade so weit nach vorne, dass ich die Szene beobachten kann, die sich schräg unter uns abspielt. Grandma und Callum sind stehen geblieben. Aus Richtung des Hauptgebäudes kommt eine Angestellte angelaufen, rote Uniform, braun gebrannt, freundliches Lächeln. Ob sie eine von Vigneaus Leuten ist?

«Entschuldigen Sie bitte die Störung.» Die Frau schließt zu

Grandma und Callum auf, ehe sie zum Stehen kommt. Ihr Englisch hat einen deutlich französischen Akzent. «Mr Taylor, leider gab es gestern Abend im Restaurant ein Problem mit der Abbuchung.» Ihre Worte dringen gedämpft zu uns nach oben. «Ich sehe, dass Sie gerade erst zurückkommen, aber dürfte ich Sie vielleicht bitten, mich noch mal kurz zur Rezeption zu begleiten?»

Innerlich jaule ich vor Erleichterung auf, denn es ist die perfekte Taktik, um die beiden zu trennen. Jetzt können es nur noch Minuten sein, vielleicht Sekunden, bis ich da runterkann.

«Ein Problem mit der Abbuchung?», wiederholt Callum. Sein warmer Bariton ist dermaßen angenehm, dass man glatt vergessen könnte, was für ein Arschloch er ist. «Ich möchte Ihnen nicht zu nahe treten, doch sind Sie sicher, dass es um meine Karte geht? Wir haben sie heute mehrfach benutzt, ohne jegliche Probleme, also ...»

«Ansonsten buchen Sie es bitte einfach auf unser Zimmer», mischt Grandma sich ein, die immer noch bei Callum eingehakt ist. «Dann zahlen wir alles gemeinsam beim Check-out.»

Dein Ernst, Grandma?! Es kostet mich jede Beherrschung, ihr nicht zuzurufen, dass der Typ an ihrer Seite ein verdammter *Betrüger* ist. Warum sieht sie es denn nicht? Erkennt sie nicht das Verschlagene in seinem Lächeln? Diese unübersehbare Freude, dass er sie dermaßen gut dressiert hat, dass sie alle Kosten bereitwillig auf ihre Rechnung schreiben lässt?! Denn ich bin sicher, dass beim Check-out nicht er derjenige sein wird, der seine Kreditkarte über den Tresen schiebt.

Doch bei allem Frust weiß ich, dass man leicht reden hat, wenn man nicht selbst in der Situation steckt, dass es von außen immer einfacher ist, die Warnsignale zu erkennen. Am

Ende ist und bleibt Grandma ein Opfer, das selbst keinerlei Schuld an seiner Situation trägt.

«Nun, so unkompliziert ist die Sache leider nicht», erwidert die Angestellte, und spätestens jetzt bin ich sicher, dass sie zum Team gehört. «Ohne die Karte können wir die Abbuchung nicht umschreiben. Was mir außerordentlich leidtut, doch so lauten die Vorschriften.»

Das klingt nach ziemlichem Mist, aber vielleicht ist Callum ja naiv genug, es ihr abzukaufen. Oder auch nicht. Auf seiner Stirn zeichnen sich feine Zweifel ab.

«Das hier ist ein Fünf-Sterne-Resort, richtig?», sagt er, und es sind nur Nuancen in seinem Tonfall, die seinen Ärger durchscheinen lassen. «Verzeihung, wenn ich das so sage, aber selbst günstigere Häuser können bei gescheiterten Buchungen problemlos eine neue Zahlung anstoßen – ohne Karte. Da wage ich es doch sehr zu bezweifeln, dass es das berühmte View d'Azur nicht hinbekommt.» Ein absolut widerlich charmantes Lächeln. «Also wenn Sie uns dann bitte entschuldigen würden? Wir hatten einen wirklich langen Tag.»

«Wir haben einen Ausflug nach Antibes gemacht», ergänzt Grandma begeistert. «Wir haben nahezu jede Sehenswürdigkeit mitgenommen – zu Fuß. Den Port Vauban, das Fort Carré; solch eine beeindruckende Festung; den Marché Couvert, wo ich ein paar frische Orangen mitgenommen habe ... Waren Sie schon mal in Antibes?»

«O ja», erwidert die Angestellte, die zum Glück Profi zu sein scheint. «Ein Teil meiner Familie lebt dort, in Nähe der Chapelle Saint-Bernardin.»

Grandmas Strahlen wird noch heller. «Dort waren wir auch! Eine unglaublich schöne Kapelle, und diese Gemälde an der Decke ... Entschuldige, Liebster.» Sie unterbricht sich mit einem Seitenblick zu Callum. «Wir gehen gleich zum entspannten Teil des Tages über, versprochen.» Sowohl in ihrem Blick als auch ihren Worten liegt so viel Zärtlichkeit, dass ich gleich wirklich kotze. Allein die Tatsache, dass ich Archers Nähe im Rücken spüre, hilft mir, meinen Mageninhalt bei mir zu behalten.

Callum legt seine Hand auf Grandmas. «Es freut mich, wenn dir der Ausflug gefallen hat.» Er beugt sich vor und haucht ihr einen Kuss auf die Wange, was die ganze Situation noch unerträglicher macht. «Also, wenn Sie uns dann jetzt entschuldigen würden?», wiederholt er und lächelt der Angestellten freundlich zu. «Sollte es noch mal Probleme geben, kann uns die Managerin gerne persönlich kontaktieren.» Nett, wie er «Ab jetzt rede ich nur noch mit Ihrer Vorgesetzten» ausspricht.

Er nickt der Angestellten zu, Grandma verabschiedet sich mit einem herzlichen «Haben Sie einen schönen Nachmittag, meine Liebe». Dann gehen sie weiter.

Jetzt huscht doch ein Schatten übers Gesicht der Angestellten. Sie schürzt die Lippen und schaut zum Pool – genauer gesagt zu Vigneau, den ich jetzt auf dem Rand einer Liege sitzen sehe. Selbst auf die Ferne bilde ich mir ein, seine Frustration zu erkennen. Dann nickt er Richtung Apartments und steht auf. Seine Kollegin scheint zu verstehen, wendet sich jedoch ab und steuert zurück Richtung Hauptgebäude. Vermutlich soll sie den Ausgang sichern. Dafür erregt eine weitere Person in der Menge meine Aufmerksamkeit. Es ist der Typ von der Bar, der auffällig synchron mit Vigneau aufsteht und ebenfalls ein Nicken mit ihm wechselt. Als hätte ich es geahnt.

Mir bleibt keine Zeit, den kleinen Triumph auszukosten, denn Grandma und Callum sind jetzt endgültig aus meinem Sichtfeld verschwunden. Da sie an der Treppe, die wir vorhin genommen haben, vorbei sind, gibt es vermutlich noch weitere. Was, wenn sie das Apartment erreichen und Callum die Tür verschließt, ehe die Polizei bei ihnen ist? Wenn er die Falle mit der geplatzten Rechnung gewittert hat, wenn er sich in die Ecke gedrängt fühlt und etwas Unbedachtes tut? Jemand, der an gefälschte Pässe kommt, schreckt auch sicher nicht vor anderen illegalen Mitteln wie Waffen zurück ... *Scheiße, Scheiße, Scheiße!* Ohne darüber nachzudenken, wirble ich auf dem Absatz herum und renne los.

«Rae ...!» Etwas streift meinen Rücken. Wahrscheinlich Archer, der versucht, mich aufzuhalten. Aber ich bin schneller. Ich entkomme jeder Berührung, springe über die Türschwelle zurück ins Apartment, stürze an all dem Luxus vorbei zur Tür.

Er wird ihr schon nichts antun, versuche ich mich selbst zu beruhigen, aber dann blitzt wieder das Bild von Maud vor meinen Augen auf, und ich *kann* nicht stehen bleiben. Ich reiße die Zimmertür auf, der Hut fällt mir vom Kopf. Ich lasse ihn einfach liegen, bevor ich Richtung Wendeltreppe renne, die Zwischentür aufstoße und die Stufen förmlich runterfliege. Erste Etage. Ich wirble herum zur nächsten Zwischentür und – sehe *sie.* Getrennt durch Türglas und die Breite von fünf Apartments ist Callum im hinteren Bereich des Flurs gerade dabei, in der großen Tasche herumzuwühlen. Ob er die Schlüsselkarte nicht findet? Grandma steht neben ihm und redet mit begeisterter Miene auf ihn ein. Obwohl sie so nah ist, zerrt die Sehnsucht alles in mir auseinander.

Erst eine Bewegung im Hintergrund lenkt mich von ihr ab. Anscheinend gibt es wirklich ein zweites Treppenhaus, denn auf einmal taucht von der anderen Seite der Typ von der Bar auf. Er hat einen taumelnden Schritt drauf, während er mit fahrigen Bewegungen an seiner Hosentasche herumnestelt.

Entweder spielt er seine Rolle als angetrunkener Gast fucking gut, oder ich habe mich doch getäuscht, und er ...

«Was machen Sie denn hier?», zischt es hinter mir.

Ich beiße mir auf die Zunge, um einen Aufschrei zu unterdrücken. Weil ich so sehr auf die Szene vor mir konzentriert war.

«Sie sollten doch in Ihrem Apartment bleiben und *warten.*» Vigneau sieht ziemlich angepisst aus, allerdings habe ich nicht vor, zu Kreuze zu kriechen.

«Das dahinten ist meine Grandma», zische ich zurück. «Die ich zwischenzeitlich tot geglaubt habe, also sorry, wenn ich nicht tatenlos zusehen kann, wie Callum Ihnen entwischt.»

Vigneau rümpft die Nase, scheint jedoch einzusehen, dass nicht die richtige Zeit für Diskussionen ist. Er zieht seine Waffe hinten aus dem Gürtel. «Schön. Aber Sie bleiben hier.»

Witzig. Denkt er echt, ich würde jetzt noch die unbeteiligte Zuschauerin spielen? Anstatt etwas zu sagen, warte ich, bis er die Glastür aufgeschoben hat, dann schlüpfe ich einfach hinter ihm durch. Was er natürlich sofort bemerkt. Er wirft mir einen tödlichen Schulterblick zu, den ich geflissentlich an mir abprallen lasse. Ich habe nicht vor, mich in direkte Schusslinie zu begeben, aber ich will, dass Grandma mich wahrnimmt. Dass sie von Anfang an *weiß*, dass sie aufgefangen wird, egal, wie das hier ausgeht.

Der Typ von der Bar ist am Nachbarzimmer angekommen. Er rüttelt an der Tür, stochert wieder in seiner Hosentasche herum. Wenn man ihn genauer beobachtet, sieht man allerdings, dass er hin und wieder zu Callum schaut, dann zu uns. Ein wacher Blick, der mir die endgültige Gewissheit gibt, einen Verbündeten vor mir zu haben, und er widmet sich weiter seinem Schauspiel.

Auch Callum scheint seine Schlüsselkarte immer noch

zu suchen. Inzwischen kniet er mit dem Rücken zu uns am Boden und hat die halbe Strandtasche ausgeräumt. Hin und wieder schaut er hoch zu Grandma, deren Stimme den gesamten Flur mit ihrem hellauf begeisterten Klang erfüllt.

«... und hast du schon mal so einen schönen Markt gesehen?», redet sie auf ihn ein. «Ich meine, der Borough Market in London ist weiterhin mein liebster, ach, warst du überhaupt schon mal in London? Doch, ich meine, du hättest da mal was erwähnt, richtig?» Während sie spricht, gleitet ihr Blick flüchtig davon. Geradewegs in unsere Richtung, und auch wenn Vigneau groß ist, kann er mich nicht verstecken. Was eventuell daran liegt, dass ich mit Absicht versetzt zu ihm laufe.

Grandma erstarrt. Ihre Augen weiten sich in Unglauben und Irritation. Sie blinzelt, schaut, blinzelt heftiger, scheint nicht sicher zu sein, ob sie Gespenster sieht.

Hinter meinen Augen meldet sich ein Brennen.

«Rae?», schrillt sie.

Callum hält inne. *Fuck.* Fragend schaut er zu Grandma hoch, dann seufzt er und richtet sich zu ihr auf – ohne Schlüsselkarte. «Mein Herz.» Er streckt eine Hand nach ihrer Wange aus, uns scheint er bisher nicht wahrgenommen zu haben. «Wie oft haben wir schon darüber gesprochen? Deine Enkelin ist in Sicherheit. Also mach dir um sie keine Sorgen.»

Grandma schüttelt kaum merklich den Kopf, schaut einfach an ihm vorbei weiter in meine Richtung. «Rae.» Dieses Mal entgleitet ihr mein Name in einem erstickten Schluchzer. «Wieso bist du ...?»

Callum fährt herum – und jetzt nimmt er uns definitiv wahr. Bewusst. Nicht nur als Randfiguren seines ergaunerten Luxuslebens, und zumindest mich dürfte er erkennen.

Vigneau bleibt stehen, hebt die Waffe. Dieses Mal höre ich

auf seine wortlose Anweisung und bleibe hinter ihm. Ringe all meine schreienden Wünsche nieder, Grandma genau *jetzt* in die Arme zu ziehen.

Callum schaut von mir zu Grandma, weiter zu Vigneau. Ob er den Polizisten in Zivil ebenfalls bemerkt hat? Jedenfalls hat dieser aufgehört, am Nachbarzimmer seine Schlüsselkarte zu suchen. Auch seine Haltung ist jetzt aufrecht, kein bisschen mehr von Trunkenheit gezeichnet, dafür bereit, Callum den zweiten Fluchtweg zu versperren. In seinen Händen ebenfalls eine gehobene Waffe.

«Was genau läuft hier?», sagt Callum mit gepresster Stimme, und allein die Tatsache, dass er die Dreistigkeit besitzt, so etwas zu fragen, lässt mich kehlig auflachen.

«D… das wüsste ich auch gerne», fügt Grandma hinzu, die ihren Blick einfach nicht von meinem lösen kann. «Warum bist du … wie bist du … wie hast du uns …?»

«Gefunden?» Ich bemühe mich um eine weiche Miene, aber alles in mir schreit viel zu laut danach, sie endlich von diesem Scheißkerl wegzuholen. «Das war gar nicht so einfach. Callum hat eure Spuren ziemlich gut verwischt.»

Bei der Erwähnung seines echten Namens zuckt Callum zusammen, und für einen Atemzug wirkt sein Gesicht nicht mehr so charmant. «Richtig», erwidert er ungerührt. «Und zwar aus guten Gründen.»

«Gute Gründe am Arsch», spotte ich, während sich der Polizist hinter ihm in Stellung bringt. «Ich weiß Bescheid», sage ich dann, ehe Callum auf die Idee kommen kann, nach hinten zu sehen. «Über das Teezimmer, die Plätzchen und die Briefe in der Schublade.» Ich halte es bewusst vage, damit Grandmas Geschäfte nicht später in irgendwelchen Berichten von Vigneau auftauchen.

«Die Briefe? Du weißt also … *O Gott.*» Grandma schlägt sich die Hand vor den Mund, und ich glaube, ein Schluchzen zu hören, das nicht von freudiger Überraschung gezeichnet ist. Sondern von einer Angst, die sich tief in mein Inneres bohrt. «Was, wenn sie dir gefolgt sind, wenn ...? Nein, nein, warte ... Ist dieser Mann etwa ...!» Ihr Blick zuckt zu Vigneau, der dank der zivilen Kleidung nicht als Commissaire erkennbar ist. Schiere Panik blitzt in Grandmas Augen auf.

«Alles gut!», sage ich schnell, und es kostet mich unendlich viel Kraft, meine Stimme nicht genauso beben zu lassen wie meinen Körper. «Das hier ist Commissaire Vigneau von der französischen Polizei, und es gibt keine *sie*. Die Briefe, das Motorheulen, das Rütteln an den Fensterläden, das alles kam von ihm.» Ich nicke zu Callum, der auf eine Weise auflacht, die die Härchen auf meinem Arm unangenehm stechen lässt.

«Bitte, *was*?» Er bringt es mit solcher Überzeugung rüber, dass ich mir gerne Vigneaus Waffe leihen und Callum einen Schuss ins Knie verpassen würde.

Grandmas Panik wird kein bisschen blasser. «P... Polizei?», stammelt sie, schüttelt mit solcher Bestürzung den Kopf, dass es bei mir *klick* macht.

«Commissaire Vigneau ist hier, um zu helfen», füge ich schnell hinzu, und es macht mich rasend, dieses Gespräch überhaupt hier und jetzt führen zu müssen. Aber noch ist Grandma zu nah an ihm dran, als dass ein Zugriff gefahrlos möglich wäre. Dabei muss Callum doch wissen, dass das Spiel vorbei ist – nur seine selbstsichere Miene behauptet etwas anderes.

«H... helfen?» Grandma wirkt mit jeder Sekunde hilfloser, sie hat diesen Ausdruck drauf, der beweist, dass es hinter ihrer Stirn arbeitet, doch zeitgleich muss die Panik ihren sonst so klaren Verstand vernebeln. «Das ... das muss ein großes Missverständnis sein. Mein Cal hat mich *gerettet*.» Sie greift fahrig nach seiner Hand, und über sein Gesicht huscht ein Lächeln, als hätte er gewonnen.

«Da hörst du es, Rae.» Sein Ausdruck hat eine gewisse Süffisanz. «Wir hätten dir ja Bescheid gegeben, allerdings waren wir uns nicht sicher, wie du auf gewisse *Umstände* reagieren würdest.» Die subtile Drohung ist nicht zu überhören. Dränge ich ihn zum falschen Zeitpunkt in die Ecke, lässt er Grandmas Geheimnis auffliegen ... Hier und jetzt, im Beisein von zwei Polizisten.

Die Wut flammt frisch angefacht in mir auf. «Grandma.» Ich richte mich bewusst an sie, weil sie verdammt noch mal von ihm wegmuss! «Was auch immer er dir erzählt hat: Es ist nicht wahr. Wir haben *Beweise* dafür, dass er Benson Galloway bezahlt hat, um dir Angst zu machen. Nur damit du ihn bereitwillig begleitest. Samt deiner zweiten Kreditkarte natürlich, mit der ...»

«Was für ein *Bullshit*», geht Callum dazwischen. «Aber was will man auch von einer Enkelin erwarten, die ihrer eigenen Grandma nie richtig zuhört?»

Scheiße, der tut weh. *Verdammt* weh.

«Ich für meinen Teil war jedenfalls live dabei», erzählt er weiter. «Als der erste Brief ankam und als ...»

«Es tut mir leid.» Ungefragt hat sich das Zittern in meine Stimme gestohlen, während ich mich mit Blicken an Grandma festklammere, hoffe, dass Callum sie in der Hinsicht nicht auch bearbeitet hat. Dass sie *weiß*, wie wichtig sie mir ist und schon immer war. «Jetzt bin ich hier, und ich verstehe, dass das alles ziemlich viel ist, aber du musst mir vertrauen, Grandma. Es *gibt* keine Bedrohung.»

Die Zerrissenheit steht ihr ins Gesicht geschrieben. Anstatt sich von Callum zu lösen, schwankt sie ein kleines Stück näher an ihn heran, nur ihr Blick bleibt bei mir – oder womöglich auch bei der Waffe, die Vigneau weiter in Callums Richtung hält. Leider schätze ich Callum als schlau genug ein, um zu wissen, dass der Commissaire niemals Zivilpersonen gefährden würde. Solange Grandma an seiner Seite klebt, wird hier niemand schießen oder einen unbedachten Schritt machen.

«Es. Gibt. Keine. Bedrohung», wiederhole ich eindringlich, hasse jede Sekunde, in der diese Pattsituation existiert.

«Du hast es selbst gesehen, mein Herz», redet Callum dagegen, schaut sie von der Seite an. Noch scheint er zu glauben, sie mit Worten einwickeln zu können. «Schwarz auf weiß, und die tote Maus, die eindeutig ...»

«Mick», platze ich dazwischen, ignoriere, dass Callum weiter versucht, auf sie einzureden. «Diese tote Maus lag auf einem Umschlag direkt vor deiner Haustür, richtig? Wahrscheinlich wollte Mick dir einfach ein Geschenk machen.» Zumindest behauptet Benson, er habe nie tote Tiere ins Spiel gebracht. «Zu einer ziemlich beschissenen Zeit, aber da kann der Kater ja nichts für. Der Kater, der übrigens nach eurer übereilten Abreise einsam vor verschlossener Tür stand.»

Grandma zuckt zusammen. «M... Mick?» Ihre Augen weiten sich, werden glasiger. «Nein, nein, Cal hat einen Zettel bei Eleanore eingeworfen. Bevor er mich abgeholt hat.»

«Hat er nicht», widerspreche ich. «Wir haben die Aufnahmen von Eleanores Tor gesehen. Da war niemand, der irgendwelche Zettel eingeworfen hat.» Irgendwie schaffe ich es, wieder einen weichen, versöhnlichen Ton anzuschlagen. Alles, um ihre Panik zu lindern. «Aber es geht ihm gut. Wir haben ...»

«Ist das dein Ernst?!» Callum schneidet mir mit einer Schärfe das Wort ab, die etwas in mir gefrieren lässt. «Du tischst deiner Großmutter dermaßen abscheuliche *Lügen* auf, nur weil du es nicht ertragen kannst, dass ihr ein Mann wichtiger ist als *du*?» Ein herablassendes Lachen, das erneut dazu einlädt, ihm irgendwo hinzuschießen – oder zumindest in die Weichteile zu treten.

Trotzdem hat er einen Fehler gemacht. Ich sehe es an Grandmas Ausdruck, der sich binnen weniger Wimpernschläge verändert. Sie kneift die glasigen Augen zusammen, runzelt die Stirn, wiegt einen Schritt zur Seite, sodass sie nicht länger an ihm lehnt. Callum hätte ihr *alles* erzählen können – aber nicht, dass ich sie belüge. Denn sie weiß genau, dass ich so etwas nie tun würde. Vor allem nicht, um sie von jemandem zu trennen, der sie vermeintlich glücklich macht.

«Ist das wahr?», fragt sie. «Hast du jemanden *bezahlt*, damit ich endlich mit dir mitkomme?»

Ich horche auf. Hat sie *endlich* gesagt? Unwillkürlich muss ich an die drei Emojis denken, die im Chat immer wieder aufgetaucht sind, die rennende Frau, der Cocktail, die Kirche – ein Fragezeichen. Und so rastet auch das letzte Puzzleteil ins Gesamtgefüge ein. Ich schaue von ihr zu Callum, der jetzt meinen Blick sucht, darin ein solch hitziger Ausdruck, dass sich etwas in mir zuschnürt. Trotzdem kann ich die Worte nicht zurückhalten.

«Sie wollte nicht freiwillig mitkommen», schlussfolgere ich laut. «Also musstest du *kreativ* werden.» Ich schaffe es gerade so, ein fassungsloses Lachen zu unterdrücken. «Wow. Absolut gerissen, nur leider hast du unterschätzt, wie viele Menschen Grandma hat, die sich um sie sorgen. Und die alle Hebel in Bewegung gesetzt haben, um sie zu finden. Oh, und du hast Maud Anderson unterschätzt.»

«Maud Anderson?», fragt Grandma. «Wer ist das?»

«Die arme Frau, deren Tod er fingiert hat, um sie als Fenella Pemberlaine in einer psychosomatischen Klinik zu platzieren. Damit vorerst niemand auf die Idee kommt, nach dir zu suchen.»

«Was?!» Grandma wirkt schockiert. «Cal, bitte sag mir, dass du das nicht getan hast. Dass du keine unschuldige ...» Als er sie mit demselben hitzigen Ausdruck anfunkelt, den er mir zugeworfen hat, unterbricht sie sich selbst, und endlich scheint sie es zu erkennen. Sie schnappt hörbar nach Luft, und dann entlädt sich ihr gesamter Körper in einer Welle der Empörung: Sie tritt einen Schritt zurück, hebt das rechte Bein und rammt diesem Arschloch von Betrüger mit aller Kraft das Knie zwischen die Beine.

Jaulend geht Callum zu Boden, Grandma betastet fluchend ihr Knie. «Was bist du nur für ein elender Dreckskerl?!», zischt sie, und jetzt kommt auch der Rest in die Gänge. Während sich Vigneau und sein Kollege auf Callum stürzen, renne ich zu Grandma. Sie lässt von ihrem Knie ab, und als sie in meine Arme fliegt, zerspringt etwas in mir.

Sie ist es wirklich. Und ich halte sie. Nein, ich *zerquetsche* sie regelrecht, aber sie wehrt sich nicht. Ich spüre, wie sich ihre Finger in meine Bluse klammern, wie ihr Körper an meinem bebt. Oder vielleicht ist es auch mein eigenes Beben, das sich auf sie überträgt, keine Ahnung. Im Hintergrund knurrt Callum etwas, aber es kümmert mich nicht mehr, was dieser Wichser zu sagen hat. Ich halte einfach nur noch Grandma, unendlich dankbar, dass ich sie zurückhabe. Lebendig. Mit der Fähigkeit, einem Mann mächtig in die Eier zu treten, was heißt, dass er ihr nichts von ihrer resoluten Art gestohlen hat. Sie ist unbeschadet, ungebrochen.

«Aufhalten!», brüllt plötzlich jemand. Keine Ahnung, wie mein Puls es schafft, noch höher zu jagen, aber er tut es. Sofort reiße ich den Blick hoch. Callum. An der Stelle, an der er sich gerade noch gekrümmt hat, rappelt sich jetzt Vigneau auf. *Fuck.* Widerwillig lasse ich von Grandma ab und wirble herum. Callum rennt den Flur herunter. O nein, noch mal werde ich eine Verfolgungsjagd nicht verlieren. Und erst recht nicht gegen ein beschissenes Arschloch, das Grandma ...

Da taucht jemand hinter der gläsernen Zwischentür auf – ein dumpfer Hieb, ein Stöhnen. Callum taumelt zurück, stolpert, und als er auf dem Boden aufschlägt, bin ich sicher, dass er nicht mehr so schnell aufsteht. Der Schlag mitten zwischen die Augen hat gesessen.

Ich blinzle. *Ist das ...?*

«Archer?!» Grandma vollendet meine lautlose Frage.

Ausnahmsweise fehlen mir die Worte. Dafür kratzt ein Lachen in meiner Kehle. Ein seltsam hohes, schiefes Lachen, das die Absurdität dieser Situation kommentieren möchte, aber es kommt nur ein schwacher Laut über meine Lippen. Ich lege meinen Arm über Grandmas Schulter und ziehe sie wieder an mich. Erst an meine Seite. Dann zurück in meine Arme. Und während ich ihren Herzschlag an meinem spüre, höre ich irgendwo hinter mir die Worte, auf die ich so lange gewartet habe: «Callum Bain, Sie sind festgenommen.»

EPILOG

Archer

Beim Gelächter der drei Damen muss ich schmunzeln. Ich greife zu einer der Teedosen im Regal – in der wirklich Tee ist. Angeblich haben Fenella, Amara und Grandma das Hasch gemeinsam vernichtet, auch wenn ich recht sicher bin, letztens ein Tütchen Cookies in Grandmas Schlafzimmer gesehen zu haben. Ein Tütchen, das kurz darauf spurlos verschwunden war, und natürlich hatte Grandma keine Ahnung, wovon ich rede.

«Ihr hättet sein Gesicht mal sehen müssen!», erzählt Fenella. «Er wusste genau, dass er auffliegt, aber er dachte, ich wäre senil genug, es nicht zu bemerken.»

«Oder zu verliebt», stichelt Rae, die mit den dreien am Tisch sitzt, die Beine hoch zu sich auf den Sessel gezogen, den wir aus dem Wohnzimmer hier hochgeschleppt haben. Auf ihrem Schoß liegt Mick, der das volle Haus sichtlich genießt.

«Verliebt.» Amara schnaubt. «In einen solch jungen Burschen, unglaublich.»

«Oh, junge Burschen haben durchaus ihre Vorzüge», sagt ausgerechnet meine Großmutter.

Ich tausche einen Blick mit Rae, die zweifelnd die Augenbrauen hebt. Skepsis steht ihr, nein, eigentlich steht ihr jeder Ausdruck. Wie von selbst ziehen meine Mundwinkel nach oben, und als sie das Lächeln erwidert, überschlägt sich etwas in meinem Bauch, von dem ich dachte, dass ich es nie wieder fühlen würde. Aber jetzt weiß ich, dass es nur darauf gewartet hat, von ihr geweckt zu werden.

«Mag sein», lenkt Amara ein, ehe sie einen Schuss aus ihrem Flachmann in die Tasse kippt. «Aber du schuldest uns noch die ganze Geschichte», sagt sie dann an Fenella gewandt. «Wie genau hast du diesen jungen Burschen überhaupt aufgegabelt?»

«O ja, das würde ich auch gerne wissen», sagt Rae, obwohl ich sicher bin, dass sie ihrer Grandma längst jedes Detail aus den Rippen geleiert hat. Immerhin haben die beiden auf dem überfüllten Rückflug nebeneinandergesessen, und obwohl ich ein halbes Flugzeug von ihnen entfernt saß, habe ich ihr Getuschel und Gekicher bis nach vorne gehört.

Fenella verdreht die Augen, begleitet von einem Seufzer. Nur die Fältchen auf ihrem Gesicht verraten, dass sie sich über das Interesse freut. «Es war letzten Herbst», beginnt sie zu erzählen. «Wie ihr wisst, war ich zu Besuch in Edinburgh. Callum ist mir gleich ins Auge gestochen, auch wenn ich anfangs dachte, sein Interesse würde Rae gelten. Die wiederum nicht sonderlich angetan war.»

«Nein, dieses *Schnuckelchen* habe ich mir liebend gerne entgehen lassen», spöttelt Rae, bevor ihr Blick wieder zu mir gleitet. Das Lächeln, das ihre Mundwinkel jetzt so verstohlen umspielt, sagt alles. «Aber erzähl weiter.»

«Nun, nach der Tour habe ich ihn aus den Augen verloren und nicht länger über die ganze Sache nachgedacht», fährt Fenella fort. «Vorerst. In den nächsten Tagen dachte ich öfter, dass ich ihn gesehen hätte, da war wohl der Wunsch Vater meiner Gedanken ...»

«Grandma, er hat dich *gestalkt*», fällt Rae ihr ins Wort. «Du hast es in diesem Verhör doch selbst mitbekommen. Dass er auf dich aufmerksam geworden ist und ganz bewusst deine Nähe gesucht hat.»

«Gestalkt klingt so ...»

«Treffend?», helfe ich Fenella auf die Sprünge, als der Wasserkessel auf der Herdplatte pfeift. Ich nehme ihn runter und gieße die Teeblätter in der Kanne auf.

Fenella rümpft die Nase. «Lassen wir doch die Wortklauberei. Jedenfalls war es Sonntagabend, und Rae musste sich dringend an ein paar Postings für ihr neustes Werk setzen. Steve hat mich eingeladen, den Abend bei ihm im Pub zu verbringen, allerdings war mir eher nach einem Spaziergang zumute. Ein bisschen durch die Princes Street Gardens schlendern, die bunten Herbstfarben genießen ... und dann saß Callum auf dieser Bank. Er hat mich angesehen und gelächelt.»

Rae imitiert einen Würgereiz. «*Gelächelt*», wiederholt sie triefend vor Sarkasmus. «Und das hat gereicht, um irgendetwas in dir zu *entflammen.*»

«Ich wünschte, bei mir würde mal wieder jemand was entflammen», murrt Amara, Grandma kichert, Fenella grinst.

«Wer würde sich das nicht wünschen?», pflichtet Letztere bei. «Vor allem der kleine Abstecher in sein Hotelzimmer war wirklich *entflammend.*»

«Gott, bitte!» Stöhnend schiebt Rae ihre Beine vom Sessel. Mick wirft ihr einen empörten Blick zu, macht jedoch keine Anstalten abzuhauen. «Darf ich noch mal ganz kurz daran erinnern, dass er eine Bedrohung durch einen nicht existierenden Drogenboss fingiert hat, den vorgetäuschten Tod seiner alten Liebschaft inklusive, nur damit du ihm seine Luxusreisen finanzierst?!»

Fenella nimmt sich einen Scone von der Etagere, die Graeme als Willkommensgeschenk gesponsort hat. Dann lehnt sie sich zurück, ihr Grinsen ist hinter einem melancholischen Ausdruck verschwunden. «Das behauptest du», sagt sie, ihr Blick verliert sich am Fenster. «Doch Callum hat nicht gelogen. Er hat mich monatelang bekniet, mit ihm durchzubrennen, auf Weltreise zu gehen, allerdings war ich nicht bereit, mich für so lange Zeit von Edderton zu verabschieden. Und da wurde er kreativ.»

«Oh, Grandma.» Stöhnend greift Rae nach ihrer Tasse, damit ich sie auffüllen kann. «Du glaubst doch nicht wirklich, dass er das aus purer *Liebe* getan hat?! Er wusste von deinem Vermögen, und das war seine beste Chance, dauerhaft Zugriff zu bekommen, *ohne* sich ständig neue Erpressungen ausdenken zu müssen. Maud Anderson hat ihn auch knappe fünf Jahre begleitet, bis die Demenz sie eingeholt und sie für seine Zwecke *unbrauchbar* gemacht hat.»

«Schön.» Fenella schnalzt widerwillig mit der Zunge. «Vielleicht war nicht alles an ihm entflammend, aber sein Körper ...»

«Danke, das reicht!» Rae stellt die Tasse ab und tut so, als wollte sie aufstehen – dabei weiß ich, dass sie Micks Nähe zu sehr genießt. «Mindy braucht sicher noch Hilfe für unseren gemeinsamen Abend, Feuerholz sammeln, Marshmallows farblich sortieren ...»

«Tut mir leid, Liebes.» Fenella greift nach ihrer Hand, um sie zurückzuhalten. «Doch Alter schützt nun mal vor Bedürfnissen nicht.»

«Alter schützt vor *Torheit* nicht», korrigiert Rae, die sich zurücksacken lässt und die freie Hand in Micks Fell vergräbt. Wenn ich mich nicht täusche, höre ich sogar ein leises Schnurren.

«Na, immerhin habe ich im richtigen Moment erkannt, was er für ein Mistkerl ist, nicht wahr?» Zwinkernd tätschelt Fenella Raes Hand, dann lässt sie von ihr ab und nimmt ihre eigene Tasse auf. «Archer hat ihm am Ende übrigens einen netten Haken verpasst.»

«Gern geschehen», sage ich, während ich die Kanne abstelle und mich zu Rae setze. Nicht ohne ihr dabei einen Kuss aufs Haar zu hauchen, das sie heute offen trägt. Ob sie weiß, dass sie immer ein bisschen nach ihrem Zitronenshampoo duftet und nach Meer und Freiheit und *Ankommen*?

«Ein Geheimnis ist aber noch offen», wirft Grandma ein und sichert sich damit unser aller Aufmerksamkeit. «Dieser Brief, den Rae in deinem Papierkorb gefunden hat: Was genau wolltest du ihr darin anvertrauen?»

In Fenellas Augen blitzt etwas auf. «Du findige Detektivin», sagt sie an Rae gewandt und prostet ihr mit dem Tee zu. «Um ehrlich zu sein, weiß ich nicht, wie ich überhaupt auf diese Schnapsidee kam, mich an den Tisch zu setzen und einen *Brief* zu schreiben. Cal hatte mich inständig gebeten, niemandem von uns zu erzählen, bis wir wissen, was das mit uns überhaupt ist. Doch ich schätze, ich hatte das Bedürfnis, es trotzdem jemandem anzuvertrauen. Jemandem, der mich nicht gleich am nächsten Morgen im Strickclub mit Fragen löchert – oder gar auf die Idee kommt, spontan in der Nacht vorbeizuschauen, um meinen Gast selbst zu begrüßen.»

«Wir würden niemals ...!»

«Würden wir doch», fällt Amara Grandma ins Wort, und für ein paar Sekunden herrscht Stille. Dann lacht ausgerechnet Grandma als Erste, gefolgt von Amara, Fenella, und schließlich machen Rae und ich mit. Sämtliche Anspannung der letzten Wochen scheint wie weggefegt, einzig Mick blinzelt irritiert in die Runde.

Amara wischt sich eine Lachträne weg. «Was ist eigentlich mit dir, Liebes?», fragt sie direkt an Rae gewandt. «Ich schätze, du wirst bald zurück nach Edinburgh gehen?»

In Raes Mundwinkeln haftet ein Rest ihres Lachens, während ihre Augen leuchten, als hätte sie nur auf die Frage gewartet. Sie löst ihre Hand aus Micks Fell und greift nach meiner. «Erst mal ja», sagt sie dann, und ihr Blick streift meinen. Ein wohliger Schauer rieselt meinen Rücken hinab. «Zumindest, um meine Sachen für die nächste Reise zu packen.»

Auf einmal verklingt auch das letzte Gelächter, und die drei Damen schauen uns gleichermaßen neugierig an. «Reise?», wiederholt Fenella. «Davon hast du ja noch gar nichts erzählt?»

«Es war auch eher eine spontane Idee», erwidert Rae, die meine Finger mit ihren umspielt. «Wir haben festgestellt, dass sowohl Archer als auch ich flexibel sind, was unseren Arbeitsplatz angeht, und es gibt da ein paar Orte, die er schon immer mal sehen wollte ...»

«Und ein paar Orte, die sie schon immer jemandem zeigen wollte», setze ich ihren Satz fort. Dann ziehe ich sie ein Stück näher an mich und küsse sie flüchtig auf den Nacken. Ich spüre die Spannung, die durch ihren Körper bis in meinen jagt. *Empfindliche Stelle.*

«Richtig», sagt sie eine Spur zu heiser. «Bisher kennen wir nur den Anfang und das Ende unserer Route, alles dazwischen wird sich spontan ergeben.»

Als sie *Ende* sagt, breitet sich Wärme in mir aus, denn um genau zu sein, stehen da drei Orte auf der Liste: Edinburgh, Dublin und Edderton. Weil wir herausfinden möchten, ob in einem davon ein gemeinsames Zuhause auf uns warten könnte. Sofern wir nicht woanders hängen bleiben ...

«Und ihr reist als ...?» Grandmas Neugier ist nicht zu übersehen.

«Paar», antwortet Rae, während sich mein Griff um ihre

Hand verstärkt. Dabei wirft sie mir einen zärtlichen Blick zu, den ich mit einem Lächeln erwidere.

Beim Gedanken an den Ring, der im Handschuhfach meines Autos liegt, kribbelt Nervosität auf meiner Haut. Vielleicht morgen. Vielleicht nächste Woche, nächsten Monat, vielleicht in einem Jahr oder zwei oder noch viel länger. Das Einzige, was gerade zählt, ist, dass in unserem Buch noch viele leere Seiten warten.

In der Hoffnung, dass sich Rae einmal dazu erweichen lässt, eine Liebesgeschichte zu schreiben. Ganz ohne Leichen.

DANKSAGUNG

Damit endet der erste Fall aus Edderton, und ich kann nicht behaupten, dass die Ermittlungen leicht gewesen wären. Auch wenn Rae mit ihrer toughen No-Bullshit-Art eine Protagonistin war, die es mir sehr leicht gemacht hat, gab es einige Momente, bei denen ich selbst das Gefühl hatte, in einer Sackgasse zu stehen. Aber zum Glück habe ich einen Haufen toller Menschen um mich, die mir geholfen haben, jede Sackgasse hinter mir zu lassen.

Zuerst gibt es da meine Agentin Rike, die nicht nur von Anfang an Feuer und Flamme für das Projekt war, sondern sich bis zur letzten Zeile mit mir durchgekämpft hat. Vielen Dank, dass du sogar deine freien Nachmittage geopfert hast, um mit mir auf die Suche nach dem Knackpunkt zu gehen – und ihn letztendlich zu lösen!

Wer meine anderen Bücher kennt, weiß, dass ohne Kati und Rebekka gar nichts geht. Unser kleiner Buchclub ist mir so sehr ans Herz gewachsen, dass ich euch weder als Freundinnen noch als geschätzte Kolleginnen je verlieren möchte. Danke, dass ihr im Entstehungsprozess von *Cosy Secrets* jede Stimmungslage so tapfer ertragen und empathisch gemanagt habt.

Anya, du warst nicht nur live dabei, als ich nachts um drei Uhr den ersten Entwurf beendet habe, sondern bist in den letzten Monaten zu meiner wichtigsten Motivationsstütze geworden. Auch wenn wir uns regelmäßig verquatschen, liebe ich unsere Co-Working-Sessions, ohne die ich noch viel mehr prokrastinieren würde.

Das Gleiche gilt auch für die fantastischen Menschen aus meinem inneren Co-Working-Kreis. Dominik, Ann-Kathrin, Nati, Laura, Nina, Emma, Steffi und Chris, ihr seid zu jeder Tages- und Nachtzeit meine Rettung, wenn ich einen Tritt in den Hintern brauche. Oder ein offenes Ohr. Oder einen frischen Blick für Formulierungen. Oder einfach nur ein bisschen Ablenkung und gute Gespräche.

Um noch einen Moment in Autor*innenkreisen zu bleiben: Ein ganz herzlicher Dank geht an Bianca, Thilo, Beril, Carina, Anika, Kira, Lena und Alana. Ganz egal, ob wir gerade intensive Kontaktphasen haben oder das Leben andere Prioritäten zeichnet: Ich bin immer dankbar für unseren vertrauensvollen Austausch, die geteilte Expertise und neue Perspektiven.

Charly, du bist nicht nur als Schwester und Freundin immer für mich da, wofür ich unendlich dankbar bin, sondern hast das Edderton aus meinem Kopf so hübsch aufs Papier gebracht. Ohne deine detaillierte Karte wäre der ein oder andere Zusammenhang im Buch sicher schwerer nachvollziehbar gewesen!

Speziell bei *Cosy Secrets* muss ich mich von Herzen auch beim Rest meiner Familie und meinen Freund*innen bedanken, die im vergangenen Jahr so oft auf mich verzichten mussten und mich trotzdem voller Verständnis unterstützt haben.

Ähnliches gilt auch für meine Patrons Silvia und Christiane. Euer bedingungsloser Support bedeutet mir die Welt, und ich hoffe, dass ihr das wisst!

Die letzten in diesem Buch geschriebenen Worte habe ich für diejenigen aufgehoben, ohne die diese Geschichte nur ein Haufen loses Papier geblieben wäre:

Vielen Dank an das gesamte Team von KYSS sowie meine

Lektorinnen. Angefangen bei Anne, die in der Leseprobe damals das Potenzial gesehen hat, über das Marketingteam mit seinen kreativen Ideen, Nadia, die dem Manuskript den stilistischen Feinschliff verliehen hat, bis hin zum Vertrieb, der *Cosy Secrets* dem Handel vorgestellt hat.

Apropos Handel: Ein riesiges Dankeschön an alle Buchhändler*innen, die meine Geschichte eingekauft und ihr so die Chance gegeben haben, überhaupt von Lesenden entdeckt zu werden.

Und damit zu guter Letzt ein herzlicher Dank an dich. Denn Geschichten können nur lebendig werden, wenn sie gelesen werden, und ich bin unendlich dankbar, dass du Rae und Archer für eine Weile deine Fantasie geliehen hast.